The Merry Adventures of Robin Hood

지은이 **하워드 파일** Howard Pyle

1853년 미국 델라웨어 주 윌밍턴에서 태어났다. 어렸을 때부터 그림 그리기를 좋아한 데다 글재주가 뛰어나 일찍이 작가의 길로 들어섰다. 1883년 『로빈 후드의 모험』을 출간하며 작가로서 명성을 얻었다. 로빈 후드 이야기는 수 세기에 걸쳐 전설과 민요로 구전되고 여러 작가들에 의해 기록되었지만, 파일만큼 짜임새 있고 매끄럽게 재구성한 작가는 없었다. 『로빈 후드의 모험』에 이어 『아서왕 이야기』*The Story of King Arthur*, 『후추와 소금』*Pepper and Salt*, 『환상의 시계』*The Wonder Clock* 등을 쓰며 명성을 이어 갔다. 그는 필라델피아 드렉셀 인스티튜트에서 삽화를 가르치며 미술 교육에도 힘썼으며, 윌밍턴에 하워드 파일 미술 학교를 세워 뉴웰 컨버스 위스, 제시 윌콕스 스미스 등 유명한 삽화가들을 배출하기도 했다. 1911년 이탈리아에서 사망했다.

옮긴이 **이은경**

이화여자대학교 통번역대학원 번역학과를 졸업했다. 현재 전문 번역가로 활동 중이며, 옮긴 책으로는 『배드 걸 굿 걸』, 『편집의 정석』, 『피터 팬』, 『좋은 산문의 길, 스타일』, 『젊은 작가에게 보내는 편지』, 『엄청나게 시끄럽고 지독하게 위태로운 나의 자궁』, 『처음부터 진실되거나, 아예 진실되지 않거나』, 『번역의 일』 등이 있다.

도슨트 **한디디**

본명 한경애. 오랫동안 국어교사로 일하는 한편 디디라는 이름으로 활동하다가 늦깎이로 공부를 시작했다. 동아시아의 도시를 현장으로 삼아 도시화의 과정, 불안정성과 커먼즈, 도시운동을 연구하고 있다.

그린비 도슨트 세계문학 04

로빈 후드의 즐거운 모험

하워드 파일 지음

이은경 옮김

그린비

차례

도슨트 한디디와 함께 읽는 『로빈 후드의 즐거운 모험』
즐거운 모험을 가능하게 하는 모두의 숲-커먼즈

로빈 후드의 즐거운 모험

일러두기

1 이 책은 HOWARD PYLE, *THE MERRY ADVENTURES OF ROBIN HOOD*, Global Grey, 2018(1883)를 완역한 것이다.

2 외국어 고유명사는 2022년 국립국어원에서 펴낸 외래어표기법을 따르되, 관례가 굳어서 쓰이는 것들은 그것을 따랐다.

이 책을 읽는 독자들에게

여러분 중에는 진지한 일상을 살아 내며 지친 발걸음을 내딛느라 비록 짧은 순간일지라도 상상의 나라로 날아가 웃고 즐거워하는 일이 새삼스러운 분이 있을 수 있다. 또 삶이 누구에게도 해를 끼치지 않는 순수한 웃음과 거리가 멀다고 생각하는 분도 있을 수 있다. 그렇다면 이 책은 당신을 위한 것이 아니다. 책장을 덮고 더는 읽지 말길 바란다. 분명히 밝히는데, 만약 책장을 더 넘겨 이 책을 읽었다가는 여러분이 자세히 알지는 못하지만 그 이름만은 들어서 익히 알고 있는 실제 역사 속의 위대하고 훌륭한 사람들이 알록달록 온갖 색깔을 띠고 잡다하게 뒤섞여 여기저기 뛰어다니며 까부는 모습에 아연실색할 것이기 때문이다. 이 책에는 헨리 2세라고 하는 성미가 급하나 그럼에도 악한 자라고 단정 지을 수는 없는 기운차고 혈기 왕성한 왕이 등장한다. 또 모두가 그 앞에 무릎을 꿇고 조아리는 아름답고 인정 많은 엘리노어 왕비도 등장한다. 또 값비싼 옷을 휘감고 다니는 배불뚝이에 성질 고약한 성직자인 헤리퍼드의 주교가 등장하고 성질이 포악하고 험상궂은 표정의 위대하신 노팅엄의 주장관이라는 자도 등장한다. 그리고 무엇보다도 숲속을 활보하고 다니며 사내들의 놀이를 즐기고 성대한 연회가 열릴 때면 주장관 옆에 앉는, 플랜태저넷 왕가에서 가장 자랑스러운 이름인 사자의 심장 리처드 왕이라 불리는 키 크고 건장하며 유쾌한 왕이 등장한다. 게다가 기사, 사제, 귀족, 시민, 자작농, 수습 기사, 귀부인, 아가씨, 지주, 거지, 도붓장수 등 수많은 인물이 등장하는데 이들은 그 누구보다도 유쾌한 삶을 살았던 이들로 몇몇 옛 민요 속에서 기묘한 끈으로 얽힌 채 (또 끊어지거나 수많은 매듭으로 다시 이어지기도 하면서) 제 갈 길 가며 쾌활하게 노래 부르는 모습이 묘사되어 있다.

또 이 책에서는 생기 없고 단조로우며 칙칙한 장소들이 그 원래의 모습을 몰라볼 정도로 상상의 나래가 펼쳐진 옷을 입은 채 꽃으로 화려하게 치장되어 있다. 그리고 잘 알려진 이름을 지닌 한 나라가 등장한다. 그곳에서는 차디찬 안개가 우리의 영혼을 짓누르지 않고 비조차도 매끄러운 수오리의 등을 타고 또로록 흘러내리는 4월의 소나기 정도에 그치고 만다. 그곳에서는 꽃들이 영원히 피고 새들이 쉼 없이 노래한다. 그곳에서는 누구나 길을 걷다가 유쾌한 일을 만나고 (정신을 흐트러뜨리지 않을 정도의) 맥주와 포도주가 시냇물처럼 넘쳐흐른다.

그곳은 결코 요정들이 사는 나라가 아니다. 그렇다면 그곳은 어딜까? 바로 상상의 나라 내지는 그와 비슷한 기분 좋은 곳이다. 그러니 언제든 싫증이 나면 휙 하고 책장을 덮어 버리면 된다. 그러면 그곳은 금세 사라질 테니까. 그러고 나서 여러분은 언제 그랬냐는 듯 일상으로 다시 뛰어들면 된다.

자, 이제 이 세상과 그 누구의 땅도 아닌 세상 사이에 드리워져 있는 커튼을 젖힐 때가 되었다. 친애하는 독자 여러분, 나와 함께 갈 텐가? 그렇다면 이제 손을 내밀어 주길 바란다.

로빈 후드는 어떻게 해서 범법자가 되었나

이제 로빈 후드에 관해서 그리고 왕의 삼림 감독관들과 얽힌 그의 모험에 관한 이야기를 시작해 보겠다. 아울러 로빈 후드를 중심으로 그의 무리가 모이게 된 계기와 로빈이 그 유명한 리틀 존을 든든한 오른팔로 맞이하게 된 유쾌한 모험에 관해서도 이야기해 보겠다.

◈ ◈ ◈

아주 오래전, 선한 왕 헨리 2세가 통치하던 메리 잉글랜드에서의 이야기이다. 노팅엄 타운 근처 셔우드 숲의 빈터에 로빈 후드라는 유명한 범법자가 살았다. 그는 어떤 궁사보다도 뛰어난 솜씨와 기교로 회색 거위 깃털이 달린 화살을 쏘았고, 그와 함께 울창한 숲을 마음껏 배회하고 다니는 백사십 명의 무리도 여느 사내들과는 달랐다. 그들은 근심 걱정도 부족한 것도 없이 셔우드 숲의 깊은 곳에서 행복하게 살았고, 흥미진진한 활쏘기 시합이나 곤봉 시합을 한바탕 벌이면서 시간을 보내고 왕의 사슴고기로 끼니를 때우며 10월에 담근 맥주를 죽 들이켜며 시원하게 목을 적셨다.

로빈뿐만 아니라 그를 따르는 무리도 전부 범법자였기에 다른 사람들로부터 떨어져 살았지만 근처의 마을 주민들만큼은 그들을 반겼다. 도움이 필요해 유쾌한 로빈을 찾아가면 결코 빈손으로 돌아오는 일이 없었기 때문이다.

자, 이제는 로빈 후드가 어떻게 해서 범법자가 되었는지 이야기를 해 볼 차례다.

로빈이 근육이 불끈하고 배짱이 두둑했던 열여덟 살 청년이었던 시절, 노팅엄의 주 장관은 활쏘기 대회를 열어 누구든 노팅엄셔*에서 활을 가장 잘 쏜 자에게 맥주 한 통을 상으로 내리겠다고 공포했다. 로빈이 말했다. "그렇다면 나도 참가해야겠어. 우리 아가씨의 반짝이는 눈동자를 위해서라면, 10월에 담근 맛좋은 맥주 한 통을 얻을 수 있다면 내 기꺼이 활시위를 당겨 주지." 그는 일어나 주목으로 만든 튼튼하고 단단한 활과 스무 개

---

* 원문의 'shire of Nottingham'은 노팅엄 주로, 'Nottinghamshire'는 노팅엄셔로 번역하였다.

남짓의 90센티미터짜리 화살을 챙겨 들고서 록슬리 타운을 떠나 셔우드 숲을 거쳐 노팅엄으로 향했다.

싱그러운 5월의 새벽녘이었다. 이맘때면 산울타리가 초록으로 뒤덮이고 꽃들이 초원을 장식했다. 알록달록한 데이지, 노란 미나리아재비, 연노랑의 프림로즈가 가시덤불 산울타리를 따라 온통 만개했다. 사과꽃이 피고 어여쁜 새들이 노래했고 동이 틀 무렵에는 종달새가 울고 개똥지빠귀와 뻐꾸기가 지저귀었다. 젊은 남녀가 사랑스러운 눈길로 서로를 지긋이 바라보았고, 분주한 아낙네들은 햇볕에 말릴 하얀 천들을 연푸른 풀밭 위에 펼쳐 놓았다. 그가 길을 따라 걷는 푸른 숲은 향기가 그윽했고, 수풀과 바스락거리는 나뭇잎들이 눈부시게 찬란한 가운데 앙증맞은 새들이 온 힘을 다해 노래했다. 로빈은 태평하게 휘파람을 불며 유유자적 걸으면서 메리언과 그녀의 반짝이는 눈동자를 떠올렸다. 그런 때이면 젊은 사내란 세상에서 가장 사랑하는 여인을 자연스레 떠올리기 마련이다.

그렇게 흥겹게 휘파람을 불며 경쾌하게 발걸음을 옮기던 그는 커다란 참나무 아래에 앉아 있는 삼림 감독관들을 난데없이 마주쳤다. 그들은 모두 합쳐 열다섯 명이었는데 큼지막한 고기 파이를 두고 빙 둘러앉아 거하게 먹고 마시는 중이었다. 저마다 파이에 손을 쑤셔 넣어 떼어 내 게걸스럽게 먹어 댔고 곁에 세워 둔 맥주통에서 커다란 뿔피리 잔으로 거품 가득하게 맥주를 따라서 시원하게 목을 씻어 내렸다. 다들 링컨 그린* 옷을 입어 차림새가 그럴싸했던 그들은 사방으로 잎이 우거진 제법 큰 나무 아래의 풀밭에 앉아 있었다. 그중 한 명이 입에 음식이 잔뜩 든 채로 로빈에게 소리쳤다. "어이, 애송이 친구. 어딜 그렇게 가나? 싸구려 활이랑 장난감 같은 화살을 들고서 말이야."

로빈은 화가 났다. 애송이는 무릇 애송이라고 놀림을 받으면 발끈하기 마련이었다.

로빈이 대꾸했다. "내 활과 화살은 당신 것만큼이나 좋아요. 게다가 난 존경하는 노팅엄셔의 주 장관이 주관하시는 활쏘기 대회에 참가하러 노팅엄 타운에 가는 길이란 말입니다. 거기서 실력이 쟁쟁한 자들과 겨뤄서 맛 좋은 맥주 한 통을 상으로 받으려고요."

그러자 뿔피리 맥주잔을 들고 있던 한 사람이 말했다. "어허라! 이 녀석 말 좀 들어 보게나! 네놈 입가에 묻은 엄마 젖이 채 마르지도 않았는데 노팅엄의 쟁쟁한 사내들하고 겨루겠다고 재잘대는구나. 활시위조차 제대로 못 당길 것 같은데 말이야."

"20마르크를 걸고 내가 당신들을 이겨 드리지요." 로빈이 배짱 좋게 말했다. "성모 마리아의 기운을 받아 300미터 거리에 있는 표적을 명중시켜 보이겠어요."

그 말에 모두가 박장대소했다. 한 사람이 말했다. "젖먹이 녀

---

* 영국 Lincoln에서 시작된 염색 모직 색상. 황록색에 가깝다.

석이 허풍 한번 대단하구먼. 정말 대단해! 그런데 내기를 하려 해도 근처에 표적이 없다는 건 네놈도 잘 알잖나."

그러자 또 한 명이 소리쳤다. "좀 있음 엄마 젖을 제쳐 두고 맥주를 마시겠다고 하겠는걸."

그 말에 로빈은 화가 머리끝까지 치밀었다. "잘 들으세요." 그가 말했다. "저기 빈터 끝에 사슴 떼가 있어요. 300미터보다 더 되는 거리예요. 20마르크를 걸고 성모 마리아의 허락을 받아 저 사슴들 중에서 가장 큰 수사슴을 활로 쏴 죽이겠어요."

"그렇담 해 보시지!" 맨 처음 로빈에게 말을 걸었던 자가 소리쳤다. "여기 20마르크를 걸겠네. 자네가 사슴 한 마리도 쏘지 못한다는 데 이 돈을 걸겠어. 성모 마리아가 자네를 도와주시든 말든 말이야."

그러자 로빈이 주목으로 만든 튼튼한 활을 쥐고서 활 끝부분을 발등에 놓은 다음, 곧장 능숙하게 활에 시위를 걸었다. 그러고는 90센티미터짜리 화살을 시위에 메긴 다음, 활을 올려 들고서 화살에 달린 회색 거위 깃털이 귀 있는 곳까지 닿도록 활시위를 당겼다. 이윽고 활시위가 탱 하고 놓였고 화살이 눈 깜짝할 새에 빈터를 가로질렀다. 그 모습은 마치 새매가 북풍을 타고 하늘을 가로지르는 것 같았다. 곧바로 그중 가장 자태가 늠름한 수사슴이 펄쩍 뛰더니 쓰러져 죽었다. 풀밭이 사슴의 심장에서 흘러나온 피로 벌겋게 물들었다.

"하하!" 로빈이 소리쳤다. "내 활쏘기 실력이 어떻습니까? 당신이 내기에 건 돈은 내 겁니다. 아예 300파운드를 걸었어야 했는데!"

삼림 감독관들은 불같이 화를 냈다. 그중에서도 로빈에게 처음으로 말을 걸고 돈을 잃은 자가 제일 길길이 날뛰었다.

"말도 안 돼!" 그가 소리쳤다. "그 돈은 네놈 것이 아냐. 당장 썩 꺼져. 안 그러면 하늘에 계신 모든 성인의 뜻을 받들어 다시는 걷지 못하도록 네놈 옆구리를 흠씬 두들겨 패 줄 테다." "그리고 모르나 본데." 다른 삼림 감독관이 말했다. "네놈은 왕의 사슴을 죽인 게야. 그러니 우리의 위대하신 군주 헨리 왕의 법에 따라 네놈 귀를 싹둑 베어 버려야 해."

"저놈 잡자!" 또 다른 삼림 감독관이 소리쳤다.

"안 돼." 또 다른 삼림 감독관이 말했다. "그냥 가게 내버려 두게. 아직 어린놈이니 말이야."

로빈 후드는 한마디 말도 없이 매서운 표정으로 삼림 감독관들을 바라볼 뿐이었다. 그는 홱 돌아서더니 삼림 감독관들에게서 멀어져 숲속 빈터를 성큼성큼 걸어갔다. 그러나 들끓는 화를 주체할 수 없었다. 젊은이의 뜨거운 피란 쉽게 끓기 마련이었기 때문이다.

로빈 후드에게 처음 말을 걸었던 삼림 감독관이 그를 그냥 가게 내버려 두었으면 좋았을 것을. 그러나 그 삼림 감독관의 화도 쉽사리 가시지 않았다. 어린놈에게 보기 좋게 당했을 뿐만 아니라 아까 연거푸 들이켠 맥주 탓에 취기가 올랐기 때문이다. 그는 돌연 벌떡 일어서더니 활을 잡아 들고는 화살을 시위에 메겼다. "자!" 그가 소리쳤다. "네놈을 곧 잡아 주지." 화살이 휘파람 소리를 내며 로빈을 향해 날아갔다.

삼림 감독관의 머리가 취기 때문에 핑핑 돈 것은 로빈 후드에게는 천만다행인 일이었다. 안 그랬다면 로빈은 그다음 발걸음을 영영 떼지 못했을 것이다. 그도 그럴 것이, 화살이 가까스로 로빈의 머리를 비껴갔다. 뒤돌아선 로빈은 잽싸게 활시위를 당겨 도로 그에게 화살을 날렸다.

"내가 궁사가 아니라고?" 로빈이 목청 높여 외쳤다. "이제 다시는 그런 말 못 할걸!"

화살이 쌩하고 일직선으로 날아갔다. 자신이 궁사라 떠벌리던 삼림 감독관은 외마디 비명을 지르며 앞으로 고꾸라지더니 그대로 얼굴을 땅에 파묻었다. 그의 화살통에서 쏟아져 나온 화살들이 달그락거리는 소리를 내며 그의 곁에 흩어졌고, 그를 쏜 회색 거위 깃털 화살은 그의 심장에서 나온 피로 젖어 들었다. 나머지 삼림 감독관들이 채 정신을 차리기도 전에 로빈 후드는 숲속 깊은 곳으로 사라져 버렸다. 몇몇 이들이 로빈을 뒤쫓았으나 전력을 다하지는 않았다. 자신도 동료처럼 죽임을 당할까 봐 두려워서였다. 그들은 얼마 지나지 않아 모두 돌아와 죽은 동료를 들쳐 메고 그를 노팅엄 타운으로 옮겼다.

한편 로빈 후드는 숲속을 달리고 있었다. 방금 전까지만 해도 충만했던 기쁨과 즐거움이 송두리째 사라져 버렸다. 마음이 무겁게 짓눌렸고 자신이 사람을 죽였다는 사실이 점점 더 또렷해졌다.

"아아!" 그가 소리쳤다. "당신은 내가 진짜 궁사라는 걸 알게 됐을지 몰라도 그 바람에 당신 아내는 괴로움에 몸부림치게 되었어! 당신이 내게 한마디도 건네지 않았다면 좋았을걸. 아니 내가 당신 앞을 지나지 않았다면 좋았을걸. 아니, 이런 일이 생기기 전에 내 오른손 집게손가락이 아예 잘려 나갔더라면 좋았을걸. 내가 너무 성급하게 활시위를 놓아 버렸어. 그 대가로 지금 이렇게 마음이 찢겨지고 비통해 하고 있구나." 그러나 궁지에 몰린 와중에도 그는 이내 옛 격언을 떠올렸다. "이미 저지른 일은 돌이킬 수 없다. 깨진 달걀을 도로 이어 붙일 수는 없다."

그렇게 해서 그는 숲으로 숨어들었다. 그 후 오래도록 그곳이 그의 집이 될 테고, 그는 인심 좋은 록슬리 타운의 주민들과 함께했던 행복한 나날들을 다시는 만끽할 수 없을 터였다. 그는 사람을 죽였을 뿐만 아니라 왕의 사슴을 밀렵했다는 이유로 범법자가 되었기 때문이다. 그의 목에는 200파운드라는 현상금이 걸렸다. 그를 잡아 왕의 법정으로 데려오는 자라면 누구든지 그 돈을 받을 수 있었다.

한편 노팅엄의 주 장관은 불한당 로빈 후드를 자기 손으로 직접 잡아 정의의 심판을 받게 하겠다고 다짐했다. 이유는 두 가지였다. 한 가지 이유는 200파운드를 손에 넣고 싶어서였고 또 한 가지 이유는 로빈 후드가 죽인 삼림 감독관이 바로 그의 친척이었기 때문이다.

그러나 로빈 후드는 일 년 동안 셔우드 숲에서 무사히 숨어 지냈고, 그러는 동안 그의 주변에는 이런저런 이유로 다른 사람들에게서 쫓겨난 그와 같은 자들이 여럿 모여들었다. 개중에는 궁핍한 겨울철에 달리 먹을 것이 없어 사슴을 사냥하다가 그 자리에서 삼림 감독관들에게 적발되었으나 겨우 도망쳐 형벌을 모면한 자들도 있었다. 또 농장이 셔우드 숲에 있는 왕의 사유지로 귀속되면서 물려받은 터전에서 쫓겨난 자들도 있었다. 그런가 하면 지체 높은 귀족이나 부유한 수도원장 내지는 대지주에게 약탈을 당한 자들도 있었다. 사연이 어떻든 간에, 모두들 부당함과 억압을 피해 셔우드로 온 자들이었다.

그렇게 하여 그해 내내 백여 명 남짓 되는 건장한 사내 무리가 로빈 후드를 중심으로 모여 그를 자신들의 우두머리이자 대장으로 삼게 되었다. 그들은 귀족, 수도원장, 기사, 대지주를 가리지 않고 자신들을 약탈한 모든 압제자에게 똑같이 약탈로써 복수하고 그들이 불공평한 세금, 지대, 부당한 벌금으로 가난한 자들에게서 빼앗은 것을 다시 찾아오겠다고 맹세했다. 그러나 그들은 가난한 자들에게는 도움이 필요하거나 어려운 때에 도움의 손길을 건네고 그들이 부당하게 빼앗긴 것을 되찾아 주곤했다. 게다가 아이들에게 절대로 해를 끼치지 않고 아가씨든 부인이든 미망인이든 모든 여성에게도 절대로 잘못된 행동을 하지 않겠다고 맹세했다. 얼마 지나지 않아 사람들은 로빈 후드와 그의 무리가 자신들에게 전혀 해를 끼치지 않고 오히려 어려운 때에 여러 궁핍한 가정에 돈이나 먹을 것으로 도움을 준다는 사실을 하나둘 알게 되었다. 사람들은 로빈 후드와 그의 무리를 칭찬하게 되었고 로빈 후드와 셔우드 숲에서의 그의 행적에 관한 이야기를 두루 입에 올리게 되었다. 로빈 후드 역시 자신들과 같은 동지라는 느낌이 들었기 때문이다.

나뭇잎들 사이로 새들이 유쾌하게 지저귀던 어느 상쾌한 아침, 로빈 후드가 잠에서 깼다. 그의 무리도 모두 일어나 조약돌들 사이로 졸졸 흐르는 차가운 갈색 개울물에 세수를 하고 손을 씻었다. 로빈이 말했다. "이 주일이 다 되도록 재미난 놀잇거리가 없었으니 당장 모험을 찾아 떠나야겠어. 단, 자네들은 전부 여기 숲에서 기다리게나. 내가 부를 때까지 귀 기울이고 있도록 해. 도움이 필요하면 뿔나팔을 세 번 불 테니 그때 빨리 와주게. 자네들 도움이 필요할 테니."

로빈 후드는 그렇게 말하고는 성큼성큼 발걸음을 옮겨 울창한 숲속 빈터를 지나 어느덧 셔우드 끝자락에 다다랐다. 거기서 그는 큰길과 샛길, 깊고 좁은 골짜기, 숲속 변두리를 한동안 정처 없이 거닐었다. 그러다 그늘진 오솔길에서 풍만하고 아리따운 아가씨를 마주쳤고 두 사람은 서로 인사를 건네며 가던 길을 재촉했다. 이어서 그는 다소곳이 걷고 있던 아름다운 부인을 마주쳤고 그녀에게 정중하게 모자를 벗어 보였다. 부인 역시 훤칠한 청년에 대한 답례로 차분히 고개를 숙여 인사했다. 그는 짐바구니를 가득 실은 당나귀를 탄 살찐 수도사도 만났고, 햇살을 받아 눈부시도록 번쩍이는 갑옷을 입고 창과 방패를 든 늠름한 자태의 기사도 만났다. 이어서 붉은 옷차림의 견습 기사, 노팅엄 타운에서 느릿한 발걸음으로 이쪽으로 걸어오던 풍채 좋은 마을 주민도 만났다. 이것이 그가 본 광경의 전부였고 모험은 없었다. 이윽고 그는 숲 끝자락 옆으로 난 길로 들어섰다. 그 샛길을 따라 내려가면 좁은 통나무 다리가 드리워진 조약돌이 많은 넓은 개울이 있었다. 다리 근처에 다다른 로빈은 반대편에서 키가 큰 낯선 이가 오는 것을 보았다. 로빈은 서둘러 발걸음을 재촉했다. 반대편의 낯선 이도 마찬가지였다. 서로 다리를 먼저 건너려는 심산이었다.

"자, 물러서게나." 로빈이 말했다. "잘난 자가 먼저 건너가야 하니."

"그게 무슨 소리!" 낯선 이가 대꾸했다. "자네야말로 먼저 물러서게. 잘난 자는 바로 나니까."

"누가 잘난지는 곧 알게 되겠지." 로빈이 말했다. "그 자리에 가만히 서 있지 않으면 성 앨프리다의 광채 나는 이마의 기운을 받아 길쭉한 화살을 자네 갈비뼈에 내다 꽂는 노팅엄의 진귀한 묘기를 보여 주겠네."

"그렇다면 난 말이야." 낯선 이가 말했다. "자네 살가죽을 거지 누더기처럼 얼룩덜룩해질 때까지 무두질해 주지. 자네가 그 활 시위에 감히 손이라도 댄다면 말이야."

"허풍 한번 대단하군." 로빈이 말했다. "난 기세등등한 자네 가슴팍에 이 화살을 냅다 꽂을 수 있네. 수사가 성 미카엘 축일에 거위 구이를 갖다 놓고 식전 기도를 채 올리기도 전에 말이야."

"지껄이는 걸 보아하니 겁쟁이로구먼." 낯선 이가 말했다. "자네는 지금 거기 서서 주목으로 만든 튼튼한 활을 갖고 내 심장을 쏘겠다고 하는데, 내 손에는 자네에게 대적할 만한 무기가 이 가시자두나무로 만든 지팡이밖에 없지 않나?"

"양심을 걸고 맹세하는데 말일세." 로빈이 말했다. "난 평생 겁쟁이라는 말을 한 번도 들어 본 적이 없어. 내 믿음직한 활과 화살들을 내려놓겠네. 잠시만 기다려 준다면, 내가 가서 몽둥이로 쓸만한 막대를 구해 오겠네. 그걸로 당신의 사내다움을 시험해 보지."

"오호라. 그럼 기다리겠네. 그것도 기꺼이." 낯선 이가 말했다. 그러고는 지팡이에 몸을 단단히 기댄 채 로빈을 기다렸다.

로빈 후드는 잽싸게 수풀이 우거진 곳으로 뛰어 들어가 어린 참나무에서 길이가 180센티미터 정도 되는 곧고 단단한 나뭇가지를 꺾은 다음, 연한 잔가지들을 잘라 내 다듬으며 돌아왔다. 그러는 동안 낯선 이는 지팡이에 기댄 채 로빈을 기다리면서 휘파람을 불며 주위를 둘러보았다. 로빈은 꺾은 나뭇가지를 다듬으면서 몰래 그를 관찰했다. 곁눈질로 머리부터 발끝까지 훑어보면서 그렇게 기골이 장대하고 우람한 사내는 난생처음 본다고 생각했다. 로빈도 키가 컸으나 낯선 이는 로빈보다 사람 머리 하나와 목 하나만큼 더 컸다. 그도 그럴 것이, 낯선 이는 키가 2미터 하고도 10센티미터나 되었다. 로빈도 어깨가 넓었으나 낯선 이는 로빈보다 손바닥 너비 두 배만큼 어깨가 더 넓었다. 게다가 허리 둘레는 못해도 1미터는 되는 것 같았다.

"그렇긴 하지만." 로빈이 혼잣말로 중얼거렸다. "네놈 가죽을 신나게 두들겨 패 줄 테다." 그러고는 목청 높여 소리쳤다. "어이, 거기. 굵고 단단한 몽둥이를 구했네. 잠시만 기다리게. 겁먹은 게 아니라면 내게 덤벼 보시지. 둘 중 하나가 얻어맞고 개울에 처박힐 때까지 싸워 보자고."

"진심을 다해 상대해 주지!" 낯선 이가 소리치며 지팡이를 들고서 휙휙 소리가 나도록 머리 위로 빙빙 돌려 댔다.

아서왕의 원탁의 기사들도 이 둘의 대결만큼 비장한 대결을 펼친 적이 없을 것이다. 로빈이 순식간에 낯선 이가 서 있는 다리 위로 잽싸게 올라섰다. 먼저 로빈은 때리는 척 시늉을 하더니 이내 낯선 이의 머리를 내리쳤다. 만약 명중했다면 낯선 이는 곧장 물에 빠졌을 것이다.

그러나 낯선 이는 날렵하게 몸을 돌려 몽둥이를 피하더니 로빈만큼이나 강력한 한 방을 선사했다. 로빈도 마찬가지로 낯선 이의 지팡이를 피해 냈다. 그렇게 그들은 각자 선 자리에서 한 치도 물러서지 않고 족히 한 시간은 대치했다. 그러는 동안 둘 사이에 숱한 몽둥이질이 오갔고 결국 두 사람 모두 여기저기 뼈마디가 쑤시고 혹투성이가 되기에 이르렀다. 그러나 둘 중 어느 누구도 "그만!"이라고 외칠 생각을 하거나 다리에서 떨어질 기미가 보이지 않았다. 그들은 이따금 결투를 멈추고 한숨 돌리면서 저렇게 봉술에 능한 자는 난생처음 본다는 생각을 각자 했다. 마침내 로빈이 낯선 이의 갈비뼈를 가격했고 그 바람에 그의 윗옷이 햇볕에 내놓은 젖은 짚단처럼 먼지를 뿜어냈다. 워낙 강하고 정확한 한 방이었기 때문에 낯선 이는 하마터면 다리에서 떨어질 뻔했으나 곧바로 기세를 가다듬고 능수능란한 손놀림으로 로빈의 정수리를 가격했다. 그 바람에 로빈의 머리에서는 피가 흘렀다. 화가 머리끝까지 치민 로빈은 온 힘을 다해 낯선 이를 내리쳤다. 그러나 낯선 이는 로빈의 몽둥이질을 피했고 다시 한번 로빈을 세게 내리쳤다. 이번에는 꽤 정통으로 맞은 탓에 로빈은 결국 물속에 거꾸로 처박히고 말았다. 그 모습은 마치 볼링 경기에서 여왕 핀이 쓰러지는 것 같았다.

"어이, 친구. 자네 지금 어디 있는 건가?" 낯선 이가 폭소를 터트리며 소리쳤다.

"물난리 속에서 이리저리 물살에 떠내려가고 있네." 로빈이 소리쳤다. 그는 자신의 어이없는 꼴에 웃음이 터지는 것을 참을 수 없었다. 로빈은 곧 중심을 잡고 일어서서 둑 있는 곳으로 물을 헤치며 걸어 나왔다. 그가 첨벙대는 바람에 겁에 질린 작은 물고기들이 일제히 사방으로 도망쳤다.

"내 손 좀 잡아 주게." 둑에 다다른 로빈이 소리쳤다. "자네가 용감하고 강한 자라는 걸 인정하겠네. 몽둥이 휘두르는 실력이 빼어나다는 것도 말이야. 그나저나 내 머리가 뜨거운 6월의 벌집처럼 윙윙댄다네."

그러더니 로빈은 뿔나팔을 입술에 갖다 대고는 세게 불었고, 그 소리는 숲길을 따라 기분 좋게 울려 퍼졌다. "그런데 말일세." 로빈이 다시 입을 열었다. "자네는 장신인 데다가 용맹하기까지 하군. 장담하는데, 이 근방에서 캔터베리 타운까지 통틀어 자네처럼 나를 대적할 수 있는 자는 결코 없을 것이네."

"자네도 몽둥이 다루는 솜씨가 무척이나 대범하고 기세등등하다네." 낯선 이가 웃으며 말했다.

그런데 사람들이 오는 것인지 멀리서 크고 작은 나뭇가지들이 부스럭거리는 소리가 들렸다. 그러더니 덤불 속에서 링컨 그 린 옷을 입은 몸집 좋은 사내 무리가 불쑥 튀어나왔다. 사십 명 쯤 되는 무리의 맨 앞에 선 자는 유쾌한 윌 스튜틀리였다.

"어이, 대장." 윌이 소리쳤다. "꼴이 이게 뭔가? 머리부터 발끝 까지 홀딱 젖었구먼. 아예 속살까지 젖었겠어."

"어떻게 된 일이냐면 말이지." 유쾌한 로빈이 말했다. "저기 저 거구의 사내가 나를 물속에 송두리째 빠뜨렸다네. 덤으로 나를 두들겨 패기까지 했지."

"그렇다면 저자도 물속에 처박아야 하지 않겠나. 덤으로 흠씬 두들겨 패주고 말이야." 윌 스튜틀리가 목청을 높였다. "어이, 다 들 저자를 붙잡아!"

윌과 스무 명 남짓 되는 무리가 낯선 이에게 달려들었다. 그 들이 잽싸게 그를 덮쳤으나 그는 이미 준비 태세가 된 상태에서 지팡이를 이리저리 휘둘렀다. 그런 탓에 낯선 이가 수적으로 열 세했음에도 로빈 후드의 무리 몇몇은 그를 제입하기도 전에 그 에게서 정수리를 얻어맞고 아픈 정수리를 문질러 댔다.

"안 돼. 그만 해!" 로빈은 쑤시는 옆구리가 또 쑤시도록 웃어 대며 소리쳤다. "그자는 선량하고 정직한 자야. 그를 다치게 하 지 마. 어이, 잘 듣게, 친구. 나와 함께 지내면서 내 무리의 일원 이 되지 않겠나? 해마다 링컨 그린 옷을 세 벌씩 주고 거기다 40마르크를 봉급으로 얹어 주겠네. 게다가 좋은 것이 생기면 무 엇이든 나눠 주겠네. 맛 좋은 사슴고기를 먹고 질 좋은 맥주를 마음껏 마시게 되겠지. 자네를 내 든든한 오른팔로 두고 싶다네.

내 평생 자네같이 봉술 실력이 빼어난 자는 보지 못했으니까. 그러니 대답해 주게! 내 무리의 일원이 되어 주겠나?"

"그건 잘 모르겠네." 낯선 이가 퉁명스럽게 대답했다. 아까 그렇게 로빈의 무리가 달려든 것 때문에 화가 나 있었기 때문이다. "자네들이 참나무 봉을 다루는 것만큼 주목으로 만든 활과 사과나무로 만든 화살을 잘 다루지 못한다면 이 나라의 사내라 불릴 자격이 없지. 그러나 여기서 나보다 활을 더 잘 쏘는 자가 한 명이라도 있다면 자네들 무리에 합류하는 걸 생각해 보겠네."

"지금 보니 말이야." 로빈이 말했다. "자네 아주 뻔뻔하고 건방지구먼. 그렇지만 이번에는 자네에게 져 주겠네. 내 평생 한 번도 누구에게 져 준 적이 없지만 말이야. 어이, 스튜틀리. 가서 흰 나무껍질 좀 벗겨 오게. 너비가 손가락 네 개쯤 되는 걸로 말이야. 그걸 저기 70미터 거리에 있는 참나무에 붙여 놓게. 자, 낯선 양반. 이제 회색 거위 깃털이 달린 화살을 쏴서 저걸 잘 맞혀 보게. 그러면 자네를 진정한 궁사로 인정하겠네."

"기꺼이 그러지." 낯선 이가 대답했다. "내게 튼튼한 활과 넓은 화살을 가져다주게. 내가 맞히지 못하면 나를 발가벗겨 시퍼렇게 멍이 들도록 활시위로 패도 좋네."

낯선 이는 로빈의 것 다음으로 가장 튼튼한 활과 회색 거위 깃털이 달린 곧고 매끈한 화살을 골라 들고는 표적을 향해 섰다. 로빈의 무리 전원은 풀밭에 앉거나 드러누워 그가 활 쏘는 광경을 지켜보았다. 그는 활시위를 뺨 있는 곳까지 당기더니 곧장 능수능란하게 화살을 날렸다. 화살이 숲길을 가로질러 일직선으로 날아가 표적 정중앙에 꽂혔다. "하하!" 낯선 이가 외쳤다. "할 수 있다면 저것보다 잘해 보시지." 보기 좋게 명중한 화살에 로빈의 무리마저 박수를 쳤다.

"정말 민첩하게 잘 쏘았네." 로빈이 말했다. "저것보다 잘할 수는 없지만 저걸 망칠 수는 있지."

그는 자신의 튼튼한 활을 집어 들어 신중하게 화살을 시위에 메기더니 가진 기술을 전부 동원하여 활을 쏘았다. 화살이 일직선으로 날아갔고 낯선 이가 쏜 화살을 정통으로 맞추어 여러 조각으로 쪼개 버렸다. 그 광경에 무리 전체가 벌떡 일어나 대장이 보란 듯이 쏜 화살을 보며 기뻐서 환호성을 질렀다.

"과연 성 위톨드의 활 솜씨를 보는 것 같군!" 낯선 이가 소리쳤다. "그야말로 장관이 아닐 수 없네. 내 생애 저런 광경은 본 적이 없어! 당장 자네 무리에 합류하겠네. 암, 그렇고말고. 아담 벨도 명사수라지만 저렇게는 절대로 쏠 수 없지."

"자, 이렇게 해서 오늘 난 든든한 조력자를 얻었네." 유쾌한 로빈이 말했다. "그런데 자네 이름이 무엇인가?"

"사람들은 내 고향 이름을 따서 날 존 리틀이라고 부르지." 낯선 이가 대답했다.

그러자 말장난하기를 좋아하는 윌 스튜틀리가 목소리를 높였다. "그건 아니지. 키 작은 양반." 그가 말했다. "자네 이름이 영 맘에 들지 않으니 내가 새로 지어 보겠네. 자네는 키가 작고 뼈마디와 힘줄도 앙상하니 자네에게 리틀 존이라는 세례명을 내려 주겠네. 내가 흔쾌히 대부가 되어 주지."

그 말에 로빈과 그의 무리 전원이 박장대소했고 낯선 이는 결국 얼굴을 붉히기 시작했다.

"날 놀렸단 말이지?" 그가 윌 스튜틀리에게 말했다. "자네 뼈도 못 추리게 될 줄 알아."

"여보게, 친구." 로빈 후드가 말했다. "화 가라앉히게. 새 이름이 자네에게 참 잘 어울리니 말이야. 앞으로 자네를 리틀 존이라고 부르겠네. 리틀 존, 아주 좋군. 자, 다들 모이세. 이 갓 태어난 아기를 위해서 세례식을 열어 주도록 하세."

그렇게 해서 모두가 개울을 뒤로하고 다시 숲속으로 뛰어들었다. 숲을 헤치고 발걸음을 옮긴 그들은 이윽고 그들이 사는 숲속 깊은 곳에 다다랐다. 그곳에는 그들이 나무껍질과 나뭇가지로 만든 오두막들과 다마사슴 가죽과 향긋한 골풀을 깔아 만든 침상들이 있었다. 또 나뭇가지들이 사방으로 무성하게 뻗은 거대한 참나무도 한 그루 서 있었다. 그 아래에는 푸른 이끼를 깔아 만든 자리가 있었는데, 그곳은 로빈 후드가 동료들과 함께 앉아 잔치를 벌이고 즐거운 한때를 보내곤 하는 곳이었다. 그곳에는 로빈 후드의 나머지 무리도 있었는데, 그중 몇몇이 살찐 암사슴 두 마리를 가져온 참이었다. 전원이 모여 모닥불을 크게 피웠고 이어 사슴고기를 굽고 거품 그득한 맥주통을 꺼내 왔다. 잔치 준비가 끝나자 모두가 자리에 앉았고 로빈은 리틀 존을 자신의 오른쪽에 앉혔다. 이제 그가 로빈 다음으로 무리의 두 번째 대장이 될 터였기 때문이다.

먹고 마시기가 끝나자 윌 스튜틀리가 목소리를 높였다. "자,

이제 우리 사랑스러운 아기에게 세례식을 해 줄 차례인 것 같은데 말이야. 그렇지 않나, 친구들?" "옳소! 옳소!" 모두가 숲속이 쩌렁쩌렁 울리도록 웃음을 터트리며 화답했다.

"자, 이제 일곱 명의 후견인을 뽑겠네." 윌 스튜틀리는 이렇게 말하고는 무리 중에서 가장 우람한 친구를 일곱 명 골라냈다.

"성 둔스타누스의 이름을 걸고 말하는데." 리틀 존이 벌떡 일어나 소리쳤다. "내 털끝 하나라도 건드리면 후회하게 될 거야."

그러나 후견인으로 뽑힌 일곱 명은 한마디 말도 없이 일제히 그를 덮쳐 그의 팔다리를 붙잡았고 그가 버둥거리는 와중에도 그를 꽉 잡고 놓지 않았다. 모두가 둘러서서 그 광경을 지켜보는 가운데 일곱 명은 그를 앞으로 데리고 갔다. 그러자 정수리가 벗겨져 사제 노릇을 하기로 한 자가 맥주가 넘쳐 흐르는 항아리를 들고 다가왔다. "자, 누가 이 아기를 데려왔소?" 그가 근엄한 목소리로 물었다.

"제가 데려왔습니다." 윌 스튜틀리가 대답했다.

"아기에게 어떤 이름을 지어 주겠소?"

"리틀 존이라고 짓겠습니다."

"리틀 존." 가짜 사제가 말했다. "그동안 그대는 그저 흘러가는 대로 살았을 뿐, 진정으로 살아온 것이 아니오. 이제야 그대는 진정한 삶을 살게 되었소. 과거에는 존 리틀로 불렸으나 이제 진정한 삶을 살게 된 그대는 리틀 존으로 불리게 될 것이오. 자, 이로써 그대에게 세례를 베풀겠소." 그는 이렇게 말을 마치고는 리틀 존의 머리에 맥주를 부어 항아리를 비웠다.

모두가 함성을 지르며 웃음을 터트렸다. 갈색 맥주가 리틀 존의 수염에서 줄줄 흘러내리고 그의 코와 턱에서도 뚝뚝 떨어졌기 때문이다. 그는 맥주 때문에 쓰라린 눈을 껌벅였다. 처음에 그는 화를 낼 작정이었으나 모두가 즐거워하는 모습에 그럴 수가 없었다. 결국 그도 나머지 무리를 따라 웃고 말았다. 로빈은 어여쁘고 사랑스러운 아기를 데려가 머리부터 발끝까지 링컨 그린 옷을 새로 입히고 튼튼하고 단단한 활을 주어 그를 무리의 일원으로 맞이했다.

자, 지금까지가 로빈 후드가 범법자가 된 사연이었다. 그렇게 해서 유쾌한 벗들이 그의 주변으로 모여들었고 그렇게 해서 로빈이 리틀 존을 조력자로 두게 되었다. 이렇게 프롤로그가 끝이 났다. 이제는 노팅엄의 주 장관이 로빈 후드를 세 번이나 잡으려 했지만 번번이 실패한 이야기를 들려주겠다.

1

로빈 후드와 땜장이

어떻게 해서 로빈 후드의 목에 200파운드의 현상금이 걸리게 되었는지는 아까 여러분에게 이야기했다. 또 노팅엄의 주 장관이 200파운드를 손에 넣고 싶어서, 그리고 로빈이 죽인 자가 자신의 친척이라는 이유로 로빈을 직접 잡겠다고 다짐한 이야기도 했다. 셔우드에서 로빈이 어떤 막강한 힘을 갖고 있는지 미처 몰랐던 주 장관은 여느 범법자에게 그러는 것과 마찬가지로 로빈에게도 체포 영장을 발부할 생각이었다. 그래서 로빈에게 영장을 전달하는 자에게는 누구든지 금화 80엔젤을 상금으로 주겠다고 제안했다. 그러나 노팅엄 타운의 주민들은 로빈 후드와 그의 행적에 대해 주 장관보다 더 많이 알고 있었고, 많은 주민은 그 대담한 범법자에게 체포 영장을 들이밀겠다는 발상에 웃음을 터트렸다. 영장을 들이밀어 봤자 머리통만 박살 날 것이라는 사실을 너무 잘 알았기 때문이다. 그런 탓에 아무도 그 일을 맡으러 나서지 않았다. 결국 이 주일이 지나도록 주 장관이 내린 임무를 맡겠다고 나서는 이가 아무도 없었다. 주 장관이 말했다. "로빈 후드에게 체포 영장을 전달하는 자라면 누구든지 후한 상금을 주겠다고 약속했는데도 아무도 나서는 이가 없다니 정말 놀랍군."

그러자 주 장관 옆에 있던 그의 부하가 말했다. "주 장관님. 로빈 후드가 얼마나 막강한 힘을 가진 자인지 잘 모르시는군요. 그는 왕이나 주 장관의 체포 영장 따위에는 눈 하나 깜짝하지 않는답니다. 그러니 아무도 체포 영장을 전달하려 하지 않을 겁니다. 머리통이 박살 나고 온몸의 뼈가 으스러질 테니까요."

"노팅엄의 사내들은 죄다 겁쟁이군." 주 장관이 말했다. "노팅엄셔에서 위대하신 군주 헨리 왕의 영장에 감히 불복하면 어떤 신세가 되는지 내 직접 보여 주겠어. 성 에드먼드의 뜻을 받들어 그놈의 목을 20미터 높이에 매달아 버릴 테다! 노팅엄셔의 사내들이 금화 80엔젤을 마다한다면 다른 곳에서 적임자를 찾아보겠어. 이 나라 어딘가에는 분명 패기 넘치는 자가 있을 테니까."

주 장관은 자신이 꽤나 신임하는 전령을 불러 말에 안장을 얹고 링컨 타운으로 떠날 채비를 하라고 명령했다. 거기서 자신이 내린 임무를 수행하고 상금을 타 갈 적임자를 물색해 보라는 것이었다. 바로 그날 아침으로 전령은 주 장관의 명령을 수행하러 길을 떠났다.

노팅엄에서 링컨으로 이어지는, 언덕과 계곡을 따라 온통 하얇게 뻗어 있는 먼지투성이 큰길에 눈부신 햇살이 비추었다. 먼지투성이 길을 달려오느라 목이 칼칼했던 전령은 눈앞에 블루보어 여관의 간판이 보이자 무척이나 반가웠다. 가야 할 길을 반이상 달려온 터였다. 그의 눈에는 여관이 꽤 근사해 보였고, 여관 주위로 서 있는 참나무들의 그늘이 시원하고 쾌적해 보였기에 그는 잠시 쉬어 가면서 맥주 한잔으로 갈증 나는 목을 시원하게 축이려고 말에서 내렸다.

그는 여관 입구 앞 풀밭에 그늘을 드리운, 사방으로 잎들이 무성한 참나무 아래에 쾌활한 사내들 무리가 앉아 있는 것을 보았다. 그곳에는 땜장이 한 명, 맨발의 탁발 수도사 두 명, 링컨 그린 옷을 입은 왕의 삼림 감독관 여섯 명이 있었다. 모두 거품 가득한 맥주를 벌컥벌컥 들이켜면서 흥겨운 옛 노래를 부르고 있었다. 노래를 부르는 와중에 오고 가는 농담에 삼림 감독관들이 크게 웃었고, 검은 숫양의 털처럼 수염이 곱슬거리는 원기 넘치는 수도사들은 더 크게 웃어 댔다. 그러나 그중에 웃음소리가 가장 큰 것은 땜장이였다. 그는 무리 중에서 노래를 가장 멋들어지게 불렀다. 그의 자루와 망치는 참나무 가지에 걸려 있었고 근처에는 그의 손목만큼 굵고 끝에 옹이가 져 있는 단단한 몽둥이가 세워져 있었다.

"이쪽으로 오시오." 삼림 감독관들 중 한 명이 지친 전령을 향해 소리쳤다. "여기 와서 같이 한잔 하시구려. 어이 주인장! 여기 모두에게 신선한 맥주 한 잔씩 돌려 주시오."

전령은 기다렸다는 듯이 그들 사이에 자리를 잡고 앉았다. 지쳐서 사지가 무겁고 맥주 맛도 좋을 것 같았기 때문이다.

"무슨 소식을 전하느라 그리 급히 가시오?" 한 사람이 물었다. "오늘 어디로 가는 길이신지?"

전령은 워낙 떠들어 대기를 좋아하고 소문 내기라면 사족을 못 쓰는 자였다. 게다가 맥주를 마신 탓에 마음도 녹아내린 듯했다. 그는 여관에 있는 긴 의자의 앉기 편한 모서리에 자리를 잡고 앉았다. 여관 주인은 문가에 기대서고 안주인은 앞치마 아래로 양손을 그러모으고 선 가운데, 전령은 자신이 전하려는 소식을 맘 편히 풀어놓기 시작했다. 그는 사건의 발단부터 시작해서 모든 이야기를 풀어놓았다. 로빈 후드가 삼림 감독관을 죽이고 법을 피해 숲속에 숨어들게 된 이야기, 그가 법을 어긴 채 왕의 사슴을 죽이고 배불뚝이 수도원장, 기사, 대지주에게서 세를 거둬들이며 사는 이야기, 그런 탓에 그가 두려운 나머지 와틀링 가도나 포스 가도는 큰길임에도 아무도 얼씬하지 않는다는 이야기를 늘어놓았다. 또 노팅엄의 주 장관이 극악무도한 로빈 후드에게 왕의 체포 영장을 발부하기로 결심한 이야기와 로빈 후드는 법을 지키는 것은 안중에도 없는 자이기 때문에 왕이나 주 장관의 체포 영장 따위에는 눈 하나 깜짝하지 않을 것이라는 이야기도 덧붙였다. 이어서 그는 로빈 후드에게 머리통을 얻어맞고 온 뼈마디가 으스러질까 봐 무서워 그에게 체포 영장을 전달하려는 자가 노팅엄 타운 어디에도 없으며, 그래서 본인이 전령 자격으로 링컨 타운으로 가서 그곳 사내들 중 로빈 후드에게 영장을 전달할 패기 넘치는 자가 있는지 확인하려 한다는 이야기로 끝을 맺었다.

"그렇다면 밴베리 타운 출신인 내가 가 보겠소. 정말이오." 유쾌한 땜장이가 말했다. "노팅엄이든 셔우드든 그곳에는 나만큼 센 손아귀 힘으로 몽둥이를 쥘 수 있는 자는 없을 거요. 어이, 여보게들. 내가 까불대는 미치광이인 일리의 사이먼과 대적한 적이 있지 않소? 하트퍼드 타운의 유명한 축제의 시합장에서 레슬리의 로버트 경 부부가 지켜보는 가운데 내가 그를 때려눕히지 않았소? 이름은 한 번도 들어 본 적 없으나 로빈 후드라는 작자가 호걸임은 틀림없는 것 같소. 하지만 그가 힘이 세다 해도 내가 더 세지 않겠소? 그가 간교하다 해도 내가 더 간교하지 않겠소? 방앗간집 난의 빛나는 눈동자와 와트라는 내 이름을 걸고, 어머니의 아들인 나, 그러니까 봉술의 대가 와트가 그 고약한 악당을 만나러 가겠소. 그가 영예로운 군주 헨리 왕의 인장과 노팅엄셔의 주 장관의 체포 영장을 보고도 아랑곳하지 않는다면, 내가 그놈을 시퍼렇게 멍투성이가 되도록 흠씬 두들겨 패고 머리통을 박살 내 주겠소. 손가락, 발가락 하나도 까딱 못할 지경이 되도록 말이오! 내 말 잘 들었소? 친구들?"

"당신이야말로 내가 찾던 자요." 전령이 소리쳤다. "나와 함께 노팅엄 타운으로 갑시다."

"아니오." 땜장이가 천천히 고개를 가로저으며 말했다. "내 자발적인 의지로 가는 게 아니라면 누구와도 함께 가지 않겠소."

"이런, 이런. 노팅엄셔의 그 누구도 당신 의지와 상관없이 억지로 가게 할 사람은 없소. 어쨌든 당신은 담력이 대단한 자요."

전령이 말했다.

"그렇긴 하지. 내가 담력 하나는 정말 끝내준다오." 땜장이가 말했다.

"맞소." 전령이 말했다. "당신은 정말 용감한 자요. 그런데 마음씨 후한 우리 주 장관님께서 로빈 후드에게 체포 영장을 전달하는 자는 누구든지 금화 80엔젤을 상금으로 주겠다고 하셨소. 이 말을 해도 별 소용은 없겠지만 말이오."

"오, 그렇다면 당신과 함께 가겠소. 내 자루와 망치, 몽둥이를 챙겨 올 테니 조금만 기다려 주시오. 내가 로빈 후드라는 작자를 직접 만나서 그가 정말 왕의 체포 영장에 눈 하나 꿈쩍하지 않는지 확인해야겠소." 그렇게 해서 그들은 맥주값을 치른 뒤, 전령은 말을 타고 땜장이는 그 옆에서 성큼성큼 걸으며 노팅엄으로 다시 길을 나섰다.

그로부터 얼마 후 어느 맑은 날 아침, 로빈 후드는 근황을 살피러 노팅엄 타운으로 길을 떠났다. 그는 수풀 사이에 향기로운 데이지들이 핀 길가를 따라 경쾌하게 발걸음을 옮겼고, 그의 시선과 생각은 정처 없이 이곳저곳을 떠돌았다. 그는 뿔나팔을 허리춤에 차고 활과 화살을 등에 메고 있었고, 손에는 참나무로 된 튼튼한 봉을 쥔 채 발걸음을 옮기면서 손가락으로 봉을 빙빙 돌려 댔다.

그늘진 오솔길을 걸어가던 그는 땜장이가 흥얼거리며 이쪽으로 오는 것을 보았다. 땜장이는 자루와 망치를 등에 매달고 손에는 길이가 자그마치 2미터나 되는 꽃사과나무로 만든 몽둥이를 들고 있었다. 그는 이렇게 노래를 부르는 중이었다.

콩꼬투리가 달리는 철이면
사냥개가 수사슴을 쫓으라는 각적 소리에 귀 기울이고
옥수수 피리를 든 아이들은
짐승들이 오지 못하게 지키고 앉아 있다네.

"어이, 안녕하시오!" 로빈이 소리쳤다.

나는 딸기를 따러 갔다네.

"어이, 여보시오!" 로빈이 다시 소리쳤다.

나무와 수풀이 빽빽하고.

"어이, 여보시오. 귀가 먹었소? 사람이 이렇게 말하잖소!" "자
네 도대체 누군데 내 흥을 깨는 건가?" 땜장이가 노래를 멈추고
말했다. "자네가 좋은 사람인지 아닌지는 모르겠지만 어쨌든 안
녕은 하네. 그런데 말이야. 덩치 좋은 친구. 자네가 좋은 사람이
라면 우리 둘 모두에게 다행인 일이지만 자네가 좋은 사람이 아
니라면 그건 자네에게 불리한 일이 될 거야."
   "그나저나 그렇게 의기양양한 당신은 어디서 왔소?" 로빈이
물었다.

"나는 밴베리에서 왔지." 땜장이가 답했다.

"이런!" 로빈이 말했다. "이 좋은 아침에 그 동네에는 안타까운 소식이 있다고 하던데."

"오호라, 정말인가?" 땜장이가 궁금해 죽겠다는 듯이 소리쳤다. "어서 빨리 말해 주게나. 보다시피 나는 땜질을 업으로 하는 사람인데 그러다 보니 새로운 소식이라면 누구보다 빨리 들어야 성이 풀린다네. 사제가 돈 밝히는 것처럼 말이야."

"그렇다면 말이오." 로빈이 말했다. "잘 들으시오. 내 말할 테니. 단, 마음 단단히 먹어야 할 거요. 무척 안타까운 소식이니까. 듣기로는 땜장이 두 명이 맥주를 마셨다는 이유로 발에 족쇄가 채워졌소."

"에라이, 이런 정신 나간 녀석 봤나. 그런 허무맹랑한 얘기 따위는 집어치우게나." 땜장이가 말했다. "괜히 선량한 자들을 욕되게 말하는구먼. 하지만 정말로 사지 멀쩡한 사내 둘이 족쇄에 채워진 거라면 그보다 더 안타까운 일은 없겠구먼."

"그게 아니오." 로빈이 말했다. "완전히 헛다리 짚었소. 엉뚱한 걸 붙잡고 우는소리를 하고 있잖소. 이 소식이 정말 안타까운 이유는 족쇄가 채워진 사람이 고작 둘뿐이라는 거요. 다른 땜장이들은 온 곳을 활보하고 있으니까."

"성 둔스타누스의 뜻을 받들어." 땜장이가 소리쳤다. "네놈 몸뚱이를 흠씬 두들겨 패 주고 싶구먼. 그런 실없는 농담을 하다니. 하지만 단지 맥주를 마셨다는 이유로 족쇄가 채워진다면 자네도 사지가 무사하지는 않을 거야."

그러자 로빈이 박장대소하며 소리쳤다. "바로 그거요. 땜장이 양반. 바로 그거요! 역시 받아치는 솜씨가 예사롭지 않구먼. 마치 맥주 같소. 시큼해질 때 거품이 가장 풍성해지지 않소! 그나저나 당신 말이 맞소. 나도 맥주라면 사족을 못 쓴다오. 지금 당장 나와 함께 블루 보어 여관으로 갑시다. 당신 행색으로 보아하니 술깨나 좋아할 것 같은데. 내 눈이 정확하다면 말이오. 노팅엄셔 어디서도 맛보지 못한 최고의 맥주로 목을 흠뻑 적시게 해 주겠소."

"이제 와서 하는 말인데." 땜장이가 말했다. "농담 실력은 고약하지만 자네 꽤 괜찮은 사람 같네. 자네, 맘에 드는구먼. 내가 자네와 함께 그 블루 보어인지 뭐시기에 가지 않는다면 날 야만인이라 불러도 좋네."

"그나저나 친구. 당신이 알고 있는 소식은 뭐요?" 함께 터덜터덜 걸으며 로빈이 물었다. "땜장이들은 소식이란 소식은 죄다 꿰고 있던데."

"어이, 친구. 자네가 친형제처럼 맘에 드니 말해 주는 걸세." 땜장이가 말했다. "난 원래 쉽사리 나불대지 않거든. 내게는 모든 꾀를 동원해서 수행해야 할 막중한 임무가 있어. 실은 이 근방에서 로빈 후드라 불리는 뻔뻔한 무법자 녀석을 찾으러 여기 왔다네. 내 주머니 안에는 체포 영장이 있네. 양피지에 근사하게 글이 쓰여 있고 법적인 효력을 증명하는 붉은 인장이 크게 찍혀 있지. 그놈을 만나기만 하면 그놈의 앙상한 몸뚱이 앞에 이 체포 영장을 들이밀 작정이라네. 영장을 보고도 꿈쩍 않는다면 갈비뼈 하나하나가 아멘을 부르짖을 때까지 그놈을 죽도록 두들겨 패 줄 거라네. 그나저나 친구, 이 근방에 사니 로빈 후드라는 놈을 알 것 같은데."

"아, 대충은 알고 있소." 로빈이 말했다. "바로 오늘 아침에도 봤소. 그런데 땜장이 양반. 사람들이 말하길 그는 아주 꽤씸하고 약삭빠른 도둑놈이라고 한다오. 그 체포 영장을 단단히 간수해야 할 거요. 안 그랬다간 그놈이 당신 주머니에서 채 갈 테니까."

"해 볼 테면 해 보라지!" 땜장이가 소리쳤다. "그놈이 만만치 않다지만 나 역시 만만치 않지. 지금 당장 대결해 보고 싶군. 사내 대 사내로!" 그는 또다시 무거운 몽둥이를 빙빙 휘둘렀다. "그런데 그 자는 외모가 어떤가?"

"나랑 꽤 비슷하오." 로빈이 웃으며 말했다. "키도 체구도 나이도 거의 같소. 게다가 눈동자가 푸른 것까지도 같다지."

"아니." 땜장이가 말했다. "자네는 새파란 젊은이인데. 난 그자가 수염이 덥수룩한 자인 줄 알았네. 노팅엄 주민들이 그를 그렇게 무서워한다지."

"그자는 당신만큼 나이가 있지도 덩치가 크지도 않소." 로빈이 말했다. "하지만 사람들은 그를 봉술의 달인이라 부르오."

"그럴 수도 있겠지." 땜장이가 단호한 어조로 말했다. "하지만 내가 더 능수능란할 거라네. 내가 하트퍼드 타운의 시합장에서 일리의 사이먼과 정정당당히 대결을 펼쳐 이긴 적이 있지 않나? 그런데 맘씨 좋은 친구. 자네가 그놈을 안다고 하면 날 그놈에게 데려다주지 않겠나? 그 흉악한 악당에게 체포 영장을 들이밀면 금화 80엔젤을 주겠다고 주 장관이 약속했네. 그놈에게 날 데려 다준다면 자네에게 그중 10엔젤을 주지."

"오호라. 그렇게 하겠소." 로빈이 말했다. "그런데 그 체포 영장 좀 보여 주시오. 제대로 쓰였는지 아닌지 봐야 하니까."

"그럴 순 없네. 내 친형제에게도 보여 주지 않을 걸세." 땜장이가 답했다. "그놈에게 체포 영장을 들이밀기 전까지는 아무에게도 안 보여 줄 거라네."

"그럼 그렇게 하시든가." 로빈이 말했다. "그런데 그걸 내게 보여 주지 않는다면 도대체 누구한테 보여 주겠다는 거요? 어쨌든 저기 블루 보어 여관이 있으니 일단 들어갑시다. 10월에 담근 흑맥주를 맛봅시다."

노팅엄셔 전역을 통틀어 블루 보어만큼 포근한 여관은 찾아볼 수 없었다. 여관 주변에 서 있는 나무들은 더할 나위 없이 아름다웠고 길게 덩굴져 올라간 클레마티스와 향긋한 인동덩굴이 사방을 뒤덮었다. 거품 풍성한 맥주도 단연 으뜸이었다. 게다가 북풍이 사납게 울부짖고 생울타리 주변으로 눈발이 흩날리는 겨울이면 블루 보어에서는 난롯불이 이글거리며 활활 타올랐다. 그럴 때면 장정들이나 마을 주민들이 활활 타오르는 난롯가에 두런두런 모여 앉아 유쾌한 농담을 주고받았고, 그러는 사이 벽난로 바닥돌에 놓아둔 넓적한 맥주잔 속에서는 꽃사과들이 노릇노릇 구워지면서 통통 튀었다. 블루 보어 여관은 로빈 후드와 그의 무리에게도 익숙한 곳이었다. 숲 전체가 눈으로 뒤덮일 때면, 로빈과 리틀 존, 윌 스튜틀리나 돈커스터의 청년 데이비드 같은 유쾌한 친구들이 여관에 자주 모였기 때문이다. 여관 주인으로 말할 것 같으면, 그는 말을 내뱉기 전에 조심하고 불필요한 말은 삼가는 입이 무거운 자였다. 그는 어떻게 행동해야 자신에게 유리한지 잘 알고 있었기 때문이다. 로빈과 그의 무리는 외상을 긋지 않고 어김없이 제때 값을 치르는 최고의 손님이었다. 그래서 로빈 후드와 땜장이가 여관 안으로 들어와 큰 소리로 맥주 두 잔을 시켰을 때, 로빈을 대하는 여관 주인의 표정이나 말로는 로빈이 범법자인지 아무도 알아채지 못했다.

"여기서 좀 기다리시오." 로빈이 땜장이에게 말했다. "나는 가서 여관 주인이 통에서 맥주를 제대로 따라 오는지 확인할 테니. 이 여관에 10월에 담근 맛 좋은 맥주가 있다오. 탬워스의 위톨드가 담근 맥주라지." 이렇게 말하고서 로빈은 안으로 들어가 여관 주인에게 꽤 되는 양의 플랑드르산 독주를 맥주에 섞어 달라고 속삭였다. 주인은 로빈의 말대로 하여 그들에게 맥주를 가져다주었다.

"세상에." 맥주를 길게 들이켜고는 땜장이가 말했다. "탬워스의 위톨드라니. 정말 근사한 색슨족의 이름이군. 내가 자네를 진작 알았더라면. 어쨌거나 이 봉술의 대가 와트가 홀짝여 본 맥주 중에 가장 거품이 풍성하군."

"자, 들이켭시다. 들이켜." 로빈은 이렇게 말하며 정작 자신은 입술만 적셨다. "어이, 주인장! 여기 내 친구에게 같은 걸로 한 잔 더 갖다주시오. 자, 이제 노래를 부를 차례요. 유쾌한 친구."

"그렇다면 내 소중한 친구를 위해 노래 한 가락 뽑아 보지."

땜장이가 말했다. "이런 맛 좋은 맥주는 난생처음이니까. 오, 벌써 머리가 어질하군! 어이, 거기 안주인도 와서 내 노래 좀 들어 주시오. 거기 아리따운 아가씨도 이쪽으로 오구려. 나는 눈동자를 반짝이며 들어 주는 관객이 있어야 노래를 더 잘 부른다지."

땜장이는 「가웨인 경의 결혼」이라는 아서왕 시절의 옛 노래를 불렀다. 아마 여러분도 옛 영어로 쓰인 이 노래의 가사를 언젠가 읽어 봤을 것이다. 땜장이가 노래를 부르는 동안 고매한 기사와 왕에 대한 그의 희생에 관한 숭고한 이야기에 모두가 귀를 기울였다. 그러나 마지막 대목에 이르기도 한참 전에, 맥주에 섞은 독주 때문에 땜장이의 혀가 꼬부라지기 시작했고 그의 머리도 핑핑 돌기 시작했다. 처음에는 그의 혀가 꼬부라지더니 이내 발음이 어눌해졌고 그의 머리가 좌우로 흔들리기 시작했다. 결국 그는 영영 못 일어날 것처럼 잠들어 버렸다.

로빈 후드는 하하 웃으며 땜장이의 주머니에서 날렵한 손길로 체포 영장을 잽싸게 꺼냈다. "땜장이 양반. 당신 참 음흉하군." 로빈이 말했다. "그렇지만 음흉한 도둑 로빈 후드를 따라오려면 한참 멀었네."

그러고는 여관 주인을 불러 말했다. "맘씨 좋은 주인장. 오늘 우리를 극진히 대접해 주었으니 여기 10실링을 드리겠소. 이 귀한 손님 좀 잘 보살펴 주시오. 그리고 그가 깨어나거든 술값으로 10실링을 또 달라고 하시오. 만약 주지 않으면 그의 자루와 망치 그리고 겉옷까지 술값 대신 내놓으라 하시오. 감히 내게 대항하려고 이 숲속까지 찾아온 대가를 치러 주는 거니까. 게다가 무릇 주인장이라면 술값을 두 번 받을 수 있는 기회를 마다하지 않겠지."

그 말에 여관 주인은 엉큼하게 미소 지었다. 그리고 속으로는 이렇게 되뇌었다. '번데기 앞에서 주름잡는구먼.'

땜장이는 오후가 다 지나 숲속 끝자락 옆으로 그림자가 길게 드리워질 때까지 자다가 깨어났다. 처음에 그는 위를 올려다보고 아래를 내려다보더니, 오른쪽을 돌아다보고 또 왼쪽을 돌아다보았다. 바람에 흩날린 보릿짚들을 그러모으듯 정신을 차리는 중이었다. 처음에 그는 유쾌한 친구를 떠올렸으나 그는 가버리고 없었다. 그러고는 꽃사과나무로 만든 자신의 튼튼한 몽둥이를 떠올렸다. 그건 손에 쥐어져 있었다. 그러고는 체포 영장을, 이어서 로빈 후드에게 체포 영장을 내밀고서 받을 금화 80엔젤을 떠올렸다. 그는 주머니에 손을 쑤셔 넣었으나 그 안에는 동전 한 닢은커녕 부스러기 하나도 없었다. 그는 화가 나서 벌떡 일어났다.

"어이, 주인장!" 그가 소리쳤다. "아까 나와 함께 있던 그 건달 같은 놈은 지금 어디 갔소?"

"선생님. 건달 같은 놈이라니 누굴 말씀하시는 겁니까?" 여관 주인은 땜장이의 심기를 건드리지 않으려고 그를 선생님이라 부르며 말했다. 불에 기름을 끼얹어서는 안 되기 때문이다. "선생님이 건달 같은 놈과 함께 있는 것은 보지 못했습니다요. 셔우드 숲 근방의 사람들은 감히 그자를 건달 같은 놈이라 부르지 못하니까요. 물론 선생님이 건장하고 올곧은 사내와 함께 있는 것은 보았죠. 하지만 선생님은 그자를 아는 게 아니던가요. 이 근방에서는 그를 지나쳐 놓고 못 알아보는 사람은 거의 없으니까요."

"이 돼지우리 같은 여관에 온 게 오늘이 처음인데 내가 어떻게 여기 드나드는 돼지들을 다 알겠소? 그나저나 그자는 도대체 누구요? 그를 잘 아시오?"

"그 건장하고 올곧은 사내를 이 동네 사람들은 로빈 후드라 부른답니다. 그자는…."

"맙소사!" 땜장이가 소리쳤다. 그러고는 성난 황소처럼 으르렁대는 목소리로 말했다. "당신은 독실하고 선량한 장인인 내가 당신 여관 안으로 들어오는 걸 똑똑히 봤는데 나와 동행한 자가 누군지 말도 해 주지 않는단 말이오? 그가 누군지 알고서도 말이오. 이제 정신 좀 차렸으니 괘씸한 당신 머리통을 박살 내 주겠소!" 그러고는 몽둥이를 집어 들어 그 자리에서 당장에라도 여관 주인을 내려칠 기세로 노려보았다.

"이러지 마십쇼!" 맞기 두려웠던 여관 주인은 팔꿈치로 막으며 소리쳤다. "선생님이 그를 모른다는 걸 제가 어떻게 압니까?"

"감사한 줄 아시오." 땜장이가 말했다. "내 참을성 강한 사람이니 당신 머리통이 박살 나는 건 면하게 해 주겠소. 다시는 손님을 속이지 마시오. 하지만 지금 당장 그 로빈 후드라는 건달 녀석을 잡으러 가야겠소. 내가 그 불한당 놈의 머리통을 박살 내지 못한다면 내 몽둥이를 부러뜨려 산산조각 내고 날 계집애라 불러도 좋소." 이렇게 말하고는 그는 떠날 채비를 했다.

"아직 가시면 안 됩니다." 여관 주인이 거위 떼를 몰 듯 두 팔로 가로막으며 땜장이 앞에 섰다. 돈 때문에 대담해진 터였다. "먼저 술값을 치르시지요."

"그놈이 치르지 않았소?"

"한 푼도 치르지 않았습니다. 오늘 마신 맥주는 족히 10실링어치는 됩니다. 값을 치르지 않으면 여기서 한 발짝도 못 나갑니다. 안 그러면 주 장관님께 알릴 테니 알아서 하십쇼."

"인심 후한 주인 양반. 나는 값을 치를 돈이 하나도 없소." 땜장이가 말했다.

"전 인심 후한 사람이 아닙니다." 여관 주인이 말했다. "10실링을 잃을 판인데 후한 인심이 어디서 생겨난답니까? 값을 치르든가 아니면 당신 겉옷과 자루, 망치를 두고 나가십쇼. 사실 그걸 다 합쳐도 10실링 값어치는 되지 않으니 제가 손해 보는 셈이죠. 만약 한 발짝이라도 움직인다면 여기서 키우는 큰 개를 풀어 달려들게 할 테니 알아서 하십쇼. 마켄. 이 손님이 한 발짝이라도 움직이면 문을 열어 브라이언을 풀어놓게."

"아, 알았소." 방방곡곡을 떠돌았던 땜장이는 개들이 어떤지 잘 알고 있었다. "갖고 싶은 건 다 갖고 대신 날 무사히 내보내 주시오. 에잇, 지옥에나 떨어지라지. 주인장 양반. 내 그 파렴치한 놈을 잡으면 이자까지 붙여서 술값을 치르게 할 테니 그리 아시오!"

땜장이는 말을 마치고는 혼자 중얼거리며 숲을 향해 성큼성큼 발을 내딛었다. 여관 주인 부부와 마켄은 선 채로 그가 가는 모습을 지켜보다가 그가 시야에서 사라지자 웃음을 터트렸다.

"로빈과 내가 저 작자를 보기 좋게 등쳐 먹었구먼." 여관 주인이 말했다.

그즈음 로빈 후드는 포스 가도에 무슨 일이 있는지 살피러 숲을 지나는 중이었다. 보름달이 뜬 터라 밤새 밝을 테니 길을 나선 것이었다. 그는 참나무로 만든 단단한 봉을 손에 쥐고 옆구리에는 뿔나팔을 매달고 있었다. 그렇게 휘파람을 불며 숲길을 내려갔다가 또 다른 길을 오르던 그는 맞은 편에서 땜장이가 성난 황소처럼 고개를 흔들며 투덜거리며 오는 것을 봤다. 그들은 길이 구부러지는 지점에서 느닷없이 정면으로 마주쳤다. 두 사람은 한동안 미동도 없이 서 있었다. 이윽고 로빈이 입을 열었다.

"안녕하신가? 내 소중한 친구." 로빈이 호탕하게 웃으며 말했다. "맥주 맛이 어떠셨소? 내게 또 노래를 불러 주지 않겠소?"

땜장이는 처음에는 아무 말도 하지 않고 서서 서늘한 표정으로 로빈을 바라보았다. 그러다 마침내 입을 열었다. "네놈을 마주하다니 무척이나 반갑군. 오늘 네놈 살가죽 안의 뼈들이 덜거덕대도록 네놈을 패 주겠다. 그렇게 못한다면 내가 네놈 종노릇을 하지."

"오호라." 유쾌한 로빈이 소리쳤다. "해 볼 수 있으면 해 보라지." 이렇게 말하면서 로빈은 봉을 손에 쥐고 몸을 날리며 방어했다. 땜장이도 자기 손에 침을 탁 뱉더니 몽둥이를 움켜쥐고 곧장 로빈에게 맞섰다. 땜장이는 두세 차례 몽둥이질을 해 댔으나 곧 만만치 않은 적수를 만났다는 것을 깨달았다. 로빈이 어김없이 피하고 받아쳐 냈기 때문이다. 땜장이가 생각할 겨를도 없이, 로빈은 그의 갈비뼈를 퍽 하고 때려서 응수했다. 로빈이 크게 웃자, 그 어느 때보다도 화가 치민 땜장이는 온 힘을 다해 로빈을 다시 내리쳤다. 로빈이 또다시 두 차례의 가격을 받아쳐 냈다. 그러나 땜장이가 세 번째로 있는 힘껏 내리친 몽둥이에 로빈의 봉이 부러지고 말았다. "이런 몽둥이 녀석, 나를 배신하다니." 봉이 손에서 떨어져 나가는 순간 로빈이 소리쳤다. "급해 죽겠는데 나한테 이러기야? 이 고얀 녀석."

"이제 항복하시지." 땜장이가 말했다. "네놈은 내 포로다. 항복하지 않으면 네놈 머리통을 흐무러질 때까지 박살 내 주겠다."

그 말에 로빈 후드는 아무런 대꾸도 하지 않았다. 다만 뿔나팔을 입술에 갖다 대고는 힘차고 명료하게 세 번 불었다.

"허허." 땜장이가 입을 열었다. "불어 볼 테면 불어 보라지. 하지만 나와 함께 노팅엄 타운으로 가야 할 거야. 주 장관이 네놈을 기다리고 있거든. 자, 이제 순순히 항복하겠나? 아니면 내가 네놈의 앙증맞은 머리통을 박살 내야 하나?"

"차라리 맛없는 맥주를 들이켜고 말지." 로빈이 말했다. "하지만 난 누구한테도 무릎을 꿇어 본 적 없소. 내 몸에 상처나 흔적 하나도 없다면 더더욱 말이오. 지금 항복한다는 건 말이 안 되지. 어이, 친구들! 빨리 오게!"

그러자 숲속에서 링컨 그린 옷을 입은 리틀 존과 건장한 사내 여섯이 튀어나왔다.

"대장, 무슨 일인가?" 리틀 존이 소리쳤다. "무슨 일이길래 나팔을 그리 요란하게 불었나?"

"저기 땜장이가 있네." 로빈이 말했다. "나를 노팅엄 타운으로 데려가겠다네. 교수대에 내 목을 매달겠다고 말이야."

"그럼 저자의 목을 먼저 매달아야겠군." 리틀 존이 소리쳤다. 그와 나머지 사내들이 땜장이를 붙잡으려고 달려들었다.

"아냐. 건드리지 마." 로빈이 말했다. "대차고 기운 센 자야. 땜질을 업으로 한다는군. 패기도 넘치지. 노래 실력도 수준급이야. 자, 당신 우리와 함께 하지 않겠소? 해마다 링컨 그린 옷을 세 벌씩 주고 40마르크를 봉급으로 주겠소. 무엇이든 우리와 나누고 숲에서 즐겁게 살 수 있소. 우리에게는 근심 걱정도 없고, 아늑한 셔우드 숲으로는 어떤 불행도 찾아오지 않소. 우리는 사슴을 사냥하고 사슴고기, 귀리로 만든 달콤한 케이크, 응유*와 꿀을 먹고 산다오. 자, 나와 함께 가겠소?"

"오호, 자네들 모두와 함께 하겠네." 땜장이가 말했다. "즐거운 삶이라. 내가 바라던 삶이지. 자네가 맘에 드는군, 대장. 물론 내 갈비뼈를 후려치고 나를 속이긴 했지만 말이야. 자네가 나보다 더 힘이 장사고 술수가 한 수 위라는 걸 인정하겠네. 자네에게 복종하고 충실한 부하가 되겠어."

그렇게 하여 모두가 깊은 숲속으로 발걸음을 옮겼고 그로부터 땜장이는 그곳에서 살게 되었다. 땜장이는 오랫동안 로빈 후드 무리에게 옛 노래를 불러 주었다. 그 유명한 앨런 어 데일이 오기 전까지는 말이다. 앨런 어 데일로 말할 것 같으면, 그의 감미로운 목소리 앞에서는 나머지 모든 사람의 목소리가 까마귀의 깍깍대는 소리로 들릴 정도였다. 그에 대해서는 나중에 이야기해 주겠다.

---

* curd. 우유를 응고시킨 것.

2

노팅엄 타운의 활쏘기 대회

괘씸한 로빈을 잡아들이려는 시도가 수포로 돌아가자 주 장관은 불 같은 노여움에 휩싸였다. 나쁜 소식이 늘 그렇듯, 사람들이 그를 비웃고 그가 배짱 두둑한 범법자인 로빈에게 체포 영장을 들이밀 생각을 했다는 것에 웃음을 터트린다는 이야기가 그의 귀에까지 들어갔기 때문이다. 남들의 웃음거리가 되는 것이 치가 떨리도록 싫었던 주 장관은 이렇게 말했다. "자애로우신 군주 우리의 폐하께서는 이 험악한 범법자 무리가 법을 무시하고 어기고 있다는 사실을 아셔야 해. 그리고 반역자 땜장이는 내가 그놈을 잡기만 하면 노팅엄셔에서 제일 높은 교수대에 목을 매달아 줄 테다."

그는 모든 하인과 부하에게 런던 타운으로 갈 채비를 하라고 지시했다. 왕을 만나 뵙고 이야기를 하기 위해서였다.

그의 지시에 주 장관이 사는 성안에 있는 사람들이 분주해졌고 모두 이런저런 일로 여기저기 뛰어다녔다. 그러는 동안 노팅엄의 대장간에서는 밤이 깊도록 시뻘건 불이 반짝이는 별처럼 이글거렸다. 마을의 모든 대장장이가 주 장관의 호위대를 위해 갑옷을 만들거나 수선하느라 바빴기 때문이다. 이 같은 수고가 이틀간 이어졌고 사흘째가 되어서야 떠날 준비가 다 되었다. 그렇게 그들은 눈 부신 햇살 속에서 노팅엄 타운을 떠나 포스 가도를 지나 와틀링 가도로 향했다. 이틀의 여정이 이어진 후에야 그들은 드디어 거대한 런던 타운의 첨탑과 탑들을 보게 되었다. 많은 주민이 길을 지나는 그들을 보고 멈춰 섰고, 빛나는 갑옷을 입고 화려한 깃털 장식과 마구를 단 채 말을 타고 큰길을 달리는 그들의 위풍당당한 자태를 바라보았다.

런던에서는 헨리 왕과 아름다운 엘리노어 왕비가 비단, 공단, 우단, 금실로 짠 천으로 만든 옷을 차려입은 귀부인들과 용맹한 기사들, 정중한 조신들 사이에서 즐거운 한때를 보내고 있었다.

마침내 주 장관이 와서 왕 앞에 머리를 조아렸다.

"폐하, 간청하옵고 또 간청하옵니다." 주 장관이 무릎을 꿇으며 말했다.

"무슨 일로 여기까지 찾아왔소?" 왕이 물었다. "원하는 게 무엇인지 이야기해 보시오."

"고매하고 자애로우신 폐하." 주 장관이 말했다. "저희 살기 좋은 노팅엄 주 셔우드 숲에는 로빈 후드라고 하는 철면피한 범법자가 살고 있습니다."

"실은 말이오." 왕이 말했다. "그의 행적은 여기 왕실에까지 이야기가 흘러들어 왔소. 그는 물론 다루기 힘든 오만방자한 작자요. 그런데 또 당돌하고 유쾌한 자이기도 하오."

"제 말 좀 들어 주십시오. 자애로운 폐하." 주 장관이 말했다. "저는 사람을 시켜 왕실의 인장이 찍힌 체포 영장을 그에게 발부하려고 했습니다. 그런데 그 로빈 후드라는 놈이 체포 영장을 가진 자를 두들겨 패고 그에게서 영장을 훔쳐 갔습니다. 게다가 폐하의 사슴을 죽이고 사람들이 많이 다니는 길에서조차 폐하의 백성들을 약탈하고 있습니다."

"그래서 어쩌란 말이오?" 왕이 크게 격노하여 소리쳤다. "내가 어떻게 했으면 좋겠소? 무장한 병사들과 부하들을 요란하게 거느리고 여기까지 왔으면서 당신이 다스리는 주 안에서 갑옷도 없이 활개 치는 악당 무리 하나도 소탕하지 못한단 말이오? 내가 어떻게 해야 하오? 당신은 내가 임명한 주 장관 아니오? 노팅엄셔에서는 내 법이 지켜지지 않는단 말이오? 법을 어기고 당신에게 해를 가하는 자들에게 당신 힘으로는 조치조차 취하지 못한단 말이오? 여기서 당장 나가시오. 그리고 잘 생각해 보시오. 더는 나를 곤란하게 하지 말고 직접 계획을 세워 보시오. 그리고 명심하시오. 내 나라에서는 모든 백성이 내가 만든 법을 지켜야 하오. 만약 당신이 법을 집행하지 못한다면 당신은 더 이상 주 장관이 아니오. 그러니 명심하시오. 분명히 말했소. 당신이 법을 집행하지 못하면 노팅엄셔 전역의 약탈을 일삼는 모든 악한은 물론 당신도 화를 입게 될 거요. 홍수가 들이닥치면 곡식의 겉겨는 물론 그 알맹이까지 다 휩쓸려 가는 법이오.”

주 장관은 심란하고 쓸쓸한 마음으로 자리를 떠났고, 과시하려는 마음에 일부러 부하들을 거느리고 온 것을 후회했다. 자신이 그렇게 많은 부하를 거느리고 있음에도 법조차 집행하지 못한다는 사실에 왕이 격노한 모습을 보았기 때문이다. 말을 타고 터덜터덜 노팅엄셔로 돌아오는 내내 주 장관은 수심에 잠겼고 걱정 근심으로 가득했다. 주 장관은 아무에게도 말을 하지 않았고 그의 부하 역시 누구도 그에게 말을 건네지 못했다. 그는 내내 로빈 후드를 잡으려는 묘수를 짜내느라 머릿속이 바빴다.

“오호라!” 그가 난데없이 손으로 허벅지를 찰싹 치며 소리쳤다. “좋은 수가 떠올랐어! 자, 어서들 빨리 달리게. 되도록 빨리 노팅엄셔로 돌아가세. 내 말 잘 듣게. 이제 이 주일 안에 로빈 후드라는 파렴치한을 노팅엄셔의 감옥에 무사히 처넣게 될 거야.”

주 장관은 도대체 어떤 계략을 짠 것일까?

고리대금업자가 은화가 담긴 주머니를 하나씩 쏟아 놓고 동전을 일일이 만져 보며 동전에 흠이 있나 확인하는 것처럼, 주 장관은 축 처진 채 터덜터덜 노팅엄으로 돌아가는 내내 묘수라 할 만한 생각들을 하나씩 떠올리고는 일일이 돌려 보며 살폈다. 그러나 매번 어딘가 모자란 구석이 있었다. 그러던 중 그는 로빈이 거칠 것 하나 없는 대범한 자이며 자신도 알다시피 노팅엄 성벽 안까지 자주 출몰한다는 사실까지 생각이 미쳤다.

“그러니까 말이지.” 주 장관이 생각했다. “그놈을 노팅엄 타운 근처까지 꾀어내어 내가 찾을 수만 있다면, 그놈이 다시는 도망

못 가도록 내 손아귀에 꽉 쥐고 있을 텐데." 순간 그의 머릿속에서 번뜩이듯 묘안이 떠올랐다. 대규모 활쏘기 대회를 열어 큰 상을 내리겠다고 하면 로빈 후드가 자신감을 주체 못 해 끝내 대회에 참가할 수도 있겠다는 것이었다. 여기까지 생각이 미치자 주 장관이 "오호라!"라고 하면서 손바닥으로 허벅지를 친 것이었다.

노팅엄에 무사히 도착한 주 장관은 곧바로 도시, 마을, 시골 할 것 없이 사방으로 전령들을 보내 활쏘기 대회를 성대하게 열 것이며 활을 쏠 수 있는 자는 누구든지 참가할 수 있고 순금을 두들겨 만든 화살을 상으로 내릴 것이라는 소식을 알렸다.

로빈 후드는 링컨 타운에 있을 때 이 소식을 처음 들었고 서둘러 셔우드 숲으로 돌아간 뒤 곧장 자신의 무리를 전부 모아 놓고 이렇게 말했다.

"전부 잘 들어, 친구들. 오늘 링컨 타운에서 소식을 가져왔네. 우리의 친구 노팅엄의 주 장관이 활쏘기 대회를 연다고 발표했어. 방방곡곡 전령들을 보내 소식을 알렸지. 상으로 빛나는 황금 화살을 준다고 하는군. 그러니 우리 중 누군가가 대회에 나가서 상을 타 왔으면 좋겠어. 공정한 상인 데다가 우리의 친구 주 장관이 주는 상이지 않나. 그러니 활과 화살을 들고서 대회에 참가하러 가세. 장담하는데, 정말 재밌을 거야. 자, 친구들. 어떤가?"

그러자 돈커스터의 청년 데이비드가 말했다. "대장, 내 말 잘 들어. 방금 블루 보어에 가서 우리 친구인 이돔을 만나고 오는 길이야. 거기서 활쏘기 대회에 관한 소식을 전부 들었지. 그런데 말이야. 그가 주 장관의 부하인 랄프 오브 더 스카에게서 들은 내용이라는데, 교활한 주 장관이 다름 아닌 대장을 함정에 빠뜨리려고 이 활쏘기 대회를 연다는 거야. 대장이 그 대회에 오기를 목 빠지게 기다리면서 말이야. 그러니 가지 않았으면 해. 주 장관이 분명 대장을 속일 테니까. 우리 모두 불상사를 겪지 않으려면 숲속에 남아 있어야 해."

"그렇군." 로빈이 말했다. "자넨 현명한 친구일세. 그러니 귀는 열어 두되 입은 닫고 있는 게 좋을 거야. 그래야 진정으로 현명하고 술수 뛰어난 숲속의 사내가 될 걸세. 그래서 말인데, 노팅엄의 주 장관이 잉글랜드 전역의 궁사들만큼이나 실력이 빼어나고 대담한 로빈 후드와 백사십 명의 무리에게 겁을 주었다는 말이 나돌도록 그냥 두어야 할까? 데이비드, 네 말을 들으니 안 그래도 탐나는 상이 더 갖고 싶어졌네. 스완톨드 성인이 뭐라고 말씀하셨나. '성급한 자는 입을 데고 어리석게 눈을 계속 감고 있는 자는 구덩이에 빠진다'라고 하시지 않았나. 그러니 간교한 속임수에는 간교한 속임수로 맞서야 해. 자네들은 알아서 수사, 시골 농부, 땜장이 내지는 거지 차림을 하도록 하게. 다만 필요할 때를 대비해서 튼튼한 활이나 날이 넓은 칼을 각자 준비하도록. 나는 활을 쏴서 황금 화살을 따내도록 하지. 내가 화살을 따내면 우리 모두의 즐거움을 위해서 우리 숲속 보금자리에 있는 나무에 걸도록 하겠어. 자, 내 계획이 어떤가, 친구들?"

"좋소! 좋소!" 모두가 목청이 터지도록 외쳤다.

활쏘기 대회가 있던 날, 노팅엄 타운은 그야말로 진풍경이었다. 도시 성벽 아래 풀밭을 따라 좌석들이 여러 층으로 죽 늘어서 있었다. 위쪽의 좌석은 기사와 귀부인, 대지주와 부인, 부유한 주민과 그의 아내가 앉을 곳이었다. 그 자리는 지위와 신분이 그 정도로 높은 사람들만 앉을 수 있었다. 활쏘기 대회장 끝에 있는 과녁 근처에는 리본, 스카프, 화환들로 꾸며진 높이 솟아오른 좌석이 있었는데 그곳은 노팅엄의 주 장관과 그의 부인이 앉을 자리였다. 활쏘기 대회장은 너비가 40걸음 정도 되는 크기였다. 한쪽 끝에는 과녁이 서 있었고 다른 쪽 끝에는 줄무늬 천으로 된 천막이 있었으며, 천막의 장대에는 알록달록한 깃발과 띠들이 매달린 채 펄럭였다. 천막 안에는 맥주통들이 있어 활쏘기 대회에 참가하는 자라면 누구든 마음껏 목을 축일 수 있었다.

지위 높은 사람들이 앉는 위쪽 좌석으로부터 활쏘기 대회장을 가로지른 곳에는 그보다 신분이 낮은 가난한 사람들이 과녁 앞에 몰리지 않도록 막는 철책이 세워져 있었다.

아직 이른 시간이었지만 좌석은 지체 높은 사람들로 가득 차기 시작했다. 말 굴레와 고삐에 달린 은방울들이 유쾌하게 짤랑거리는 소리에 맞춰 경쾌하게 뛰는 승용마와 작은 마차에 탄 신분 높은 이들이 계속해서 도착했다. 그보다 신분이 낮은 가난한 이들도 와서, 그들이 대회장에 몰려들지 못하도록 세워 둔 철책 근처에 있는 풀밭에 앉거나 드러누웠다. 거대한 천막 안에는 궁사들이 삼삼오오 모여 있었다. 몇몇은 저마다 한창때에 얼마나 활을 잘 쏘았는지 크게 떠들어 댔다. 또 몇몇은 활을 유심히 들여다보며 활시위를 당겨보면서 닳은 곳이 있는지 확인하거나 한쪽 눈을 감고 화살대를 꼼꼼히 들여다보며 휜 곳이 없이 똑바르고 곧은지 확인했다. 값나가는 상이 걸려 있는 그런 큰 활쏘기 대회에서 활과 화살 모두 제 역할을 하지 못하면 큰일이었기 때문이다. 게다가 그날만큼 수많은 장정이 노팅엄 타운에 모인 것도 처음 있는 일이었다. 잉글랜드 전역에서 활쏘기라면 내로라하는 최고의 궁사들이 이 대회에 참가하기 위해 모여들었기 때문이다. 그 자리에는 주 장관이 데리고 있는 수석 궁사인 붉은 모자 길, 링컨 타운의 디콘 크루이크섕크, 그리고 탬워스 출신으로 나이는 예순을 훌쩍 넘겼지만 여전히 혈기와 정력이 넘치며 한창 이름을 날릴 때에 우드스톡에서 열린 유명한 활쏘기 대회에서 저명한 궁사 클림 오브 더 클러프를 패배시킨 노익장 애덤 오브 더 델도 있었다. 그 밖에도 오래전부터 입에서 입으로 전해져 내려오는 노래에서 이름을 들어 봤을 활쏘기의 대가들이 여럿 있었다.

귀족과 귀부인, 부유한 시민 부부를 비롯한 관중으로 모든 자리가 꽉 들어차자 마지막으로 주 장관과 그의 부인이 모습을 드러냈다. 주 장관은 우유처럼 새하얀 말을 타고 위풍당당한 표정으로 등장했고 그의 부인은 갈색 암망아지를 타고 등장했다. 주 장관은 우단으로 된 보라색 모자를 쓰고 끝단이 온통 풍성한 족제비 털로 장식이 된 보라색 우단 예복을 입고 있었다. 또 바다색의 비단으로 된 조끼와 바지를 입고, 검은 우단으로 된 신발을 신고 있었는데 신발의 뾰족한 발가락 부분이 황금 사슬로 양말 대님과 이어져 있었다. 그의 목에는 황금 목걸이가 걸려 있었고 윗옷의 깃에는 적금에 박힌 커다란 석류석이 달려 있었다. 그의 부인은 끝단이 온통 백조의 털로 장식된 푸른색 우단 드레스를 입고 있었다. 나란히 말을 타고 들어오는 주 장관 부부의 모습은 위엄 그 자체였고, 그 광경에 지체 높은 사람들 반대편으로 몰려 있는 사람들이 일제히 함성을 질렀다. 주 장관 부부는 쇠사슬 갑옷을 입고 창을 든 병사들이 서서 기다리고 있는 좌석으로 갔다.

주 장관과 그의 부인이 자리에 앉았고 주 장관은 전령관에게 은으로 된 뿔나팔을 불 것을 지시했다. 전령관이 뿔나팔을 세 번 불자 그 소리가 노팅엄의 잿빛 성벽까지 다다랐다가 유쾌하게 되돌아와 울려 퍼졌다. 궁사들이 자리에 들어와 섰고 모든 관중이 우렁차게 함성을 질렀다. 저마다 자신이 응원하는 궁사의 이름을 외쳐 댔다. 여기서는 "붉은 모자!"라고 외쳤고 저기서는 "크루이크섕크!"라고 외쳤다. "힘내라. 윌리엄 오브 레슬리!"라고 외치는 자들도 있었다. 부인들은 비단 스카프를 흔들며 모두 최선을 다하라고 응원했다.

이윽고 전령이 일어서서 대회의 규칙을 알렸다.

"과녁에서 140미터 떨어진 각자의 자리에 서서 활을 쏘도록 하시오. 우선 각자 한 발씩 화살을 쏜 다음, 그중에서 화살을 가장 잘 쏜 열 명이 다시 화살을 쏠 수 있소. 이 열 명은 각자 화살을 두 발씩 쏘게 되고, 그중에서 화살을 가장 잘 쏜 세 명이 다시 화살을 쏠 수 있소. 이 세 명은 각자 화살을 세 발씩 쏘게 될 것이오. 그리고 그중에서 화살을 가장 잘 쏜 자가 상을 거머쥐게 될 것이오."

주 장관은 몸을 앞으로 기울이고는 그 자리에 모여 있는 궁사들을 날카로운 눈초리로 살펴보면서 그중에 로빈 후드가 있는지 확인했다. 그러나 로빈과 그의 무리가 입는 것과 같은 링컨 그린 옷을 입은 자는 한 명도 없었다. "그래도 말이야." 주 장관이 혼자 중얼거렸다. "저 중에 있을지도 몰라. 워낙 궁사들이 많다 보니 내가 놓친 건지도 모르지. 열 명이 남아서 활을 쏠 때 잘 봐야겠어. 분명히 열 명 안에 들 거야. 내가 알기론 확실히 그럴 거야."

궁사들이 한 명씩 나와 차례로 활을 쏘았다. 시민들은 그날 같은 활쏘기의 향연을 한 번도 본 적이 없었다. 여섯 개의 화살이 과녁 한가운데에 꽂혔고 네 개의 화살이 과녁 검은 부분에 꽂혔으며 바깥쪽 원 부분에 꽂힌 화살은 단 두 개였다. 이윽고 마지막 화살이 쌩 하고 날아가 과녁에 꽂히자 관중석에서 열렬한 환호성이 터져 나왔다. 그야말로 장관을 이루는 활쏘기였기 때문이다.

참가자 전원이 활을 쏜 뒤 그중에서 열 명이 남았다. 그중 여섯 명은 잉글랜드 전역에서 이름을 날리는 자들이었고 관중도 대부분 그들을 알았다. 그 여섯 명은 붉은 모자 길버트, 애덤 오브 더 델, 디콘 크루이크섕크, 윌리엄 오브 레슬리, 휴버트 오브 클라우드, 스위딘 오브 하트퍼드였다. 그리고 나머지 두 명은 요크셔에서 온 자들이었고 또 다른 한 명은 키가 큰 푸른색 옷차림의 낯선 이였는데 런던 타운에서 왔다고 했다. 그리고 마지막 한 명은 주황색 넝마를 걸치고 한쪽 눈에 안대를 한 자였다.

"저 열 명 중에 로빈 후드가 보이는가?" 주 장관이 곁에 서 있던 무장한 병사에게 물었다.

"보이지 않습니다. 주 장관님." 병사가 대답했다. "저 중에 여섯 명은 제가 잘 아는 자들입니다. 요크셔에서 온 두 명은 불한당 로빈 후드라고 하기엔 한 명은 키가 너무 크고 또 한 명은 키가 너무 작습니다. 로빈 후드의 수염은 황금빛인데 저기 저 주황색 넝마를 걸친 부랑자는 수염이 갈색인데다가 한쪽 눈은 멀기까지 했고요. 저기 저 푸른색 옷을 입은 낯선 자로 말할 것 같으면, 로빈이 저자보다 어깨가 8센티는 더 넓은 것 같습니다."

"그렇다면 그 무법자 녀석은 돼먹지 못한 데다가 비겁하기까지 한 건가! 선량하고 정직한 사람들이 모인다고 코빼기도 비추지 않다니."

열 명의 다부진 궁사들은 잠시 휴식을 취한 다음, 다시 활을 쏘러 자리에 섰다. 궁사들이 각자 두 발씩 화살을 쏘는 동안 아무 말도 오고 가지 않았고 모든 관중은 숨소리 하나 내지 않고 그 모습을 지켜보았다. 하지만 마지막 궁사가 활을 쏘고 나자 또다시 우렁찬 함성이 터져 나왔다. 그토록 탄성을 자아내는 활쏘기에 많은 관중이 흥분하여 모자를 벗어 하늘 높이 던졌다.

"장담하는데 말입니다." 여든 살이 넘어 허리가 구부정한, 주 장관 옆에 앉아 있던 아미아스 오브 더 델 경이 말했다. "저렇게 활을 기가 막히게 쏘는 자는 제 평생 한 번도 본 적이 없습니다. 예순 해가 넘도록 긴 활을 잘 쏘는 자를 숱하게 봐 왔지만 말입니다."

이제 활을 쏜 자들 중에서 세 명만이 남았다. 한 명은 붉은 모자 길, 또 한 명은 주황색 넝마 차림의 낯선 자, 나머지 한 명은 탬워스 타운에서 온 애덤 오브 더 델이었다. 모든 관중이 일제히 목이 터져라 응원했다. "힘내라, 붉은 모자 길버트!"라는 외침도 들려오고 "힘내라, 탬워스의 애덤!"이라는 외침도 들려왔다. 그러나 주황색 넝마 차림의 낯선 자를 응원하는 이는 한 명도 없었다.

　"길버트. 이번에도 잘해 보게." 주 장관이 외쳤다. "자네가 일등을 한다면 상은 물론이고 은화 100페니를 더 얹어 주겠네."

　"최선을 다하겠습니다." 길버트가 결의에 찬 목소리로 답했다. "당연히 최선을 다하겠지만 오늘만큼은 목숨 걸고 필사적으로 해 보겠습니다." 이렇게 말하고서 그는 넓은 깃털이 달린 매끈한 화살을 꺼내 능숙한 손놀림으로 활시위에 메긴 다음 조심스럽게 활시위를 당겨 화살을 쏘았다. 화살이 일직선으로 날아가 과녁 정중앙 근처에 보기 좋게 꽂혔다. 정중앙에서 손가락 하나 너비 정도 떨어진 위치였다. "길버트! 길버트!" 모든 관중이 소리쳤다. "정말 날렵하게 잘 쐈어." 주 장관이 두 손을 탁 하고 마주치며 외쳤다.

　이어서 넝마를 걸친 낯선 이가 자리에 섰다. 그가 활을 쏘려고 팔꿈치를 들어 올렸을 때 그의 팔 밑으로 누런 안대가 보이고 그가 성한 한쪽 눈으로만 보면서 활을 겨누는 모습이 보이자 온 관중이 웃음을 터트렸다. 그는 주목으로 만든 활의 시위를 잽싸게 당겨 역시나 잽싸게 화살을 날렸다. 활시위를 당겨 놓기까지의 시간이 어찌나 순식간이었는지 누구 하나 숨 쉴 새가 없었다. 그의 화살은 앞서 활을 쏜 자보다 보리알 길이 두 배만큼 더 가까이 과녁 정중앙 쪽에 꽂혔다.

"하늘에 계신 모든 성인이시여!" 주 장관이 소리쳤다. "정말 명수 중의 명수요!"

이어서 애덤 오브 더 델이 온 심혈을 기울여 신중하게 활을 쏘았고 그의 화살은 낯선 이가 쏜 화살과 근접한 곳에 꽂혔다. 세 궁사는 신속하게 활을 다시 쏘았고 역시나 각각의 화살이 과녁 중심 안쪽에 꽂혔다. 그러나 이번에는 애덤 오브 더 델의 화살이 과녁 정중앙에서 가장 먼 곳에 꽂혔고 넝마를 걸친 낯선 이가 역시나 최고의 점수를 냈다. 그들은 또다시 휴식 시간을 가진 뒤 세 번째로 활을 쏘았다. 길버트는 이번엔 과녁을 신중히 바라본 뒤 치밀하게 거리를 가늠한 다음 그 어느 때보다도 기민하게 그러면서도 신중을 기울여 활을 쏘았다. 화살이 일직선으로 쌩 하고 날아갔고 온 관중이 함성을 질러 댔다. 그 소리에 산들바람에 나부끼던 깃발들이 흔들릴 정도였고 떼까마귀와 갈까마귀들이 요란하게 깍깍거리며 낡은 잿빛 탑 지붕으로 날아갔다. 그가 쏜 화살은 과녁의 정중앙을 표시한 지점 바로 옆에 꽂혔다.

"잘했네. 길버트!" 주 장관이 신이 나서 소리쳤다. "상은 자네 것이네. 그럴 자격이 충분하지. 자, 부랑자 양반. 이제 자네가 저것보다 더 잘 쏘는지 어디 보자고."

낯선 이는 한마디 말없이 자리에 섰고 모두가 쉿 하고 입을 다물었다. 누구 하나 입도 뻥긋하지 않았고 심지어 숨 쉬는 것조차 잊은 듯했다. 모두가 그렇게 무거운 침묵 속에서 그가 어떻게 할지 지켜보았다. 낯선 이도 손에 활을 쥔 채 꼼짝도 않고 서 있었다. 하나부터 다섯까지 셀 수 있는 시간이었다. 이윽고 그는 자신의 믿음직스러운 활의 시위를 당겨 잠시 멈추더니 마침내 시위를 놓았다. 화살이 일직선으로 날아갔다. 그의 화살이 길버트가 쏜 화살을 세차게 스쳐 지나가는 바람에 거기에 달려 있던 회색 거위 깃털이 햇살 속에서 팔랑거리며 땅으로 떨어졌다. 낯선 이가 쏜 화살은 붉은 모자가 쏜 화살 근처에 꽂혔다. 바로 과녁 정중앙이었다. 한동안 아무 말소리도 외침도 들리지 않았다. 모두 어안이 벙벙해진 표정으로 옆자리 사람의 얼굴을 바라볼 뿐이었다.

"이런." 노익장 애덤 오브 더 델이 이윽고 입을 열었다. 그는 긴 한숨을 내쉬고는 고개를 가로저으며 말했다. "사십 년이 넘도록 활을 쏘았고 꽤 괜찮은 실력이라 자부했는데 오늘은 더는 활을 못 쏘겠군. 저 낯선 이를 대적할 자는 아무도 없어. 저자의 정체가 뭔지는 모르겠지만 말이야." 그는 달그닥거리는 소리가 나도록 화살을 화살통에 찔러 넣고는 더 이상의 말없이 활시위를 벗겼다.

주 장관은 앉아 있던 자리에서 내려왔다. 비단과 우단으로 몸을 휘감은 그는 넝마 차림의 낯선 이가 활에 몸을 기대고 서 있는 곳 가까이 다가갔다. 그 사이 사람들은 그토록 경이로운 활쏘기 솜씨를 보인 자가 누구인지 보려고 그의 주변으로 몰려들었다. "자, 여기 있소." 주 장관이 말했다. "당신에게 상을 내리겠소. 당신은 충분한 자격으로 정당하게 상을 받는 거요. 그런데 당신 이름이 뭐요? 그리고 어디서 왔소?"

"제 이름은 테비엇데일의 자크입니다. 아시다시피 테비엇데일에서 왔습니다." 낯선 이가 대답했다.

"자크. 당신은 내가 본 중에 가장 실력이 빼어난 궁사요. 만약 당신이 내 부하가 된다면 지금 당신이 걸치고 있는 것보다 훨씬 더 좋은 옷을 입혀 주겠소. 게다가 최고의 먹을 것과 마실 것을 내어 주고 크리스마스마다 80마르크를 봉급으로 주겠소. 내 장담하는데, 당신은 오늘 비겁하게 이 자리에 얼굴을 비추지 않은 악한 로빈 후드보다 활을 더 잘 쏘는 자요. 자, 어떻소? 내 부하가 되겠소?"

"아니오. 그럴 생각 없습니다." 낯선 이가 대뜸 말했다. "제 주인은 저 자신뿐입니다. 잉글랜드 전역을 통틀어 그 누구도 제 주인이 될 수 없습니다."

"이런, 당장 썩 꺼지게! 몹쓸 병에나 걸리라지!" 주 장관이 소리쳤다. 그의 목소리가 분노로 떨렸다. "자네같이 오만불손한 놈을 당장에라도 두들겨 패지 않을 걸 다행으로 생각하게!" 그는 휙 돌아서서 성큼성큼 걸어갔다.

같은 날, 깊은 셔우드 숲속의 무성하고 푸른 나무 밑에는 가지각색의 사내들이 모여 있었다. 스무 명 남짓은 맨발의 수사들이었고 땜장이처럼 보이는 자들과 체격 우람한 부랑자와 시골뜨기처럼 보이는 자들도 있었다. 이끼로 뒤덮인 긴 의자에 앉아 있는 자는 머리부터 발끝까지 주황색 넝마를 걸치고 한쪽 눈에 안대를 한 자였다. 그의 손에는 활쏘기 대회의 상으로 걸렸던 황금 화살이 쥐어져 있었다. 서로 소란스럽게 웃고 떠드는 가운데, 그는 한쪽 눈에서 안대를 떼어 내고 주황색 넝마를 벗어던졌다. 그러자 근사한 링컨 그린 옷을 걸친 몸이 드러났다. 그가 말했다. "안대와 옷은 잘 벗겨지는데 내 황금빛 수염에 칠한 호두 염료는 좀처럼 지워지질 않네." 그러자 모두가 아까보다 더 크게 웃었다. 주 장관의 손에서 상을 가로채 온 자는 다름 아닌 로빈 후드였기 때문이다.

그러고는 모두가 모여 앉아 숲속의 잔치를 벌였다. 주 장관을 놀리는 농담을 주고받기도 하고 각자 변장을 하고서 어떤 모험을 맞닥뜨렸는지 무용담을 늘어놓기도 했다. 그러나 잔치가 끝나고 로빈 후드는 리틀 존을 따로 불러 이야기했다. "실은 짜증이 나서 미치겠다네. 오늘 주 장관이 이렇게 말하는 걸 들었거든. '당신은 오늘 비겁하게 이 자리에 얼굴을 비추지 않은 악한 로빈 후드보다 활을 더 잘 쏘는 자요.' 오늘 그의 손에서 황금 화살을 받아 간 자가 누군지, 내가 그가 생각하는 것처럼 겁쟁이가 아니라는 사실을 그에게 알려 주고 싶네."

그러자 리틀 존이 말했다. "대장, 나와 윌 스튜틀리에게 맡기게. 그 뚱보 주 장관에게 전말을 알려 주지. 그가 상상치도 못한 방식으로 알려 주겠네."

그날, 주 장관은 노팅엄 타운에 있는 그의 저택의 큰 식당에서 식사를 하는 중이었다. 긴 식탁들이 늘어서 있었고 거기에는 모두 합쳐 여든 명은 족히 넘는 병사, 하인, 종들이 앉아 있었다. 그들은 고기를 먹고 맥주를 벌컥벌컥 마시면서 그날 있었던 활쏘기 대회에 관해 이야기했다. 주 장관은 식탁 상석에 위치한 차양이 쳐진 높은 의자에 앉아 있었고 그 옆에는 그의 부인이 앉아 있었다.

"사실은 말일세." 주 장관이 말했다. "오늘 활쏘기 대회에 그 막돼먹은 로빈 후드가 나타날 것이라고 철석같이 믿고 있었네. 그놈이 그렇게 비겁할 줄은 몰랐지. 그나저나 내 면전에 대고 그렇게 오만불손하게 대답한 망나니는 도대체 누구란 말인가? 내가 그놈을 두들겨 패지 않은 게 이상하군. 하지만 누더기와 넝마 외에도 그놈에게는 뭔가 심상치 않은 게 있었어."

그런데 그가 말을 마치기가 무섭게 뭔가가 식탁 위의 접시들 사이로 달가닥 소리를 내며 떨어졌다. 근처에 앉아 있던 자들은 화들짝 놀라며 그것이 뭔지 궁금해했다. 얼마 지나 병사들 중 한 명이 가까스로 용기를 내어 그것을 집어 들고 주 장관에게 가져갔다. 모두의 눈에 들어온 것은 회색 거위 깃털이 달린 뭉툭한 화살이었다. 화살 머리 근처에는 두께가 거위 깃대 정도 되는 고운 두루마리가 묶여 있었다. 주 장관은 두루마리를 펼쳐 들여다보았다. 그 안에 적힌 글을 읽는 동안 그의 이마는 핏줄이 울근불근해졌고 그의 뺨은 분노로 시뻘게졌다. 내용은 이러했다.

오늘 은혜를 베푼 그대에게 하늘의 축복이 가득하기를.
아름다운 셔우드 숲에서 전하는 말이오.

오늘 그대가 흔쾌히 상을 내린 자는

다름 아닌 유쾌한 로빈 후드였기 때문이라오.

"이게 대체 어디서 왔는가?" 주 장관이 성난 황소 같은 목소리로 물었다. "창문을 통해 날아왔습니다. 주 장관님." 화살을 그에게 건넸던 자가 대답했다.

3

동료들 덕분에 곤경에서 벗어난 월 스튜틀리

법으로도 간교한 속임수로도 로빈 후드를 굴복시키지 못한 주장관은 당혹감을 감출 수 없었다. 그는 혼자 중얼거렸다. "이런 내가 이리 어리석다니! 폐하께 로빈 후드 이야기를 하지 않았더라면 일이 이렇게까지 꼬이지도 않았을 텐데. 이제는 무슨 일이 있어도 그놈을 꼭 잡아야겠어. 안 그럼 폐하의 분노를 사서 나한테 불똥이 튀겠지. 법도 써 봤고 속임수도 써 봤지만 죄다 실패했으니 이제는 힘으로 밀고 나갈 테다."

이렇게 생각한 그는 무관장들을 불러 모아 자신의 계획을 이야기했다. "지금 당장 각자 네 명씩 무장한 병사들을 데리고 숲으로 가도록 하라." 그가 말했다. "숲속에서 각자 다른 지점으로 흩어진 다음, 거기서 로빈 후드가 나타날 때까지 잠복한다. 만약 적의 숫자가 너무 많으면 뿔나팔을 불도록 하라. 뿔나팔 소리가 들리는 거리에 있는 각 조는 재빨리 그곳으로 가서 뿔나팔로 소환을 한 자의 조에 합류하도록 한다. 이렇게 하면 녹색 옷을 입은 그 악당 놈을 잡을 수 있을 것이다. 로빈 후드를 맨 처음 잡는 자에게는 은화 100파운드를 주겠다. 놈을 내게 죽은 채로 데려오든 산 채로 데려오든 상관없다. 또 그놈의 무리 중 한 명이라도 잡는 자에게는 40파운드를 주겠다. 역시나 죽은 채로 데려오든 산 채로 데려오든 상관없다. 자, 이제 다들 과감하게 뛰어들어 술수를 발휘해 보도록."

그렇게 해서 그들은 다섯 명을 한 조로 하여 60개 조를 만들어 로빈 후드를 잡으러 셔우드 숲으로 들어갔다. 무관장들은 저마다 자신이 그 뻔뻔한 무법자를 잡기를, 그게 안 되면 그의 무리 중 한 명이라도 잡기를 기대했다. 그들은 일주일 밤낮으로 숲 속 빈터를 샅샅이 뒤지고 다녔으나 링컨 그린 옷을 입은 자는 단 한 명도 보지 못했다. 믿음직한 친구 블루 보어의 이돔 덕분에 모든 소식이 로빈 후드의 귀에 들어갔기 때문이다.

처음 소식을 들었을 때 로빈이 말했다. "주 장관이 무력으로 우리를 잡겠다고 병사들을 보낸다면 그는 물론 아무 죄 없는 그의 많은 부하에게도 불행이 닥칠 걸세. 유혈이 낭자하고 모두에게 큰 고통이 닥칠 테니까. 난 피를 보는 싸움이라면 피하고 싶네. 선량하고 사지 멀쩡한 사내들이 목숨을 잃어 그들의 여인과 아낙네들이 슬퍼하는 건 원치 않아. 난 이미 사람을 한 번 죽였으니 더 이상 사람을 죽이고 싶지 않네. 한 인간으로서 그 일에 대해 생각하면 가슴이 찢어질 것 같다네. 그러니 모두 셔우드 숲에 조용히 머무르기로 하세. 그게 모두에게 좋은 일일 거야. 단, 어쩔 수 없이 본인이나 우리 중 누군가를 방어해야 할 때만 활을 들고 전력을 다해 싸우도록 하세."

로빈의 이 같은 말에 그의 무리 중 여럿이 고개를 내저으며 이렇게 중얼거렸다. "주 장관은 우리를 겁쟁이로 생각할 거야. 온 동네 사람들은 우리가 그의 병사들에게 맞서는 걸 두려워한다고 비웃을 테지." 하지만 어느 누구도 이런 생각을 입 밖에 내지 않았고 그저 말을 꾹 삼키며 로빈의 지시를 따를 뿐이었다.

그렇게 그들은 일주일 밤낮을 깊은 셔우드 숲에 숨어 지냈고 그동안 단 한 번도 밖으로 모습을 드러내지 않았다. 그러나 여드레째 되는 날 이른 아침, 로빈 후드가 동료들을 한데 불러 모아 이렇게 말했다. "자, 누가 가서 주 장관의 병사들이 지금 뭘 하고 있는지 알아보겠나? 그들이 셔우드 숲에 영영 있지는 않을 테니 말이야."

그 말에 여기저기서 외침이 터져 나왔다. 너도나도 활을 높이 들고 흔들면서 서로 자기가 가겠다고 소리쳤다. 이렇게 듬직하고 배짱 두둑한 동료들을 보고 있자니 로빈 후드의 마음이 한껏 뿌듯해졌다. 그가 말했다. "모두 정말 용감하고 믿음직스러워. 다들 선하고 올곧은 친구들일세. 하지만 모두가 갈 수는 없으니 한 명만 뽑겠어. 윌 스튜틀리가 가면 좋겠군. 약삭빠르기로 치면 셔우드 숲의 늙은 여우 저리 가라 할 정도니까."

그 말에 윌 스튜틀리는 펄쩍 뛰면서 크게 웃었고 무리 중에서 자신이 뽑혔다는 사실에 기쁜 나머지 박수까지 쳤다. "고맙네,

대장." 그가 말했다. "내가 그 악당들의 소식을 가져오지 못한다면 날 더 이상 간교한 윌 스튜틀리라 부르지 않아도 좋네."

그는 수사의 옷으로 갈아입고 옷 안에 손이 잘 닿는 곳에 날이 넓은 칼을 매달았다. 채비를 단단히 마친 그는 탐색을 하러 길을 떠났고 마침내 숲 끝자락에 있는 큰길에 다다랐다. 그는 주 장관의 부하들로 이루어진 두 무리를 보았으나 오른쪽으로도 왼쪽으로도 방향을 틀지 않은 채 머리에 쓴 고깔을 얼굴 가까이 끌어당기고는 명상을 하듯 두 손을 맞잡았다. 이윽고 그는 블루 보어 여관에 다다랐다. "우리의 충직한 친구 이돔이 모든 소식을 말해 주겠지." 그가 혼자 중얼거렸다.

블루 보어 여관에서 그는 주 장관의 부하들 무리가 거나하게 술을 마시고 있는 것을 보았다. 그래서 아무에게도 말을 걸지 않고 멀찌감치 있는 의자에 자리를 잡고 앉았다. 그는 손에 육척봉을 손에 쥔 채 명상하듯 고개를 앞으로 푹 숙였다. 그는 주인을 따로 마주칠 수 있을 때까지 그렇게 앉아서 기다렸다. 이돔은 그를 미처 알아보지 못하고 그저 가난하고 피곤에 지친 수사라고 생각했다. 그래서 그의 행색이 마음에 들지 않았음에도 그에게 말을 걸거나 싫은 소리를 하지 않고 그냥 앉아 있게 내버려 두었다. 이돔은 혼자 중얼거렸다. "다리 저는 개를 문지방에서 걷어찬다면 너무 매정한 사람이지." 스튜틀리가 그렇게 앉아 있는 동안, 여관에서 키우는 커다란 고양이 한 마리가 다가와 그의 무릎에 대고 몸을 비볐다. 그 바람에 그의 수도복이 손바닥 너비만큼 위로 들쳐졌다. 스튜틀리는 잽싸게 옷을 다시 끌어 내렸으나 주 장관의 부하들을 지휘하는 무관장 한 명이 그 모습을 보았고 심지어 수도복 안에 감춰진 링컨 그린 옷까지 보았다. 무관장은 아무 말도 하지 않았으나 속으로는 이렇게 생각했다. '저자는 수사가 아니야. 선량한 시민이어도 수사의 옷을 입고 다니지는 않지. 도둑이어도 아무 이유 없이 수사의 옷을 입고 다니지는 않을 거야. 내 생각에 저자는 로빈 후드 패거리 중 하나가 분명해.' 좀 있다가 그는 목소리를 높여 말했다. "존경하는 수사님. 3월의 맛 좋은 맥주로 목마름에 지친 영혼을 달래 보지 않겠습니까?"

그러나 스튜틀리는 말없이 고개를 가로저으며 혼자 중얼거렸다. "내 목소리를 아는 자가 있을지도 몰라."

그러자 무관장이 다시 말을 걸었다. "존경하는 수사님. 이 더운 여름날에 어디를 가십니까?"

"캔터베리 타운으로 순례를 가는 길이오." 윌 스튜틀리가 아무도 자신의 목소리를 알아채지 못하도록 걸걸한 목소리로 대답했다.

그러자 무관장이 다시 받아쳤다. "자, 말해 보시지요. 수사님. 캔터베리로 가는 순례자들이 수도복 안에 번지르르한 링컨 그린 옷을 입는답니까? 하! 내가 장담하는데, 네놈은 욕심 많은 도둑이든가 아니면 로빈 후드의 패거리 중 한 명이 분명해! 성모 마리아의 은총을 걸고 말하는데, 네놈이 손이나 발을 까딱하기라도 하면 네놈 몸통을 칼로 깡그리 베어 줄 테다!"

무관장은 번쩍이는 칼을 뽑아 들고 윌 스튜틀리가 알아채지 못하는 새에 공격을 할 심산으로 대뜸 달려들었다. 그러나 수도복 안에 칼을 단단히 쥐고 있었던 스튜틀리는 무관장이 자신을 덮치기도 전에 칼을 들이밀었다. 힘이 장사인 무관장은 무서운 기세로 칼을 휘둘렀으나 더는 칼을 휘두르지 못했다. 그의 칼을 곧바로 잽싸게 쳐 낸 스튜틀리가 다시 한번 있는 힘껏 무관장을 내리쳤기 때문이다. 스튜틀리는 도망칠 수 있었으나 결국 그러지 못했다. 상처에서 피가 흘러 어지러운 와중에도 심지어 비틀거리며 쓰러지는 와중에도 무관장이 두 팔로 스튜틀리의 무릎을 잡고 늘어졌기 때문이다. 그러자 주 장관의 다른 부하들이 스튜틀리에게 달려들었고 스튜틀리는 그중 한 명을 칼로 내리쳤으나 그가 쓴 철모에 칼이 튕겨져 나갔다. 그런 탓에 칼날이 깊게 들어갔음에도 타격이 없었다. 무관장은 정신이 희미해져 가는 와중에도 스튜틀리를 붙잡아 끌어내렸고 스튜틀리가 그렇게 저지당하는 모습을 본 무관장의 무리가 다시 스튜틀리에게 달려들었다. 무리 중 하나가 스튜틀리의 머리를 내리치는 바람에 스튜틀리는 얼굴에 피가 흘러내려 앞을 볼 수 없었다. 스튜틀리가 비틀거리며 쓰러지자 모두가 그에게 쏜살같이 달려들었다. 스튜틀리가 워낙 필사적으로 발버둥 친 터라 무관장의 무리는 그를 좀처럼 잡아 둘 수 없었다. 그러나 결국 그들은 손발을 꼼짝 못 하도록 스튜틀리를 단단한 대마끈으로 묶어 그를 굴복시키고 말았다.

로빈 후드는 숲속 나무 아래에 서서 윌 스튜틀리가 임무를 잘 수행하고 있는지 생각하고 있었다. 그러던 중 동료 두 명이 숲길을 달려오고 있는 모습이 느닷없이 눈에 들어왔다. 두 사람 사이에는 후덕한 블루 보어의 마켄이 있었다. 순간 로빈의 심장이 덜컥 내려앉았다. 뭔가 안 좋은 소식을 갖고 오는 것이 분명했기 때문이다.

"윌 스튜틀리가 붙잡혔네." 그들이 로빈이 서 있는 곳으로 달려오며 말했다.

"그 소식을 전하러 이렇게 달려오는 거요?" 로빈이 마켄에게 물었다.

"제가 다 봤어요." 사냥개들에게서 도망쳐 온 토끼처럼 숨을 헐떡이며 마켄이 소리쳤다. "스튜틀리가 많이 다쳤을까 봐 걱정돼요. 한 사람이 그의 머리를 세게 내리쳤거든요. 그들이 그를 밧줄로 묶어서 노팅엄 타운으로 데려갔어요. 여관에서 나오기 전에 들은 얘긴데, 내일 그를 교수형에 처한다고 했어요."

"내일 스튜틀리가 교수형 당할 일은 절대 없을 거요!" 로빈이 소리쳤다. "만약 그런 일이 생긴다면 많은 이가 이를 갈게 될 거요. 그리고 처절하게 애통해할 거요!"

로빈은 뿔나팔을 입에 갖다 대고서 힘차게 세 번 불었다. 곧장 숲속 여기저기서 그의 동료들이 달려왔다. 어느새 140명의 장정들이 그의 앞에 모였다.

"모두 잘 듣게!" 로빈이 소리쳤다. "우리의 소중한 친구 윌 스튜틀리가 사악한 주 장관의 부하들에게 붙잡혔다. 그러니 모두 활과 검을 들고서 그를 구출하러 가야 한다. 스튜틀리가 우리를 위해 목숨을 바쳤으니 우리도 목숨을 바쳐야 마땅하지 않은가. 그렇지 않나, 친구들?" "옳소!" 모두가 우렁찬 소리로 외쳤다.

다음날 모두가 셔우드 숲에서 길을 나섰다. 단, 교묘하게 수를 써야 할 필요가 있기 때문에 저마다 다른 길로 향했다. 전원이 둘 또는 셋씩 무리를 지어 흩어졌고 노팅엄 타운 근처에 있는 수풀이 무성한 골짜기에서 다시 뭉치기로 했다. 그렇게 만남의 장소에서 모두가 다시 뭉쳤을 때 로빈이 이렇게 말했다.

"자, 이제 소식이 들려올 때까지 여기에 매복해 있기로 한다. 주 장관의 손아귀에서 우리의 친구 윌 스튜틀리를 빼내 오려면 영악하고 조심하게 행동해야 하네."

그렇게 해서 그들은 해가 중천에 걸릴 때까지 오랫동안 숨어 있었다. 날은 따뜻했고, 노팅엄 타운의 잿빛 성벽 옆으로 난 큰길을 따라 느릿느릿 걸어오던 늙은 순례자를 제외하고는 먼지 투성이 길을 오가는 사람이 없었다. 오고 가는 사람이 눈에 보이지 않자 로빈은 나이에 비해 눈치가 빠른 돈커스터의 청년 데이비드를 불러 이렇게 말했다. "데이비드, 성벽 쪽에서 걸어오는 저 순례자한테 가서 말 좀 걸어 보게. 노팅엄 타운에서 오는 길이니 스튜틀리에 관한 소식을 알려 줄지도 모르니."

데이비드는 성큼성큼 걸어가더니 순례자한테 가서 인사를 건네며 이렇게 말했다. "좋은 아침입니다. 순례자님. 그런데 혹시 윌 스튜틀리라는 자가 언제 교수형에 처하는지 아십니까? 그 광경을 꼭 지켜보고 싶어서 그럽니다. 그 악당 놈의 목이 매달리는 걸 보려고 먼 곳에서 여기까지 찾아왔지 뭡니까."

"에끼, 고얀 녀석!" 순례자가 소리쳤다. "사지 멀쩡한 청년이 그저 자기 목숨을 지키려다가 교수형에 처하게 생겼는데 꼭 그리 말해야겠나!" 순례자는 발끈하며 땅바닥에 지팡이를 내리쳤다. "아아, 살다 살다 이런 일이 생기다니. 어쨌든 말해 보자면 오늘 날이 저물어 저녁이 되면 노팅엄 성문에서 500미터 떨어진 세 갈래 길이 만나는 곳에서 교수형을 집행한다고 하네. 거기서 주 장관이 노팅엄셔의 모든 무법자에게 경고하기 위해서 그를 죽인다지. 그래도 어떻게 이런 일이! 로빈 후드와 그의 무리가 법을 어긴 자들이긴 하지만 로빈 후드는 부유하고 권력을 휘두르고 정직하지 못한 자의 주머니만을 털지 않나. 셔우드 근방에 사는 가엾은 미망인이나 자식 줄줄이 딸린 농민들은 일 년 내내 먹고도 남을 보릿가루를 그에게서 얻곤 하지. 스튜틀리처럼 의협심 강한 청년이 죽는 걸 보게 되다니 마음이 몹시도 비통하네. 지금은 순례자의 길을 걷고 있지만 나도 한때는 자랑스러운 색슨족의 전사였고 잔인한 노르만족이나 두둑한 돈 자루를 쥔 콧대 높은 수도원장을 보기 좋게 때려눕히는 자를 잘 알고 있었다네. 그래도 스튜틀리의 대장이 부하가 위험에 처한 걸 알게 된다면 도움의 손길을 보내 그를 적의 손아귀에서 구해 낼 걸세."

"맞는 말씀입니다." 데이비드가 말했다. "로빈 후드와 그의 무리가 이 근처에 있다면 무슨 수를 써서라도 스튜틀리를 위험에서 구할 겁니다. 어쨌든 맘씨 좋은 순례자님. 안녕히 가십시오. 제가 장담하는데 윌 스튜틀리가 죽는다면 그에 응당하는 복수가 따를 겁니다."

데이비드는 돌아서서 재빨리 걸음을 옮겼다. 그러나 순례자는 멀어져 가는 그의 모습을 바라보며 혼자 중얼거렸다. "저 젊은이는 선량한 청년이 죽는 걸 보려고 여기까지 온 시골뜨기가 아니구먼. 암, 그렇고말고. 아마 로빈 후드가 여기서 멀지 않은 곳에 있을 거야. 오늘 뭔가 심상치 않은 일이 벌어지겠구먼." 그는 그렇게 중얼거리며 가던 길을 갔다.

돈커스터의 데이비드가 순례자에게서 들은 이야기를 로빈 후드에게 전하자 로빈은 무리를 전부 불러 놓고 이렇게 말했다.

"자, 이제 곧장 노팅엄 타운으로 가서 거기 있는 사람들과 섞이도록 한다. 단, 서로 시야에 보이는 곳에 있도록. 스튜틀리와 그를 지키는 간수들이 성벽 밖으로 나오면 최대한 그들 가까이 바짝 붙어 있도록 하고. 또 피를 보기는 싫으니 아무 이유 없이 사람을 공격하는 일은 없도록 한다. 다만, 꼭 싸워야 한다면 확실히 싸우도록 해. 다시는 싸우는 일이 생기지 않도록 말일세. 셔우드 숲에 다시 돌아올 때까지 모두 뭉쳐 있자고. 단 한 사람도 무리를 이탈해서는 안 되네."

해가 서쪽으로 지자 성벽에서 뿔나팔 소리가 들려왔다. 그러자 노팅엄 전역이 분주해졌고 군중이 거리를 가득 메웠다. 그날 그 유명한 윌 스튜틀리가 교수형에 처해질 것이라는 사실을 모두가 알고 있었기 때문이다. 이어서 성문이 활짝 열리고 무장한 병사들이 요란하게 철거덕거리는 소리와 함께 대거 줄지어 나왔다. 맨 앞에는 머리부터 발끝까지 번쩍이는 쇠사슬 갑옷으로 무장을 한 주 장관이 말을 타고 서 있었다. 삼엄하게 경비를 선 병사들 가운데에는 목에 교수용 밧줄을 맨 윌 스튜틀리가 수레에 타고 있었다.

그는 상처 때문에 피를 많이 흘려 얼굴이 백주 대낮의 달처럼 창백했고 고왔던 머리칼은 피가 굳은 이마 여기저기에 엉겨 붙어 있었다. 성 밖으로 나온 그는 위를 올려다보고 아래를 내려다보았으나 안타까움을 드러내는 몇몇 얼굴과 아는 체를 하는 몇몇 얼굴만이 보였다. 자신이 아는 얼굴은 전혀 보이지 않았다. 그의 마음은 납으로 만든 추처럼 내려앉았으나 그럼에도 용맹하게 목소리를 드높였다.

"주 장관, 내 손에 칼을 쥐어 주시오." 그가 말했다. "내 비록 상처 입은 몸이지만 내 기력과 목숨이 다할 때까지 당신은 물론 당신 부하들에게 맞서 싸울 것이오."

"어림없는 소리. 이런 고약한 망나니 같으니라고." 주 장관이 고개를 돌려 험악한 표정으로 윌 스튜틀리를 바라보며 말했다. "칼 같은 소리 하고 있네. 네놈은 비참한 죽음을 맞이하게 될 거야. 네 놈 같은 극악무도한 도둑놈에게 딱 어울리는 꼴이지."

"그렇다면 내 손만이라도 풀어 주시오. 무기 없이 맨손으로 당신과 당신 부하들과 싸우겠소. 무기는 필요 없지만, 오늘 비참하게 목이 매달리긴 싫소."

그러자 주 장관이 웃음을 터트렸다. "하하, 꼴 좋구먼." 그가 말했다. "언제는 기세등등하더니 이제 겁이 나는가 보지? 고해성사나 드리게나. 악당 양반. 이제 곧 목이 매달리게 될 테니. 그것도 온 동네 사람이 다 보도록 저기 세 갈래 길이 만나는 곳에서 목이 매달리게 될 거야. 까마귀와 갈까마귀들이 네놈 시체를 쪼아 먹겠지."

"이런 비열한 인간 같으니라고!" 윌 스튜틀리가 이를 갈며 주
장관을 향해 소리쳤다. "이런 비겁한 작자 같으니! 나중에 우리
대장을 만나게 되면 오늘 죗값을 단단히 치르게 될 거다! 대장은
당신을 경멸하지. 용맹한 자라면 누구나 그럴 거야. 당신 이름이
모든 용맹한 자의 입에 오르내리면서 조롱거리가 되고 있다는
걸 모르나? 당신처럼 비겁하고 썩어 빠진 자는 절대로 로빈 후
드를 이기지 못한다네."

"하!" 주 장관이 분개하여 소리쳤다. "뭐라고? 내가 네놈이 말
하는 그 대장의 조롱거리라고? 내가 네놈을 조롱거리로 만들어
주지. 그것도 아주 보기 딱한 조롱거리로 말이야. 네놈의 목이
매달리고 나면 네놈의 사지를 갈기갈기 찢어 주겠어." 주 장관은
더는 말하지 않고 말에 박차를 가하여 가 버렸다.

그들은 마침내 거대한 성문에 다다랐다. 성문 틈으로 스튜틀
리는 초목으로 뒤덮인 언덕과 골짜기가 있는 평화로운 시골 풍
경과 저 멀리 셔우드 숲 끝자락의 어스름한 윤곽을 바라보았다.
오두막이며 농장이며 이곳저곳을 붉게 물들이고 들판과 휴경지
에 비스듬히 드리워진 저녁의 햇살도 보았다. 앙증맞은 새들이
저녁 기도를 하듯 노래하는 소리와 산비탈에서 양들이 매애 하
고 우는소리도 들려왔고 제비들이 맑은 창공을 나는 모습도 보
였다. 그러자 그의 가슴이 울컥하고 북받쳐 올라 짜디짠 눈물이
흘러 눈앞의 모든 것이 흐려졌다. 그는 사람들에게 눈물 흘리는
것을 들키면 사내답지 못하다는 말을 들을까 봐 고개를 푹 숙였

다. 그는 줄곧 고개를 숙인 채로 성문을 지나 성벽 바깥에 다다랐다. 그러나 고개를 다시 든 순간, 심장이 미친 듯이 뛰기 시작했고 너무 기뻐서 꼼짝도 할 수 없었다. 바로 유쾌한 셔우드의 소중한 벗들 중 한 명의 얼굴을 보았기 때문이다. 재빨리 주변을 살핀 그는 자신을 둘러싼 사방에서 익숙한 얼굴들을 발견했다. 그들은 스튜틀리를 감시하는 병사들 가까이 몰려 있었다. 갑자기 그의 뺨에 혈색이 돌기 시작했다. 몰려든 사람들 속에서 자랑스러운 대장의 얼굴을 얼핏 보았기 때문이다. 대장이 있다는 것은 대장은 물론 그의 무리가 전부 거기 와 있다는 뜻이었다. 그러나 스튜틀리와 로빈 후드의 무리 사이에는 무장한 병사들이 한 줄로 늘어서 있었다.

"자, 이제 물러서시오!" 주 장관이 근엄한 목소리로 외쳤다. 사방에서 사람들이 몰려들었기 때문이다. "왜 이렇게들 미는 거요? 어서 물러서시오!"

그런데 갑자기 주변이 어수선하고 소란스러워졌다. 한 사람이 필사적으로 병사들 사이를 비집고 수레가 있는 쪽으로 갔기 때문이다. 스튜틀리는 소동의 주인공이 리틀 존인 것을 보았다.

"당장 물러서!" 병사들 중 한 명이 소리쳤다. 리틀 존이 팔꿈치로 밀친 자였다.

"네놈이나 물러서." 리틀 존은 이렇게 말하며 도살자가 소를 쓰러뜨리듯 병사의 머리 옆쪽을 세게 내리쳐 쓰러뜨렸다. 그러고는 스튜틀리가 앉아 있는 수레로 뛰어들었다.

"윌, 죽기 전에 친구들에게 작별 인사는 했어야 하지 않나." 리틀 존이 말했다. "자네가 꼭 죽어야 한다면 나도 함께 죽을 걸세. 자네 같은 친구는 세상에 둘도 없으니까." 그는 스튜틀리의 팔과 다리에 묶여 있던 포승줄을 단번에 잘라 냈고 스튜틀리는 수레에서 곧장 뛰어내렸다.

"네놈은 구제할 수 없는 반역자야! 저놈을 잡아라! 전원에게 명령한다. 도망가지 못하게 붙잡아!" 주 장관이 고래고래 소리를 질렀다.

주 장관은 말에 박차를 가해 리틀 존을 덮쳤고 발을 건 등자를 들어 올려 있는 힘껏 그를 내리쳤다. 그러나 리틀 존이 재빨리 말의 배 밑으로 몸을 수그린 바람에 주 장관의 발길질은 리틀 존의 머리 위에서 휙휙 요란한 소리만 낼 뿐이었다.

"아직 끝난 게 아니지." 주 장관의 한바탕 발길질이 지나가자 리틀 존이 다시 뛰어오르며 말했다. "주 장관 나리가 가장 아끼는 검을 빌려야 하니까." 그는 주 장관의 손에서 잽싸게 칼을 낚아챘다. "여깄네. 스튜틀리." 그가 소리쳤다. "주 장관 나리가 빌려주신 거라네! 자, 이제 방어해야 하니 등을 맞대자고. 동료들이 곧 도와줄걸세."

"저놈들을 잡아!" 주 장관이 성난 황소처럼 으르렁거리며 고함을 질렀다. 그는 격분한 나머지 자신을 방어할 무기가 없다는 사실도 잊은 채, 서로 등을 맞대고 서 있는 두 사람을 덮치려고 말에 박차를 가했다.

"물러서시지요, 주 장관 나리!" 리틀 존이 소리쳤다. 그가 소리치기가 무섭게 새된 뿔나팔 소리가 들리더니 1미터짜리 화살이 주 장관의 머리를 간발의 차이로 홱 하고 비껴갔다. 뒤이어 이리 저리 밀치고 욕하고 고함을 지르고 신음하는 난동이 일어났고 무기들이 요란한 쇳소리를 내며 부딪혔고 지는 햇살 속에서 칼들이 번뜩이고 스무 개 남짓한 화살이 쌩 하고 공중을 가로질렀다. 여기저기서 외침이 터져 나왔다. "도와줘! 도와줘!" "살려 줘! 살려 줘!"

"이건 반역죄다!" 주 장관이 고함을 질렀다. "물러서! 물러서! 안 그럼 우리 모두 죽은 목숨이다!" 그는 고삐를 돌려 빽빽이 들어선 군중을 헤집고 후퇴했다.

이제 로빈 후드와 그의 무리는 마음만 먹으면 주 장관의 부하들을 반이나 죽일 수도 있었으나 그들이 군중을 헤치고 도망가도록 내버려 두었다. 다만 그들이 서둘러 도망치게 재촉하려고 그들을 향해 여러 발의 화살을 쏠 뿐이었다.

"거기 서시오!" 윌 스튜틀리가 주 장관을 향해 소리쳤다. "일대일로 맞서지 않으면 괘씸한 로빈 후드를 잡을 수 없잖소." 그러나 주 장관은 말등에 닿도록 몸을 납작하게 수그린 채 아무 대답도 하지 않고 더욱더 빠르게 말에 박차를 가했다.

리틀 존을 향해 돌아서서 그의 얼굴을 바라본 윌 스튜틀리는 마침내 눈물을 흘리며 울음을 터트리고 말았다. 그리고 벗의 뺨에 입을 맞추며 말했다. "오, 리틀 존!" 그가 소리쳤다. "내 진정한 벗이여. 온 세상의 남녀를 통틀어 내가 가장 사랑하는 벗이여! 오늘 자네 얼굴을 보게 될 줄 상상도 못 했네. 저기 천국에 가서나 자네를 만나게 될 줄 알았지." 리틀 존은 아무 대답도 할 수 없었다. 그저 덩달아 울 뿐이었다.

마침내 로빈 후드는 동료들을 전부 불러 모아 윌 스튜틀리를 가운데에 두고 촘촘히 줄지어 늘어서게 했다. 그렇게 그들은 셔우드를 향해 천천히 발걸음을 옮겼다. 마치 폭풍우가 휩쓸고 간 자리로부터 먹구름이 물러가듯 그들은 사라져 버렸다. 그들이 떠나간 자리에는 주 장관의 부하들 열 명 남짓이 부상을 당한 채 땅바닥에 널브러져 있었다. 부상이 심한 자도, 가벼운 자도 있었다. 그러나 그들은 누가 자신을 그렇게 쓰러뜨린 건지 알 수 없었다.

그렇게 하여 노팅엄의 주 장관은 로빈 후드를 잡으려고 세 번이나 시도했으나 번번이 실패했다. 마지막에 그는 잔뜩 겁에 질렸다. 죽음의 문턱에 다다른다는 것이 무엇인지 생생히 느꼈기 때문이다. 그는 이렇게 말했다. "이놈들은 신도 인간도 무서워하지 않는구먼. 왕이나 왕의 관리는 말할 것도 없고 말이야. 내 직책보다는 목숨을 먼저 잃게 생겼으니 이제 더는 놈들을 건드리지 말아야겠어." 그는 한동안 성안에 칩거하면서 밖으로는 얼굴 비출 생각도 하지 않았다. 그날 있었던 일로 수치스러웠던 그는 내내 침울했고 아무와도 쉽사리 말을 하지 않았다.

4

로빈 후드, 푸줏간 주인이 되다

그 모든 난리법석이 지나가고 난 후, 로빈 후드는 주 장관이 자신을 잡기 위해 세 번이나 시도했다는 사실을 알게 되었다. 그는 혼자 이렇게 말했다. "기회만 된다면 고매하신 주 장관 나리가 내게 한 짓에 대해 대가를 톡톡히 치러 줘야겠어. 언젠가 주 장관 나리를 셔우드 숲으로 모셔 와서 우리와 함께 흥겨운 잔치를 벌일 수 있겠지." 로빈 후드는 귀족이나 대지주 내지는 배불뚝이 수도원장이나 주교를 붙잡아 그들의 주머니를 털기 전에 그들을 숲속 나무 아래로 데려와 잔치를 열어 주기 때문이다.

그러나 당시 로빈 후드와 그의 무리는 바깥에 얼굴을 비추는 일 없이 셔우드 숲에서 조용히 지내고 있었다. 로빈은 노팅엄의 지위 높은 관리들이 자신에게 몹시 격노해 있었기 때문에 그 근처에 얼씬하는 것이 자신에게는 현명하지 못한 일임을 잘 알았다. 그들은 밖으로 돌아다니지는 않았지만 숲에서 행복하게 지냈다. 숲속 빈터 끝에 세워 둔 버드나무 장대에 걸린 화환에 활 쏘는 놀이를 하면서 하루하루를 보냈고, 수풀이 무성한 숲길마다 유쾌한 농담과 웃음소리가 울려 퍼졌다. 화환을 맞추지 못한 자는 누구든 벌로 한 방을 맞았기 때문이다. 특히나 리틀 존에게 한 방을 맞게 되면 어김없이 보기 안쓰럽게 나가떨어지기 일쑤였다. 그러고서 그들은 한바탕 뒹굴며 몸으로 격투 시합을 벌이고 봉을 휘둘렀다. 덕분에 날이 갈수록 기술과 체력이 쌓였다.

그들은 일 년 가까이 그렇게 지냈다. 그동안 로빈 후드는 주 장관을 앙갚음할 여러 방법에 대해 자주 궁리했다. 그러다 보니 그렇게 갇혀 지내는 신세에 대해 조바심이 나기 시작했다. 결국 어느 날 그는 튼튼한 봉을 챙겨 들고 모험을 찾으러 길을 떠났다. 태평하게 거닐던 그는 셔우드의 끝자락에 다다랐다. 거기서 햇살 비추는 길을 어슬렁거리던 그는 고기를 잔뜩 실은 새 짐마차를 타고서 근사한 암말을 몰고 오는 젊고 체격 좋은 푸줏간 주인을 마주쳤다. 시장에 가는 길이었던 푸줏간 주인은 달리는 내내 흥겹게 휘파람을 불고 있었다. 날씨까지 상쾌하고 청명했던 터라 그의 마음은 기쁨으로 벅차올랐다.

"참 좋은 아침이오. 유쾌한 양반." 로빈이 말을 걸었다. "이 좋은 아침에 당신도 참 행복해 보이는군."

"그렇소." 유쾌한 푸줏간 주인이 말했다. "안 그럴 이유가 없잖소. 이렇게 사지 멀쩡하게 건강하고 노팅엄셔에서 가장 아리따운 아가씨도 나를 사랑하는데 말이오. 게다가 다음 주 목요일이면 아름다운 록슬리 타운에서 그녀와 결혼식을 올린다오."

"오호라!" 로빈이 말했다. "그렇담 록슬리 타운 출신이오? 여기서 멀긴 하지만 그 아름다운 동네를 잘 안다오. 그곳의 산울타리와 둥근 조약돌이 깔린 개울과 그 안에 사는 알록달록한 작은 물고기까지 속속들이 잘 안다오. 내가 거기서 나고 자랐거든. 그런데 그렇게 고기를 싣고 어딜 가는 길이오?"

"소고기와 양고기를 팔러 노팅엄 타운 시장으로 가는 길이라오." 푸줏간 주인이 대답했다. "그런데 록슬리 타운 출신이라는 당신은 도대체 누구요?"

"난 그냥 평범한 사람이오. 사람들이 나를 로빈 후드라 부른다오."

"이런, 맙소사!" 푸줏간 주인이 소리쳤다. "당신 이름을 잘 알고 있습니다요. 당신 행적에 관한 노래와 이야기도 많이 들었고요. 제발 부탁인데 내게서 아무것도 빼앗지 마십시오. 난 정직한 사람일 뿐만 아니라 남자든 여자든 아무에게도 나쁜 짓을 한 적이 없습니다. 제발 절 살려 주십시오. 이렇게 부탁드립니다. 나도 당신에게 아무 짓도 하지 않았잖습니까."

"당연히 그런 일은 없을 것이오." 로빈이 말했다. "당신처럼 선량한 자를 약탈하는 일은 없소! 당신에게서 동전 한 푼도 빼앗지 않을 것이오. 나는 당신 같이 준수한 색슨족의 얼굴을 무척 좋아하니까. 게다가 당신은 록슬리 타운 출신이지 않소. 더더구나 다가오는 목요일에 아리따운 아가씨와 결혼식도 올리지 않소. 그런데 말이오. 당신 고기 전부와 말과 수레를 다 산다고 하면 당신한테 얼마를 주어야 하오?"

"고기, 수레, 암말을 다 합치면 4마르크 정도의 값어치가 되지요." 푸줏간 주인이 대답했다. "하지만 고기를 다 팔지 못하면 4마르크는 안 되겠지요."

그러자 로빈 후드가 허리띠에서 돈주머니를 불쑥 꺼내더니 이렇게 말했다. "이 지갑 안에 6마르크가 있소. 오늘 푸줏간 주인이 되어 노팅엄 타운에서 고기를 팔아 보고 싶소. 나와 거래를 해서 6마르크를 얻고 새 옷을 마련하는 게 어떻겠소?"

"하늘의 모든 성인이 정직한 당신께 축복을 내릴 겁니다!" 푸줏간 주인이 신나서 소리쳤다. 그는 수레에서 뛰어내리더니 로빈이 내민 돈주머니를 받았다.

"그건 아닌 것 같소." 로빈이 크게 웃으며 말했다. "많은 사람이 나를 좋아하고 내게 행운을 빌어 주지만 나를 정직하다고 하는 사람은 거의 없소. 자, 이제 당신의 아가씨에게 돌아가서 내 진심 담긴 안부를 전해 주시오." 이렇게 말하더니 그는 푸줏간 주인의 앞치마를 걸치고 수레에 올라탄 다음, 고삐를 쥐고서 숲을 지나 노팅엄 타운으로 향했다.

노팅엄에 도착한 그는 시장에서 푸줏간 주인들이 모여 있는 곳으로 간 뒤, 자신이 찾을 수 있는 최대한 좋은 위치에 자리를 잡았다. 그러고는 가판대를 펼치고 그 위에 고기를 늘어놓은 다음, 식칼과 숫돌을 들고 요란스럽게 맞부딪히며 흥겹게 노래를 불렀다.

아가씨들과 아낙네들.

여기 고기 좀 사 가시오.

고기는 3페니어치이지만

나는 1페니만 받겠소.

어린 양에게는 다름 아닌

앙증맞은 얼룩무늬 꽃과

아름다운 개울가 옆에 핀

향제비꽃과 수선화를 먹였지.

소고기는 야생화가 만발한 들판에서

양고기는 초록이 무성한 골짜기에서 가져왔지.

송아지 고기는 아가씨의 이마처럼 하얗고

어머니 젖처럼 하얗다네.

아가씨들과 아낙네들.

여기 고기 좀 사 가시오.

고기는 3페니어치이지만

나는 1페니만 받겠소.

로빈이 흥겹게 노래를 부르는 동안, 근처에 서 있던 다른 푸줏
간 주인들은 몹시 놀라 노래에 귀를 기울였다. 노래를 마친 로빈
은 숫돌과 식칼을 맞부딪혀 아까보다 더 요란한 소리를 내면서

목청껏 소리쳤다. "자, 누가 살 테요? 누가 살 테요? 가격은 네 가지요. 배불뚝이 수사나 사제에게는 3페니어치의 고기를 6펜 스에 팔겠소. 난 그들이 고기를 사는 걸 원치 않으니까. 나랏일 하는 관리에게는 3펜스를 받겠소. 난 그들이 고기를 사든 말든 상관하지 않으니까. 아름다운 부인에게는 3페니어치의 고기를 1페니에 팔겠소. 난 그들이 고기 사는 건 흔쾌히 반기니까. 그러 나 나같이 준수한 푸줏간 주인을 좋아하는 아리따운 아가씨에 게는 입맞춤 한 번에 공짜로 고기를 드리겠소. 난 그들이 고기 사는 걸 제일 반기니까."

그러자 모두가 놀라 쳐다보기 시작했고 웃음을 터트리며 그 의 주변으로 모여들었다. 노팅엄 타운 그 어디서도 그런 식으로 고기를 판다는 얘기를 들어 본 적이 없었기 때문이다. 고기를 사 러 모여든 손님들은 그가 정말 말한 그대로 고기를 파는 것을 보았다. 그는 아낙네나 부인에게는 다른 곳에서 3페니로 살 수 있는 양의 고기를 1페니에 주었고 미망인이나 가난한 아낙네가 오면 고기를 공짜로 내어 주었다. 그리고 유쾌한 아가씨가 와서 그에게 입맞춤을 해 주면 그는 공짜로 고기를 내어 주었다. 많은 손님이 그의 간판대로 찾아왔다. 6월의 하늘처럼 눈동자가 푸른 그가 유쾌하게 웃으며 모든 손님에게 고기를 후하게 내주었기 때문이다. 그렇게 그는 순식간에 고기를 팔아 치웠고 그 바람에 주변에 있던 푸줏간 주인들은 고기를 한 점도 팔지 못했다.

푸줏간 주인들이 서로 수군거리기 시작했고 누군가가 이렇게 말했다. "분명 수레와 말과 고기를 훔친 도둑일 거야." 그러나 또 누군가는 이렇게 말했다. "아냐. 저렇게 흔쾌히 기쁜 맘으로 자기 것을 내어 주는 도둑이 어딨나? 분명 아버지의 땅을 팔아 치우고 돈이 바닥날 때까지 호탕하게 살기로 작정한 한량일 거야." 후자 쪽으로 생각하는 사람들이 많았고, 나머지 사람들도 생각을 바꾸더니 각자 저마다의 방식으로 짐작하기 시작했다.

그러다 몇몇 푸줏간 주인이 안면을 트려고 로빈에게 다가갔다. "안녕하시오, 형제." 그중 가장 연장자인 자가 말했다. "우리 모두 같은 일에 종사하고 있으니 함께 가서 저녁식사를 하지 않겠소? 주 장관께서 오늘 푸주업 조합 일원들에게 조합 회관에서 함께 만찬을 하자고 말씀하셨소. 먹고 마실 거리가 풍성할 거요. 당신도 좋아할 것 같은데. 아니면 내가 실수한 거고."

"푸줏간 주인의 요청을 거절한다는 건 말이 되지 않잖소." 유쾌한 로빈이 말했다. "기꺼이 당신들과 함께 저녁식사를 하러 가겠소. 되도록 빨리 가도록 하겠소." 그는 고기를 마저 다 팔고는 가판대를 접고 그들과 함께 조합 회관으로 향했다.

주 장관은 이미 예복을 갖춰 입고서 와 있었고 그의 곁에는 많은 푸줏간 주인이 있었다. 로빈과 그의 일행이 로빈이 던진 농담에 모두 웃으며 안으로 들어가자 주 장관 옆에 앉아 있던 이들이 그에게 속삭였다. "저자는 제정신이 아닌 자입니다. 오늘 3페니어치도 넘는 양의 고기를 1페니에 팔고 아리따운 아가씨가 입맞춤을 해 주면 고기를 공짜로 내어 주었지 뭡니까." 그러자 다른 이들이 말했다. "저자는 땅을 판 돈을 호탕하게 탕진해 버리려는 한량인 것 같습니다."

푸줏간 주인 옷을 입은 로빈을 알아보지 못한 주 장관은 로빈을 불러 오른쪽 옆자리에 앉게 했다. 그는 젊고 돈 많은 한량을 무척 좋아했기 때문이다. 특히 한량의 돈주머니를 털어 자신의 귀하디귀한 돈주머니를 두둑이 채울 수 있는 기회가 있을 때면 더더욱 그러했다. 그는 로빈을 극진히 대접하면서 다른 누구보다도 로빈의 말에 크게 웃고 그와 많은 이야기를 나누었다.

마침내 만찬이 준비되었고, 식전 감사 기도를 해 달라는 주 장관의 부탁에 로빈이 일어서서 말했다. "하늘이시여. 이 자리에 모인 저희와 여기 차려진 귀한 먹고 마실 거리에 축복을 내려 주소서. 그리고 이 세상의 모든 푸줏간 주인이 영원토록 저처럼 정직한 사람이 되게 해 주소서."

그 말에 모두가 웃음을 터트렸고 제일 크게 웃은 자는 바로 주 장관이었다. 그는 혼자 중얼거렸다. "한량 중의 한량이 분명하군. 저 바보 같은 놈이 마구 뿌려 대는 돈을 내가 얼마간은 가로챌 수 있을 거야." 그는 로빈을 향해 큰 목소리로 말했다. "정말 유쾌한 젊은이군. 당신이 무척 맘에 드오." 그는 로빈의 어깨를 툭 쳤다.

역시나 로빈도 크게 웃었다. "네, 주 장관님." 그가 말했다. "주 장관님이 유쾌한 젊은이를 유독 좋아하신다는 사실은 익히 알고 있었지요. 유쾌한 로빈 후드를 활쏘기 대회에 초대해서 빛나는 황금 화살을 흔쾌히 상으로 주시기도 하셨잖습니까."

그 말에 주 장관은 물론 그 자리에 모인 푸줏간 주인들 모두 표정이 어두워졌다. 로빈만 웃을 뿐이었다. 몇몇 푸줏간 주인은 서로 음흉한 눈짓을 보내며 눈을 깜박였다.

"자, 이제 잔을 채웁시다!" 로빈이 소리쳤다. "즐길 수 있을 때 즐깁시다. 인간이란 한낱 먼지에 불과하지 않습니까. 스완톨드 성인이 말씀하셨듯이, 인간은 결국 죽고 나면 벌레에게 갉아 먹히는 신세 아니겠습니까. 그러니 목숨이 붙어 있는 동안만큼은 즐겁게 삽시다. 주 장관님께서는 너무 의기소침하지 마십시오. 주 장관님께서 로빈 후드를 잡게 될지 누가 압니까? 술도 좀 줄이시고 그 뱃살도 좀 빼시고 머릿속에서 먼지도 털어 내신다면 말입니다. 자, 즐깁시다."

주 장관이 다시 웃었으나 농담이 재미있어서는 아니었다. 푸줏간 주인들은 서로 수군거렸다. "세상에, 저런 오만방자하고 정신 나간 젊은이는 처음 보는군. 주 장관님 꼭지가 아주 돌겠어."

"자, 어떻습니까. 여러분." 로빈이 소리쳤다. "맘껏 즐깁시다! 푼돈 따위는 세지 마십쇼. 여하튼 비용은 제가 다 내겠습니다. 200파운드가 되더라도 상관없습니다. 그러니 눈치 보면서 돈주머니 들춰 보는 일 따윈 하지 마십쇼. 맹세하는데, 여기 계시는 푸줏간 주인 여러분과 주 장관님은 이 만찬을 위해 한 푼도 내실 필요가 없습니다."

"정말 호쾌한 젊은이일세." 주 장관이 말했다. "내 짐작인데, 당신은 셀 수 없이 많은 가축과 아주 드넓은 땅을 갖고 있을 것 같소. 그러니 이렇게 호방하게 돈을 쓰는 것 아니오?"

"그건 그렇습니다." 로빈이 역시나 크게 웃으며 말했다. "저와 제 형제들에게는 500마리가 넘는 뿔 달린 가축이 있지요. 그런데 단 한 마리도 팔지 못한 사정이 있습니다. 안 그랬다면 이렇게 푸줏간 주인이 되지는 않았겠지요. 그리고 땅은 집사에게 몇 평인지 물어볼 생각조차 안 했지요."

그 말에 주 장관이 눈을 반짝이더니 혼자 킬킬거렸다. "그런 사정이 있었구려." 그가 말했다. "소들을 팔 수 없다면 내가 대신 팔 사람을 소개해 줄 수도 있소. 그 사람으로 말할 것 같으면, 바로 나요. 나는 유쾌한 젊은이를 대단히 좋아할 뿐만 아니라 우여곡절에 처한 젊은이를 돕고 싶은 마음도 있어서 그렇소. 자, 소들을 얼마에 팔 생각이오?"

"흠." 로빈이 입을 열었다. "못해도 500파운드는 될 겁니다."

"이런." 주 장관이 골똘히 생각에 잠기는 듯 천천히 말했다. "당신이 맘에 들고 또 당신을 돕고 싶지만 500파운드는 상당히 큰돈이오. 게다가 내게는 500파운드가 없소. 하지만 소들 전부에 대해 300파운드는 줄 수 있소. 금화와 은화로 챙겨 주겠소."

"이런 늙은 구두쇠 같으니라고!" 로빈이 소리쳤다. "그렇게 많은 소인데 700파운드는 족히 넘는 값어치라는 걸 잘 아시지 않습니까. 아니, 그것도 적은 금액이지요. 그런데 머리가 희끗하고 발 한쪽은 이미 무덤에 들어가 있는 어르신이 철없는 젊은이의 부족한 판단력을 이용하려 하십니까?"

그 말에 주 장관은 험악한 표정으로 로빈을 바라보았다. "그렇게 시큼털털한 맥주를 머금은 표정으로 절 바라보진 마십시오. 어쨌든 주 장관님의 제안을 받아들이지요. 저와 형제들은 돈이 필요하니까요. 우린 행복하게 살고 싶습니다. 돈이 없으면 행복하게 살 수가 없지요. 그러니 주 장관님과 거래를 하겠습니다. 대신 300파운드를 꼭 주셔야 합니다. 전 간사하게 거래하는 사람은 믿지 않거든요."

"돈을 꼭 주겠소." 주 장관이 말했다. "그런데 당신 이름이 무엇이오?"

"저는 록슬리의 로버트라고 합니다." 대담한 로빈이 대답했다.

"록슬리의 로버트." 주 장관이 말했다. "오늘 당신의 소들을 보러 가겠소. 그런데 우선 내 서기가 당신에게서 판매 약속을 받아낼 증서를 써야 하오. 내가 당신에게서 소들을 건네받지 못하면 당신은 돈을 받을 수 없소."

그러자 로빈이 다시 웃었다. "그렇게 하시지요." 손바닥으로 주 장관의 손을 찰싹 치면서 로빈이 말했다. "주 장관님이 돈을 주시면 제 형제들이 정말 고마워할 겁니다."

그렇게 하여 거래가 성사되었으나 대부분의 푸줏간 주인은 주 장관이 돈 헤프게 쓰는 어리석은 한량을 구슬리는 졸렬한 술수를 쓴다고 하면서 저들끼리 수군거렸다.

오후가 되자 주 장관이 말에 올랐고, 길이 닦인 안뜰의 입구 밖에 서서 기다리고 있던 로빈이 그와 함께 떠날 채비를 했다. 로빈은 말과 수레를 한 푸줏간 주인에게 2마르크에 판 터였다. 그들은 길을 떠났다. 주 장관은 말을 탔고 로빈은 그 옆에서 뛰었다. 그렇게 노팅엄 타운을 떠난 그들은 마치 오랜 친구처럼 웃고 농담을 주고받으며 먼지투성이 큰길을 지났다. 그러나 주 장관은 내내 속으로 생각했다. "내게 로빈 후드를 들먹이면서 농담을 하다니 아주 값비싼 대가를 치르게 될 거야. 못해도 400파운드의 대가는 치르게 되겠지. 멍청한 녀석." 그는 자신이 제안한 거래로 못해도 그만큼의 이득을 손에 쥐게 될 것이라 생각했기 때문이다.

그들은 어느덧 셔우드 숲의 경계 안으로 들어오게 되었다. 얼마 안 있어 주 장관은 여기저기를 둘러보더니 이내 말이 없어지고 웃음기가 사라졌다. 그가 말했다. "하늘과 하늘에 계신 모든 성인이 오늘 로빈 후드라는 험악한 악당으로부터 우리를 지켜 주셔야 할 텐데."

그러자 로빈이 크게 웃었다. "그렇지요." 그가 말했다. "이제 한시름 놓으셔도 됩니다. 제가 로빈 후드를 잘 아는데 오늘은 저와 함께 있으니 더 이상 로빈 후드 때문에 마음 졸이는 일은 없을 겁니다."

그 말에 주 장관은 의심스러운 눈초리로 로빈을 바라보며 속으로 생각했다. '그 괘씸한 무법자와 잘 아는 사이인 것 같은데 왠지 불길하군. 당장 셔우드 숲에서 멀리 벗어났으면 좋겠어.'

그러나 그들은 그늘진 숲속 더 깊은 곳으로 들어갔고 가면 갈수록 주 장관은 말수가 더 줄어들었다. 마침내 그들은 길이 갑자기 굽어지는 지점에 다다랐다. 그들 앞에 회갈색 사슴 떼가 총총 거리며 길을 건너는 모습이 보였다. 그러자 로빈 후드가 주 장관 가까이 다가가 손가락으로 사슴 떼를 가리키며 말했다. "자, 제가 키우는 가축들입니다. 주 장관님. 맘에 드십니까? 살도 적당히 오르고 보기 좋지 않습니까?"

그 말에 주 장관이 급히 고삐를 잡아당겼다. "여보시오." 그가 말했다. "당장 이 숲을 벗어나고 싶소. 당신과 함께 하고 싶지 않소. 당신은 가던 길 가시오. 난 내 갈 길 가게 내버려 두고."

그러나 로빈은 웃기만 하면서 주 장관의 말 고삐를 잡았다. "그럴 순 없지요." 그가 말했다. "잠시만 기다리시지요. 저 보기 좋은 가축들을 같이 키우는 제 형제들을 소개해 드려야 하니까." 그는 뿔나팔을 입술에 갖다 대고는 경쾌하게 세 번 불었다. 얼마 안 있어 리틀 존을 선두로 하여 백여 명의 장정이 숲길로 튀어나왔다.

"대장, 무슨 일인가?" 리틀 존이 물었다.

"무슨 일이라니." 로빈이 말했다. "내가 오늘 잔치를 벌이려고 이렇게 귀한 손님을 모셔 온 것 안 보이나? 창피한 줄 알아야지! 선하고 고매하신 노팅엄의 주 장관님을 어떻게 못 알아볼 수가 있나? 리틀 존. 어서 고삐를 잡아 드리게. 오늘 우리의 잔치를 빛내 주시려고 이렇게 귀한 발걸음을 하셨다네."

그러자 모두가 웃거나 장난치는 기색 없이 정중하게 모자를 벗어 보였고, 리틀 존은 주 장관이 탄 말의 고삐를 잡고 숲속 더 깊은 곳으로 말을 끌고 갔다. 모두가 질서정연하게 줄지어 걸었고 로빈 후드도 손에 모자를 든 채 주 장관 옆에서 걸었다.

주 장관은 내내 한마디도 하지 못하고 마치 잠에서 갑자기 깬 것처럼 주변을 둘러볼 뿐이었다. 그러나 셔우드 숲 깊은 곳으로 향하는 것을 깨달은 순간, 그의 마음이 무겁게 내려앉았다. 그는 생각했다. "내 목숨은 해치지 않는다 해도 분명 내게서 300파운드를 빼앗아 갈 거야. 내가 저놈들의 목숨을 앗으려고 여러 번 음모를 꾸몄으니 말이야." 그러나 모두가 정중하고 온순해 보였고 목숨이나 돈, 위험 따위에 대해서는 한마디도 하지 않았다.

마침내 그들은 셔우드 숲에서도 사방으로 무성하게 가지를 드리운 거대한 참나무가 서 있는 곳에 다다랐다. 로빈은 나무 아래에 있는 이끼로 만든 자리에 앉았고 주 장관은 자신의 오른쪽에 앉혔다. "어이, 친구들. 어서 준비 좀 해 오게." 로빈이 말했다. "우리가 가진 가장 좋은 고기와 포도주를 내어 오게. 자애로우신 주 장관님께서 오늘 노팅엄의 조합 회관에서 나를 위해 만찬을 열어 주셨거든. 그러니 나도 빈손으로 그냥 보내 드릴 수 없지."

그때까지도 주 장관의 돈에 대해서는 아무도 말이 없었다. 덕분에 주 장관은 마음이 조금 놓이기 시작했다. 그가 혼자 중얼거렸다. "로빈 후드가 돈에 대해서는 잊어버렸는지도 몰라."

어느덧 숲속에서는 밝은 모닥불이 타닥타닥 소리를 내며 타올랐고 사슴고기와 통통한 닭고기가 먹음직스럽게 익는 군침 도는 냄새가 숲속 빈터를 가득 메웠다. 고기를 넣어 만든 노릇노릇한 파이도 불가에서 따뜻하게 데워지고 있었다. 로빈 후드는 온 정성을 다해 주 장관을 극진히 대접했다. 우선 장정 몇 명이 둘씩 짝을 지어 봉술 시합을 선보였다. 그들이 어찌나 능수능란하고 날렵하게 치고 피하는지, 그런 박력 넘치는 시합이라면 무엇이든 보길 좋아하는 주 장관은 자신이 지금 어디에 있는지도 잊은 채 손뼉을 쳐대며 고함을 질렀다. "거기 검은 수염, 잘했군! 잘했어!" 그는 자신이 응원하는 자가 일전에 로빈 후드에게 체포 영장을 들이밀기 위해 심부름을 보냈던 땜장이라는 것도 까맣게 몰랐다.

그러던 중 몇몇 장정이 와서 풀밭에 천을 깔아 놓고 푸짐한 잔칫상을 차렸다. 또 몇몇은 맛 좋은 백포도주와 맥주가 든 통을 꺼내와 항아리에 술을 담아 천 위에 올려놓고 그 옆에 뿔나팔 모양의 잔들도 꺼내 놓았다. 모두가 함께 둘러앉아 흥겹게 먹고 마시며 잔치를 벌였고, 그러는 동안 어느새 해가 지고 머리 위 나뭇잎들 사이로 반달이 떠올라 창백하고 희미하게 빛났다.

그제야 주 장관이 일어나 말했다. "오늘 이렇게 극진히 대접해 줘서 고맙소. 이렇게나 예의 바르게 나를 대접해 주다니 여러분이 우리의 자애로우신 왕과 또 왕을 대신하여 자랑스러운 노팅엄셔를 다스리는 나를 깊이 존경한다는 사실을 잘 알게 되었소. 하지만 이제 그림자가 길게 깔렸으니 더 어두워지기 전에 이만 가 봐야 할 것 같소. 숲에서 길을 잃지 않으려면 말이오."

그러자 로빈 후드와 그의 무리도 전부 일어섰다. 로빈이 주 장관에게 말했다. "존경하는 주 장관님. 가셔야 한다면 가셔야지요. 그런데 하나 잊으신 게 있습니다."

"아니. 난 잊은 게 없는데." 주 장관이 말했다. 그러나 동시에 그의 심장이 철렁 내려앉았다.

"뭔가 분명 잊으신 게 있는데요." 로빈이 말했다. "우린 이렇게 숲속에서 행복한 보금자리를 꾸려 놓고 삽니다. 그러나 누구든 손님으로 온 자는 값을 치러야 하지요."

주 장관은 웃었으나 그 웃음소리는 공허했다. "그렇군. 재밌는 친구들이야." 그가 말했다. "오늘 정말 즐거웠다네. 그래서 말인데, 자네가 말을 안 꺼냈어도 오늘 극진히 대접해 준 것이 고마워 20파운드를 주려고 했네."

"그건 아니지요." 로빈이 정색하면서 말했다. "저희는 존경하는 주 장관님을 그렇게 빈약하게 대접하지 않았습니다. 주 장관님, 무려 왕의 총애를 받는 관리에게 300파운드도 받지 못한다면 제 면목이 서지 않을 겁니다. 그렇지 않은가, 친구들?"

"옳소!" 모두가 목청 높여 소리쳤다.

"빌어먹을, 300파운드라니!" 주 장관이 으르렁거렸다. "거지밥상 같은 자네들 잔치는 300파운드는 고사하고 3파운드어치도 되지 않아!"

"그건 아니지요." 로빈이 심각한 표정으로 말했다. "그렇게 야박한 말씀 마십시오. 주 장관님. 오늘 노팅엄셔에서 성대한 만찬을 베풀어 주셔서 저는 무척 감사하게 생각하고 있습니다. 하지만 여기에는 주 장관님을 그리 호의적으로 생각하지 않는 자들도 있습니다. 저기 저쪽에는 윌 스튜틀리라고 하는 자가 있습니다. 저자의 눈에는 주 장관님에 대한 호의가 전혀 보이지 않죠. 그리고 주 장관님은 모르는 자들이겠지만 저기 저 두 사람은 얼마 전 노팅엄 타운 근처에서 있었던 싸움에서 다친 적이 있습니다. 주 장관님도 보셨겠지만요. 저들 중 한 친구는 지금은 팔 쓰는 데 문제가 없지만 한 팔을 크게 다쳤습니다. 주 장관님. 제 충고를 받아들이십시오. 더는 지체하지 말고 어서 값을 치르시지요. 안 그러면 큰일이 닥칠 수도 있습니다."

로빈이 말하는 동안 불그레했던 주 장관의 뺨이 창백해졌고 그는 더는 말을 잇지 못하고 땅을 내려다보며 아랫입술을 꽉 깨물었다. 그는 마지못해 두둑한 돈주머니를 느릿느릿 꺼내 그의 앞에 깔린 천 위에 던져 놓았다.

"자, 리틀 존 돈주머니를 가져가게." 로빈 후드가 말했다. "액수가 맞는지 확인해 봐. 주 장관님을 의심하는 건 아니지만, 주 장관님이 자신이 약속한 값을 제대로 치르지 않았다는 걸 알게 되면 마음이 편치 않으실 테니까."

리틀 존은 돈을 세고는 돈주머니 안에 금화와 은화로 300파운드가 들어 있는 것을 확인했다. 그러나 주 장관에게는 짤랑거리는 금화와 은화 한 닢 한 닢이 마치 자기 몸에서 떨어지는 핏방울처럼 보였다. 하나하나 센 금화와 은화가 나무 접시에 잔뜩 쌓이는 것을 보고 난 후에야 주 장관은 돌아서서 조용히 말에 올라탔다.

"이렇게 귀한 손님을 대접한 건 난생처음입니다!" 로빈이 말했다. "시간이 늦었으니 저희 중 하나가 숲 밖으로 안내를 해 드릴 겁니다."

"아니, 집어치우게!" 주 장관이 다급히 소리쳤다. "도와주지 않아도 나 혼자 길을 찾을 수 있네."

"그럼 제가 옳은 길로 직접 안내해 드리지요." 로빈은 이렇게 말하고는 주 장관의 말 고삐를 잡고 숲의 큰길로 그를 이끌었다. 그는 주 장관을 보내기 전에 이렇게 말했다. "조심히 가십시오. 주 장관님. 그리고 다음에도 어리석은 한량을 등쳐 먹으려거든 셔우드 숲에서의 잔치를 기억하십시오. 스완톨드 성인이 말씀 하셨듯이, 말을 직접 살펴보지도 않고 말을 살 생각은 접으십시 오. 어쨌든 조심히 가십시오." 그는 말의 등을 손으로 찰싹 때리 고는 주 장관을 태운 말이 숲속 빈터를 통과하여 가도록 보냈다.

주 장관은 로빈 후드를 건드리려고 처음으로 계략을 꾸몄던 날을 사무치게 후회했다. 모든 사람이 그를 비웃고 그가 돈을 뜯 으러 갔다가 오히려 빈털터리가 되어 돌아온 일을 두고 온 나라 사람들 입에 숱하게 노래가 오르내렸기 때문이다. 인간이란 그 렇게 탐욕과 교활한 술수 때문에 자기 꾀에 넘어가기 마련이다.

5

리틀 존, 노팅엄 축제에 가다

셔우드에서 주 장관과의 잔치가 있고 난 후, 봄이 지나고 여름이 지나고 그윽한 달 10월이 찾아왔다. 사방의 공기가 차갑고 상쾌했으며, 이집 저집에서 곡식을 거둬들이고, 깃털이 다 자란 어린 새들이 날개를 활짝 펴고 둥지를 떠날 채비를 했으며, 홉 추수가 시작되고 사과들이 익어 갔다. 시간이 흐르면서 기억도 희미해져 사람들이 주 장관이 사들이려고 했던 가축에 대해서는 더는 말을 꺼내지 않았지만, 주 장관은 여전히 그 일에 대해 심사가 꼬여 있는 상태였고 자기 앞에서 로빈 후드라는 이름이 거론되는 것조차 참지 못했다.

10월은 노팅엄 타운에서 5년마다 열리는 대규모 축제가 열리는 달이었다. 이 축제에는 가까운 곳은 물론 먼 곳까지 나라 전역에서 사람들이 모여들었다. 노팅엄셔의 사내들이 잉글랜드 전역을 통틀어 긴 활을 가장 잘 쏘았던 터라 축제에서는 활쏘기 대회가 늘 가장 큰 규모의 행사였다. 그러나 올해 주 장관은 로빈 후드와 그의 무리가 올까 봐 두려워 축제 개최를 선포하기 오래전부터 주저했다. 처음에 그는 축제를 열지 말까 하는 생각이 컸지만 그랬다가는 사람들이 자신을 비웃고 자신이 로빈 후드를 두려워한다고 사람들이 수군댈 것이라 짐작하고는 이내 생각을 접었다. 결국 그가 짜낸 묘안은 로빈 후드 무리가 선뜻 활쏘기 대회에 참가하지 못하도록 소박한 상을 내리는 것이었다. 원래는 10마르크 내지는 큼지막한 맥주 한 통을 상으로 주는 것이 관례였으나 올해 주 장관은 최고의 궁사에게 살찐 수송아지 두 마리를 상으로 주겠다고 선포했다.

그 소식을 들은 로빈 후드는 성을 내며 말했다. "정말 빌어먹을 작자군. 그깟 상이면 시골뜨기 양치기들이나 모이겠어! 유쾌한 노팅엄 타운에서 또 한바탕 겨루기를 펼칠 생각에 들떠 있었는데 그깟 상이라면 재미도 이득도 없지."

그러자 리틀 존이 말했다. "대장, 내 얘기 좀 들어 보게." 그가 말했다. "오늘에서야 내가 윌 스튜틀리와 돈커스터의 청년 데이비드와 함께 블루 보어 여관에서 축제에 관한 소식을 전부 들었는데 말일세. 주 장관이 우리가 축제에 오는 걸 막으려고 그런 구미에 당기지 않는 상을 마련했다고 하는군. 그러니 대장. 괜찮다면 내가 축제에 가서 노팅엄 타운의 활쏘기 명수들을 제치고 그 조촐한 상이나마 타 오는 게 어떤가?"

"그건 안 될 말일세, 리틀 존." 로빈이 말했다. "자네가 덩치 좋고 힘이 장사이긴 하지만 스튜틀리처럼 꾀바르지는 못하잖나. 노팅엄셔 어디서도 자네가 위험에 처하는 건 원치 않네. 하지만 그래도 가겠다면 변장을 좀 하고 가게. 거기 있는 사람들이 자네를 알아보지 못하게 말이야."

"알겠네, 대장." 리틀 존이 말했다. "이 링컨 그린 옷 대신에 주황색 옷만 입으면 되겠군. 윗도리에 붙은 고깔을 얼굴 쪽으로 길게 당겨 쓰면 내 갈색 머리칼과 수염이 보이지 않겠지. 아무도 날 알아보지 못할 걸세."

"난 정말 말리고 싶지만." 로빈 후드가 말했다. "그래도 가고 싶다면 가게나. 단, 처신 잘하도록 해. 리틀 존. 자네는 내 오른팔이지 않나. 자네가 위험에 처하는 건 정말 참을 수 없어."

그렇게 해서 리틀 존은 머리부터 발끝까지 주황색 옷으로 갈아입고서 노팅엄 타운의 축제가 열리는 곳으로 향했다.

노팅엄의 축제는 그야말로 흥겨운 잔치 분위기였다. 거대한 성문 앞의 잔디밭에는 노점들이 줄지어 늘어서 있었고, 띠와 화환들이 매달려 있는 알록달록한 캔버스 천으로 된 천막들이 들어서 있었으며, 귀족 평민 할 것 없이 온 나라에서 사람들이 모여들었다. 흥겨운 노래에 맞춰 사람들이 춤을 추는 노점도 있었고, 맥주가 넘쳐흐르는 노점도 있었으며, 달콤한 케이크와 보리설탕을 파는 노점도 있었다. 노점들 바깥으로는 각종 시합이 열리고 있었고 음유시인 몇이 하프를 연주하면서 옛 노래를 부르고 있었다. 그런가 하면 톱밥을 깔아 만든 원형 경기장 안에서는 격투 선수들이 엉겨 붙어 힘겹게 한판 겨루기를 하고 있었다. 그러나 사람들이 가장 많이 모인 곳은 건장한 사내들이 봉술 시합을 벌이고 있는 높은 연단이었다.

이윽고 리틀 존이 축제장에 도착했다. 바지와 조끼, 고깔 달린 모자가 전부 주황색이었고 모자 옆쪽에는 주황색 깃털이 꽂혀 있었다. 어깨에는 주목으로 만든 튼튼한 활이 걸려 있었고 등 뒤로는 단단하고 둥근 화살들이 담긴 화살통이 매달려 있었다. 많은 사람이 고개를 돌려 키 크고 우람한 리틀 존을 쳐다보았다. 그가 그곳에 있는 어느 사내들보다도 어깨가 손바닥 너비만큼 더 넓었고 키도 사람 머리 하나만큼 더 컸기 때문이다. 아가씨들도 그렇게 덩치 좋은 사내는 처음 본다는 듯 리틀 존을 곁눈질로 훔쳐보았다.

우선 그는 맥주를 파는 노점으로 갔다. 그는 긴 의자에 우뚝 올라서서 근처에 있는 사람들을 큰 소리로 불러 모아 함께 술을 마시자고 했다. "어이, 여보게들!" 그가 소리쳤다. "이 혈기 왕성한 사내와 누가 함께 술을 마시겠나? 모두 오게! 모두 오게! 날도 좋고 맥주도 톡 쏘니 함께 즐겨 보자고. 자네, 이리 오게. 거기 자네랑 자네도. 모두들 돈은 한 푼도 낼 필요가 없다네. 거기 건장한 부랑자 양반. 이리 오시오. 거기 유쾌한 땜장이 양반도 이리 오시오. 모두 나와 함께 즐겨 봅시다."

그가 이렇게 외치자 여기저기서 사람들이 웃으며 몰려들었고, 갈색 맥주가 넘쳐흘렀다. 모두가 리틀 존을 뱃심 좋은 사내라고 칭찬하면서 친형제만큼이나 마음에 든다고 한마디씩 했다. 모름지기 돈 한 푼 내지 않고 흥겹게 놀게 해 주는 이가 있다면, 그자야말로 세상에서 가장 마음에 드는 사람이기 때문이다.

그리고서 리틀 존은 봉술 시합이 펼쳐지고 있는 연단으로 갔다. 고기와 술을 좋아하는 만큼 육척봉 시합도 좋아했기 때문이다. 바로 여기서 흥미진진한 모험이 펼쳐지게 되는데, 그로부터 오랫동안 온 나라에서 그 내용이 노래로 전해지게 되었다.

시합장에서는 한 사내가 시합장 안으로 모자를 던지며 들어온 상대마다 족족 머리통을 박살 내고 있었다. 그 사내는 시골 전역에서 노래로 이름이 전해져 내려온 그 유명한 링컨의 에릭이라는 자였다. 리틀 존이 시합장으로 갔을 때는 시합이 펼쳐지고 있지 않았다. 기세등등한 에릭만이 육척봉을 휘두르며 연단을 오르락내리락하면서 기운 넘치게 소리를 질러 대고 있었다. "자, 이제 누가 여기 올라와서 세상에서 가장 사랑하는 여인을 위해 나, 링컨의 사내와 난투극을 벌여 볼 텐가? 자, 모두들 어떤가? 어서 올라오게! 어서 올라오게! 아무도 올라오지 않으면 여기 있는 아가씨들이 더는 눈을 반짝이지 않을 거야. 내지는 노팅엄의 사내는 피가 끓지 않고 뜨뜻미지근하다는 걸 증명하는 꼴이 되겠지. 링컨 대 노팅엄 어떤가? 링컨에서 온 우리가 봉술 선수라고 부를 만한 자는 아무도 여기 발을 들이지 않는구먼."

그 말에 사람들이 서로 팔꿈치로 쿡 찔러 댔다. "네드, 자네가 나가 봐!" "토머스, 자네가 나가 봐!" 그러나 괜히 나섰다가 얻는 것도 없이 머리통이 박살 나는 것을 원하는 자는 아무도 없었다.

그때 에릭이 리틀 존이 사람들 속에 서 있는 쪽을 바라보았고 거기 모인 사람들 속에서 머리와 어깨가 불쑥 올라와 있는 리틀 존을 발견했다. 에릭이 큰 소리로 그를 불렀다. "어이, 거기 주황색 옷에 다리 긴 친구! 어깨도 넓고 머리통도 크구먼. 자네의 여인은 아름다운가? 자네가 그녀를 위해 육척봉을 손에 쥘 만큼 말이야. 사실 노팅엄의 사내들은 뼈와 힘줄에 의지하지 않지. 담력도 없고 용기도 없으니 말이야! 어이, 덩치 큰 시골뜨기. 자네가 노팅엄을 대표해서 육척봉을 휘둘러 볼 텐가?"

"기꺼이 그러지." 리틀 존이 말했다. "내게 단단한 육척봉만 있다면 네놈 같은 허풍쟁이 떠버리의 머리통을 신나게 박살 내 줄 텐데! 네놈의 잘난 콧대를 꺾어 주겠다!" 그는 워낙 행동도 느린 터라 말도 느릿느릿 받아쳤으나 결국에는 커다란 돌덩이가 언덕에서 굴러떨어지듯 화가 머리끝까지 치밀었다. 그는 완전히 분노에 휩싸였다.

그러자 링컨의 에릭이 크게 웃었다. "나와 사내 대 사내로 정정당당하게 대결하는 걸 두려워하는 것 치고 말은 번지르르하게 하는구먼." 그가 말했다. "입만 살아 있는 괘씸한 녀석. 여기 시합장에 발만 들여 봐라. 그 못돼먹은 혀가 입안에서 흐물거리게 해 주겠다."

"저놈의 패기를 시험하게 내게 튼튼한 육척봉을 빌려줄 사람 여기 아무도 없나?" 리틀 존의 말에 열 명 남짓한 사내가 육척봉을 건넸고 리틀 존은 그중에서 가장 무겁고 튼튼한 육척봉을 골라 들었다. 그러고는 육척봉을 위아래로 살피면서 말했다. "지금 내 손에 들려 있는 건 한낱 보릿짚 같은 막대기군. 그래도 나를 위해 버텨 주겠지. 자, 가 보자고." 그는 시합이 열리는 연단 위로 육척봉을 던져 놓고는 그 위로 가볍게 뛰어올라 육척봉을 잽싸게 다시 잡아 들었다.

두 사람은 각자 제자리에 서서 매서운 눈초리로 상대방을 예리하게 살폈다. 이윽고 시합을 관장하는 이가 소리쳤다. "시작!" 그 소리에 두 사람은 육척봉 가운데를 손에 단단히 쥔 채 한 발 앞으로 나섰다. 거기 모여 있는 사람들은 노팅엄 타운에서 열린 중 가장 불꽃 튀는 봉술 시합을 보는 셈이었다. 처음에 쉽게 우위를 점할 것이라고 생각한 링컨의 에릭은 '잘들 봐, 내가 저 수평아리를 얼마나 순식간에 작살내는지'라고 말하듯이 앞으로 나섰다. 하지만 그는 곧 빠른 게 능사가 아님을 깨달았다. 날렵하게 후려치고 능란하게 막아 냈으나 그는 리틀 존이 만만치 않은 상대임을 깨달았다. 한 번, 두 번, 세 번, 그가 육척봉으로 내리쳤으나 리틀 존은 매번 왼쪽으로 오른쪽으로 공격을 쳐 냈다. 이윽고 리틀 존이 날렵하고도 기민한 동작으로 손등을 이용하여 에릭의 방어막 아래를 가격했고 그 빈틈없는 공격에 에릭의 머리가 또 한 번 핑 하고 돌았다. 에릭은 한발 물러나 기세를 가다듬으려 했지만 여기저기서 환호성이 터져 나왔고 노팅엄의 사내가 링컨의 머리를 후려쳤다는 사실에 모두가 기뻐했다. 그렇게 시합의 1회전이 끝났다.

얼마 안 있어 시합을 관장하는 이가 "시작!"이라고 외쳤고 두 사람은 다시 맞붙었다. 그러나 이번에 에릭은 조심스럽게 시합에 임했다. 상대의 기개가 만만치 않을 뿐만 아니라 방금 전 그에게 머리를 얻어맞은 아찔한 기억이 있었기 때문이다. 그러다 보니 2회전에서는 리틀 존도 에릭도 자신의 방어막 내에서 상대의 공격을 받아 쳐 낼 일이 없었다. 얼마 지나지 않아 그들은 다시 거리를 벌렸고 그렇게 2회전이 끝났다.

곧이어 둘은 세 번째로 맞붙었다. 처음에 에릭은 아까와 마찬가지로 신중하려고 애썼으나 자신이 그렇게 저지당하는 것에 화가 치민 나머지, 이성을 잃고 쉴 새 없이 맹렬하게 공격을 퍼붓기 시작했다. 그 모습은 마치 달개집 지붕에 우박이 요란하게 쏟아져 내리는 것 같았다. 그럼에도 그는 리틀 존의 방어막 안으로 뚫고 들어가지 못했다. 그러다 마침내 리틀 존이 기회를 엿보았고 그 기회를 영악하게 이용했다. 그는 역시나 잽싸게 에릭의 머리 옆을 가격했고 에릭이 채 정신을 차리기도 전에 오른손을 왼쪽 아래로 휘두르면서 에릭의 정수리를 정통으로 후려쳤다. 결국 에릭은 다시는 일어나지 못할 것처럼 쓰러지고 말았다.

그 광경에 지켜보던 사람들이 요란하게 환호성을 질러 대자 무슨 일이 일어났는지 보려고 사방에서 사람들이 달려왔다. 리틀 존은 연단에서 뛰어 내려와 자신에게 육척봉을 빌려줬던 자에게 그것을 다시 돌려주었다. 그렇게 하여 리틀 존과 링컨의 에릭의 그 유명한 시합이 끝이 났다.

어느덧 활쏘기 시합에 참가할 사람들이 자리에 설 시간이 되었고, 사람들이 활쏘기 시합장에 몰려들기 시작했다. 과녁 근처 시야가 좋은 곳에 높이 세워진 단에는 주 장관이 앉아 있었고 그 주변으로 많은 귀족이 앉아 있었다. 궁사들이 자리를 잡자 시합을 관장하는 심판이 앞으로 나와 시합 규칙을 설명했다. 궁사는 각자 세 발씩 화살을 쏘게 되며 그중에서 가장 잘 쏜 자가 살찐 수송아지 두 마리를 상으로 가져가게 된다고 했다. 실력이 출중한 궁사들 스무 명 남짓이 그곳에 있었는데 그중에는 링컨과 노팅엄셔에서 긴 활을 가장 잘 쏘는 명수들도 몇 명 있었다. 그중에서는 리틀 존이 키가 가장 컸다. "온통 주황색 옷차림을 한 저 낯선 자는 누구지?" 몇몇 사람이 묻자 대답이 돌아왔다. "방금 전에 링컨에서 온 에릭의 머리를 완전히 박살 내 버린 자라네." 그러자 사람들이 수군거렸고 그 소리가 심지어 주 장관의 귀에까지 들어갔다.

이윽고 궁사들이 한 명씩 앞으로 나와 차례로 활을 쏘았다. 모두가 활을 잘 쏘았으나 리틀 존의 실력이 단연 으뜸이었다. 그는 세 번 다 과녁의 중심을 맞추었고 단 한 발의 화살만 과녁 정중앙에서 보리알 길이 정도로 떨어진 곳에 꽂혔다. "어이, 키 큰 궁사 양반! 잘하는구먼!" 사람들이 외쳤고 몇몇은 "잘한다! 레이놀드 그린리프!"라고 외쳤다. 리틀 존이 그날 자신의 이름을 레이놀드 그린리프라고 소개했기 때문이다.

그러자 주 장관이 높은 단에서 내려와 궁사들이 서 있는 곳으로 왔다. 그가 오는 것을 보자 모든 궁사가 모자를 벗어 보였다. 주 장관은 리틀 존을 유심히 쳐다보았으나 그가 누구인지는 알아보지 못했다. 그러나 얼마 안 있어 이렇게 말했다. "어이, 자네. 자네 얼굴을 전에 본 적이 있는 것 같은데."

"그럴지도 모르지요." 리틀 존이 말했다. "저는 주 장관님을 자주 보았으니까요." 그는 주 장관이 자신의 정체를 의심하지 않도록 주 장관의 눈을 계속 응시하며 말했다.

"정말 용맹한 청년이군." 주 장관이 말했다. "듣자 하니 오늘 링컨에 맞서서 노팅엄셔의 실력을 제대로 보여 주었다고 하던데. 자네 이름이 뭔가?"

"제 이름은 레이놀드 그린리프입니다. 주 장관님." 리틀 존이 대답했다. 후에 전해져 내려온 노래에서는 이 대목을 이렇게 노래한다. "그는 푸른 잎이었으나 주 장관은 그가 어떤 나무의 잎인지 알지 못했다네."

"레이놀드 그린리프." 주 장관이 말했다. "자네는 내가 본 중 최고의 명사수라네. 못돼먹은 악당 로빈 후드 다음으로 말이야. 그놈 계략에 또 빠질까 무섭군! 어쨌든 내 부하가 될 생각 없는가? 봉급도 넉넉히 챙겨 주고 해마다 옷을 세 벌씩 내어 주고 맛 좋은 술과 음식을 실컷 먹게 해 주겠네. 거기다 성 미카엘 축일마다 40마르크를 얹어 주겠네."

"자유로운 의지를 가진 한 시민으로서 기쁜 마음으로 주 장관님의 부하가 되겠습니다." 리틀 존이 말했다. 그는 주 장관 밑에서 일한다면 뭔가 재밌는 일이 벌어질 것 같다는 생각에 그렇게 답했다.

"이제 살찐 수송아지를 자네에게 공정하게 상으로 내리겠네." 주 장관이 말했다. "거기다 자네 같은 부하를 얻게 되어 기쁘니 3월에 담근 맛 좋은 맥주 한 통도 상으로 내리겠네. 자네는 로빈 후드만큼이나 활을 잘 쏘니 말이야."

"저 역시도 말입니다." 리틀 존이 말했다. "주 장관님의 부하가 되어 무척 기쁘니 살찐 수송아지와 맥주를 여기 모인 사람들과 나누어 기쁨을 함께 하겠습니다." 그의 말에 큰 환호성이 터져 나왔고 뜻밖의 선물에 많은 사람이 신나서 모자를 벗어 높이 던졌다.

그렇게 하여 몇몇은 크게 모닥불을 피워 송아지 고기를 굽고 또 몇몇은 맥주통을 가져와 모두가 즐거운 시간을 보냈다. 모두가 배가 터질 정도로 먹고 마시고 나자 날이 저물고 노팅엄 타운의 첨탑과 성채 위로 온통 붉고 둥그스름한 큰 달이 솟아올랐다. 사람들은 모닥불 앞에 모여 백파이프와 하프 연주 소리에 맞춰 서로 손을 맞잡고 춤을 추었다. 그러나 이 같은 흥겨운 잔치가 시작되기 한참 전, 주 장관과 그의 새로운 부하 레이놀드 그린리프는 이미 노팅엄 성 안에 들어가 있었다.

6

리틀 존이 주 장관 곁에 머물게 된 이야기

그렇게 해서 리틀 존은 주 장관의 부하가 되어 그의 곁에서 평탄한 나날을 이어 갔다. 주 장관이 그를 오른팔로 삼아 크게 총애했기 때문이다. 리틀 존은 식사 때에도 주 장관 옆에 앉았고 사냥을 나갈 때에도 주 장관 옆에서 말을 타고 달렸다. 사냥과 매사냥을 나가는 건 가끔일 뿐, 매번 푸짐한 음식을 먹고 좋은 술을 마시며 늦은 아침까지 잠을 잔 탓에 그는 외양간에서 키운 소처럼 살이 부둥부둥 올랐다. 그렇게 세월아 네월아 태평한 나날이 계속되던 중, 주 장관이 사냥을 나간 사이에 잔잔한 수면에 파문을 일으키는 일이 벌어졌다.

그날 아침, 주 장관과 그의 부하 여럿이 몇몇 귀족과 함께 사냥을 하러 길을 나섰다. 주 장관은 충실한 부하 레이놀드 그린리프를 찾기 위해 주변을 샅샅이 살폈지만 그를 찾지 못해 언짢아졌다. 리틀 존의 실력을 점잖은 벗들에게 보란 듯이 자랑하고 싶었기 때문이다. 그때 리틀 존은 침대에 누워 해가 중천에 뜰 때까지 코를 드르렁거리며 자고 있었다. 마침내 그는 눈을 떴지만 주위를 둘러보기만 할 뿐 자리에서 일어날 생각을 하지 않았다. 창가에는 눈 부신 햇살이 비추고 있었고 추운 겨울이 지나고 봄이 왔던 터라 벽을 타고 잔가지를 뻗치며 여기저기 얽혀 있는 인동덩굴 향기 덕분에 공기가 그윽했다. 리틀 존은 여전히 누운 채로 이 평화로운 아침에 세상이 아름답다고 생각했다. 순간 그의 귀에 저 멀리서 희미하게 뿔나팔 소리가 들려왔다. 가냘프지만 명료한 소리였다. 그 소리는 어렴풋했지만 작은 조약돌이 유리 같은 샘에 떨어지듯 그의 생각의 잔잔한 표면에 큰 물결을 일으켰고 급기야 그의 머릿속이 온통 불안으로 휩싸였다. 그의 정신이 나태함으로부터 깨어난 것 같았고 푸른 숲속에서 행복했던 기억이 찾아왔다. 오늘같이 눈부신 아침이면 쾌활하게 지저귀던 새들, 그의 소중한 동료, 친구들과 흥겨운 잔치를 벌이고 즐거운 한때를 보내던 일. 어쩌면 그들은 지금 자신에 대해 냉정한 어조로 이야기를 하고 있을지도 몰랐다. 처음에 그는 장난삼아 주 장관 밑에서 일하기 시작했으나 겨울이면 난롯가가 따뜻하고 푸짐하게 먹고 마실 수 있었기에 셔우드로 돌아가는 것을 차일피일 미루다 보니 어느덧 여섯 달이라는 시간이 흘렀다. 이제야 그는 자랑스러운 대장과 세상에서 그 누구보다도 사랑하는 윌 스튜틀리, 자신이 온갖 무술을 가르쳐 주고 실력을 갈고닦게 해 주었던 돈커스터의 청년 데이비드를 떠올리고는 감정이 북받치고 가슴이 아리도록 모두가 그리워져 눈물이 차올랐다. 그는 이렇게 말했다. "난 여기서 외양간에서 키우는 소처럼 살 만 뒤룩뒤룩 쪄 가고 내 용맹스러움은 온데간데없이 사라졌구 나. 난 그저 게으른 멍청이가 되어 가고 있어. 이젠 정신 차리고 내 소중한 친구들에게로 돌아가야겠어. 앞으로 목숨이 붙어 있는 한은 절대로 그들을 떠나지 않을 거야." 그는 이렇게 말하고는 침대에서 벌떡 일어났다. 나태한 자신이 치가 떨리도록 싫었기 때문이다.

아래층으로 내려간 그는 집사가 식료품 저장실 문 근처에 서 있는 것을 보았다. 거구에 살집이 많은 집사는 허리춤에 큼지막한 열쇠 꾸러미를 차고 있었다. 리틀 존이 말했다. "어이, 집사 양반. 이 좋은 아침에 여태 아무것도 먹지 못해 배가 고프니 먹을 것 좀 주시오."

그러자 집사는 험악한 표정으로 그를 바라보며 허리춤에 매달린 열쇠 꾸러미를 짤랑거렸다. 집사는 주 장관의 총애를 받는 리틀 존이 못마땅했기 때문이다. "레이놀드 그린리프 씨, 지금 허기가 진단 말입니까?" 집사가 물었다. "이봐, 젊은이. 좀 더 살아 보면 알겠지만 말이야. 그렇게 게으르게 온종일 퍼질러 잤다가는 배고픈 신세를 면치 못한다네. '일찍 일어나는 새가 벌레를 잡는다'라는 옛말도 있지 않나."

"이런 비곗덩어리 같으니라고!" 리틀 존이 소리쳤다. "누가 그런 시답잖은 격언이나 지껄이라 했소? 빵과 고기를 달란 말이오. 당신이 뭔데 내게 먹으라 말라 하는 겁니까? 성 둔스타누스의 이름을 걸고 말하는데, 내 아침식사가 어딨는지 말하는 게 신상에 좋을 거요. 온몸의 뼈가 으스러지는 신세가 되고 싶지 않다면 말이오!"

"성질 불 같은 주인님, 당신 아침식사는 식료품 저장실에 있습니다요." 집사가 답했다.

"그러면 이리 가져오시오!" 화가 치민 리틀 존이 소리쳤다.

"가서 직접 가져오게나." 집사가 말했다. "먹을 것까지 갖다 바치다니 내가 자네 종인가?"

"분명히 말했소. 가서 당장 가져다주시오!"

"나도 분명히 말했네. 직접 가져다 먹으라고!"

"그렇다면 당장 그렇게 하지!" 리틀 존이 분개해서 말했다. 그러고는 식료품 저장실로 성큼성큼 걸어가 문을 열려고 했으나 문이 잠겨 있다는 것을 발견했다. 그 모습에 집사가 웃음을 터트리며 열쇠 꾸러미를 짤랑거렸다. 화가 머리끝까지 끓어오른 리틀 존은 꽉 쥔 주먹을 들어 올려 식료품 저장실의 문을 세게 내리쳤고, 그 바람에 판자 세 개가 박살 나 그가 몸을 구부리고 안으로 들어갈 수 있을 정도의 큰 구멍이 생겼다.

그 광경에 집사도 미칠 듯이 화가 들끓어 올랐다. 리틀 존이 식료품 저장실 안을 들여다보려고 몸을 구부리는 순간, 집사가 뒤에서 리틀 존의 목덜미를 비틀어 세게 꼬집고는 귀가 윙 하고 울리도록 열쇠 꾸러미로 그의 머리를 세게 내리쳤다. 그에 질세라 리틀 존도 돌아서서 어마어마한 힘으로 집사를 내리쳤고 살집 두둑한 집사는 다시는 일어나지 못할 것처럼 바닥에 쓰러지고 말았다. "집사 양반." 리틀 존이 말했다. "방금 얻어맞은 걸 잘 기억하시오. 그리고 다시는 먹을 걸 내놓지 않는 등, 배고픈 자의 심기를 건드리지 마시오."

그리고서 그는 식료품 저장실 안으로 몸을 구부리고 들어가 허기를 달랠 만한 것이 있는지 주변을 살폈다. 그는 사슴고기를 넣어 만든 큼지막한 파이와 구운 닭 두 마리, 그 옆에 새알들이 담긴 접시를 발견했다. 게다가 백포도주가 담긴 술병도 있었다. 그중 하나는 카나리아산 백포도주였다. 배고픈 자에게는 그야말로 군침 도는 광경이었다. 그는 선반에서 그것들을 내려 식기대 위에 놓은 다음, 혼자 만찬을 즐길 준비를 했다.

그때 안뜰 건너편 주방에 있던 요리사가 리틀 존과 집사가 요란하게 설전을 벌이는 소리와 리틀 존이 집사를 때리는 소리를 들은 참이었다. 그는 구운 고기가 꽂혀 있는 쇠꼬챙이를 든 채로 안뜰을 가로질러 달려와 식료품 저장실이 있는 위층으로 올라왔다. 그 사이 집사는 정신을 차리고서 일어났고, 요리사가 집사의 식료품 저장실로 왔을 때 집사는 이제 막 만찬을 즐기려는 리틀 존을 부서진 문틈으로 매섭게 쏘아보고 있었다. 그 모습은 마치 개가 뼈다귀를 물고 있는 다른 개를 노려보는 것 같았다. 요리사를 본 집사는 키가 크고 덩치가 산 만한 요리사에게 다가가 그의 어깨에 한 팔을 두르고는 이렇게 말했다. "어이, 요리사 친구. 저 성미 고약한 레이놀드 그린리프라는 놈이 뭔 짓을 했는지 봤지? 주 장관 나리의 세간살이를 부수고 내 귀를 후려쳤다네. 그 바람에 정말 죽는 줄 알았지. 맘씨 좋은 요리사 친구. 자네가 정말 맘에 든다네. 내가 주 장관 나리가 가진 가장 좋은 포도주를 매일 한 병씩 마시게 해 주지. 자네는 오랫동안 함께 해 온 충실한 부하이니 말이야. 게다가 자네에게 선물로 10실링도 주겠네. 그런데 저 레이놀드 그린리프라는 굴러들어 온 돌이 저렇게 당돌하게 음식을 훔쳐 먹는 꼴이 정말 눈꼴사납지 않나?"

"그럼 제게 맡겨 보십쇼." 요리사가 자신 있게 대답했다. 집사가 제안한 포도주와 10실링에 구미가 당겼기 때문이다. "지금 당장 방으로 가 계십시오. 저 녀석 귀를 잡아당겨 끌어낼 테니까요." 요리사는 그렇게 말하고는 쇠꼬챙이를 옆에 내려 두고 허리춤에 걸려 있던 칼을 빼 들었다. 날이 선 칼날을 보기 싫었던 집사는 냉큼 자리를 피했다.

요리사는 문이 부서진 식료품 저장실 앞으로 곧장 걸어갔다. 문틈으로 리틀 존이 턱 밑에 냅킨을 받쳐 놓고 만찬을 즐길 채비를 하는 모습이 보였다.

"어이, 레이놀드 그린리프. 이게 무슨 일인가?" 요리사가 말했다. "자네는 도둑이나 다름없어. 당장 거기서 나오게. 안 그럼 돼지고기 저미듯 네놈을 저며 주겠어."

"요리사 양반. 자네나 조심하게. 안 그럼 내가 당장 뛰쳐나가서 본때를 보여 줄 테니까. 난 보통 때는 어린 양처럼 온순하지만 누가 내 고기를 뺏어 먹으려 들면 으르렁대는 사자가 되니 말이야."

"사자인지 아닌지는 두고 봐야 알지." 배짱 좋은 요리사가 말했다. "당장 거기서 나오게. 안 그러면 네놈은 비열한 도둑일 뿐만 아니라 겁쟁이일세."

"하!" 리틀 존이 소리쳤다. "난 한 번도 겁쟁이라 불려 본 적이 없어. 그러니 행동 조심하게. 아까 말했지 않나. 으르렁거리는 사자가 들이닥칠 거라고."

리틀 존 역시 칼을 빼 들고 식료품 저장실 밖으로 나왔다. 한바탕 대결을 펼칠 태세를 하고 그들은 매섭고도 성난 표정으로 서서히 거리를 좁혀 가기 시작했다. 그런데 별안간 리틀 존이 자세를 낮추었다. "잠깐, 요리사 양반!" 그가 말했다. "그런데 말이야. 생각해 보니 먹음직스러운 음식을 눈앞에 두고 이렇게 싸우는 건 우리 두 사람 모두에게 좋을 게 없을 것 같은데. 먹성 좋고 한 덩치 하는 우리에게 아주 어울리는 근사한 한 상이 차려져 있는데 말이야. 그러니 싸우기 전에 일단 이 잔칫상부터 즐겨 보세. 자네 생각은 어떤가, 요리사 양반?"

그 말에 요리사는 위아래를 훑어보며 의심쩍어 머리를 긁적였다. 푸짐한 잔칫상이라면 역시나 마다 않는 그였다. 결국 그는 긴 한숨을 내쉬며 리틀 존에게 이렇게 말했다. "알겠네, 친구. 자네 계획이 맘에 드는구먼. 일단 실컷 먹고 보세. 날이 어두워지기 전에 우리 둘 중 하나는 천국에서 술이나 홀짝이고 있을 테니까."

그렇게 하여 두 사람은 칼을 칼집에 밀어 넣고는 식료품 저장실 안으로 들어갔다. 두 사람이 자리에 앉은 후, 리틀 존이 단도를 꺼내 파이에 푹 찔러 넣었다. "배가 고프면 당연히 먹어야지." 그가 말했다. "어이, 친구. 나부터 좀 먹겠네." 그러나 요리사도 그에 질세라 곧장 먹음직스러운 파이에 손을 깊숙이 찔러 넣었다. 그리고서 그들은 더는 아무 말도 없이 먹기만 했다. 두 사람 모두 아무 말도 하지 않았으나 식기대 맞은편에 앉은 서로를 쳐다보면서 저렇게 게걸스럽게 먹어 대는 놈은 난생처음 본다고 생각했다.

한참 지나서야 결국 요리사는 후회가 몰려온다는 듯이 깊은 한숨을 크게 내쉬고는 냅킨으로 손을 닦았다. 더는 먹을 수가 없었기 때문이다. 리틀 존 역시 충분히 먹은 터라 마치 '이제 더는 못 먹겠군, 친구'라고 말하듯이 파이를 옆으로 치워 두었다. 그는 백포도주 병을 집어 들더니 이렇게 말했다. "맹세코 말하는데, 자네 같이 먹성 좋은 사내는 난생처음 보는구먼. 자, 자네 건강을 위하여 축배를 들겠네!" 이렇게 말하면서 그는 술병을 입에 갖다 대고는 허공을 바라본 채 맛 좋은 포도주를 꿀꺽꿀꺽 삼켰다. 그리고서 술병을 요리사에게 건넸다. 요리사도 이렇게 말했다. "자, 친구. 나도 자네 건강을 위해 마시겠네!" 요리사는 먹는 것만큼 마시는 것도 리틀 존에게 뒤처지지 않았다.

"음." 리틀 존이 말했다. "자네 목소리가 꽤 듣기 좋군. 옛 노래도 아주 잘 부를 것 같은데 말이야. 그렇지 않나?"

"가끔 흥얼거리긴 한다네." 요리사가 대답했다. "그렇지만 혼자서는 부르지 않는다네."

"암, 그렇고말고." 리틀 존이 말했다. "혼자 부르게 하는 건 예의가 아니지. 짤막한 노래 한 곡조 뽑아 보게. 할 수 있으면 나도 그에 어울리는 한 곡조를 뽑아 볼 테니."

"그러지, 친구." 요리사가 말했다. "자네, 「버림받은 양치기 소녀의 노래」라고 들어 봤나?"

"아니, 들어 보지 못했네." 리틀 존이 대답했다. "어서 불러 보게. 들어 볼 테니."

요리사는 술을 한 모금 더 마시고 목을 가다듬더니 이내 감미롭게 노래를 불렀다.

버림받은 양치기 소녀의 노래

잎사귀들이 푸르른 옷을 입고
어여쁜 새들이 짝짓기를 시작하는 사순절 즈음에
종달새와 개똥지빠귀가 노래하고
들비둘기도 곧 구구 하고 울겠지.
아름다운 필리스가 바위 옆에 앉아 있네.
그녀의 구슬픈 울음소리가 들려온다네.
오, 버드나무여! 버드나무여! 버드나무여!
네 어여쁜 가지를 꺾어
내 머리를 꾸밀 화관을 엮을 거라네.

개똥지빠귀도 제 짝을 찾고
울새도, 비둘기도 제 짝을 찾는데
나의 그대는 나를 버렸네.
다른 사랑을 찾아 떠나 버렸네.

그래서 나 이렇게 개울가에 홀로 남아
앉아서 흐느껴 울고 있다네.
오, 버드나무여! 버드나무여! 버드나무여!
네 어여쁜 가지를 꺾어
내 머리를 꾸밀 화관을 엮을 거라네.

청어는 바다에서 돌아오지 않는다네.
바다를 헤엄치는 청어는 행복해 보인다네.
젊은 목동이 초원에 나타나
필리스 곁에 다가와 앉았네.
어느덧 소녀의 목소리가 바뀌고
그녀의 울음소리도 잦아들기 시작했다네.
오, 버드나무여! 버드나무여! 버드나무여!
아름다운 네 화환은 네가 가지려무나.
난 이제 머리를 꾸밀 생각이 없으니.

"오호라!" 리틀 존이 소리쳤다. "정말 좋은 노래군. 진실이 담겨 있는 노래일세."

"맘에 든다니 다행일세, 친구." 요리사가 말했다. "자네도 한 곡조 뽑아 보게나. 혼자서만 즐거울 순 없지. 듣지만 말고 어서 노래해 보게."

"그럼 아서왕의 궁정에 있었던 기사에 관한 노래를 해 보겠네. 그가 자네가 노래한 필리스와는 다른 방법으로 마음의 상처

를 치유한 노래네. 필리스는 다른 사랑에게 자신을 내어 주어 상
처를 치유했잖나. 자, 그럼 노래를 부를 테니 들어 보게."

용맹한 기사와 그의 사랑

자애로운 왕, 아서왕이
이 땅을 다스리던 시절,
그에게는 용맹하고 호탕한
기사단이 있었다네.

크고 작은 기사들 무리 중에서
건장하고 다부진 기사가 있었다네.
훤칠하고 준수하기까지 한 그에게는
사랑하는 아리따운 여인이 있었다네.

그러나 여인은 눈길조차 주지 않고
그에게서 고개를 돌려 버렸다지.
결국 그는 그녀를 남겨 두고
멀리 영영 떠나 버렸다네.

먼 땅에서 그는 홀로 신음하고
흐느끼고 탄식했다네.
바윗덩어리도 움직이게 할 만큼 구슬피 울었다네.

그는 곧 죽을 것만 같았네.

그의 마음은 여전히 몹시도 쓰리고
비통함은 이루 말할 수 없었다네.
그의 고통은 점점 더 예리해지고
그의 몸은 야위어 갔네.

마침내 그는 맛 좋은 술과
유쾌한 벗들이 있는 곳으로 돌아왔네.
곧 그에게서 '슬프도다' 하는 탄식 소리 사라지고
행복하고 즐거웠던 예전 모습이 돌아왔네.

내가 겪고 느낀 것으로 말하건대
나는 이렇게 믿고 생각한다네.
배가 든든히 채워지면
마음도 비탄에서 벗어난다네.

"이거, 굉장하군." 요리사가 식기대에 술병을 요란하게 내리치면서 소리쳤다. "노래가 무척 맘에 드네. 노랫말의 뜻도 무척 좋군. 개암 안에 든 알찬 씨 같네."

"정확히 꼭 집어 이야기하는군." 리틀 존이 말했다. "자네가 무척 맘에 드네. 내 친형제처럼 말이야."

"나도 마찬가지일세. 자네가 맘에 들어. 하지만 날이 저물 테니 주 장관님이 돌아오시기 전에 난 식사 준비를 해야 한다네. 그러니 이제 가서 치열한 한판 대결을 펼치고 끝을 보세."

"좋아." 리틀 존이 말했다. "빨리 끝내자고. 난 먹고 마실 때만큼 싸울 때도 꿈지럭거리는 일이 절대로 없다네. 지금 당장 저기 복도로 가세. 저기라면 칼을 휘두를 충분한 공간이 되니까. 자네를 상대해 주겠네."

그렇게 하여 두 사람은 집사의 식료품 저장실과 이어져 있는 넓은 복도로 갔고, 각자 다시 칼을 꺼내 들고는 조금의 지체도 없이 사지를 갈기갈기 찢어 버리겠다는 듯이 상대방에게 달려들었다. 그들의 칼은 챙챙 하고 요란한 소리를 내며 서로 부딪쳤고, 칼들이 부딪칠 때마다 번쩍이는 불꽃이 우수수 튀었다. 두 사람은 한 시간이 넘도록 복도를 왔다 갔다 하면서 대결을 펼쳤고, 각자 어떻게든 상대방에게 결정적인 타격을 날리려고 부단히도 애썼으나 그러지 못했다. 두 사람 모두 방어를 하는 데 무척 능했기 때문이다. 그러다 보니 아무리 애를 써도 헛수고였다. 그들은 이따금 헐떡이면서 잠시 숨을 고르고는 다시 태세를 가다듬고 전보다 더 치열하게 맞붙었다. "멈춰!" 결국 리틀 존이 소리쳤다. 두 사람은 칼에 몸을 기대고는 숨을 헐떡였다.

"맹세코 말하는데." 리틀 존이 말했다. "자네는 내가 본 중에 최고의 검객일세. 실은 좀 전까지만 해도 자네를 완전히 저며 놓을 수 있을 거라 생각했네."

"나도 그 생각했지." 요리사가 말했다. "그런데 어쩐 일인지 자꾸 칼이 빗나갔다네."

"내심 한 생각인데 말이야." 리틀 존이 말했다. "우리가 도대체 뭘 위해서 이렇게 싸우고 있는 건지 모르겠다네."

"나 역시도 그렇네." 요리사가 말했다. "내가 그 살이 뒤룩뒤룩 찐 집사를 좋아하지도 않는데 말이야. 그냥 우리가 꼭 대결을 해야 한다고만 생각했지."

"그래서 말인데." 리틀 존이 말했다. "서로 목을 못 베서 안달하지 말고 그냥 좋은 친구가 되는 게 더 낫지 않겠나? 그리고 나와 함께 셔우드 숲으로 가서 로빈 후드의 무리에 합류하는 게 어떤가? 숲속에서 행복하게 살 수 있을 뿐 아니라 140명의 좋은 친구들도 생길 걸세. 그중에 한 명은 바로 나지. 해마다 링컨 그린 옷을 세 벌씩 받고 봉급으로 40마르크도 받을 수 있다네."

"자네 내 마음을 완전히 사로잡는구먼!" 요리사가 기뻐서 소리쳤다. "기가 막힌 제안일세. 기꺼이 자네와 함께 가겠네. 다정한 벗이여, 자네 손을 내밀어 주게나. 내가 이제부터 자네의 벗이 되겠네. 그런데 자네 이름이 뭔가?"

"사람들은 나를 리틀 존이라 부른다네."

"뭐라고? 자네가 정말 리틀 존이라고? 그 로빈 후드의 오른팔이라고? 자네에 대해서 자주 듣기는 했지만 이렇게 실제로 보리라고는 꿈에도 생각 못 했네. 자네가 정말 그 유명한 리틀 존이란 말인가!" 요리사는 놀라서 정신 나간 듯한 표정으로 두 눈을 동그랗게 뜨고 벗을 바라보았다.

"그래. 내가 리틀 존일세. 내가 오늘 건장한 사내인 자네를 로빈 후드에게 데리고 가서 그의 무리에 합류하게 해 줄 것이네.

그런데 떠나기 전에 말이야, 친구. 우리가 주 장관의 음식을 잔뜩 먹어 치웠으니 그의 은접시도 로빈 후드에게 가져다주면 어떨까? 존경을 표시하는 선물로 말일세."

"그거 좋은 생각이군." 요리사가 말했다. 그들은 이곳저곳을 뒤지기 시작했고 손에 닿는 대로 은접시를 가져다가 자루에 쑤셔 넣었다. 자루가 다 차자 그들은 셔우드 숲으로 떠났다.

숲으로 떠난 그들은 마침내 숲속 푸른 나무에 다다랐다. 그곳에서 그들은 로빈 후드와 60명의 동료들이 상쾌하고 푸른 풀밭에 누워 있는 것을 발견했다. 로빈과 그의 무리는 누가 왔는지 알고서는 벌떡 일어났다. "어서 오게!" 로빈이 소리쳤다. "어서 오게, 리틀 존! 우리 모두 자네가 주 장관 밑으로 들어갔다는 건 알고 있었지만 자네 소식을 들은 지가 오래야. 그 오랜 시간 동안 어떻게 지냈나?"

"주 장관 나리 밑에서 잘 먹고 잘 살았지." 리틀 존이 대답했다. "그러고는 곧바로 이렇게 왔네. 여기 봐, 대장! 내가 주 장관의 요리사를 데려왔어. 주 장관의 은접시도 가져왔지." 그러고는 노팅엄 타운의 축제에 간 날부터 자신에게 일어났던 모든 일을 로빈 후드와 그곳에 모인 동료들에게 들려주었다. 그 이야기에 모두가 함성을 지르고 웃음을 터트렸다. 그러나 로빈 후드는 아니었다. 그는 표정이 어두웠다.

"이봐, 리틀 존." 로빈 후드가 말했다. "자네는 용감하고 믿음직스러운 친구일세. 우리에게 돌아와 줘서 정말 기뻐. 저 멋진 요리사 친구도 데려왔으니 말이야. 우리 모두 환영하네. 하지만 좀도둑처럼 주 장관의 은접시를 훔쳐 온 건 영 마음에 걸려. 주 장관은 우리에게 벌을 받고 300파운드를 뺏겼잖나. 물론 먼저 돈을 뜯으려고 수를 썼으니 그런 거지. 그런데 이번에 그는 우리가 그의 집에 있는 접시를 훔칠 만한 짓을 전혀 하지 않았네."

리틀 존은 당황했으나 농담으로 웃어넘기려 애썼다. "어이, 대장." 그가 말했다. "주 장관이 우리에게 접시를 준 게 아니라고 생각한다면 내가 가서 그를 데려오겠네. 그가 접시를 전부 우리에게 준 거라고 본인 입으로 말할 걸세." 그는 벌떡 일어서더니 로빈이 그를 불러 세우기도 전에 가 버렸다.

리틀 존은 무려 8킬로미터나 달려 노팅엄의 주 장관과 그의 일행이 근처 숲에서 사냥을 하고 있는 곳으로 갔다. 리틀 존은 주 장관에게 가서 모자를 벗어 보이고는 무릎을 꿇었다. "신께서 주 장관 나리를 지켜 주시기를." 그가 말했다.

"대체 무슨 일인가? 레이놀드 그린리프." 주 장관이 소리쳤다. "어디서 오는 길이며 여태 어디에 있었는가?"

"숲속에 있었습니다." 리틀 존은 무척이나 놀랍다는 듯이 말을 이어 갔다. "그런데 사람 눈으로는 도저히 믿기지 않는 광경을 보았지요! 머리부터 발끝까지 몸이 온통 초록색인 어린 수사슴을 보았지 뭡니까. 게다가 그 옆에는 60마리나 되는 사슴 떼가 있었는데 그놈들도 몸이 온통 초록색이었지요. 그놈들이 절 죽일까 봐 무서워 감히 활을 쏘지는 못했답니다."

"어떻게 그런 일이 있는가? 레이놀드 그린리프." 주 장관이 소리쳤다. "자네가 꿈을 꾸거나 미치지 않고서야 어떻게 그런 얘기를 할 수 있는가?"

"꿈꾸는 것도 아니고 미치지도 않았습니다." 리틀 존이 말했다. "저와 함께 가신다면 제가 그 장관을 보여 드리겠습니다. 제두 눈으로 똑똑히 봤으니까요. 그런데 다 같이 몰려가면 사슴 떼가 겁먹고 도망갈 수 있으니 나리 혼자 오셔야 합니다."

그렇게 하여 주 장관과 그의 일행이 모두 말에 올라탔고, 리틀 존이 그들을 숲속 아래쪽으로 이끌었다.

"주 장관 나리." 이윽고 리틀 존이 말했다. "이제 제가 사슴 떼를 본 곳에 거의 다 왔습니다."

주 장관은 말에서 내려 일행에게 자신이 돌아올 때까지 그곳에서 기다리라고 했다. 리틀 존이 그를 이끌었고 그들이 좁은 풀숲을 통과하자 갑자기 사방이 트인 넓은 빈터가 나타났다. 그 끝에 거대한 참나무가 서 있었고 그 그늘 아래에 로빈 후드가 동료들에게 둘러싸인 채 앉아 있었다. "보십시오. 주 장관 나리." 리틀 존이 말했다. "저기에 아까 말한 수사슴이 있습니다."

그 말에 주 장관이 리틀 존을 향해 서서 씁쓸하게 말했다. "오래전에 네놈 낯이 익다고 생각했는데 이제야 알아보겠군. 리틀 존, 네놈은 무사하지 못할 거야. 오늘 이렇게 날 배신했으니 말이야."

그러는 사이 로빈 후드가 그들 곁으로 다가왔다. "환영합니다. 주 장관님." 그가 말했다. "오늘 저와 함께 또 한바탕 잔치를 벌이려고 오셨습니까?"

"당치도 않은 소리!" 주 장관이 깊은 진심에서 우러난 어조로 말했다. "오늘은 잔치를 벌이고 싶지도 배가 고프지도 않네."

"그렇다면 말입니다." 로빈이 말했다. "목이 마르지는 않으신 지요? 저와 함께 백포도주 한잔 정도는 하실 것 같은데 말입니다. 어쨌든 저와 함께 잔치를 벌이지 않으신다니 정말 유감입니다. 주 장관님 입맛에 딱 맞는 음식을 드실 수 있었는데 말입니다. 저기 주 장관님의 요리사가 서 있지 않습니까?"

로빈은 주 장관이 너무도 잘 아는 그 나무 아래의 자리로 그를 다짜고짜 이끌었다.

"어이, 친구들!" 로빈이 소리쳤다. "우리의 벗 주 장관 나리를 위해 잔에다 백포도주를 넘치도록 따라서 가져오게. 나리가 지 쳐서 쓰러지실 지경이니 말이야."

그러자 무리 중 한 명이 백포도주가 담긴 잔을 갖고 와 고개 를 숙이면서 주 장관에게 건넸다. 그러나 주 장관은 백포도주에 손을 댈 수 없었다. 백포도주가 자신의 은병에 담겨져 역시나 자 신의 은접시에 받쳐져 나왔기 때문이다.

"어떠신지요?" 로빈이 물었다. "저희의 새로운 은식기가 맘에 들지 않으십니까? 오늘 자루 한가득 담긴 은식기를 얻었지요." 이렇게 말하면서 그는 리틀 존과 요리사가 가져온 은식기가 가 득 든 자루를 치켜들었다.

주 장관은 마음이 몹시 쓰렸으나 감히 한마디도 하지 못하고 땅만 내려다볼 뿐이었다. 로빈은 주 장관을 유심히 살피더니 이 내 입을 열었다. "주 장관님. 지난번에는 미련한 한량에게서 돈 을 뜯으려고 셔우드 숲에 오셨다가 도리어 빈털터리 신세가 되셨지요. 이번에는 해로운 짓을 하려고 오신 게 아니라는 걸 압니다. 누군가에게서 뭔가를 빼앗지도 않으셨고요. 저는 배불뚝이 사제와 으스대는 대지주에게서만 십일조를 걷습니다. 그들에게서 약탈당한 자들을 돕고 그들에게 굴복당한 자들을 일으켜 세우려고요. 하지만 주 장관님이 소작인들에게 나쁜 짓을 했는지 아닌지 저는 모릅니다. 그러니 주 장관님 물건을 다시 가져가십시오. 오늘은 주 장관님에게서 한 푼도 뺏지 않겠습니다. 저와 함께 가시지요. 여기 숲속에서 주 장관님의 일행이 있는 곳까지 모셔다 드리겠습니다."

로빈은 자루를 어깨에 메고서 돌아섰고 주 장관은 머릿속이 몹시도 혼란스러워서 아무 말도 하지 못한 채 그 뒤를 따랐다. 길을 걷던 그들은 주 장관을 기다리고 있는 일행이 있는 곳으로부터 200미터쯤 남겨 둔 곳에 다다랐다. 로빈 후드는 은식기가 든 자루를 주 장관에게 돌려주었다. "주 장관님 것이니 다시 가져가십시오." 그가 말했다. "그리고 제가 조언할 테니 잘 들으십시오, 주 장관님. 다음부터는 부하를 선뜻 품으로 들이기 전에 그를 충분히 시험해 보십시오." 이렇게 말하고서 그는 얼떨떨한 표정으로 자루를 손에 들고 서 있는 주 장관을 뒤로 하고 돌아섰다.

주 장관을 기다리고 있던 일행은 무거운 자루를 어깨에 짊어지고 숲에서 나오는 주 장관을 보고 모두 놀랐다. 일행이 주 장관에게 무슨 일인지 물었으나 그는 마치 꿈속을 걷는 사람처럼 아무 말도 하지 않았다.

주 장관은 단 한마디 말도 없이 자루를 말등에 싣고는 말에 올라타 달리기 시작했고 일행이 그 뒤를 따랐다. 그러나 내내 그의 머릿속에서는 온갖 생각이 엎치락뒤치락하면서 소용돌이치기만 했다. 그렇게 해서 리틀 존의 유쾌한 모험담과 그가 주 장관 곁에 머물게 된 사연이 끝이 났다.

7

리틀 존과 블라이스의 무두장이

앞서 이야기했던 것처럼 리틀 존이 주 장관과 함께 지내다가 그의 요리사와 함께 즐거운 숲속으로 돌아온 지 얼마 되지 않은 어느 화창한 날, 로빈 후드와 그의 무리 중 몇몇이 그들이 사는 숲속 나무 아래의 보드라운 풀밭에 드러누워 있었다. 무리 대부분이 이런저런 임무를 수행하러 숲속에 각자 흩어져 있는 동안, 날이 덥고 후덥지근했으므로 남은 몇몇은 포근한 오후의 나무 그늘 아래에 태평하게 누워 농담과 재밌는 이야기를 주고받으며 웃고 떠드는 중이었다.

사방에 5월의 쌉쌀한 향기가 가득 서려 있었고 우거진 수풀의 그늘 위로 수컷 개똥지빠귀, 뻐꾸기, 산비둘기를 비롯한 새들의 어여쁜 노랫소리가 들려왔다. 새들의 노랫소리는 숲 그늘에서 솟아 나와 만남의 나무 앞 햇살 드리워진 빈터를 가로질러 거친 잿빛 돌들 사이로 콸콸 흐르는 개울의 시원한 소리와 한데 어우러졌다. 사방으로 가지들이 무성하게 우거진 거대한 참나무의 나부끼는 나뭇잎들 사이에서 햇살이 전율하며 풀밭 위로 춤추는 조각 그림자들을 드리운 가운데, 전부 링컨 그린 옷을 차려입은 열 명 남짓의 키 크고 떡 벌어진 사내들이 나무 아래에 누워 있는 모습은 그야말로 진귀한 광경이었다.

갑자기 로빈 후드가 무릎을 탁 하고 쳤다.

"성 둔스타누스의 이름을 걸고 말하는데." 로빈이 말했다. "분기 시작일이 다가오는 걸 깜빡할 뻔했네. 그런데 지금 수중에 남아 있는 링컨 그린 천이 없군. 빨리 장만해야겠어. 어이, 일어나 봐. 리틀 존! 늘어져 있는 몸 좀 추스르고 일어나 보게. 지금 곧장 수다쟁이 포목상 앵커스터의 휴 롱섕크스에게 가도록 해. 가서 질 좋은 링컨 그린 옷감 400야드를 급히 보내 달라고 하게. 거기 갔다 오면 주 장관 나리 댁에서 늘어지게 지내느라 뒤룩뒤룩 붙은 비곗덩어리가 좀 빠질지 누가 아나."

"이런." 그 일을 두고 귀에 못이 박히도록 잔소리를 들었던 터라 마음 상한 리틀 존이 투덜거렸다. "내가 정말로 전보다 더 살이 붙었는지도 모르지. 그래도 살이 붙었든 안 붙었든 난 여전히 내 역할을 충실히 해낼 수 있다네. 게다가 셔우드 아니 노팅엄셔의 어떤 사내와도 좁은 외나무다리 위에서 대적할 수 있지. 그자가 대장 자네보다 더 군더더기 없는 날렵한 몸이라 할지라도 말이야."

리틀 존이 그렇게 받아친 말에 모두가 크게 웃음을 터트리며 로빈 후드를 쳐다보았다. 모두들 대장과 리틀 존이 처음으로 서로를 알게 된, 그들 사이에 벌어졌던 싸움을 리틀 존이 콕 꼬집어 이야기한 것을 알았기 때문이다.

"아니." 로빈 후드가 개중에 가장 크게 껄껄대며 말했다. "자네 말을 절대로 의심하지 않네. 자네 몽둥이 맛은 다시 보고 싶지 않으니 말이야, 리틀 존. 우리 동료들 중 몇몇이 2미터짜리 봉을 나보다 더 능수능란하게 다룬다는 건 사실이지. 하지만 나 같은 솜씨로 회색 거위 깃털이 달린 화살을 쏠 수 있는 자는 노팅엄셔 그 어디에도 없어. 어쨌든 앵커스터에 가는 건 자네에게 해될 일은 없을 거야. 그러니 내 말대로 가도록 하고, 이왕이면 오늘 저녁에 출발하는 게 좋을 걸세. 자네가 주 장관의 거처에서 지낸 적이 있으니 자네 얼굴을 알아보는 사람도 많을 테고, 만약 환한 대낮에 간다면 주 장관의 병사들과 마주쳐서 곤경에 처할 수도 있으니 말이야. 휴에게 지불할 돈을 갖고 올 테니 여기서 기다리게. 내가 장담하는데, 노팅엄셔를 통틀어 그에게는 우리가 최고의 손님일 거야." 이렇게 말하고서 로빈은 무리를 남겨 두고 숲으로 들어갔다.

만남의 나무에서 그리 멀리 떨어지지 않은 곳에는 안을 깎아서 빈 공간을 만들어 놓은 거대한 바위가 있었다. 그 입구는 두께가 두 뼘쯤 되는 참나무로 된 커다란 문으로 막혀 있었고 문에는 못들이 촘촘히 박혀 있고 커다란 통자물쇠가 채워져 있었다. 그곳은 로빈 후드 무리의 보물창고였다. 로빈은 그곳으로 가서 문을 열고 안으로 들어간 다음, 금화가 든 자루를 하나 꺼내

왔다. 그는 링컨 그린 옷감의 값으로 휴 롱생크스에게 지불하기 위해 리틀 존에게 그 자루를 건넸다.

리틀 존은 일어나서 금화가 든 자루를 받아 품에 찔러 넣고 허리띠를 매고는 길이가 2미터나 되는 단단한 육척봉을 손에 쥐고 길을 나섰다.

그는 오른쪽도 왼쪽도 돌아보지 않은 채 포스 가도로 이어지는 수풀이 무성한 숲길을 따라 휘파람을 불며 성큼성큼 걸었고, 이윽고 한쪽은 포스 가도로 또 한쪽은 그도 알다시피 유쾌한 블루 보어 여관으로 길이 갈라지는 지점에 다다랐다. 그는 갑자기 휘파람 불기를 그만두고 길 중간에 멈춰 섰다. 그는 처음에는 위를 올려다보고 또 아래를 내려다보더니 모자를 한쪽 눈가로 비스듬하게 기울여 쓰고는 머리 뒤쪽을 천천히 긁적였다. 이유인즉슨 이랬다. 두 갈래 길이 보이자 그의 귓가에서 두 목소리가 들리기 시작했다. 한 목소리는 이렇게 말했다. "저 길은 블루 보어 여관으로 이어지는 길이야. 10월에 담근 갈색빛 맥주를 마시고 그곳에서 다정한 벗들을 사귀어 즐거운 밤을 보낼 수 있지." 또 한 목소리는 이렇게 말했다. "저 길은 앵커스터로 이어지는 길이야. 자네가 심부름하러 가야 하는 길이지." 주 장관의 자택에서 지내는 동안 편하고 아늑한 생활에 익숙해진 그에게는 두 목소리 중 첫 번째 목소리가 훨씬 더 크게 들리기 시작했다. 얼마 지나지 않아 그는 새하얀 구름이 은 돛단배처럼 두둥실 흘러가고 제비들이 원을 그리며 스치듯 날아가는 푸른 하늘을 올려다보면서 이렇게 말했다. "오늘 저녁에 비가 오면 어쩌나. 그렇담 비가 지나갈 때까지 블루 보어에서 기다려야지. 맘씨 좋은 대장은 내가 비에 홀딱 젖는 건 원치 않을 테니까." 그는 조금의 고민도 없이 그가 좋아하는 것이 있는 길로 성큼성큼 내려갔다. 날씨가 궂어질 기미는 전혀 없었으나 리틀 존처럼 사람이 뭔가를 하기를 간절히 원하면 그에 대한 구실이 생기기 마련이었다.

블루 보어 여관에서는 푸줏간 주인, 부랑자, 맨발의 탁발 수도사 두 명이 한바탕 수다를 떨고 있었다. 리틀 존은 언덕과 골짜기로 드리워지고 있는 그윽한 황혼의 고요 속을 걷는 동안 저 멀리서 그들의 노랫소리를 들었다. 손님들은 유쾌한 젊은이 리틀 존을 기뻐하며 반겼다. 신선한 맥주가 날라져 왔고 농담과 재밌는 이야기를 주고받고 노래를 부르는 동안, 날개라도 달린 듯이 순식간에 몇 시간이 훌쩍 흘러 버렸다. 늦은 밤이 되도록 그 누구도 시간이나 때가 얼마나 되었는지 개의치 않았고, 결국 리틀 존은 그날 밤 다시 길을 나설 생각을 접고 다음 날까지 블루 보어에 머물렀다.

눈앞의 즐거움 때문에 의무를 저버린 것은 리틀 존에게는 불행이었다. 그 같은 상황에서 우리도 그렇듯, 리틀 존도 그 대가를 톡톡히 치렀다.

다음 날 새벽, 잠에서 깬 그는 어젯밤 축낸 시간을 메우기라도 하겠다는 듯 단단한 육척봉을 손에 쥐고 다시 길을 나섰다.

블라이스라는 마을에는 기골이 장대한 한 무두장이가 살았다. 힘이 장사인데다가 치열한 격투 시합과 봉술 시합에서 숱하게 승리한 자로 그 근방은 물론 멀리까지 이름을 날리는 자였다. 그는 유명한 링컨의 애덤과 접전을 펼쳤다가 시합장에 내동댕이쳐져 갈비뼈 하나가 부러지기 전까지 5년 동안 중부 지방의 격투 챔피언을 지낸 전적이 있었다. 하지만 봉술로 말할 것 같으면, 그는 나라 전역에서 아직 적수를 만나지 못한 터였다. 게다가 그는 긴 활을 쏘기를 무척 좋아했고 보름달이 뜨고 회갈색 사슴들이 자주 출몰할 때면 숲으로 슬그머니 사냥을 나가기도 했다. 그러다 보니 왕의 삼림 감독관들은 그와 그의 행동을 예의 주시했다. 무두장이 아서 어 블랜드의 집에는 법이 허용하는 것보다 더 많은 양의 사슴고기가 있곤 했기 때문이다.

리틀 존이 심부름을 떠나기 전날, 아서는 무두질한 소가죽 열 점을 팔기 위해 노팅엄 타운으로 갔다. 리틀 존이 여관에서 길을 나선 새벽, 아서는 노팅엄을 떠나 집이 있는 블라이스로 길을 나선 참이었다. 이슬이 온통 맺힌 그날 아침, 아서는 새들이 소리 높여 유쾌하게 지저귀며 화창한 날을 반기고 있는 셔우드 숲의 끝자락을 지났다. 무두장이는 언제든 재빨리 움켜쥘 수 있는 편한 위치로 하여 단단한 육척봉을 어깨에 둘러메고 있었고 날이 넓은 칼로도 베어지지 않을 정도로 질긴, 두 겹의 소가죽으로 된 모자를 쓰고 있었다.

길이 숲속 모퉁이를 가로지르는 지점에 다다른 아서 어 블랜드는 혼자 중얼거렸다. "올해 이맘때면 숲속 깊은 곳에서 사방이 트인 초원 가까이로 회갈색 사슴들이 뛰어나오곤 하지. 이른 아침이니 그 귀엽고 앙증맞은 것들을 볼 수 있을지도 몰라." 그는 사슴 떼가 총총 뛰어가는 광경을 보는 것을 무엇보다도 좋아했다. 1미터나 되는 화살로 사슴의 갈비뼈를 명중시키지 못한다하더라도 말이다. 그래서 그는 가던 길을 멈추고, 숲과 사냥에대해 지니고 있는 모든 노련한 기술을 동원하고 한때 링컨 그린옷을 입었던 경험을 살려 덤불숲 여기저기를 들춰 보고 이곳저곳을 슬그머니 들여다보았다.

그 사이 리틀 존은 생울타리를 수놓은 산사나무 꽃봉오리의달콤함에 한껏 취하거나 이슬 맺힌 풀밭에서 훌쩍 날아올라 노오란 햇살 속에서 날개를 파닥이며 하늘에서 별똥별이 떨어지듯 노래를 쏟아 내는 종달새를 바라보면서 아무 근심 걱정 없이길을 걷고 있었다. 운명에 이끌려 그는 큰길에서 벗어났고 그로부터 멀지 않은 곳에 아서 어 블랜드가 덤불숲 사이로 여기저기를 유심히 들여다보고 있었다. 나뭇가지들이 부스럭거리는 소리를 듣고 걸음을 멈춘 리틀 존은 덤불숲 사이에서 무두장이의갈색 소가죽 모자가 이리저리 움직이는 것을 발견했다.

"도대체 뭐지." 리틀 존이 중얼거렸다. "뭘 찾길래 저렇게 여기저기 살피고 다니는 거지? 저 수상쩍은 놈은 도둑이나 다름없어. 우리의 것이자 자애로운 폐하의 것인 사슴을 찾으러 여기까지 온 걸 거야." 워낙 숲이 자기 집 같았던 터라 리틀 존은 셔우드에 있는 모든 사슴이 인자한 헨리 왕의 것인만큼 로빈 후드와그의 무리의 것이기도 하다고 생각했다. 조금 있더니 그가 또 중얼거렸다. "이건 짚고 넘어가야 할 문제야." 그는 큰길을 걷다 멈추고 역시나 덤불숲으로 들어가 거구의 아서 어 블랜드의 뒤를쫓아 여기저기 살피기 시작했다.

그렇게 두 사람은 숲속을 한참 헤집고 다녔다. 리틀 존은 무두장이의 뒤를 쫓고 무두장이는 사슴의 뒤를 쫓았다. 그러던 중 리틀 존이 밟은 나뭇가지가 그의 발밑에서 툭 하고 부러졌고 그 소리에 날쌔게 뒤를 돌아본 무두장이는 웬 사내를 발견했다. 무두장이가 자신을 본 것을 알아챈 리틀 존은 태연한 척했다.

"어이, 거기." 리틀 존이 말했다. "음흉하게 거기서 뭐하고 있나? 도대체 정체가 뭐길래 셔우드의 숲길을 어슬렁거리고 있느냔 말이다. 보아하니 인상이 험악한데 왕의 사슴을 찾아다니는 도둑놈이 분명하구나."

"말 같잖은 소리." 무두장이가 대뜸 대꾸했다. 그는 놀라긴 했지만 으름장 놓는 말에 지레 겁을 먹을 사람이 아니었다. "제 입으로 거짓말을 하고 있구나. 난 도둑이 아니라 정직한 장인이란 말이다. 내 인상으로 말할 것 같으면, 보는 그대로다. 하지만 네놈 인상도 만만치 않구나. 이 흉악한 놈아."

"하!" 리틀 존이 소리를 내질렀다. "지금 내 말을 받아치는 거냐? 당장에라도 네놈 머리통을 박살 내 주고 싶구나. 나는 말하자면 왕의 삼림 감독관 중 한 명이란 말이다. 어쨌든 그 비스무리한 사람이라는 거다." 그러고는 중얼거렸다. "나와 내 동료들이 자애로운 폐하의 사슴을 잘 돌보고 있단 말이다."

"네놈이 누군지는 관심 없다." 대담한 무두장이가 말했다. "네놈이 너 같은 놈들을 떼로 데려오지 않는 한, 이 아서 블랜드를 '제발 살려 주십시오' 하고 애걸복걸하게 만들 수는 없지."

"과연 그럴까?" 리틀 존이 발끈하여 소리쳤다. "내 말 잘 들어

라. 이 고약한 놈아. 네놈은 입 한번 잘못 놀렸다가, 나오려면 볼썽사납게 버둥거려야 하는 구렁텅이에 빠지게 된 거다. 이제 난생처음 눈 튀어나올 정도로 두들겨 맞게 될 거니까. 자, 이제 육척봉을 드시지. 난 무기 없는 자와는 결투를 벌이지 않으니까."

"빌어먹을, 덤벼 보시지!" 무두장이도 씩씩대며 소리쳤다. "그렇게 허풍 떨어도 쥐새끼 한 마리 잡지 못할 거다. 도대체 네놈이 누군데 이 아서 어 블랜드의 머리통을 박살 내겠다고 자신만만하게 떠들어 대는 게냐? 오늘 내가 소가죽 무두질하듯이 네놈 가죽을 무두질하지 못하면 내 육척봉을 산산조각 쪼개서 양고기 꽂는 꼬치로 만들고 나를 더 이상 용감한 사내라 부르지 않아도 좋다! 이제 몸조심해라!"

"잠깐!" 리틀 존이 소리쳤다. "우선 육척봉 길이를 재 보자. 내 것이 네놈 것보다 더 긴 것 같은데 난 한치도 내가 유리한 건 용납할 수 없다."

"아니. 길이 같은 건 상관없어." 무두장이가 답했다. "내 육척봉은 소도 때려잡을 만큼 기니까. 네놈 몸조심이나 단단히 해라. 난 경고했다."

그렇게 하여 두 사람은 지체 없이 육척봉을 손에 단단히 쥐고서 매섭고도 사나운 표정으로 서서히 거리를 좁혔다.

그 무렵 리틀 존이 노는 데 정신이 팔려 제 할 일을 제쳐 두고 블루 보어 여관에서 손님들과 어울려 노느라 거기서 하룻밤을 묵고 앵커스터로 곧장 가지 않았다는 소식이 로빈 후드의 귀에 들어갔다. 화가 머리끝까지 치민 로빈은 새벽에 길을 나섰다.

블루 보어에서 리틀 존을 찾거나 적어도 가는 도중에 그를 만나서 끝장을 보고 화를 가라앉히려는 생각이었다. 성질이 나서 성큼성큼 걸으며 어떻게 리틀 존을 꾸짖을지 말을 미리 내뱉어 보던 로빈은 순간 고성이 오가는 소리를 들었다. 격분한 사내들 간에 험한 말이 오가고 있었다. 로빈 후드는 멈춰서서 귀를 기울였다. 그가 혼잣말로 중얼거렸다. "리틀 존의 목소리가 분명하군. 화가 잔뜩 난 목소리인데. 상대방은 전혀 들어 보지 못한 목소리군. 맘씨 좋고 믿음직스러운 리틀 존이 왕의 삼림관들의 손아귀에 붙잡힌 것만은 아니어야 할 텐데. 당장 확인해 봐야겠어."

그렇게 혼잣말을 하는 동안 로빈 후드는 자신의 충실한 오른팔이 목숨이 위태로운 상황에 빠졌을지도 모른다는 생각에 유리창에 서린 입김이 사라지듯 화가 싹 가셨다. 로빈은 목소리가 들려오는 덤불숲을 조심스럽게 헤집고 들어갔고 나뭇잎들을 헤치고 작은 틈으로 들여다보니 두 사내가 육척봉을 손에 들고 서서히 맞붙으려는 모습이 눈에 들어왔다.

"하!" 로빈이 혼잣말로 내뱉었다. "재미난 한판이 벌어지고 있구먼. 저 다부진 사내가 리틀 존에게 제대로 한 방 먹인다면 내 주머니를 털어 금화 3엔젤을 내놓겠어! 내 심부름을 제대로 하지 않은 대가로 리틀 존이 꼴사납게 나자빠지는 걸 본다면 얼마나 통쾌할까. 하지만 그런 신나는 광경을 보기란 쉽지 않지." 그는 둘의 대결을 더 잘 보기 위해서뿐만 아니라 흥겨운 한판을 편하게 보면서 즐기려고 바닥에 길게 몸을 엎드렸다.

싸우려는 똥개 두 마리가 서로 슬금슬금 돌기만 하면서 좀처럼 먼저 달려들지 않는 것처럼, 두 사내 역시 슬금슬금 돌면서 부지불식간에 상대방을 덮쳐 첫 방을 날릴 기회만 엿보았다. 마침내 리틀 존이 섬광처럼 순식간에 육척봉을 내리쳤다. "픽!" 무두장이가 육척봉을 받아쳐 옆으로 내치고는 리틀 존을 후려쳤고 리틀 존 역시 공격을 받아쳤다. 그렇게 하여 비장한 한판 승부가 시작되었다. 두 사람은 위로 아래로 뒤로 앞으로 발을 디디며 움직였고 그들이 워낙 묵직하고도 빠르게 육척봉을 휘둘렀던 터라 멀리서 들으면 열 명 남짓한 무리가 싸우는 것으로 착각할 정도였다. 대결은 30분 가까이 이어졌고 두 사람이 발뒤꿈치를 세게 딛는 바람에 땅이 온통 패이고 둘의 숨소리도 밭고랑을 가는 소처럼 거칠어졌다. 그러나 더 고전하는 쪽은 리틀 존이었다. 그렇게 격렬하게 힘을 쓰는 것이 오랜만이었을 뿐만 아니라 주 장관의 저택에서 지낸 이후로 관절이 예전처럼 유연하지 않았기 때문이다.

한편 로빈 후드는 내내 덤불숲 바닥에 납작 엎드려 긴장감 넘치는 육척봉 대결을 지켜보면서 시시덕거리고 있었다. 그가 혼잣말로 중얼거렸다. "리틀 존이 저렇게 호락호락하지 않은 상대를 만난 건 처음 보는군. 리틀 존이 예전처럼 군살 없는 몸이었다면 저자를 이겼을 텐데."

마침내 리틀 존이 기회를 틈타 소 한 마리라도 때려눕힐 기세로 온몸의 힘을 끌어모아 한 방에 실어 전력을 다해 무두장이를 내리쳤다. 그러나 무두장이의 소가죽 모자가 방패 역할을 톡톡히 했고 모자가 아니었더라면 무두장이는 육척봉을 다시는 손에 쥐지 못할 것이었다. 상황이 어떠했냐면 무두장이는 머리 옆을 워낙 정통으로 맞은 탓에 작은 빈터에서 비틀거렸고 리틀 존이 유리한 기세를 이어갈 수 있는 힘만 있었다면 건장한 무두장이는 끝장난 목숨이 될 터였다. 그러나 무두장이는 간발의 차이로 정신을 차려 리틀 존을 후려쳤고 이번에는 정확히 명중하는 바람에 리틀 존이 대자로 뻗고 말았다. 리틀 존이 쓰러지면서 그의 육척봉도 손에서 날아갔다. 그러자 무두장이는 육척봉을 들어올려 리틀 존의 갈비뼈를 다시 내리쳤다.

"그만!" 리틀 존이 으르렁거리며 소리쳤다. "쓰러진 사람을 때리는 법이 어딨나?"

"나는 그렇소만." 무두장이가 이렇게 말하면서 육척봉으로 리틀 존을 또다시 퍽 하고 때렸다.

"멈춰!" 리틀 존이 고함을 질렀다. "멈춰, 도와줘! 내가 졌다! 내가 졌어! 졌다고 분명히 말했소!"

"충분히 싸울 만큼 싸웠나?" 무두장이가 육척봉을 높이 쳐든 채로 음흉한 표정으로 물었다.

"충분하고도 남도록 싸웠다고."

"그럼 둘 중에 내가 더 강하다는 걸 인정하나?"

"그래, 인정한다. 에잇, 빌어먹을 놈!" 리틀 존이 말했다. 첫 마디는 목청껏 외쳤으나 두 번째 말은 속으로 웅얼거렸다.

"그럼 이제 가던 길 가 봐도 좋다. 그리고 내가 자비를 베푼 것에 대해 수호성인께 감사 드려라." 무두장이가 말했다.

"빌어먹을 자비를 베풀어 줘서 무척 고맙군!" 리틀 존이 일어나 앉아 무두장이에게 육척봉으로 얻어맞은 갈비뼈를 만져 보며 말했다. "갈비뼈 하나하나가 둘로 쪼개진 것 같군. 노팅엄셔를 통틀어 자네가 오늘 내게 한 것처럼 날 두들겨 팬 사람은 없었네."

"나 역시 그렇게 생각하네." 로빈 후드가 이렇게 소리치며 덤불숲에서 튀어나와 뺨에 눈물이 흐르도록 자지러지게 웃어 댔다. "맙소사, 맙소사!" 웃느라 숨이 넘어갈 듯한 소리로 로빈이 말했다. "벽에 부딪힌 병처럼 픽 하고 쓰러지더구먼. 자네의 흥미진진한 대결을 내내 지켜봤지. 자네가 온 잉글랜드를 통틀어 누구에게 그렇게 손발 못 쓰고 굴복하는 꼴을 보리라고는 생각지도 못했네. 난 심부름을 내팽개쳐 버린 자네를 혼내 주려고 줄 곧 찾아다녔지. 그런데 내가 혼내 주지 않아도 이렇게 혹독하게 벌을 받았구먼. 저 사내에게 차고도 넘치도록 혼쭐이 났어. 자네가 놀라서 입을 떡 벌리고 서 있는 동안 저자가 팔을 한번 쭉 뻗으니 퍽 하는 소리가 나면서 자네가 벌러덩 나자빠지더구먼. 사람이 그렇게 나자빠지는 건 처음 봤네." 대담한 로빈 후드가 이렇게 말하는 내내, 일어나 앉아 있던 리틀 존은 마치 입안에 신응유를 머금은 것 같은 표정이었다. "당신 이름이 무엇이오?" 로빈이 무두장이를 향해 돌아서서 물었다.

"사람들은 날 아서 어 블랜드라 부르오." 무두장이가 기세등등하게 대답했다. "그러는 당신은 이름이 무엇이오?"

"오, 아서 어 블랜드!" 로빈이 소리쳤다. "당신 이름을 들어 본 적이 있소. 지난 10월에 엘리에서 열린 축제에서 당신이 내 친구의 머리통을 박살 냈다지. 그곳 사람들은 내 친구를 노팅엄의 자크라고 부르는데 우리는 그를 윌 스카들록이라고 부른다오. 그리고 방금 당신에게 호되게 얻어맞은 저 가련한 친구는 잉글랜드 전역에서 육척봉의 대가로 손꼽히는 자요. 그의 이름은 리틀 존이고 내 이름은 로빈 후드요."

"이런, 세상에!" 무두장이가 소리쳤다. "당신이 그 명성 자자한 로빈 후드이고 저자가 그 유명한 리틀 존이란 말입니까? 당신이 누군지 진작 알았다면 내가 그렇게 무모하게 당신에게 손을 대지는 않았을 겁니다. 리틀 존 선생. 제가 당신이 일어나도록 도와 드리고 옷에 묻은 흙먼지라도 털어 드리면 안 되겠습니까?"

"됐네." 리틀 존이 짜증 섞인 목소리로 말하며 조심스럽게 일어났다. 온몸의 뼈가 유리가 된 것 같았다. "자네 도움 없이도 혼자 일어날 수 있네. 그리고 한마디 하겠는데, 그 망할 놈의 소가죽 모자만 아니었다면 오늘이 자네 제삿날이 되었을 걸세."

그 말에 로빈이 또다시 웃음을 터트리고는 무두장이를 향해 말했다. "아서, 혹시 내 무리에 합류할 생각 없소? 맹세하는데, 당신은 내가 본 중에 가장 힘이 장사인 사람 중 하나요."

"내가 당신들과 함께 한다고요?" 무두장이가 환호성을 지르며 물었다. "두말할 것도 없이 그렇게 하죠! 행복한 삶이여!" 그가 펄쩍펄쩍 뛰면서 손가락을 튕겨 딱딱 소리를 냈다. "내가 사랑하는 삶이여! 무두질용 나무껍질과 더러운 염색통과 역겨운 냄새 나는 소가죽은 이제 저리 가라! 이제는 숲속 사슴 떼가 아닌 대장을 세상 끝까지 따라가겠습니다요. 이제는 제 활시위 튕기는 소리만 들릴 겁니다."

"리틀 존, 자네는 말이야." 로빈이 리틀 존에게 돌아서서 웃으며 말했다. "자네는 다시 앵커스터로 가게. 우리가 도중까지 같이 갈 걸세. 자네가 셔우드를 한참 벗어날 때까지 또 한눈파는 일이 없어야 하니까. 근처에 자네가 아는 여관이 몇 있지 않나." 그렇게 하여 그들은 덤불숲을 뒤로 하고 큰길을 향해 다시 길을 나섰다.

8

로빈 후드와 윌 스칼렛

그렇게 그들은 햇살 드리워진 길을 따라 걸었다. 잉글랜드 그 어
디서도 좀처럼 찾아볼 수 없는 기골이 장대한 사내 셋이었다. 그
들이 걸어가는 동안 많은 사람이 멈추어 서서 그들을 바라다보
았다. 어깨가 무척이나 넓고 걸음걸이가 씩씩한 사내들이었다.

로빈 후드가 리틀 존에게 물었다. "어제 왜 내가 말한 대로 앵
커스터로 곧장 가지 않았나? 내가 시키는 대로 했다면 일이 이
렇게 꼬이지도 않았을 텐데 말이야."

"비가 올까 봐 걱정돼서 그랬다네." 리틀 존이 뚱한 목소리로
대답했다. 자신에게 벌어진 일을 두고 로빈에게 계속 놀림을 받
아 부아가 치민 터였다.

"비라고?" 로빈이 길 한복판에서 갑자기 걸음을 멈추고 기가
차다는 듯이 리틀 존을 쳐다보며 소리쳤다. "이런 미련퉁이가 있

나! 지난 사흘 동안 비 한 방울 오지 않았고 비가 오려는 기미도 없었을뿐더러 땅이든 하늘이든 개울이든 그 어디서도 날씨가 궂을 조짐이 없었네."

"그렇긴 하지만." 리틀 존이 투덜대는 조로 말했다. "거룩한 성 스위딘께서는 하늘의 물을 백랍 항아리에 모아 놨다가 맘만 먹으면 구름 한 점 없는 하늘이라도 그걸 쏟아부을 수 있다고. 자네는 내가 비에 홀딱 젖었으면 좋겠나?"

그 말에 로빈 후드는 폭소를 터트렸다. "이런, 리틀 존." 로빈이 말했다. "자네 머릿속엔 대체 무슨 엉뚱한 생각이 들은 건가? 이러니 자네 같은 친구에게 어떻게 화를 낼 수 있겠나."

그렇게 말하며 그들은 첫 단추를 잘 끼워야 한다는 옛말을 떠올리고, 제때 앵커스터에 도착하기 위해 발걸음을 재촉했다.

날이 후덥지근하고 먼지가 많았던 탓에, 한참을 걸은 로빈 후드는 갈증이 났다. 생울타리 바로 뒤에 있던 얼음처럼 차가운 샘을 발견하자 그들은 울타리 계단을 건너 이끼 낀 돌 밑에서 샘물이 퐁퐁 솟아오르는 곳으로 갔다. 그들은 무릎을 꿇고 앉아 그릇처럼 모은 두 손에 물을 받아 목을 축이고는, 시원하고 그늘진 그곳에서 팔다리를 쭉 뻗고 한동안 쉬었다.

그들의 앞 울타리 너머에는 흙먼지가 이는 길이 평원을 가로질러 길게 뻗어 있었다. 그들 뒤로는 햇살에 뒤덮인 초원과 아직 여리고 보드라운 곡식이 심긴 연초록빛 밭이 드넓게 펼쳐져 있었고, 그들의 머리 위로는 잎사귀들이 바람에 살랑이는 너도밤나무의 그늘이 시원하게 드리워져 있었다. 이슬이 촉촉하게 맺힌 작은 샘 끝자락에 피어난 보라색 제비꽃과 백리향의 그윽한 향기가 그들의 코를 기분 좋게 간질였고 샘물이 은은하게 졸졸 졸 흐르는 소리도 상쾌하게 들려왔다. 모든 것이 평화로웠고 화창한 5월의 포근한 기쁨이 가득했기에 세 사람은 한동안 아무 말 없이 등을 대고 누워서 파르르 떨리는 나뭇잎들 사이로 맑은 하늘을 바라보았다. 공상에 푹 빠져 있던 나머지 둘과는 달리, 이따금 주변을 둘러보던 로빈이 이윽고 침묵을 깼다.

"어이!" 로빈이 말했다. "저기 깃털이 화려한 새가 있어. 정말 일세."

두 사람의 눈에는 큰길을 느릿느릿 걸어 내려오고 있는 젊은 이가 보였다. 로빈의 말대로 정말 화려했고 주황색 비단으로 된 윗옷과 긴 양말을 신고 있어 자태가 고왔다. 그는 옆구리에 근사한 칼을 차고 있었고 돋을새김이 된 가죽 칼집은 고운 금실로 장식이 되어 있었다. 그는 주황색 우단으로 된 모자를 쓰고 있었는데 한쪽 귀 뒤로 넓은 깃털이 매달려 있었다. 어깨에는 길고 구불거리는 황금빛 머리칼이 드리워져 있었고 손에는 이르게 핀 장미가 들려 있었다. 그는 이따금 우아한 자태로 꽃 향기를 맡았다.

"이야!" 로빈 후드가 웃으며 말했다. "저렇게 고상한 척하는 곱상한 사내를 본 적 있나?"

"그러게 말일세. 내 취향에 비해 옷이 과하게 화려하군." 아서어 블랜드가 말했다. "그런데 어깨는 넓고 허리는 잘록하군. 대장, 저 사내의 두 팔이 어떤 모습인지 보이나? 두 팔이 물렛가락처럼 축 처진 게 아니라 꼿꼿하다가 팔꿈치에서 구부러져 있네. 분명 저 화려한 옷 안에는 흐물거리는 하얀 팔다리가 아니라 강철 같은 관절과 질긴 근육이 감춰져 있을 거라네."

"자네 말이 맞는 것 같네, 아서." 리틀 존이 말했다. "보기와는 달리 장미 꽃잎과 거품 크림 같은 곱살한 사내는 아닐 걸세."

"푸하!" 로빈이 소리쳤다. "저런 사내를 보니 입맛이 뚝 떨어지는구먼! 저 엄지손가락과 나머지 손가락들 사이에 어여쁜 꽃을 끼우고 있는 꼬락서니 좀 보게. 이렇게 말할 것 같군. '곱디고운 장미야. 네가 그리 맘에 드는 건 아니지만 네 향기는 잠시 맡아 줄 만하구나.' 내 생각에는 자네 둘 다 틀렸어. 만약 사나운 쥐새끼가 저 앞을 지나가면 저 사내는 '꺅!' 하고 비명을 지를 걸세. 아니면 '맙소사!'라고 호들갑을 떨겠지. 그러고는 곧바로 혼절해 버릴 거야. 저자의 정체가 뭔지 정말 궁금하군."

"분명 신분 높은 귀족의 아들일 거야." 리틀 존이 말했다. "저자의 돈주머니 안에는 선량하고 정직한 사람들의 돈이 들어 있겠지."

"맞아. 분명히 그럴 걸세." 로빈이 말했다. "안타까운 일이 아닐 수 없네. 저 사내 같은 부류의 작자들은 화려한 옷을 걸치고 나다닐 생각만 하고 시키기만 하면 발에 맞지도 않는 신발을 신고도 춤을 출 굽신거리는 친구들을 거느리고 다닐 테지. 성 둔스타누스, 성 알프레드, 성 위톨드 그리고 색슨족을 지켜 주는 모든 의로운 성인을 걸고 말하는데, 겉만 번지르르하고 시시껄렁한 귀족들이 바다 건너 여기까지 와서, 그들의 조상들이 돼지 머릿고기 껍질을 씹기 전부터 이 땅의 주인이었던 선량한 색슨족을 굴복시키려 하는 꼴을 보면 정말 미칠 지경이라네! 하늘의 눈부신 무지개에 대고 맹세하는데, 그놈들이 부당하게 착취한 이득을 되찾고야 말겠네. 설령 내가 셔우드 숲 가장 높은 나무에 목이 매달리게 된다고 해도 말이야!"

"어이, 진정해. 대장." 리틀 존이 말했다. "왜 이렇게 열을 내나? 지글지글 끓는 냄비 같구먼. 구울 베이컨도 없는데 말이야. 내가 보기에 저 사내의 머리칼은 노르만족이라고 하기엔 너무 밝아. 어쩌면 자네 생각과 달리 선하고 정직한 사람일지도 모른다고."

"아냐." 로빈이 말했다. "분명 내 짐작이 맞네. 자네 둘은 그냥 여기 있게. 내가 저 사내를 어떻게 두들겨 패는지 보여 줄 테니까." 이렇게 말하고서 로빈 후드는 너도밤나무 그늘에서 나와 울타리 계단을 건넌 다음, 양손을 엉덩이에 얹은 채 낯선 젊은이가 오는 길의 한복판에 우뚝 섰다.

낯선 이가 반대편에서 워낙 느릿느릿 걸어왔던 탓에 세 사람의 대화가 여태 이어질 때까지도 그는 로빈 후드 무리가 있는 곳까지 다다르지 못했다. 낯선 이는 발걸음을 재촉하지도 않았고 세상에 로빈 후드 같은 자가 있다는 것도 알지 못하는 것 같았다. 로빈이 길 한복판에 서서 기다리는 동안, 낯선 이는 느릿느릿 걸으며 꽃 향기를 맡고 로빈만은 빼놓은 채 여기저기 온 곳을 둘러보았다.

"잠깐!" 드디어 낯선 이가 가까이 다가오자 로빈이 소리쳤다.

"잠깐! 거기 멈춰 서시오!"

"제가 멈춰 서야 하는 이유가 무엇인지요?" 낯선 이가 나긋하고도 온화한 목소리로 물었다. "하지만 당신이 멈춰 서라고 했으니 잠시 여기 서서 당신이 하려는 말을 들어 보지요."

그러자 로빈이 말했다. "당신이 내 말에 순순히 응하고 친절하게 말해 주었으니 나 역시 최대한 예의를 갖춰 당신을 대하겠소. 알려 줄 것이 있는데, 나는 말하자면 성 윌프레드의 성소를 지키는 수도자요. 당신이 알지는 모르겠지만 성 윌프레드는 이교도들에게서 닥치는 대로 황금을 빼앗아 그걸 녹여 촛대로 만들었소. 그래서 말인데, 당신이 이렇게 이 근방에 왔으니 당신에게서 통행료를 좀 걷겠소. 촛대를 만드는 것보다는 더 나은 목적으로 쓸 것이오. 그러니 휜칠한 양반. 당신 돈주머니를 내게 건네시오. 내 미천한 힘이 닿는 한, 당신 돈주머니를 들여다보고 우리 법이 허용하는 것보다 더 많은 부를 당신이 갖고 있는지 확인을 좀 해야겠소. 가퍼 스완톨드 성인은 이렇게 말씀하셨지. '부가 넘쳐 살이 찐 자는 반드시 피를 흘리기 마련이다.'"

로빈이 말하는 내내, 낯선 젊은이는 엄지손가락과 나머지 손가락 사이에 끼운 장미의 향기를 맡고 있었다. "그건 안 되지요." 로빈 후드가 말을 마치자 낯선 젊은이가 지그시 미소를 지으며 말했다. "당신 이야기가 듣기 좋군요. 혹시 할 이야기가 더 있다면 마저 하시지요. 이제 머무를 시간이 얼마 없으니."

"내 이야기는 다 끝났소." 로빈이 말했다. "이제 당신이 돈주머니를 건네주면 그 안에 뭐가 들었는지 확인한 다음, 더는 당신을 붙잡거나 귀찮게 하지 않고 가던 길 가게 해 주겠소. 당신이 가진 게 얼마 없다면 당신에게서 아무것도 가져가지 않겠소."

"이런! 정말 안타깝군요." 낯선 젊은이가 말했다. "당신 말대로 해 줄 수는 없으니 말이에요. 당신에게 줄 게 없군요. 부탁하는데, 내 갈 길을 가게 해 주세요. 내가 당신에게 아무런 해코지도 하지 않았잖습니까."

"아니, 당신은 갈 수 없소." 로빈이 말했다. "내게 돈주머니를 보여 주기 전까지는 말이오."

"이봐요." 낯선 젊은이가 나긋하게 말했다. "나는 다른 곳에 볼일이 있답니다. 이미 당신에게 많은 시간을 내어 주고 당신 말을 참을성 있게 들었지요. 제발 부탁하는데, 별일 없이 내 갈 길 가게 해 주세요."

"내가 분명히 말했소만." 로빈이 단호하게 말했다. "다시 한번 말하는데, 내가 시키는 대로 하지 않으면 여기서 한 발짝도 뗄 수 없소." 이렇게 말하며 로빈은 위협이라도 하듯이 육척봉을 머리 위로 치켜들었다.

"이런!" 낯선 젊은이가 애석하다는 듯이 말했다. "일이 이렇게 되다니 정말 안타깝기 짝이 없군요. 가련한 양반, 내가 당신을 죽이게 될까 봐 몹시 걱정되는군요." 이렇게 말하며 그는 칼을 뽑아 들었다.

"당신 무기는 내려 두시오." 로빈이 말했다. "당신보다 유리한 위치에서 싸우고 싶지 않소. 당신 칼은 내가 가진 참나무로 만든 육척봉을 이겨 내지 못하오. 당신 칼은 내가 보릿짚처럼 부러뜨릴 수 있소. 저기 길가 옆에 무성한 참나무 숲이 있으니 거기 가서 당신 몽둥이를 구해 와 잘 방어해 보시오. 사정없는 몽둥이질에 취미가 있다면 말이오."

처음에 낯선 이는 로빈을 유심히 눈여겨보더니 그다음에는 참나무 육척봉을 유심히 살펴보았다. "당신 말이 맞아요." 그가 얼마 안 있어 말했다. "내 칼은 당신 육척봉을 당해 내지 못할 것 같군요. 내가 가서 몽둥이를 구해 올 테니 조금만 기다려 주세요." 그는 내내 들고 있던 장미꽃을 옆에 던져 두고는 칼을 칼집에 도로 넣은 다음, 아까보다는 좀 더 잰 발걸음으로 로빈이 말한 어린 참나무가 무리 지어 자라나 있는 길가로 향했다. 그는 금방 마음에 드는 어린나무 하나를 발견하여 골랐다. 그는 나무를 베지 않고 소매를 조금 걷어 올리더니 나무를 손으로 잡은 다음, 발뒤꿈치를 땅에 단단히 딛고는 단 한 번에 온 힘을 다해 어린나무를 뿌리째 땅에서 뽑았다. 그러고는 돌아와 아무 말 없이 뿌리와 연한 가지 부분을 칼로 다듬었다.

리틀 존과 무두장이는 내내 그 광경을 지켜보았다. 낯선 젊은 이가 어린나무를 땅에서 당기자 뿌리가 찢기고 끊어지는 소리를 내며 통째로 뽑히는 모습을 보고 무두장이는 휘파람 불 듯 입술을 오므리고는 길게 숨을 들이쉬었다.

"세상에나!" 어안이 벙벙해 있던 리틀 존이 정신을 차리고는 말했다. "아서, 저거 보았나? 우리 대장이 대결을 펼치긴 하겠지만 저자에게 밀릴 수도 있어. 맙소사, 저 나무를 보릿짚처럼 단숨에 뽑다니."

로빈은 생각이야 어떻든 간에 거기 그렇게 서 있었고, 이윽고 그와 주황색 옷을 입은 낯선 젊은이가 얼굴을 마주 보고 섰다.

로빈 후드는 그날 중부 지방을 대표하는 사내로서 기가 꺾이지 않고 제 역할을 충실히 해냈다. 그들은 이쪽으로 저쪽으로 뒤로 앞으로 오가며 싸웠다. 로빈의 기술과 낯선 이의 힘의 대결이었다. 그들 주변으로 길가의 흙먼지가 구름처럼 피어올랐고 그 바람에 이따금 리틀 존과 무두장이는 아무것도 보지 못한 채 몽둥이들이 요란하게 부딪치는 소리만 들을 뿐이었다. 로빈 후드는 한 번은 팔을 두 번은 갈비뼈를 내리쳐서 낯선 이를 총 세 번 가격했고 상대방이 가한 공격은 모두 막아 냈다. 그러나 그중 한 차례의 공격이라도 명중했더라면 로빈은 그 어느 때보다도 보기 좋게 먼지투성이 길에 나자빠지고 말았을 것이다. 마침내 낯선 이가 로빈의 육척봉의 한가운데를 꽤 정확히 후려쳤고 그 바람에 로빈은 육척봉을 손에서 떨어뜨릴 뻔했다. 낯선 이가 다시 몽둥이를 휘둘렀고 로빈은 그 아래로 몸을 수그렸다. 이어서 낯선 이가 세 번째로 몽둥이를 후려쳤다. 이번에는 로빈의 방어를 정확히 꿰뚫었을 뿐만 아니라 워낙 세게 후려친 탓에 그 충격으로 로빈이 먼지투성이 길가에 나뒹굴고 말았다.

"그만!" 낯선 이가 다시 몽둥이를 치켜드는 것을 보고 로빈 후드가 소리쳤다. "내가 졌소!"

"그만!" 숨어 있던 리틀 존도 튀어나오며 외쳤다. 무두장이도 뒤따라 나왔다. "그만! 이제 그만해!"

"그건 아니지요." 낯선 이가 나지막이 말했다. "당신처럼 체격 좋은 사내가 둘이나 더 있다니 제가 바빠지겠군요. 어쨌든 덤비시지요. 제가 최선을 다해 모두 상대해 드리겠습니다."

"그만하시오!" 로빈 후드가 소리쳤다. "더 이상은 싸우지 않을 것이오. 리틀 존, 오늘은 자네와 내게 운수가 사나운 날이네. 저 자에게 하도 세게 맞는 바람에 내 손목과 팔이 마비돼 버렸군."

그러자 리틀 존이 로빈 후드를 향해 서서 말했다. "이런, 대장. 맙소사! 자네 꼴이 말이 아니군. 윗옷이 온통 먼지로 더러워졌어. 일어날 수 있게 내가 도와주겠네."

"빌어먹을 도움!" 로빈이 성질을 내며 소리쳤다. "자네 도움 없이도 일어날 수 있어."

"그럼 자네 옷에 묻은 먼지라도 털어 주겠네. 자네 뼈가 무척 욱신거릴 것 같아 걱정이야." 리틀 존이 진지하게 말했으나 눈은 음흉하게 반짝였다.

"그만하라고 말하지 않았나!" 로빈이 씩씩대며 소리쳤다. "내 옷은 이미 더러워져 있었네. 자네 도움 따위 필요 없어." 그러고 는 낯선 이를 향해 이렇게 물었다. "당신 이름이 뭐요?"

"제 이름은 감웰입니다." 낯선 이가 대답했다.

"하!" 로빈이 소리쳤다. "그렇소? 내 가까운 친척 중에도 감웰 이 있소. 당신은 어디 출신이오?"

"저는 맥스필드 타운 출신이지요." 낯선 이가 대답했다. "거기 서 나고 자랐고 내 어머니의 남동생을 찾아 이렇게 왔지요. 로빈 후드라고 하는 자랍니다. 혹시 나를 안내해 줄 수 있다면…."

"하! 윌 감웰!" 로빈이 양손을 뻗어 낯선 이의 어깨에 얹고는 소리쳤다.

"분명 네가 틀림없구나! 그 아리따운 아가씨 같은 자태를 보고 알아챘어야 하는데. 그 조심스럽고 우아한 걸음걸이를 보고 알아챘어야 하는데. 얘야, 나를 못 알아보는 게냐? 나를 한번 잘 보거라."

"세상에, 이런!" 낯선 이가 소리쳤다. " 이제 보니 내 삼촌 로빈이군요. 틀림없어요!" 두 사람은 팔로 서로를 얼싸안고는 뺨에 입을 맞추었다.

로빈은 또다시 양팔을 뻗어 조카를 잡고서 머리부터 발끝까지 유심히 살폈다. "어떻게 이럴 수가." 그가 말했다. "어떻게 이렇게 달라진 게냐? 8년 전 아니 10년 전에 내가 떠나올 때는 비실비실한 애송이 녀석이었는데 말이야. 그런데 이제는 내가 본 중에 가장 건실한 청년이 되었구나. 기억나지 않는 게냐? 내가 거위 깃털을 손가락 사이에 끼우고 흔들림 없이 활 잡는 법을 가르쳐 주었는데. 네가 훌륭한 궁사가 되겠다고 당차게 약속도 했었지. 내가 곤봉으로 방어하고 공격하는 기술도 가르쳐 주었는데 기억날지 모르겠구나."

"당연히 기억나죠." 감웰이 대답했다. "삼촌을 우러러보고 삼촌이 세상 그 누구보다 위대하다고 생각했는걸요. 오늘 제가 삼촌을 진작 알아봤더라면 감히 삼촌에게 손을 댈 생각은 하지 못했을 거예요. 삼촌이 많이 다치지 않은 거면 좋겠어요."

"아니, 아니다." 로빈이 성급히 말하며 리틀 존을 곁눈질로 흘 끗 보았다. "난 다치지 않았어. 거기에 대해서는 그만 이야기하자꾸나. 그런데 말이야, 얘야. 너처럼 대차게 육척봉을 휘두르는 사람은 앞으로 보지 못할 것 같구나. 손톱부터 팔꿈치까지 내 팔이 온통 얼얼하단다. 실은 평생 몸을 못 쓸 줄 알았다. 넌 내가 본 중에 가장 힘이 센 청년이야. 아까 네가 어린나무를 뿌리째 뽑는 걸 봤을 때 실은 속이 다 떨리더구나. 그런데 어쩌다가 에드워드 경과 어머니를 떠나온 게냐?"

"아, 실은 사연이 있었어요. 말해 드릴게요. 연로하신 자일스 크룩레그 집사가 돌아가신 후에 우리 집에 들어온 아버지의 집사가 아주 못된 사람이었어요. 판단력이 뛰어나서 집안을 잘 돌보긴 했지만 아버지가 그 사람을 왜 곁에 두는지 이유를 몰랐어요. 그 집사가 아버지에게 예의 없이 목소리를 높이는 걸 들을 때마다 화가 났어요. 삼촌도 알다시피 아버지는 주변 사람들에게 인내심이 많고, 화를 내거나 가시 돋친 말을 좀처럼 하시는 분이 아니잖아요. 그런데 어느 날이었어요. 그 못된 집사에게는 불행한 날이었죠. 제가 옆에 있었는데 그 집사가 아버지를 호되게 꾸짖으려 들더라고요. 저는 더는 참을 수가 없어서 앞으로 나서서 그 사람 귀를 후려쳐 버렸어요. 그런데 믿으시겠어요? 그 사람이 곧바로 죽어 버린 거예요. 사람들 말로는 제가 그 사람 목을 부러뜨렸나 뭐 그랬나 봐요. 그래서 부모님께서는 제게 법을 피해 삼촌을 찾아가라며, 짐을 싸서 내보내시더군요. 삼촌이 절 봤을 때 저는 삼촌을 찾아가는 중이었어요. 그래서 지금 제가 여기 이렇게 있는 거죠."

"그런데 말이야." 로빈이 말했다. "법을 피해 도망가는 사람 치고 너는 내가 본 중에 가장 태평하더구나. 세상에 사람을 죽이고 서 도망치는 사람이 궁정의 고상한 아가씨처럼 장미꽃 향기를 맡으며 큰길을 유유자적 걷는 건 난생처음 봤다.”

“그건 아니죠, 삼촌.” 윌 감웰이 말했다. “옛말에도 있지만 성급히 행동해서 좋을 건 없죠. 게다가 제가 힘이 너무 세다 보니 걸음이 더뎌졌어요. 삼촌은 저를 세 번이나 때리셨죠. 저는 힘으로 삼촌을 압도하지 못했다면 삼촌을 한 대도 때리지 못했을 거예요.”

“자, 이제 그 일에 대해서는 그만 이야기하자꾸나.” 로빈이 말했다. “윌, 너를 보게 되어서 무척 기쁘다. 너는 우리 무리에게 큰 명예와 믿음을 더해 줄 거야. 그나저나 이제 네 앞으로 곧 체포 영장이 발부될 테니 네 이름을 바꿔야겠다. 네 옷차림이 화려하니 널 윌 스칼렛이라 부르는 게 어떨까?”

“윌 스칼렛.” 리틀 존이 앞으로 나와 커다란 손바닥을 들이밀며 말했고 윌 스칼렛도 그 손을 잡았다. “윌 스칼렛, 참 잘 어울리는 이름일세. 우리와 함께 하게 된 걸 환영하네. 나는 리틀 존이라고 해. 이쪽은 방금 막 합류한 일원인데 아서 어 블랜드라고 하는 힘센 무두장이지. 윌, 자네도 유명해지는 걸 좋아하겠지? 로빈 후드가 리틀 존과 아서 어 블랜드에게 육척봉 다루는 기술을 가르쳐 준 이야기가 셔우드는 물론 온 나라에 흥겨운 노래와 무용담으로 전해질 거라네. 게다가 우리 훌륭한 대장이 커다란 케이크 조각을 삼키는 바람에 목이 막혔다는 이야기도 전해진다지.”

"그만하게, 리틀 존." 자신을 두고 그런 농담하는 걸 좋아하지 않는 로빈이 부드럽게 이야기했다. "우리가 왜 그런 사소한 이야기까지 해야 하나? 부탁하는데, 오늘 일은 우리끼리만 알자고."

"잘 알겠네." 리틀 존이 말했다. "그런데 대장. 난 자네가 재미난 이야기를 좋아하는 줄 알았지. 내가 주 장관의 저택에서 지내느라 무릎에 살이 붙었다든가 살이 뒤룩뒤룩 쪘다든가 하는 농담을 자네가 하도 자주 하길래…"

"알았네, 리틀 존." 로빈이 다급히 말을 막았다. "그런 농담은 이제 충분히 한 것 같네."

"그거 잘됐군." 리틀 존이 말했다. "실은 좀 지겨워진 참이었거든. 그런데 생각해 보니 자네는 지난밤 내가 비 걱정을 한 일로도 농담하려 했던 것 같은데 그래서…"

"제발 그만하게." 로빈이 성마른 목소리로 말했다. "내가 실수했네. 그날 비가 올 것 같았다고 해 두지."

"내 말이 그 말일세." 리틀 존이 말했다. "그러니 내가 무모하게 폭풍우를 뚫고 길을 나서는 대신 블루 보어 여관에서 하룻밤을 보낸 게 분명 현명했던 거야. 그렇지?"

"에라이 젠장!" 로빈이 소리쳤다. "자네가 그러려고 했다면 어딜 선택하든 거기서 머무르는 게 옳았겠지."

"그리고 또 하나 말하겠는데." 리틀 존이 말했다. "나는 오늘 눈이 멀었던 거야. 자네가 얻어맞는 걸 보지 못했어. 자네가 먼지투성이 길에 거꾸로 나동그라지는 걸 보지 못한 거야. 누군가가 그런 얘길 한다면 내 양심을 걸고 그 거짓말하는 주둥이를 꿰매 버리겠네."

"알았네, 알았어." 로빈이 아랫입술을 꽉 깨물고 말했다. 나머지는 웃음을 참지 못했다. "오늘은 그만 셔우드로 돌아가세. 리틀 존, 자네는 다른 날에 앵커스터로 가게."

온몸의 뼈가 쑤셨던 로빈은 그날 더 걸었다가는 탈이 날 것 같아 이렇게 말했다. 그렇게 하여 그들은 돌아서서 떠나왔던 곳으로 다시 발걸음을 되돌렸다.

9

방앗간지기 미지와의 모험

다시 셔우드를 향해 오래도록 길을 걷는 동안 한낮이 지나 버렸고 네 사내는 시장기를 느끼기 시작했다. 로빈이 말했다. "뭘 좀 먹어야겠어. 큼지막한 흰 빵 한 덩어리에 눈처럼 새하얀 치즈를 곁들이고 거품 풍성한 맥주를 들이켠다면 왕의 만찬도 부럽지 않을 것 같군."

"삼촌이 그렇게 말씀하시니 말인데." 윌 스칼렛이 말했다. "저도 그러는 게 좋을 것 같아요. 실은 뱃속에서 이런 목소리가 들려왔거든요. '먹을 것 좀 줘, 친구. 먹을 것 좀 달라고.'"

"근처에 허기를 달랠 만한 곳이 있네." 아서 어 블랜드가 말했다. "돈만 있다면 대장이 말한 달콤한 빵 한 덩어리와 새하얀 치즈와 맥주를 사 올 텐데."

"대장, 알다시피 내게 돈이 있잖나." 리틀 존이 말했다.

"그렇지, 리틀 존." 로빈이 말했다. "아서, 고기와 마실 것을 사려면 돈이 얼마나 들 것 같나?"

"넉넉하게 6페니면 열 명 남짓의 사내가 먹기 충분할 것 같네." 무두장이가 말했다.

"리틀 존, 아서에게 6페니를 주게." 로빈이 말했다. "나 혼자 3인분은 먹어 치울 수 있을 것 같으니까. 아서, 돈을 가지고 가서 먹을 것 좀 사 오게. 저기 길가 옆에 그늘이 시원한 덤불숲이 있으니 거기서 식사를 하면 될 것 같네."

리틀 존이 아서에게 돈을 건넸고 나머지 무리는 덤불숲으로 들어가 아서가 오기를 기다렸다.

얼마 지나자 아서가 큼지막한 갈색 빵 덩어리와 희고 둥근 치즈, 3월에 담근 맛 좋은 맥주가 가득 담긴 염소가죽 자루를 어깨에 짊어지고 돌아왔다. 윌 스칼렛이 칼을 꺼내 빵 덩어리와 치즈를 정확히 네 등분으로 나누었고, 각자 자신의 몫을 신나게 먹었다. 로빈은 맥주를 벌컥벌컥 들이켰다. "카하!" 로빈이 숨을 크게 내쉬고는 말했다. "오늘따라 맥주가 유난히 달콤하네."

이후 아무도 더는 말이 없었고 각자 빵과 치즈를 우적우적 먹어 대면서 이따금 맥주를 들이켰다.

이윽고 윌 스칼렛이 여태 손에 쥐고 있던 작은 빵 조각을 바라보며 말했다. "이건 참새들에게 줘야겠어." 그는 빵 조각을 던지고서 윗옷에 묻은 빵부스러기를 털어냈다.

"나도 충분히 먹은 것 같군." 로빈이 말했다. 그때 리틀 존과 무두장이는 빵과 치즈의 남은 부스러기 한 조각까지도 다 먹어

치운 참이었다.

로빈이 말했다. "이제야 새로 태어난 것 같군. 길을 더 가기 전에 뭔가 즐거운 걸 하고 싶은데 말이야. 참, 윌! 넌 목소리가 좋아서 노래도 참 맛깔나게 잘 불렀지. 그러니 길 떠나기 전에 한 곡조 불러 주지 않으련."

"그렇다면 기꺼이 불러 드리겠어요." 윌 스칼렛이 말했다. "하지만 혼자 부르지는 않을 거예요."

"나머지 사람들도 부를 거야. 그러니 얘야, 어서 불러 보거라." 로빈이 말했다.

윌 스칼렛이 말했다. "그럼 아버지 댁에서 어떤 음유시인이 가끔 불렀던 노래를 불러 볼게요. 노래 제목은 몰라서 알려 드릴 수 없어요. 어쨌든 해 볼게요." 그는 목청을 가다듬고는 노래를 시작했다.

꽃들이 만개하는 즐거운 때에
가슴속에는 사랑을 향한 갈망이 솟구치고
보리수나무에 꽃이 피고
작은 새가 둥지를 트네.
나이팅게일이 감미로운 노래를 부르고
개똥지빠귀는 겁 없이 지저귄다네.
이슬 맺힌 골짜기에는 뻐꾸기가
저 너머에는 거북이가 있다네.
그러나 나는 울새를 무척 사랑한다네.

일 년 내내 노래하니까.

울새여! 울새여!

유쾌한 울새여!

차디찬 시련이 닥쳐온다 해도

내 진정한 사랑을

날려 보내지 않을 거라네.

봄이 달콤한 기쁨을 불러올 때면

종달새 높이 날아오르고

그윽한 밤 연인들이 사랑을 속삭이고

사내들은 처녀들의 눈을 훔쳐 본다네.

그때쯤이면 들장미가 꽃을 피우고

데이지꽃, 앵초, 매발톱꽃이

언덕을 알록달록 장식한다네.

개울가에는 짙은 보랏빛 제비꽃이 피어난다지.

그러나 북풍이 눈을 몰고 올 때면

담쟁이덩굴이 더욱 푸른 옷을 입는다네.

담쟁이덩굴이여! 담쟁이덩굴이여!

충실하고 진정한 그대여!

그래서 차디찬 시련의 입김이 불어온다 해도

그대에 대한 사랑을

죽게 내버려 두지 않을 거라네.

"정말 잘 불렀어." 로빈이 말했다. "얘야, 그런데 말이야. 솔직히 말하면 너같이 듬직한 사내라면 꽃이나 새 뭐 그런 게 등장하는 섬약한 노래보다는 좀 더 힘찬 노래를 불렀다면 더 좋지 않았을까 싶다. 그래도 참 잘 불렀다. 노래도 그만하면 나쁘지 않고. 자, 무두장이. 이제 자네 차례네."

"난 아는 노래가 없네." 아서가 마치 춤을 같이 추자는 부탁에 쑥스러워진 어린 아가씨처럼 고개를 한쪽으로 갸우뚱하고는 웃으며 말했다. "난 저렇게 감미롭게 노래를 부를 수 없다네. 게다가 감기에 걸려서 목이 쉬고 간지러운 것 같아."

"그래도 어서 해 보게, 친구." 옆에 앉은 리틀 존이 아서의 어깨를 토닥이며 말했다. "자네 목소리가 꽤 괜찮고 풍부한 데다가 울림이 있지 않은가. 노래 조금만 들려줘 보게."

"노래 실력이 좋진 않은데." 아서가 말했다. "그래도 최선을 다해 보겠네. 「키스 경의 구애」라는 노래 들어 봤나? 아서왕 시절 콘월에 살았던 젊고 용맹한 기사라네."

"어디서 들어 본 것 같긴 하네." 로빈이 말했다. "어서 짤막한 노래라도 들려줘 보게. 내 기억으로 근사한 노래였던 것 같아. 어서 불러 주게, 친구."

무두장이는 곧바로 목청을 가다듬고는 노래를 시작했다.

키스 경의 구애

아서왕이 왕궁의 연회장에 앉아 있었네.
그의 양옆으로는

나라에서 제일 고귀하고
훌륭한 귀족들이 앉아 있었네.

새까만 머리칼의 랜슬롯
황금빛 머리칼의 가웨인
트리스트럼 경, 집사장 케이
그 밖에 많은 귀족이 앉아 있었네.

붉은 기와를 얹은 처마로부터
갖가지 색을 입힌 눈부신 창을 통해 들어온 햇살이
황금 투구와 갑옷 위로
오색찬란한 빛을 비추었다네.

그러던 중 갑자기 원탁 주위로
침묵이 찾아왔네.
땅에 닿듯 몸을 구부린 한 처녀가
연회장 안으로 걸어 들어왔다네.

그녀는 매부리코에 눈에 초점이 없었네.
머리칼은 억세고 흰 빛깔이었지.
턱에는 수염이 자라 있었다네.
그야말로 흉측한 모습이었지.

그렇게 기어가듯 걸어와
아서왕의 발밑에 무릎을 꿇었네.
케이 경은 이렇게 말했지.
'본 중에 가장 추악한 모습이군.'

'위대한 왕이시여! 간청하나이다.
이렇게 무릎 꿇고 간청하나이다.'
그녀의 말에 아서왕이 물었네.
'내게서 무엇을 원하는가?'

'저는 심장을 갉아먹는
지독한 병에 걸렸습니다.
이 비참한 고통을 덜거나
치유할 방법은 단 하나입니다.'

'기독교도 기사가 기꺼이 제게
세 번 입맞춤해 주기 전까지는
동서남북 어디에도
저를 위한 안식이나 평온함은 없습니다.'

'제 고통을 거둬 갈 귀공자는
혼인을 한 자가 아니어야 하고
강요가 아닌 진심에서 우러나

제게 기꺼이 입맞춤해 주어야 합니다.'

'이 괴로움에 몸부림치는 여인에게서
죽음의 고통을 거둬 줄
고결한 기독교도 기사가
여기 계시는지요?'

그러자 아서왕이 말했네.
'나는 이미 혼인한 몸이네.
그렇지 않았다면 기꺼이 그대에게 입 맞추어
숭고한 일을 했을 텐데.'

'자, 랜슬롯.
자네가 기사단의 우두머리이자 최고이니
어서 이리 오게나, 고매한 기사여.
속히 그녀를 고통에서 구해 주게.'

하지만 랜슬롯은 고개를 돌리고
땅만 바라보았네.
모두가 자신을 보고 웃는 건
높디높은 자존심에 금이 가는 일이었으므로.

'그렇다면 트리스트럼 경이 나서 보게.' 왕이 말했네.

'그럴 수 없습니다.

기꺼이 나설 마음이 생기지 않습니다.'

그가 말했네.

'케이 경, 자네는 어떤가?'

'절대로 그럴 수 없습니다!

저렇게 더러운 입술에 입맞춤한 기사에게

어떤 귀한 여인이 입을 맞춘답니까?'

'가웨인 경, 자네는 어떤가?' '저는 할 수 없습니다.'

'게라인트 경은 어떤가?' '저도 할 수 없습니다.

저는 곧 죽을 목숨이므로

제 입맞춤은 안식을 가져다주지 못할 것입니다.'

그러자 원탁에 앉은 기사들 가운데

가장 젊은 기사가 일어나 말했네.

'기독교도로서 할 수 있다면

제가 그 위안을 그녀에게 가져다주겠습니다.'

그는 젊은 기사 키스 경이었네.

그러나 팔다리가 강인하고 담력이 대단한 자였네.

턱에 자란 밝은 수염은

곱디고운 황금실 같았다네.

케이 경이 말했네. '그는 아직

자신의 연인이라 부를 만한 여인이 없었으나

이제 곧 여인을 얻게 되겠네.

저 처녀가 이렇게 여기까지 왔으니.'

그는 한 번, 두 번, 세 번

그녀에게 입맞추었네.

세 번째 입을 맞추자 놀라운 광경이 벌어졌네.

그녀는 더 이상 추녀가 아니었다네.

그녀의 뺨이 장미처럼 불그레해지고

이마가 면포처럼 새하얘졌다네.

가슴은 흰 눈과도 같고

두 눈은 새끼 사슴 같았네.

그녀의 숨결은 초원에 부는

여름날의 산들바람처럼 달콤했고

목소리는 더 이상 갈라지고 거친 것이 아닌

살랑이는 나뭇잎처럼 감미로웠다네.

그녀의 머리칼은 황금처럼 눈부셨고

손은 우유처럼 순백색이었네.

그녀가 걸쳤던 더럽고 냄새나는 누더기는

어느새 비단 드레스로 바뀌었네.

기사들이 몹시도 놀라 빤히 바라보았지.

케이 경이 말했네.

'아름다운 여인이여, 내가 그댈 기쁘게 할 수 있다면

지금 당장 그대에게 기꺼이 입맞춤하겠소.'

그러나 젊은 기사 키스 경이 한쪽 무릎을 꿇고

그녀의 고운 드레스에 입맞춤했네.

'내가 그대의 종이 되리라.

세상의 어떤 여인도 그대에게 비할 바가 없으니.'

그녀가 몸을 숙여 그의 이마에 입맞춤했네.

그의 입술에도 눈에도.

그녀가 말했지. '그대는 이제 나의 주인이에요.

나의 주인, 나의 사랑. 어서 일어나세요!

내가 가진 모든 부와 땅을

당신에게 드리겠어요.

세상의 어떤 기사도 그런 고결한 정중함을

여인에게 보인 적 없으니.

저는 마법에 걸려 비참한 고통 속에 있었어요.

하지만 그대가 저를 구해 주셨어요.

이제 온전한 저 자신으로 돌아왔으니

저를 당신께 바치겠어요.'

무두장이가 노래를 마치자 로빈 후드가 말했다. "과연 내 기억 그대로일세. 정말 근사한 노래야. 곡조도 아름답고 말이야."

"자주 하는 생각인데 말이에요." 윌 스칼렛이 말했다. "이 노래에는 깊은 뜻이 담겨 있는 것 같아요. 가령 그 처녀에게 입맞춤하는 것같이 때로는 곤혹스럽고 가혹한 임무라도 그게 꼭 독이 되는 것만은 아닌 것 같아요."

"네 말이 맞구나." 로빈이 말했다. "반대로 겉으로 아름다워 보이는 입술에 기쁘게 입맞춤했지만 그게 도리어 해가 되기도 하지. 그렇지 않아, 리틀 존? 그래서 오늘 자네가 그렇게 호되게 당한 거 아니겠나. 그렇게 풀 죽은 표정 하지 말게. 어서 목청 가다듬고 한 곡조 뽑아 보게."

"난 못하네." 리틀 존이 말했다. "아서가 부른 것 같은 근사한 노래를 알지 못하네. 내가 아는 노래는 다 그저 그런 것들이야. 게다가 오늘 목소리가 잘 나오지 않는다고. 그나마 참아 줄 만한 노래를 내 형편없는 목소리로 망칠 순 없지."

그러자 모두가 리틀 존에게 노래를 불러 달라고 졸랐고, 그는 노래 불러 달라는 부탁을 받은 자가 늘 그렇듯 한동안 거절하다가 마지못해 두 손 두 발 드는 척했다. 그가 말했다. "알겠네. 그럼 할 수 있는 노래를 해 보겠어. 윌처럼 나도 노래 제목은 모르네. 어쨌든 들어 보게."

오, 나의 여인이여, 봄이 찾아왔다네.
헤이, 헤이, 헤이.
한 해 중 달콤한 사랑의 계절이라네.
헤이, 헤이, 헤이.
꽃들이 피어나고
점점 푸르러 가는 풀밭 위에
젊은 남녀들이
누워 있다네.
수사슴이 앉아 쉬고
나뭇잎들이 돋아나고
수탉이 울고
산들바람 불어온다네.
온 세상이 웃음 짓는….

"저기 길을 걸어오는 자는 누구지?" 로빈이 노래 중간에 끼어들며 물었다.

"모르겠는데." 리틀 존이 퉁명스러운 목소리로 대답했다. "한 가지 아는 건 신나게 노래를 부르는데 중간에 끊는 건 예의가 아니라는 걸세."

"잠깐만, 리틀 존." 로빈이 말했다. "미안한데 기분 언짢아하지 말게. 자네가 노래를 시작할 때부터 저자가 어깨에 커다란 자루를 짊어지고 구부정한 채로 이쪽으로 오는 게 보였어. 봐, 리틀 존. 저자를 아나?"

리틀 존은 로빈 후드가 가리키는 쪽을 보았다. 잠시 후 리틀 존이 말했다. "흠, 셔우드 끝자락 근처에서 가끔 봤던 젊은 방앗 간지기인 것 같군. 이런, 저 녀석 때문에 내 노래를 망치다니."

"자네가 그렇게 말하니 말인데." 로빈 후드가 말했다. "나도 저 자를 가끔 본 것 같아. 노팅엄 타운 너머 솔즈베리 가도 근처에서 방앗간을 하는 자 아닌가?"

"맞네. 그자야." 리틀 존이 대답했다.

"힘이 장사인 사내야." 로빈이 말했다. "이 주일 전쯤에 저자가 브래드포드의 네드의 머리통을 박살 내는 걸 본 적 있다네. 내 평생 머리털이 그렇게 쭈뼛 선 적은 없었다고."

이윽고 젊은 방앗간지기가 가까이 다가왔고 그들은 그를 정확히 볼 수 있었다. 그는 온통 밀가루로 더럽혀진 옷을 입고 있었고 등에는 커다란 밀가루 자루를 짊어진 채 그 무게를 온전히 어깨로 받아 내느라 몸을 잔뜩 구부리고 있었으며 자루에는 두꺼운 육척봉이 걸쳐져 있었다. 팔다리가 다부지고 억센 그는 무거운 자루를 어깨에 짊어지고서도 흙먼지 이는 길을 기운차게 걷고 있었다. 그의 뺨은 겨울철의 들장미 열매처럼 불그스레했고 머리칼은 아마 빛이었으며 턱에는 아마 빛 수염이 보송보송 자라나 있었다.

"성실한 젊은이구먼." 로빈 후드가 말했다. "저런 청년은 우리 잉글랜드 중산 농민들의 자랑거리지. 저자와 재밌는 장난 좀 해 보자고. 평범한 도둑인 척하고서, 저자가 열심히 일해 얻은 수확물을 빼앗는 척해 보는 게 어떤가? 그런 다음, 숲으로 데려가 난생처음 배 터지도록 잔치를 열어 주자고. 맛 좋은 카나리아산 백포도주를 실컷 마시게 해 주고 그가 가진 1페니마다 돈주머니에 크라운을 채워 주고 집으로 돌려보내는 거지. 어떤가, 친구들?"

"정말 재밌는 생각이에요." 윌 스칼렛이 말했다.

"계획 한번 치밀하군." 리틀 존이 말했다. "하지만 하늘의 모든 성인이 오늘 우리가 또 한바탕 싸움을 벌이는 건 원치 않으실 거야! 내 가여운 뼈들이 아직도 욱신거려서…."

"진정 좀 하게, 리틀 존." 로빈이 말했다. "자네가 바보 같은 말을 하는 바람에 또 웃게 되잖나."

"내 말이 바보 같나?" 리틀 존이 투덜대며 아서 어 블랜드에게 물었다. "대장 때문에 오늘 우리가 또 한바탕 소동에 휘말려 들까 봐 한 말이었어."

그러나 길을 터벅터벅 걷던 방앗간지기가 로빈 후드가 숨어 있는 곳 맞은편까지 다다르자 네 사람 모두가 일제히 달려들어 그를 에워쌌다.

"멈춰 서게, 친구!" 로빈이 방앗간지기를 향해 소리쳤다. 어깨에 무거운 짐을 짊어진 터라 천천히 고개를 돌린 방앗간지기는 어리둥절한 표정으로 네 사람을 번갈아 쳐다보았다. 그는 몸집은 좋았지만 상황 판단은 통통 튀며 구워지는 밤처럼 빠르지 않았다.

"누가 날 불러 세우는 거요?" 방앗간지기가 커다란 개가 으르렁거리는 것처럼 굵직하고도 걸걸한 목소리로 물었다.

"그건 바로 나라네." 로빈이 말했다. "내가 시키는 대로 하는 게 신상에 좋을 거야."

"당신은 대체 누구요?" 방앗간지기가 어깨에 짊어졌던 커다란 자루를 땅에 던져 놓으며 물었다. "당신과 함께 있는 이자들은 또 누구요?"

"우리는 선량한 기독교도들이라네." 로빈이 말했다. "자네가 무거운 짐 드는 걸 우리가 도와줄까 하는데."

"고맙긴 하지만 내 자루는 혼자 못 들 정도로 무겁진 않소." 방앗간지기가 말했다.

"아니, 뭔가 오해하는 것 같네." 로빈이 말했다. "내 말은 자네가 금화와 은화는 말할 것도 없고 무거운 동전을 가득 짊어지고 가는 것 같다는 거지. 우리의 자애로운 가퍼 스완톨드 성인께서는 넘치는 금화란 한낱 두 다리 달린 인간이 짊어지기에는 몹시도 벅찬 짐이라 하셨지. 그래서 우리가 자네 짐을 좀 덜어 주려고 하네."

"이런!" 방앗간지기가 외쳤다. "대체 나한테 무슨 짓을 하려는 거요? 내게는 부러진 동전 한 닢조차 없소. 제발 내게 아무 짓도 하지 말고 그냥 가게 내버려 두시오. 그리고 한 가지 말하는데, 당신들은 지금 로빈 후드의 구역에 있으니 그가 죄 없는 방앗간지기를 상대로 도둑질하려는 당신들을 발견하게 된다면 당신들 따귀를 후려치고 호되게 채찍질한 다음 노팅엄 성벽까지 쫓아낼 것이오."

"사실 난 로빈 후드보다 나 자신이 더 무섭다네." 유쾌한 로빈이 말했다. "오늘 자네가 가진 돈을 한 푼도 빠짐없이 다 나한테 내놓아야 할 걸세. 만약 여기서 조금이라도 움직인다면 이 몽둥이로 네놈 따귀를 휘갈겨 줄 테다."

"제발, 때리지 마시오!" 방앗간지기가 맞기 무섭다는 듯이 팔꿈치를 올려 막으며 소리쳤다. "원한다면 내 몸을 뒤져 보시오. 하지만 자루와 주머니를 뒤지든 내 살가죽을 뒤집어 들춰 보든, 아무것도 없을 거요."

"과연 그럴까?" 로빈이 그를 뚫어질 듯 바라보며 말했다. "지금 거짓말을 하는 것 같은데. 내가 잘못 본 게 아니라면 저 밀가루가 가득 든 묵직한 자루 밑바닥에 뭔가가 숨겨져 있을 텐데. 아서, 자루를 뒤집어 안에 든 걸 다 쏟아 보게. 밀가루 안에 1실링 내지는 2실링은 있을 거야."

"맙소사!" 방앗간지기가 무릎을 꿇으며 소리쳤다. "내 소중한 밀가루를 망치지 마시오! 당신들에게 좋을 것도 없고 내 신세만 망치게 될 거요. 한 번만 봐주시오. 자루 안에 든 돈을 주겠소."

그러자 로빈이 윌 스칼렛을 쿡 찌르며 말했다. "오호라! 그렇단 말이지? 내가 돈이 어디 있는지 찾아낸 거란 말이지? 거봐, 난 개코라고. 어쩐지 저 밀가루 자루 밑에서 금화와 은화 냄새가 나더라니까. 어서 가져와 보게, 방앗간지기 양반."

그러자 방앗간지기가 느릿느릿 일어나 역시나 느릿느릿 마지못해 자루 입구를 풀어 밀가루 안에 손을 쑤셔 넣은 다음, 팔꿈치가 자루 안까지 들어가도록 손을 더듬었다. 나머지 이들은 빙 둘러서서 머리를 맞대고는 그가 무엇을 꺼낼지 호기심에 지켜 보았다.

그렇게 그들은 다 함께 머리를 맞대고 자루 안을 들여다보고 있었다. 그 사이 방앗간지기는 돈을 찾는 시늉을 하면서 두 손 가득 밀가루를 움켜쥐었다. "하, 여기 있군." 그러자 로빈 후드 무리는 그가 꺼내는 것이 무엇인지 보려고 몸을 더 앞으로 숙였 다. 바로 그때 방앗간지기가 난데없이 밀가루를 그들 얼굴에 냅 다 뿌렸다. 그 바람에 그들은 얼굴이며 코며 입이며 온통 밀가루 투성이가 되었고 앞이 보이지 않고 숨도 못 쉴 지경이 되었다. 방앗간지기가 뭘 꺼낼지 호기심에 가득 차 입을 헤 벌린 채 지 켜보고 있던 아서 어 블랜드는 그중에서도 제일 꼴이 딱했다. 밀 가루가 한가득 목 안으로 들어가는 바람에 그는 제대로 서 있지 조차 못할 정도로 캑캑댔다.

네 사람 모두 밀가루가 들어간 눈이 쓰라려 휘청대며 괴성을 질렀다. 그들이 밀가루가 뒤덮인 얼굴로 눈물이 줄줄 흘러내리 도록 눈을 비벼 대는 동안, 방앗간지기는 밀가루를 다시 연이어 움켜쥐고는 그들의 얼굴에 뿌렸다. 그 바람에 그들은 눈앞에 어 렴풋한 햇살이 비추는데도 노팅엄셔의 장님 거지처럼 앞을 보 지 못했고 머리칼이며 수염이며 옷이 전부 눈처럼 하얘졌다.

이어서 방앗간지기는 커다란 육척봉을 손에 쥐고 완전히 미 친 사람처럼 주변에 사정없이 휘두르기 시작했다. 네 사람은 북 가죽 위의 콩들처럼 이리 펄쩍 저리 펄쩍 뛰었으나 앞이 보이지 않아 몽둥이질을 막을 수도 도망갈 수도 없었다. 탁! 탁! 방앗간지기의 육척봉이 그들의 등을 후려쳤고 그럴 때마다 네 사람의 윗옷에 묻은 밀가루가 흰 뭉게구름처럼 피어올라 산들바람에 실려 갔다.

"그만!" 마침내 로빈이 포효하듯 소리쳤네. "항복하겠네. 친구. 난 로빈 후드야!"

"거짓말 마라! 이 도둑놈!" 방앗간지기가 소리치며 로빈의 갈비뼈를 퍽 하고 후려쳤고 그 바람에 밀가루가 연기처럼 피어올랐다. "정의로운 로빈은 절대로 선량한 상인의 주머니를 털지 않아. 하! 당신은 내 돈을 빼앗으려 했잖아, 안 그래?" 그러면서 방앗간지기는 또다시 로빈을 후려갈겼다. "이 다리 긴 도둑놈아, 이번에는 네놈 차례. 네놈도 똑같이 맞아야지." 방앗간지기는 리틀 존의 어깨를 퍽 하고 내리쳤고 그 바람에 리틀 존은 휘청거리다 길가에 나동그라질 뻔했다. "어이, 검은 수염. 겁먹었나? 이번엔 네놈 차례다." 방앗간지기는 무두장이 역시 후려갈겼고 그 바람에 무두장이는 캑캑대던 와중에 비명까지 지르고 말았다. "어이, 빨간 옷. 네놈 옷에 묻은 먼지 좀 털어 줄까?" 방앗간지기는 이렇게 외치며 윌 스칼렛에게도 육척봉을 휘둘렀다. 방앗간지기는 그들이 제대로 서 있지도 못할 정도로 악담을 퍼부으며 몽둥이질을 해 댔고 그들 중 한 명이라도 눈을 비벼 제대로 뜰라치면 그 얼굴에 또다시 밀가루를 뿌렸다. 마침내 로빈 후드가 뿔나팔을 찾아 입에 갖다 대고 세 번 크게 불었다.

마침 윌 스튜틀리와 로빈의 동료 몇몇이 이 요란한 소동이 벌어지고 있는 곳에서 그리 멀지 않은 빈터에 있던 참이었다. 왁자지껄한 목소리와 겨울철 곳간에서 도리깨질을 하는 듯한 매타작 소리에 그들은 멈춰서서 귀를 기울이고 대체 무슨 일이 벌어지고 있는 것인지 의아해했다. 윌 스튜틀리가 말했다. "내 짐작이 맞다면 여기서 그리 멀지 않은 곳에서 치열한 봉술 대결이 펼쳐지고 있는 모양이야. 그 근사한 광경을 보고 싶군." 윌 스튜틀리와 그의 무리는 소란스러운 소리가 나는 곳을 향해 발걸음을 돌렸다. 떠들썩한 소리가 들리는 곳 가까이 갔을 때 그들은 로빈의 뿔나팔이 세 번 울리는 것을 들었다.

"서둘러!" 돈커스터의 청년 데이비드가 외쳤다. "대장이 몹시 급한가 봐!" 그들은 한시도 머뭇거리지 않고 전력으로 질주했다. 그렇게 하여 그들은 보이지 않는 덤불 속에서 큰길로 불쑥 튀어나왔다.

그러나 그들 앞에 펼쳐진 난리란 대체 무엇이란 말인가! 길가는 온통 밀가루로 하얗게 덮여 있었고 역시나 머리부터 발끝까지 하얀 밀가루를 뒤집어쓴 사내 다섯 명이 서 있었다. 방앗간지기도 밀가루를 깨나 뒤집어쓴 상태였다.

"대장, 무슨 일이야?" 윌 스튜틀리가 소리쳤다. "이게 대체 다 뭐야?"

로빈이 온 힘을 다해 목청을 높였다. "저 배신자 녀석이 날 죽일 뻔했어. 스튜틀리, 자네가 빨리 오지 않았다면 이 대장은 아마 죽은 목숨이었을 거다."

로빈과 나머지 세 명이 눈을 비벼 밀가루를 털어 내는 동안 윌 스튜틀리와 그의 무리는 그들의 옷을 깨끗하게 털어 주었다.

로빈은 자신이 방앗간지기를 골려 주려고 했다가 도리어 지독하게 골탕을 먹게 된 내막을 다 털어놓았다.

"어서 저 악랄한 방앗간지기를 잡아!" 나머지 무리와 마찬가지로 웃느라 숨이 막힐 지경이었던 스튜틀리가 소리쳤다. 그 말에 몇몇이 방앗간지기에게 달려들어 그의 두 팔을 등 뒤로 하여 활시위로 묶었다.

그들이 벌벌 떠는 방앗간지기를 앞으로 데려오자 로빈이 소리쳤다. "참나! 자네가 날 죽이려 했어. 그렇지 않나? 내 맹세코…." 로빈은 말을 멈추고 서서 험악한 표정으로 방앗간지기를 노려보았다. 그러나 화를 낼 수 없었다. 그는 처음에는 눈을 반짝이더니 애써 참았음에도 불구하고 요란하게 웃음을 터트리고 말았다.

주변에 모여 서 있던 나머지 무리도 대장이 웃는 것을 보자 더는 참지 못하고 폭소를 터트렸다. 웃느라 몸을 제대로 가누지도 못해 땅바닥에 뒹구는 이도 여럿이었다.

"자네 이름이 뭔가?" 어리둥절하여 입을 떡 벌린 채 서 있던 방앗간지기에게 로빈이 물었다.

"저는 방앗간 주인의 꼬맹이 아들, 미지입니다."

그가 겁에 질린 목소리로 대답했다.

유쾌한 로빈이 미지의 어깨를 툭 치며 말했다. "맹세컨대, 자네는 내가 본 중에 가장 힘을 잘 쓰는 꼬맹이네. 이제 곡식 가루 날리는 방앗간에서 벗어나 우리와 함께 하지 않겠나? 곡식용 깔때기와 돈 서랍 앞에서 세월을 허비하기에는 자네 힘이 너무 아깝네."

"당신이 누군지도 모르고 때린 저를 용서해 주신다면 기꺼이 함께 하겠습니다." 방앗간지기가 말했다.

로빈이 말했다. "이렇게 해서 오늘 노팅엄셔에서 가장 듬직한 장정 셋을 얻게 되었군. 이제 숲속 나무 아래로 가서 새로운 식구들이 생긴 것을 축하하는 의미로 흥겨운 잔치를 벌이세. 맛 좋은 백포도주 한두 잔으로 이 쑤시는 관절과 뼈마디를 달래야겠네. 내가 예전의 나로 되돌아가려면 한참이 걸리겠지만 말이야." 로빈은 돌아서서 앞장을 섰고 나머지가 그 뒤를 따랐다. 그렇게 그들은 다시 숲속으로 들어가 사라져 버렸다.

그날 밤 내내, 숲속에서는 환한 모닥불이 타닥타닥 타올랐다. 방앗간 주인의 아들 미지를 제외하고 로빈과 나머지 세 명은 몸 여기저기에 혹이 부어오르고 멍이 들어 쑤셨지만 새로운 식구들을 환영하는 흥겨운 잔치를 즐기지 못할 만큼 아픈 것은 아니었다. 노래와 농담과 웃음소리가 숲속 더 깊고 고요한 구석까지 낭랑하게 울려 퍼졌고 즐거운 시간이 늘 그렇듯 시간은 훌쩍 지나 밤이 깊었다. 마침내 모두가 하나둘 잠자리에 들자 사방에 침묵이 내려앉고 온 세상이 잠든 것 같았다.

그러나 리틀 존의 혀는 쉽사리 주체할 수 없었기에 그가 무두장이와 싸운 사연과 로빈이 윌 스칼렛과 싸운 사연이 조금씩 새어 나오기 시작했다. 자, 지금까지의 이야기가 어땠는지 궁금하다. 여러분도 나와 함께 함박웃음을 지었으리라 생각한다.

10

로빈 후드와 앨런 어 데일

지금까지 로빈 후드와 리틀 존이 파란만장한 모험을 하루에 세 번이나 겪는 바람에 온몸의 뼈마디가 쑤시는 지경에 이르게 된 사연을 여러분과 함께 나누어 보았다. 이제는 그들이 어떻게 해서 그 탈 많았던 우여곡절을 선행으로 만회했는지 이야기해 보려 한다. 거기에는 로빈의 수고가 적잖이 있었다.

이틀이 지나자 로빈 후드의 쑤시던 뼈마디도 어느 정도 나아졌다. 그래도 아무 생각 없이 갑자기 몸을 움직일 때면 '어이, 자네 호되게 매타작 당했던 걸 잊었나?'라는 외침 소리가 들리듯 이곳저곳이 욱신거렸다.

맑고 화창한 날, 아침 이슬이 여태 풀밭에 맺혀 있었다. 숲속 나무 아래에 로빈 후드가 앉아 있었다. 한쪽 옆에는 윌 스칼렛이 등을 대고 대자로 누워 양손을 머리 뒤에 넣어 깍지를 끼고서 맑은 하늘을 바라보고 있었고, 다른 쪽 옆에는 리틀 존이 앉아서 단단한 꽃사과나무 가지로 곤봉을 만들고 있었다. 그리고 풀밭 이곳저곳에 나머지 무리 여럿이 앉거나 누워 있었다.

유쾌한 로빈 후드가 말했다. "그나저나, 손님을 초대해서 잔치를 벌인 지가 꽤 오래된 것 같군. 손님이 와서 값을 치른 지가 오래된 터라 수중의 돈이 바닥나고 있는 중일세. 스튜틀리, 좀 일어나 보게. 지금 당장 여섯 명을 모아 포스 가도나 그 근방으로 가서 오늘 저녁 우리와 함께 잔치를 벌일 자가 있는지 찾아보게. 그동안 우리는 성대한 만찬을 차릴 준비를 하고 있겠네. 누가 오든 최고로 영광스러운 손님이 될 거야. 잠깐만, 스튜틀리. 윌 스칼렛을 데리고 가게. 숲길을 익혀야 하니까."

스튜틀리가 벌떡 일어나 말했다. "맘씨 좋은 대장, 모험을 떠날 사람으로 날 지목해 줘서 고맙네. 실은 여기서 빈둥거리며 누워 있다 보니 팔다리가 축축 처졌거든. 그리고 여섯 명 중에서 두 명은 방앗간지기 미지와 아서 어 블랜드를 택하겠어. 대장도 알다시피 이 친구들이 육척봉을 쓰면 천하장사나 마찬가지잖아. 그렇지 않나, 리틀 존?"

그 말에 리틀 존과 로빈만 빼고 모두가 웃음을 터트렸다. 로빈은 잔뜩 인상을 쓰고 말했다. "난 미지에 대해서는 한 가지 이야기할 수 있네. 내 조카 스칼렛에 대해서도 마찬가지야. 이 축복받은 날 아침, 내 갈비뼈를 봤더니 거지 누더기처럼 알록달록 멍투성이더군."

네 명의 체격 좋은 친구들을 더 선택한 윌 스튜틀리와 그의 무리는 그날 셔우드에서 로빈과 그의 무리와 함께 잔치를 벌일 돈주머니 두둑한 손님을 찾기 위해 포스 가도로 길을 떠났다.

그들은 온종일 큰길 근처에 머물렀다. 집에 돌아가기 전까지 허기를 달래려고 각자 차가운 고기 한 덩이와 3월에 담근 맥주 한 병을 챙겨 온 참이었다. 한낮이 되자 그들은 사방으로 가지를 드리운 푸른 산사나무 덤불 아래 보드라운 풀밭에 먹을 것을 펼쳐 놓고는 신나게 배를 두둑이 채웠다. 바람 한 점 없고 후텁지근한 날씨라 배를 채운 후에는 한 사람만 남아 보초를 서고 나머지는 낮잠을 잤다.

그렇게 그들은 한동안 기분 좋은 시간을 보냈으나 그들이 거기 숨어든 내내 그들이 바라는 손님은 얼굴조차 비추지 않았다. 태양이 이글거리는 흙먼지 이는 길로 여러 사람이 지나갔다. 이제는 쾌활하게 재잘거리는 아가씨들이 총총거리며 지나가는 참이었다. 그러고는 땜장이가 터벅터벅 길을 지나갔고 유쾌한 양치기 청년, 그리고 풍채 좋은 농부가 지나갔다. 모두 그렇게 가까운 곳에 장정 일곱 명이 숨어 있다는 것을 알아채지 못한 채 앞만 보고 걸었다. 그들은 그저 길을 지나는 자들이었고 배불뚝이 수도원장, 돈 많은 대지주나 돈을 가득 짊어진 고리대금업자는 한 명도 보이지 않았다.

이윽고 해가 지기 시작하여 햇살이 붉게 물들고 그림자가 길어졌다. 사방에 온통 정적이 감돌았고 새들은 졸린 듯 지저귀었으며 저 멀리서 젖소들을 집으로 불러들이는 우유 짜는 아낙네의 흥얼거리는 소리가 희미하지만 분명하게 들려왔다.

그러자 누워있던 스튜틀리가 일어났다. "오늘은 되는 게 하나도 없군!" 그가 투덜거렸다. "여기서 온종일 기다렸는데 말하자면 활을 쏴 볼 만한 새 한 마리조차 우리 반경 안으로 나타나지 않는군. 평소처럼 심부름을 갔다면 배불뚝이 사제도 열두어 명, 돈주머니 두둑한 고리대금업자도 열두어 명쯤 마주쳤을 텐데. 늘 이런 식이지. 거위 깃털 화살을 손가락에 끼우고서 활 쏠 준비를 하고 있으면 사슴 한 마리조차 나타나지 않는다니까. 자, 여보게들. 그만 짐 싸서 집으로 가세."

그 말에 나머지 무리가 일어섰고 모두가 덤불숲을 나와 셔우드로 다시 발걸음을 돌렸다. 얼마쯤 가다가 앞장섰던 윌 스튜틀리가 갑자기 멈춰섰다. "쉿!" 다섯 살 난 여우처럼 귀를 쫑긋 세우고 그가 말했다. "이봐, 친구들! 뭔가 소리가 들린 것 같아." 그 말에 모두가 멈춰서서 숨을 죽이고 귀를 기울였으나 스튜틀리보다는 귀가 예민하지 않았던 그들은 한동안 아무 소리도 듣지 못했다. 이윽고 누군가가 한탄하는 것같이 구슬프게 흐느끼는 소리가 들려왔다.

윌 스칼렛이 말했다. "앗, 무슨 일인지 확인해 봐야겠네. 멀지 않은 곳에서 누군가가 괴로워하고 있는 것 같아."

윌 스튜틀리가 의심쩍다는 듯이 고개를 가로저으며 말했다. "난 잘 모르겠는데. 우리 대장은 끓는 냄비에 손가락을 넣을 정도로 성미가 급하지만, 내 생각으로는 괜히 나섰다가 상서롭지 못한 일에 휘말릴 필요는 없을 것 같아. 분명 사내의 목소리인데, 사내라면 무릇 자신의 근심 걱정에서 스스로 빠져나올 줄 알아야지."

그러자 윌 스칼렛이 단호하게 목소리를 높였다. "스튜틀리, 왜 그런 식으로 말하는 거예요? 잠깐 기다려 봐요. 제가 가서 저 가련한 사내에게 무슨 일이 일어났는지 알아볼게요."

스튜틀리가 말했다. "안돼. 그렇게 성급하게 뛰다간 도랑에 빠지고 말 거야. 누가 안 간댔나? 나도 갈 거라네." 이렇게 말하고서 스튜틀리는 앞장섰고 나머지가 그 뒤를 따랐다. 얼마쯤 가자 그들은 이리저리 얽힌 덤불숲 아래에서 샘물이 콸콸 흘러나와 유리알 같은 조약돌들이 깔린 넓은 연못으로 이어지는 숲속의 작은 공터에 다다랐다. 버드나무 가지 아래에 있는 연못 옆에 한 젊은이가 누워 얼굴을 파묻고 크게 소리 내어 울고 있었는데, 귀가 밝은 스튜틀리가 그 소리를 처음 들은 것이었다. 그의 황금빛 머리칼은 엉켜 있었고 옷도 온통 엉망이었으며 그의 주변에 있는 모든 것이 슬픔과 비통함을 드러내는 것 같았다. 그의 머리 위 버드나무 가지에는 윤을 낸 나무로 만들어져 금과 은으로 화려하게 무늬가 새겨진 아름다운 하프가 걸려 있었다. 젊은이의 옆으로는 물푸레나무로 만든 튼튼한 활과 열 개 남짓의 곧고 매끄러운 화살이 놓여 있었다.

숲속에서 나와 작은 공터에 다다르자 윌 스튜틀리가 소리쳤다. "어이! 자네 도대체 누군데 그렇게 누워서 풀밭을 온통 소금 섞인 눈물로 죽이고 있는 건가?"

그 목소리에 낯선 젊은이가 벌떡 일어나 자신에게 어떤 일이 벌어지든 대비하려는 듯이, 활을 와락 움켜쥐고는 화살을 시위에 메겼다.

낯선 젊은이의 얼굴을 보고는 무리 중 한 명이 말했다. "근데 말이야. 난 저자를 잘 알아. 이 근방에서 여러 번 본 음유시인이라네. 불과 일주일 전에 그가 한 살배기 암사슴처럼 깡충거리며 언덕을 가로질러 가는 걸 본 적이 있어. 그때는 몰골이 저렇지 않고 근사했다네. 귀에는 꽃 한 송이가 꽂혀 있고 모자에는 수탉의 깃털이 꽂혀 있었지. 그런데 이제 저 어린 수탉은 화려한 깃털이 죄다 빠진 모습이구먼."

"어이, 눈물 닦게나!" 윌 스튜틀리가 낯선 젊은이에게 다가가며 소리쳤다. "키 크고 건장한 사내가 죽은 새를 보고 우는 열네 살짜리 계집애처럼 징징대는 건 딱 질색이라네. 활도 내려놓고. 우리가 자네에게 해를 끼치려는 게 아니니."

그러나 어린 소년 같아 보이는 젊은이가 윌 스튜틀리의 말에 상처받을까 봐 마음에 걸린 윌 스칼렛은 젊은이에게 다가가 그의 어깨에 손을 얹고 말했다. "이런, 뭔가 안 좋은 일이 있군요." 그가 상냥하게 말을 건넸다. "저자들이 한 말은 신경 쓰지 마세요. 거친 사람들이긴 하지만 당신이 걱정되어서 한 말이니까요. 어쩌면 당신 같은 자를 이해하지 못해서 그런 걸지도 몰라요. 우리와 함께 가요. 당신이 처한 곤경이 뭔지는 몰라도 당신을 도와줄 누군가를 찾을 수 있을지도 몰라요."

"그래, 함께 가자고." 윌 스튜틀리가 무뚝뚝하게 말했다. "자네를 해치려는 게 아니라 도와주려고 그런 거였다고. 저 나무에 걸려 있는 자네 악기도 내려와서 함께 가세."

젊은이는 시키는 대로 했고, 고개를 푹 숙인 채 슬픔이 깃든 발걸음으로 그들을 따라 윌 스칼렛 옆에서 걸었다. 그렇게 그들은 숲을 지나 집으로 향했다. 하늘에서 밝은 빛이 서서히 바래고 있었고 어슴푸레한 잿빛이 사방에 내려앉았다. 숲속의 깊고 후미진 곳으로부터 밤이 낯설게 속삭이는 소리가 귀에 들려왔다. 겨우내 말라 바스락거리는 나뭇잎들을 밟는 그들의 발소리 외에는 모든 것이 고요했다. 이윽고 그들 앞에 있는 나무들 틈새 여기저기서 붉은 불빛이 새어 나왔다. 조금 더 걸어가자 창백한 달빛이 쏟아지고 있는 사방이 트인 빈터가 나왔다. 빈터 한가운데에서는 거대한 모닥불이 사방으로 붉은빛을 내며 타닥타닥 타오르고 있었다. 모닥불 안에는 육즙이 가득한 사슴고기, 꿩고기, 닭고기, 강에서 잡아 올린 신선한 물고기가 지글지글 익어가고 있었다. 사방이 온통 군침 도는 먹음직스러운 냄새로 가득했다.

그들이 빈터를 가로질러 걸어오자 그곳에 있던 많은 이가 고개를 돌려 호기심 어린 눈으로 그들을 뚫어지게 바라보았으나 누구도 그들에게 말을 걸거나 뭔가를 묻지 않았다. 한쪽에는 윌 스칼렛, 또 한쪽에는 윌 스튜틀리를 대동한 채로 낯선 젊은이가 숲속 나무 아래의 이끼를 깐 자리에 앉아 있는 로빈 후드에게 다가갔다. 리틀 존은 그 옆에 서 있었다.

"반갑네, 친구." 그들이 가까이 다가가자 로빈 후드가 일어나 말했다. "오늘 우리와 함께 잔치를 벌이러 온 것인가?"

"맙소사! 저는 아무것도 모릅니다." 모든 광경이 믿기지 않아

놀란 눈으로 주위를 둘러보며 낯선 젊은이가 말했다. "지금 내가 꿈꾸고 있는 건가." 그가 낮은 목소리로 혼자 중얼거렸다.

"그건 아닐세." 로빈이 웃으며 말했다. "곧 알게 되겠지만 자네는 깨어 있는 걸세. 자네를 위해 성대한 만찬이 준비돼 있으니까. 자네는 오늘 우리의 귀한 손님이야."

낯선 젊은이는 여전히 꿈속에 있는 것처럼 주위를 둘러보았다. 그러다 로빈을 향해 서서 말했다. "이제야 내가 어딨는 건지, 내게 무슨 일이 닥친 건지 알겠습니다. 당신은 그 유명한 로빈 후드가 아닙니까?"

"정확히 맞추었네." 로빈이 낯선 젊은이의 어깨를 탁 치며 말했다. "이 근방의 사람들은 나를 그 이름으로 부른다네. 자네가 나를 안다고 하니, 나와 잔치를 벌이는 자는 그 값을 치러야 한다는 것도 알고 있겠군. 자네가 두둑한 돈주머니를 챙겨 왔으리라 믿겠네, 낯선 젊은이."

"이런!" 낯선 젊은이가 소리를 내질렀다. "내게는 6펜스 동전의 반쪽 밖에는 돈도 돈주머니도 없습니다. 동전 나머지 반쪽은 내 사랑하는 여인이 가슴에 품고 있지요. 비단실에 꿰어 목에 걸고 있답니다."

그 말에 주위에서 폭소가 터져 나왔고 가련한 젊은이는 수치심에 죽을 것만 같아 보였다. 그러나 로빈 후드는 윌 스튜틀리에게 홱 돌아서서 쏘아붙였다. "어떻게 된 일인가? 우리 돈주머니를 채우겠다고 이런 자를 손님으로 데려온 건가? 비쩍 마른 수탉을 팔겠다고 시장에 데려온 셈이 아닌가?"

그러자 윌 스튜틀리가 씩 웃으며 대답했다. "대장, 그게 아니라네. 이 자는 내가 데려온 손님이 아니야. 윌 스칼렛이 데려온 자라네."

그러자 윌 스칼렛이 나서서, 우연히 수심에 잠겨 있던 젊은이를 발견하게 되었고 어쩌면 로빈이 곤경에 처한 젊은이를 도와줄지도 모른다는 생각에 여기까지 데려오게 되었다고 자초지종을 설명했다. 로빈 후드는 젊은이를 향해 돌아서서 양팔을 죽 뻗어 그의 어깨에 손을 얹고 얼굴을 자세히 들여다보았다.

"앳된 얼굴이군." 로빈이 혼잣말하듯이 나지막한 목소리로 중얼거렸다. "온화하고 번듯한 얼굴이야. 처녀처럼 순수하고 내가 본 중에 가장 준수한 얼굴일세. 그런데 자네 표정을 보아하니, 인생 다 산 사람처럼 수심이 가득하군. 이토록 창창한 젊은이인데 말이야." 로빈이 다정하게 건넨 그 말에 가련한 젊은이의 눈에 눈물이 그득 고였다. "아닐세, 아닐세." 로빈이 다급히 말했다. "기운 내라고, 친구. 자네 사정이 해결 못할 정도로 심각한 것은 아닐 거야. 그런데 자네 이름이 뭔가?"

"앨런 어 데일이라고 합니다."

"앨런 어 데일이라." 로빈이 생각에 잠기며 이름을 되뇌었다. "앨런 어 데일. 내 귀에 그리 낯설게 들리지 않는 이름인데. 근래에 들어본 것 같아. 자네는 그 누구보다도 매혹적인 목소리를 지닌 음유시인 아닌가? 스테이블리 너머 로더스트림 골짜기에서 오지 않았는가?"

"네, 맞습니다. 거기서 왔습니다." 앨런이 대답했다.

"앨런, 자네는 몇 살인가?" 로빈이 물었다.

"스무 살입니다."

"마음고생하기에는 너무 어린 나이로구나." 로빈이 다정하게 말하고는 나머지 무리를 향해 소리쳤다. "어이, 친구들. 서둘러 잔치를 준비하게. 윌 스칼렛과 리틀 존, 자네들만 여기 남아 있도록 하고."

나머지 무리가 각자 할 일을 하러 가자 로빈이 다시 젊은이를 향해 말했다. "이봐, 젊은이. 자네 고민거리를 툭 터놓고 얘기해 보게. 그렇게 털어놓다 보면 슬픔에 짓눌린 마음도 좀 가벼워질 거라네. 둑에 물이 가득 차면 물을 비워 내야 하는 것처럼 말이야. 어서 내 옆에 와서 앉아 편히 이야기해 보게."

그 말에 젊은이는 가슴 속에 묻어두었던 사연을 세 사람에게 모두 털어놓았다. 처음에는 온전치 못한 말로 띄엄띄엄 이야기를 이어갔으나 모두가 귀를 기울이고 있는 것을 보고서는 한층 편안하게 스스럼없이 이야기를 이어갔다. 그는 요크에서 로더의 아름다운 골짜기로 오게 된 연유와 음유시인으로 방방곡곡을 떠돌며 성이며 연회장이며 농장에 딸린 저택에서 머물며 노래하게 된 사연을 이야기했다. 그러던 어느 달콤한 날 저녁, 그는 드넓은 농장 저택에서 머물게 되었는데 거기서 농장 주인과 봄날의 설강화*처럼 순수하고 사랑스러운 아가씨 앞에서 노래

---

* 스노우드롭(snowdrop). 수선화과.

를 부르게 되었다고 이야기했다. 그는 그녀를 향해 악기를 연주하며 노래를 불렀고 아름다운 엘렌 오브 더 데일은 그의 노랫소리를 듣고 그를 사랑하게 되었다고 했다. 여기서부터 앨런은 마치 속삭이듯이 나지막하고도 감미로운 목소리로 이야기를 이어 갔다. 그는 그녀를 지켜보기만 했고 그녀가 밖에 나올 때면 이따금 마주치기는 했으나 그토록 아름다운 그녀 앞에서는 두려워 말조차 건네지 못했다고 했다. 그러다 마침내 그는 로더의 강둑 옆에서 그녀에게 사랑을 고백했고 그녀는 그의 가슴이 기쁨으로 차올라 떨릴 만한 말을 그에게 속삭여 주었다고 했다. 두 사람은 6펜스 동전을 둘로 쪼개서 서로에게 영원한 사랑이 되리라는 징표로 나눠 가졌다고 했다.

이후 그녀의 아버지가 모든 사정을 알게 되어 다시는 보지 못하도록 그녀를 그에게서 떨어뜨려 놓는 바람에 그의 가슴이 산산이 부서질 지경이 되었다고 했다. 그리고 그녀를 마지막으로 본 지 한 달하고도 반이 지난 오늘 아침, 그녀가 이틀 후에 트렌트의 나이 지긋한 스티븐 경과 혼인을 한다는 소식을 들었다고 했다. 엘렌의 아버지가 딸이 원치 않아도 딸을 지체 높은 귀족과 혼인시키는 것이 집안의 영광스러운 경사라 생각했기 때문이다. 게다가 기사라면 세상에서 가장 아름다운 여인을 아내로 맞이하는 것이 당연한 이치이기도 했다.

주변에서 여럿이 떠들고 노래하는 왁자지껄한 소리가 들리고 모닥불의 붉은 불빛이 얼굴과 눈을 비추는 가운데, 그들은 이 모든 이야기를 말없이 듣고 있었다. 가련한 청년의 말은 단순했고 그의 슬픔은 한없이 깊었기에 심지어 리틀 존마저도 목에서 어떤 응어리가 울컥 하고 올라오는 것 같았다.

잠시 침묵을 지키다가 로빈이 입을 열었다. "자네의 여인이 자네를 사랑하는 것만큼은 분명한 사실이네. 말만으로도 하늘의 새들을 매료시킬 수 있었다던 성 프랜시스처럼 자네도 혀 밑에 은 십자가를 지니고 있지 않나."

"내 목숨을 걸고 맹세하는데." 리틀 존이 괜히 거친 말로 감정을 숨기려 하면서 불쑥 끼어들었다. "지금 당장이라도 가서 그 음흉한 스티븐 경을 몽둥이질해 혼을 쏙 빼 주고 싶구먼. 참나, 빌어먹을. 쭈글쭈글한 늙은이가 시장에 내놓은 어린 닭 사듯 여린 아가씨를 데리고 가겠다고? 어림도 없지! 자기 주제를 똑똑히 알게 해 주겠어."

그러자 윌 스칼렛도 목소리를 높였다. "제 생각에는 그 아가씨가 남들 말에 그렇게 쉽사리 마음을 바꾼 게 잘못인 것 같은데요. 더더구나 스티븐 경같이 늙은 사람과 혼인을 하다니요. 전 그 아가씨가 맘에 들지 않아요, 앨런."

"그건 아니에요." 앨런이 흥분해서 말했다. "그녀를 오해한 거예요. 그녀는 들비둘기처럼 연약하고 온화하답니다. 세상 그 누구보다 제가 그녀를 잘 알아요. 그녀는 아버지가 시키는 대로 하겠지요. 하지만 스티븐 경과 혼인을 한다면 그녀는 마음이 산산이 부서져서 죽고 말 거예요. 내 소중한 사랑…" 그는 더는 말을 잇지 못해 멈추고 고개를 흔들었다.

다른 이들이 한마디씩 하는 사이, 로빈 후드는 생각에 잠겨 있다가 이윽고 입을 열었다. "앨런, 자네 문제를 해결할 수 있는 계획이 있네. 하지만 먼저 말해 주게나. 자네의 사랑하는 여인이 아버지의 반대를 무릅쓰고 자네와 결혼할 마음이 정말로 있는가? 결혼 발표를 하고 사제를 찾아서 교회에서 자네와 결혼식을 올릴 강단이 있는가?"

"당연히 그럴 겁니다." 앨런이 열띤 목소리로 대답했다.

"만약 그녀의 아버지가 내가 짐작하는 부류의 사람이라고 한다면, 그는 늙은 스티븐 경이 혼인을 올릴 그날 아침 그 장소에서 다름 아닌 자네와 엘렌을 부부로 인정하고 축복을 내리게 될 것이네. 내 계획대로라면 말이야. 참, 그런데 미처 생각지 못한 문제가 있네. 사제 말이야. 실은 성직자들이 나를 그리 좋아하지 않는다네. 이런 문제에 있어서는 더더욱 협조를 안 하지. 자신들이 얼마나 거만하고 고집이 센지 증명이라도 하듯이 말이야. 게다가 계급이 낮은 성직자들은 수도원장이나 주교 때문에 내게 호의를 베풀기를 꺼리고."

그러자 윌 스칼렛이 웃으며 말했다. "그 문제라면 제가 아는 수사가 있어요. 삼촌이 그분 마음을 잘 움직인다면 그분은 여교황 조안이 반대한다 하더라도 삼촌 부탁을 들어줄 거예요. 그분은 파운틴 수도원의 탁발 수사라고 알려져 있고 파운틴 데일에 살아요."

그러자 로빈이 말했다. "하지만 파운틴 수도원은 여기서 100킬로미터도 넘게 떨어져 있어. 우리가 앨런을 도와주려면 그의 연인이 스티븐 경과 혼인식을 올리기 전에 거기까지 갔다가 돌아와야 하는데 그럴 수 없잖아. 소용없을 거야.”

그러자 윌 스칼렛이 다시 웃으며 말했다. “그 파운틴 수도원은 삼촌이 말하는 곳처럼 멀지 않아요. 제가 말하는 파운틴 수도원은 삼촌이 말하는 곳처럼 돈 많고 명예를 앞세우는 곳이 아닌 다른 곳이에요. 작고 소박한 수도원이죠. 게다가 은자가 숨어 살 만큼 아늑한 곳이지요. 제가 그곳을 잘 아니까 안내해 드릴 수 있어요. 거리가 좀 되긴 하지만 튼튼한 다리라면 하루 만에 왔다 갔다 할 수 있지요.”

“앨런, 자네 손을 내밀게.” 로빈이 외쳤다. “성 앨프리다의 눈부신 머리칼에 대고 맹세하는데, 지금으로부터 이틀 후에는 엘렌 오브 더 데일이 자네의 아내가 될 걸세. 내일 파운틴 수도원의 탁발 수사를 찾아가서 잘 설득해 보겠네. 두들겨 패는 한이 있더라도 말이야.”

그 말에 윌 스칼렛이 또 웃었다. “삼촌, 너무 큰소리치지는 마세요. 그래도 제가 그분을 잘 알아서 하는 말인데, 그분이 흔쾌히 두 사람의 연을 이어 줄 거예요. 식을 올린 후에 푸짐한 먹거리와 마실 거리가 있다면 더더욱 그렇고요.”

그때 무리 중 하나가 와서 풀밭에 잔칫상을 다 차려 놓았다고 말해 주었다. 로빈이 앞장서고 나머지가 그 뒤를 따라 먹음직스러운 잔칫상이 차려진 곳으로 갔다. 만찬은 즐거웠다. 농담과 이야기가 쉴 새 없이 오갔고 숲속이 또다시 쩌렁쩌렁 울리도록 웃음이 터져 나왔다. 앨런도 나머지 사람들과 함께 웃었다. 로빈 후드가 한 약속 덕분에 그의 뺨이 불그레하게 상기돼 있었다.

마침내 만찬이 끝나자 로빈 후드가 옆에 앉은 앨런을 향해 말했다. "앨런, 자네 노래 솜씨에 대해서 입이 마르도록 칭찬이 자자하니 이제 우리에게 노래 실력 좀 뽐내 보게나. 우리에게 노래 좀 불러 주지 않겠나?"

"물론이죠." 앨런이 기다렸다는 듯이 대답했다. 그는 노래를 해 달라고 계속해서 조르고 부탁해야 하는 삼류 음유시인이 아니라 첫 부탁에 예, 아니오로 확실히 의사를 표현하는 자였기 때문이다. 그가 하프를 들고서 손가락으로 하프 줄을 가볍게 쓸어내리자 감미로운 소리가 울려 퍼졌고 둘러앉은 모두가 쉿 하고 숨을 죽였다. 앨런은 아름다운 하프 연주에 맞추어 노래를 부르기 시작했다.

메이 엘렌의 결혼식

(아름다운 왕자가 엘렌을 사랑하게 되어
 자신의 고향으로 데려간다는 내용이다.)

메이 엘렌이 가시나무 아래에 앉아 있네.
땅 위에 눈송이가 내리듯
산들바람에 꽃잎들이 흩어져
우수수 떨어져 내린다네.
근처의 라임나무에서는
낯선 들새들의 감미로운 노랫소리 들려오네.

오, 달콤하구나, 달콤하구나, 가슴 저미도록 달콤하구나.

그 달콤한 선율, 계속 여기 머물러 다오!

고통스러우리만치 충만한 행복감으로

메이 엘렌, 그 자리에 못 박힌 듯 서 있었네.

그렇게 귀를 기울이며 위를 올려다본 채

그 아름다운 곳에 죽은 듯이 앉아 있었네.

새야, 그 꽃잎에서 내려오렴.

그 나무에서 내려오렴.

내 품 안에 있으려무나.

너를 무척이나 사랑한단다!

가시나무가 눈꽃을 날리는 그곳에서

메이 엘렌, 그렇게 온화하고도 나지막이 소리쳤다네.

꽃들이 만개한 나무에서

새가 파르르 날개를 떨며 내려와 앉았네.

눈처럼 새하얀 그녀의 가슴에 둥지를 틀었네.

'내 사랑! 내 사랑!' 그녀가 외쳤다네.

그녀, 햇살과 꽃들을 헤치고 곧장 집으로 향했네.

그녀의 아늑한 침실로 새를 데려갔다네.

날이 저물어 그윽한 밤이 찾아오고

초원 위로 달이 떠올랐다네.

그 침통하고도 창백한 빛 속에서
한 젊은이가 말없이 서 있었네.
신기롭고 묘하도록 아름다운 청년이
메이 엘렌의 침실 곁에 서 있었다네.

어슴푸레한 달빛이 드리워진
차가운 길 위에 젊은이가 서 있었네.
메이 엘렌, 돌아서지도 못한 채
겁먹어 놀란 눈으로 그를 바라보았네.
신비로운 꿈속의 영혼처럼
그 젊은이 그렇게 고요히 서 있었으므로.

숨조차 쉬지 않는 듯 속삭이는 목소리로 그녀가 물었네.
'당신은 어디서 오셨나요?'
'꿈속에 사는 사람인가요?
아니면 제가 보는 게 환영인가요?'
그러자 강가의 갈대숲 사이로 떨리는 밤바람처럼
그가 나지막이 대답했네.

'난 저 멀리 요정의 나라에서 온
날개 달린 새라오.
그곳 황금빛 개울가에는
물이 노래하듯 졸졸 흐른다오.

향기로운 나무들이 영원히 푸른 그곳에서는
나의 어머니가 여왕이라오.'

[…]

메이 엘렌은 더 이상 침실을 떠나지 않았네.
아름다운 꽃들을 빛내기 위해서.
그러나 쥐 죽은 듯 고요한 한밤중이 되면
그곳에서 그녀의 말소리가 들려왔다네.
달이 하얗게 빛날 때면
밤새 그녀의 노랫소리 들려왔다네.

'오, 비단옷과 고운 보석을 걸치려무나,'
메이 엘렌의 어머니가 말했네.
'린의 영주가 이곳으로 오면
너는 그분과 결혼해야 한단다.'
메이 엘렌이 말했네. '그럴 순 없어요.
그분은 절대로 저를 아내로 맞이할 수 없어요.'

그러자 그녀의 오빠가 어둡고도 음침한 목소리로 말했네.
'이제 맑고 푸른 하늘이 찾아오면
하루가 채 가기도 전에
네 하찮은 새는 죽고 말 거야!

기묘하고도 간교한 마법을 부려

너를 홀리고 해악을 끼쳤으니까.'

그러자 애절하고도 구슬프게 노래하며

새가 멀리 날아가 버렸네.

성의 처마 위로

바람 부는 잿빛 하늘로.

'이리 와!' 그녀의 오빠가 사납게 소리쳤네.

'왜 그토록 날아간 새를 바라보고 있는 것이냐?'

메이 엘렌의 결혼식 날이 되었네.

하늘은 청명하고 푸르렀다네.

화려한 옷차림의 귀족과 귀부인들이

교회로 모여들었네.

신랑은 비단과 금으로 짠 옷을 차려입은

휴 더 볼드 경이었다네.

머리에 새하얀 화관을 쓰고서

금실로 짠 새하얀 드레스를 입은 신부가 등장했네.

그녀는 멍한 표정으로 한곳을 응시했고

얼굴이 죽은 자와 같았네.

사람들 사이에 선 그녀는

격하고도 기묘한 노래를 불렀네.

그러자 바람이 불어오듯
무언가 몰려오는 듯한 낯선 소리 들려왔네.
열린 창문으로 아홉 마리 백조가
날개를 퍼덕이며 날아들었네.
어둠 속에서 환한 빛을 내뿜으며
사람들 머리 위로 높이 날았네.

메이 엘렌의 머리 주위로
휘몰아치는 바람을 일으키며 날고는
세 번 원을 그리며 돌았네.
하객들은 겁에 질려 몸을 움츠리고
제단 옆에 서 있던 사제는
기도를 중얼거리며 성호를 그었다네.

그러나 백조들이 세 번 원을 그리며 날자
아름다운 엘렌이 곧장 사라지고 말았네.
그녀가 사라지고 난 자리에는
눈처럼 새하얀 백조가 한 마리 서 있었다네.
격정적인 사랑의 노래를 부르고는
서둘러 무리 틈으로 숨어들었네.

예순 해가 넘도록 결혼식에 참석해 온
노인들도 있었지만

그토록 기이한 결혼식은

평생 한 번도 본 적이 없었다네.

하지만 백조들이 신부를 데려가는 것을

그 누구도 막지 못했다네.

앨런 어 데일이 노래를 마쳤지만 그 누구도 정적을 깨지 않았다. 그저 앉아서 수려한 외모의 음유시인을 바라보고만 있을 뿐이었다. 노랫소리와 연주가 어찌나 감미로운지 숨이라도 내뱉었다가 행여 노래 구절을 놓치고 못 듣게 될까 봐 모두가 숨을 죽이고 있었다.

"진심에서 우러나 하는 말인데." 마침내 로빈이 긴 숨을 내쉬고는 말했다. 자네는 정말…. 앨런, 우리 곁을 절대로 떠나지 말게! 우리와 함께 이 즐겁고 푸른 숲에서 함께 지내지 않겠나? 지금 자네를 향한 내 사랑이 넘쳐서 심장이 밖으로 튀어나올 것 같네."

그러자 앨런이 로빈의 손을 잡아 입을 맞추었다. "대장, 영원히 함께 하겠습니다." 그가 말했다. "오늘 대장이 제게 베풀어 준 것 같은 은혜는 평생 받아 본 적이 없으니까요."

그러자 윌 스칼렛이 동료애의 표시로 앨런의 손을 잡아 악수했고 리틀 존도 뒤따라 똑같이 했다. 그렇게 하여 그 유명한 앨런 어 데일이 로빈 후드 무리의 일원이 되었다.

11

탁발 수사를 찾아 떠난 로빈

셔우드 숲의 기운찬 사내들은 늘 아침에 일찍 일어났고 여름이 찾아온 때면 더더욱 그러했다. 그맘때면 새벽녘의 신선한 이슬이 늘 눈부셨고 앙증맞은 새들의 노래도 그 어느 때보다도 기분 좋았기 때문이다.

로빈이 말했다. "난 어젯밤에 우리가 이야기했던 파운틴 수도원의 탁발 수사를 찾으러 갈 거야. 리틀 존, 윌 스칼렛, 돈커스터의 데이비드, 아서 어 블랜드 이렇게 네 명을 데리고 가겠네. 나머지는 여기 남아 있도록 해. 윌 스튜틀리는 내가 자리를 비운 동안 대장 노릇 좀 해 주고." 로빈 후드는 곧장 작은 쇠사슬을 엮어 만든 근사한 강철 갑옷을 챙겨 입고 그 위에 가벼운 링컨 그린 상의를 걸쳤다. 머리에는 강철로 만든 투구를 쓰고 부드럽고 하얀 가죽으로 투구를 감싼 다음, 거기에 수탉의 깃털을 꽂았다.

옆구리에는 시퍼렇게 날이 선 칼날에 용과 날개 달린 여인과 같은 기묘한 문양이 온통 새겨진, 단련한 강철로 만든 넓은 칼을 찼다. 그렇게 차려입은 로빈 후드는 위풍당당해 보였고, 그의 초록색 겉옷 아래로 드러난 광 나는 사슬 갑옷의 이음새 부분들이 햇빛을 받을 때마다 여기저기서 번쩍였다.

그렇게 단단히 무장한 로빈 후드와 건장한 청년 네 명이 길을 나섰고, 다른 사람들보다 길을 더 잘 아는 윌 스칼렛이 앞장섰다. 힘찬 발걸음으로 걷고 또 걷던 그들은 쏴 하고 흐르는 시내를 건너고 햇살 비추는 길을 지나고 상쾌한 숲길을 걸어 내려갔다. 숲길 위로는 나무들이 서로 머리를 맞대어 바람에 나뭇잎들이 살랑이는 푸른 지붕을 만들었고 숲길 끝에서는 놀란 사슴 떼가 황급히 도망치는 바람에 잎사귀들이 바스락거리고 나뭇가지들이 탁탁 하고 부러졌다. 그들이 노래를 부르고 농담을 주고받고 웃음을 터트리며 걷는 동안 한낮이 지났다. 마침내 그들은 백합이 흐드러지게 핀 유리처럼 투명한 강물이 넓게 흐르는 강둑에 다다랐다. 강둑 옆으로는 잘 다져진 넓은 길이 쭉 뻗어 있었는데, 그 길로는 말들이 보릿가루 따위를 잔뜩 실은 수레를 느릿느릿 끌고서 변두리에서 탑들이 많은 시내 쪽으로 힘겹게 걷고 있었다. 그러나 이제 한낮의 뜨거운 고요 속에서 그들 주위로 사람은커녕 말 한 마리도 보이지 않았다. 그들의 뒤로 앞으로 강이 펼쳐져 있었고 강의 잔잔한 가슴은 보랏빛이 깃든 산들바람에 이리저리 잔물결을 일으켰다.

달콤하고 눈부신 강을 따라 한참 걸은 끝에 마침내 윌 스칼렛이 입을 열었다. "삼촌, 저기 앞에 길이 굽어지는 곳 너머에 얕은 여울이 있어요. 깊이가 삼촌 허벅지 중간까지 밖에 오지 않아요. 그 여울 반대쪽에 덤불이 우거진 그늘진 곳에 작은 은둔처가 숨겨져 있는데 거기에 파운틴 데일의 수사가 살아요. 찾기가 아주 어렵지는 않지만 제가 길을 아니까 안내해 드릴게요."

그러자 로빈이 갑자기 걸음을 멈추고 말했다. "아니, 여기 물이 수정처럼 맑기는 하지만 물속을 헤치고 걸을 일이 있을 줄 알았다면 지금 이 옷이 아닌 다른 옷을 입고 왔을 텐데. 어쨌든 물속에 들어간다 해도 살갗이 떠내려가는 건 아니니 여울을 건너야 한다면 건너야지. 그나저나 자네들은 여기서 기다리게. 나 혼자 흥겨운 모험을 즐기고 싶으니. 그래도 귀를 쫑긋 세우고 있다가 내 뿔나팔 소리가 들리면 곧바로 와 주게." 이렇게 말하고 로빈은 그들을 남겨 두고 돌아서서 혼자 성큼성큼 길을 나섰다.

로빈은 길이 굽어져 친구들이 시야에서 사라진 지점에서 더는 걷지 않았다. 어디선가 목소리가 들려온 것 같아 멈춰 섰기 때문이다. 가만히 서서 귀를 기울이자 두 사람 사이에 대화가 오가는 것 같은 소리가 곧 들려왔으나 두 목소리는 놀라울 만큼 비슷했다. 그 소리는 길 끝에서 사초 무성한 강기슭으로 족히 3미터는 뚝 떨어지는 가파르고 높은 강둑 뒤에서 들려왔다.

대화 소리가 멈추자 로빈이 얼마 안 있어 혼자 중얼거렸다. "참 이상하군. 분명 두 사람이 서로 대화했는데 두 목소리가 너무도 똑같단 말이지. 이런 건 난생처음 들어보는군. 이 둘을 목소리로 구분한다면 완두콩 두 알처럼 똑같단 말이야. 좀 알아봐야겠어." 그는 조심스럽게 강둑으로 가서 풀밭에 엎드린 뒤 저 너머와 아래를 살펴보았다.

강둑 아래는 사방이 시원하게 그늘져 있었다. 거대한 고리버들이 위로 똑바로 자라지 않고 강물 위로 비스듬히 몸을 기울이고 있어 그 부드러운 잎사귀들이 강물 위로 그늘을 드리웠다. 사방에는 그늘진 곳에 숨겨진 은신처와 보금자리처럼 솜털 같은 양치식물이 무성히 자라나 있었다. 로빈의 코끝에 흐르는 강의 물기를 머금은 끝자락을 좋아하는 야생 백리향의 은은한 향기가 와 닿았다. 거기에는 버드나무의 울퉁불퉁한 몸통에 널찍한 등을 기대고 주변의 보드라운 양치식물로 몸이 반쯤 가려진 채 다부지고 억센 한 사내가 앉아 있었다. 그 외에는 아무도 없었다. 그의 머리는 공처럼 둥글었고 짧게 깎은 곱슬거리는 검은 머리칼이 이마에 드리워져 있었다. 그러나 그의 정수리는 손바닥처럼 매끈한 민머리였다. 그런 머리 모양과 함께 헐거운 수도복, 고깔, 묵주만 아니었더라면 그가 수사라는 것은 짐작하지 못했을 것이다. 그의 뺨은 턱과 윗입술과 마찬가지로 곱슬거리는 검은 수염으로 거의 뒤덮여 있었으나 겨울철의 꽃사과처럼 붉고 번드르르했다. 그의 목은 북쪽 지방의 황소처럼 두툼했고 어깨에 바짝 붙은 듯한 둥그런 머리통은 크기가 리틀 존과 맞먹는 정도였다. 무성한 까만 눈썹 아래로는 장난기 가득한 작은 회색빛 눈동자가 한시도 쉬지 않고 춤추듯 흔들리고 있었다. 그의 익살스러운 얼굴을 들여다본 자라면 누구나 마음이 간지러워질 수밖에 없을 것 같았다. 그의 옆에는 그가 머리를 식히려고 벗어 둔 강철로 만든 철모가 있었다. 그는 양다리를 쫙 벌린 채 앉아 있었고 무릎 사이에는 갖가지 종류의 고기와 연한 양파를 곁들여 만든 군침 도는 육즙이 줄줄 흐르는 큼지막한 파이가 놓여 있었다. 그는 오른손에 커다란 갈색 빵 조각을 들고서 우걱우걱 씹어 대는 중이었고 왼손으로는 이따금 파이 속을 쑤셔 고기를 한 움큼 꺼냈다. 얼마 안 있어 그는 옆에 놓아둔 커다란 맘지 포도주 병을 들어 벌컥벌컥 들이켰다.

로빈이 혼자 중얼거렸다. "오호라, 잉글랜드를 통틀어 가장 행복한 만찬이고 가장 행복한 사람이고 가장 행복한 장소이고 가장 행복한 광경이로구나. 한 사람이 더 있는 줄 알았더니 이 수사가 혼잣말을 한 것이었군."

그렇게 로빈은 엎드린 채 수사를 지켜보았고 수사는 누군가가 자신을 훔쳐보고 있다는 사실은 상상도 못한 채 평온하게 식사를 했다. 마침내 식사가 끝나자 그는 먼저 기름 묻은 손을 양치식물과 야생 백리향(이 세상의 어떤 왕이 쓰는 냅킨보다도 더 훌륭했다)에 닦고는 술병을 집어 들고서 마치 자신이 다른 사람인 것처럼 말을 하고 자신이 또 다른 사람인 것처럼 거기에 대답을 하기 시작했다.

"여보게. 자네는 세상에 둘도 없는 다정한 친구야. 나는 사내가 여인을 사랑하듯 자네를 사랑하네. 이런, 여기 아무도 없는 외딴 곳에서 그런 말을 내게 하다니 참 쑥스럽구먼. 하지만 자네가 나를 사랑하듯이 나도 자네를 사랑하네. 자, 그럼 맛 좋은 맘지 포도주 좀 들이켜지 않겠나? 자네 먼저 마시게. 자네 먼저. 아닐세. 부탁인데 달콤한 포도주로 자네 입술을 적셔 주게(그는 오른손으로 들었던 술병을 왼손으로 옮겨 잡았다). 자네가 그렇게 원한다면 내가 그렇게 하는 수밖에. 자네의 건강을 위해 기쁘게 마시겠네(그는 길고 깊게 술을 들이켰다). 자, 이제 자네 차례네(그는 왼손으로 들었던 술병을 다시 오른손으로 옮겨 잡았다). 자네가 내 건강을 위해 축배를 든 만큼 나도 자네 행운을 빌며 술을 들이켜겠네." 이렇게 말하면서 수사는 또다시 술을 들이켰다. 두 사람 분량을 충분히 마신 셈이었다.

유쾌한 로빈은 내내 강둑에 엎드려 귀를 기울이고 있었고 배가 떨리도록 웃었기 때문에 웃음이 터져 나오지 않게 하려고 손바닥으로 입을 틀어막아야 했다. 노팅엄셔 어디서도 볼 수 없는 우스운 광경을 망치고 싶지 않았기 때문이다.

마지막으로 술을 들이켜고 숨을 고른 수사는 다시 말을 이어 갔다. "어이, 친구. 내게 노래 한 곡 불러 주지 않겠나? 이런, 오늘은 목소리가 잘 나오지 않는다네. 제발 노래만은 부탁하지 말게. 내가 개구리처럼 꽥꽥대는 걸 들어 봤잖나. 아니, 아닐세. 자네 목소리는 피리새처럼 감미롭다네. 부탁하는데 어서 불러 보게. 푸짐한 한 상을 먹는 것보다 자네 노래를 듣는 게 더 좋다네. 이런, 노래도 잘 부르고 근사한 노래를 많이 아는 친구 앞에서 노래하는 게 썩 내키지는 않지만 자네가 그렇게 부탁하니 한번 최선을 다해 보겠네. 그런데 생각해 보니 우리 둘이 함께 근사한 노래를 불러 보는 게 어떨까? 자네 「사랑에 빠진 젊은이와 도도한 아가씨」라는 재미나고도 짤막한 노래를 아나? 흠, 전에 들어 본 적 있는 것 같네. 그럼 내가 젊은이 대목을 부를 테니 자네가 아가씨 대목을 부르는 게 어떻겠나? 잘은 모르지만 한번 해 보겠네. 자네가 젊은이 대목으로 시작하게. 내가 이어서 아가씨 대목을 부를 테니."

그는 묵직하고 걸걸한 목소리로 첫 소절을 부른 다음, 높고 째지는 목소리로 다음 소절을 불렀다. 그렇게 그는 주거니 받거니 흥겹게 노래를 불렀다.

사랑에 빠진 젊은이와 도도한 아가씨

젊은이

내 사랑, 나와 함께 가지 않겠소?

그대, 나의 사랑이 되어 주지 않겠소?

그대에게 내 사랑 고이 드리리다.

곱디고운 매듭과 리본을 바치겠소.

이렇게 무릎 꿇고 그대에게 사랑을 구한다오.

오직 그대에게만 내 사랑의 노래 바치겠소.

그대 잘 들어 주시오!

날갯짓 하는 저 종달새의 소리를

구구거리는 저 비둘기의 소리를!

눈부신 수선화가

실개천에 피어난다오.

그러니 와서 내 사랑이 되어 주오.

아가씨

아름다운 젊은이여, 이제 그만 가 보세요.

분명히 말하지만 이제 그만 가 보세요.

내 진정한 사랑은 결코 당신 것이 될 수 없으니.

그러니 여기 머물지 않는 게 좋을 거예요.

당신은 내게 어울릴 만큼 근사하지 않아요.

저는 더 멋진 젊은이가 올 때까지 기다릴 거예요.

날갯짓하는 저 종달새의 소리를 듣는다 해도

구구거리는 저 비둘기의 소리를 듣는다 해도

눈부신 수선화가

실개천에 피어난다 해도

저는 절대로 당신의 사랑이 될 수 없어요.

젊은이

그렇다면 곧장 다른 여인을 찾아 떠나겠소.

이 세상에 마주칠 수 있는 여인은 많으니까.

그대는 내게서 아무것도 얻지 못할 거요.

내가 절대로 그대에게 얽매이지 않을 것이니.

들판의 한 송이 꽃이 그리 귀한 것이 아니듯

그처럼 아름다운 꽃은 어디서든 찾을 수 있소.

그대 잘 들어 주시오!

즐거이 노래하는 저 종달새의 소리를

구구거리는 저 비둘기의 소리를!

눈부신 수선화가

실개천에 피어난다오.

나는 이제 다른 사랑을 찾아 떠나겠소.

아가씨

젊은이여, 다른 여인을 찾겠다고

그리 성급히 돌아서지 말아요.

오늘 제가 말이 앞섰나 봐요.

아직 제 맘을 정하지도 못했어요.

제 곁에 머물러 주신다면

다른 사람이 아닌 당신만을 사랑하겠어요.

이 대목까지 이르자 로빈은 더 이상 참을 수 없어 요란하게 웃음을 터트리고 말았다. 성스러운 수사가 노래를 계속 이어 가자 로빈도 후렴에 합세하여 두 사람이 그야말로 우렁차게 합창했다.

그대 잘 들어 주시오!

즐거이 노래하는 저 종달새의 소리를

구구거리는 저 비둘기의 소리를!

눈부신 수선화가

실개천에 피어난다오.

제가 당신의 진정한 사랑이 되겠어요.

그들은 그렇게 함께 노래를 불렀다. 수사는 로빈의 웃음소리를 듣지 못했고 누군가가 노래를 함께 불렀다는 것도 알지 못하는 듯했다. 그는 눈을 반쯤 감고 앞만 똑바로 바라본 채 이따금 노랫소리에 맞춰 둥근 머리를 좌우로 흔들면서 씩씩하게 노래를 끝까지 불렀다. 수사와 로빈은 1킬로미터 밖에서도 들릴 정도로 우렁차게 노래를 마쳤다. 그러나 마지막 소절을 끝내기가 무섭게 수사가 철모를 집어 들어 머리에 쓰고는 벌떡 일어나 큰 목소리로 외쳤다. "여기 누가 숨어서 엿보고 있는 거냐? 엉큼한 녀석, 썩 나오지 못할까? 네놈을 요크셔의 아낙네가 일요일에 요리하는 흐물거리는 고기 푸딩처럼 저며 줄 테다." 수사는 옷 안에서 로빈의 것만큼이나 근사한 날이 넓은 칼을 꺼내 들었다.

"그런 앙증맞은 연장은 내려놓으시지요." 로빈이 웃느라 뺨에 눈물이 흘러내린 채로 일어나 말했다. "이렇게 마음을 모아 합창을 한 사람끼리 싸우는 법이 어딨습니까?" 로빈은 강둑에서 뛰어 내려와 수사가 서 있는 곳으로 갔다. 로빈이 말했다. "노래를 불렀더니 10월의 보리 그루터기처럼 목이 바싹 말라 버렸지 뭡니까. 혹시 그 병에 포도주가 남아 있는지요?"

그러자 수사가 무뚝뚝하게 대답했다. "초대받지도 않은 자가 와서 뻔뻔하게 부탁까지 하는군. 하지만 난 선하디선한 기독교인이니 물을 청하는 목마른 자의 부탁을 거절할 수 없지. 어서 마시게나." 그는 술병을 로빈에게 건넸다.

로빈은 곧바로 술병을 건네받아 입에 대고는 머리를 뒤로 젖히고 술을 들이켰다. "꿀꺽! 꿀꺽! 꿀꺽!" 술을 삼키는 소리가 세 번도 넘게 들린 것 같았다. 수사는 걱정스러운 눈길로 로빈을 지켜보다가 로빈이 다 마시고 나자 얼른 술병을 낚아챘다. 그는 술병을 흔들어보고 햇빛에 비추어 안을 들여다보더니 비난하는 듯한 눈초리로 로빈을 쏘아보고는 곧바로 술병을 입에 갖다 댔다. 그러나 술병에는 술 한 방울도 남아 있지 않았다.

"수사님. 이 근방을 잘 아십니까?" 로빈이 웃으며 물었다.

"어느 정도 안다네." 수사가 건조한 어조로 대답했다.

"그럼 파운틴 수도원이라는 곳을 아십니까?"

"대충은 안다네."

"그렇다면 파운틴 수도원의 탁발 수사라는 분도 아시겠네요."

"그렇다네."

그러자 로빈이 말했다. "당신이 지나가는 사람이든, 수사든 그 누구든 간에, 그 탁발 수사를 강의 이편에서 찾을 수 있는지 저편에서 찾을 수 있는지 알고 싶습니다만."

그러자 수사가 말했다. "그건 논리가 미치지 않는 미묘한 원칙과 관계된 실리적인 질문 같네. 내 조언하는데, 보든지 만져보든지 어쩌든지 하여간 자네 오감을 동원해서 찾아보게나."

그러자 로빈이 생각에 잠긴 표정으로 건장한 수사를 바라보며 말했다. "저도 무척이나 저 강을 건너서 그 수사를 찾고 싶답니다."

수사가 경건한 어조로 말했다. "젊은 자로서는 품어 볼 만한 가치가 있는 희망일세. 그토록 신성한 탐색을 하려는 자를 방해할 생각은 추호도 없네. 친구, 강은 누구에게나 열려 있다네."

그러자 로빈이 말했다. "그런데 수사님. 보시다시피 제가 가진 것 중 가장 좋은 옷을 차려입어서 옷이 젖는 걸 원치 않는답니다. 수사님 어깨가 넓고 듬직한데 혹시 저를 업어서 강 건너편으로 데려다주실 생각은 없으신지요?"

"이런, 파운틴의 성모님의 흰 손을 걸고 맹세하는데!" 수사가 불같이 격노하며 소리쳤다. "에라이, 망할 놈! 망할 놈의 젖비린내 나는 애송이 녀석! 네놈, 네놈에게 또 무슨 욕을 해 줘야 할까? 네놈이 이 신성한 터크에게 감히 업어 달란 부탁을 한다고? 내 맹세하는데…." 그가 갑자기 말을 멈추었다. 그의 얼굴에서 서서히 화가 가시더니 그의 작은 눈동자가 다시 반짝였다. "그런데 못할 것도 없지 않은가?" 그가 경건한 어조로 말했다.

"거룩한 성 크리스토퍼도 낯선 이가 강을 건너도록 도와주셨지. 나 비록 가련한 죄인이긴 하지만 나 역시 그렇게 한다 해도 부끄러울 건 없지 않은가? 낯선 이여, 나와 함께 가세. 내가 겸허한 마음으로 자네 부탁을 들어주겠네." 그는 이렇게 말하고는 강둑으로 기어 올라갔고 로빈이 바짝 그 뒤를 따랐다. 수사는 조약돌 깔린 얕은 여울로 향하면서 속으로 재밌는 장난이라도 즐기고 있는 듯이 혼자 낄낄거렸다.

여울에 다다른 수사는 옷을 허리춤까지 걷어 올리고 칼은 팔 밑에 끼운 다음, 로빈을 업으려고 등을 구부렸다. 그러다 갑자기 똑바로 일어서서 말했다. "생각해 보니 자네 칼이 젖을 것 같네. 내 칼과 함께 자네 칼도 내가 팔 밑에 끼고 가겠네."

그러자 로빈이 말했다. "수사님, 그럴 순 없지요. 저도 무거울 텐데 제 칼까지 지우게 해서 부담을 드릴 순 없지요."

수사가 온화하게 말했다. "자애로우신 성 크리스토퍼가 그렇게 편한 쪽을 택하셨으리라고 생각하나? 내 말대로 자네 칼을 건네게. 오만했던 나 자신에 대한 속죄라 생각하고 지고 가겠네."

그 말에 로빈 후드는 지체 없이 허리춤에서 칼을 풀러 수사에게 건넸고 그는 칼을 자신의 팔 밑에 끼웠다. 수사가 다시 한번 등을 구부리자 로빈이 그 위에 올라탔고 수사는 거침없이 여울 안으로 들어갔다. 수사는 여기저기 물을 튀기며 성큼성큼 헤쳐 나갔고 그 바람에 잔잔한 수면에 파문이 일어 둥근 원이 계속해서 생겨났다. 마침내 그는 건너편에 다다랐고 로빈은 그의 등에서 가볍게 뛰어내렸다.

"수사님, 정말 고맙습니다." 로빈이 말했다. "정말 자애롭고 독실한 수사님이십니다. 이제 급히 가 봐야 하니 제 칼을 돌려주십시오."

그 말에 건장한 수사는 고개를 한쪽으로 기울이고는 로빈을 한동안 바라보았고 그의 얼굴이 더없이 익살스럽게 일그러졌다. 그러더니 오른쪽 눈을 천천히 찡긋거리고는 온화하게 말했다. "이봐, 젊은이. 자네가 볼일로 바쁘다는 건 의심치 않지만 자네는 내 입장은 전혀 생각하지 않는구먼. 자네가 하는 일은 속세의 일이지만 내가 하는 일은 영적인 일이라네. 말하자면 성스러운 일이라는 거지. 게다가 내 일을 하려면 강 건너편으로 다시 돌아가야 한다네. 그 독실한 은둔자를 찾는다고 하니 자네는 선량하고 성직자를 무척 존경하는 젊은이가 틀림없는 것 같구먼, 나는 이쪽으로 건너오느라 몸이 다 젖었네. 그런데 다시 여울을 헤치고 갈 생각을 하니 관절이 쑤시고 쥐가 날까 봐 겁이 난다네. 앞으로 많은 나날 동안 기도와 예배를 드려야 하는데 지장이 생길까 봐 걱정이라네. 내가 그토록 겸허하게 자네 부탁을 들어주었으니 이번에는 자네가 날 강 건너편으로 데려다주게나. 자네도 알겠지만, 바로 오늘이 탄생 축일인 거룩한 은둔자 성 고드릭께서 내게 칼 두 자루를 쥐어 주셨네. 자네는 빈손이고 말이야. 그러니 내 말대로 순순히 나를 저편으로 다시 데려다주게."

로빈 후드는 아랫입술을 꽉 깨물고 위를 올려다보고 아래를 내려다보더니 이렇게 말했다. "이런 교활한 수사 같으니라고. 나를 보기 좋게 골탕 먹였군. 내 평생 어떤 성직자도 나를 이런 식으로 속인 적이 없소. 당신 행색으로 봐서, 당신이 독실한 성직자인 척 하지만 실은 절대로 아니라는 걸 진작 알아챘어야 하는 건데."

"그러지 말게나." 수사가 끼어들었다. "서슬 퍼런 칼날에 찔리고 싶지 않다면 그런 독설은 넣어 두는 게 좋을 거야."

그러자 로빈이 말했다. "쯧쯧, 그런 말 마시오. 패자라고 해서 입도 맘대로 못 놀린단 말이오? 내 칼 도로 주시오. 지금 당장 강 건너편으로 데려다줄 테니. 당신을 향해 칼을 드는 일은 없을 거요."

"좋은 생각이군." 수사가 말했다. "자네가 전혀 두렵지 않네. 여기 자네 칼 받게. 나도 서둘러야 하니 어서 강 건널 준비나 하게나."

로빈은 칼을 돌려받아 허리춤에 차고 널찍한 등을 구부려 수사를 업었다.

그런데 수사가 로빈 후드를 업었을 때보다 로빈이 수사를 업었을 때가 더 무거웠다. 게다가 로빈은 여울을 잘 알지 못했기 때문에 돌을 밟아 비틀거리고 깊은 구멍에 발이 빠지기도 했으며 바위에 발이 걸려 넘어질 뻔하기도 했다. 건너는 길이 힘든 데다가 등에 업은 수사가 무거웠던 터라 그의 얼굴에는 구슬땀이 흘렀다. 그러는 동안 수사는 발꿈치로 로빈의 옆구리를 계속해서 차면서 서두르라고 재촉했고 악담을 마구 퍼부었다. 로빈은 그 모든 말에 한마디 대꾸도 안 한 채 조심스럽게 손을 더듬어 수사의 칼을 고정하고 있는 허리띠의 죔쇠를 찾은 다음, 그걸 교묘히 만지작거려 몰래 풀려고 했다. 그렇게 해서 로빈이 수사를 업고 강 건너편 둑에 다다랐을 때, 수사의 칼을 고정하고 있던 허리띠가 수사도 모르는 새에 헐거워져 있었다. 드디어 로빈이 마른 땅에 발을 디디고 수사가 그의 등에서 뛰어내리자 로빈은 잽싸게 칼을 움켜잡았다. 그 바람에 칼과 칼집과 띠가 수사에게서 떨어져나와 수사는 무기 없는 몸이 되고 말았다.

유쾌한 로빈이 숨을 헐떡거리며 이마의 땀을 닦고는 말했다. "이제 당신은 내 손안에 있소. 아까 당신이 말한 그 성인께서 이제는 내게 칼을 두 자루 쥐여 주고 당신에게서는 칼을 빼앗아 갔소. 이제 나를 다시 저쪽으로 데려다주지 않으면, 그것도 빨리 데려다주지 않으면 온통 구멍투성이가 되도록 당신 살가죽을 찔러 주겠소."

수사는 한동안 아무 말 없이 험악한 표정으로 로빈을 바라보다가 마침내 입을 열었다. "잔머리 굴리는 게 보통이 아니라고는 생각했지만 이토록 교활한 놈일 줄은 몰랐네. 나를 완전히 궁지에 몰아넣었군. 어서 내 칼을 내놓게. 나를 지켜야 할 때가 아니라면 자네에게 칼을 휘두르지 않겠다고 약속하겠네. 그리고 자네 말대로 자네를 업고 다시 저쪽으로 데려다주겠네."

그 말에 유쾌한 로빈은 수사에게 다시 칼을 건넸고 수사는 칼을 허리춤에 차고는 이번에는 칼이 아까보다 더 쥠쇠에 단단히 고정돼 있는지 확인했다. 수사는 또다시 수도복을 걷어 올린 다음, 로빈을 등에 업고 말 한마디 없이 여울 속으로 들어갔다. 수사가 그렇게 말없이 물속을 헤치고 걷는 동안 로빈은 등에 업힌 채로 깔깔 웃어 댔다. 마침내 수사는 수심이 가장 깊은 여울 한가운데에 다다랐다. 잠시 멈추어 선 그는 난데없이 양손과 어깨를 들어 올리더니 마치 곡식 자루처럼 로빈을 어깨 너머로 내동댕이쳤다.

그 바람에 로빈은 요란하게 풍덩 하고 물속에 처박히고 말았다. 수사는 조용히 강가로 발길을 돌리며 말했다. "자네 성질이 불덩이 같으니 거기서 좀 식혀 보게."

그 사이 로빈은 한참을 물속에서 허우적대다가 겨우 중심을 잡고 일어섰고 얼떨떨한 표정으로 수사를 바라보았다. 작은 실개천이라도 되는 듯 로빈의 몸에서 물이 줄줄 흘러내렸다. 귀에서 물을 빼내고 입안에 들어갔던 물을 뱉어 내고서 흩어졌던 정신을 가다듬고 나자 강둑에 서서 껄껄 웃고 있는 다부진 수사의 모습이 로빈의 눈에 들어왔다. 로빈은 미쳐서 길길이 날뛰었다. "거기서, 이 악당아!" 로빈이 목청 터지도록 고함을 질렀다. "당장 쫓아갈 테다. 오늘 네놈을 고기덩어리처럼 저며 놓지 않으면 앞으로 손가락 하나 쓰지 않겠다!" 이렇게 외치고서 로빈은 마구 첨벙거리며 강둑을 향해 달려갔다.

"그렇게 급히 서두를 필요 없다네." 옹골찬 수사가 말했다. "여기 있을 테니 너무 초조해 말게. 그렇게 저주의 말을 퍼붓지 않아도 난 여기서 자넬 지켜보며 기다릴 거라네."

강둑에 다다른 로빈은 곧바로 소매를 손목 위로 걷어 올렸다. 수사도 옷을 단단히 걷어붙이고는 고목의 옹이처럼 근육이 울끈불끈한 다부지고 억센 팔을 드러내 보였다. 로빈은 전에는 알아채지 못했으나 수사 역시 수도복 안에 사슬 갑옷을 입고 있는 것을 보았다.

"당신 몸조심이나 하시오." 로빈이 칼을 꺼내 들며 소리쳤다.

"별말씀을." 이미 칼을 손에 쥐고 있었던 수사가 말했다. 두 사람은 한치의 머뭇거림도 없이 맞붙었고 그렇게 하여 치열하고도 팽팽한 접전이 시작되었다. 오른쪽으로 왼쪽으로 위로 아래로 뒤로 앞으로 그들은 칼을 휘두르며 싸웠다. 햇빛을 받아 칼들이 번쩍거렸고 챙챙 하고 칼들이 맞부딪치는 소리가 근처는 물론 저 멀리까지 들렸다. 장난삼아 하는 유쾌한 육척봉 시합이 아니라 진심을 걸고 펼치는 엄숙하고도 진지한 대결이었다. 그들은 한 시간이 넘도록 온 힘을 다해 맹렬히 싸웠고 이따금 멈추고 숨을 고르면서 놀랍다는 듯이 서로를 바라보며 저렇게 호락호락하지 않은 상대는 처음 본다고 생각했다. 그러고는 그 어느 때보다도 격렬하게 또다시 싸움을 이어 갔다. 그러나 아무리 대결을 펼쳐도 어느 한쪽이 상대방의 칼에 찔려 다치거나 피가 흐르는 사태가 벌어지지 않았다. 마침내 유쾌한 로빈이 소리쳤다. "그만 멈추시오!" 그러고는 두 사람 모두 칼을 내렸다.

"다시 맞붙기 전에 부탁이 하나 있소." 로빈이 이마의 땀을 닦으며 말했다. 너무 오랫동안 필사적으로 싸운 탓에 자신이 칼에 찔리든 저 우락부락하고 대담한 수사를 칼로 찌르든 득이 될 것이 없다는 생각이 들어서였다.

"부탁이 뭔가?" 수사가 물었다.

"별거 아니오." 로빈이 말했다. "내가 뿔나팔을 세 번 불게 해 주시오."

수사는 미간을 찌푸리고는 로빈 후드를 날카롭게 살폈다. "뭔가 간사한 술수를 쓰려는 것 같은데." 수사가 말했다. "그래도 난 두려울 게 없으니 자네 부탁을 들어주겠네. 단, 나도 이 작은 호각을 세 번 불겠네."

로빈이 말했다. "그럼 나 먼저 하겠소." 그는 은으로 된 뿔나팔을 입술에 갖다 대고는 세 번 불었다. 그 소리는 또렷하고도 높았다.

그러는 동안 수사는 어떤 일이 벌어질지 예리한 눈으로 지켜보고 있었다. 그는 묵주와 함께 내내 허리띠에 걸려 있었던, 기사가 매를 다시 불러와 손목에 앉힐 때 쓰는 것 같은 작은 은 호각을 손에 쥐고 있었다.

로빈이 분 뿔나팔의 마지막 소리가 메아리가 되어 강을 휘감고 돌아오기가 무섭게 링컨 그린 옷을 입은 장신의 사내 네 명이 길이 굽어지는 쪽에서 부리나케 달려왔다. 각자 화살을 시위에 메긴 활을 손에 든 채였다.

"하! 그런 거였군. 이 악독한 배신자 같으니라고!" 수사가 소리쳤다. "이제 각오해라!" 그는 곧바로 매를 부를 때 쓰는 호각을 입술에 갖다 대고 불었다. 크고도 새된 소리였다. 그러자 길 반대편을 따라 나 있는 덤불 속에서 부스럭거리는 소리가 나더니 몸집이 산만하고 털이 덥수룩한 사냥개 네 마리가 튀어나왔다. "어여쁜 입술! 목젖! 예쁜이! 송곳니! 가서 물어!" 수사가 로빈을 가리키며 소리쳤다.

다행히 로빈 근처 길가 옆에 나무가 한 그루 서 있었고 나무가 없었으면 로빈은 큰일을 당할 뻔했다. 누가 뭐라고 한 마디 외칠 새도 없이 사냥개들이 로빈에게 달려들었고 로빈은 칼을 떨어뜨린 채 잽싸게 나무 위로 뛰어올랐다. 사냥개들은 나무 주위로 몰려들어 처마 위의 고양이를 보듯이 로빈을 올려다보았다. 그러자 수사는 재빨리 개들을 불러들였다. "저놈들을 물어!" 그가 눈앞의 광경을 보고 어안이 벙벙하여 꼼짝 않고 서 있는 사내들이 있는 저 아래 길가를 가리켰다. 매가 사냥감을 쏜살같이 덮치듯이 네 마리의 사냥개가 사내들에게 미친 듯이 달려들었다. 개들이 달려드는 것을 보자 윌 스칼렛을 제외하고 모두가 일제히 활시위를 귀 있는 곳까지 당겨 화살을 날렸다.

그러자 옛 노래에서나 들어 볼 법한 놀라운 광경이 펼쳐졌다. 화살이 날아오자 개들이 옆으로 폴짝 뛰어 피한 뒤, 쌩 하고 스쳐 지나가는 화살을 입으로 물어 두 동강 내버린 것이다. 윌 스칼렛이 나머지 사내들을 제치고 나서서, 달려드는 사냥개들을 막아서지 않았더라면 그날은 네 사내에게 제삿날이 되었을 것이다. "왜 이래? 송곳니!" 윌 스칼렛이 엄하게 소리쳤다. "예쁜이, 앉아! 어이, 앉아!" 이게 대체 무슨 일이란 말인가?

그의 목소리에 네 마리의 사냥개가 곧바로 움츠러들고 물러서더니 곧장 그에게 다가가서 그의 손을 핥고 아양을 떨어 댔다. 마치 그를 원래 안다는 듯이 말이다. 그제야 네 명의 사내가 앞으로 걸어 나왔고 사냥개들은 윌 스칼렛 주위에서 신나게 깡충깡충 뛰었다. "어떻게 이런 일이!" 건장한 수사가 소리쳤다. "어찌된 일이란 말인가? 사나운 늑대를 순한 양으로 만들다니 당신 마법사요? 하!" 네 사내가 가까이 다가오자 수사는 또 소리쳤다. "지금 내 눈을 믿어도 되는 건가? 윌리엄 감웰이 저런 자들 틈에 끼어 있다니 이게 무슨 일인가?"

로빈은 한동안 위험이 없으리라고 생각하고서, 올라가 있던 나무에서 기어 내려왔고 그곳으로 네 사내가 다가갔다. 윌 스칼렛이 말했다. "아니에요. 터크 수사님. 제 이름은 이제 윌 감웰이 아니라 윌 스칼렛이랍니다. 이쪽은 제 삼촌 로빈 후드예요. 지금 함께 지내고 있어요."

"반갑소." 수사가 다소 겸연쩍어하며 큼지막한 손을 로빈에게 내밀었다. "노래와 이야기로 당신 이름은 익히 들었지만 당신과 대결을 하게 되리라고는 생각지도 못했소. 부디 용서해 주시오. 이제야 당신이 그렇게 강한 적수였다는 게 수긍이 가는구려."

리틀 존이 말했다. "존경하는 수사님, 우리 친구 윌 스칼렛이 수사님과 수사님의 개들을 알아서 얼마나 다행인지 더없이 감사할 따름입니다. 진지하게 말하는데, 제 화살이 빗나가고 저 무시무시한 개들이 제게 곧장 달려드는 걸 보고 심장이 바스러지는 줄 알았지 뭡니까."

"정말 감사해야 할 거요." 수사가 근엄한 어조로 말했다. "그나저나 윌. 어떻게 해서 셔우드에 머물게 된 건가?"

"터크 수사님, 아버지의 집사와 저 사이에 있었던 불운한 일을 모르시는 거예요?" 스칼렛이 물었다.

"알긴 알았지. 하지만 그 일 때문에 자네가 숨어 지낸다는 건 몰랐네. 그런 사소한 일로 신사가 숨어 지내야 한다니 정말 부당한 시대군."

"그런데 지금 시간이 없네." 로빈이 말했다. "그 탁발 수사를 찾아야 해."

"삼촌, 멀리 가실 필요 없어요." 윌 스칼렛이 수사를 가리키며 말했다. "여기 이렇게 삼촌 옆에 서 계시잖아요."

"뭐라고?" 로빈이 물었다. "내가 온종일 고생하면서, 그것도 물에 처박혀 가면서 그토록 찾아 헤맨 자가 바로 당신이란 말입니까?"

"뭐 문제 있소?" 수사가 점잖은 체하며 말했다. "나를 파운틴데일의 탁발 수사라 부르는 이들도 있고 장난삼아 파운틴 수도원장이라 부르는 이들도 있소. 물론 간단하게 터크 수사라고 부르는 이들도 있고 말이오."

"마지막 이름이 제일 맘에 드는군요." 로빈이 말했다. "입에 잘 붙으니 말입니다. 그런데 수사님은 왜 제가 찾는 수사님이라는 걸 말하지 않고 저를 헛수고하게 만드셨습니까?"

"내게 묻지 않았잖소." 건장한 수사가 대답했다. "그런데 무슨 일로 날 찾은 거요?"

그러자 로빈이 말했다. "날이 저물고 있으니 더 이상 여기 서서 이야기하고만 있을 수 없습니다. 우리와 함께 셔우드로 갑시다. 가는 동안 다 이야기해 드리겠습니다."

그렇게 하여 더는 머뭇거리지 않고 모두가 출발했고 덩치 좋은 개들이 그들의 발치를 따랐다. 그렇게 그들은 셔우드로 다시 발길을 돌렸으나 그들이 사는 숲속 나무 아래에 다다른 것은 밤이 한참 지나서였다.

자, 이제는 로빈 후드가 파운틴 데일의 유쾌한 터크 수사의 도움으로 두 젊은 연인의 행복의 연을 이어 준 이야기를 하겠으니 잘 들어 주길 바란다.

12

로빈 후드, 결혼을 성사시키다

이윽고 아름다운 엘렌이 결혼식을 올리기로 한 날의 아침이 밝았다. 그날 유쾌한 로빈은 말하자면 트렌트의 스티븐 경을 위해 잔뜩 음식이 차려진 밥상이 앨런 어 데일의 차지가 되게 해 주겠다고 다짐했다. 로빈은 기분 좋고도 상쾌하게 잠자리에서 일어났고 그의 무리도 전부 일어났다. 가장 마지막으로 일어난 것은 호탕한 터크 수사였다. 그는 눈을 껌벅이며 잠기운을 몰아냈다. 안개 서린 아침, 한데 어우러진 새들의 즐거운 노랫소리가 사방을 가득 메운 가운데, 로빈 후드의 무리는 각자 졸졸 흐르는 개울에서 세차게 물을 튀기며 얼굴과 손을 씻었고 그렇게 하루가 시작되었다.

모두가 각자 아침식사를 마친 후 로빈이 말했다. "오늘 임무를 수행하러 길을 나설 때가 되었다. 도움이 필요할지도 모르니 나와 함께 갈 동료를 스무 명 택하겠네. 윌 스칼렛은 여기 남아서 내가 없는 동안 대장 노릇 좀 해 줘." 너도나도 선택을 받으려는 간절한 바람으로 앞다투어 모여든 무리를 훑어보면서, 로빈은 원하는 동료의 이름을 하나하나 불러 건장한 사내 무리 스무 명을 꽉 채웠다. 그가 이끄는 부대의 중심 중의 중심이라 할 수 있었다. 리틀 존과 윌 스튜틀리 외에 앞서 등장했던 유명한 사내들이 호명되었다. 지명을 받은 동료들이 기뻐서 껑충껑충 뛰면서 활, 화살, 칼로 무장을 하는 사이, 로빈 후드는 은신처로 들어가 떠돌이 음유시인이 입을 법한 리본으로 장식된 화려한 외투로 갈아입고 어깨에는 메기에 딱 좋은 하프를 둘러멨다.

대장이 그렇게 기상천외한 복장을 한 것을 처음 봤기에 모두가 그를 빤히 바라보았고 많은 이가 웃음을 터트렸다.

로빈이 두 팔을 들어 올리고 자신을 내려다보면서 말했다. "내가 봐도 화려하고 요란하고 메뚜기 같은 차림이군. 그래도 변장할 용도로는 썩 나쁘지 않은 것 같아. 물론 잠시만 입고 있을 거지만. 잠깐만, 리틀 존. 이 자루 두 개를 잘 챙겨 가게. 난 이 광대 같은 옷 때문에 제대로 간수할 수가 없거든."

"알겠네, 대장." 리틀 존이 자루를 받아 손으로 무게를 가늠해 보며 말했다. "금화가 들었군."

"맞네." 로빈이 말했다. "내 소유의 금화일세. 우리 무리와는 상관없는 돈이지. 자, 다들 서두르자고." 그가 재빨리 돌아섰다. "자, 준비됐으면 곧장 출발하세." 그는 스무 명을 모아 한 줄로 촘촘히 세우고 그 중간에 앨런 어 데일과 터크 수사가 서게 하고는 무리를 이끌고 그늘진 숲을 나섰다.

그들은 한참을 걸어 셔우드를 벗어나 로더스트림의 골짜기에 다다랐다. 그들이 있던 숲속과는 다른 풍경이 펼쳐져 있었다. 산울타리, 드넓은 보리밭, 하늘과 맞닿은 곳까지 펼쳐져 온 사방에 하얀 양 떼가 드문드문 흩어져 있는 초원, 낫질을 하고 난 자리에 놓여 있는 갓 베어 낸 건초의 향기가 서린 건초밭, 그 위를 잽싸게 스쳐 지나가듯 나는 칼새들. 그들 눈 앞에 펼쳐진 풍경은 덤불이 빽빽한 깊은 숲속과는 사뭇 달랐지만 무척이나 아름다웠다. 로빈은 가슴을 당당하게 펴고 머리는 뒤로 젖힌 채 앞장서서 호기롭게 걸으면서 건초밭으로부터 불어오는 부드러운 산들바람의 내음을 맡았다.

그가 말했다. "그늘진 숲속만큼 이곳 풍경도 근사하군. 누가 이곳을 눈물의 골짜기라 불렀나? 내 생각에 이 세상에 우울을 드리우는 것은 다름 아닌 우리 마음속의 어둠인 것 같네. 리틀 존, 자네가 부른 노래도 그런 내용이었지? 이게 맞나?"

내 사랑의 눈동자가 밝게 빛날 때면
그녀의 입술이 보기 드물게 미소 지을 때면
그날이 바로 즐겁고 화창한 날이라네.
비가 내리든 햇살이 따사롭든
맛 좋은 맥주가 넘쳐흐를 때면
우리의 슬픔과 고뇌는 지나간 것이 되어 버리지.

그러자 터크 수사가 경건한 어조로 말했다. "자네는 불경한 것만 생각하고 다른 것은 생각하지 않는구먼. 술과 여인의 반짝이는 눈동자보다 우리를 근심 걱정으로부터 지켜 주는 더 나은 것들이 있다네. 이를테면 금식과 명상 말이네. 나를 보게. 내가 수심에 가득 찬 사람처럼 보이나?"

그 말에 사방에서 요란한 웃음이 터져 나왔다. 전날 밤, 다른 사람들보다 두 배 많은 술을 들이켠 자가 다름 아닌 호탕한 터크 수사였기 때문이다.

웃다가 겨우 말을 할 수 있게 된 로빈이 말했다. "수사님의 슬픔은 수사님이 마신 술의 양과 맞먹었지요."

떠들고 노래하고 농담을 주고받고 웃으며 걷던 그들은 마침내 부유한 에밋 수도원이 소유한 드넓은 부지에 속해 있는 작은 교회에 다다랐다. 그곳은 그날 아침 아름다운 엘렌이 결혼식을 올리기로 한 장소이자 로빈 후드 무리가 목적지로 삼은 곳이었다. 교회 주변으로는 물결이 일렁이는 듯한 보리밭이 사방으로 펼쳐져 있었고 교회 건너편으로는 길가를 따라 돌벽이 늘어서 있었다. 길 건너편 돌벽 너머로는 어린나무와 관목이 줄지어 자라나 있었고, 돌벽 이곳저곳은 꽃을 피운 무성한 인동덩굴로 덮여 있었는데 그 달콤한 여름의 향기가 근방은 물론 저 멀리까지 따사로운 대기를 가득 채웠다. 로빈 후드의 무리는 곧장 돌벽을 뛰어넘어 건너편에 있는 무성하고 보드라운 풀밭에 안착했고 그 바람에 그곳 그늘에 누워 있던 양 떼가 화들짝 놀라 사방으로 냅다 달아났다. 돌벽과 어린나무와 관목이 시원하고 상쾌한 그늘을 드리우고 있던 터라 로빈 후드의 무리는 그곳에 자리를 잡고 앉았다. 이른 아침부터 오래 걸어온 탓에 앉아 쉴 곳이 반가운 참이었다.

로빈이 말했다. "지켜보다가 누군가가 교회로 오면 내게 알려줄 사람이 필요한데, 돈커스터의 청년 데이비드가 이 일을 맡도록 하게. 돌벽 위로 올라가서 덩굴 밑에 몸을 숨기고 계속 지켜보도록 해."

데이비드는 로빈이 시키는 대로 했고, 나머지 무리는 풀밭에 대자로 뻗은 채로 잡담을 하거나 잠을 잤다. 이내 모두가 조용해졌다. 다만 낮은 목소리로 이야기하는 말소리와 불안한 마음에 한시도 가만 있지 못하고 초조히 왔다 갔다 하는 앨런의 발소리, 그리고 연한 나무를 아주 천천히 톱질하는 듯 나지막이 드르렁거리며 낮잠을 즐기는 터크 수사의 코 고는 소리가 들려올 뿐이었다. 로빈은 등을 대고 누워 머리 위의 나뭇잎들을 바라보았고 그의 생각이 구름처럼 두둥실 흘러갔다. 그렇게 한참이 흘렀다.

로빈이 일어나 말했다. "어이, 돈커스터의 청년 데이비드. 뭐 좀 보이나?"

데이비드가 대답했다. "흰 구름이 떠 있는 게 보이고 바람이 부는 게 느껴지고 검은 까마귀 세 마리가 초원 위로 나는 게 보여요. 그 외에는 보이는 게 없어요, 대장."

그렇게 다시 침묵이 찾아왔고 또 시간이 흘렀다. 조바심이 난 로빈이 또다시 입을 열었다. "데이비드, 이번엔 뭐가 보이나?"

데이비드가 대답했다. "풍차가 돌아가고 키가 큰 포플러나무

세 그루가 하늘에서 흔들리는 게 보여요. 개똥지빠귀 떼가 언덕 위를 날아가고요. 그 외에는 보이는 게 없어요, 대장.”

또다시 시간이 흘렀고 마침내 로빈이 데이비드에게 무엇을 보았는지 한 번 더 물었다. 데이비드가 대답했다. “뻐꾸기 노래 하는 소리가 들리고 바람이 불어 보리밭에 물결이 일렁이는 게 보여요. 이제 언덕 너머에서 교회로 한 늙은 수사가 오는 게 보여요. 손에는 큼지막한 열쇠 꾸러미가 들려 있어요. 오오! 그가 지금 교회 문 앞에 도착했어요.”

그 말에 로빈 후드가 벌떡 일어나 터크 수사의 어깨를 흔들었다. “수사님, 일어나 보십시오!” 로빈이 소리쳤다. 그러자 터크 수사가 끙 하는 소리를 내며 일어났다. 로빈이 말했다. “정신 좀 차려 보십시오. 저기 교회 문 앞에 한 수사가 도착했으니 가서 그에게 말을 걸어 보고 그가 허락한다면 교회 안에 들어가 계십시오. 그 사이 제가 리틀 존, 윌 스튜틀리와 함께 수사님 뒤를 곧 따르겠습니다.”

그렇게 하여 터크 수사는 돌벽을 기어올라 길을 건넌 다음, 교회로 갔다. 늙은 수사가 여태 커다란 열쇠를 갖고서 끙끙대고 있었다. 자물쇠가 녹슨 데다가 그는 나이가 많아 기운이 없었기 때문이다.

터크 수사가 말했다. “형제여, 안녕하십니까? 제가 도와드리겠소.” 그는 늙은 수사의 손에서 열쇠를 가져가 휙 돌려 재빨리 문을 열었다.

“맘씨 좋은 형제여, 당신은 누구요?” 늙은 수사가 높고도 쌕쌕

거리는 목소리로 물었다. "어디서 왔고 어디로 가는 길이오?" 그는 건장한 터크 수사를 바라보며 햇살 아래의 올빼미처럼 눈을 껌벅였다.

터크 수사가 대답했다. "물음에 답해 드리겠소. 내 이름은 터크이고, 여기서 결혼식이 치러지는 동안 머물 수 있게 해 준다면 여기 있을 것이오. 난 파운틴 데일에서 왔고 실은 가련한 은둔자라오. 성 에텔라다의 축복을 받은 샘 옆의 암자에서 살고 있소. 들은 바로는 오늘 여기서 성대한 결혼식이 열린다고 하는데 괜찮다면 교회 안에 들어가 시원한 그늘에서 좀 쉬고 싶소. 근사한 결혼식도 보고 말이오."

"형제여, 환영하오." 늙은 수사가 이렇게 말하며 그를 안으로 안내했다. 그 사이 하프를 들고 변장한 차림의 로빈 후드와 리틀 존, 윌 스튜틀리가 교회에 이르렀다. 로빈은 교회 문 옆에 놓인 긴 의자에 앉았으나 금화 두 자루를 든 리틀 존은 안으로 들어갔고 윌 스튜틀리도 그 뒤를 따랐다.

로빈은 문가에 앉아서 길을 올려다보고 내려다보며 누가 오는지 살폈다. 얼마 후, 여섯 명의 사람들이 차분하고도 유유자적하게 말을 타고 오는 것이 보였다. 점잔 빼는 모습으로 보아하니 계급이 높은 성직자들이었다. 그들이 가까이 다가오자 로빈은 그들을 알아보았다. 맨 앞에 선 자는 헤리퍼드의 주교였고 그야말로 풍채가 당당했다. 그가 입은 제의는 제일 비싼 비단으로 지어진 것이었고 그의 목에는 눈부신 금박으로 만든 목걸이가 걸려 있었다. 삭발한 그의 머리를 감싼 모자는 검은 우단으로 지어

진 것이었고 모자 테두리에는 하나하나 금에 박힌 보석들이 일
렬로 장식되어 있어 햇빛을 받아 번쩍거렸다. 그가 신은 긴 양말
은 불꽃을 연상시키는 붉은 비단으로 지어진 것이었고, 검은 우
단으로 만든 그의 신발은 발가락 부분이 길고 뾰족하게 위로 휘
어진 모양으로 무릎에 고정돼 있었으며, 발등 부분에는 금실로
십자가가 수 놓여 있었다. 주교 옆으로는 에밋 수도원장이 도도
한 척하는 말을 타고 오는 중이었다. 그가 걸친 옷 역시 값비싼
것이었으나 배불뚝이 주교만큼 화려하지는 않았다. 그들 뒤로
는 직책이 높은 에밋 수도원의 성직자 두 명이 오고 있었고 그
뒤로는 주교를 모시는 하인 두 명이 따랐다. 헤리퍼드의 주교는
성직자 사회에서 막강한 권력을 지닌 만큼 지체 높은 귀족처럼
보이려 애썼기 때문이다.

번쩍이는 보석과 비단으로 치장하고 마구에 달린 은종을 울
리는 그들의 행렬이 가까이 다가오자 로빈은 못마땅하다는 표
정으로 그들을 바라보았다. 그는 혼자 중얼거렸다. "저 주교는
성직자치고 차림이 너무 휘황찬란해. 저 주교의 수호성인인 성
토머스가 금목걸이를 차고 비단옷을 걸치고 앞코가 뾰족한 신
발을 신나 보지? 저렇게 치장하려고 가난한 소작농들이 땀으로
일궈 낸 돈을 쥐어짜듯 빼앗았겠지. 주교여, 주교여, 당신의 자
부심은 당신도 모르는 새에 땅에 떨어질 것이오."

그렇게 성직자들이 교회로 왔다. 주교와 수도원장은 어떤 아
름다운 귀부인을 두고 농담을 주고받으며 웃음을 터뜨렸다. 그
들의 말은 거룩한 사제보다는 속인의 입에서나 나올 법한 것이

었다. 이윽고 그들이 말에서 내렸고 주교는 주위를 돌아보다가 문가에 서 있는 로빈을 발견했다. 주교가 유쾌한 목소리로 인사를 건넸다. "안녕하신가? 그렇게 화려하게 차려입고 뽐내며 서 있는 자네는 누군가?"

"저는 북쪽 지방에서 온 하프 연주자입니다." 로빈이 대답했다. "전 잉글랜드를 통틀어 가장 아름다운 연주를 할 수 있지요. 존경하는 주교님, 많은 기사와 시민, 성직자, 속세의 평범한 사람들이 무작정 제 연주에 맞추어 춤을 춘답니다. 대개는 본인이 원하지도 않는데 말이지요. 그게 제 하프 연주의 마법입니다. 주교님, 제가 오늘 이 결혼식에서 연주를 할 수만 있다면, 오늘의 주인공인 아리따운 신부가 남편과 함께 사는 동안 영원토록 남편을 사랑하게 만들어 드리지요."

"오호라, 그렇단 말이지? 그게 정말인가?" 주교가 이렇게 묻고는 로빈을 예리하게 쳐다보았고, 로빈도 대담하게 주교의 눈을 뚫어지게 바라보았다. "자네 말대로 (내 불쌍한 사촌 스티븐을 매료시킨) 신부가 자신과 결혼할 남자를 영원토록 사랑하게 만들 수만 있다면 자네가 부탁하는 것은 무엇이든 들어주겠네. 일단 자네 연주 실력 좀 보여 주게나."

그러자 로빈이 대답했다. "그건 안 됩니다. 대주교님이 명령하신다 해도 제가 내키지 않으면 연주를 하지 않습니다. 신랑과 신부가 도착하기 전까지는 연주를 하지 않을 겁니다."

"감히 내 앞에서 그딴 말을 하다니. 이런 불손하고 무례한 놈을 봤나." 주교가 험악한 표정으로 로빈을 노려보며 말했다. "그러나 내가 참겠네. 수도원장, 저기 보시오. 내 사촌 스티븐 경과 그의 신부가 오고 있소."

그의 말대로 큰길이 굽어지는 곳에서 다른 이들이 말을 타고 오고 있었다. 맨 앞에 선 자는 키가 크고 비쩍 말랐으며 자태가 기사 같았고 온통 검은 비단으로 된 옷을 차려입었으며 말려 올라간 끝부분이 주황색으로 된, 검은 우단으로 된 모자를 쓰고 있었다. 로빈은 그를 쳐다보았고 기사 같은 몸가짐과 반백의 머리칼로 보아 스티븐 경이 확실하다고 생각했다. 그의 옆에는 풍채좋은 색슨족 소지주이자 엘렌의 아버지인 디어월드의 에드워드가 말을 타고 오고 있었다. 두 사람 뒤로는 두 마리 말이 끄는 마차가 오고 있었는데 그 안에는 로빈이 엘렌으로 알고 있는 아가씨가 타고 있었다. 마차 뒤로는 무장한 병사 여섯 명이 말을 타고 오고 있었고 그들이 흙먼지 이는 길을 따라 달가닥거리는 소리를 내며 달려오는 동안 그들의 투구가 햇빛을 받아 번쩍였다.

그들 역시 교회에 도착했고, 스티븐 경이 말에서 뛰어내려 마차로 가서 아리따운 엘렌이 마차에서 내릴 수 있도록 손을 내밀었다. 마차에서 내린 그녀를 본 로빈은 트렌트의 스티븐 경같이 그토록 콧대 높은 기사가 도대체 왜 평범한 소지주의 딸과 결혼하려고 했는지에 대해서 더 이상 의구심을 품지 않았고, 그 문제에 있어서 아무런 소란도 벌어지지 않은 점에 대해서도 수긍했다. 그만큼 그녀는 로빈이 본 중에 가장 아름다운 아가씨였다. 그러나 그녀는 줄기가 꺾인 아름답고 새하얀 백합처럼 얼굴이 온통 창백하고 의기소침해 있었다. 그녀는 고개를 폭 숙인 채 수심이 가득한 표정으로 스티븐 경의 손에 이끌려 교회 안으로 들어갔다.

"왜 연주를 하지 않는가?" 주교가 엄중한 표정으로 로빈을 바라보며 물었다.

"저는 주교님이 생각하는 것보다 더 신중하게 연주를 하지요. 아직은 때가 아닙니다." 로빈이 차분히 대답했다.

주교는 매서운 표정으로 로빈을 노려보며 혼자 중얼거렸다. "이 결혼식만 끝나면 저 못된 혀를 놀리는 오만방자한 놈을 매질해 줄 테다."

이윽고 아리따운 엘렌과 스티븐 경이 제단 앞에 섰고, 제복을 차려입은 주교가 와서 성경책을 펼쳤다. 아리따운 엘렌은 자신의 꽁무니까지 따라온 사냥개를 발견한 새끼 사슴처럼 깊은 절망에 빠져 자포자기한 표정으로 위를 올려다보고 주위를 둘러보았다. 그때, 빨갛고 노란 온갖 장식과 리본을 펄럭이며 로빈이 성큼성큼 앞으로 걸어 나왔다. 그는 기대어 서 있던 기둥에서 세 걸음 걸어가 신랑과 신부 사이에 섰다.

"이 아가씨를 좀 보겠소." 로빈이 우렁찬 목소리로 말했다. "아니, 이럴 수가! 이게 어떻게 된 일이오? 아리따운 신부라면 뺨이 장미처럼 불그레해야 하는데 백합처럼 창백하지 않소? 이 결혼은 마땅하지 않소. 신랑은 나이가 너무 많고 신부는 나이가 너무 어리오. 기사 나리, 정말 그녀를 아내로 맞이할 생각이오? 내가 장담하는데 그럴 수는 없을 거요. 당신은 그녀의 진정한 사랑이 아니니 말이오."

그 말에 모두가 놀라 일어섰고, 그 상황이 너무도 당혹스러워서 어딜 쳐다봐야 할지, 무슨 생각을 해야 할지, 무슨 말을 해야 할지 갈팡질팡했다. 그 자리에 있던 모두가 마치 돌로 변하기라도 한 듯이 꼼짝도 하지 않고서 로빈을 바라보고 있는 동안, 로빈은 뿔나팔을 입술에 갖다 대고서 세 번 불었다. 그 소리는 크고도 또렷했고 마치 운명의 나팔 소리처럼 바닥에서 서까래까지 온 사방에 울려 퍼졌다. 그러자 리틀 존과 월 스튜틀리가 잽싸게 튀어나와 로빈의 양옆에 서서 재빨리 큰 칼을 뽑아 들었고, 그 사이 모든 사람의 머리 위로 쩌렁쩌렁한 목소리가 울려 퍼졌다. "대장의 부름에 내가 왔소이다." 위층의 오르간석에서 터크 수사가 외친 소리였다.

교회 안이 술렁이더니 어수선해졌다. 풍채 좋은 에드워드가 불같이 화를 내며 쿵쾅대며 걸어와 딸을 붙잡아 끌고 가려 했으나 리틀 존이 그 사이에 끼어들어 그를 뒤로 밀쳤다. "물러서시오. 당신은 오늘 절뚝대는 말일 뿐이오." 리틀 존이 말했다.

"저 악당들을 붙잡아라!" 스티븐 경이 소리치며 손을 더듬어 칼을 찾았으나 그날은 결혼식 날이라 허리춤에 칼을 차고 있지 않았다.

그러자 무장한 병사들이 칼을 뽑아 들었다. 곧바로 피가 튀길 것 같은 광경이었다. 그러나 난데없이 문가가 소란스러워지더니 고함 소리가 들려오고 칼들이 번쩍이고 무기들이 맞부딪치는 소리가 들려왔다. 무장한 병사들이 뒤로 물러섰고 앨런 어 데일을 선두로 하여 전부 링컨 그린 옷을 입은 건장한 사내 열여덟 명이 복도로 뛰어들어 왔다. 로빈의 튼튼한 주목 활을 손에 쥐고 있던 앨런 어 데일은 한쪽 무릎을 꿇고서 그것을 로빈에게 건넸다.

그러자 디어월드의 에드워드가 노여움에 가득 차 목소리를 깔며 물었다. "앨런 어 데일, 자네인가? 교회에서 이 모든 소동을 일으킨 것이?"

그 말에 유쾌한 로빈이 대답했다. "아니오. 내가 일으킨 것이오. 누가 알든 말든 난 신경 쓰지 않소. 난 로빈 후드니까."

그 이름이 언급되는 순간, 마치 찬물을 끼얹은 듯 교회 안이 조용해졌다. 에밋 수도원장과 그의 사제들은 가까이 다가온 늑대의 냄새를 맡고 겁에 질린 양 떼처럼 한곳에 모여들었고 헤리퍼드의 주교는 성경책을 옆으로 밀어 두고 간절하게 성호를 그었다. 주교가 말했다. "신이시여, 오늘 저 악랄한 자로부터 우리를 지켜 주소서!"

로빈이 말했다. "아니오. 나는 아무도 해칠 생각이 없소. 다만 아름다운 엘렌의 약혼자를 데려온 것뿐이오. 엘렌은 이 자와 결혼해야 하오. 안 그러면 당신들 중 몇몇은 큰 대가를 치르게 될 거요."

그 말에 에드워드가 격노하여 고래고래 소리를 질렀다. "당치도 않는 소리! 내가 엘렌의 아버지요. 내 딸은 다름 아닌 스티븐 경과 결혼해야 한다고!"

스티븐 경은 주위에서 이 모든 소동이 벌어지는 내내 고개를 치켜들고 경멸에 가득 찬 표정으로 침묵을 지킨 채 서 있었다.

그가 차가운 목소리로 말했다. "아니, 됐소. 당신 딸을 다시 데려가도 좋소. 오늘 이런 모욕을 겪은 만큼 나는 그녀와 결혼하지 않겠소. 잉글랜드 전체를 내게 준다 해도 말이오. 분명히 말하는데, 나는 늙은 몸이지만 당신 딸을 사랑했고 돼지우리에서 보석을 꺼내듯 당신 딸을 데려오려고 했소. 그런데 그녀와 이자가 서로 사랑한다는 사실은 전혀 알지 못했소. 아가씨, 태생이 고귀한 기사 대신 저 부랑자 같은 음유시인을 선택하겠다면 당신 선택대로 하시오. 이런 자들 틈에 서서 이렇게 이야기하고 있는 것이 무척 수치스러우니 당신을 놓아주겠소." 그는 돌아서서 부하들을 불러 모은 다음, 거만한 표정으로 복도를 걸어갔다. 멸시 섞인 그의 말에 모두가 침묵했다. 터크 수사만이 오르간석 가장자리에 몸을 기대고서 기사가 자리를 뜨기 전에 이렇게 외쳤다. "정말 훌륭한 선택이오, 기사 나리. 늙은이라면 무릇 젊은이에게 양보해야 하는 법이지." 스티븐 경은 대꾸도 하지 않고 위를 올려다보지도 않은 채 아무 소리도 듣지 못했다는 듯 교회를 빠져나갔고 그의 부하들이 뒤를 따랐다.

그러자 헤리퍼드의 주교가 황급히 말을 꺼냈다. "나도 여기서더는 볼일이 없으니 그만 가 보겠소." 그는 자리를 뜰 채비를 했다. 그러나 로빈 후드가 그의 옷자락을 붙잡고 가지 못하게 막았다. 로빈이 말했다. "가지 마십시오, 주교님. 제가 드릴 말씀이 있습니다." 주교는 표정이 어두워졌으나 자신이 갈 수 없다는 사실을 알았기에 로빈이 시키는 대로 그 자리에 멈춰 섰다.

로빈 후드는 디어월드의 에드워드에게 돌아서서 이렇게 말했다. "당신 딸과 이자의 결혼에 축복을 내려 주시오. 그럼 무탈할 것이오. 리틀 존, 금화가 든 자루를 가져오게. 지주 양반, 여기 금화 200엔젤이 있소. 내가 말한 대로 당신이 결혼을 축복해 준다면 이 돈을 당신 딸의 지참금으로 주겠소. 물론 당신이 축복해 주지 않아도 당신 딸은 결혼식을 올릴 것이오. 그러나 부러진 동전 한쪽도 당신 손에 떨어지지 않는다는 걸 명심하시오. 자, 선택하시오."

에드워드는 인상을 쓴 채 바닥을 내려보면서 머리를 굴리고 또 굴렸다. 그러나 그는 약삭빠르고 금이 간 옹기조차도 최대한 활용할 줄 아는 자였다. 마침내 그는 고개를 들더니 입을 열었다. 기쁨은 싹 가신 목소리였다. "내 딸이 스스로 갈 길을 가겠다고 하면 보내 주겠소. 난 내 딸을 지체 높은 귀부인으로 만들어 줄 생각이었소. 하지만 제가 원하는 길을 가겠다고 한다면 난 이제부터 전혀 상관하지 않겠소. 단, 격식을 갖추어 결혼한다면 축복을 내려 주겠소."

그러자 에밋 수도원의 사제 한 명이 나서서 말했다. "그건 안 될지도 모르오. 결혼 발표가 정식으로 이루어지지도 않았고 여기에 결혼식을 올려 줄 사제도 없소."

"아니, 어떻게 그런 말을 하시오?" 오르간석에서 터크 수사가 으르렁거리며 소리쳤다. "사제가 없다니? 여기 누가 봐도 분명하게 당신만큼 거룩한 성직자가 서 있지 않소? 그리고 결혼 발표로 말할 것 같으면, 그런 사소한 문제 갖고 걸고넘어지지 마시오. 결혼 발표는 내가 할 테니." 이렇게 말하고서 그는 결혼을 선포했다. 전해지는 옛 노래에 따르면 그는 세 번으로도 부족해 아홉 번이나 결혼을 선포했다고 한다. 그러고는 곧장 오르간석에서 내려와 결혼 미사를 진행했다. 그렇게 하여 앨런과 엘렌은 정식으로 부부가 되었다.

로빈은 금화 200엔젤을 한 닢씩 세어 디어월드의 에드워드에게 건넸고, 그는 나름대로 두 사람에게 축복을 빌어 주었으나 깊은 진심에서 우러나 빌어 준 축복은 아니었다. 그리고서 로빈 후드의 무리가 앨런 주위로 모여들어 그에게 악수를 청했고, 엘렌의 손을 잡은 앨런은 행복에 겨워 머리가 어지러울 지경이었다.

마침내 유쾌한 로빈이 내내 침통한 표정으로 지켜보고 있던 헤리퍼드의 주교를 향해 돌아섰다. "친애하는 주교님, 제가 연주를 해서 이 아리따운 아가씨가 남편을 사랑하도록 만든다면 제가 원하는 어떤 부탁이든 들어준다고 약속한 걸 기억하시는지요? 지금까지가 제 연주였습니다. 어쨌든 이 아리따운 아가씨가 남편을 사랑하게 되지 않았습니까? 제가 아니었다면 가능하지도 않은 일이었겠지요. 그러니 이제 주교님이 약속을 지킬 차례입니다. 제가 보기에 주교님이 지니고 있는 것 중에 차라리 없었으면 더 나을 것이 있습니다. 간절히 청하건대, 주교님 목에 걸려 있는 황금 목걸이를 이 아리따운 신부에게 결혼 선물로 주시지요."

그 말에 주교는 화가 나서 뺨이 붉으락푸르락 달아올랐고 눈빛이 이글거렸다. 주교는 잔뜩 일그러진 표정으로 로빈을 매섭게 노려보았으나 그의 얼굴에서 어떤 표정을 보고서는 멈칫했다. 결국 그는 마지못해 목에서 황금 목걸이를 풀어 그것을 로빈에게 건넸다. 로빈은 그 목걸이를 엘렌의 목에 걸어 주었고 목걸이가 그녀의 목 주변에서 반짝였다. 유쾌한 로빈이 말했다. "주교님, 귀한 선물을 주셨으니 신부를 대신해서 제가 감사의 말씀 드리겠습니다. 주교님 목에 목걸이가 없으니 한결 나아 보입니다. 그리고 언제든 셔우드 근처에 오신다면 제가 주교님을 모시고 난생처음 볼 법한 성대한 만찬을 열어 드리겠습니다."

"당치도 않은 소리!" 주교가 진심에서 우러나 소리쳤다. 로빈 후드가 셔우드 숲에서 손님에게 잔치를 열어 주는 것이 어떤 의미인지 잘 알고 있어서였다.

로빈 후드는 동료들을 한데 불러 모았고 그 가운데에 앨런과 그의 아리따운 신부를 세우고서 숲속으로 발걸음을 돌렸다. 가는 길에 터크 수사가 로빈에게 가까이 다가가 그의 소매를 잡아 당기며 말했다. "대장, 당신 정말 즐겁게 사는 것 같소. 그런데 말이오. 나 같은 독실한 사제를 곁에 두어 성스러운 일을 관장하게 한다면 당신들의 영혼의 안식을 위해서 좋지 않겠소? 나는 이런 삶이 무척 맘에 드오." 그 말에 유쾌한 로빈 후드는 크게 웃음을 터트리며 그가 바람대로 무리의 일원이 되어 함께 지내도록 해 주었다.

그날 밤, 숲속에서는 노팅엄서 어디서도 보지 못한 성대한 잔치가 열렸다. 그 잔치에 여러분과 내가 초대받지 못한 것이 무척이나 안타깝다. 우리가 더 섭섭해질 것 같으니 잔치 이야기는 여기서 그만하기로 하자.

13

로빈 후드, 비운의 기사를 돕다

싹을 틔우는 아름다움을 드러내던 온화한 봄날이 지나갔다. 그 은빛 소나기도, 햇살도, 푸르른 초원도, 꽃들도 다 지나가 버렸다. 마찬가지로 눈부신 햇살과 작열하는 열기와 그늘을 드리운 짙은 나뭇잎들, 길게 드리워지던 황혼, 개구리들이 개골개골 울고 요정들이 산허리에 출몰한다던 그윽한 밤도 여름과 함께 지나가 버렸다. 이 모든 것이 지나가고 그 나름의 기쁨과 즐거움이 충만한 가을이 찾아왔다. 집집마다 수확이 한창이고 이삭 줍는 사람들이 사방팔방 돌아다니면서 낮이면 길을 따라 걸으며 노래하고 밤이면 산울타리와 건초더미 아래에서 잠을 잤다. 뒤엉킨 덤불숲에서는 들장미 열매가 불타오르듯 빨갛게 익어 갔고 산울타리에서는 산사나무 열매가 검게 물들어 갔으며, 그루터기는 바싹 마른 채 맨몸을 하늘에 드러냈고 푸른 잎들은 어느

새 황갈색과 적갈색의 옷으로 갈아입었다. 한편 이 행복한 계절은 그해의 질 좋은 수확물들을 한가득 저장해 두는 때이기도 했다. 지하 저장고에서는 갈색 맥주가 무르익어 갔고 햄과 베이컨은 주렁주렁 매달린 채 연기에 익어 말라 갔다. 북풍에 휘날리는 눈이 지붕에 쌓이고 따뜻한 난롯불이 타닥타닥 소리를 내며 타오르는 겨울이 왔을 때 구워 먹을 꽃사과들이 짚단에 싸인 채로 쌓여 갔다.

그렇게 여러 계절이 지나갔고 지금도 지나가고 있으며 앞으로도 지나갈 참이었다. 우리 역시 나무에서 떨어져 곧 잊히고 마는 나뭇잎처럼 그렇게 왔다가 가기 마련이다.

로빈 후드가 허공에 대고 코를 킁킁거리며 말했다. "날이 참 좋군, 리틀 존. 하릴없이 늘어져 있기엔 아까운 날일세. 자네는 필요한 대로 친구들을 모아서 동쪽으로 가게나. 난 서쪽으로 갈 테니. 우리 중 누가 숲속 나무 아래에서 함께 잔치를 벌일 귀한 손님을 모셔 올지 보자고."

리틀 존이 신나서 두 손바닥을 마주치며 소리쳤다. "이야! 기가 막힌 생각일세. 오늘 꼭 손님을 데려오겠어. 절대로 나 혼자 돌아오지 않을 거라네."

그렇게 해서 두 사람은 원하는 대로 친구들을 불러 모아 숲을 떠나 각자 다른 길로 향했다.

여기서 잠깐. 여러분과 나는 이 두 사람의 즐거운 모험을 함께 해야 하지만 동시에 두 길을 갈 수는 없다. 그러니 리틀 존은 제 갈 길을 가게 두고 우선은 바짓단을 걷어 올리고서 로빈 후드의 뒤를 따라가 보기로 하자. 여기 유쾌한 친구들이 있다. 로빈 후드, 윌 스칼렛, 앨런 어 데일, 윌 스카들록, 방앗간 주인의 아들미지, 그 외 여러 친구들. 숲에서는 터크 수사와 함께 스무 명 남짓한 무리가 남아 로빈 후드와 리틀 존이 오기를 기다리며 잔치를 준비했다. 그 외 나머지 무리는 로빈 후드나 리틀 존을 따라나선 참이었다.

　로빈은 생각이 이끄는 대로 발걸음을 옮겼고 나머지 무리는 로빈의 뒤를 따랐다. 그들은 오두막집과 농장들이 있는 사방이 트인 골짜기를 지나 다시 숲속으로 들어갔다. 탑과 흉벽과 첨탑들이 햇살 속에서 미소 짓고 있는 아름다운 맨스필드 타운을 지나자 그들은 마침내 숲 지대를 벗어났다. 그들은 큰길과 샛길을 지났고 마을을 지날 때는 아낙네들과 짓궂은 아가씨들이 여닫이창으로 젊고 늠름한 그들을 훔쳐보았다. 그들은 마침내 더비셔의 알버튼 너머까지 다다랐다. 때는 한낮이 다 되었으나 그들은 셔우드로 데려갈 만한 마땅한 손님을 찾지 못한 터였다. 그들은 결국 두 길이 만나는 지점에 성소가 서 있는 곳까지 다다랐고 거기서 로빈은 무리를 불러 멈춰 세웠다. 양쪽으로 높은 산울타리가 늘어서 있었고 그 뒤로 몸을 숨기기에 적당한 곳이 있어점심을 먹으면서 지나가는 사람들을 편히 지켜볼 수 있었기 때문이다. 유쾌한 로빈이 말했다. "우리처럼 평온한 사람들이 조용히 식사하기에는 이곳이 딱이군. 여기서 쉬면서 누굴 마주치게 될지는 운에 맡기자고." 그들은 울타리 계단을 넘어 눈부시고 따사로운 햇살이 비추고 보드라운 풀밭이 깔린 산울타리 뒤로 들어가 자리를 잡고 앉았다. 그러고는 각자 옆구리에 찬 주머니에서 먹을 것을 꺼냈다. 이처럼 힘겹고 긴 여정을 이어갈 때면 마치 3월의 살 에이는 바람처럼 매섭도록 허기가 지기 때문이다. 모두 더는 말을 하지 않고서 갈색 빵 덩어리를 우걱우걱 씹고 차가운 고기를 게걸스럽게 먹어 대기만 했다.

그들 앞으로는 큰길이 하나 있었다. 가파른 언덕 위로 구불구불 이어지다가 산울타리와 무성한 수풀이 하늘과 맞닿아 자라나 있는 언덕 꼭대기에서 아래로 뚝 떨어지는 길이었다. 바람 부는 언덕 꼭대기 너머로는 뒤편 골짜기 마을에 있는 몇몇 집의 처마가 힐끗 보였다. 언덕 너머로는 풍차의 꼭대기도 보였는데 불어오는 미풍에 풍차가 힘겹게 삐걱거리며 돌아가는 동안 언덕 뒤에서 풍차의 날개가 맑고 푸른 하늘을 배경으로 서서히 오르락내리락했다.

로빈 후드의 무리는 산울타리 뒤에서 한낮의 식사를 마쳤으나 시간이 지나도 아무도 지나가지 않았다. 그러던 중 마침내 한 남자가 느릿느릿 말을 타고 언덕에서 자갈길로 내려와 로빈과 그의 무리가 숨어 있는 곳을 향해 다가왔다. 그는 체격이 듬직한 기사였으나 얼굴에 수심이 가득했고 표정에 생기 하나 없었다. 그는 정갈해 보이면서도 값비싼 옷차림을 하고 있었으나, 그와 같은 신분의 사람이라면 으레 차고 다니는 금목걸이 하나 목에 걸려 있지 않았고 보석 하나 달려 있지 않았다. 그러나 그가 긍지 강하고 고귀한 가문의 기사라는 것은 누가 봐도 분명했다. 그는 고개를 푹 떨구고 두 손은 양옆으로 축 늘어뜨린 채 슬픈 생각에 잠긴 것처럼 천천히 말을 타고 오는 중이었고 그의 혈통 좋은 말 역시 목의 고삐가 헐거워진 채로 주인의 슬픔을 함께 하기라도 하듯 고개를 늘어뜨린 채 걸어오고 있었다.

로빈이 말했다. "저기 누가 봐도 슬퍼 보이는 사내가 오는군. 오늘 아침에 뭔가 마음 상할 일을 겪은 것 같은데. 그래도 배고픈 갈까마귀가 주워 먹을 부스러기라도 있을지 모르니, 가서 그에게 말을 걸어 봐야겠어. 값비싼 옷을 차려입고 저토록 풀이 죽어 있는 건 왜인지 모르겠군. 내가 가서 알아보고 올 때까지 자네들은 여기서 기다리고 있게나." 로빈은 일어나 친구들을 남겨 두고 길을 건너 성소가 있는 곳까지 간 다음, 거기 서서 수심에 잠긴 기사가 가까이 오기를 기다렸다. 얼마 안 있어 기사가 말을 타고 천천히 로빈이 있는 쪽으로 오자 유쾌한 로빈이 앞으로 다가가 말 고삐에 손을 올려놓았다. "잠깐 서시지요, 기사님. 드릴 말씀이 있는데 잠깐 시간을 내어 주실 수 있으신지요?"

"세상에서 가장 자애로운 폐하의 길 위에서 나그네를 이런 식으로 멈춰 세우는 당신은 도대체 누구요?" 기사가 물었다.

로빈이 대답했다. "그건 답해 드리기 어려운 질문입니다. 누군가는 저를 친절한 사람이라고 하고 또 누군가는 저를 잔인한 사람이라고 하니까요. 게다가 저를 선하고 정직한 사람이라고 하는 자가 있는 반면 흉악한 도둑이라고 하는 자도 있습니다. 두꺼비 몸에 반점이 셀 수 없이 많듯이 사람을 바라보는 눈도 제각각이지요. 그러니 기사님이 저를 어떻게 보실지는 전적으로 기사님에게 달려 있습니다. 제 이름은 로빈 후드입니다."

기사가 입가에 살짝 미소를 띠며 말했다. "로빈, 정말 기발한 발상이오. 내가 당신을 바라보는 눈으로 말할 것 같으면 우호적인 편에 속하오. 당신에 대해서 좋은 이야기를 많이 듣고 나쁜 이야기는 별로 듣지 못했기 때문이오. 그런데 내게 무슨 볼일이 있는 거요?"

로빈이 대답했다. "기사님, 자애로운 가퍼 스완톨드 성인의 가르침을 잘 알고 계시는군요. 좋은 말은 실은 나쁜 말만큼이나 하기 쉬울 뿐만 아니라 악의 대신 선의를 불러온다는 가르침 말입니다. 제가 이 가르침의 진정한 뜻을 알려 드리겠습니다. 오늘 저와 함께 셔우드 숲으로 가신다면 기사님이 평생 경험해 보지 못한 흥겨운 잔치를 열어 드리지요."

"정말 친절한 자요. 하지만 곧 내가 표정 어둡고 슬픔에 가득 찬 손님이라는 걸 알게 될 거요. 그냥 내 갈 길 가게 해 주는 게 좋을 것 같소." 기사가 말했다.

그러자 로빈이 말했다. "물론 기사님은 가던 길을 가실 수도 있겠으나 한 가지 이유가 있어 그러지 못하실 겁니다. 말씀드리자면 이렇습니다. 우리는 셔우드 숲 깊은 곳에 말하자면 여관을 차려 놓고 있으나 사람들이 많이 다니는 큰길에서 한참 떨어져 있어 손님들이 여관 근처까지 오지 않는답니다. 그래서 따분해질 때면 제가 친구들과 함께 손님을 찾으러 길을 나서곤 하지요. 이게 제가 드리려는 말씀입니다. 한 가지 덧붙이자면 우리는 손님이 치르는 돈으로 먹고산답니다."

"당신 말 잘 이해했소. 하지만 난 돈이 없으니 당신이 찾는 자가 아니오." 기사가 어두운 표정으로 말했다.

"정말입니까?" 로빈이 날카로운 눈초리로 기사를 바라보며 물었다. "기사님 말을 믿을 수밖에 다른 도리가 없겠지만 기사님 같은 신분의 사람들은 자기 생각과 달리 남들에게서 신뢰를 받지 못하는 경우가 많지요. 제가 이 문제에 대해서 직접 확인을 해 봐도 기사님이 언짢아하지 않으셨으면 합니다." 로빈은 여전히 말 고삐를 잡은 채로 손가락을 입술에 갖다 대고 새된 소리로 휘파람을 불었다. 그러자 울타리 너머에서 여든 명 남짓의 사내들이 튀어나와 기사와 로빈이 서 있는 곳으로 달려왔다. 로빈이 그들을 뿌듯하게 바라보며 말했다. "제 동료들입니다. 기쁨과 슬픔은 물론 얻는 것과 잃는 것도 함께 나누는 사이지요. 기사님, 돈을 얼마나 갖고 계십니까?"

기사는 한동안 말이 없었으나 점점 뺨이 붉어지더니 마침내 로빈을 정면으로 바라보며 말했다. "내게는 수치가 아닌데 왜 내가 수치스러워해야 하는지 이유를 모르겠소. 사실을 말하자면 내 돈주머니 안에는 10실링이 있소. 그게 이 레아의 리처드 경이 이 드넓은 세상에서 가진 전부요."

리처드 경이 말을 마치자 침묵이 감돌았다. 이윽고 로빈이 입을 열었다. "기사의 명예를 걸고 그게 가진 전부라고 말씀하시는 건지요?"

그러자 리처드 경이 대답했다. "그렇소. 진실된 기사로서 엄숙하게 맹세하는데, 이 세상에서 내가 가진 돈은 그게 전부요. 여기 내 돈주머니가 있소. 내 말이 사실이라는 걸 알게 될 거요." 그는 돈주머니를 꺼내 로빈에게 내밀었다.

그러자 로빈이 말했다. "돈주머니를 도로 넣으십시오, 리처드 경. 그토록 고매한 기사의 말을 의심할 생각은 추호도 없습니다. 저는 콧대 높은 자라면 끌어내리려 애쓰지만 슬픔에 젖어 걷는 자라면 제가 할 수 있는 한 도우려 합니다. 자, 기운 내시고 우리와 함께 숲으로 갑시다. 저라도 기사님을 도울 수 있을지도 모르니까요. 자애로운 애설스탠 왕의 목숨을 노리는 자가 눈먼 작은 두더지가 파 놓은 구덩이에 발을 헛디딘 덕분에 왕이 목숨을 구했다는 이야기를 잘 아시지 않습니까.”

리처드 경이 말했다. “당신은 당신 나름의 방식으로 친절을 베푸는 것 같소. 하지만 내가 처한 곤경은 당신이 해결할 수 있는 것이 아니오. 그래도 오늘 당신과 함께 셔우드로 가겠소.” 그는 말 머리를 돌렸고 그렇게 해서 모두가 숲으로 향했다. 로빈과 윌 스칼렛이 기사의 양옆에 서서 걸었고 나머지 무리가 그 뒤를 따랐다.

한동안 걷다가 로빈이 말했다. “기사님, 하찮은 질문으로 기사님 마음을 어지럽게 하고 싶지는 않지만 속내에 어떤 슬픔이 있는지 말씀해 주실 수 있습니까?”

기사가 대답했다. “로빈, 이야기하지 못할 이유도 없소. 사연은 이렇소. 내가 진 빚 때문에 내가 사는 성과 땅이 저당 잡혔소. 앞으로 사흘 내에 돈을 갚아야 하는데 만약 그러지 못하면 내 재산을 영영 잃게 된다오. 내 재산은 에밋 수도원의 손에 들어가게 되는데 그들은 삼킨 것은 절대로 도로 뱉어 내지 않는 자들이오.”

로빈이 말했다. “기사님처럼 신분 높은 분이 어쩌다 그런 상황에 처하게 된 건지 이해가 되질 않습니다. 봄날 태양 아래 눈 녹듯이 재산이 감쪽같이 사라지게 되다니요.”

“사연을 잘 몰라서 그러는 거요, 로빈.” 기사가 말했다. “내 이야길 들어 보시오. 내겐 고작 스무 살인데도 기사 작위를 받은 아들이 있소. 지난해 지독히도 운이 나빴던 어느 날, 체스터에서 마상 창 시합이 열려 내 아들이 거기에 출전했고 나와 내 아내도 시합을 보러 갔소. 내 아들이 맞붙는 기사마다 족족 말에서 떨어뜨렸기에 나와 내 아내가 무척 자랑스러워했소. 마지막으로 내 아들이 랭커스터의 월터 경이라는 훌륭한 기사와 대결을 펼치게 되었소. 아들이 한참 어린 데다 두 사람의 맞붙은 창이 덜덜 떨릴 정도로 접전이 치열했지만 내 아들은 용케 말에서 떨어지지 않았소. 그런데 내 아들이 쥔 창이 부러지면서 그 조각이 월터 경이 쓴 투구의 얼굴 가리개를 통과해 그의 눈과 머리까지 관통하는 바람에 그가 죽고 말았소. 그의 시중을 드는 향사가 그에게서 투구를 벗겨 내기도 전에 말이오. 월터 경은 궁정에 지위 높은 벗들이 있었고 그의 가족들이 내 아들에게 불리하게 일을 꾸미는 바람에 내 아들을 감옥에 가지 않게 하려면 배상금으로 금화 600파운드를 내놓아야 하게 된 거요. 법의 묘한 구석과 부당함만 아니었다면 일이 그나마 순조롭게 풀렸을 수도 있겠지만 나는 속살이 다 드러나도록 털이 깎인 양처럼 빈털터리 신세가 되었소. 그래서 모자라는 돈을 더 구하기 위해 에밋 수도원에 내 땅을 저당 잡히게 된 거요. 그들은 궁지에 몰린 내게 자기들에게 유리한 조건을 내걸었다오. 내가 땅을 잃을까 봐 그토록 슬퍼하는 건 오로지 내 사랑하는 아내 때문이라는 걸 알아주시오."

"그런데 기사님 아들은 지금 어디 있습니까?" 기사가 말하는 내내 유심히 귀를 기울이고 있던 로빈이 물었다.

"팔레스타인에 있소. 십자가와 신성한 성지를 지키기 위해 싸우는 용맹한 기독교도 전사처럼 싸우고 있소. 월터 경의 죽음과 랭커스터 가의 증오 때문에 잉글랜드는 내 아들에게 위험한 곳이 되었으니 말이오."

그러자 마음이 격해진 로빈이 말했다. "정말 쓰라린 운명이군요. 그런데 에밋 수도원에 땅을 저당 잡히고 어느 정도의 돈을 빌리신 건지요?"

"겨우 400파운드요." 리처드 경이 대답했다.

그 말에 로빈이 화가 나서 자기 허벅지를 철썩 하고 쳤다. "이런 흡혈귀 같으니라고!" 그가 소리쳤다. "그 귀한 땅을 단돈 400파운드에 몰수하려 하다니! 그런데 땅을 잃게 되면 어떻게 되는 겁니까?"

그러자 기사가 대답했다. "내가 이토록 고통스러워하는 것은 내 운명이 아니라 소중한 아내의 운명 때문이오. 내가 땅을 잃게 되면 아내는 친척의 집에 얹혀살며 도움을 받게 될 텐데 그러면 자존심이 크게 상할 거요. 나는 바다 건너 팔레스타인으로 가서 아들과 함께 신성한 성지를 지키기 위해 싸우면 되는데 말이오."

그러자 윌 스칼렛이 끼어들어 물었다. "그런데 기사님이 이토록 곤경에 처했는데 도움을 주는 벗은 없나요?"

"한 사람도 없소." 리처드 경이 대답했다. "내가 집과 땅을 가져서 부유했을 때는 벗들이 많았소. 나를 얼마나 귀하게 여기는지 서로 떠벌리느라 바빴소. 그런데 숲속의 참나무가 쓰러지면 그 밑에 있던 돼지들이 자기도 깔릴까 봐 우르르 달아나는 법이오. 그렇게 내 벗들이 떠나갔소. 이제 나는 가진 게 없을 뿐만 아니라 큰 적들까지 두게 되었기 때문이오."

그러자 로빈이 말했다. "리처드 경, 벗이 없다고 하시는군요. 자랑하는 건 아니지만 많은 사람이 어려움에 처했을 때 로빈 후드가 친구라는 사실을 알게 되곤 합니다. 기운 내십시오. 제가 도와드릴 수 있을지도 모르는 일이니."

기사는 옅은 미소를 띠며 고개를 가로저었지만 로빈의 말 덕분에 마음이 조금 편안해졌다. 결코 수그러들지 않는 진정한 희망은 한 푼짜리 작은 골풀 양초처럼 어둠에 한 줄기 빛을 가져다주기 마련이었다.

그들이 숲속 나무 가까이 다다랐을 때는 날이 한참 저물어 있었다. 인원수를 보아하니 멀리서도 리틀 존이 손님들을 데려왔다는 것을 짐작할 수 있었다. 그런데 가까이 가 보니 이게 어찌된 일이란 말인가? 다름 아닌 헤리퍼드의 주교가 와 있는 것이 아닌가! 그는 적잖이 마음을 졸이고 있는 것이 분명했다. 그는 우리에 갇힌 여우처럼 나무 아래에서 이리저리 서성이고 있었다. 그의 뒤로는 검은 수도복을 입은 세 명의 수사가 폭풍우를 만나 겁에 질린 세 마리의 검은 양처럼 옹기종기 모여 서 있었다. 가까이 있는 나무에는 말 여섯 마리가 묶여 있었는데 그중 화려한 마구가 달린 말 한 마리는 주교가 타고 다니는 혈통 좋은 바르바리산 말이었고 나머지 말들에 갖가지 모양과 종류의 짐들이 가득 실려 있었다. 로빈은 그중에서 짐 하나를 보고 눈을 반짝였는데 그것은 크기가 그리 크지는 않지만 쇠로 된 철사와 노끈으로 단단히 묶인 상자였다.

로빈과 그의 무리가 빈터로 오는 것을 본 주교는 로빈을 향해 달려가려고 했으나 주교와 세 명의 수사를 지키고 있던 자가 육척봉을 들이밀며 앞을 막아섰다. 주교는 어쩔 수 없이 물러섰으나 이맛살을 찌푸리며 성이 나서 투덜거렸다.

그 광경을 본 로빈이 소리쳤다. "거기 그냥 계십시오, 주교님. 제가 전속력으로 달려가겠습니다. 잉글랜드에서 그 누구보다도 주교님을 제일 뵙고 싶었으니까요." 로빈은 발걸음을 재촉하여 주교가 씩씩대며 서 있는 곳으로 금세 갔다.

"아니 어떻게 이럴 수가 있는가?" 로빈이 다가가자 주교가 성난 목소리로 고함을 질렀다. "자네와 자네 무리가 나 같은 고위층 성직자를 이따위로 대접한단 말인가? 나는 이 사제들과 함께 짐 실은 말을 끌고서 무탈하게 큰길을 가던 중이었네. 우리를 호위하는 병사들도 열 명 남짓 대동하고서 말이네. 그런데 키가 족히 2미터는 되는 무시무시한 체구의 사내가 여든 명도 넘는 무리를 이끌고서 난데없이 튀어나와 나를 멈춰 세우는 게 아닌가. 감히 헤리퍼드의 주교인 나를 말일세! 게다가 나를 호위하던 병사들은 비겁하게도 그 자리에서 줄행랑치고 말았네. 그런데 들어 보게. 글쎄 이 자가 나를 불러 세웠을 뿐만 아니라 나를 협박하기까지 했네. 로빈 후드가 날 겨울날의 헐벗은 산울타리처럼 벗겨 먹을 거라고 말이야. 그것만이 아닐세. 나를 배불뚝이 사제라느니 사람 잡아먹는 주교라느니 돈만 밝히는 고리대금업자라느니 온갖 악담을 퍼부었네. 나를 완전히 떠도는 거지나 땜장이 취급을 했단 말일세."

주교는 성난 고양이처럼 그르렁거렸고 그 모습에 리처드 경마저 웃음을 터트렸으나 로빈은 내내 심각한 표정을 거두지 않았다. 로빈이 말했다. "이런! 제 친구들이 주교님께 너무 무례하게 굴었군요. 진심으로 말씀드리는데, 우리는 성직자들을 무척 존경합니다. 리틀 존, 당장 이리 와 보게."

그 말에 리틀 존이 '맘씨 좋은 대장, 제발 날 살려주게'라고 말하는 듯한 어색한 표정을 지으며 앞으로 걸어 나왔다. 로빈이 헤리퍼드의 주교를 향해 말했다. "감히 주교님께 무례한 말을 한 자가 바로 이 자입니까?"

"맞네." 주교가 대답했다. "아주 고약한 놈일세."

"리틀 존, 자네가 주교님을 배불뚝이 사제라 불렀나?" 로빈이 음울한 목소리로 물었다.

"그렇네." 리틀 존이 풀 죽은 채 대답했다.

"사람 잡아먹는 주교라고도 불렀나?"

"그렇네." 아까보다 더 풀 죽은 목소리로 리틀 존이 대답했다.

"돈만 밝히는 고리대금업자라고도 불렀고?"

"그렇네." 리틀 존이 어찌나 기어들어 가는 목소리로 대답하는지 웬틀리의 용마저도 눈물을 흘릴 참이었다.

"아하! 그럴 수밖에 없었군요." 유쾌한 로빈이 주교를 향해 말했다. "리틀 존은 원래 진실만 말하는 정직한 자이니 말입니다."

그 말에 요란한 폭소가 터져 나왔고 주교는 피가 얼굴까지 쏠려 정수리부터 턱까지 온통 시뻘게졌다. 그러나 그는 아무 말도 못하고 목구멍까지 치밀어오르는 말을 삼킬 뿐이었다.

로빈이 말했다. "주교님, 우리가 거칠긴 하지만 주교님이 생각하는 것처럼 악한 자들은 아닙니다. 여기에는 존경하는 주교님의 털끝 하나라도 해칠 자가 없습니다. 우리가 한 농담에 주교님이 노여우셨겠지만 이 숲에서는 모두가 평등하답니다. 우리 사이에서는 주교니 남작이니 백작이니 하는 것은 없고 그저 사람만이 있을 뿐이지요. 그러니 이곳에 있는 동안만큼은 주교님도 우리의 삶의 방식을 따르셔야 합니다. 자, 친구들 서둘러 잔치를 준비하게. 그사이 우리는 손님들에게 숲속의 겨루기 시합을 보여 드릴 테니."

그렇게 하여 몇몇 이들은 고기를 굽기 위해 불을 지피러 갔고 또 몇몇 이들은 육척봉과 긴 활을 가지러 뛰어갔다. 로빈이 레아의 리처드 경을 앞으로 데리고 나와 말했다. "오늘 우리와 함께할 또 다른 손님입니다. 두 분이 사이가 돈독해지셨으면 합니다. 저희가 최선을 다해 두 분을 귀하게 모시겠습니다."

주교가 망신스럽다는 듯이 말했다. "리처드 경, 자네나 나나 같은 처지군. 이 도⋯." 그는 '도둑놈들의 소굴'이라고 말하려다가 순간 멈칫하고는 로빈 후드를 곁눈질로 힐끗 쳐다보았다.

그러자 로빈이 웃으며 말했다. "주교님, 편하게 말씀하십시오. 우리 셔우드 사람들은 스스럼없이 나오는 말을 막지 않는답니다. '도둑놈들의 소굴'이라고 말씀하시려던 게 아닌가요?"

주교가 말했다. "아마 그럴지도 모르네, 리처드 경. 그런데 이건 짚고 넘어가야겠네. 아까 자네가 이 자들의 저속한 농담에 웃는 걸 보았네. 자네라면 그렇게 웃으며 이 자들을 부추길 게 아니라 인상을 쓰며 저지했어야 하는 게 아닌가?"

리처드 경이 말했다. "불쾌하게 할 의도는 없었습니다. 하지만 재밌는 농담은 그저 재밌는 농담일 뿐이지요. 저를 두고 그런 농담을 했다고 해도 저는 웃었을 겁니다."

이제 로빈 후드는 무리 중 몇몇을 불러 땅에 보드라운 이끼를 깔고 그 위에 사슴 가죽을 깔라고 시켰다. 그리고서 손님들을 앉게 하여 세 사람이 모두 자리에 앉았다. 리틀 존, 윌 스칼렛, 앨런 어 데일과 같은 주요 인물과 그 외 무리는 근처의 맨땅에 발을 쭉 펴고 앉았다. 저 멀리 빈터 끝에 화환이 세워졌고 궁사들이 나와서 화환을 향해 활을 쏘았다. 심장이 밖으로 튀어나올 만큼 박진감 넘치는 시합이 펼쳐졌다. 로빈이 내내 붙임성 있게 주교와 기사에게 말을 건넨 덕분에 주교는 아까 전의 노여움을 기사는 자신의 근심 걱정을 잊은 듯했다. 두 사람은 크게 웃고 또 웃었다.

이어서 앨런 어 데일이 나와서 하프를 연주했고 모두가 숨죽인 가운데 그는 천상의 목소리로 사랑, 전쟁, 영광, 슬픔에 관한 노래를 불렀으며 모두가 미동도 없이 숨소리 하나 내지 않고 귀를 기울였다. 앨런은 얽히고설킨 나뭇가지들 위로 커다란 은빛 보름달이 떠올라 투명하고 새하얀 빛을 비출 때까지 노래했다. 마침내 무리 중 두 사람이 와서 만찬 준비가 다 되었음을 알렸고, 로빈은 양손으로 손님들을 이끌고서 만찬이 차려진 곳으로 갔다. 풀밭에 깔아 놓은 흰 천 위에는 김이 모락모락 피어오르는 푸짐한 음식들이 차려져 있어 근처는 물론 멀리까지 군침 도는 냄새가 풍겼다. 그리고 주위로는 횃불들이 환하게 타오르고 있어 사방이 대낮 같았다. 모두가 곧장 자리에 앉았고 왁자지껄하는 소리와 접시들이 부딪치는 소리와 목청 높여 떠들고 웃어 대는 소리가 한데 어우러졌다. 만찬이 오래도록 이어지다가 마침내 끝이 나자 빛 좋은 포도주와 거품 풍성한 맥주가 분주하게 건네졌다. 로빈 후드는 큰 소리로 모두에게 조용히 할 것을 부탁했고 그가 입을 열 때까지 모두가 숨을 죽였다.

이윽고 그가 말했다. "모두에게 할 이야기가 있네. 내 말 잘 들어 주게." 그는 리처드 경에게 일어난 모든 일과 그의 땅이 저당 잡히게 된 사연을 전했다. 그러나 로빈이 이야기하는 동안 여태 미소 짓고 흥겨움에 불그레했던 주교의 얼굴이 심각한 표정으로 굳어져 갔고 그가 손에 쥐고 있던 포도주 잔을 옆으로 밀어 놓았다. 리처드 경의 사정을 알았던 그는 불길한 예감에 마음이 무겁게 가라앉았다. 로빈 후드는 이야기를 마치고서 헤리퍼드의 주교를 향해 말했다. "주교님, 누가 한 짓이든 정말 부당한 처사라고 생각하지 않으십니까? 평생 겸허하게 자비를 베풀면서 살아야 할 성직자라면 더더욱 말입니다."

그 말에 주교는 한마디 대답도 없이 침울한 표정으로 땅만 내려다보았다.

로빈이 물었다. "주교님은 잉글랜드에서 가장 부유한 주교입니다. 이 곤경에 빠진 형제를 도와주시지 않겠습니까?" 주교는 여전히 답이 없었다.

그러자 로빈이 리틀 존을 향해 말했다. "윌 스튜틀리와 함께 가서 저기 짐 실은 말 다섯 마리를 데려오게." 그 말에 두 사람은 시키는 대로 했고, 펼쳐 놓은 천 주위에 앉아 있던 자들은 횃불이 가장 밝게 비추는 풀밭에 공간을 만들었다. 리틀 존과 윌 스튜틀리가 얼마 안 있어 말들을 데려왔기 때문이다.

"여기 실린 짐들의 내역이 적힌 목록을 누가 갖고 있습니까?" 로빈이 검은 사제복을 입은 수사들을 바라보며 물었다.

그러자 그중 가장 키가 작은 수사가 떨리는 목소리로 말했다. 표정이 온화하고 얼굴에 주름이 가득한 늙은 수사였다. "내가 갖고 있소. 제발 날 해치지 마시오."

그러자 로빈이 대답했다. "걱정 마십시오. 저는 악의 없는 자를 절대로 해치지 않습니다. 다만 그 목록을 제게 주십시오." 늙은 수사는 로빈이 시키는 대로 말에 실린 갖가지 짐의 내역이 적힌 서책을 로빈에게 건넸다. 로빈은 서책을 윌 스칼렛에게 건네주면서 그 내용을 읽어 보라고 시켰다. 윌 스칼렛은 모두가 들을 수 있도록 목청을 높여 그 내용을 읽기 시작했다.

"앵커스터의 포목상 쿠엔틴에게 보낼 비단 세 꾸러미."

"그건 손대지 않을 거야." 로빈이 말했다. "쿠엔틴이라는 자는 절약해서 자수성가한 정직한 자니까." 그렇게 하여 비단 세 꾸러미는 풀지 않은 채로 옆으로 밀어 두었다.

"보몬트 수도원에 보낼 비단 우단 한 꾸러미."

"도대체 사제들이 비단 우단으로 뭘 한단 말이지? 그들에게 비단 우단이 필요하지는 않겠지만 그걸 전부 빼앗지는 않겠어. 그걸 세 등분으로 나누어 하나는 팔아서 가난한 사람들을 돕고 하나는 우리가 갖고 나머지 하나는 수도원으로 보내세." 그렇게 하여 로빈이 시키는 대로 하기로 했다.

"성 토머스 예배당에 보낼 대형 양초 40개."

"이건 당연히 예배당에 보내야 하는 것이니 저쪽으로 치워 두게. 하늘의 축복을 받은 성 토머스에게 속한 것을 우리가 가로챌 수는 없지." 그렇게 해서 로빈이 시키는 대로, 풀지 않은 채로 그대로 둔 정직한 쿠엔틴의 비단 꾸러미 옆에 양초 꾸러미가 놓였다. 목록의 내용이 계속해서 읊어졌고 로빈은 가장 합당하다고 판단되는 용도로 물품을 처분했다. 몇몇 짐 꾸러미는 풀지 않은 채로 옆으로 치워졌으나 많은 짐 꾸러미를 풀러 똑같이 세 등분으로 나누어 각각 가난한 사람들을 돕는 용도로 쓰고 로빈 후드 무리가 갖고 원래 주인에게 보내기로 했다. 횃불이 밝게 비추는 땅 위에는 비단과 우단, 금실로 짠 옷, 값비싼 포도주가 든 상자들로 가득 찼고, 이윽고 물품 목록의 마지막 줄을 읊을 차례가 되었다. "헤리퍼드 주교 소유의 상자."

그 말에 주교는 오싹하기라도 하다는 듯이 몸서리를 쳤다. 이윽고 상자가 땅에 놓였다.

"주교님, 이 상자의 열쇠를 갖고 있습니까?" 로빈이 물었다.

주교는 고개를 저었다.

그러자 로빈이 말했다. "윌 스칼렛, 네가 우리 중에서 힘이 가장 세니 당장 칼을 가져와서 이 상자를 부숴 보거라." 그러자 윌 스칼렛이 일어나 자리를 뜨더니 양손으로 쓸 수 있는 커다란 칼을 들고 이내 돌아왔다. 윌 스칼렛은 쇠를 두른 단단한 상자를 세 번 내리쳤다. 세 번째 내리쳤을 때 상자가 벌컥 열리더니 그 안에서 어마어마한 금이 산더미처럼 쏟아져 나와 횃불의 불빛을 받아 붉게 번쩍였다. 그 광경에 지켜보는 사람들 사이에서는 먼 나무에서 부는 바람처럼 웅성대는 소리가 들려왔다. 그 누구도 감히 앞으로 나서거나 금을 만지지 않았다.

로빈이 말했다. "윌 스칼렛, 앨런 어 데일, 리틀 존, 금화를 세어 보게."

돈을 다 세기까지 한참이 걸렸고 셈이 정확하게 끝나자 윌 스칼렛이 전부 합해 금화 1500파운드임을 알렸다. 금화 중에 종이도 한 장 섞여 있어 윌 스칼렛이 그 내용을 큰 목소리로 읽었고 그 돈이 바로 헤리퍼드 주교의 관할 지역에 속한 사유지들로부터 징수한 소작료와 벌금, 그리고 강제로 몰수한 돈이라는 것을 모두가 알게 되었다.

로빈 후드가 말했다. "리틀 존이 말한 것처럼 주교님을 겨울날의 헐벗은 산울타리처럼 벗겨 먹지는 않겠습니다. 저 돈 중 삼분의 일은 돌려드릴 테니까요. 주교님은 돈이 넘쳐 나니 저 중에 삼분의 일은 저희에게 베푸시죠. 저희가 주교님과 일행을 즐겁게 해 드리지 않았습니까? 그리고 나머지 삼분의 일은 가난한 사람들을 돕는 데 쓰시지요. 듣자 하니 주교님은 아랫사람들에게 인정머리 없이 호되게 굴고 부를 축적하는 데에만 몰두하신다고 하던데 좋아하는 걸 소비하는 데 돈을 쓰기보다 가난한 사람들을 위해 돈을 쓰신다면 주교님 위신도 서고 더 큰 신뢰를 얻을 수 있을 겁니다."

그 말에 주교는 고개를 들었으나 아무 말도 할 수 없었다. 그러나 얼마간의 돈을 건질 수 있다는 것을 고맙게 생각했다.

로빈은 레아의 리처드 경을 향해 돌아서더니 이렇게 말했다. "리처드 경, 당신은 교회 때문에 모든 걸 송두리째 뺏길 참이니 교회의 수익 중 남는 부분을 기사님을 돕는 데 쓰는 게 마땅한 것 같습니다. 주교님보다 더 도움이 절실한 사람들에게 배분된 500파운드를 갖고 에밋 수도원에 진 빚을 갚으십시오."

리처드 경은 한동안 로빈을 바라보았고 이윽고 그의 눈에 뭔가가 차올라 모든 빛과 얼굴들이 뿌옇게 흐려졌다. 마침내 그가 입을 열었다. "진심을 다해 하는 말인데 정말 고맙소. 내게 이렇게 베풀어 주다니 말이오. 하지만 내가 당신의 선물을 덥석 받지 못한다 해도 섭섭해하지는 마시오. 이렇게 하겠소. 그 돈으로 내 빚을 갚고 그로부터 일 년 하고 하루 후에 그 돈을 무사히 당신이나 헤리퍼드의 주교에게 갚겠소. 기사의 모든 명예를 걸고 하는 약속이오. 돈을 빌리는 걸로 해야 내 부담이 덜할 것 같소. 내게 그 말도 안 되는 거래를 강요했던 지체 높은 수도원장이 아닌 다른 자가 나를 반드시 도와야 할 필요는 없으니 말이오." 그러자 로빈이 말했다. "당신과 같은 기사들이 그토록 중시하는 고매한 양심이라는 것이 무엇인지는 이해하지 못하겠으나 원하는 대로 하십시오. 하지만 연말에 제게 돈을 돌려주시는 편이 최선일 것입니다. 주교님보다는 제가 더 좋은 일에 돈을 쓸 테니까요." 그는 가까이 있던 친구들에게 금화 500파운드를 세어 가죽 자루에 넣은 다음 리처드 경에게 건네라고 시켰다. 그리고 나머지 금화를 나누어 절반은 로빈 후드 무리의 보물창고에 넣어두고 나머지 절반은 다른 물건들과 함께 주교에게 건넸다.

그때 리처드 경이 자리에서 일어섰다. "이제 더는 머무를 수 없을 것 같소. 내가 집에 돌아가지 않으면 아내가 무척 걱정할 거요. 지금 출발해야겠소."

그러자 로빈 후드와 그의 무리가 전부 일어섰다. 로빈이 말했다. "기사님 홀로 길을 가시게 할 수는 없습니다."

그 말에 리틀 존이 나섰다. "대장, 내가 힘 잘 쓰는 친구들만 스무 명 모아 적절히 무장하고서 기사님을 호위해 드리겠네. 우리 대신 다른 호위 병사들이 생길 때까지 말이야."

"말 한번 잘했네. 그렇게 하게, 리틀 존." 로빈이 말했다.

그러자 윌 스칼렛이 목소리를 높였다. "기사님 신분에 어울리도록 황금 목걸이를 목에 걸어 드립시다. 황금 박차도 달아드리고요."

"말 한번 잘했군. 그렇게 하도록 하거라." 로빈이 말했다.

윌 스튜틀리도 거들었다. "값비싼 우단 한 꾸러미와 금실로 짠 천도 집으로 가져가게 해 드리세. 로빈 후드와 그의 무리가 기사님의 고귀한 부인에게 드리는 선물로 말이야."

그 말에 모두가 기뻐서 손뼉을 쳤고 로빈이 말했다. "역시나 말 한번 잘했어. 그렇게 하도록 하게, 윌 스튜틀리."

레아의 리처드 경은 주위를 둘러보면서 말을 하려고 애썼으나 감정이 북받쳐 올라 좀처럼 입을 열 수 없었다. 마침내 그가 떨리는 쉰 목소리로 말했다. "다정한 벗들이여, 앞으로 잘 지켜

보시오. 이 레아의 리처드 경이 오늘 당신들이 베푼 은혜를 영원히 잊지 않을 거라는 걸. 언제든 도움이 절실히 필요하거나 곤경에 처한다면 나와 내 아내를 찾아오시오. 레아 성의 튼튼한 성벽이 당신들을 위험으로부터 지켜 줄 것이오. 나는….” 그는 더는 말을 잇지 못하고 급히 고개를 돌렸다.

이윽고 리틀 존과 그가 선택한 건장한 사내 열아홉 명이 길을 떠날 준비를 모두 마치고 돌아왔다. 저마다 사슬 갑옷으로 가슴을 무장하고 강철 투구를 썼으며 옆구리에는 튼튼하고 날카로운 칼을 찼다. 그렇게 줄지어 서 있으니 자태가 무척이나 늠름했다. 이어서 로빈이 와서 리처드 경의 목에 황금 목걸이를 걸어 주었고 윌 스칼렛이 무릎을 꿇고서 그의 발꿈치에 황금 박차를 채워 주었다. 리틀 존이 리처드 경의 말을 끌고 왔고 리처드 경이 말에 올라탔다. 리처드 경은 로빈을 잠시 내려다보더니 갑자기 몸을 굽혀 그의 뺨에 입을 맞추어 주었다. 기사와 그를 호위하는 로빈 후드의 무리가 횃불을 환히 밝혀 들고 강철 갑옷을 번쩍이면서 숲속을 가로질러 행진하자 숲속 빈터가 우렁찬 함성으로 떠내려갈 듯했다. 그렇게 그들은 길을 떠났다.

이윽고 헤리퍼드의 주교가 걱정이 가득한 목소리로 말했다. “밤이 늦었으니 나 역시 가 봐야겠네.”

그러나 로빈이 주교의 팔을 잡고 가지 못하게 했다. “주교님, 너무 서두르지 마십시오.” 그가 말했다. “앞으로 사흘 내에 리처드 경이 에밋 수도원에 빚을 갚을 겁니다. 주교님이 뭔가 일을 꾸미실지도 모르니 그때까지 주교님은 저와 함께 여기 있으셔

야 합니다. 주교님이 사슴 사냥을 좋아하시니 여기서 재미난 놀
거리를 즐기게 해 드리지요. 이제 침울한 표정 따위는 던져 버리
고 앞으로 사흘 동안 유쾌한 일반 사람들의 삶을 즐겨 보십시오.
가실 때가 되면 분명 아쉬워하실 겁니다.”

그렇게 해서 주교와 그의 사제들은 사흘 동안 로빈과 함께 지
내게 되었고 그동안 주교는 온갖 놀거리와 즐길 거리에 열중했
다. 로빈이 말한 대로 주교는 숲을 떠날 때가 되자 아쉬워했다.
사흘이 지나서야 로빈은 주교를 풀어 주었고 돌려받은 짐과 물
건을 약탈자들에게 뺏기는 일이 없도록 그의 무리 중 몇몇을 주
교에게 호위 병사로 붙여 숲 밖으로 내보냈다.

그러나 말을 타고 가면서 주교는 로빈이 셔우드에서 자신을
불러 세운 그날을 언젠가는 후회하게 만들어 줄 것이라고 속으
로 다짐했다.

이제는 리처드 경의 뒤를 따라가 볼 차례다. 그에게 어떤 일이
일어났는지, 그가 어떻게 에밋 수도원에 빚을 갚았는지, 그로부
터 머지않아 로빈에게 어떻게 빚을 갚았는지 이야기할 테니 잘
들어 주길 바란다.

14

레아의 리처드 경이 빚을 청산한 이야기

햇살 아래 먼지가 이는 잿빛 큰길이 길고 곧게 뻗어 있었다. 길 양옆으로는 고리버들이 줄지어 늘어선 물이 가득 찬 수로가 있었고 저 멀리로는 키 큰 포플러나무들로 둘러싸인 에밋 수도원의 탑들이 보였다.

둑길을 따라 기사가 말을 타고 달렸고 무장한 우람한 사내 스무 명이 그 뒤를 따랐다. 기사는 잿빛 모직으로 된 간소하고 긴 외투를 입고 있었고 넓은 가죽 허리띠를 매어 잘록하게 모아진 허리춤에는 단도와 튼튼하고 긴 검이 달려 있었다. 그는 무척 수수한 옷차림이었으나 그가 탄 말은 혈통 좋은 바르바리산 말이었고 마구는 비단과 은종으로 화려하게 장식이 돼 있었다.

수로 사이로 난 둑길을 달리던 그들은 마침내 에밋 수도원의 거대한 출입구 앞에 다다랐다. 기사는 부하들 중 한 명에게 칼

자루로 문지기의 집을 두드리라고 지시했다. 집안의 의자에 앉아 꾸벅꾸벅 졸고 있던 문지기는 문 두드리는 소리에 깨어나 쪽문을 열고 다리를 절며 나와 기사를 맞이했다. 그사이 집안의 고리버들 새장 안에 앉아 있던 길들인 찌르레기가 "천국에서 안식을! 천국에서 안식을!"이라고 외쳐 댔다. 가련하고 늙은 절름발이 문지기가 새에게 가르친 말이었다.

"수도원장은 어디 있소?" 기사가 늙은 문지기에게 물었다.

"지금 식사 중이십니다. 기사님이 오는 걸 기다리고 계십니다. 레아의 리처드 경이 맞으시지요?" 문지기가 말했다.

"나는 레아의 리처드 경이 맞소. 안으로 들어가 수도원장을 만나야겠소." 기사가 말했다.

"기사님 말을 마구간 안으로 들여놔야 하지 않을까요? 정말 혈통 좋은 말입니다. 마구도 최고급이고요. 이런 말은 난생처음 봅니다요." 문지기가 이렇게 말하며 말의 옆구리를 손바닥으로 쓰다듬었다.

그러자 리처드 경이 말했다. "그럴 필요는 없소. 여기 마구간은 나를 위한 곳이 아니니 그냥 두어도 좋소." 수도원의 정문이 열리자 그는 자갈이 깔린 수도원의 안뜰로 들어섰고 그의 부하들도 그 뒤를 따랐다. 강철 갑옷과 칼들이 쩽그랑거리며 부딪치는 소리와 자갈을 밟는 말발굽 소리와 함께 그들이 안으로 들어서자 햇살 아래서 뽐내듯 걷고 있던 비둘기 떼가 날개를 퍼덕이며 둥근 탑의 높은 처마로 날아갔다.

기사가 둑길을 따라 에밋 수도원을 향해 달려오는 동안 수도원의 연회장에서는 즐거운 만찬이 한창이었다. 오후의 햇살이 커다란 아치형의 창을 통해 들어와, 눈처럼 하얀 천 위에 호화로운 만찬이 차려진 식탁과 돌바닥 위로 커다란 사각형 모양의 빛을 드리웠다. 식탁 상석에는 고운 천과 비단으로 지은 보드라운 겉옷을 휘감듯 차려입은 에밋 수도원장 빈센트가 앉아 있었다. 머리에는 황금 장식이 돋보이는 검은 우단 모자를 쓰고 있었고 목에는 큼지막한 펜던트 장식이 달린 달린 묵직한 금 목걸이를 걸고 있었다. 그가 앉은 커다란 의자의 팔걸이에는 그가 귀히 여기는 매가 앉아 있었다. 그는 고상한 사냥이라 할 수 있는 매사냥을 즐겼기 때문이다. 그의 오른쪽으로는 끝자락이 온통 모피로 장식된 값비싼 보라색 예복을 차려입은 노팅엄의 주 장관이 앉아 있었고 그의 왼쪽으로는 어두운 색의 수수한 옷을 입은 유명한 법학자가 앉아 있었다. 그들 아래로는 에밋 수도원의 식료품 보관 책임자와 중책을 맡은 고위 사제들이 앉아 있었다.

농담과 웃음이 오고 갔고 모두가 더없이 즐거운 한때를 즐기는 중이었다. 주름이 자글자글한 법학자가 미소를 짓자 얼굴에 구김살이 더 생기며 일그러졌다. 그의 돈주머니에는 수도원장이 자신과 레아의 리처드 경 사이의 거래에 대한 수수료로 그에게 건넨 금화 80엔젤이 들어 있었기 때문이다. 노련한 법학자는 빈센트 원장을 그다지 신뢰하지 않았기 때문에 선불로 수수료를 받은 터였다.

노팅엄의 주 장관이 물었다. "그런데 수도원장님, 땅을 무사히 손에 넣을 수 있겠습니까?"

"물론이지요." 빈센트 원장이 포도주를 길게 들이켜고서 입맛을 다시며 말했다. "그자는 모르겠지만 저는 그자를 예의주시하고 있습니다. 제게 빚을 갚을 돈이 없는 게 분명합니다."

그러자 법학자가 메마르고도 거친 목소리로 말했다. "그렇지요. 그가 빚을 못 갚으면 땅을 몰수당하는 게 당연하지요. 그런데 수도원장님, 그가 직접 서명한 증서를 꼭 받아 내야 합니다. 안 그러면 땅을 넘겨받는 데 문제가 생길 수도 있습니다."

"알고 있소. 전에도 내게 말해 주었잖소. 하지만 그자는 워낙 빈털터리 신세라 고작 200파운드라는 돈에도 땅을 넘겨주겠다고 흔쾌히 서명할 겁니다." 수도원장이 말했다.

그러자 식료품 보관 책임자가 목소리를 높였다. "불운에 처한 기사를 그렇게 막다른 골목으로 몰아가는 것은 부끄러운 일이라고 생각합니다. 한낱 500파운드라는 돈 때문에 더비셔에서 가장 유서 깊은 영지를 그에게서 빼앗다니 안타깝습니다. 저는 정말…."

"어떻게 그런 말을 할 수 있소?" 수도원장이 노여움에 떨리는 목소리로 끼어들었다. 화가 난 그의 눈이 이글거렸고 뺨이 붉어졌다. "감히 누구 앞에서 그딴 말을 지껄이는 것이오? 성 휴버트를 걸고 말하는데, 당신 숨을 아꼈다가 수프나 식히는 데 써야 할 거요. 안 그럼 입을 데일 테니까."

그러자 법학자가 달래듯이 말했다. "장담하는데, 오늘 그 기사는 문제를 해결하러 나타나지 않을 겁니다. 용기가 없는 자라는 걸 증명하는 셈이지요. 그래도 그에게서 땅을 받아 낼 여러 방법을 모색해 볼 테니 너무 걱정하지 마십시오."

그러나 법학자가 말을 마치기가 무섭게 저 아래 안뜰에서 말발굽이 달가닥거리는 소리와 사슬 갑옷이 짤랑이며 부딪치는 소리가 들려왔다. 수도원장은 다름 아닌 리처드 경이 온 것임을 잘 알았음에도 사제 중 한 명에게 창문을 내다보고 아래에 누가 왔는지 확인해 보라고 명령했다.

사제가 가서 내려다보고는 이렇게 말했다. "스무 명 남짓의 무장한 사내들과 기사 한 명이 지금 막 말에서 내리고 있습니다. 기사는 잿빛의 긴 외투 차림인데 행색이 썩 좋아 보이지는 않습니다. 그런데 그가 타고 온 말은 제가 본 중에 가장 값비싼 말입니다. 그들이 말에서 내려 이쪽으로 오고 있습니다. 이제 대연회장 바로 아래까지 온 것 같습니다."

그러자 빈센트 원장이 말했다. "자, 다들 보십시오. 뜯어먹을 빵 쪼가리 하나 살 돈 없는 기사가 부하들을 거느린 데다가 자기 등짝은 헐벗었으면서 말에는 번쩍번쩍한 마구를 채우고서 여기까지 행차하셨소. 이런 자야말로 굴욕을 당해야 하는 게 아니오?"

그러자 몸집이 왜소한 법학자가 소심하게 물었다. "그런데 이기사가 우리를 해치지는 않을까요? 저렇게 기세가 사나운데, 난폭한 자들까지 데리고 왔으니 말입니다. 어쩌면 빚 갚을 기간을 더 줘야 할지도 모르겠습니다." 리처드 경이 자신을 해칠까 봐 겁먹은 그가 말했다.

"그렇게 겁먹을 필요 없소." 수도원장이 옆에 앉은 왜소한 법학자를 깔보듯이 말했다. "저 기사는 성품이 온화한 데다가 당신 같은 자는 노파로 생각하여 해치지 않을 테니 말이오."

수도원장이 말을 마치자 연회장 아래쪽 끝에 있는 문이 열리면서 리처드 경이 두 손을 포개고 고개를 가슴께까지 푹 숙인 채로 들어왔다. 그가 그렇게 겸손한 자세로 복도를 천천히 걸어오는 동안 무장한 그의 부하들은 문가에 서 있었다. 수도원장이 앉아 있는 곳까지 온 그는 한쪽 무릎을 꿇었다. "수도원장님, 부디 몸 건강하시고 무탈하십시오. 제가 약속을 지키러 왔습니다."

그러자 수도원장이 대뜸 꺼낸 첫마디는 이랬다. "내 돈은 가져왔소?"

"이런! 제 수중에는 단 1페니의 돈도 없습니다." 기사가 말했다. 그 말에 수도원장이 눈을 반짝였다.

"지독한 채무자로군." 수도원장이 말했다. 그러고는 주 장관에게 말했다. "자, 건배합시다."

그러나 기사가 여전히 딱딱한 돌바닥에 무릎을 꿇은 채로 있던 터라 수도원장이 다시 그를 바라보며 표독스럽게 물었다. "대체 내게 뭘 원하는 거요?"

그 말에 기사의 뺨이 서서히 붉게 달아올랐으나 여전히 무릎을 꿇은 채였다. "제게 자비를 베풀어 주십시오." 그가 말했다. "수도원장님이 하늘에 자비를 바라듯이 제게도 자비를 베풀어 주십시오. 제게서 땅을 빼앗지 말고 진실된 기사를 가난으로 몰아넣지 마십시오."

"약속 기한이 지났으니 당신 땅은 몰수되었소." 기사의 겸허한 말에 용기를 얻은 법학자가 끼어들었다.

리처드 경이 말했다. "법학자님, 제가 도움이 절실한 때에 제 편이 되어 주시지 않는 겁니까?"

"그렇소." 법학자가 말했다. "수도원장이 내게 금화로 수수료를 지불했으니 수도원장의 편을 들 수밖에 없소."

"주 장관님, 제 편이 되어 주시지 않는 겁니까?" 리처드 경이 물었다.

그러자 노팅엄의 주 장관이 대답했다. "그런 일은 없을 것이오. 이건 내가 상관할 문제가 아니오. 하지만 내가 할 수 있는 일을 해 보겠소." 그는 식탁보 밑으로 수도원장의 무릎을 쿡 찔렀다. "수도원장님, 저자의 빚을 조금 경감해 주시지 않겠습니까?"

그 말에 수도원장이 음흉하게 웃었다. "리처드 경, 내게 300파운드만 갚으시오. 그러면 빚을 다 갚은 걸로 쳐 드리겠소."

"수도원장님, 제가 400파운드를 갚든 300파운드를 갚든 똑같다는 걸 잘 아시지 않습니까? 빚을 갚는 데 일 년이라는 시간을 더 주시면 안 되겠습니까?"

"단 하루도 안 되오." 수도원장이 단호하게 선을 그었다.

"이게 제게 해 주실 수 있는 전부입니까?" 기사가 물었다.

"그렇다고 하지 않았소? 이 거짓된 기사 같으니라고!" 수도원장이 분노를 터트리며 소리쳤다. "내가 말한 대로 빚을 갚든지 아니면 땅을 내놓고 당장 여기서 나가시오."

그러자 리처드 경이 일어섰다. "당신은 거짓말을 일삼는 기만적인 사제요!" 그가 워낙 엄중한 어조로 말했던 터라 법학자는 겁에 질려 몸을 움츠렸다. "당신도 알다시피 난 거짓된 기사가 아닐뿐더러 전투는 물론 온갖 시합에서도 내 자리를 굳건히 지켰소. 그런데 진정한 기사가 여태 무릎을 꿇고 있었는데도 당신은 예의를 눈곱만큼도 보이지 않소? 하물며 당신의 연회장 안으로 들어왔는데도 먹을 것이나 마실 것조차 권하지 않소?"

그러자 법학자가 떨리는 목소리로 말했다. "거래에 관련된 문제를 이런 식으로 이야기하는 건 옳지 않은 것 같소. 좀 언성을 낮춥시다. 수도원장님, 리처드 경이 땅을 내놓는다면 얼마를 주시겠습니까?"

"원래 200파운드를 주려고 했지만 저자가 내게 저렇게 가시 돋친 말을 퍼부으니 100파운드 외에는 한 푼도 더 얹어 주지 않겠소."

"정말 거짓을 일삼는 사제군요. 원래 천 파운드를 주겠다고 하지 않았습니까? 당신은 내 땅을 눈곱만큼도 차지하지 못할 것이오." 리처드 경은 무장한 자들이 서 있는 문가를 향해 돌아서서 손가락으로 가리키며 불렀다. "이리 오게." 그러자 그중 가장 키가 큰 자가 와서 그에게 기다란 가죽 자루를 건넸다. 리처드 경이 자루를 받아 식탁 위에 쏟아붓자 번쩍이는 금화가 쏟아져 나왔다. 그가 말했다. "잘 들으시오, 수도원장 양반. 아까 당신이 300파운드에 빚을 모두 탕감해 준다고 했소. 그 외에는 한 푼도 더 가질 수 없으니 알아서 하시오." 그는 300파운드를 세어 수도원장 앞으로 밀어 놓았다.

수도원장은 두 팔을 축 늘어뜨리고 고개를 푹 떨구었다. 땅을 차지할 수 있을 것이라는 희망이 물거품처럼 사라졌을 뿐 아니라 그의 빚을 100파운드나 면제해 주었고 법학자에게 쓸데없이 수수료로 금화 80엔젤을 지불했기 때문이다. 그는 법학자를 향해 말했다. "내게서 받은 돈을 도로 내놓으시오."

그러자 법학자가 새된 소리로 외쳤다. "이건 당신이 내게 수수료로 지불한 돈이오. 다시 돌려줄 수 없소." 그는 옷자락을 단단히 여몄다.

리처드 경이 말했다. "수도원장 양반, 난 약속을 지켰고 빚을 다 갚았소. 이제 우리 사이에 더는 볼일이 없으니 이 기분 나쁜 곳을 당장 떠나겠소." 그는 돌아서서 성큼성큼 걸어 나갔다.

그때까지 주 장관은 내내 눈이 휘둥그레져서 입을 떡 벌린 채로, 돌로 깎아 만든 조각상처럼 우뚝 서 있는 무장한 장신의 사내를 바라보고 있었다. 마침내 그는 헐떡이는 채로 한마디 내뱉었다. "레이놀드 그린리프!"

그 말에 무장한 장신의 사내, 그러니까 다름 아닌 리틀 존이 주 장관을 향해 돌아서서 씩 하고 웃었다. "주 장관님, 재미난 이야기 하나 해 드릴까요? 오늘 하신 말씀 잘 들었습니다. 로빈 후드에게 하나도 빼놓지 않고 잘 전해 드리지요. 셔우드 숲에서 다시 만날 때까지 당분간 잘 지내십시오." 그는 돌아서서 리처드 경을 따라 연회장 아래로 내려갔다. 주 장관은 너무 놀라 얼굴이 하얗게 질린 채 의자에 잔뜩 몸을 웅크리고 있었다.

리처드 경이 오기 전까지는 흥겨운 만찬이 한창이었지만 그는 침통함만을 남겨 놓고 떠났고 그들은 눈앞에 차려진 진수성찬을 보고도 식욕이 돋지 않았다. 수수료를 받아 챙긴 약삭빠른 변호사만 쾌재를 불렀다.

에밋 수도원장 빈센트가 만찬 자리에 앉아 있던 그날 이후로 일 년 하고 하루가 지났고 또 다른 해의 그윽한 가을이 찾아왔다. 그러나 그해에 레아의 리처드 경의 영지에는 큰 변화가 있었다. 초지에 잡초가 무성했던 전과 달리, 이제는 황금빛 그루터기가 죽 펼쳐져 있어 무르익은 작물들을 풍성하게 수확했음을 보여 주었다. 한 해 동안 성안에서도 큰 변화가 있어, 해자가 바짝 말라 있고 사람 손길이 닿지 않아 허물어져 갔던 곳이 이제는 모든 것이 정돈되고 잘 가꾸어져 있었다.

흙벽과 탑 위로 밝은 햇살이 비추었고 머리 위의 푸른 하늘에서는 갈까마귀 떼가 깍깍거리며 금박을 입힌 풍향계와 첨탑 주위를 날아다녔다. 그때 눈부신 아침 햇살 속에서 사슬들이 철커덕하는 소리를 내며 도개교가 해자 위로 드리워지고 성문이 서서히 열리더니, 들장미에 내려앉은 서리와 겨울날 아침의 가시나무처럼 새하얗게 사슬 갑옷을 갖춰 입은 기사가 강철 갑옷으로 무장하고 질서정연하게 늘어선 병사들과 함께 번쩍이는 빛을 발하며 성 안뜰에서 나왔다. 기사의 손에는 기다란 창이 들려 있었고 창의 끝에는 손바닥 만한 크기의 피처럼 붉은 삼각기가 걸려 펄럭였다. 그렇게 성에서 나온 행렬의 한 가운데에는 갖가지 형태와 종류의 꾸러미를 가득 실은 세 마리의 짐말이 걷고 있었다.

그렇게 하여 레아의 리처드 경은 그 쾌청하고 맑은 아침에 로빈 후드에게 빚을 갚으러 길을 나섰다. 그들은 정연한 말발굽 소리와 칼과 마구가 부딪혀 쨍그랑거리는 소리와 함께 큰길을 지났다. 행진을 거듭한 끝에 그들은 덴비 근처에 다다랐고 언덕 꼭대기에서 저 너머 마을을 내려다보니 알록달록 화려한 깃발과 띠들이 밝은 햇살 속에서 나부끼는 것이 눈에 들어왔다. 리처드 경이 옆에 있던 무장한 병사에게 물었다. "저기 덴비에서 오늘 무슨 일이 있는가?"

"오늘 저기서 흥겨운 축제가 열리는데 격투 시합도 크게 열려 사람들이 많이 온다고 합니다. 최후의 승자에게는 적포도주 한 통, 근사한 황금 반지, 장갑이 주어진다고 합니다." 병사가 대답했다.

"오, 정말인가?" 사내들이 겨루는 시합을 무척이나 좋아하는 리처드 경이 말했다. "볼 만한 구경거리가 되겠군. 저기 잠깐 들러 시합을 구경하세." 그는 축제가 열리는 덴비 쪽으로 말 머리를 돌려 부하들과 함께 그곳으로 향했다.

그곳은 한창 왁자지껄하고 흥겨운 분위기였다. 온갖 깃발과 띠들이 바람에 펄럭였고 풀밭에서 곡예사들이 공중제비를 돌았으며 백파이프가 연주되었고 젊은 남녀가 그 음악에 맞춰 춤을 추고 있었다. 그러나 구경꾼들 대부분은 격투 시합이 벌어지는 원형 경기장 주변에 모여 있어 리처드 경과 그의 부하들도 그곳으로 향했다.

격투 시합의 심판들은 다가오는 리처드 경을 보고 그가 누군지 알아보았고, 심판들 중 가장 직책이 높은 자가 다른 사람들과 함께 앉아 있던 자리에서 내려와 그에게 다가가 손으로 잡아 끌며 함께 가서 심판을 보자고 청했다. 리처드 경은 말에서 내려 다른 사람들과 함께 원형 경기장 옆 높은 곳에 마련된 심판석으로 갔다.

그날 아침 대단한 경기들이 이미 펼쳐졌다. 스태퍼드셔의 스토크에서 온 에그버트라고 하는 자가 맞붙는 상대마다 족족 별 힘도 들이지 않고 내동댕이쳐 버렸다. 그러나 덴비 출신이자 그쪽 동네 전역에 상처투성이 윌리엄이라고 알려진 자가 스토크의 사내와 맞붙기만을 기다리고 있었다. 에그버트가 모든 상대를 쓰러뜨리고 나자 우람한 체격의 윌리엄이 원형 시합장 안으로 뛰어들어 왔다. 거친 한판 싸움이 벌어졌고 마침내 윌리엄이 에그버트를 있는 힘껏 내다 던졌다. 그러자 모든 관중이 시합장이 떠내려가라 함성을 지르며 서로 악수했다. 같은 지역 출신인 그가 무척이나 자랑스러웠기 때문이다.

리처드 경이 시합장에 갔을 때는 우락부락한 윌리엄이 관중의 함성에 흥분하여 씩씩대며 원형 시합장을 오르락내리락하면서 누구든 와서 자기를 쓰러뜨려 보라고 으름장을 놓고 있었다. "자, 덤벼! 모두 덤벼!" 그가 소리쳤다. "상처투성이 윌리엄, 내가 모두를 상대하기 위해 여기 이렇게 서 있다. 더비셔에서 내게 덤빌 자가 없으면 노팅엄, 스태퍼드, 요크 그 어디의 누구라도 덤벼 보라고. 내가 모두를 숲속의 돼지처럼 코를 박게 하지 못한다면 나를 더 이상 용맹한 격투의 제왕 윌리엄이라 부르지 않아도 좋다."

그 말에 모두가 웃음을 터트렸으나 그 와중에 이렇게 목청껏 외치는 이가 있었다. "허풍 한번 요란하게 떠니 여기 노팅엄셔에서 온 자가 네놈을 쓰러뜨려 주겠다." 곧바로 키가 큰 젊은 사내가 단단한 육척봉을 손에 쥐고서 군중 속을 헤집고 나와 마침내 로프를 가볍게 뛰어넘어 시합장 위로 올라갔다. 사내는 윌리엄만큼 육중한 몸은 아니었으나 키가 더 크고 어깨가 더 넓었으며 뼈마디가 다부지고 단단했다. 리처드 경은 사내를 뚫어지게 바라보다가 심판 중 한 사람을 향해 물었다. "저 젊은 사내가 누군지 아시오? 나는 전에 본 적이 있는 사람 같은데."

"모르겠습니다. 처음 보는 자입니다." 심판이 대답했다.

그사이 젊은 사내는 아무 말도 없이 육척봉을 옆에 놓아두고 조끼와 윗옷을 벗더니 팔과 몸통을 훤히 드러내고 앞에 나섰다. 근육이 매끈하게 잘 다듬어져 있고 세차게 흐르는 물처럼 근육이 예리하게 갈라진 그의 벗은 몸은 무척이나 근사해 보였다.

두 사내는 각자 손바닥에 침을 뱉고 무릎을 찰싹 때리고는 쪼그려 앉아 먼저 우위를 점해 상대방을 잡으려고 서로를 예리하게 관찰했다. 그러고는 번갯불이 번쩍이듯 서로에게 달려들었다. 윌리엄이 먼저 유리하게 상대방을 잡자 관중석에서 함성이 터져 나왔다. 잠시 동안 두 사람은 서로 안간힘을 쓰고 버둥대고 온몸을 비틀어 댔다. 그러다 건장한 윌리엄이 노련한 주특기를 발휘하여 발을 걸어 넘어뜨리려 했으나 낯선 사내가 그보다 더 우월한 기술로 맞서는 바람에 그의 기술은 헛수고가 되고 말았다. 그러다 난데없이 낯선 사내가 몸을 홱 비틀어 상대방의 손아귀에서 빠져나갔고 어느새 상처투성이 윌리엄은 갈비뼈가 으스러지도록 꽉 죄는 상대방의 두 팔 안에 갇히게 되었다. 한동안 두 사람은 거칠고 뜨거운 숨을 내쉬면서 안간힘을 쓰며 선 채로 붙어 있었다. 두 사람의 몸은 땀으로 온통 번들거렸고 얼굴에서는 굵은 땀방울이 계속해서 흘러내렸다. 그러나 낯선 사내가 워낙 어마어마한 힘으로 윌리엄을 꽉 붙잡고 있었기 때문에 그 손아귀 속에서 윌리엄의 근육이 힘을 잃었고 그는 끙 하고 고통스러운 소리를 내지르기에 이르렀다. 마침내 낯선 사내는 온 힘을 끌어모아 난데없이 발꿈치로 상대방의 발을 걸더니 그대로 자신의 오른쪽 엉덩이 너머로 상대방을 내동댕이쳐 버렸다. 누가 들어도 끔찍하게 쿵 하는 소리를 내며 매다 꽂힌 윌리엄은 다시는 손이나 발을 움직일 수 없을 것처럼 쓰러졌다.

그러나 낯선 사내를 향해서는 아무런 함성도 터져 나오지 않았고 오히려 군중 사이에서 화를 내며 웅성대는 소리가 들려왔다. 그가 너무도 쉽사리 상대를 이겨 버렸기 때문이다. 그때 상처투성이 윌리엄의 친척인 심판 중 한 명이 입술을 떨며 험상궂은 표정으로 일어섰다. "당신이 저자를 죽인 거라면 당신에게도 똑같은 불행이 찾아올 거요. 분명히 말했소." 그러나 낯선 사내는 대담하게 받아쳤다. "그가 내게서 기회를 잡은 것처럼 나도 그에게서 기회를 잡은 것뿐이오. 내가 그를 죽였다 해도 어떤 법으로도 내게 해를 가할 수 없소. 시합장 위에서 정정당당하게 경기를 펼친 것뿐이니까."

"어디 두고 보자고." 심판이 젊은 사내를 노려보며 말했다. 그

러는 동안 군중 사이에서 또다시 분노에 가득 차 웅성대는 소리
가 들려왔다. 아까 이야기했듯이 덴비의 주민들은 상처투성이
윌리엄을 무척이나 자랑스럽게 여겼기 때문이다.

그러자 리처드 경이 일어나 차분한 목소리로 말했다. "저 젊
은이 말이 맞소. 상대방이 죽었다 하더라도 그는 격투 경기를 하
다 죽은 것이오. 자신의 기회를 충분히 이용했고 정당하게 패배
한 것이오."

그사이 세 사람이 가서 윌리엄을 바닥에서 들어 올리더니 그
가 죽지 않은 것을 확인했다. 그러나 그는 떨어질 때의 충격이
몹시 컸던 탓에 몸을 심하게 떨고 있었다. 주 심판이 일어나 말
했다. "젊은이, 상은 마땅히 당신 것이오. 붉은 황금 반지와 장갑
이 여기 있소. 저쪽에는 붉은 포도주 통이 세워져 있소. 저걸로
뭘 하든 알아서 하시오."

옷을 주워 입고 육척봉을 다시 집어 든 젊은이는 그 말에 조
용히 고개를 숙여 보이고는 장갑과 반지를 받아 장갑은 허리춤
에 쑤셔 넣고 반지는 엄지손가락에 끼웠다. 그러고는 돌아서서
시합장 로프를 다시 가볍게 뛰어넘은 다음, 군중 속을 헤치고 사
라져 버렸다.

심판이 리처드 경을 향해 말했다. "그런데 저 젊은이 정체가
뭔지 정말 궁금합니다. 뺨이 붉고 머리칼 색이 밝은 걸로 봐서는
색슨족 사내인 것 같은데요. 우리의 윌리엄도 기세가 어마어마
하지만 시합장에서 오늘처럼 내던져진 것은 처음 봅니다. 물론
콘월의 토머스, 요크의 디콘, 돈커스터의 청년 데이비드 같은 격

투의 강자들과 맞붙어 본 적은 없지만요. 그래도 오늘 잘 버티지 않았습니까?"

"그렇소. 하지만 그 낯선 젊은이가 정정당당하게 그를 내던졌소. 그것도 놀라울 정도로 쉽게 말이오. 그가 누군지 정말 궁금하오." 리처드 경 역시 생각에 잠긴 목소리로 말했다.

기사는 한동안 서서 주변 사람들과 이야기를 나누다가 마침내 떠날 채비를 했다. 그는 부하들을 불러 모으고 안장의 뱃대끈을 조이고는 다시금 말에 올라탔다.

한편 낯선 젊은이는 인파를 헤치고 가던 중 자신이 지날 때마다 사방에서 이렇게 웅성대는 소리를 들었다. "저 어린 수탉 좀 보게!", "깃털 뽑는 꼴 좀 봐라!", "정정당당히 경기에 임한 윌리엄을 부당하게 집어던졌어!", "저놈 손에 끈끈이가 붙어 있었다지?", "저 수탉의 볏이나 잘라 버려야 하는데!"

그러나 낯선 젊은이는 그 모든 말에 전혀 개의치 않고 아무런 소리도 듣지 못했다는 듯 당당하게 걸어갔다. 그는 여유롭게 풀밭을 가로질러 안에서 사람들이 춤을 추고 있는 천막이 있는 곳까지 갔고 그 입구에 서서 사람들이 춤추는 모습을 지켜보았다. 그런데 그렇게 서 있는 그의 팔에 난데없이 돌이 날아들었다. 날카롭고 예리한 충격이었다. 돌아서 보니 시합장에서부터 자신을 따라온 성난 사내 무리가 눈에 들어왔다. 사내 무리는 젊은이가 돌아서는 걸 보자 콧방귀를 끼며 야유를 퍼부었고 그 바람에 천막 안에서 춤을 추던 사람들이 무슨 일이 벌어졌는지 보려고 밖으로 나왔다. 이윽고 키가 크고 어깨가 떡 벌어진 우락부락한 대장장이가 무리 속에서 성큼성큼 걸어 나오더니 큼지막한 자두나무 몽둥이를 손에 쥐고 휘둘러 댔다.

"어디 시골 촌놈이 감히 평화로운 마을 덴비에 와서 선량하고 정직한 젊은이를 악랄하고 비열한 꼼수로 쓰러뜨린 게냐?" 그는 성난 황소가 울부짖듯 낮고도 걸걸한 목소리로 으르렁거렸다. "에잇, 이거나 받아라!" 그는 난데없이 황소라도 쓰러뜨릴 기세로 낯선 젊은이를 세게 내리쳤다. 그러나 젊은이는 날쌔게 몸을 옆으로 피해 대장장이를 내리쳐 응수했고 그 위력이 얼마나 대단했던지 덴비의 사내가 마치 번개라도 맞은 듯 신음하며 풀썩 고꾸라졌다. 앞장서서 나섰던 자가 그렇게 쓰러지자 사내 무리는 또다시 분노에 가득 차 고함을 질러 댔다. 이제 젊은이는 자신이 서 있는 근처의 천막을 등진 채로 무시무시한 육척봉을 휘둘렀다. 그가 우락부락한 대장장이를 엄청난 위력으로 쓰러뜨린 탓에 아무도 그가 휘두르는 육척봉 앞으로 나서지 못했고 오히려 곰을 맞닥뜨린 개떼처럼 뒤로 슬금슬금 물러났다. 그러나 뒤에 있던 어떤 비겁한 자가 뾰족하고 날카로운 돌을 젊은이를 향해 던지는 바람에 정수리에 돌을 맞은 젊은이가 뒤로 비틀거렸고 상처에서 시뻘건 피가 솟구쳐 얼굴과 윗옷까지 흘러내렸다. 그렇게 비겁하게 던진 돌에 맞아 젊은이가 휘청거리는 것을 본 사람들은 곧장 그에게 달려들어 덮쳤고 그는 사람들 발밑에 깔리고 말았다.

젊은이는 하마터면 큰일을 당할 뻔했고 어쩌면 젊은 나이에 목숨을 잃었을지도 모른다. 그때 리처드 경이 그곳으로 가지 않았다면 말이다. 병사들이 고함을 지르면서 번쩍이는 칼등을 공중에 대고 휘두르는 가운데 레아의 리처드 경이 새하얀 말에 박차를 가하며 군중 속을 헤치고 달려왔다. 강철 갑옷을 입은 기사와 무장한 병사들을 본 사람들은 그제야 피를 흘리고 먼지투성이가 되어 쓰러진 젊은이를 남겨 두고 따뜻한 난롯가에서 눈이 녹듯 너도나도 물러났다.

사람들이 간 것을 보자 젊은이가 일어나 얼굴의 피를 닦으며 고개를 들어 말했다. "레아의 리처드 경, 오늘 당신이 제 목숨을 구해 주셨습니다."

"나를 그렇게 잘 알아보다니 당신은 누구요? 나도 당신 얼굴이 익숙하긴 하오." 기사가 말했다.

그러자 젊은이가 대답했다. "네, 그럴 겁니다. 저는 돈커스터의 데이비드입니다."

"하!" 리처드 경이 탄성을 질렀다. "데이비드, 내가 자네를 몰라보다니. 그런데 전보다 수염이 더 자랐고 일 년 전보다 더 사내다워졌군. 데이비드, 여기 천막 안에 들어가서 얼굴에 묻은 피 좀 닦게나. 랄프, 당장 가서 깨끗한 상의를 가져오게. 자네에게 벌어진 일은 안타깝지만 자네 대장 로빈 후드가 내게 베푼 은혜를 이런 식으로 조금이나마 갚을 수 있어서 다행이네. 내가 오지 않았다면 자네는 새파란 나이에 큰 변을 당할 뻔했어."

그렇게 말하며 기사는 데이비드를 천막 안으로 이끌었고 거기서 데이비드는 얼굴에 묻은 피를 닦고 새 옷으로 갈아입었다.

그 사이 천막 가까이 서 있던 사람들이 숙덕거렸다. 그가 다름 아닌 위대한 돈커스터의 데이비드이며 지난봄만 해도 요크셔의 셀비에서 열린 시합에서 강적인 링컨의 애덤을 쓰러뜨려 현재 중부 지방의 챔피언 벨트를 가지고 있는 중부 지방 최고의 격투 선수라는 수군거림이었다. 그런 데이비드가 얼굴에 묻은 피를 모두 닦고 더럽혀진 윗옷을 새 옷으로 갈아입은 다음 리처드 경과 함께 천막 안에서 나오자 성난 함성은 어디에서도 들리지 않았고 모두가 잉글랜드 최고의 격투 선수가 덴비 축제의 시합에 출전했다는 사실에 자부심을 느끼며 그 젊은이를 보려고 몰려들 뿐이었다. 그렇게 군중의 심리란 참으로 변덕스럽다.

그러자 리처드 경이 크게 소리쳤다. "자 여러분, 이자는 돈커스터의 데이비드요. 그러니 덴비의 사내가 이런 최고의 격투 선수에게 무릎을 꿇었다는 걸 수치스럽게 여기지 마시오. 방금 벌어진 일로 말할 것 같으면 이 자는 당신들에게 나쁜 의도가 전혀 없었소. 그러니 경고하는데 앞으로는 낯선 자를 이런 식으로 대하지 말길 바라오. 만약 당신들 손에 이자가 죽었다면 오늘은 당신들에게 불행한 날이 되었을 것이오. 황조롱이가 비둘기장을 매섭게 덮치듯 로빈 후드가 당신들 마을로 곧장 달려왔을 테니까. 내가 이 자에게서 포도주 통을 샀으니 당신들에게 나눠 주겠소. 원하는 만큼 마음껏 마시길 바라오. 하지만 앞으로는 남보다 뛰어나다는 이유로 누군가에게 그렇게 우르르 달려들어 공격하는 일은 절대로 없어야 하오."

그 말에 모두가 환호성을 질렀으나 실은 기사의 말보단 포도주에 더 관심이 있었다. 리처드 경은 데이비드를 옆에 두고 주위에 무장한 병사들을 거느리고 돌아서서 축제장을 빠져나갔다.

그러나 그로부터 한참의 세월이 흐른 후, 그날 격투 시합을 보았던 사람들이 나이가 들어 구부정한 노인이 되었을 무렵, 그들이 여느 대단한 격투 시합에 대해 이야기를 들을 때면 고개를 가로저으며 이렇게 말하곤 했다. "쯧쯧, 그날 덴비 축제에서 위대한 돈커스터의 데이비드가 기운 센 상처투성이 윌리엄을 보기 좋게 내동댕이치는 걸 봤어야 하는데."

즐거운 숲에서 로빈 후드는 리틀 존과 무리 대부분에 둘러싸인 채 서서 리처드 경이 오기를 기다리고 있었다. 이윽고 갈색 나뭇잎들 사이로 갑옷들이 번쩍거리는 것이 보였다. 수풀에 가려 보이지 않는 곳에서 사방이 트인 빈터로 리처드 경이 병사들을 거느리고 말을 탄 채 나타났다. 그는 곧장 로빈 후드에게로 가서 말에서 뛰어내린 다음, 두 팔로 로빈을 얼싸안았다.

"어디 좀 봅시다." 로빈이 한동안 있다가 리처드 경을 떼어 내고는 그의 머리부터 발끝까지 살폈다. "마지막으로 봤을 때보다 훨씬 더 활기차 보이십니다."

"그렇소. 다 당신 덕분이오." 기사가 이렇게 말하며 로빈의 어깨에 손을 올렸다. "당신이 아니었다면 나는 여태 먼 타지에서 비참하게 방황하고 있었을 것이오. 하지만 약속대로 당신이 빌려준 돈을 다시 가져왔소. 당신이 빌려준 돈을 네 배나 불려서 다시 부유해졌소. 그때 빌려주었던 돈과 함께 당신과 당신의 용맹한 전사들을 위해 조그만 선물을 가져왔소. 나와 내 아내가 준비한 것이오." 그가 부하들을 향해 돌아서더니 이렇게 말했다.

"짐 실은 말들을 데리고 오게."

그러나 로빈이 그를 말렸다. "아닙니다, 리처드 경. 제가 이렇게 막아서는 걸 불손하게 여기지 마십시오. 우리 셔우드 사람들은 일단 먹고 마시기 전까지는 볼일을 보지 않습니다." 로빈은 리처드 경의 손을 잡고 그를 숲속 나무 아래의 자리로 이끌었다. 로빈 후드 무리의 주요 인물들도 와서 주변에 자리를 잡고 앉았다. 로빈이 말했다. "돈커스터의 청년 데이비드가 기사님과 병사들과 함께 오는 걸 봤는데 어떻게 된 일입니까?"

그러자 기사가 덴비 축제에 머물렀던 일과 거기서 벌어진 모든 일은 물론, 데이비드가 어떤 곤욕을 치렀는지 곧장 이야기해 주었다. 이야기를 마친 그가 말했다. "로빈, 오는 길에 그런 일이 있어 이렇게 늦었다오. 안 그랬으면 한 시간 전에 왔을 거요."

그가 말을 마치자 로빈이 손을 뻗어 기사의 손을 와락 움켜잡았다. 로빈이 떨리는 목소리로 말했다. "앞으로도 영영 갚지 못할 신세를 기사님께 지게 됐습니다. 전 덴비에서 있었던 일과 같은 불행이 돈커스터의 청년 데이비드에게 닥치느니 제 오른손이 잘려 나가는 편을 택할 것입니다."

그렇게 두 사람은 한동안 담소를 나누었고 얼마 안 있어 무리 중 한 사람이 와서 잔치 준비가 다 되었음을 알리자 모두가 일어나 잔칫상이 차려진 곳으로 갔다. 이윽고 만찬이 끝나자 기사는 부하들을 불러 짐 실은 말들을 데려오게 했고 부하들이 그의 지시대로 했다. 부하 한 명이 기사에게 금고를 가져왔고 기사가 금고를 열어 거기서 자루를 꺼낸 뒤 500파운드를 세었다. 로빈에게 빚진 액수였다.

로빈이 말했다. "리처드 경, 그 돈을 셔우드의 우리가 드리는 선물로 간직하신다면 정말 기쁠 겁니다. 그렇지 않나, 친구들?"

"당연하지!" 모두가 우렁차게 소리쳤다.

"모두에게 깊이 감사하오." 기사가 진심 어린 목소리로 말했다. "하지만 그렇게 할 수는 없으니 너무 섭섭하게 생각하지 마시오. 내가 기꺼이 빌린 돈이지만 그걸 선물로 받을 수는 없소."

그러자 로빈 후드가 더는 말을 하지 않고 금고에 넣으라고 돈을 리틀 존에게 건넸다. 로빈은 선택의 여지 없이 강제로 받아들여야 하는 선물은 오해를 불러일으키고 마음을 상하게 할 수 있다는 것 정도는 알 만큼 눈치가 있었기 때문이다.

리처드 경은 말에 실려 있던 짐들을 땅에 내려놓고는 풀었다. 그 광경에 숲이 떠내려가도록 우렁찬 함성이 터져 나왔다. 그것은 다름 아닌 스페인산 최고급 주목으로 만든 활 200개였다. 활은 다시 윤이 나도록 정성스럽게 다듬어져 있었고 활의 강도에는 지장을 주지 않을 정도로 화려한 은무늬 장식이 적당히 새겨져 있었다. 그뿐 아니라 금실 자수가 놓인 가죽 화살통도 200개나 있었고 각 화살통에는 머리 부분에 광을 내서 은처럼 빛나는 화살이 스무 개씩 들어 있었으며 각 화살은 공작의 깃털이 달리고 은 장식이 되어 있었다.

리처드 경은 로빈 후드의 무리 한 명 한 명에게 활과 화살통을 주었다. 그러나 로빈에게는 그 어디서도 찾아볼 수 없는 가장 정교한 금 장식이 새겨진 튼튼한 활을 주었다. 화살통에 든 화살

역시 금 장식이 되어 있었다.

그런 근사한 선물을 받아 신이 난 로빈 후드의 무리는 다시금 숲이 떠내려가라 환호성을 질렀고 리처드 경과 그의 부인을 위해서라면 목숨까지 바치겠노라고 저들끼리 맹세했다.

마침내 리처드 경이 떠나야 할 시간이 되자 로빈 후드는 무리를 전부 불러 모았다. 무리는 각자 손에 햇불을 들고 숲으로 난 길을 훤히 밝혔다. 그렇게 그들은 셔우드 끝자락까지 갔고 거기서 기사는 로빈 후드의 뺨에 입을 맞춘 뒤 그를 뒤로 하고 길을 떠났다.

그렇게 로빈 후드는 자신이 아니었다면 삶에서 행복을 송두리째 빼앗길 뻔했던 고매한 기사를 비참한 운명으로부터 구했다.

15

리틀 존, 맨발의 수사가 되다

추운 겨울이 지나고 봄이 찾아왔다. 숲이 무성한 잎들로 뒤덮이지는 않았지만 막 돋아난 여린 잎들이 엷은 안개처럼 나무에 매달려 있었다. 초원이 눈부신 푸른 빛을 발하며 사방으로 펼쳐져 있었고 곡물 밭은 무성히 자라는 보드라운 잎들로 짙고 그윽한 빛을 띠었다. 쟁기를 멘 소를 모는 소년이 햇살 아래에서 큰 소리로 뭐라 외쳐 댔고 새로 파낸 보랏빛 고랑에서는 새 떼가 살이 오동통한 벌레를 사냥했다. 온통 촉촉하게 물기를 머금은 대지가 따사로운 햇살 아래서 미소 지었고 작고 푸른 언덕은 저마다 기뻐서 손뼉을 쳤다.

숲속 나무 앞으로 사방이 트인 땅에 깔려 있는 사슴 가죽 위로는 로빈 후드가 햇살을 받으며 앉아서 늙은 여우처럼 일광욕을 즐기고 있었다. 그는 깍지 낀 두 손을 무릎에 놓고 몸을 뒤로 기댄 채 리틀 존이 긴 대마 실로 질긴 활시위를 만드는 모습을 한가롭게 지켜보고 있었다. 리틀 존은 이따금 손바닥을 적셔 가면서 허벅지 위에 놓은 실을 굴려서 꼬았다. 그 옆에서는 앨런 어 데일이 앉아서 하프에 새 현을 끼우고 있었다.

마침내 로빈이 입을 열었다. "이 따사로운 봄날에는 잉글랜드의 왕이 되느니 이 숲을 정처 없이 거니는 편을 택하겠어. 이 넓은 세상의 어떤 궁전이 지금 이 아늑한 숲보다 더 근사할까? 물떼새의 알과 칠성장어를 먹는 왕이라 한들 육즙이 줄줄 흐르는 사슴고기를 먹고 거품 풍성한 맥주를 마시는 나만큼 입이 만족스러울까? 가퍼 스완톨드 성인께서는 이런 진실을 말씀하셨지. '쓸쓸한 마음으로 먹는 꿀보다는 평온한 마음으로 먹는 빵 부스러기가 낫다.'"

리틀 존이 새로 만든 활시위를 노란 밀랍으로 문지르며 거들었다. "우리가 사는 방식은 온전히 나를 위한 삶이지. 자네는 봄날을 두고 이야기했지만 내 생각엔 겨울도 그 나름의 재미가 있네. 대장, 자네와 내가 지난겨울에 블루 보어에서 즐겁게 보낸 날이 하루 이틀이 아니었지. 자네와 윌 스튜틀리와 터크 수사와 내가 블루 보어에서 두 명의 거지와 방랑하는 수사와 함께 즐거운 밤을 보냈던 것 기억나지 않나?"

"기억나지." 유쾌한 로빈이 웃으며 말했다. "그날 밤, 윌 스튜틀리가 여관 여주인에게서 입맞춤을 받아 내려 했다가 실패하는 바람에 머리에 온통 맥주를 붓고 말았지."

"맞아, 말 그대로야." 리틀 존도 웃으면서 말했다. "그 떠돌이 수사가 불렀던 노래가 꽤 좋았는데. 터크, 자네는 노래를 한번 들으면 곧바로 익히니 그 노래 기억나지 않나?"

"한 번에 듣고 외웠지." 터크가 말했다. "어디 보자." 그가 집게 손가락을 이마에 대고는 생각에 잠기더니 혼자 흥얼거렸다. 그는 노래를 흥얼거리다 이따금 머릿속에 기억하고 있는 대목과 맞춰 보더니, 마침내 노래를 다 기억해 내고서 목을 가다듬고 유쾌하게 노래를 시작했다.

꽃봉오리 부푼 울타리에서 수컷 울새가 노래하네.
햇살은 유쾌하고 눈부시다네.
울새가 경쾌하게 종종거리며 날개를 퍼덕인다네.
마음이 온통 기쁨으로 가득 찼으므로.
5월이 아름다운 꽃봉오리를 터트리네.
근심 걱정 따윈 없다네.
5월에는 먹을 것도 넘쳐 난다네.
꽃들이 다 시들고 나면
그제야 울새 날아갈 거라네.
몸을 따뜻하게 하기 위해
아늑하고 낡은 곳간으로.
눈과 바람에 몸 떨지 않아도 되는 그 평온한 곳으로.

방랑하는 수도사의 삶도 마찬가지라네.
먹고 마실 것이 넘쳐 난다네.

맘씨 좋은 아낙네가 난롯가 옆자리를 내어 준다네.

그의 눈짓에 아리따운 아가씨들이 미소 짓는다네.

그렇게 그가 정처 없이 떠돈다네.

하염없이 떠돈다네.

영혼을 구원하는 흥겨운 노래를 부르면서.

바람이 불고

눈이 내릴 때면

자애로운 수도사를 위한

따뜻한 난롯가 옆자리가 있다네.

그의 마음을 채워 줄 사과도 그릇 속에 담겨 있다네.

그렇게 터크 수사는 이따금 노래에 맞춰 고개를 좌우로 끄덕거리면서 풍부하고도 그윽한 목소리로 노래를 불렀다. 그가 노래를 마치자 모두가 손뼉을 치며 한바탕 웃어 댔다. 노래가 그에게 너무도 딱 들어맞았기 때문이다.

리틀 존이 말했다. "정말 좋은 노래일세. 내가 셔우드 숲의 사내가 되지 않았더라면 다름 아닌 방랑하는 수사가 되었을 거야."

그러자 로빈이 말했다. "그래, 정말 좋은 노래야. 그렇지만 난 건장한 거지 두 명이 해 준 이야기가 더 재밌었다네. 그들의 삶이 더 재밌는 것 같아. 체격 좋고 수염이 검은 자가 요크의 축제에서 구걸했던 이야기를 해 준 것 기억나지 않나?"

리틀 존이 대답했다. "기억나지. 그렇지만 수사가 켄트셔의 수확 축제에 대해 해 준 이야기는 또 어떻고. 나는 그 두 거지보다는 그 수사의 삶이 더 재밌는 것 같네."

그러자 터크 수사가 끼어들었다. "성직자의 명예를 걸고 난 리틀 존의 의견에 한 표 던지겠네."

로빈이 말했다. "난 내 생각을 밀고 나가겠네. 그런데 리틀 존, 말 나온 김에 이 좋은 날에 즐거운 모험을 해 보는 게 어떻겠나? 우리 옷장에 별난 옷들이 많으니 거기서 수사의 옷을 꺼내 입게. 나는 처음 마주치는 거지와 옷을 바꿔 입겠네. 그렇게 해서 이 화창한 날에 사방팔방 떠돌아 다녀 보세. 무슨 일이 벌어질지 보자고."

"기가 막힌 생각이군. 자, 그렇게 해 보자고."

리틀 존과 터크 수사는 로빈 후드 무리의 창고로 들어가 리틀 존이 입을 옷으로 회색 수도복을 골랐다. 그들이 창고에서 나오자 요란한 웃음소리가 터져 나왔다. 리틀 존이 그런 변장을 한 모습을 처음 보았을 뿐만 아니라 옷이 손 한 뼘만큼이나 짧았기 때문이다. 그러나 리틀 존은 헐렁한 소매 안으로 두 손을 가지런히 모은 채 땅을 바라보고 있었고 그의 허리춤에는 큼지막하고 긴 묵주가 매달려 있었다.

리틀 존은 튼튼한 지팡이를 잡아 들고는 성지 순례자들이 장대 끝에 매달고 다니는 것처럼 그 지팡이 끝에 작고 두툼한 가죽 자루를 달았다. 하지만 그 안에는 분명 독실한 성지 순례자들이 갖고 다니는 차가운 샘물이 아니라 맛 좋은 맘지(Malmsey) 포도주가 들어 있을 터였다. 로빈도 일어나 단단한 육척봉을 손에 들고는 금화 10엔젤을 주머니 안에 넣었다. 그들의 창고에는 거

지의 옷은 없었기 때문에 우연히 거지를 만나게 되면 그에게서
옷을 살 생각이었다.

준비를 모두 마친 두 사람은 안개 서린 그날 아침 길을 나서
서 기운차게 발걸음을 옮겼다. 숲길을 걸어 내려간 그들은 큰길
에 다다랐고 그 길을 따라 더 걷다가 한쪽은 블라이스로 또 한
쪽은 게인즈버러로 이어지는 두 갈래 길까지 갔다. 거기서 두 사
람은 멈춰 섰다.

유쾌한 로빈이 말했다. "자네는 게인즈버러로 이어지는 길로
가게. 나는 블라이스로 이어지는 길을 갈 테니. 그럼 잘 가시오,
존경하는 사제 양반. 우리가 다시 만날 때까지 간절히 염주를 굴
리는 일이 없기를 바랍니다."

"자네도 근사한 거지가 되어 보게. 우리가 다시 만날 때까지
자비를 구걸하는 일이 없길 빌겠네." 리틀 존이 말했다.

그렇게 하여 두 사람은 각자의 길을 힘차게 걸어가 마침내 둘
사이에 푸른 언덕이 솟아 있는 지점까지 갔고 거기서부터 두 사
람은 서로를 볼 수 없었다.

길에 아무도 없었던 터라 리틀 존은 휘파람을 불며 걸었다. 싹
이 움트기 시작한 울타리에서는 앙증맞은 새들이 유쾌하게 지
저귀었고 양옆으로는 푸른 언덕이 하늘과 맞닿을 때까지 펼쳐
져 있었으며 봄날의 하얀 뭉게구름이 언덕 꼭대기 위로 두둥실
흘러가고 있었다. 언덕 위로 골짜기 아래로 걷는 리틀 존의 얼굴
에 상쾌한 바람이 불어왔고 그의 뒤로 옷자락이 바람에 나부꼈
다. 마침내 그는 턱스포드로 이어지는 교차로에 다다랐다. 거기

서 그는 시장에 내다 팔 달걀이 든 바구니를 하나씩 든 세 명의 아리따운 아가씨들을 마주쳤다. 그가 말을 건넸다. "아리따운 아가씨들, 어딜 그리 가십니까?" 그는 지팡이를 앞으로 내밀며 그들이 가던 길을 막아섰다.

그러자 아가씨들이 옹송그리며 모이더니 서로 쿡쿡 찔러 댔다. 이윽고 한 아가씨가 대답했다. "수사님, 저희는 달걀을 팔러 턱스포드 시장에 간답니다." "이런!" 리틀 존이 고개를 한쪽으로 갸우뚱하면서 그들을 바라보았다. "이토록 아리따운 아가씨들이 손수 달걀 바구니를 들고 시장에 가다니 정말 안타깝소. 내가 세상의 이치를 잘 알아서 하는 말인데, 아가씨들은 전부 곱디고운 비단옷을 입고 시종들을 거느리고서 우유처럼 새하얀 말을 타고 다니며 다름 아닌 새하얀 거품 크림과 딸기만을 먹어야 마땅하오. 그게 아가씨들 모습에 딱 어울리는 삶이오."

그 말에 아리따운 아가씨 세 명은 전부 땅만 바라보며 얼굴을 붉히면서 히쭉히쭉 웃었다. 한 아가씨는 "맙소사!"라고 탄성을 질렀고 또 한 아가씨는 "우릴 놀리시나 봐!"라고 하더니 나머지 아가씨는 "어머, 수사님 말씀하시는 것 좀 봐!"라고 외쳤다. 그러면서도 그들은 리틀 존을 곁눈질로 힐끗 바라보았다.

"안 되겠소. 이런 귀하고 조신한 아가씨들이 바구니를 들고 길을 걷는 건 내가 차마 보지 못하겠소. 내가 바구니를 들어 줄 테니 아가씨 중 한 분이 내 지팡이를 들어 주시오."

"그건 안 돼요." 한 아가씨가 말했다. "바구니 세 개를 한꺼번에 다 드실 수는 없잖아요."

그러자 리틀 존이 말했다. "아니, 들 수 있소. 어떻게 하는지 보여 주겠소. 자애로우신 성 윌프레드께서 감사하게도 내게 넘치는 기지를 주셨지. 자, 보시오. 일단 이 큰 바구니의 손잡이에 이렇게 묵주를 묶겠소. 그런 다음 묵주를 머리 뒤로 넘기면 바구니가 등 뒤에 매달리게 된다오." 리틀 존이 말한 대로 하자 정말로 바구니가 도붓장수의 짐꾸러미처럼 그의 등 뒤에 매달렸다. 그는 자신의 지팡이를 한 아가씨에게 건네고는 팔마다 바구니를 하나씩 끼고서 턱스포드 타운을 향해 경쾌하게 발걸음을 옮겼다. 두 아가씨는 각자 리틀 존의 양옆에서 웃으며 걸었고 한 아가씨는 지팡이를 들고 앞서 걸었다. 그렇게 그들은 길을 걸었고 마주치는 사람마다 어김없이 멈춰 서서 웃으며 그들을 돌아다보았다. 키 크고 우람한 수사가 몸에 안 맞는 경둥한 수도복을 입고서 달걀 바구니를 한가득 짊어진 채 아리따운 아가씨 세 명과 함께 저벅저벅 걷고 있는 우스꽝스러운 모습을 난생처음 보기 때문이었다. 리틀 존은 사람들의 시선에 조금도 개의치 않았으나 농담을 건네는 사람에게는 말에는 말이라는 듯이 그에 걸맞게 유쾌하게 받아쳤다.

그렇게 웃고 떠들며 턱스포드를 향해 걷던 그들은 마침내 마을 근처에 다다랐다. 리틀 존은 우연히라도 주 장관의 부하들을 마주칠 수 있기 때문에 마을 안으로는 들어가지 않으려는 생각에서 거기서 멈춰 서서 바구니들을 내려놓았다. 그가 말했다. "오, 이런! 아리따운 아가씨들. 난 여기서 그만 가 봐야겠소. 이쪽으로 올 생각은 없었지만 어쨌든 즐거웠소. 자, 헤어지기 전에 우정의 축배를 듭시다." 그는 지팡이 끝에 묶여 있던 가죽 자루를 풀더니 마개를 열고는 소맷자락으로 자루 입구를 닦은 다음, 지팡이를 들고 왔던 아가씨에게 먼저 그걸 건넸다. 아가씨들이 전부 돌아가면서 자루 안에 든 것을 꽤 마시고 나자 리틀 존이 남은 것을 다 마셨고 이제는 더 이상 한 방울도 짜낼 것이 없었다. 그는 아가씨 한 명 한 명에게 다정하게 입을 맞춰 주고서 행운을 빌어 준 다음, 그들을 남겨 두고 떠났다. 그러나 아가씨들은 휘파람을 불며 멀어져가는 그를 돌아다보았다. 한 아가씨가 말했다. "딱하기도 하지. 저렇게 허우대 멀쩡하고 떡 벌어진 사내가 사제라니."

리틀 존은 성큼성큼 걸으며 혼자 중얼거렸다. "딱히 나쁘지 않은 일이었군. 성 둔스타누스께서 이런 모험을 더 선사해 주셔야 할 텐데."

한동안 걷고 나자 그는 후덥지근한 날씨 탓인지 갈증이 나기 시작했다. 그는 가죽 자루를 귀에 대고 흔들어 보았으나 아무런 소리도 들리지 않았다. 그는 또 가죽 자루를 입에 갖다 대고는 고개를 하늘 높이 젖혀 기울여 보았으나 단 한 방울도 떨어지지 않았다. 그가 애석하다는 듯이 고개를 가로저으며 혼자 중얼거렸다. "리틀 존! 리틀 존! 단도리 제대로 하지 않으면 여자 때문에 망하고 말 거야."

이윽고 그는 언덕 꼭대기에 다다랐고 길이 가파르게 나 있는 저 아래 골짜기에 초가지붕이 얹힌 아담한 여관이 안락하게 자리 잡고 있는 것을 보았다. 그 광경에 그의 속내에서 이런 목소리가 터져 나왔다. "친구여, 내가 즐거움을 선사하겠네. 저기 자네의 마음을 기쁘게 해 줄 편안한 쉼터와 시원한 맥주 한 잔이 있다네." 그는 잰걸음으로 언덕 아래를 내려가 자그마한 여관에 다다랐다. 여관에는 수사슴의 머리가 그려진 간판이 걸려 있었다. 여관 문 앞에는 암탉이 발치에 병아리들을 둔 채 꼬꼬댁거리며 흙먼지 이는 땅을 파고 있었고 처마 밑에서는 참새들이 저들끼리 집안일 이야기를 하는 건지 짹짹거리고 있었다. 모든 것이 어찌나 달콤하고 평화로운지 리틀 존은 마음속으로 함박웃음을 지었다. 문 옆에는 긴 여정을 떠나기에 편안하도록 폭신하고 넓은 안장이 얹힌, 다리가 짧고 튼튼한 승마용 말이 두 마리 서 있는 것으로 보아 여관 안에 돈 많은 손님들이 있는 것이 분명했다. 여관 문 앞에는 땜장이, 도붓장수, 거지, 이렇게 유쾌한 세 사내가 햇살 아래 의자에 앉아 맥주를 벌컥벌컥 들이켜고 있었다.

"어이, 안녕들 하시오." 리틀 존이 그들이 앉아 있는 곳으로 성큼성큼 걸어가 말을 걸었다.

"수사님도 안녕하십니까?" 유쾌한 거지가 싱긋 웃으며 답했다. "그런데 수사님 옷이 왜 그렇게 짧습니까? 윗부분을 잘라서 아랫부분에 갖다 붙이면 길이가 딱 맞을 것 같은데요. 어쨌든 사제의 맹세가 금하지만 않는다면 여기 함께 앉아서 맥주 한잔 하시지요."

"거참 좋은 생각이오." 리틀 존도 씩 웃으며 답했다. "관대하신 성 둔스타누스께서는 그런 종류의 쾌락이라면 마음껏 누리도록 특별히 관용을 베푸셨소." 그는 술값을 치르려고 주머니에 손을 쑤셔 넣었다.

그러자 땜장이가 말했다. "그 옷차림만 아니라면 수사님이라는 걸 전혀 몰라보겠습니다. 어쨌든 성 둔스타누스께서 무척 현명하셨군요. 그런 자유도 없다면 수도자에게 얼마나 속죄할 거리가 많이 생기겠습니까? 참, 술값은 저희가 낼 테니 주머니에서 손 거두십시오. 주인장, 여기 맥주 한 잔 갖다주시오!"

그렇게 해서 리틀 존은 맥주를 받아들었다. 그는 입술을 갖다 댈 공간이 생기도록 맥주 거품을 조금 불어 낸 다음, 맥주잔 바닥이 하늘을 향할 때까지 잔을 높이 높이 기울여 맥주를 마셨다. 그는 햇빛이 눈부셔 눈을 감아야 했다. 맥주를 남김없이 다 마신 그는 맥주잔을 옆으로 밀어 놓고 깊은 한숨을 푹 내쉬며 눈물 고인 눈으로 다른 사람들을 바라보면서 비장하게 고개를 가로저었다.

그러자 도붓장수가 소리쳤다. "어이, 주인장! 여기 수사님께 맥주 한 잔 더 갖다주시오. 우리 중에 맥주잔을 저리도 대차게 비워 내는 사람이 있다니 영광스러워서 그러오."

그들은 한동안 유쾌하게 이야기꽃을 피웠고 그러다 리틀 존이 물었다. "저기 말 두 마리의 주인은 누구요?"

"수사님 같은 사제들이지요." 거지가 대답했다. "좀 전에 닭고기를 푹 익히는 냄새가 난 걸로 보아 지금쯤 저 안에서 거하게 식사하고 있을걸요. 안주인이 말하길 요크셔의 파운틴 수도원에서 온 자들인데 용무가 있어서 링컨으로 가는 길이랍니다."

"아주 재밌는 한 쌍 같더이다." 땜장이가 말했다. "한 명은 늙은 아낙네의 물렛가락처럼 비쩍 말랐고 또 한 명은 고기 푸딩처럼 살이 두둑하니 말이지요."

그러자 도붓장수가 말했다. "살 이야기하니 말인데, 수사님은 배곯은 사람 같지는 않아 보이네요."

"그렇소. 나를 보면 거룩한 성 둔스타누스께서 볶은 콩 한 줌과 찬물 몇 방울로 간신히 지내면서 자신을 섬기는 자에게 어떤 은혜를 베푸시는지 잘 알 수 있소."

그 말에 모두가 폭소를 터트렸다. "정말 놀랍더라고요. 맹세컨대, 수사님이 능수능란하게 거침없이 맥주잔을 비워 내는 걸 보니 몇 달이나 깨끗한 물 한 모금 맛보지 못한 자 같더라니까요. 그런데 거룩한 성 둔스타누스께서 수사님께 좋은 노래 한두 곡은 안 가르쳐 주시던가요?" 거지가 말했다.

그러자 리틀 존이 씩 웃으며 대답했다. "노래로 말할 것 같으면 한두 곡 정도는 익힐 수 있게 해 주셨다오."

"그렇다면 어떻게 가르침을 받았는지 저희에게 들려주실 수 있나요?" 땜장이가 물었다.

그 말에 리틀 존은 목청을 가다듬은 다음, 목이 좀 쉬어서 곤란하다는 말을 덧붙이고는 노래를 부르기 시작했다.

오, 아리땁고 아리따운 아가씨. 어딜 그렇게 가시오?
간청하고 간청하건대 그대의 사랑 역시 기다려 주오.
장미가 바람에 간지럽게 살랑이니
우리 함께 장미 꽃잎을 모읍시다.

이렇게 기분 좋은 바람이 불어온다네.

그러나 리틀 존의 노래는 더는 들을 수 없었다. 그가 이 소절까지 불렀을 때 여관 문이 열리더니 파운틴 수도원의 두 사제가 나왔고 그 뒤를 따라 여관 주인이 손을 싹싹 비비며 나왔기 때문이다. 파운틴 수도원의 두 사제는 누가 노래를 부르는지 보고 그가 회색 수도복을 입고 있다는 것을 알아채고는 곧바로 그 자리에 멈춰 섰다. 살집이 두둑하고 키 작은 사제는 송충이 같은 눈썹을 잔뜩 찌푸리며 인상을 썼고 비쩍 마른 사제는 입에 신맛 나는 맥주를 머금기라도 한 듯이 온통 얼굴을 찡그렸다. 그때 리틀 존은 한숨 고르고서 다음 구절을 노래하려던 참이었다. "이게 대체 무슨 일이오!" 살집 두둑한 사제가 작은 구름 속에서 요란한 천둥이 치듯 쩌렁쩌렁한 목소리로 호통을 쳤다. "이런 불손한 자를 봤나! 여기가 사제복을 입고서 술을 마시며 불경한 노래를 부르기에 마땅한 장소요?" "아니, 그게 아니라. 파운틴 수도원 같은 성스러운 곳에서는 술 마시고 노래할 수 없으니 이런 곳에서 술 마시고 노래하는 거지요." 리틀 존이 말했다.

"당장 썩 꺼지지 못할까!" 키 크고 비쩍 마른 사제가 거친 목소리로 외쳤다. "당장 썩 꺼지시오! 그런 말투와 태도로 성직자의 얼굴에 먹칠을 했으니 말이오."

"잠깐, 지금 제가 먹칠을 했다는 말씀이십니까? 제 생각엔 우리와 같은 사제복을 입고서 가난하고 굶주린 농민들에게서 그들이 땀 흘려 번 돈을 쥐어짜듯 뽑아 가는 게 더 큰 먹칠 아닙니까? 그렇지 않습니까?"

그 말에 땜장이와 도붓장수와 거지가 서로를 쿡 찔러 대며 찡긋 웃었으나 사제들은 당장에라도 잡아먹을 듯이 리틀 존을 매섭게 노려보았다. 그러나 사제들은 더는 할 말을 생각해 낼 수 없어 자신들의 말이 있는 곳으로 향했다. 바로 그때 리틀 존이 갑자기 의자에서 일어나더니 말에 올라타려는 파운틴 수도원의 형제들에게로 달려갔다. 리틀 존이 말했다. "제가 말굴레를 잡아 드리지요. 방금 해 주신 말씀이 죄 많은 제 가슴을 턱 하고 쳤지 뭡니까. 그러니 이제 더는 이 악의 소굴에 머물러 있지 않고 당신들과 함께 가겠습니다. 당신들 같이 성스러운 자들과 동행한다면 어떤 사악한 유혹도 뿌리칠 수 있을 테니까요."

"그건 안 되오." 리틀 존이 자신들을 놀린다는 것을 알아챈 비쩍 마른 사제가 딱 잘라 거절했다. "당신과 동행하고 싶지 않소. 그러니 가 보시오."

"이런, 제가 탐탁지 않으시고 제가 동행하는 것도 내키지 않으신다니 정말 안타깝군요. 하지만 제가 뼈저리게 느끼는 바가 있어 형제들을 그대로 보내 드릴 수 없습니다. 저는 무조건 형제들과 함께 성스러운 여정을 함께해야겠습니다."

그 말에 의자에 앉아 있던 세 사람이 이가 다 드러나도록 웃어 댔고 여관 주인마저 웃음을 참을 수가 없었다. 사제들은 당황한 기색으로 서로를 바라보며 어찌할 바를 몰랐다. 워낙 콧대 높았던 그들은 말을 타고 큰길을 달리는 자신들 옆에서 옷마저도 깡총한 떠돌이 수사가 함께 뛸 것을 생각하니 수치심에 속이 다 뒤집어질 지경이었으나 그의 의지를 꺾을 수는 없었다. 그가 마음만 먹으면 눈 깜짝할 새에 자신들의 뼈를 몽땅 부러뜨려 버릴 수 있다는 것을 알았기 때문이다.

살집이 두둑한 사제가 아까보다는 좀 더 나긋한 말투로 말했다. "형제여, 그렇게 할 수는 없소. 말을 타고 달리는 우리를 따라잡으려다가는 지쳐서 죽고 말 것이오."

"저를 그렇게 생각해 주신다니 정말 감사할 따름입니다. 하지만 형제여, 걱정은 접어 두십시오. 전 워낙 기운이 넘치다 보니 여기서 게인즈버러까지 토끼처럼 뛰어갈 수도 있답니다."

그 말에 의자 쪽에서 웃음이 터져 나오자 비쩍 마른 사제는 불에 올려놓은 물이 칙칙 김을 내며 끓듯 화가 끓어올랐다. "당장 내 눈앞에서 사라지시오! 이런 불경한 자 같으니라고!" 그가 소리쳤다. "성직자 얼굴에 먹칠한 것이 부끄럽지도 않소? 저 돼지같이 지저분한 패거리와 그냥 여기 머무르시오. 당신은 우리와 어울리지 않소."

그러자 리틀 존이 말했다. "아하! 그렇단 말씀이지요? 주인장, 들었소? 당신은 이 성스러운 사제님들과 어울리는 자가 아니라 하잖소. 어서 여관 안으로 썩 들어가시오. 이 거룩한 형제들이 내게 말 한마디로 명령만 내리면 내가 당신 머리를 이 무시무시한 지팡이로 박살 낼 수도 있소. 으깬 달걀처럼 죽이 될 때까지 말이오."

그 말에 의자 쪽에서 또다시 박장대소가 터져 나왔고 여관 주인마저 뱃속에서부터 터져 나오는 웃음을 참느라 얼굴이 앵두처럼 새빨개졌다. 하지만 그는 적절치 않게 웃음을 터트렸다가 파운틴 수도원 형제들의 심기를 건드려 화를 입는 것은 원치 않았으므로 필사적으로 웃음을 참았다. 더는 어찌할 도리가 없었던 사제들은 말에 올라타 링컨으로 말머리를 돌려 길을 나섰다.

그러자 리틀 존이 말 두 마리 사이에 끼어들며 세 사람을 향해 말했다. "맘씨 좋은 친구들, 난 그만 가 보겠소. 그대들에게 행운이 있길 바라오. 우리 셋은 이만 떠난다오." 그는 튼튼한 지팡이를 어깨에 둘러메고 말 두 마리와 보폭을 같이 하며 성큼성큼 걷기 시작했다.

두 사제는 자신들 사이에 끼어든 리틀 존을 매섭게 노려보더니 그로부터 최대한 멀리 떨어져 말을 몰기 시작했다. 그렇게 하여 리틀 존은 길 한가운데서 걸었고 두 사제는 길 양쪽의 가장자리에서 말을 몰았다. 그들이 길을 나서자 땜장이, 도붓장수, 거지가 손에 맥주잔을 든 채 큰길 한가운데까지 뛰어나와 그들을 바라보며 또 한바탕 웃었다.

자신들이 아직 여관에 있는 사람들의 시야에 있었을 때, 두 사제는 리틀 존에게서 도망치려는 기색을 보였다가는 안 그래도 안 좋은 상황을 더 망칠 수 있다는 생각에 천천히 말을 몰았다. 파운틴 수도원의 사제들이 떠돌이 수사를 병균 취급하면서 그를 피했다는 말이 사람들 귀에 들어가면 어찌 될지 생각하지 않을 수 없었다. 그러나 그들이 언덕 꼭대기를 지나 여관이 시야에서 보이지 않게 되자 살집 두둑한 사제가 비쩍 마른 사제에게 이렇게 말했다. "암브로스 형제, 속도를 좀 내는 게 어떻겠소?"

그러자 리틀 존이 끼어들었다. "아무렴요. 날이 저물고 있으니 속도를 좀 내는 게 좋겠지요. 형제의 살덩어리에 큰 무리가 가지 않는다면 말입니다."

그 말에 두 사제는 아무 대꾸도 하지 않았으나 당장에라도 잡아먹을 기세로 험악하게 리틀 존을 다시 노려보았다. 더는 말도 없이 두 사제는 혀로 쯧쯧 소리를 내며 말을 보통 구보 속도로 몰았다. 그렇게 그들은 1.5킬로미터도 넘게 달렸고 리틀 존은 달리느라 지친 기색 하나 없이 그들 사이에서 수사슴처럼 가볍게 뛰었다. 마침내 살집 두둑한 사제가 끙 하는 소리를 내며 말고삐를 당겼다. 달리느라 살덩이가 흔들리는 것을 더는 참을 수 없었기 때문이다. 리틀 존이 숨 하나 차지 않은 목소리로 말했다. "이런, 안 그래도 험하게 달리느라 그 늙고 가련한 뱃살이 너무 출렁거리지 않을까 걱정했는데."

그 말에 살집 두둑한 사제는 한 마디도 대꾸하지 않고 아랫입술을 꽉 깨물며 정면을 바라보았다. 이제 그들은 아까보다 더 조용히 길을 갔다. 리틀 존은 길 한가운데서 혼자 흥겹게 휘파람을 불었고 길 양옆 가장자리의 두 사제는 아무 말도 없었다.

얼마 안 있어 그들은 모두 붉은 옷을 입은 세 명의 유쾌한 음유시인을 마주쳤다. 음유시인들은 몸에 안 맞는 깡총한 회색 수도복을 입고 길 한복판을 걷는 수사와 수치심에 고개를 푹 숙인 채 화려한 안장을 얹은 혈통 좋은 말을 타고 길가 가장자리를 걷는 두 사제를 빤히 바라보았다. 그들 가까이 다가가자 리틀 존은 길을 트는 안내원처럼 지팡이를 휘둘렀다. "길을 비켜 주시오!" 그가 목청껏 외쳤다. "길을 비켜 주시오! 비키란 말이오! 우리 셋이 나가신다!" 그 말에 음유시인들이 어떤 눈초리로 그를 바라보고 웃음을 터트렸는지! 그러나 살집 두둑한 사제는 끔찍하다는 듯 몸서리를 쳤고 비쩍 마른 사제는 말의 목에 닿도록 고개를 푹 숙였다.

이어서 그들은 모두 혈통 좋은 말을 타고 가는, 귀한 옷을 근사하게 차려입고 손목에는 매를 앉힌 지체 높은 두 명의 기사와 비단과 우단으로 지은 옷을 차려입은 두 명의 아름다운 귀부인을 마주쳤다. 그들은 리틀 존과 두 사제를 뚫어져라 바라보면서 길을 비켜 주었다. 리틀 존은 예의를 갖춰 고개 숙여 인사했다. "기사님과 귀부인들, 안녕하십니까? 이만 저희 삼 형제는 비켜 갑니다."

그 말에 모두가 웃었고 그중 한 부인이 소리높여 물었다. "삼 형제라니 무슨 뜻인가요?"

그들은 서로 지나친 뒤였기 때문에 리틀 존이 어깨 너머로 뒤를 돌아보며 답했다. "키다리 잭, 말라깽이 잭, 뚱보 잭이지요."

그러자 살집 두둑한 사제는 끙 하는 소리를 냈고 너무도 수치스러워서 당장에라도 말에서 떨어질 것 같았다. 비쩍 마른 사제는 아무 말도 하지 않았으나 돌처럼 굳은 침통한 표정으로 앞만 바라볼 뿐이었다.

이제 그들 바로 앞에서 높은 울타리 주변으로 길이 갑자기 굽어졌고 그 지점에서 마흔 걸음 정도 가면 그들이 가던 길과 만나는 또 다른 길이 있었다. 교차로에 다다른 그들은 출발한 곳에서 꽤 지나온 터였다. 그때 갑자기 비쩍 마른 사제가 말고삐를 잡아당겼다. 그가 분노에 떨리는 목소리로 말했다. "당신과 함께 오느라 온갖 수모를 겪을 만큼 겪었고 더는 웃음거리가 되기 싫소. 이제 당신 갈 길 가시오. 우리 좀 편히 가게 내버려 두시오."

"아니, 당최 무슨 말씀이신지! 제 생각엔 즐거운 동행이었는데 지글지글 끓는 비곗덩어리처럼 불같이 화를 내시는군요. 이대로 헤어지기는 아쉽지만 오늘 이만하면 충분한 것 같군요. 아마절 그리워하게 될걸요. 제가 보고 싶으면 바람에게 속삭이세요. 그러면 바람이 그 소식을 제게 전해 줄 테니. 그나저나 보다시피전 가난하고 당신들은 돈이 많지요. 그러니 다음번 들르는 여관에서 빵과 치즈나 사 먹을 수 있도록 제게 돈 몇 푼 쥐여 주시면 감사하겠습니다."

"우리는 돈이 없소. 토머스 형제, 이제 우리 갈 길 갑시다." 비쩍 마른 사제가 딱 잘라 말했다.

그러나 리틀 존은 두 마리 말의 고삐를 양손에 하나씩 쥐고 말들을 붙잡고서 말했다. "참나! 정말 돈이 없단 말씀이신가요? 형제들이여, 간절히 부탁하는데 부디 빵 한 조각이라도 사 먹을 수 있도록 자비를 베풀어 주시지요. 단 한 푼이라도 마다않겠습니다."

"돈이 없다고 말했잖소?" 살집 두둑하고 키 작은 사제가 마치 천둥처럼 고함을 질렀다.

"하늘에 대고 맹세해도 돈이 없나요?" 리틀 존이 물었다.

"단 한 푼도 없소." 비쩍 마른 사제가 심술궂게 대답했다.

"동전 한 닢도 없소." 살집 두둑한 사제도 거들었다.

그러자 리틀 존이 말했다. "이건 말도 안 됩니다. 당신들 같이 거룩한 사제들이 돈 한 푼 없이 내게서 떠난다는 건 제가 두고 볼 수 없어요. 지금 당장 말에서 내려 여기 교차로 한복판에 무릎을 꿇읍시다. 자애로운 성 둔스타누스께 우리 여정에 보탬이 될 돈을 좀 보내달라고 기도드려 보자고요."

"이게 대체 무슨 소리요? 이 빌어먹을 놈의 수사 같으니라고!" 비쩍 마른 사제가 분노에 가득 차 이를 바득바득 갈며 소리쳤다. "파운틴 수도원에서도 식료품 창고를 책임지는 직책 높은 내게 감히 명령을 하다니! 그것도 말에서 내려 더러운 땅에 무릎을 꿇고 거지 같은 색슨족 성인에게 기도를 하라고?"

"감히 거룩하신 성 둔스타누스를 욕되게 하다니 당장에라도 당신 머리를 박살 내 버리고 싶소! 지금 당장 말에서 내리시오. 내 참을성이 그리 좋지 못하니 당신들이 성직자라는 사실도 잊어버릴 수 있소." 이렇게 말하면서 그는 휙휙 소리가 나도록 지팡이를 돌려 댔다.

그 말에 두 사제는 얼굴이 밀가루 반죽처럼 창백해졌다. 결국 살집 두둑한 사제가 말에서 내려 한쪽에 섰고 비쩍 마른 사제가 말에서 내려 또 한쪽에 섰다.

"자, 형제들이여. 이제 무릎 꿇고 기도합시다." 리틀 존이 이렇게 말하며 두툼한 손을 두 사제의 어깨에 얹고서 억지로 무릎을 꿇게 했고 자신도 무릎을 꿇었다. 리틀 존은 우렁찬 목소리로 성 둔스타누스에게 돈을 달라고 간청했다. 그렇게 한동안 간절하게 기도를 한 뒤 리틀 존은 사제들에게 주머니를 뒤져 성 둔스타누스가 보낸 것이 있는지 확인해 보라고 시켰다. 사제들은 마지못해 각자 허리춤에 매달려 있는 주머니에 손을 넣어 봤으나 아무것도 나오지 않았다.

그러자 리틀 존이 말했다. "참나! 당신들 기도에 그렇게 진심이 없었단 말이오? 그렇담 다시 한번 기도해 봅시다." 그는 곧바로 성 둔스타누스에게 다시 부르짖기 시작했다. 이런 식이었다. "오, 인정 넘치는 성 둔스타누스시여! 이 애처로운 자들에게 돈 몇 푼만 내려 주소서. 링컨 타운까지 가는 동안 저 살 늘어진 사제가 수척해져서 저 말라깽이 사제보다 더 깡마르지 않도록 그리고 저 말라깽이 사제가 수척해져서 아예 사라져 버리지 않도록 말입니다. 다만 이 자들이 오만하게 콧대 높아지지 않도록 각각 10실링씩만 내려 주십시오. 그 이상의 돈을 보내시려거든 제게 보내 주십시오."

리틀 존이 일어나며 말했다. "자, 각자 얼마나 생겼는지 봅시다." 그는 자신의 주머니에 손을 찔러 넣더니 금화 4엔젤을 꺼냈다. "형제들, 당신들 주머니도 좀 봅시다."

이어 사제들도 저마다 느릿느릿 자기 주머니에 손을 다시 찔러 넣었으나 역시나 아무것도 나오지 않았다.

"아무것도 없소?" 리틀 존이 물었다. "주머니 솔기 부분으로 돈이 들어가서 찾지 못한 걸 수도 있소. 내가 한번 살펴보리다."

리틀 존은 먼저 비쩍 마른 사제의 주머니에 손을 찔러 넣어 조그만 가죽 자루를 꺼냈다. 그 안의 돈을 세어 보니 무려 금화

110파운드였다. 그가 말했다. "인자하신 성 둔스타누스께서 내려 주신 돈이 주머니 구석 어딘가에 들어가서 못 찾았던 것 같소. 형제여, 이제 당신에게도 돈을 내려 주셨는지 좀 봅시다." 그는 이번에는 살집 두둑한 사제의 주머니에 손을 찔러 넣어 아까와 똑같이 생긴 가죽 자루를 꺼냈다. 그 안의 돈을 세어 보니 70파운드였다. 그가 말했다. "이것 보시오. 자애로우신 성 둔스타누스께서 얼마간의 돈을 내려 주실 줄 알았소. 당신이 못 찾은 것일 뿐."

리틀 존은 그들에게 각각 1파운드씩 주고 나머지 돈은 자기 주머니에 챙겨 넣으면서 이렇게 말했다. "당신들은 하늘에 맹세하고 내게 돈이 없다고 했소. 독실한 성직자로서 당신들이 한 그 말이 거짓이 아니라고 난 믿겠소. 그러니 이 돈은 자애로우신 성 둔스타누스께서 내 기도에 대한 답으로 보내 주신 돈이오. 다만 내가 당신들에게는 10실링씩만 내려달라고 기도하고 그 이상의 돈은 내 것이라 했으니 나머지는 마땅히 내가 갖겠소. 형제들이여, 행운이 가득하길. 앞으로도 즐거운 여정이 되길 바라오." 그는 돌아서서 그들을 남겨 두고 의기양양하게 걸어갔다. 사제들은 침울한 표정으로 서로를 바라보더니 기운 없이 축 늘어진 채로 느릿느릿 말에 다시 올라 한마디 말도 없이 길을 떠났다.

하지만 리틀 존은 흥겹게 휘파람을 불며 셔우드 숲으로 다시 힘찬 발걸음을 옮겼다.

자, 이제는 로빈 후드가 거지로 변장하여 어떤 모험을 겪었는지 이야기를 들어 볼 차례다.

16

로빈 후드, 거지가 되다

유쾌한 로빈은 갈림길에서 리틀 존과 헤어진 뒤, 내리비추는 따사로운 햇살 아래서 흥겹게 발걸음을 재촉했다. 순전히 날이 좋아 기뻤던 그는 이따금 껑충껑충 뛰기도 하고 노래를 한 소절 부르기도 했다. 봄날이 몹시도 화창해서 그는 난생처음 풀밭에 나간 망아지처럼 마음이 설렜다. 그는 종종 고개를 들어 깊고 푸른 하늘을 가로질러 유유히 흘러가는 커다랗고 새하얀 뭉게구름을 바라보며 한참을 걸었다. 그런가 하면 산울타리에 여린 싹이 움트고 초원에 푸른 풀들이 길게 자라난 가운데 이따금 멈춰서서 온 세상의 생명의 충만함을 깊이 들이마시기도 했다. 그러다가 또 미동도 없이 멈춰 서서 덤불숲에서 작은 새들이 어여쁘게 노래하는 소리를 듣거나 수탉이 하늘에 대고 꼬끼오 하고 울어 대는 선명한 소리에 귀 기울이기도 했고 그럴 때마다 기분 좋게 가슴이 간지러워진 나머지 웃음을 터트렸다. 그렇게 그는 씩씩하게 발걸음을 옮기면서 이따금 이런저런 이유로 멈춰 섰고 어쩌다 유쾌한 아가씨들을 마주치기라도 하면 언제든 담소를 나눌 준비도 하고 있었다. 그렇게 아침나절이 흘렀으나 그는 옷을 바꿔 입을 거지를 한 명도 마주치지 못했다. 그가 말했다. "빨리 거지로 변장하지 않으면 오늘 하루를 그냥 허탕 칠 텐데. 하루의 반이 벌써 지났잖아. 숲길을 즐겁게 거닐긴 했지만 거지의 삶은 체험해 보지도 못했네."

얼마 안 있어 로빈은 배가 고파지기 시작했고 봄날, 꽃, 새들로 꽉 찼던 머릿속이 푹 익힌 닭고기, 맘지 포도주, 흰 빵 따위로 가득 찼다. 그가 혼자 중얼거렸다. "월리 윈킨의 소원을 들어주는 외투가 있었으면 좋겠군. 뭘 달라고 소원을 빌어야 할지 아주 잘 알고 있으니 말이야. 그건 바로 이런 거지." 그는 오른손 집게손가락으로 왼손 손가락들 위에다 자신이 바라는 것들을 그렸다. "우선 보들보들한 종달새 고기를 넣어 노릇노릇 익힌 파이를 먹었으면 좋겠어. 바짝 구운 건 말고 육즙을 끼얹어 촉촉한 그런 파이 말이야. 그리고 푹 끓여 익힌 어린 닭고기를 접시에 놓고 그 옆에 얇게 썬 연한 비둘기알을 곁들여 먹고 싶군. 거기다 난로에서 구운 가늘고 기다란 빵 한 덩어리를 함께 먹으면 그만이겠지. 난로에서 갓 꺼내 아직 온기가 가시지 않았고 껍질이 우리 메리언의 머리칼처럼 윤이 나면서 탐스러운 갈색을 띤 그런 빵 말이야. 빵 껍질은 겨울날 이른 아침 고랑에 낀 하얀 살얼음처럼 바삭하게 부스러져야 해. 자, 먹거리가 있으니 이제 마실 것이 있어야겠군. 족히 세 병은 필요하지. 한 병은 맘지 포도주, 또한 병은 카나리아산 백포도주, 나머지 한 병은 스페인산 포도주로 꽉꽉 채워졌으면 좋겠군." 이렇게 혼자 중얼거리며 머릿속에 먹음직스러운 음식들을 떠올리노라니 그의 입에는 절로 군침이 돌았다.

혼잣말을 하던 로빈은 막 돋아나는 여리고 연푸른 잎들로 온통 뒤덮인 산울타리 부근에서 먼지투성이 길이 급하게 꺾이는 곳에 다다랐다. 거기서 그는 울타리 계단에 앉아 한가롭게 다리를 흔들고 있는 한 건장한 사내를 보았다. 이 부랑자 같은 우람한 사내는 열두어 개도 넘는 갖가지 종류와 크기의 주머니와 자루를 온몸에 매달고 있었고 주머니와 자루의 커다랗고 넓은 입구는 굶주린 갈까마귀 새끼들처럼 입을 잔뜩 벌리고 있었다. 그의 외투는 허리춤에서 여며져 있었고 봄날의 5월제 기둥에 매달린 띠들처럼 알록달록한 천들로 온통 기워져 있었다. 그는 크고 높은 가죽 모자를 쓰고 있었고 무릎께에는 로빈의 것만큼이나 길고 두툼한 산사나무 육척봉이 놓여 있었다. 그는 노팅엄셔의 이 길 저 길을 누비며 떠도는 유쾌한 거지였다. 석판처럼 회색빛을 띤 그의 눈동자는 장난기가 가득하여 반짝이며 이리저리 춤추듯 움직였고 머리는 동그랗게 말려 곱슬거리는 검고 짧은 머리칼로 뒤덮여 있었다.

"안녕하신가, 친구." 로빈이 거지에게 가까이 다가가서 말을 건넸다. "꽃들이 고개를 내밀고 싹들이 움트는 이 좋은 날에 여기서 뭐하고 계시는가?"

그러자 거지가 한쪽 눈을 찡긋하더니 이내 쾌활한 목소리로 흥얼거렸다.

나 이렇게 울타리에 걸터앉아
잠시 노래를 부른다네,
내 진정한 사랑을 기다리며.
햇살은 밝게 빛나고
나뭇잎들이 살랑이며 춤추네.
작은 새가 노래하네.
그녀가 가까이 왔음을.

"이 노래가 꼭 내 이야기이지. 아가씨가 오지 않은 것만 빼면 말이야."

"노래가 무척이나 감미롭군." 로빈이 말했다. "여유만 있다면 자네에게 노래를 더 해 달라고 조를 텐데. 그런데 자네에게 물어볼 중대한 일이 두 가지나 있네. 들어 보게."

그 말에 유쾌한 거지는 장난스러운 까치처럼 고개를 한쪽으로 까딱했다. 그가 말했다. "난 무거운 것을 가득 담기에는 변변치 못한 항아리나 마찬가지일세. 그런데 내가 보기에 자네는 그다지 중대한 일도 없는 것 같은데."

그러자 로빈이 말했다. "아닐세. 가장 먼저 물어볼 건 내게 가장 중대한 일일세. 그건 바로 '어디서 먹고 마실 것을 구할 수 있는가?'라네."

"고작 그건가?" 거지가 물었다. "그런 건 중대한 문제라고 생각해 본 적이 없는데. 난 먹을 걸 구할 수 있으면 먹고 빵 부스러기조차 없으면 빵 껍질이라도 씹어 대지. 마찬가지로 마실 맥주가 없으면 차가운 물 한 모금으로 목 안의 먼지를 씻어 낸다네. 자네가 이쪽으로 올 때 난 앉아서 시장기를 달래야 하나 말아야하나 고민하고 있었지. 난 뭘 먹기 전에 배가 쪼그라들도록 허기가 극도에 다다르기를 기다리는 걸 즐긴다네. 그래야 바짝 마른 빵 껍질이라도 헨리 왕이 쇠기름과 건포도와 곁들여 먹는 사슴 고기 파이 못지않게 근사하거든. 지금도 속이 쓰리도록 배가 고프긴 하지만 조금만 더 기다리면 배고픔이 아주 무르익어 식욕이 어마어마해질 거라네."

그러자 로빈이 웃으며 말했다. "정말 별스러운 말을 다 들어보는군. 그런데 정말 자네에게 바짝 마른 빵 부스러기밖에 없는건가? 그런 부실한 것 따위만 들어 있다기에는 그 자루와 주머니들이 묵직하고 불룩해 보이는데 말이야."

"다른 차가운 음식도 좀 들어 있을지 모르지." 거지가 능청스럽게 말했다.

"마실 것은 차가운 물밖에는 없나?" 로빈이 물었다.

그러자 거지가 대답했다. "단 한 방울도 없다네. 그런데 저기 나무들이 무리 지어 있는 곳 너머에 작고 아늑한 여관이 있다네. 하지만 난 거기서 푸대접을 받은 적이 있어서 절대로 가지 않는다네. 언젠가 에밋 수도원 원장이 거기서 저녁 식사를 한 적이 있는데, 그때 여관 안주인이 뭉근하게 끓인 사과와 보리엿으로 만든 작은 파이를 식히려고 창문턱에 두었지. 그런데 난 누군가가 그걸 훔쳐 갈까 봐 주인을 찾을 때까지 그걸 갖고 있었네. 그일 이후로 그들은 내게 지독히도 못되게 군다네. 그렇긴 해도 저여관에는 내가 평생 맛본 중에 가장 맛있는 맥주가 있지.”

그 말에 로빈이 크게 웃었다. “그런 일이 있었군. 자네는 친절을 베풀었는데 도리어 박대를 당했구먼. 그나저나 사실대로 말해 보게. 자네 자루 안에 뭐가 들었는지.”

그러자 거지가 자루 입구 안을 들여다보며 말했다. “어디 보자. 육즙이 달아나지 않도록 양배추 잎으로 싼 비둘기 고기 파이가 꽤 큰 걸로 하나 있군. 돼지 머리고기 편육 한 조각과 크기가꽤 되는 흰 빵도 한 덩어리 있군. 귀리 케이크 네 개와 돼지 무릎살로 만든 차가운 햄도 한 덩이 있다네. 이런, 이상하군! 여기 달걀도 여섯 개나 있네. 근처 양계장에서 우연히 굴러 들어온 게분명해. 날 것이긴 하지만 숯불에 구워서 버터를 살살 바르면…”

“아아, 자네는 정말 좋은 친구일세.” 로빈이 그의 손을 덥석 잡으며 말했다. “그렇게 달콤하게 갖가지 음식을 읊어 대니 내 가련한 배가 기뻐서 요동친다네. 자네가 내게 먹을 걸 준다면 내가자네가 말한 그 작은 여관으로 냉큼 달려가서 우리가 마실 맥주를 한 자루 사 오겠네.”

“친구여, 말만 들어도 반갑네.” 거지가 울타리 계단에서 뛰어내리며 말했다. “내가 가진 최고의 음식으로 대접하고 자네와 함께 하게 된 것을 성 세드릭에게 감사드리겠네. 그런데 맘씨 좋은친구, 맥주는 적어도 세 자루는 사 오게. 한 자루는 자네가 마시고 두 자루는 내가 마셔야 하니까. 난 지금 몹시도 목이 말라서 디 강의 모래가 소금물을 빨아들이듯이 맥주를 들이켤 수 있을 것 같네."

로빈은 거지를 남겨 두고 곧장 여관으로 향했고 거지는 울타리 뒤의 싹들이 움튼 덤불숲으로 들어가서 풀밭 위에 먹을 것들을 차려 놓고, 다년간의 경험으로 쌓은 노련한 솜씨로 나뭇단들을 모아 조그맣게 불을 지펴 달걀을 익혔다. 얼마 안 있어 로빈이 큼지막한 맥주 자루를 어깨에 짊어진 채 돌아와 자루를 풀밭 위에 내려놓았다. 그는 풀밭 위에 차려진 근사한 진수성찬을 보더니 손으로 배를 슬슬 문질렀다. 무척이나 배가 고팠던 그에게는 생애 최고로 황홀한 광경이었기 때문이다.

거지가 말했다. "어이, 친구. 자루 무게가 얼마나 되는지 좀 만져 보겠네."

"그렇게 하게나. 맘껏 만져 보게, 친구. 나는 비둘기 파이가 신선한지 확인 좀 하겠네."

그렇게 한 명은 맥주 자루를 잡아 들고 또 한 명은 비둘기 파이를 집어 들었다. 한동안은 먹을 것을 우걱우걱 씹고 자루 안에서 맥주가 콸콸 쏟아져 나오는 소리밖에는 들리지 않았다.

그렇게 한참 시간이 흘렀고 마침내 로빈이 먹을 것을 옆으로 치워 두고 깊은 만족감에서 우러난 한숨을 크게 쉬었다. 마치 새로 태어난 것 같은 기분이었다.

"어이, 친구." 로빈이 한쪽 팔꿈치로 기대며 말했다. "이제 아까 말한 중대한 일 중 나머지 것을 이야기해야 할 것 같네."

"이런!" 거지가 나무라는 투로 소리쳤다. "이런 맛 좋은 맥주를 앞에 두고 꼭 심각한 이야기를 해야 하나?"

로빈이 웃으며 말했다. "아닐세. 좋은 분위기에 초 치려는 게 아니네. 계속 마시면서 내 얘기를 들어 보게. 말하자면 이런 걸세. 난 자네의 삶이 무척 맘에 든다네. 그래서 나도 직접 거지의 삶을 경험해 보고 싶다는 거지."

그러자 거지가 말했다. "친구, 자네가 내 삶의 방식을 맘에 들어 한다는 건 그다지 놀랄 일도 아니네. 하지만 '맘에 든다는 것'과 '직접 경험해 본다는 것'은 엄연히 다른 문제일세. 상처투성이 비렁뱅이 짓을 배우거나 심지어 기인 행세를 하거나 가짜 미치광이 동냥치 짓을 배우려 해도 반드시 오랜 도제 기간이 필요한 법이지. 친구, 자네가 이 길에 들어서기엔 나이가 너무 들었어. 감을 잡는 데에도 족히 3년은 걸릴 거야."

"그럴지도 모르지." 로빈이 말했다. "제화공 잭은 빵을 못 만들고 제빵사 톰은 신발을 못 만든다는 가퍼 스완톨드 성인의 말씀도 있으니까. 그래도 거지의 삶을 직접 경험해 보고 싶네. 거지옷 한 벌만 있으면 누구보다 잘할 자신 있다네."

그러자 거지가 말했다. "분명히 말하는데 자네가 아무리 거지들의 수호성인인 성 윈튼처럼 그럴싸하게 차려입는다 해도 자네는 절대로 거지가 될 수 없어. 맨 처음 마주치는 나그네부터 자네를 곤죽이 되도록 팰 걸세. 자네가 어설프게 거지 행세를 한다고 말이야."

그러자 로빈이 말했다. "그래도 시도는 한번 해 보겠네. 자네 옷이 화려하진 않아도 꽤 봐줄 만하니 자네와 옷을 바꿔 입고 싶네. 옷을 바꿔 입고 거기다 자네에게 덤으로 금화 2엔젤을 얹어 주겠네. 게다가 난 이 문제를 두고 자네와 같은 부류의 사람들과 언쟁을 벌이다가 상대의 머리를 내려칠 일이 있을지도 모른다는 생각에 튼튼한 육척봉까지 챙겨 왔다네. 하지만 푸짐한 진수성찬을 대접해 준 자네는 무척 맘에 드니 자네에게 새끼손가락 하나라도 쳐들 일은 없을 걸세. 그러니 걱정은 눈곱만큼도 하지 말게."

거지는 양손을 엉덩이춤에 올린 채 로빈의 말을 듣다 로빈이 말을 마치자 고개를 한쪽으로 까딱하더니 혀로 볼 안을 찔렀다.

"그럼 어디 한번 해 보시지." 마침내 거지가 입을 열었다. "날 향해 손가락이라도 쳐들라고! 자네 지금 제정신 맞나? 난 디 강 너머에 있는 플린트셔의 홀리웰에서 온 리콘 헤이즐일세. 분명히 말하는데, 난 자네보다 덩치 큰 자들의 머리를 수도 없이 박살 낸 적이 있다네. 자네가 대접해 준 맥주만 아니었다면 지금 당장에라도 자네 머리통을 불이 나도록 후려칠 수 있어. 자넨 내 옷의 넝마 한 조각도 가질 수 없어. 그걸로 목이 매달리는 일을 면할 수 있다 해도 말이야."

"어이, 이봐." 로빈이 말했다. "자네의 멀쩡한 머리를 후려치는 건 나도 내키지 않지만 분명히 말하는데 자네가 대접해 준 만찬만 아니었다면 한동안은 떠돌아다니지도 못할 정도로 자네를 두들겨 팼을 거야. 그러니 입 좀 닥치시지. 안 그럼 입을 함부로 놀린 대가로 큰 코 다칠 테니까."

"오호라, 그래. 각오 단단히 해라. 오늘 네놈이 불행을 자초했겠다!" 거지가 소리치며 일어나 육척봉을 집어 들었다. "어디 한번 육척봉으로 날 막아 보시지. 네놈을 먼지 나도록 흠씬 두들겨 패 놓고 돈까지 몽땅 빼앗을 테니까. 알거지가 돼서 박살 난 머리통에 문지를 거위 기름 한 덩이 살 돈조차 남지 않을 거야."

그러자 로빈도 벌떡 일어나 육척봉을 홱 집어 들었다. "그럼 내 돈을 빼앗아 보시든가. 네놈이 날 건드리기라도 한다면 가진 돈을 다 내어 준다고 흔쾌히 약속하지." 그는 휙휙 소리가 나도록 육척봉을 돌려 댔다.

거지도 육척봉을 휘두르더니 로빈을 향해 있는 힘껏 내리쳤으나 로빈은 그것을 피했다. 거지는 세 번이나 강타를 날렸으나 로빈의 머리칼 하나 건드리지 못했다. 그때 로빈이 기회를 엿봤고 셋까지 세기도 전에 리콘의 육척봉이 울타리 너머로 날아갔다. 풀밭에 냅다 나동그라진 리콘은 텅 빈 자루처럼 꼼짝도 안 했다.

"자, 어떠신가?" 유쾌한 로빈이 웃으며 말했다. "친구, 날 두들겨 팰 텐가? 아니면 내 돈을 몽땅 훔쳐 갈 텐가?" 그러나 거지는 아무런 대꾸도 하지 않았다. 로빈은 얻어맞아 정신이 멍한 거지의 애처로운 꼴을 보더니 여전히 웃으며 달려가 맥주 자루를 가지고 왔다. 그리고 거지의 머리에 맥주를 조금 붓고는 입에도 조금 부어 주었다. 얼마 안 있어 거지는 눈을 떴으나 자기가 왜 대자로 뻗어 있는지 영문을 모르겠다는 듯 주위를 두리번거렸다.

로빈은 얼빠져 있던 거지가 어느 정도 정신을 차리는 것을 보더니 이렇게 말했다. "어이, 친구! 나와 옷을 바꿔 입을 텐가? 아니면 또 두들겨 맞을 텐가? 자네 옷가지와 자루, 모자와 물건을 흔쾌히 다 내어 준다면 금화 2엔젤을 주겠네. 만약 그러지 않겠다면 내가 또…." 그는 이렇게 말하면서 육척봉을 아래위로 훑어보았다.

그러자 리콘이 일어나 앉아 머리에 난 혹을 문질러 댔다. "자네 맘대로 하게!" 그가 말했다. "원래는 자네를 신나게 두들겨 패 주려고 했네. 이게 어떻게 된 일인지 모르겠지만, 내가 주량 이상으로 맥주를 너무 많이 마신 것 같군. 꼭 옷을 내어 주어야 한다면 그래야겠지. 하지만 진정한 사내로서 먼저 약속 하나 해 주게. 내 옷 외에는 아무것도 뺏어 가지 말게."

"진정한 사내로서 약속하지." 로빈은 거지가 지킬 돈이 몇 푼 안 될 것이라 생각하면서 말했다.

거지는 옆구리에 차고 있던 작은 칼을 꺼내 겉옷 안감을 찢어 거기서 번쩍이는 금화 10파운드를 꺼냈다. 그리고 로빈을 향해 간사하게 눈을 찡긋하고는 자신의 옆 땅바닥에 돈을 내려놓았다. "자, 이제 내 옷을 맘껏 가져가도 좋아. 사실 자네는 금화 2엔젤은커녕 돈 한 푼 안 들이고도 이 옷을 가져갈 수 있었는데."

"이런." 로빈이 웃으며 말했다. "자네 참 약삭빠르군. 자네가 그렇게 큰돈을 가진 줄 알았다면 진작에 빼앗았을 텐데. 그 돈은 분명 정직하게 얻은 게 아닐 테니 말이야."

두 사람은 각자 옷을 벗은 뒤 서로의 옷으로 바꿔 입었다. 로빈 후드는 여느 여름날에 마주칠 법한 아주 그럴싸한 거지가 되었다. 반면 홀리웰의 리콘은 링컨 그린 옷을 근사하게 빼입고는 기뻐서 경중경중 뛰고 춤까지 추었다. 거지가 말했다. "난 이제 화려한 깃털을 단 새가 되었네. 내 사랑하는 몰 피스코드도 이렇게 차려입은 나를 못 알아보겠지. 친구, 아까 먹다 남은 찬 음식도 가져도 좋네. 내 돈이 수중에 남아 있고 내 옷이 빛바래지 않는 동안은 난 잘 먹고 잘 살 테니까."

거지는 돌아서서 로빈을 남겨 두고 울타리 계단을 건너서 가 버렸다. 그러나 거지가 성큼성큼 걸어가면서 흥얼거리는 소리가 울타리 너머로 들려왔다.

거지가 문가에 나타날 때면
폴리는 미소 짓고 몰리는 기분이 좋다네.
잭과 딕은 그를 훤칠하고 듬직한 사내라 불러 준다네.
안주인은 외상값을 잔뜩 올려놓는다네.

여보세요, 윌리 와디킨.
쉬었다 가세요, 빌리 와디킨.
갈색 맥주를 공짜로 마음껏 내어 줄게요.
거지는 나의 남자니.

로빈은 노랫소리가 멀어져 들리지 않을 때까지 듣다가 그 역시도 울타리 계단을 넘어 길로 나왔으나 거지가 간 길과는 반대 방향으로 발길을 돌렸다. 길이 완만한 언덕 위로 이어져 있었고 로빈은 열 개도 넘는 자루를 다리에 매달고서 언덕을 걸어 올라 갔다. 로빈은 오랫동안 정처 없이 걸었으나 다른 모험은 찾지 못했다. 길에는 로빈 외에는 아무도 없었고, 그는 발걸음을 내디딜 때마다 이는 흙먼지를 발로 차며 걸었다. 때는 황혼 다음으로 하루 중 가장 평화로운 한낮이었다. 평온한 식사 시간이 한창인 가운데 온 대지가 조용했다. 밭 갈던 말들도 고랑에 선 채 맛 좋은 여물이 담긴 커다란 자루를 코에 걸고 여물을 우적우적 씹어 댔다. 밭 갈던 농부와 소년들도 울타리 아래에 앉아 한 손에는 큼지막한 빵 덩이를 또 한 손에는 큼지막한 치즈 덩이를 들고서 게걸스럽게 먹어 대고 있었다.

로빈은 아무도 없는 길을 씩씩하게 걸으며 흥겹게 휘파람을 불었다. 그의 허벅지에 매달린 자루와 주머니들이 그가 걸을 때마다 대롱대롱 흔들렸다. 마침내 그는 큰길을 벗어나 작은 오솔길이 나 있는 지점에 이르렀다. 그 길은 울타리를 통과하여 언덕 아래로 내려가 작은 골짜기까지 이어졌고 골짜기 실개천을 건너 반대편 언덕 위까지 이어져 있었다. 언덕 꼭대기에는 풍차가 하나 서 있었고 불어오는 바람에 나무들이 흔들리고 있었다. 로빈은 그곳이 마음에 들었고 왠지 모를 이끌림에 그 작은 오솔길로 접어들었다. 햇살 아래 수풀이 무성히 자라나 있는 사방이 트인 완만한 초원을 걸어 내려가 작은 골짜기에 다다랐다. 로빈은 미처 알지 못했지만, 그곳에는 건장한 사내 넷이 땅 위에 먹음직스러운 음식을 펼쳐 놓고 다리를 쭉 뻗은 채 앉아 있었다.

그들은 거지들이었고 각자 가슴까지 드리워진 작은 판자를 목에 걸고 있었다. 판자에는 각각 이렇게 쓰여 있었다. "저는 장님입니다", "저는 귀머거리입니다", "저는 벙어리입니다", "절름발이를 불쌍히 여겨 주십시오". 그렇게 판자에 쓰여 있는 그들의 처지는 무척이나 비통해 보였으나 건장한 네 사내는 마치 카인의 아내가 불행이 가득 든 단지를 열어 불행이 파리떼처럼 성가시게 우글거리도록 둔 적이 전혀 없다는 듯이, 서로 둘러앉아 유쾌하게 식사를 즐기고 있었다.

로빈 후드가 오는 소리를 처음 들은 것은 바로 귀머거리였다. "어이, 친구들. 누가 오는 소리가 들리는데." 로빈이 오는 것을 처음 본 자는 다름 아닌 장님이었다. "선량한 자일 거야. 우리와 같은 거지니까." 그러자 벙어리가 우렁찬 목소리로 로빈을 향해 소리쳤다. "어이, 친구. 어서 오게. 먹을 것도 좀 남았고 맘지 포도주도 좀 있으니 얼른 여기 와서 앉게!" 그 말에 나무로 만든 의족은 벗어 놓고 진짜 다리는 쉬려고 쭉 뻗은 채 앉아 있던 절름발이가 로빈이 앉을 자리를 만들어 주었다. "형제여, 만나서 반갑네." 그가 맘지 포도주병을 건네며 말했다.

"고맙네." 로빈이 웃으며 술을 마시기 전에 손에 쥔 술병의 무게를 가늠해 보았다. "내 덕분에 장님이 앞을 보고 벙어리가 말을 하고 귀머거리가 귀가 트이고 절름발이에게 성한 다리가 생겼으니, 나를 보고 반가워하는 것은 당연한 것 같군. 자네들은 이미 사지 멀쩡하고 쌩쌩하니 자네들 건강을 위해서는 말고 자네들 행복을 위해서 마시겠네."

그 말에 모두가 활짝 웃었다. 무리 중 우두머리인 장님은 어깨가 가장 떡 벌어지고 체격이 듬직했으며 제일 악동 같았다. 그가 로빈의 어깨를 툭 치며 정말 재치 있는 농담이라고 받아쳤다.

"그나저나 어디서 오는 길인가?" 벙어리가 물었다.

"셔우드에서 하룻밤 자고 오늘 아침 오는 길이라네." 로빈이 대답했다.

"정말인가?" 귀머거리가 말했다. "우리 네 사람은 링컨 타운으로 돈을 가져가는 길이라서 셔우드에서의 하룻밤은 꿈도 못 꾼다네. 만약 로빈 후드가 숲속에서 우리 네 사람 중 하나를 붙잡기라도 한다면 아마 귀싸대기를 후려갈길 걸세."

"정말 그럴 것 같네." 로빈이 웃으며 말했다. "그런데 그 돈은 무슨 돈인가?"

이번엔 절름발이가 대답했다. "우리의 왕이신 요크의 피터께서 우리에게 그 돈을 갖고 링컨으로 가서…."

"이봐, 호지, 그만하게." 장님이 중간에 끼어들었다. "여기 있는 형제를 의심하는 건 아니지만 우리가 그를 잘 모른다는 걸 명심하게. 형제, 자네는 대장 거지, 수사 거지, 상처투성이 비렁뱅이, 가짜 벙어리 거지, 가짜 미치광이 동냥치 중 어디에 속하는가?"

그 말에 로빈이 입을 떡 벌린 채로 네 사람을 차례로 쳐다보았다. 로빈이 말했다. "나는 스스로 대장 거지라고 믿네. 적어도 그런 자가 되려고 노력은 한다네. 하지만 이런 뜬금없는 말들이 대체 무슨 뜻인지 모르겠네. 그냥 벙어리 자네의 목소리가 좋으니 노래나 한 곡 뽑아 주게."

그 말에 침묵이 흐르더니 이윽고 장님이 입을 열었다. "그런 말들을 모른다니 분명 농담하는 거겠지. 그럼 내 질문에 답해 보게. 큰길에서 주머니를 털려고 사람을 쳐 본 적 있나?"

그러자 로빈이 성을 내며 말했다. "그만 집어치우게. 그런 되지도 않는 말들을 쏟아 내면서 나를 놀리려는 셈인가? 분명히 말하는데 그러면 자네들 신상에 좋지 않을 거야. 지금 당장에라도 자네들의 머리통을 모두 박살 내 주고 싶지만 내게 맛 좋은 술을 대접해 줬으니 참고 있는 거라네. 친구, 술이 너무 차가워지기 전에 얼른 술병 좀 건네 보게."

그러나 로빈이 말을 마치기 무섭게 거지 넷이 자리에서 벌떡 일어났다. 장님은 자신의 옆 풀밭에 놓여 있던 옹이가 진 묵직한 몽둥이를 잽싸게 집어 들었고 나머지 거지들도 몽둥이를 집어 들었다. 영문은 모르겠지만 상황이 자신에게 불리하게 돌아갈 것 같은 낌새를 챈 로빈 역시 벌떡 일어나 육척봉을 집어 들었고 나무에 등을 대고 방어할 태세를 취했다. "자, 어떻게 하실 텐가?" 로빈이 육척봉을 빙빙 휘두르며 소리쳤다. "건장한 사내 넷이 한 사람에게 달려들 텐가? 이 고약한 녀석들, 뒤로 물러서라. 안 그럼 선술집 문처럼 흉터투성이가 되도록 네놈들 머리통을 후려갈겨 줄 테니까. 네놈들은 미친 게 틀림없어. 내가 자네들에게 무슨 해코지를 했나?"

"거짓말을 했잖나!" 무리 중 우두머리이자 가장 성질이 포악하고 장님 행세를 했던 자가 소리쳤다. "네놈은 거짓말을 지껄였어! 간사한 첩자처럼 우리 틈으로 파고들다니. 네놈이 몸뚱이를 건사하기엔 너무 많은 이야기를 들어 버렸어. 그러니 오늘 여기서 한 발짝도 못 움직일 줄 알아라. 움직이게 된다면 죽은 몸이 되어서나 실려 가겠지! 형제들, 어서 모여! 저놈을 덮치자!" 그는 몽둥이를 휘두르면서 성난 황소가 붉은 천을 향해 달려들 듯 로빈을 향해 대차게 뛰어들었다. 그러나 로빈은 어떤 상황에도 맞설 준비가 되어 있었다. 로빈이 눈 깜빡할 새에 두 번이나 가격하자 장님은 털썩 쓰러져 풀밭 위로 데굴데굴 뒹굴었다.

그 광경에 나머지 거지들이 뒤로 물러서더니 약간 거리를 두고서 로빈을 사납게 노려보았다. "덤벼, 이 구제불능들아!" 로빈이 기세 좋게 소리쳤다. "제사상은 다 차려 놨다고. 이제 어느 놈 차롄가?"

그 말에 거지들은 아무런 대꾸도 하지 않았으나 거인 블런더보어가 거인만 잡으러 다니는 사냥꾼 잭을 노려보듯이 살과 뼈까지 몽땅 먹어 삼킬 것처럼 로빈을 매섭게 노려보았다. 그러나 로빈과 그의 무시무시한 육척봉 가까이로는 감히 다가갈 엄두도 내지 못했다. 그들이 주저하는 모습에 로빈은 난데없이 그들에게 달려들었고 심지어 육척봉으로 그들을 내리치기까지 했다. 그 공격에 벙어리가 나가떨어지면서 그의 손에 들려 있던 몽둥이도 날아가 버렸다. 그 광경에 나머지 거지들은 얻어맞지 않으려고 몸을 수그리면서 한 명은 이쪽으로 또 한 명은 저쪽으로 서쪽 바람의 신발을 신기라도 한 듯 날쌔게 도망가 버렸다. 로빈은 웃으며 그들을 바라보았고, 절름발이가 저렇게 번개처럼 빨리 달리는 것은 난생처음 본다고 생각했다. 그러나 도망간 두 거지는 로빈이 육척봉을 휘두르는 소리가 귓가에 맴도는 듯하여 멈춰 서지도 뒤돌아보지도 않았다.

로빈은 땅에 널브러져 있는 두 거지에게 향하며 혼잣말을 했다. "이 자들이 링컨으로 가져간다는 돈에 대해 뭔가 이야기했었지. 장님이 노팅엄이나 요크셔의 노련한 나무꾼처럼 눈이 밝으니 이 자의 몸을 뒤지면 돈을 찾을 수 있을지도 몰라. 귀한 돈을 이런 악랄한 도둑놈들의 주머니에 그냥 놔둬서는 안 되지." 로빈은 건장한 장님 거지에게로 몸을 숙여 그의 넝마 옷을 뒤졌다. 누덕누덕 기운 거지의 겉옷 안을 손으로 더듬던 그는 얼마 안 있어 몸통 근처에 가죽 주머니가 매달려 있는 것을 발견했다. 그것을 홱 잡아빼 손으로 무게를 가늠해 보니 보통 무거운 게 아니었다. 로빈이 혼자 중얼거렸다. "구리 동전이 아니라 금화가 가득 들었다면 얼마나 횡재일까?" 그는 풀밭에 앉아 주머니를 열어 안을 들여다보았다. 거기에는 양가죽으로 둘둘 말린 뭉치가 네 개 있었다. 그중 하나를 열어 본 로빈은 다시는 다물어지지 않을 것처럼 입이 떡 벌어지고 다시는 감기지 않을 것처럼 두 눈이 휘둥그레졌다. 그가 본 것은 다름 아닌 번쩍이는 금화 50파운드였기 때문이다. 다른 뭉치들도 열어 보니 새로 찍어 낸 번쩍이는 금화가 각각 50파운드씩 들어 있었다. 로빈이 말했다. "거지들의 조합이 돈이 무척 많다는 이야기는 자주 들었지만 이렇게 큰돈을 금고로 옮긴다는 건 생각지도 못했네. 이 돈은 내가 가져가야겠어. 이놈들 같은 악당들의 배를 불리느니 어려운 사람을 돕고 우리 동료들을 위해 쓰는 게 더 나을 테니까." 그는 돈을 다시 양가죽으로 둘둘 말아 주머니에 넣은 다음, 가슴팍에 주머니를 쑤셔 넣었다. 그리고 맘지 포도주가 든 병을 집어 들어 풀밭에 널브러져 있는 두 사내를 향해 들고서 이렇게 말했다. "인정 넘치는 친구들이여, 자네들의 건강을 위해 축배를 들겠네. 오늘 내게 후하게 베풀어 준 것에 대해 진심으로 감사하네. 부디 행운이 가득하길." 그는 육척봉을 집어 들고는 가벼운 발걸음으로 그 자리를 떠났다.

머리를 얻어맞았던 두 거지는 어느새 정신을 차리고 일어나 앉았고, 겁에 질려 달아났던 나머지 두 거지도 돌아왔다. 그들은 마른 날씨의 네 마리 개구리처럼 곧 죽을 듯이 축 늘어져 있었다. 두 사람은 머리통이 박살 난 데다가 맘지 포도주마저 한 방울도 없이 사라져버리고 제 앞가림할 돈이 한 푼도 남지 않았기 때문이다.

작은 골짜기를 떠난 로빈은 신나게 흥얼거리며 의기양양하게 걸었다. 그가 워낙 쾌활하고 거지치고는 체격이 듬직한 데다가 번듯하고 멀끔했기 때문에 마주치는 유쾌한 아가씨마다 그에게 다정한 말을 건넸고 그를 무서워하지 않았다. 대개는 거지를 싫어하는 개들조차도 아양을 떨면서 그의 다리에 코를 대고 킁킁거렸고 기분 좋다는 듯 꼬리를 살랑살랑 흔들었다. 개들은 냄새로 정직한 사람을 알아보는 법인데 로빈은 정직한 사람이었기 때문이다. 그 나름의 방식대로 말이다.

길을 걷던 로빈은 마침내 올러턴 근처 길들이 만나는 지점에 다다랐고 조금 지친 그는 눈앞에 보이는 수풀이 무성한 둑에 앉

아 쉬었다. 그가 혼자 중얼거렸다. "셔우드로 돌아갈 시간이 다되었군. 내 유쾌한 친구들에게 돌아가기 전에 또 한 차례 즐거운모험이 찾아온다면 더없이 좋을 텐데."

그는 누가 오는지 보려고 길을 올려다보고 또 내려다보았다. 마침내 누군가가 말을 타고 오는 것이 보였다. 형체를 잘 알아볼 수 있을 만큼 그가 가까이 다가오자 로빈은 웃음을 터트리고 말았다. 너무도 기이한 모습이었기 때문이다. 그는 비쩍 마르고 주름이 쭈글쭈글한 남자였는데 자세히 들여다보니 서른 살인지 예순 살인지 도통 가늠할 수 없을 정도로 바짝 말라 뼈와 가죽만 남아 있었다. 그가 탄 말 역시도 주인만큼이나 앙상해서 주인과 말 모두 마더 허들의 화덕에서 구워져 나온 것만 같았다. 사람들이 바싹 구워져 영원히 살게 된다는 그 화덕 말이다.

로빈은 그런 우스꽝스러운 모습에 웃기는 했지만 그가 워크숍의 부유한 곡물 도매상이라는 사실을 알았다. 그는 온 나라의 곡물을 몽땅 사들여 마침내 기근이 일어나 곡물 가격이 치솟을 대로 치솟을 때까지 기다렸다가 그걸 굶주림에 몰린 가난한 자들에게 팔아 큰돈을 번 적이 한두 번이 아니었다. 그런 이유로 이 근방은 물론 멀리에서까지 그를 조금이라도 아는 자라면 치를 떨었다.

얼마 안 있어 곡물 도매상이 로빈이 앉아 있는 곳까지 말을 타고 왔다. 로빈은 넝마 옷을 입고 주머니와 자루들을 주렁주렁 매단 채로 곧장 그의 앞을 막아서고는 말의 고삐에 손을 올리고 그를 불러서 멈춰 세웠다.

"자네는 대체 누구길래 폐하께서 닦아 놓으신 길을 가는 나를 감히 멈춰 세우는 것이냐?" 비쩍 마른 남자가 메마르고 까탈스러운 목소리로 말했다.

"가난한 거지를 불쌍히 여겨 빵 한 조각 사 먹을 수 있도록 한 푼만 도와주십시오."

"썩 꺼지지 못할까!" 남자가 으르렁거렸다. "네놈 같은 역겨운 부랑자들은 이렇게 길가를 맘대로 활보하게 두지 말고 감옥에 처넣거나 목을 매달아 버려야 하는데 말이야."

그러자 로빈이 대꾸했다. "참나, 어찌 그런 말씀을 하십니까? 당신과 나는 형제 아닙니까? 당신이나 나나 가난한 자들이 피땀 흘려 번 돈을 빼앗지 않습니까? 선한 일을 해서 먹고살려는 생각도 안 하고 정직한 일에는 손도 안 대고 살고 있지 않습니까? 당신이나 나나 정직하게 돈을 벌어 보기나 했습니까? 자, 보십쇼! 그러니 우리는 형제나 다름없지요. 다만 당신은 부자고 나는 가난할 뿐. 그러니 제발 부탁인데 한 푼만 주십쇼."

"대체 뭐라고 씨부렁거리는 게냐?" 곡물 도매상이 화가 치밀어 소리를 질렀다. "법으로 네놈을 잡을 수 있는 도시에서 네놈을 만났더라면 죽도록 채찍질을 해 줬을 텐데. 네놈에게 줄 돈으로 말할 것 같으면 내 지갑에는 단 한 푼도 없다. 로빈 후드가 나를 잡아서 머리부터 발끝까지 샅샅이 뒤진다 해도 내게서는 동전 한 닢 나오지 않을 거다. 난 워낙 신중해서 로빈 후드라는 도둑놈이 활개 치고 다니는 셔우드 근처에서는 돈을 가지고 다니지 않는단 말이다."

그 말에 로빈은 혹시 근처에 누가 있는지 확인이라도 하듯이 주위를 두리번거리더니 곡물 도매상에게 가까이 다가가 발끝으로 서서 그의 귀에 대고 속삭였다. "내가 겉보기에는 이렇지만 진짜 거지라고 생각하십니까? 날 자세히 보십시오. 내 손이나 얼굴, 몸에 먼지 한 톨도 없지 않습니까? 이런 거지 보셨습니까? 분명히 말하는데 나도 당신처럼 선량한 사람입니다." 그는 품에서 돈뭉치를 꺼내 곡물 도매상에게 눈이 부시도록 번쩍이는 금화들을 보여 주었다. "내가 이렇게 누더기를 입은 건 로빈 후드의 눈으로부터 내가 선량하고 부유한 자라는 걸 숨기기 위한 것이지요."

"어서 돈을 집어넣게, 젊은이!" 곡물 도매상이 재빨리 소리쳤다. "누더기를 입었다고 로빈 후드를 피할 수 있다고 믿다니 이런 어리석은 자를 봤나? 그가 자네를 잡는다면 가죽까지 발가벗길 걸세. 그는 배불뚝이 사제나 나와 같은 부류 사람들만큼이나 욕심 많은 거지도 벌레 보듯 싫어하니까."

"그게 정말입니까?" 로빈이 물었다. "진작 알았다면 이런 옷차림으로 이 근방에 오지 않았을 겁니다. 그래도 어쨌든 중요한 볼일이 있으니 가던 길은 가야겠습니다. 그런데 어르신은 어딜 가시는 중이십니까?"

"나는 그랜덤으로 가는 길일세." 곡물 도매상이 대답했다. "그런데 최대한 갈 수 있다면 뉴어크까지 가서 거기서 하룻밤 묵어갈 생각이네."

"오, 저도 마침 뉴어크로 가는 길입니다." 로빈이 말했다. "로빈 후드 같은 악당이 활개 치는 길에서는 선량한 시민 한 사람보다는 두 사람이 나으니 제가 옆에서 함께 가겠습니다. 제가 동행하는 게 싫지 않으시다면요."

"자네는 돈만 많은 게 아니라 맘씨도 좋구먼." 곡물 도매상이 말했다. "함께 가도 좋네. 실은 난 거지라면 그다지 반기진 않지만 말이야."

로빈이 말했다. "그럼 앞장서시지요. 날이 저물고 있는 데다가 우리가 뉴어크에 도착하기 전에 어두워질 테니 말입니다." 그렇게 그들은 다시 길을 나섰다. 비쩍 마른 말이 아까와 마찬가지로 절뚝거리며 달렸고 로빈은 그 옆에서 뛰었다. 그러나 로빈은 속에서 터져 나오는 웃음을 참느라 제대로 서 있지도 못할 지경이었다. 하지만 곡물 도매상이 조금이라도 의심해서는 안 되므로 크게 웃지는 못했다. 그들은 마침내 셔우드 숲 경계에 있는 언덕에 다다랐다. 길이 가파르게 나 있었으므로 곡물 도매상은 자신의 비쩍 마른 말의 속도를 늦춰 걷게 했다. 뉴어크까지 가려면 아직 한참 남았으므로 말의 체력을 아껴야 했기 때문이다. 그는 말 안장에 앉은 채로 몸을 돌리더니 교차로를 나선 이래 처음으로 로빈에게 말을 걸었다. "여보게, 여기가 가장 위험하네. 바로 코앞이 악독한 도둑 로빈 후드가 사는 곳이니까. 여길 넘어가야 선량한 사람들이 사는 평화로운 세상으로 다시 갈 수 있다네. 그럼 우리가 가는 길도 더 안전해지겠지."

　그러자 로빈이 말했다. "이런! 저도 어르신처럼 돈을 조금만 가져왔어야 하는데 말입니다. 오늘 로빈 후드에게 가진 돈을 몽땅 털릴까 봐 무섭네요."

　그러자 곡물 도매상이 로빈을 바라보며 음흉하게 눈을 찡긋거리고는 말했다. "친구 같아서 하는 말인데 나도 자네만큼 많은 돈을 갖고 있지. 하지만 숨겨 놓았기 때문에 셔우드의 악당이라도 절대 찾지 못할 거라네."

　"에이, 지금 농담하시는 겁니까?" 로빈이 말했다. "어떻게

200파운드나 되는 돈을 몸에 숨긴단 말입니까?"

"자네는 정직한 자인 데다가 나보다 한참 어리니 내가 지금까지 아무에게도 알려 주지 않은 사실을 하나 가르쳐 주지. 그러니 날 보고 배워서 앞으로는 로빈 후드의 눈을 피한답시고 거지 옷을 입는 미련한 짓 따위는 하지 말게. 지금 내가 신고 있는 나막신 보이나?"

"네. 누가 봐도 큰 신발이군요. 아무리 눈앞이 흐린 자라도 이 신발은 눈에 보일 것 같습니다."

"농담 거두게. 이건 웃을 일이 아니야. 보이는 게 다가 아닐세. 이 나막신의 밑창은 작은 상자로 되어 있지. 발가락 부분의 두 번째 못을 비틀면 신발 윗부분과 밑창 일부가 뚜껑처럼 열린다네. 그래서 그 공간에 신발 한 짝마다 금화 90파운드씩 넣어 놨지. 짤랑거리는 소리가 들려서 돈이 들었다는 게 탄로 나지 않도록 돈을 모두 털에 고이 싸서 말이야."

곡물 도매상이 말을 마치자 로빈이 요란하게 웃음을 터트리더니, 고삐에 손을 올려 슬퍼 보이는 말을 멈춰 세웠다. "아니, 여보시오." 로빈이 웃는 중간중간에 말을 이었다. "당신은 내가 본 중에 가장 간사한 늙은 여우 같소! 하, 신발 밑창에 돈을 넣다니! 내가 앞으로 가난해 보이는 자를 다시 한번 믿는다면 내 머리털을 다 밀고 파란색으로 칠하겠소! 곡물 도매상도, 말 모는 사람도, 토지 중개인도, 수다쟁이도 모두 간사하기는 마찬가지군요!" 로빈은 또다시 미친 듯이 웃어 댔다.

곡물 도매상은 놀라서 입을 떡 벌린 채로 로빈을 빤히 바라보고 있었다. "자네 지금 제정신인가? 이런 곳에서 그렇게 큰 소리로 이야기하다니. 이제 그만 가자고. 뉴어크에 도착해 안전해지기 전까지는 웃지 말게."

"안 되겠소." 로빈은 웃다가 나온 눈물이 뺨에 흘러내리게 둔 채 말했다 "다시 생각해 보니 이제 그만 가도 되겠소. 이 근방에 좋은 친구들이 있으니. 어르신은 원한다면 가던 길 가시지요. 다만 맨발로 가야 할 것이오. 그 나막신은 여기 남겨 두고 가야 할 테니. 그 나막신이 무척 맘에 드니 어서 벗어 주시오."

그 말에 곡물 도매상의 얼굴이 새하얀 천처럼 창백해졌다. "자네 도대체 누군데 그렇게 말하는 건가?"

그러자 유쾌한 로빈이 또다시 웃으며 말했다. "이 근방 사람들은 나를 로빈 후드라 부른다오. 그러니 내가 시키는 대로 순순히 그것도 빨리 나막신을 내놓는 것이 신상에 이로울 것이오. 안 그럼 날이 어두워진 후에도 뉴어크에 도착하지 못할 거요."

로빈 후드라는 이름을 듣자마자 곡물 도매상은 두려움에 몸이 떨린 나머지 말에서 떨어지지 않으려고 말의 갈기를 붙잡고 있어야 했다. 그러고는 곧장 더는 군소리 없이 나막신을 벗어 길에 떨어뜨렸다. 로빈은 여전히 말의 고삐를 붙잡은 채로 몸을 숙여 나막신을 줍고는 말했다. "여보시오. 나는 대개 나와 거래를 한 자에게는 함께 셔우드로 가서 잔치를 벌이자고 청한다오. 하지만 당신과는 이미 즐겁게 동행했으니 잔치에 초대하지는 않겠소. 게다가 내가 그랬듯이 셔우드에는 당신에게 그리 호의적이지 않은 사람들이 있소. 선량한 사람들은 곡물 도매상이라는 이름만 들어도 역겨운 것을 입에 머금기라도 한 듯이 치를 떤다오. 그러니 내 보잘것없는 조언이지만 단단히 새겨듣고 다시는 셔우드 근처에 얼씬도 하지 마시오. 안 그랬다간 어느 날 난데없이 당신 갈비뼈에 기다란 화살이 꽂힐 것이오. 어쨌든 행운이 있길 바라오." 로빈은 손으로 말의 엉덩이를 찰싹 때려 곡물 도매상을 태운 말을 보냈다. 하지만 곡물 도매상의 얼굴은 공포에 질려 흘린 식은땀으로 흥건했다. 그가 오늘처럼 셔우드 숲 가까이에 나타나는 일은 앞으로 절대로 없을 터였다.

로빈은 그 자리에 서서 곡물 도매상이 가는 것을 지켜보았다. 그가 멀리 가고 나서야 손에 나막신을 든 채 웃으며 발길을 돌려 숲속으로 들어갔다.

그날 밤 아늑한 셔우드에서는 빨간 모닥불이 나무와 덤불에 흔들리는 빛을 드리우며 밝게 타올랐고 그 주변으로 로빈 후드의 무리가 둘러앉거나 누워서 로빈 후드와 리틀 존이 해 주는 모험담을 들었다. 모두가 이야기에 열심히 귀를 기울였고 터져 나오는 웃음소리로 숲속이 몇 번이고 쩌렁쩌렁 울렸다.

이야기가 모두 끝나자 터크 수사가 말했다. "대장, 정말 재밌는 시간을 보냈구먼. 그래도 난 내 생각을 밀고 나가겠네. 내게는 맨발의 수사의 삶이 더 즐거워 보여."

그러자 윌 스튜틀리가 목소리를 높였다. "아냐. 난 대장 편을 들겠네. 난 대장의 모험이 더 재밌었어. 오늘 신명 나는 육척봉 대결을 두 번이나 펼쳤으니까."

그러자 무리 중 몇몇은 로빈 후드의 편을 들었고 또 몇몇은 리틀 존의 편을 들었다. 음, 나로 말할 것 같으면, 내 생각에는···. 그나저나 여러분은 어느 편이 더 맘에 드는가. 그 선택은 여러분에게 맡기겠다.

17

로빈 후드, 엘리노어 왕비 앞에서 활을 쏘다

푹푹 찌는 여름날 오후의 태양 아래, 하얀 먼지 이는 큰길이 쭉 뻗어 있고 길가의 나무들은 미동도 없이 서 있었다. 목초지 위를 가로지르는 뜨거운 대기가 사방으로 춤추듯 떨었으며, 작은 돌다리가 놓인 저지대 개울의 맑은 물속에서는 물고기가 노란 조약돌 위에 꼼짝도 안 하고 떠 있었다. 비죽 튀어나온 골풀 줄기의 뾰족한 끝에는 잠자리 한 마리가 잠자코 앉아 있었고 그 날개가 햇빛을 받아 반짝거렸다.

길을 따라 한 젊은이가 우유처럼 새하얀 근사한 바르바리산 말을 타고 오고 있었다. 그를 지나치는 사람들은 하나같이 멈춰서서 뒤돌아 그를 바라다보았다. 노팅엄셔에서 그렇게 기품 있게 차려입은 훤칠한 젊은이를 본 적이 없었기 때문이다. 그는 기껏해야 열여섯 살 정도 되어 보였고 여느 아가씨보다도 고왔다.

머리부터 발끝까지 비단과 우단으로 된 옷을 걸치고 말을 타고 달리는 그의 긴 황금빛 머리칼이 뒤로 휘날렸다. 그의 몸에 달린 보석들은 반짝였으며 그가 찬 단검은 말 안장 머리에 부딪혀 짤랑거리는 소리를 냈다. 그렇게 왕비의 시종인 리처드 파팅턴이 왕비의 명령으로 셔우드 숲의 로빈 후드를 찾기 위해 그 유명한 링컨 타운에서 노팅엄셔로 내려온 것이었다.

길 위는 작열하는 데다가 먼지투성이였고 그의 여정은 길었다. 그날 그는 30킬로미터도 더 떨어진 레스터 타운에서 내내 달려온 참이었다. 그러다 보니, 눈앞에 작고 아늑한 여관을 발견한 파팅턴은 무척이나 반가웠다. 여관은 나무 그늘 밑에 자리 잡고 있어 시원해 보였고 여관 문 앞에는 푸른 수퇘지가 그려진 간판이 걸려 있었다. 그는 말 고삐를 잡아끌고는 라인산 백포도주 한 병을 가져다 달라고 큰 소리로 외쳤다. 젊은 신사에게 시골의 독한 맥주는 마시기에 너무 거칠었기 때문이다. 사방으로 잎이 우거진 여관 문 앞 참나무의 시원한 그늘 밑 의자에 앉아 맥주를 들이켜고 있던 건장한 사내 다섯은 이 우아하고도 위풍당당한 청년을 일제히 바라보았다. 그중 체격이 가장 좋은 두 사내는 링컨 그린 옷을 입고 있었고 그 옆으로 옹이투성이 참나무 줄기에 묵직한 참나무 육척봉을 각자 세워 두고 있었다.

여관 주인이 포도주 한 병과 길고 좁은 유리잔을 쟁반에 받쳐 가져와 말 위에 앉아 있는 시종을 향해 건넸다. 파팅턴은 옅은 황금빛 포도주를 유리잔에 따라 높이 들고는 외쳤다. "자애로우신 엘리노어 왕비의 건강과 오랜 행복을 위하여 축배를! 내 여정이 무사히 끝나고 왕비의 바람도 이루어질 수 있도록 로빈 후드라는 자를 곧 찾을 수 있기를."

그 말에 모두가 그를 빤히 쳐다보았고 얼마 안 있어 링컨 그린 옷을 입은 두 사내가 서로 속닥이기 시작했다. 파팅턴이 본중에 가장 키가 크고 기골이 장대하다고 생각한, 두 사내 중 한명이 이렇게 물었다. "시종 나리, 무슨 일로 로빈 후드를 찾으십니까? 자애로우신 엘리노어 왕비께서 무슨 일로 로빈 후드를 찾으시는 겁니까? 그냥 아무 생각 없이 여쭙는 건 아니고 이유가 있어서 그럽니다. 제가 그자를 좀 알고 있거든요."

"그자를 알고 있군요." 파팅턴이 말했다. "내가 그자를 찾을 수 있도록 도와주겠소? 그에게 큰 도움이 될뿐더러 왕비께도 큰 기쁨이 될 것이오."

그러자 햇볕에 그을린 얼굴에 갈색 머리칼이 곱슬거리는 준수한 외모의 다른 사내가 이렇게 말했다. "나리께서는 정직한 분이시군요. 왕비께서도 모든 백성에게 인심이 후하고 진심을 다하시지요. 저와 제 친구가 로빈 후드를 어디서 찾을 수 있는지 알고 있으니 거기까지 나리를 안전하게 모셔다 드리겠습니다. 하지만 한 가지 분명히 말씀드리는데, 저희는 온 나라를 위하여 로빈 후드에게 어떠한 해도 닥치는 걸 원치 않습니다."

"안심하시오. 나쁜 소식을 가져온 게 아니오." 리처드 파팅턴이 말했다. "왕비께서 그에게 전하시는 친절한 소식을 가져온 것뿐이오. 당신들이 그자의 거처를 안다고 하니 어서 그곳으로 날 안내해 주면 고맙겠소."

두 사내는 다시 한번 서로를 바라보았고 키가 큰 자가 말했다. "월, 모시고 가도 괜찮을 거야." 그 말에 다른 사내가 고개를 끄덕였다. 두 사내가 일어났고 키가 큰 사내가 말했다. "시종 나리가 진실을 말씀하셨고 아무런 해도 끼칠 의사가 없으신 걸로 믿고, 부탁하신 대로 나리를 로빈 후드에게 모셔다 드리겠습니다."

파팅턴이 술값을 치르고 두 사내가 떠날 채비를 하여 모두가 그렇게 길을 나섰다.

숲속 나무 아래 풀밭 위로 시원한 그늘이 드리워지고 풀밭 여기저기서 나뭇잎들 사이로 비친 햇빛이 깜박이는 가운데, 로빈 후드와 그의 무리 중 여럿은 보드랍고 푸른 풀밭에 누워 있었고 앨런 어 데일이 감미롭게 하프를 연주하며 노래하고 있었다. 그들에게는 앨런의 노래가 세상에서 가장 큰 즐거움 중 하나였으므로 모두가 숨죽인 채 귀 기울이고 있었다. 그런데 그렇게 마음이 빼앗겨 있는 와중에 난데없이 말발굽 소리가 들리더니, 얼마 안 있어 리틀 존과 윌 스튜틀리가 숲길에서 사방이 트인 빈터로 나타났다. 두 사람 사이에는 우유처럼 새하얀 말을 탄 리처드 파팅턴이 있었다. 세 사람은 로빈이 앉아 있는 곳으로 왔고 모두의 시선이 홀린 듯 일제히 그쪽으로 향했다. 그렇게 값비싼 비단과 우단으로 차려입고 온갖 금과 보석으로 치장한 우아한 젊은 시종을 난생처음 보기 때문이었다. 로빈이 일어나 그를 맞이하러 앞으로 나갔고 파팅턴은 말에서 뛰어내려 붉은 우단 모자를 벗어 보이며 로빈에게 인사했다. "어서 오십시오!" 로빈이 소리 높여 맞이했다. "이렇게 귀한 옷을 차려입고 용모가 빼어나신 분이 어쩐 일로 이 누추한 셔우드 숲까지 오셨는지요?"

그러자 파팅턴이 대답했다. "내가 틀린 게 아니라면 당신이 그 유명한 로빈 후드이고 이 자들이 당신의 범법자 동료들이군요. 당신에게 고귀하신 엘리노어 왕비의 안부를 대신 전하오. 왕비께서는 당신과 이 근방에서의 당신의 행적에 관해 이야기를 자주 들으셨고 당신 얼굴을 직접 보고 싶어 하신다오. 그래서 당신이 곧 링컨 타운에 온다면 온 권한을 동원하여 당신에게 해가 끼치지 않도록 보호하고 다시 안전하게 셔우드 숲으로 돌아갈 수 있게 하신다는 말씀을 전해 달라고 당부하셨소. 지금으로부터 나흘 후에 위대하신 헨리 왕께서 핀스버리 필드에서 활쏘기 대회를 성대하게 여실 것이며 거기에는 잉글랜드에서 내로라하는 유명한 궁사들이 전부 참가할 것이오. 왕비께서는 당신이 최고의 궁사들과 겨루는 모습을 보고 싶어 하신다오. 당신이 대회에 참가한다면 의심의 여지없이 상을 탈 것이라 생각하시기 때문이오. 그래서 그 말씀을 전하려 이렇게 나를 보내셨고 또 큰 호의의 징표로 왕비께서 직접 엄지손가락에 끼고 계시던 이 황금 반지를 빼서 당신에게 건네도록 내게 주셨소."

그러자 로빈 후드는 고개를 숙여 반지를 받은 뒤 충심을 다해 반지에 입을 맞춘 다음 반지를 새끼손가락에 끼웠다. 그가 말했다. "제 목숨이 끊어지기 전에 이 반지를 잃어버리는 일은 결코 없을 것입니다. 제 손이 죽음으로 차갑게 식거나 손목이 잘려 나가지 않는 한, 이 반지를 빼는 일은 결코 없을 것입니다. 시종 나리, 왕비께서 내리신 분부를 받들어 나리와 함께 곧장 런던으로 가겠습니다. 하지만 가기 전에 여기 숲에서 저희가 가진 최고의 것으로 나리께 만찬을 차려 드리고 싶습니다."

"그럴 순 없을 것 같소." 시종이 말했다. "지체할 시간이 없으니 어서 떠날 채비를 하시오. 그리고 당신 동료들을 데려가고 싶다면 그렇게 해도 좋소. 왕비께서 당신과 동행하는 그 누구라도 역시나 환영할 것이라 말씀하셨소."

"나리 말씀이 옳습니다." 로빈이 말했다. "이렇게 머뭇거릴 시간이 없군요. 곧장 떠날 채비를 하겠습니다. 제가 데려갈 동료로는 제 가장 소중한 조력자인 리틀 존, 제 조카인 윌 스칼렛, 음유시인 앨런 어 데일 이렇게 세 사람만 택하겠습니다. 자, 자네들도 어서 가서 준비하게. 최대한 빨리 떠나세. 윌 스튜틀리, 내가 자리를 비우는 동안 대장 노릇 좀 해 주게."

리틀 존, 윌 스칼렛, 앨런 어 데일은 기뻐서 경중경중 뛰며 준비하러 갔고 로빈도 길을 나설 채비를 했다. 얼마 안 있어 네 사람 모두 꽤 그럴싸한 모습으로 나타났다. 로빈은 머리부터 발끝까지 푸른 옷으로 차려입었고, 리틀 존과 윌 스칼렛은 질 좋은 링컨 그린 옷을 차려입었으며, 앨런 어 데일은 머리부터 발끝까지 주황색 옷으로 차려입고 끝이 뾰족한 신발을 신었다. 네 사람은 각자 금으로 된 못이 박힌 윤이 나는 작은 강철 투구를 모자 안에 썼고 윗옷 안에는 양털처럼 섬세하지만 어떤 화살도 관통할 수 없을 정도로 단단한 쇠미늘 갑옷을 입었다. 네 사람 모두 준비를 마친 것을 본 파팅턴은 다시 말에 올랐고 네 사람은 동료들과 한 명 한 명 악수했다. 그렇게 다섯 사람이 길을 나섰다.

그날 밤 그들은 레스터셔의 멜튼 모브레이에 있는 여관에서 하룻밤을 묵었고, 다음 날은 노샘프턴셔의 케터링에서 하룻밤을 묵었다. 그다음 날은 베드포드 타운에서 그다음 날은 하트퍼드셔의 세인트올번스에서 쉬어 갔다. 그곳에서 그들은 한밤중이 된 지 얼마 되지 않아 길을 나섰고 여름날의 부드러운 새벽녘을 뚫고 발걸음을 재촉했다. 초원에는 풀에 맺힌 이슬들이 영롱하게 반짝였고 골짜기에는 아득한 안개가 서려 있었다. 새들은 노래 실력을 뽐내며 지지귀었고 산울타리 밑의 거미줄은 은실로 짠 요정의 옷처럼 반짝였다. 마침내 그들은 그 유명한 런던 타운의 탑과 성벽들이 있는 곳에 다다랐다. 아직 아침은 무르익지 않은 터라 동쪽 하늘이 온통 황금빛이었다.

엘리노어 왕비는 왕궁 안 내실에 앉아 있었다. 열린 여닫이창들로 달콤한 황금빛 햇살이 금빛 홍수를 이루며 쏟아져 들어왔다. 왕비 주위에는 시녀들이 나지막한 목소리로 담소를 나누며서 있었고, 성벽 아래 대정원에 피어난 달콤한 붉은 장미의 신선한 향기를 가득 머금은 그윽한 공기가 방안으로 살포시 스며 들어오는 가운데 왕비가 꿈을 꾸듯 앉아 있었다. 그때 누군가가 왕비에게로 와서 시종 리처드 파팅턴과 네 명의 건장한 사내가 왕궁 아래에서 알현을 기다리고 있다고 전해 주었다. 엘리노어 왕비는 기뻐하며 일어서서, 곧바로 그들을 데려오라고 지시했다.

그렇게 하여 로빈 후드, 리틀 존, 윌 스칼렛, 앨런 어 데일이 왕궁 안 내실에 있는 왕비 앞에 서게 되었다. 로빈은 가슴 앞에 두 손을 포개 모으고서 왕비 앞에 무릎을 꿇고 짧게 말했다. "저 로빈 후드, 왕비님의 분부대로 이렇게 왔습니다. 왕비님의 충실한 하인이 되어, 제 몸의 마지막 피 한 방울까지 짜내는 한이 있더라도 왕비님의 명령을 따르겠습니다."

그러나 엘리노어 왕비는 화사하게 미소 지으며 그에게 일어나라고 했다. 그러고는 먼 길을 달려온 그들을 앉아서 쉴 수 있게 해 주었다. 풍성한 음식과 진귀한 포도주가 차려져 나왔고 왕비는 부족한 것이 없도록 자신의 시종들에게 네 사람의 시중을 들도록 했다. 마침내 로빈 후드 일행이 실컷 배를 채우고 나자 왕비가 그들의 유쾌한 모험에 관해 묻기 시작했다. 그들은 그동안 있었던 흥미진진한 모험을 왕비에게 전부 이야기해 주었다. 그중에서도 헤리퍼드의 주교와 레아의 리처드 경에 관한 이야기, 주교가 셔우드 숲에 사흘이나 머물게 된 사연을 이야기하자 왕비와 그 주변에 있던 시녀들이 몇 번이고 웃음을 터트렸다. 배불뚝이 주교가 숲을 헤집고 다니면서 로빈 후드 무리와 갖가지 놀이를 즐기는 모습이 절로 머릿속에 그려졌기 때문이다. 로빈 일행이 떠오르는 모든 이야기를 다 하고 나자 엘리노어 왕비는 앨런에게 노래를 부탁했다. 음유시인으로서의 그의 명성이 심지어 런던 타운의 왕궁에까지 알려졌기 때문이다. 앨런은 곧장 손에 하프를 들고서 더는 말도 없이 하프의 현들을 쓸어내렸다. 감미로운 선율과 함께 그가 노래를 시작했다.

고요한 강이여, 고요한 강이여.
그대의 수정처럼 맑은 강물이 흐르네.

사시나무가 떠는 곳으로 유유히 흐르고
바람에 백합이 살랑이는 곳으로 흐르네.

조약돌 가득한 여울을 따라 노래하고
고개를 떨군 꽃송이에 입 맞추네.
제비들의 날갯짓에 몸이 부서지고
산들바람 부는 곳에서 자줏빛을 띤다네.

그대의 가슴 위로 영원히 떠 있을 수만 있다면
물살 따라 유유자적 흘러갈 텐데.
그대의 눈부시고 평온한 물결 위에서
슬픔과 고통은 결코 내게 닿지 못하네.

그렇게 내 쓰라린 마음이 그대의 사랑 갈구하네.
내 마음의 쉼과 평안을 찾기 위하여.
사랑으로써 행복이 내 것이 된다네.
내 숱한 근심 걱정 모두 사라지네.

앨런이 그렇게 노래를 부르는 동안 모두의 시선이 그에게 쏠려 있었고 그 어떤 소리도 적막을 깨지 않았으며 심지어 그가 노래를 마친 후에도 한동안 정적이 감돌았다. 그렇게 시간이 흘러 마침내 핀스버리 필드에서 성대한 활쏘기 대회가 열릴 때가 다가왔다.

싱그러운 여름날의 눈부신 아침 햇살 아래 그 유명한 핀스버리 필드의 광경은 그야말로 생기가 넘쳐흘렀다. 초원의 끝을 따라 각기 다른 궁사 부대를 위한 천막들이 늘어서 있었다. 왕의 궁사들은 여든 명의 부대들로 나뉘어 있었고 부대마다 대장이 한 명씩 있었다. 그래서 눈부신 잔디밭 위에는 각 왕실 궁사 부대를 위한 천막 열 개가 서 있었고 각 천막 꼭대기에는 각 부대의 대장을 나타내는 색깔로 된 깃발이 매달려 살랑이는 바람에 나부꼈다. 맨 가운데에 있는 천막에는 왕의 유명한 궁사인 테푸스의 노란 깃발이 걸려 있었다. 그 한쪽 옆으로는 하얀 손 길버트의 파란 깃발이 걸려 있었고 또 한쪽 옆으로는 버킹엄셔의 청년 클리프턴을 나타내는 피처럼 붉은 깃발이 걸려 있었다. 나머지 일곱 명의 궁사 대장들도 명성이 자자한 이들이었고 그중에는 켄트의 에그버트와 사우샘프턴의 윌리엄도 있었으나 앞서 말한 세 사람이 가장 유명했다. 웃고 떠드는 수많은 목소리가 천막 안에서 들려왔고 개미 둑 주위의 개미 떼처럼 시중드는 이들이 쉴 새 없이 천막을 들락거리며 뛰어다녔다. 어떤 이는 맥주를 가져왔고 또 어떤 이는 활시위 뭉치나 화살 다발을 들고 왔다. 활쏘기 대회장 양옆으로는 관중석들이 위로 층층이 세워져 있었고 북측의 중앙에는 왕과 왕비가 앉도록 높게 세운 좌석이 마련돼 있었다. 그 자리는 알록달록한 캔버스 천으로 만든 차양이 드리워져 그늘이 져 있었고 빨간색, 파란색, 초록색, 흰색의 비단 깃발들이 걸려 바람에 나부끼고 있었다. 왕과 왕비는 아직 모습을 드러내지 않았으나 나머지 관중석은 사람들로 꽉꽉 들어

차 사람들 머리 위로 또 사람들 머리가 연달아 솟아 있어 그 모습을 둘러보려면 눈이 어지러울 지경이었다. 궁사들이 활을 쏘아야 하는 사대로부터 150여 미터 떨어진 지점에 열 개의 과녁이 세워져 있었고, 각 과녁에는 그 과녁을 향해 활을 쏘아야 하는 부대를 나타내는 깃발이 걸려 있었다. 그렇게 하여 왕과 왕비의 행차를 맞이할 만반의 준비가 되었다.

마침내 힘찬 나팔 소리가 들려왔고, 금실과 은실로 수놓은 풍성한 문양이 가득한 우단 깃발이 걸린 은나팔을 든 여섯 명의 나팔수들이 말을 타고 초원으로 들어왔다. 그들 뒤로는 풍채 좋은 헨리 왕이 회색에 검은 얼룩이 박힌 말을 타고 들어왔고 그 옆으로는 엘리노어 왕비가 우유처럼 새하얀 말을 타고 들어왔다. 그들 양옆으로는 호위대 병사들이 걸어 들어왔는데 그들이 들고 있는 강철 미늘창의 번지르르한 날에 햇빛이 반사되어 눈이 부시도록 번쩍거렸다. 그리고 그들 뒤로 궁정 사람들이 대거 무리를 지어 들어왔다. 그렇게 하여 갖가지 알록달록한 색깔과 비단과 우단, 휘날리는 깃털 장식과 빛나는 황금, 번쩍이는 보석과 칼자루로 풀밭이 온통 생기발랄해졌다. 쾌청한 여름날의 눈부시도록 화려한 광경이었다.

그러자 모든 관중이 일어나 함성을 질렀다. 그들의 목소리는 집채만 한 검푸른 파도가 밀려와 해안을 덮치고 바위에 부딪혀 부서지는, 콘월 해안에 들이닥친 폭풍우와도 같았다. 그렇게 온 관중이 밀려드는 파도처럼 함성을 지르고 손수건과 머릿수건을 흔들어 대는 가운데, 왕과 왕비가 그들의 자리가 있는 곳으로 가서 말에서 내린 다음, 높은 단으로 이어지는 넓은 계단을 올라가 보랏빛 비단과 금실과 은실로 짠 천으로 장식된 두 왕좌에 나란히 앉았다.

온 관중이 조용해지자 나팔 소리가 울려 퍼졌고 곧바로 궁사들이 천막에서 나와 질서정연하게 입장했다. 모두 합쳐 팔백 명에 이르는 그 어디서도 볼 수 없는 가장 용맹한 전사들의 행렬이었다. 그들은 줄지어 행진하여 헨리 왕과 왕비가 앉아 있는 자리 앞에 섰다. 그렇게 늠름한 용사들의 무리를 보고서 마음이 뿌듯해진 헨리 왕은 자랑스럽다는 듯 그들을 한 명 한 명 훑어보았다. 헨리 왕은 전령관인 휴 드 모브레이 경에게 앞으로 나와서 활쏘기 대회의 규칙을 발표할 것을 명했다. 휴 경이 연단 끝으로 나와 크고도 또렷한 목소리로 규칙을 알렸다.

각 궁사는 자신의 부대에 해당하는 과녁을 향해 일곱 발의 화살을 쏘게 되며, 각 부대를 이루는 여든 명 중에서 활을 가장 잘 쏜 세 명이 선택된다. 그리고 그 세 명이 또다시 각자 세 발의 화살을 쏘게 되며, 그중에서 활을 가장 잘 쏜 한 명이 선택된다. 이어서 부대에서 최종적으로 선택된 이들이 각자 세 발의 화살을 쏘게 되는데, 그중에서 활을 가장 잘 쏜 자가 1등 상을, 그다음으로 잘 쏜 자가 2등 상을, 그다음으로 잘 쏜 자가 3등 상을 거머쥐게 된다. 나머지 궁사들에게는 활을 쏜 대가로 각각 은화 80페니가 주어진다. 1등 상으로는 금화 50파운드, 금으로 장식된 은 뿔나팔, 황금 화살촉과 백조 날개 깃털이 달린 흰색 화살 열 개가 든 화살통이 주어지고, 2등 상으로는 댈런 레아를 활보하는 살찐 수사슴 100마리를 골라 사냥할 수 있는 기회가 주어지며, 3등 상으로는 맛 좋은 라인산 포도주 두 통이 주어진다.

휴 경이 말을 마치자 모든 궁사가 활을 높이 들고 흔들며 함성을 질렀다. 그러고는 각 부대가 질서정연하게 행진하여 제자리로 돌아갔다.

그렇게 하여 활쏘기 대회가 시작되었고, 각 부대의 대장이 먼저 나와 활을 쏘고서 자리를 내어 주자 다음 주자들이 차례로 나와 활을 쏘았다. 모두 합쳐 5600발의 화살이 쏘아졌고, 다들 어찌나 화살을 날렵하게 쏘았는지 활쏘기가 끝난 과녁은 저마다 농장 개가 코를 들이대고 킁킁대서 바짝 날이 선 고슴도치의 등 같아 보였다. 오랜 시간이 걸려 1회전이 끝나자 심판들이 앞으로 나와 과녁들을 유심히 살핀 다음, 부대마다 활을 가장 잘 쏜 자 세 명을 큰 소리로 호명했다. 여기저기서 큰 함성이 터져 나왔고 관중들은 저마다 자신이 응원하는 궁사의 이름을 외쳤다. 이어서 새로운 과녁 열 개가 들어왔고 궁사들이 다시 한번 활을 쏘려고 자리에 설 때마다 모두가 숨을 죽였다.

이번 회전에서는 부대마다 아홉 발씩의 화살을 쏘았기 때문에 경기가 더 빨리 진행되었다. 과녁을 빗나간 화살은 하나도 없었으나 하얀 손 길버트의 부대에서는 다섯 개의 화살이 과녁 중앙의 작은 흰색 부분에 명중했고 그 다섯 발 중 세 발이 길버트가 쏜 것이었다. 이어서 심판들이 다시 나와 과녁을 살피고는 부대마다 활을 가장 잘 쏜 최고의 궁사 한 명씩을 호명했다. 최종 후보로 발탁된 자들 중에서는 열 개의 화살 중 여섯 개가 과녁 중앙에 명중한 하얀 손 길버트가 선두를 달리고 있었으나 테푸스와 청년 클리프턴이 그 뒤를 바짝 따라잡고 있었다. 그러나 다른 궁사들도 2등이나 3등을 노려볼 기회는 얼마든지 있었다.

대회장이 떠내려갈 듯한 함성으로 가득한 가운데, 최종 후보로 남겨진 열 명의 듬직한 궁사가 잠시 휴식을 취하고 활시위를 바꾸기 위해 천막으로 돌아갔다. 곧 있을 결승전에서는 어떠한 실수도 있어서는 안 되고 지친 탓에 손이 떨리거나 눈이 침침해지는 일도 절대로 있어서는 안 되기 때문이다.

나무들이 무성한 숲에서 불어오는 세찬 바람 소리처럼 사방에서 떠드는 소리가 윙윙대며 들려오는 가운데, 엘리노어 왕비가 왕을 향해 물었다. "지금 선택된 자들이 잉글랜드 전역을 통틀어 최고의 궁사라고 생각하시나요?"

"그렇소." 활쏘기 대회를 지켜보면서 무척이나 흐뭇해진 왕이 미소 지으며 대답했다. "장담하는데, 잉글랜드 전역뿐만 아니라 온 세상을 통틀어 가장 실력이 출중한 자들이오."

그러자 엘리노어 왕비가 물었다. "그런데 제가 최고로 꼽히는 전하의 궁사 세 명과 대적할 궁사 세 명을 데려온다면 어떻게 하실 건가요?"

"나조차도 할 수 없는 일을 당신이 해냈다고 말해 주겠소." 왕이 웃으며 대답했다. "장담하는데, 테푸스, 길버트, 버킹엄셔의 클리프턴에 맞설 수 있는 세 명의 궁사는 이 세상에 존재하지 않으니까."

그러자 왕비가 말했다. "제가 세 명의 궁사를 알고 있어요. 실은 조금 전에 그들을 만났답니다. 이 자들은 전하가 데리고 있는 팔백 명의 궁사들 중에서 최고로 꼽히는 어느 세 사람에게도 뒤지지 않는다고 자신할 수 있어요. 게다가 지금 당장 여기서 실력을 겨루게 할 수도 있지요. 다만 제가 데리고 올 궁사 모두에게 전하가 사면을 베풀어 주셔야만 전하의 궁사들과 대결을 펼치게 할 겁니다."

그 말에 왕은 한참이나 크게 웃었다. "왕비로서 너무 엉뚱한 일에 관여하는 것 아니오? 어쨌든 방금 말한 세 명을 데려온다면 그들에게 40일 동안 사면을 베풀어 어디든 원하는 대로 오갈 수 있게 하고 그 기간 내내 털끝 하나라도 다치는 일이 없도록 하겠다고 진심으로 약속하겠소. 게다가 일대일로 대결하여 당신이 데려온 자들이 내 궁사들보다 활을 더 잘 쏜다면 거기에 맞게 상도 내리겠소. 그런데 왕비가 갑자기 이런 종류의 경기에 관심을 보이니 하는 말인데 혹시 내기해 볼 생각 없소?"

그러자 엘리노어 왕비가 웃으며 대답했다. "내기 같은 것은 잘 모르지만 정 하고 싶으시다면 전하를 기쁘게 해 드리기 위해 최선을 다하겠어요. 전하의 궁사들을 두고 뭘 거실 건가요?"

그러자 장난스러운 농담을 무척이나 좋아하는 왕이 또다시 웃으며 말했다. "왕비가 이긴다면 라인산 포도주 열 통, 독한 맥주 열 통, 스페인산 주목으로 만들어 단련한 활 200개와 그에 맞는 화살통과 화살 들을 내놓겠소."

그 말에 주위에 서 있던 모든 사람이 웃음을 터트렸다. 왕이 왕비에게 내건 물건치고는 영 뜬금없었기 때문이다. 그러나 엘리노어 왕비는 조용히 고개를 숙여 보였다. "전하의 내기를 받아들이겠습니다. 말씀하신 물건들을 어디다 써야 할지 잘 알고 있으니까요. 그럼 이 내기에서 제 편이 되어 주실 분은 누구인가요?" 왕비가 주위에 서 있는 사람들을 둘러보았으나 아무도 테푸스, 길버트, 클리프턴과 같은 궁사들에 맞서 왕비의 편을 들겠다고 말을 하거나 흔쾌히 나서는 자가 없었다. 그러자 왕비가 다시 입을 열었다. "자, 이 내기에서 누가 제 편을 들어 주실 건가요? 헤리퍼드의 주교님은 어떠신가요?"

"전 안 됩니다." 주교가 급히 대답했다. "성직자가 그런 일에 관여한다는 건 마땅치 않습니다. 게다가 세상 어디를 뒤져도 폐하의 궁사들에 비할 자가 없지요. 그러니 왕비님 편을 든다면 돈을 잃고 말 것입니다."

그러자 왕비가 웃으며 말했다. "제가 보기에 주교님에게는 성직자로서 마땅치 않은 일을 삼가는 것보다 돈을 잃지 않으려는 생각이 더 중요하군요." 그 말에 여기저기서 웃음이 연달아 터져 나왔다. 주교가 얼마나 돈을 좋아하는지 모두 잘 알고 있었기 때문이다. 왕비는 옆에 서 있던 로버트 리 경이라는 기사를 향해 돌아섰다. "이 내기에서 제 편을 들어 주시겠어요? 숙녀를 위해서 그 정도의 위험을 감수할 수 있을 만큼 부유하시잖아요."

"왕비님을 즐겁게 해드리기 위해서라면 기꺼이 그렇게 하겠습니다." 로버트 리 경이 말했다. "하지만 세상에 다른 누군가가 제게 그런 부탁을 한다면 전 한 푼도 걸지 않겠습니다. 테푸스, 길버트, 클리프턴에 필적할 자는 아무도 없기 때문이지요."

그러자 엘리노어 왕비가 왕을 향해 말했다. "로버트 경의 도움은 받지 않겠어요. 전하가 내건 포도주, 맥주, 주목 활에 대해 저는 온통 보석으로 장식된 제 허리띠를 걸겠어요. 전하가 내건 물건보다는 분명 값이 더 나가지요."

"내기를 받아들이겠소." 왕이 말했다. "왕비의 궁사들을 곧장 데려오시오. 그런데 저기 내 궁사들이 오고 있으니 저들 먼저 활을 쏘게 한 다음, 저기서 뽑힌 최고의 궁사들이 당신의 궁사들과 대결을 펼치게 하겠소."

"그렇게 하시지요." 왕비가 말했다. 그러더니 리처드 파팅턴을 손짓으로 불러 그의 귀에 대고 뭔가를 속삭였다. 파팅턴은 곧장 고개를 숙여 보이더니 자리를 떠나 초원을 가로질러 대회장 반대편으로 간 다음, 이내 군중 속으로 사라졌다. 그 광경에 주위에 서 있던 사람 모두가 대체 무슨 일이 벌어지려는지, 왕비가 왕의 최고의 궁사들에 맞서 어떤 세 명의 궁사를 데려올 것인지 궁금하여 서로 수군거렸다.

이제 왕의 부대에 속한 열 명의 궁사가 다시 자리에 섰고 온 관중이 쥐 죽은 듯 조용해졌다. 각 궁사가 저마다 천천히 신중을 기울여 활을 쏘았고 장내가 어찌나 조용한지 화살이 과녁으로 날아가 꽂힐 때마다 그 소리가 들릴 정도였다. 이윽고 마지막 화살이 순식간에 날아가고 나자 우레와 같은 함성이 터져 나왔다. 결승전의 결과는 그야말로 그만한 함성이 터져 나올 만한 것이었다. 또다시 길버트가 세 발의 화살을 과녁의 흰색 부분에 명중시켰고, 테푸스는 두 발의 화살을 흰색 부분에 한 발의 화살을 그 옆의 검은 원 안에 명중시켜 2등을 차지했다. 그러나 클리프턴은 등수에 들지 못했고 서퍽의 휴버트가 3등을 차지했다. 두 사람 모두 두 발의 화살을 흰색 부분에 명중시켰으나 클리프턴이 쏜 나머지 한 발이 네 번째 원 안에 꽂혔고, 휴버트가 쏜 나머지 한 발이 세 번째 원에 꽂혔기 때문이다.

길버트의 천막 주위에 있던 궁수들은 모두 기뻐서 목이 쉴 때까지 함성을 지르고 모자를 높이 던져 올리며 서로 악수했다.

그렇게 모두 왁자지껄하게 떠들고 환호하는 가운데, 다섯 명의 사내가 풀밭을 가로질러 왕이 앉은 자리를 향해 걸어갔다. 맨 앞에 선 자는 거기 모인 사람들 대부분이 다 아는 리처드 파팅턴이었으나 나머지 사내들은 생전 처음 보는 자들이었다. 파팅턴 옆에는 파란 옷을 입은 사내가 걷고 있었고 그 뒤로는 링컨 그린 옷을 입은 두 명과 주황색 옷을 입은 한 명, 이렇게 세 명이 따라오고 있었다. 마지막 사내는 주목으로 만든 튼튼한 활 세 개를 들고 있었는데, 그중 두 개는 은으로 나머지 한 개는 금으로 화려하게 장식된 것이었다. 이 다섯 사내가 풀밭을 가로질러 오는 동안, 왕이 앉은 자리에서 전령관이 뛰어나와 길버트, 테푸스, 휴버트를 불러 그들을 데리고 갔다. 뭔가 예상치 못한 광경에 장내의 함성이 갑자기 잦아들었고 관중은 저마다 자리에서 일어나 무슨 일이 벌어지는지 보려고 몸을 앞으로 내밀었다.

이윽고 파팅턴과 나머지 사내들이 왕과 왕비가 앉은 자리 앞으로 왔고 네 명의 사내는 무릎을 꿇고 왕비를 향해 모자를 벗어 보였다. 헨리 왕은 몸을 한참 앞으로 기울여 그들을 유심히 살펴보았으나 헤리퍼드의 주교는 그들의 얼굴을 보는 순간 말벌에 쏘인 것처럼 화들짝 놀랐다. 주교는 뭔가 말을 하려고 입을 열었으나 고개를 들어보니 왕비가 입가에 미소를 띠고 자신을 바라보고 있는 것을 발견하고는 아무 말도 하지 못했다. 다만 얼굴이 앵두처럼 새빨개진 채 아랫입술을 깨물기만 했다.

왕비가 몸을 앞으로 기울여 또랑또랑한 목소리로 말했다. "록슬리, 나는 당신과 당신의 두 동료가 왕께서 택하신 세 명의 궁사보다 활쏘기 솜씨가 더 출중할 것이라고 왕과 내기를 걸었습니다. 나를 위해 최선을 다해 주겠습니까?"

그러자 로빈이 대답했다. "네. 왕비님을 위해 최선을 다하겠습니다. 만약 실패한다면 맹세코 다시는 활시위에 손가락도 대지 않겠습니다."

리틀 존은 아까 전 왕비의 내실에서는 다소 당황했으나 다시 잔디밭에 당당히 발을 디디고 걸어오면서는 자신이 배짱 좋은 사내라고 느낀 터였다. 그래서 호기롭게 말을 꺼냈다. "아름다운 왕비님께 축복이 가득하길 바랍니다. 그럴 리는 없겠지만 만약 왕비님을 위해 최선을 다하지 않는 자가 있다면 제가 두말 않고 그 불손한 놈의 머리통을 갈겨 버리겠습니다!"

"진정하게, 리틀 존!" 로빈 후드가 낮은 목소리로 급히 수습했다. 그러나 유쾌한 엘리노어 왕비는 크게 웃었고 주위에서도 연달아 웃음이 터져 나왔다.

그러나 헤리퍼드의 주교는 웃지 않았고 왕도 웃지 않았다. 왕이 왕비를 향해 물었다. "여기에 데려온 자들은 대체 누구요?"

그러자 더는 잠자코 있을 수 없었던 주교가 황급히 대답했다. "전하, 저 파란 옷을 입은 자는 로빈 후드라고 하는 중부 지방의 범법자 도둑입니다. 저기 덩치 큰 장신의 사내는 리틀 존이라 불리는 악한이고 초록색 옷을 입은 저 자는 윌 스칼렛이라고 하는 타락한 신사입니다. 그리고 주황색 옷을 입은 자는 북부 지방의 방탕한 음유시인인 앨런 어 데일입니다."

그 말에 왕이 미간을 찌푸리며 어두운 표정을 짓고는 왕비를 향해 엄숙한 어조로 물었다. "그게 사실이오?"

그러자 왕비가 미소 지으며 대답했다. "네. 주교님이 사실대로 말씀하셨군요. 주교님이 저들을 잘 아시죠. 주교님이 두 명의 사제와 함께 셔우드 숲에서 사흘간 지내면서 로빈 후드와 온갖 놀거리를 즐겼으니까요. 그런데 인정 많은 주교님이 이렇게 벗들을 배신하리라고는 생각지도 못했네요. 그래도 전하께서는 40일간 저들의 안전을 지켜 준다고 약속하신 걸 명심하셔야 합니다."

"약속을 지키겠소." 왕이 속으로 삼킨 노여움이 드러나는 낮은 목소리로 말했다. "그러나 40일이 지나면 저 범법자는 자신을 지켜야 할 거요. 본인 바람과는 달리 일이 순조롭게 흐르지 않을 수도 있으니 말이오." 그는 셔우드에서 온 사내들 옆에 서서 도통 무슨 상황인지 영문을 몰라 귀를 기울이고 있던 자신의 궁사들을 향해 말했다. "길버트, 그리고 자네 테푸스, 그리고 휴버트. 나를 위해 저들과 활쏘기 실력을 겨뤄 줄 수 있겠나? 자네들이 저 악한들을 이긴다면 자네들의 모자를 은화로 가득 채워 주겠네. 만약 진다면 이 대회에서 정당하게 얻은 상을 잃게 될 거라네. 자, 이제 저들과 일대일로 실력을 겨뤄 보게. 최선을 다하게나. 이번 대결에서 승리한다면 숨이 다하는 순간까지 평생 자랑스러워할 일이 될 걸세. 자, 이제 가서 준비하게."

왕의 궁사 셋은 돌아서서 자신의 천막으로 돌아갔고 로빈과 그의 일행은 활을 쏠 사대로 갔다. 그들은 활에 시위를 걸고 만반의 준비를 하면서 화살통 안에서 가장 둥글고 깃털이 제대로 달린 화살을 골랐다.

한편 왕의 궁사들은 천막으로 돌아가 방금 어떤 일이 있었는지, 그리고 그 사내 넷이 다름 아닌 그 유명한 로빈 후드와 그의 무리인 리틀 존, 윌 스칼렛, 앨런 어 데일이라는 사실을 동료들에게 알렸다. 그 소식이 천막 안에 있는 궁사들 사이에 불 번지듯 순식간에 퍼져나갔다. 거기 모인 궁사들 중에 그 명성 자자한 중부 지방의 사내들에 대해 이야기를 들어 보지 않은 자가 한 명도 없었기 때문이다. 궁사들 사이에서 퍼진 소식은 경기를 지켜본 관중에까지 전해졌고 급기야 관중 모두가 일어서서 그 유명한 범법자들을 보려고 목을 길게 내뺐다.

이윽고 각 궁사가 활을 쏠 여섯 개의 새로운 과녁이 세워졌다. 길버트, 테푸스, 휴버트가 곧바로 천막에서 나왔다. 누가 먼저 활을 쏠지 결정하기 위해 로빈 후드와 하얀 손 길버트가 동전을 하늘 높이 던졌고 운명은 길버트 쪽으로 기울었다. 길버트는 서퍽의 휴버트가 먼저 활을 쏘도록 지목했다.

휴버트는 두 발을 단단히 디딘 채 사대에 서서 질 좋고 매끈한 화살을 시위에 메긴 다음, 손가락 끝에 대고 숨을 들이마시며 조심스럽게 그리고 신중히 활시위를 당겼다. 그가 쏜 화살이 실로 순식간에 날아가 흰색 부분에 명중했다. 두 번째로 쏜 화살 역시 중앙에 명중했다. 세 번째로 쏜 화살은 중앙이 아닌 검은색 부분에 꽂혔으나 흰색 부분으로부터 손가락 하나 너비도 되지 않는 간격이었다. 그 광경에 관중석에서 함성이 터져 나왔다. 그날 휴버트가 쏜 것 중에 가장 잘 나온 점수였기 때문이다.

그러자 로빈이 웃으며 말했다. "저것보다 잘 쏘려면 고생 좀 하겠는데, 윌. 이번엔 네 차례니까 말이야. 최선을 다해 분발하고 셔우드의 명예를 지키도록 해 보거라."

윌 스칼렛이 사대에 섰다. 그러나 너무 조심한 탓인지 첫 번째 쏜 화살부터 망치고 말았다. 그가 쏜 화살이 검은 원 옆의 원, 그러니까 중앙으로부터 두 번째 원에 꽂히고 말았기 때문이다. 그 광경에 로빈이 입술을 깨물었다. "자자, 활시위를 너무 오래 잡고 있지 마! 내가 가퍼 스완톨드 성인의 말씀을 자주 해 줬잖나. 너무 조심하면 우유를 엎지른다고." 그 말에 윌 스칼렛은 정신을 다잡았다. 그가 다음으로 쏜 화살은 중앙의 원에 보기 좋게 꽂혔고 그다음 쏜 화살도 중앙에 명중했다. 하지만 그럼에도 휴버트의 성적이 더 좋았기 때문에 휴버트가 윌을 이기고 말았다. 지켜보던 모든 관중은 휴버트가 낯선 자를 압도했다는 기쁨에 손뼉을 쳐 댔다.

왕이 왕비에게 근심 섞인 목소리로 말했다. "왕비가 데려온 자들이 저것보다 더 잘 쏘지 못한다면 왕비는 내기에서 지게 된다오." 그러나 로빈 후드와 리틀 존이 더 좋은 성적을 내리라 생각한 엘리노어 왕비는 미소만 지을 뿐이었다.

테푸스가 자리에 섰다. 그러나 그 역시 너무 신중을 기한 나머지 윌 스칼렛과 똑같은 실수를 저지르고 말았다. 그가 쏜 첫 번째 화살은 중앙의 원에 명중했으나 두 번째 쏜 화살은 빗나가 검은 부분에 꽂혔기 때문이다. 그러나 마지막으로 쏜 화살은 행운의 여신이 도왔는지 과녁의 정중앙을 표시한 검은 점에 정확히 꽂혔다. 그러자 로빈이 말했다. "오늘 쏜 것 중 가장 잘 쏘았군. 하지만 테푸스, 방심은 금물이야. 리틀 존이 다음 차례거든."

이어서 로빈의 말대로 리틀 존이 나와서 자리에 섰고 세 발의 화살을 빠르게 쏘았다. 그는 활을 쏘는 내내 활을 든 팔을 내리지 않았고 심지어 활을 올려 든 채로 화살을 시위에 메겼다. 그럼에도 그가 쏜 세 발의 화살 모두 정중앙을 표시한 검은 점에서 가까운 원 안에 꽂혔다. 그가 쏜 화살들은 그날 나온 최고의 점수였음에도 관중석에서는 아무런 환호성도 터져 나오지 않았다. 런던 타운의 시민들은 그가 아무리 유명한 리틀 존이라한들, 저들의 영웅인 테푸스가 변방에서 온 시골뜨기인 그에게 패하는 모습을 보고 싶지 않았기 때문이다.

이제 하얀 손 길버트가 나와 사대에 섰고 온 심혈을 기울여 활을 쏘았다. 그는 역시나 하루에만 세 번째로 세 발의 화살을 모두 과녁 중앙의 원 안에 명중시켰다.

"잘했네, 길버트!" 로빈 후드가 그의 어깨를 툭 치며 말했다. "맹세컨대 자네는 내가 본 중에 최고의 궁사야. 자네는 우리처럼 호탕하고 자유분방하게 숲을 누비고 다녀야 해. 자네는 런던 타운의 자갈길과 잿빛 성벽보다는 숲속이 더 어울리니까." 그렇게 말하며 로빈은 사대에 섰고 화살통에서 둥글고 매끈한 화살을 꺼내 활시위에 메기기 전까지 몇 번이고 뒤집어 보았다.

그때 왕은 속으로 중얼거렸다. "인자하신 성 휴버트시여, 당신께서 저 악한의 팔꿈치를 슬쩍 건드려 저놈이 쏜 화살이 두 번째 원에 꽂히기만 한다면 두께가 손가락 세 개 너비만큼이나 되는 양초 160개를 당신의 예배당에 바치겠습니다." 그러나 성 휴버트의 귀는 삼으로 꽉 막혀 있었던 것 같다. 그날 왕의 기도를 듣지 못한 것 같으니 말이다.

마음에 드는 세 개의 화살을 고른 로빈은 활을 쏘기 전에 활시위를 유심히 살폈다. "언제 한번 말이야." 로빈이 자신의 활 쏘는 모습을 지켜보려고 옆에 서 있던 길버트에게 말했다. "유쾌한 셔우드 숲에 방문해 주게." 로빈은 활시위를 귀까지 당겼다. "런던에서는…" 그가 활시위를 놓았다. "까마귀 따위 밖에는 활을 쏠 대상을 찾을 수가 없지. 하지만 멀리 나와 보면 살집 통통한 수사슴의 갈비뼈에 대고 활을 쏴 볼 수가 있다네." 그는 심지어 말하는 와중에 활을 쏘았다. 그러나 그가 쏜 화살은 과녁 정중앙에서 1센티미터도 벗어나지 않았다.

"이런, 맙소사!" 길버트가 소리쳤다. "이 파란 옷을 입은 악마 같으니라고. 어떻게 이렇게 활을 쏘나?"

그러자 로빈이 웃으며 말했다. "그리 나쁘진 않군." 그는 화살을 또 하나 집어 들어 활시위에 메겼다. 그가 활을 쏘자 화살이 역시나 과녁 중앙 바로 옆에 가서 꽂혔다. 이제 그가 마지막으로 활시위를 놓았고 이번에는 화살이 아까 쏜 두 개의 화살 사이에 꽂혔다. 그곳은 정확히 과녁의 정중앙이었다. 그렇게 해서 화살 세 개가 한데 모여 깃털을 나부끼고 있어 멀리서 보면 마치 두꺼운 하나의 화살 같았다.

그 모습에 관중석 전체가 낮게 술렁였다. 이제껏 런던에서 그런 활쏘기를 본 적이 없었기 때문이다. 로빈 후드의 한창 시절이 지나면 다시는 못 볼 광경이기도 했다. 왕의 궁사들이 완전히 무릎을 꿇은 광경을 모든 관중이 지켜보았고 길버트는 로빈과 손바닥을 마주치면서 자신은 로빈 후드나 리틀 존의 활쏘기 솜씨를 흉내도 못 낼 것이라는 사실을 인정했다. 그러나 왕은 자신의 궁사들이 로빈의 무리에게 필적할 수 없다는 사실을 속으로는 알았음에도 분노가 끓어올라 패배를 인정하지 못했다. "이럴 순 없어!" 왕이 의자의 팔걸이 위로 주먹을 꽉 쥐고서 소리쳤다. "길버트가 아직 진 것이 아니다! 그가 과녁 중앙을 세 번이나 명중시키지 않았느냐? 난 내기에 졌지만 길버트는 아직 일등을 놓치지 않았다. 저 둘이 다시 활을 쏘게 하라. 길버트 아니면 저 악랄한 로빈 후드 중 한 사람이 최고 점수를 낼 때까지 계속해서 활을 쏘게 하라. 휴 경, 가서 저들에게 다시 활을 쏘라고 지시하게. 둘 중 하나가 패할 때까지 계속해서 활을 쏘라고 하게." 왕이 격분한 것을 본 휴 경은 아무 말도 하지 못한 채 곧바로 왕의 명령을 전달하러 갔다. 그는 로빈 후드와 길버트가 서 있는 곳으로 가서 왕의 명령을 전했다.

그러자 로빈이 말했다. "세상에서 가장 자애로우신 폐하를 기쁘게 해 드릴 수만 있다면 지금부터 내일까지도 계속해서 활을 쏠 수 있습니다. 길버트, 자네 자리로 가서 활을 쏘게."

길버트는 다시 자리에 섰으나 이번에는 실패하고 말았다. 갑자기 작은 바람이 일어 그의 화살이 과녁 중앙의 원을 비껴간 것이다. 하지만 그 간격은 보릿짚 너비도 되지 않았다.

"자네 달걀은 깨져 버렸네, 길버트." 로빈이 웃으며 말했다. 그러고는 곧장 활시위를 놓았고, 그의 화살은 다시 한번 과녁 중앙의 흰 원에 꽂혔다.

그러자 왕이 자리에서 벌떡 일어섰다. 한마디도 하지 않은 채 험악한 표정으로 주위를 둘러볼 뿐이었다. 만약 누군가가 즐거운 기색을 하거나 미소를 띤 모습을 왕에게 들킨다면 그날로 큰 화를 당할 터였다. 왕과 왕비 그리고 궁정 사람들은 모두 자리를 떴다. 그러나 왕의 마음은 분노로 부글부글 들끓었다.

왕이 자리를 뜨고 나자 왕의 궁사들은 중부 지방에서 온 그 유명한 사내들을 보겠다고 전부 몰려와 로빈, 리틀 존, 윌, 앨런 주위를 에워쌌다. 경기를 지켜봤던 많은 관중도 역시나 같은 생각으로 그들 주위에 몰려들었다. 그 바람에 길버트와 서서 이야기를 나누던 네 사람은 인산인해를 이룬 사람들에게 빙 둘러싸이고 말았다.

잠시 후 상을 수여하기로 한 심판관 세 사람이 왔고 그중 주심판관이 로빈에게 말했다. "앞서 이야기한 규칙대로 1등 상을 당신에게 수여하겠소. 여기 은 뿔나팔, 황금 화살 열 개가 든 화살통, 금화 50파운드가 든 주머니를 주겠소." 그는 상품 전부를 로빈에게 건네고는 리틀 존을 향해 말했다. "당신에게는 2등 상을 수여하겠소. 댈런 레아의 살찐 수사슴 100마리를 원할 때면 언제든 사냥해도 좋소." 그는 마지막으로 휴버트를 향해 말했다. "당신은 이 자들과 겨루어 당당히 자리를 지켜 냈으므로 3등 상은 마땅히 당신 것이오. 최고급 라인산 포도주 두 통을 상으로 주겠소. 언제든 당신이 원할 때 전달될 것이오." 그리고서 그는 결승전에 참가했던 나머지 궁사 일곱 명을 불러 그들에게 각각 은화 80페니를 주었다.

그러자 로빈이 소리 높여 말했다. "이 은 뿔나팔은 영광스러운 활쏘기 대회에 참가한 기념으로 내가 갖겠소. 하지만 길버트, 자네는 왕의 호위대 중에서 최고의 궁사이니 이 금화 주머니를 자네에게 기꺼이 양보하겠네. 부디 받아 주게나. 자네는 올곧고 선량하고 정직한 사람이니 맘 같아선 이것보다 열 배는 더 주고 싶다네. 그리고 마지막까지 남아 활을 쏜 궁사 열 명에게는 황금 화살을 하나씩 선물로 주겠네. 소중히 간직하고 있다가 훗날 축복 속에서 손주들이 생기면 그걸 보여 주며 자네들이 세상에서 가장 용맹한 궁사였다는 걸 말해 주게나."

그 말에 모두가 환호성을 질렀다. 로빈이 자신들을 그렇게 칭찬해 주니 기뻤기 때문이다.

그러자 리틀 존도 나섰다. "친애하는 테푸스, 내게는 심판이 말한 댈런 레아의 수사슴들이 필요 없다네. 수사슴이라면 우리가 사는 곳에 넘치고 넘치니 말이야. 그러니 50마리는 자네에게 줄 테니 맘껏 사냥하게나. 그리고 나머지 50마리는 각 부대에 다섯 마리씩 기쁨의 선물로 주겠네."

그 말에 또다시 함성이 터져 나왔다. 많은 사람이 모자를 벗어 높이 던지고, 로빈 후드와 그의 무리만큼 호탕한 사내들도 없다고 목소리를 높였다.

모두가 환호하며 기뻐하는 가운데, 키 크고 우람한 왕의 호위대 병사 한 명이 오더니 로빈의 소매를 잡아당기며 말했다. "사내들끼리 할 짓은 못 되지만 당신 귀에 대고 긴히 전할 말이 있소. 시종 리처드 파팅턴이 수많은 인파 속에서 당신을 찾으려 했으나 그러질 못하여 내게 대신 이런 말을 전해 달라고 했소. 당신이 아는 어떤 귀부인이 전하는 말이라 하오. 당신에게 은밀히 전하라고 한 그 말을 그대로 옮기자면 이렇소. 어디 보자. 분명 잊어버리진 않았는데…. 아, 바로 이것이오. '사자가 으르렁대고 있다. 당신 머리를 조심하라.'"

"그렇소?" 로빈이 놀라 물었다. 그는 그 말을 전한 사람이 바로 왕비이며, 그 말이 왕의 분노를 나타낸다는 사실을 잘 알았기 때문이다. "고맙소. 당신은 잘 모르겠지만 당신은 오늘 내게 큰 은혜를 베푼 것이오." 로빈은 곧장 세 사람을 불러 모은 뒤, 런던 타운에 더 머물렀다가는 큰 봉변을 당할 수도 있으니 빨리 떠나자는 말을 긴밀히 했다. 그들은 더는 머뭇거리지 않고 인파를 헤치고 대회장을 빠져나갔다. 그러고는 한시도 멈추지 않고 런던 타운을 벗어나 북쪽으로 향했다.

18

로빈 후드를 향한 추적

로빈 후드 일행은 핀스버리 필드의 대회장을 벗어나 서둘러 셔우드로 향했다. 천만다행한 일이었다. 그들이 5, 6킬로미터도 채 가지 않았을 때 왕의 호위대 병사 여섯이 대회장에 여전히 머물러 있는 인파를 헤치고 로빈 일행을 붙잡아 감옥에 넣으려고 잽싸게 쫓아왔기 때문이다. 왕이 약속을 지키지 않은 것은 부당한 처사였으나 실은 헤리퍼드의 주교 때문에 이런 일이 벌어진 것이었다. 자초지종은 이러했다.

왕은 활쏘기 대회장을 떠나 곧바로 집무실로 향했다. 헤리퍼드의 주교와 로버트 리 경도 함께였다. 그러나 왕은 두 사람에게 한마디도 하지 않고 아랫입술을 깨물며 앉아만 있었다. 아까 벌어진 일로 울분이 치솟았기 때문이다. 결국 헤리퍼드의 주교가 수심이 가득한 듯한 목소리로 나지막이 말문을 열었다. "전하,

그 악랄한 무법자가 이런 식으로 빠져나가게 두는 건 정말 애석한 일입니다. 아무 탈 없이 안전하게 셔우드 숲으로 돌아가게 내버려 둔다면 그가 왕과 왕의 부하들을 비웃을 겁니다."

그 말에 왕이 고개를 들어 매서운 표정으로 주교를 바라보았다. "그게 대체 무슨 말이오?" 왕이 물었다. "당신 말이 틀렸다는 걸 때가 되면 보여 주겠소. 앞으로 40일이 지나고 나면 셔우드 숲을 몽땅 허물어서라도 그 극악무도한 무법자를 찾아 잡아내고야 말 테니. 벗도 돈도 없는 가난한 악당이 잉글랜드 왕의 법을 피해 갈 수 있다고 생각하시오?"

그 말에 주교는 침착하고 차분한 목소리로 다시 말했다.

"전하, 제 무례함을 용서하십시오. 제 마음속에는 잉글랜드의 안위와 전하의 뜻을 위하는 생각밖에는 없다는 걸 믿어 주십시오. 하지만 자애로우신 전하께서 셔우드 숲의 모든 나무를 뿌리째 뽑아 버린들 무슨 소용이 있겠습니까? 로빈 후드가 숨을 또 다른 장소가 있지 않겠습니까? 캐닉 체이스가 셔우드 숲에서 멀지 않고 아덴의 거대한 숲도 캐닉 체이스에서 멀지 않습니다. 그 외에 노팅엄과 더비, 링컨과 요크에도 숲이 많습니다. 이런 숲에서 로빈 후드를 잡는다는 건 쥐새끼 한 마리를 잡으려고 다락방을 다 뒤지는 격과 같습니다. 전하, 그가 숲속에 발을 들이고 나면 영영 법을 피할 것입니다."

그 말에 초조해진 왕은 손가락 끝으로 옆에 있는 탁자 위를 두드렸다. "주교, 그럼 내가 어떻게 했으면 좋겠소? 내가 왕비에게 약속하는 걸 듣지 않았소? 당신이 한 말은 다 타 버린 석탄에 바람을 불어넣는 것처럼 소용없는 말이오."

"제가 전하처럼 사리 판단이 빼어나신 분께 직접 길을 가르쳐 드리려는 건 절대로 아닙니다." 간사한 주교가 말했다. "하지만 제가 잉글랜드의 왕이라면 이런 식으로 문제를 바라볼 것입니다. 예를 들어, 온 잉글랜드를 통틀어 가장 교활한 그 무뢰한이 40일 동안 나라 전역을 자유롭게 활보할 수 있도록 제가 왕비님께 약속했다고 쳐 보겠습니다. 그런데 맙소사! 그 무뢰한이 어쩌다 제 손아귀에 들어오게 된 겁니다. 그렇다면 제가 어리석게 왕비님과의 약속을 무조건 지켜야 할까요? 그것도 성급하게 한 약속을 말입니다. 제가 왕비님이 시키는 일은 무엇이든 하겠다고 약속했는데 왕비님이 제게 스스로 목숨을 끊으라고 시킨다면 제가 눈 감고 무작정 제게 칼을 들이밀어야 할까요? 저는 속으로 그건 마땅치 않다고 생각할 겁니다. 게다가 저 같으면 여자란 나라를 다스리는 중대한 일에 대해서는 아무것도 모른다고 생각할 겁니다. 마찬가지로 여자란 환상을 좇기 마련입니다. 길가에서 데이지 꽃을 꺾었다 하더라도 그 향기가 다 사라지고 나면 꽃을 던져 버리기 일쑤입니다. 그러니 왕비님이 그 무법자에게 호기심을 품었다 하더라도 그 호기심은 금세 시들어 버리고 말 겁니다. 잉글랜드에서 가장 극악무도한 악당이 제 손안에 들어온다면 저는 절대로 그놈이 제 손아귀 사이로 빠져나가도록 두지 않을 겁니다. 전하, 제가 잉글랜드의 왕이라면 그렇게 할 것 같습니다." 주교의 간사한 조언에 왕은 휩쓸리고 말았고 잠시 뒤 로버트 리 경에게 호위대 병사 여섯을 보내 로빈 후드와 그의 무리 세 명을 붙잡아 감옥에 넣으라고 명령했다.

성품이 온화하고 고매한 기사였던 로버트 리 경은 왕이 그렇게 자신이 한 약속을 어기는 것을 보고 마음 깊이 애통해 했다. 하지만 왕이 로빈 후드에 대해 얼마나 들끓는 분노를 삼키고 있는지를 보았기에 그는 아무 말도 하지 않았다. 그러나 그는 호위대 병사들을 곧바로 보내지 않고 우선 왕비에게 가서 방금 있었던 일을 소상히 이야기한 다음, 로빈이 위험에 처했다는 사실을 로빈에게 전하도록 왕비에게 권했다. 그가 이런 행동을 한 것은 로빈 후드의 신변을 위해서가 아니었다. 자신이 할 수만 있다면 군주의 명예를 지켜 주고 싶었기 때문이다. 그렇게 하여 뒤늦게 출발한 호위대 병사들은 활쏘기 대회장으로 갔으나 로빈과 그의 무리를 찾지 못하여 낭패를 보고 말았다.

로빈 후드, 리틀 존, 윌, 앨런이 셔우드로 향하던 때는 이미 오후가 한참 지난 시간이었다. 그들은 비스듬히 비추는 노르스름한 햇살 아래에서 기분 좋게 걸었다. 해가 지면서 햇살은 금세 불그스름한 장밋빛으로 물들었다. 그림자가 점점 길어지더니 마침내 그윽한 황혼의 잿빛 속으로 스며들었다. 캄캄한 산울타리들 사이로 흙먼지 이는 큰길이 온통 하얗게 펼쳐져 있었고 그 길을 따라 네 사람이 네 개의 그림자처럼 걸었다. 그들의 발걸음 소리는 힘찼고 함께 떠들어 대는 그들의 목소리가 정적이 감도는 대기 속에 쩌렁쩌렁 울려 퍼졌다. 큼지막하고 둥근 보름달이 숨을 죽인 채 동쪽 하늘에 두둥실 떠 있었을 때, 그들은 런던에서 15킬로미터 내지는 20킬로미터 떨어진 바넷 타운의 반짝이는 불빛을 눈앞에서 보았다. 그들은 자갈이 가득한 길을 걸어 내려가 박공지붕이 올려진 아늑한 집들을 지나쳤다. 집집마다 문 앞에는 마을 주민들과 수공업자들이 은은한 달빛 아래 가족들과 함께 둘러앉아 있었다. 로빈 일행은 마침내 마을 반대편에 있던 장미꽃과 인동덩굴이 무성히 자라나 그늘이 드리워진 작은 여관에 다다랐다. 로빈 후드는 그 여관이 무척 마음에 들어 그 앞에 멈춰 섰다. 그가 말했다. "이 여관에서 하룻밤 쉬어 가세. 이제 런던 타운과 분노한 왕에게서 멀리 떨어져 왔으니 말이야. 게다가 내가 생각한 게 맞다면, 안에서 맛 좋은 음식도 먹을 수 있을 거야. 어떤가, 친구들?"

리틀 존이 대답했다. "대장, 자네는 어쩜 그리 나와 손발이 척척 맞나. 나도 같은 생각일세. 어서 들어가자고."

그러자 윌 스칼렛이 말했다. "삼촌, 저는 언제든 삼촌 말을 따를 준비가 돼 있어요. 물론 좀 더 가서 하룻밤을 묵었으면 좋겠지만요. 하지만 삼촌이 최선이라고 생각하신다면 안에 들어가서 쉬고 가요."

그렇게 하여 그들은 여관 안으로 들어가 여관에서 가장 좋은 음식을 주문했다. 목을 시원하게 적셔 줄 오래된 백포도주 두 병과 함께 먹음직스러운 식사가 그들 앞에 차려졌다. 식사는 통통하고 어여쁜 아가씨가 차려 주었다. 그러자 늘 아리따운 아가씨를 눈여겨보는 리틀 존이 눈앞에 고기와 마실 것이 차려졌는데도 양손으로 허리를 짚은 채 아가씨에게서 시선을 떼지 못하고 눈이 마주칠 때마다 아가씨를 향해 넉살 좋게 눈을 찡긋거렸다.

그 모습에 아가씨가 어찌나 유쾌하게 웃음을 터트리고 양 볼에 보조개가 패인 채 곁눈질로 리틀 존을 흘금흘금 보았는지, 여러분도 직접 봤어야 할 것이다. 그렇게 사내란 늘 아가씨를 좇는 법이다.

식사 시간이 즐겁게 흘렀다. 이제껏 여관에 온 손님 중에서 이 네 명의 사내들만큼 식욕이 왕성한 이들도 없었다. 그들은 끝도 없이 먹고 마실 것 같더니 어느새 배를 다 채우고 침대에 걸터앉아 빈둥거렸다. 그렇게 그들이 앉아 있는데 여관 주인이 갑자기 다가오더니 문 앞에 누군가가 찾아왔다고 했다. 그는 궁정에서 온 왕비의 시종인 리처드 파팅턴이라고 하는 젊은이며 파란 옷을 입은 자와 급히 만나 할 이야기가 있다고 했다. 로빈은 곧바로 일어나 여관 주인에게는 따라오지 말라고 당부한 뒤 대체 무슨 일인지 영문을 몰라 서로 바라보기만 하는 동료들을 남겨 두고 자리를 떴다.

여관 밖으로 나온 로빈은 리처드 파팅턴이 말을 탄 채 새하얀 달빛을 받으며 자신이 오기를 기다리고 있는 것을 보았다.

"나리, 무슨 일이신지요?" 로빈이 물었다. "나쁜 일은 아니었으면 합니다만."

그러자 파팅턴이 대답했다. "안타깝게도 나쁜 소식이오. 헤리퍼드의 주교가 간사한 농간을 부리는 바람에 왕께서 당신께 큰 앙심을 품으셨소. 왕께서는 당신을 체포하기 위해 핀스버리 필드의 대회장으로 병사들을 보냈으나 거기서 당신을 찾지 못하자 100명도 넘는 병사들을 집합시켜 셔우드 숲으로 통하는 이

길로 급히 보내셨소. 도중에 당신을 체포하거나 당신이 셔우드 숲으로 다시 들어가는 걸 막으려 하는 것이오. 왕께서는 모든 병사에 대한 지휘권을 헤리퍼드의 주교에게 넘기셨소. 헤리퍼드의 주교라면 어떤 일을 벌일지 당신도 잘 알리라 생각되오. 바로 참회의 시간과 교수형 밧줄 아니겠소. 말을 탄 병사들 두 무리가 이미 출발하여 지금 나와 그리 멀지 않은 곳에서 오고 있을 것이오. 그러니 지금 당장 이곳을 떠나시오. 조금이라도 지체했다가는 오늘 밤을 차가운 지하 감옥에서 보내게 될 것이오. 지금까지 왕비께서 당신에게 전하라 한 말씀을 모두 전한 것이오."

그러자 로빈이 말했다. "나리, 제 목숨을 두 번이나 구해 주시는군요. 후에 적절한 때가 오면 로빈 후드가 이 모든 은혜를 잊지 않았다는 걸 보여 드릴 겁니다. 헤리퍼드의 주교는 제가 언제든 셔우드 근처에서 다시 잡기만 한다면 가만두지 않을 겁니다. 인자하신 왕비님께는 제가 당장 여길 떠날 것이라고 전해 주십시오. 여관 주인에게는 세인트올번스로 갈 것처럼 해 두겠습니다. 하지만 큰길로 다시 들어서고 나면 제가 한쪽 길로 가고 나머지 동료들은 다른 쪽 길로 가게 하여 어느 한쪽이 왕의 병사들에게 잡히면 다른 쪽이 급히 피할 수 있게 하겠습니다. 길을 둘러서 돌아가는 것이니 셔우드 숲에 안전하게 도착할 수 있을 겁니다. 자, 시종 나리, 그럼 안녕히 가십시오."

"용맹한 용사여, 부디 잘 가시오." 파팅턴이 말했다. "거처까지 안전하게 돌아갈 수 있길 바라오." 두 사람은 악수했고 파팅턴은 다시 말 머리를 돌려 런던으로 향했으며 로빈은 여관 안으로 다시 들어갔다.

안으로 들어간 로빈은 말없이 앉아서 자신을 기다리고 있는 동료들을 보았다. 여관 주인도 거기 있었다. 왕비의 시종인 파팅턴이 파란 옷을 입은 자와 대체 무슨 관계인 것인지 궁금해서였다. 로빈이 말했다. "자, 친구들. 여긴 우리가 있을 곳이 아냐. 지금 우리를 뒤쫓고 있는 자들과 맞서 볼 수도 있겠지만 붙잡히면 좋을 게 없으니 말이야. 그러니 좀 더 가세. 세인트올번스에 도착하기 전까지는 오늘 밤 어디서도 머무르지 않을 거라네." 로빈은 돈주머니를 꺼내 여관 주인에게 값을 치렀고 그들은 황급히 여관을 떠났다.

도시가 없는 큰길에 다다르고 나서야 로빈이 멈춰 서더니 파팅턴과 자신 사이에 오간 이야기 전부와 왕의 병사들이 자신들을 바짝 뒤쫓아오고 있다는 이야기를 해 주었다. 그리고 거기서 각자 흩어져 세 사람은 동쪽으로, 로빈 자신은 서쪽으로 향하여 큰길을 빙 둘러서 셔우드로 돌아가자고 말했다. "자, 약삭빠르게 굴자고." 로빈이 말했다. "동쪽으로 충분히 가기 전까지는 북쪽 길은 최대한 멀리하도록 하게. 윌 스칼렛이 이런 쪽으로는 머리를 잘 쓰니까 앞장서서 동료들을 이끌도록." 로빈은 세 사람의 뺨에 입을 맞추었고 세 사람도 로빈의 뺨에 입을 맞추었다. 그렇게 그들은 따로 흩어졌다.

그로부터 얼마 지나지 않아 스무 명 넘는 왕의 병사들이 달가닥달가닥 말발굽 소리를 내며 바넷 타운의 여관 문 앞까지 왔다. 병사들이 말에서 뛰어내려 곧바로 여관을 포위했고 그중 우두

머리인 자와 다른 병사 넷이 로빈 후드 무리가 머물렀던 방으로 쳐들어갔다. 그러나 그들이 잡으려 했던 새들은 역시나 날아가 버리고 없었다. 왕은 로빈을 잡는 데 두 번이나 실패했다.

"제가 보기에는 행실이 불량한 자들 같았습니다." 병사들이 누굴 잡으려 하는지 이야기를 들은 여관 주인이 말했다. "하지만 파란 옷을 입은 자가 곧장 세인트올번스로 간다고 하더군요. 그러니 서둘러 출발하면 그곳으로 가는 큰길 중간에서 그놈들을 잡을 수 있을지도 모릅니다." 그렇게 흘려준 정보에 병사들의 우두머리가 여관 주인에게 진심으로 고마워했고 부하들을 전부 불러 모은 다음, 다시 말에 올라 세인트올번스를 향해 전속력으로 질주했다. 물론 다 소용없는 추적이긴 했지만 말이다.

리틀 존, 윌 스칼렛, 앨런 어 데일은 가넷 근처에서 큰길을 벗어나 두 다리가 허락하는 한, 한시도 쉬지 않고 계속해서 동쪽으로 향하여 마침내 에식스의 첼름스퍼드에 다다랐다. 거기서 그들은 북쪽으로 방향을 틀어 케임브리지와 링컨셔를 통과하여 게인즈버러 시까지 갔다. 그러고는 서쪽으로 방향을 틀었다가 또 남쪽으로 방향을 틀어 마침내 셔우드 숲의 북쪽 경계에 다다랐다. 거기까지 가는 내내 왕의 병사들 무리는 단 한 번도 마주치지 않았다. 그들이 안전하게 셔우드 숲까지 도착하기까지 꼬박 여드레가 걸렸다. 그러나 셔우드의 숲속 빈터에 다다른 그들은 로빈이 아직 돌아오지 않은 것을 알게 되었다.

로빈은 동료들과 달리, 집으로 돌아가기까지 운이 좋지 않았다. 이제 이야기를 해 볼 테니 잘 들어 주길 바란다.

북쪽의 큰길을 벗어난 후 로빈은 서쪽으로 방향을 틀어 에일즈버리를 지나 옥스퍼드셔의 우드스톡에 다다랐다. 거기서 그는 북쪽으로 방향을 틀어 워릭 타운을 거쳐 한참을 간 끝에 스태퍼드셔의 더들리에 도착했다. 거기까지 가는 데 꼬박 일주일이 걸렸고 북쪽으로 충분히 갔다고 생각한 그는 동쪽으로 방향을 틀어 큰길은 피하고 샛길과 오솔길만을 택하여 리치필드와 애쉬비드라주크를 거쳐 셔우드로 향했고 마침내 스탠턴이라고 하는 곳에 다다랐다. 로빈은 속으로 크게 웃기 시작했다. 이제 위험은 사라졌고 얼마 안 있으면 알싸한 숲 내음을 다시 맡게 될 것이라는 생각에서였다. 그러나 물을 마시려고 물잔을 입에 갖다 대기까지는 물잔을 놓치는 일도 있는 법이다. 로빈은 곧 그 사실을 알게 될 터였다. 사연은 이랬다.

세인트올번스에 도착했으나 그 어디서도 로빈 후드 무리를 찾지 못해 허탕을 친 왕의 병사들은 어찌해야 할지를 몰랐다. 얼마 안 있어 말을 탄 병사들의 다른 무리가 도착했고 이어서 또 다른 무리가 도착했다. 그렇게 달빛 비추는 길 전체가 무장한 병사들로 가득 들어찼다. 자정과 새벽 사이에 또 다른 병사들의 무리가 도착했는데 거기에는 헤리퍼드의 주교도 있었다. 로빈 후드가 또다시 덫을 빠져나갔다는 사실을 전해 들은 주교는 잠시도 지체하지 않고 병사들을 불러 모아 북쪽으로 부리나케 전진했고, 이후에 세인트올번스에 도착하는 병사들도 모두 자신의 뒤를 따르라는 명령을 남겼다. 나흘째 되던 날 저녁에 주교는 노팅엄 타운에 도착했고 거기서 곧바로 병사들을 예닐곱 명의 조들로 나누어 사방으로 보내 셔우드의 동쪽, 남쪽, 서쪽으로 이어지는 모든 큰길과 샛길을 막게 했다. 마찬가지로 노팅엄의 주 장관 역시 모든 부하를 소집하여 주교와 손을 잡았다. 이번이야말로 로빈 후드에게 당한 것을 철저히 복수할 수 있는 절호의 기회라고 생각했기 때문이다. 한편 윌 스칼렛, 리틀 존, 앨런 어 데일은 동쪽으로 향하던 왕의 병사들을 간발의 차이로 비껴간 터였다. 그들이 셔우드 숲으로 들어간 바로 다음 날 그들이 지나온 길들이 막혔기 때문이다. 가는 도중 조금이라도 머뭇거렸더라면 그들은 분명 주교의 손아귀에 붙잡히고 말았을 것이다.

그러나 로빈은 그런 상황에 대해 전혀 모르고 있었다. 그는 아무런 근심 걱정도 없이 스탠턴 너머의 길을 따라 터덜터덜 걸으며 흥겹게 휘파람을 불었다. 마침내 그는 길을 가로질러 작고 얕은 개울이 흐르는 곳에 다다랐다. 바닥에 깔린 황금빛 자갈들 위로 개울물이 졸졸 흐르며 반짝였다. 목이 말랐던 로빈은 그곳에 멈춰서서 무릎을 꿇고 두 손바닥을 모아 개울물을 마셨다. 저 멀리 길가의 양옆으로는 잎들이 어지럽게 얽힌 덤불과 어린나무들이 서 있었고, 거기서 들려오는 작은 새들의 노랫소리에 셔우드 숲이 떠오른 로빈의 마음은 평온해졌다. 숲속의 내음을 들이마셨던 때가 까마득한 옛날 같았다. 그런데 그가 몸을 굽혀 물을 마시고 있는 사이, 난데없이 뭔가가 휙 소리를 내며 그의 귓가를 스쳐 지나가더니 그의 옆 자갈 깔린 개울물 속으로 텀벙 하고 빠졌다. 로빈은 눈 깜짝할 새에 튕기듯 벌떡 일어나 한걸음에 개울과 길가를 건너 주변을 돌아보지도 않고 덤불 속으로 무작정 뛰어들었다. 그의 귓가에 소름 끼치도록 휙 소리를 낸 것이 바로 거위 깃털 달린 화살이며 단 1초라도 멈칫했다면 죽은 목숨이라는 것을 잘 알았기 때문이다. 심지어 그가 덤불 속으로 뛰어드는 와중에도 여섯 발의 화살이 나뭇가지들을 뚫고 그를 향해 날아왔고 그중 한 발이 그의 윗옷을 관통했다. 그가 안에 입었던 튼튼한 강철 갑옷이 아니었다면 화살이 그의 옆구리를 깊숙이 찔렀을 것이다. 바로 그때 길 위로 왕의 병사들 몇 명이 말을 타고 쏜살같이 도착했다. 그러더니 말에서 뛰어내려 즉시 로빈을 찾으러 덤불 속으로 뛰어들었다. 그러나 그들보다 숲속 지리에 더 빠삭했던 그는 이쪽으로 기어가고 저쪽으로 몸을 구부려 간 다음, 사방이 트인 작은 빈터를 가로질러 그들을 한참 뒤로 따돌리고는 마침내 그가 벗어났던 길에서 800걸음 정도 떨어진 또 다른 길로 나왔다. 그는 잠시 멈춰 서서 멀리서 들려오는 일곱 명의 병사들이 서로 외쳐 대는 소리에 귀를 기울였다. 그들은 사냥감의 냄새를 놓친 사냥개처럼 덤불 속을 이리저리 뛰어다니고 있었다. 로빈은 허리띠를 더 단단히 조여 매고서 동쪽과 셔우드 숲을 향해 전속력으로 길을 내달렸다.

그러나 로빈은 그쪽 길로 600미터도 채 가지 않아 갑자기 언덕 꼭대기를 맞닥뜨렸다. 언덕 아래를 내려다보니 골짜기에 있는 길가의 그늘 밑에 또 다른 왕의 병사들 무리가 앉아 있는 것이 보였다. 그는 병사들이 자신을 발견하지 못한 것을 보고는 잠시도 지체하지 않고 뒤돌아 자신이 왔던 곳으로 다시 달려갔다. 골짜기에 있는 병사들의 품으로 달려드느니 아직 덤불 속에 있는 병사들을 피해 도망가는 편이 더 가망성 있다는 것을 알았기 때문이다. 그는 왔던 방향으로 전력을 다해 달려가 마침내 덤불을 무사히 지났다. 그런데 바로 그때 일곱 명의 병사들이 사방이 트인 길로 나왔다. 로빈은 본 병사들은 숨어 있던 곳에서 뛰쳐나온 사슴을 본 사냥꾼처럼 고래고래 고함을 질렀다. 그러나 로빈은 있는 힘껏 사냥개처럼 쏜살같이 달려 그들과의 거리를 400미터 정도 벌려 놓았다. 그는 한시도 속도를 늦추지 않고 쉼 없이 달리고 달려 마침내 더웬트 강 너머 더비 타운 근처에 있는 맥워스 가까이에 다다랐다. 눈앞의 위험에서는 벗어났다고 생각한 그는 속도를 늦춰 달렸다. 결국 그는 산울타리 밑에 풀이 길게 무성히 자라나 있고 그늘이 가장 시원한 곳에 자리를 잡고 앉았다. 거기서 한숨 돌리고 정신을 차리려는 참이었다. 그가 혼자 중얼거렸다. "이런, 로빈. 인생 최대의 아찔한 위기였군. 그 무시무시한 화살이 내 귓가를 휙 하고 스치면서 화살대의 깃털이 내 귀를 간질였다고. 이렇게 달리고 나니 그 어느 때보다도 먹고 마실 것이 생각나는군. 성 둔스타누스께 속히 고기와 맥주를 내려 달라고 기도해야겠어."

그런데 정말로 성 둔스타누스가 기도에 답을 하려는 모양이었다. 저 멀리 길에서 더비의 퀸스라고 하는 구두 수선공이 터벅터벅 걸어오고 있었다. 그는 커크 랭글리 근처에 사는 한 농부에게 신발을 배달하고 집으로 향하는 길이었다. 그의 주머니에는 푹 익힌 닭고기가 들어 있었다. 멋진 신발을 받아 기뻤던 농부가 그에게 선물로 건넨 것이었다. 그의 허리춤에는 맥주 한 병도 매달려 있었다. 마음씨 좋은 퀸스는 정직한 사내였으나 굽지 않은 밀가루 반죽처럼 어딘가 모자랐다. 그래서 그의 머릿속에는 오로지 이 생각뿐이었다. "퀸스, 신발값은 3실링 6펜스 반 페니야. 신발값은 3실링 6펜스 반 페니야." 그의 머릿속에서는 빈 냄비에서 콩알 하나가 계속 구르듯이 다른 생각은 전혀 없이 오로지 그 생각만 맴돌았다.

"어이, 안녕하신가?" 구두 수선공이 가까이 다가오자 로빈이 울타리 아래에서 인사를 건넸다. "이 화창한 날에 어딜 그렇게 가시는가?"

자신을 부르는 소리에 구두 수선공은 걸음을 멈추었고 그의 눈에 파란색 옷을 근사하게 차려입은 낯선 사내가 들어왔다. 그역시도 친절하게 인사를 건넸다. "안녕하세요, 멋진 나리. 저는 커크 랭글리에서 신발 한 켤레를 팔고 오는 길이지요. 신발값으로 3실링 6펜스 반 페니를 받았답니다. 값진 돈인데다가 정직하게 번 돈이지요. 나리가 알아주셨으면 좋겠네요. 그런데 무례한 질문이 아니라면 그렇게 차려입으신 분이 울타리 아래에서 뭘 하고 계셨는지 여쭤봐도 될까요?"

그러자 로빈이 대답했다. "음, 난 여기 울타리 아래에 앉아서 황금빛 새들의 꼬리에 소금을 뿌리고 있었다네. 하지만 오늘같이 축복받은 날, 자네가 내가 본 중 가장 쓸 만한 병아리구먼."

그 말에 구두 수선공은 놀라서 눈이 휘둥그레졌고 판자 울타리의 옹이 구멍처럼 입이 떡 벌어졌다. "세상에, 맙소사! 황금빛 새라는 건 금시초문인데요. 정말로 이 울타리에서 그런 새를 찾고 있었단 말입니까? 제발 알려 주세요. 새들이 많이 있나요? 저도 직접 찾아보고 싶어서요."

"정말이라네. 캐넉 체이스에 널린 신선한 청어 떼처럼 여기에 수두룩하다네."

"이야, 그렇군요!" 구두 수선공이 놀라움을 금치 못했다. "정말로 그 어여쁜 꼬리에 소금을 뿌려서 새들을 잡는단 말인가요?"

그러자 로빈이 말했다. "그렇다네. 하지만 아주 귀한 소금이라네. 나무 접시에 달빛을 가득 담아 끓여야만 겨우 한 꼬집 얻을 수 있지. 그런데 자네 허리춤에 차고 있는 주머니와 그 병에는 무엇이 들었나?"

그 말에 구두 수선공은 로빈이 말한 것들을 내려다보았다. 황금빛 새에 정신이 팔려 까맣게 잊고 있었던 터라 기억이 돌아오는 데에는 잠시 시간이 걸렸다. 그가 마침내 입을 열었다. "아, 하나는 3월에 담근 맛 좋은 맥주이고 또 하나는 살이 통통한 닭고기이지요. 덕분에 오늘 구두 수선공 퀸스는 푸짐한 만찬을 하게 되었답니다."

그러자 로빈이 말했다. "맘씨 후한 퀸스, 그걸 나한테 팔 생각 없나? 이야기를 듣자 하니 내게도 먹음직스러워 보이는구먼. 자네가 지금 입고 있는 옷, 가죽 앞치마, 자네가 가진 맥주와 닭고기를 준다면 지금 내가 걸치고 있는 근사한 파란 옷과 10실링을 주겠네. 자, 어떤가?"

"지금 농담하시는 거겠지요." 구두 수선공이 말했다. "제 옷은 여기저기 기워서 조잡한데 나리 옷은 이렇게 귀한 천으로 곱게 만든 것이지 않습니까?"

"난 농담 따위 안 한다네." 로빈이 말했다. "자네 옷을 벗어 보게나. 내가 보여 줄 테니. 자네 옷이 맘에 들어. 게다가 자네에게 친절을 베풀겠네. 자네가 그 먹음직스러운 것들을 주면 당장 자네와 함께 나눠 먹겠네." 이렇게 말하며 로빈은 윗옷을 벗었고 구두 수선공은 로빈이 그토록 진심인 것을 보고서 자신도 옷을 벗기 시작했다. 로빈의 옷이 무척이나 탐났기 때문이다. 그렇게 하여 두 사람은 서로 옷을 바꿔 입었고 로빈은 정직한 구두 수선공에게 빛나는 새 동전으로 10실링을 주었다. 로빈이 말했다. "지금까지 살아오면서 산전수전 다 겪었지만 선량한 구두 수선공이 되어 보기는 처음이네. 친구, 어서 앉아 먹자고. 살이 오동통한 탐스러운 닭고기를 보니 뱃속에서 난리가 났다네." 두 사람은 앉아서 게걸스럽게 먹어 대기 시작했고 배를 다 채우고 나자 닭고기 뼈들만 앙상하게 남았다.

기분 좋은 포만감에 로빈은 두 다리를 쭉 뻗고 말했다. "맘씨 좋은 퀸스. 자네 목소리를 듣자 하니 초원에 뛰노는 망아지처럼 멋진 노래 한두 곡 정도는 머릿속에 흥얼거리고 다닐 것 같은데 말이야. 자, 나를 위해서 한 곡 뽑아 줄 수 있겠나?"

"한두 곡 정도는 알고 있죠." 구두 수선공이 말했다. "하지만 아유 별 볼 일 없는 노래들이에요. 그래도 원하신다면 불러 보죠." 그는 맥주 한 모금으로 목을 적시고는 노래를 부르기 시작했다.

이 세상의 즐거움 중 내가 가장 사랑하는 것은
나의 유쾌한 난에게 노래하는 것이라네, 오.
내 영혼을 가장 감동시키는 것은
동전이 땡그랑 하는 소리라네, 오.

다른 모든 행복은 던져 버릴 거라네.
나의 유쾌한 난에게 노래하겠네, 오.
하지만 이….

구두 수선공은 노래를 더 잇지 못했다. 난데없이 말을 탄 여섯 명의 병사들이 그들이 앉아 있는 곳에 들이닥쳐 정직한 구두 수선공을 난폭하게 붙잡고는 옷이 벗겨지다시피 질질 끌고 갔기 때문이다. 병사들 무리 중 우두머리가 기뻐서 우렁차게 소리쳤다. "하! 파란 옷 입은 악당 네놈을 드디어 잡았구나! 성 휴버트의 축복이 내릴지어다. 이제 80파운드를 손에 넣게 됐구나. 자애로우신 헤리퍼드의 주교가 네놈을 잡아 오면 우리에게 주겠다고 약속하신 돈이지. 오! 이런 교활한 파렴치한 같으니라고! 어찌 그런 아무것도 모른다는 결백한 표정을 하고 있는 거냐! 늙은 여우 같은 네놈을 우리가 모를 것 같으냐? 잡아가서 네놈 꼬리를 싹둑 잘라버릴 테다." 그 말에 가련한 구두 수선공은 파랗고 큰 눈을 죽은 물고기 눈알처럼 동그랗게 뜨고서 주위를 둘러보았다. 입을 떡 벌린 채, 할 말을 모두 삼켜 말문이 막힌 듯이 말이다.

로빈도 구두 수선공처럼 영문도 모른다는 듯이 입을 떡 벌리고서 그들을 바라보았다. "맙소사!" 로빈이 말을 내뱉었다. "아니 이게 무슨 일인지…. 여기 이렇게 앉아 있어도 되는 건가 모르겠네! 병사 나리들, 이게 다 무슨 난리입니까? 이 자는 선량하고 정직한 자입니다."

"정직한 자라, 자네 멍청한 건가?" 한 병사가 말했다. "이놈이 바로 로빈 후드라고 하는 악한이란 말이다."

그 말에 구두 수선공은 아까보다 입이 더 떡 벌어져 빤히 바라보았다. 애처로운 그의 머릿속에서 온갖 생각이 소용돌이쳐 정신이 완전히 안개처럼 뿌옇게 되어 버렸기 때문이다. 게다가 로빈을 바라보니 그가 정말로 자신, 그러니까 구두 수선공 퀸스처럼 보였다. 그는 자신이 정말로 위대한 범법자 로빈 후드가 아닐까 하고 의심하기 시작했다. 그가 얼떨떨하다는 듯이 입을 열었다. "내가 정말 로빈 후드일까? 이제 생각해 보니 말이야. 아냐, 퀸스. 넌 착각하고 있는 거야. 그런데 내가 정말 로빈 후드일까? 아냐, 난 로빈 후드임이 틀림없어! 하지만 평범한 수선공에서 그런 유명한 인물이 되리라고는 생각지도 못했는데."

"맙소사!" 로빈이 소리쳤다. "여기 좀 보십시오! 나리들이 이 애처로운 자를 얼마나 험하게 다루었으면 이렇게 얼이 빠져 오락가락한답니까? 그나저나 저는 더비 타운의 구두 수선공 퀸스입니다."

"그런가요?" 퀸스가 물었다. "그렇담 전 정말로 다른 사람이겠군요. 난 로빈 후드임에 틀림없어요. 자, 나를 잡아가시오. 그런데 한 가지 말해 두는데, 당신들은 숲속에서 가장 용맹한 영웅을 잡은 거요."

"지금 무슨 헛짓거리를 하자는 거냐?" 병사들 무리의 우두머리가 말했다. "자일스, 밧줄을 가지고 와서 이놈의 손을 뒤로 묶게. 터트버리 타운에 있는 주교에게 데려가기 전에 정신을 좀 차리게 해야겠어." 병사들은 구두 수선공의 손을 뒤로 묶은 다음, 농부가 시장에서 산 송아지를 끌고 가듯이 그를 묶은 밧줄을 붙잡아 끌고 갔다. 로빈은 서서 그들을 지켜보았고 그들이 가 버리고 나자 뺨에 눈물이 흐르도록 자지러지게 웃어 댔다. 그는 그 죄 없는 수선공이 아무런 해도 입지 않으리라는 것을 알았고 순진한 퀸스가 로빈 후드랍시고 끌려왔을 때 그걸 본 주교의 표정이 어떨지 절로 상상이 갔기 때문이다. 로빈은 동쪽으로 다시 방향을 틀어 노팅엄셔와 셔우드 숲을 향해 발걸음을 내디뎠다.

그러나 로빈 후드는 자신이 생각한 것보다 더 먼 길을 지나온 터였다. 런던에서 시작된 그의 여정은 길고 고됐고 일주일 동안 230킬로미터도 넘는 거리를 걸어왔다. 그는 셔우드에 도착할 때까지 쉬지 않고 걸을 작정이었으나 15킬로미터도 채 가지 못해 물이 넘쳐 허물어지는 강둑처럼 기력이 쭉 빠지는 것을 느꼈다. 그는 앉아서 쉬었으나 그날은 더 이상 걷지 못한다는 것을 알았다. 피로해진 두 발이 납덩이처럼 무거워져 천근만근이었기 때문이다. 그는 일어나 다시 걸었으나 2, 3킬로미터도 못 가서 포기하기로 마음먹었다. 아직 해가 서쪽 하늘에서 막 지고 있는 참이었으나 그는 근처 여관으로 들어가 주인을 불러 방을 보여 달라고 했다. 여관에는 방이 세 개밖에 없었고 주인은 로빈에게 가장 초라한 방을 보여 주었다. 그러나 로빈은 그날 밤은 울퉁불퉁한 돌바닥에서라도 잘 수 있었기 때문에 방의 외양 따위는 조금도 신경 쓰지 않았다. 그는 곧바로 옷을 벗고 침대 안으로 들어가 머리가 베개에 닿기도 전에 곯아떨어졌다.

로빈이 그렇게 잠 속으로 빠져들고 얼마 지나지 않아 서쪽 하늘 언덕 위로 거대한 먹구름이 무시무시하게 모습을 드러냈다. 먹구름이 점점 더 높이 쌓이더니 어느덧 어둠의 산처럼 밤하늘 위로 우뚝 솟았다. 먹구름 아래로 이따금 흐릿한 붉은 번갯불이 번쩍이더니 이내 다가오는 천둥의 낮게 으르렁대는 소리가 짧게 들려왔다. 그때 노팅엄 타운의 건장한 주민 네 명이 말을 타고 여관으로 달려왔다. 그곳은 8킬로미터 거리 내에서는 유일한 여관인데다가 곧 들이닥칠, 천둥 번개 치는 폭풍우 속에 갇히고 싶지는 않았기 때문이다. 그들은 마구간지기에게 말을 맡겨 두고 신선하고 푸른 골풀이 바닥 전체에 깔린 여관에서 가장 좋은 방으로 들어간 다음, 여관에서 가장 좋은 음식을 시켰다. 배부르게 먹고 난 그들은 그날 드론필드에서 내내 말을 타고 오느라 몹시도 고단하여 여관 주인에게 묵어갈 방을 보여 달라고 했다. 네 사람은 두 사람씩 한 침대에서 자야 하는 것을 두고 투덜대면서 방으로 들어갔으나 그런 성가심과 그 외의 다른 골칫거리는 곧 고요한 잠 속으로 사라지고 말았다.

이어서 처음으로 세찬 바람이 들이닥쳐 여관을 스치고 지나갔다. 문과 창문들이 덜커덩거리고 곧 비가 쏟아질 냄새가 풍겨

왔으며 여관 전체가 바람에 밀려온 먼지와 나뭇잎들로 휩싸였다. 그때 마치 바람이 손님을 실어 온 것처럼 여관 문이 갑자기 열리더니 에밋 수도원의 한 사제가 들어왔다. 보드랍고 윤이 나는 옷을 입고 값비싼 묵주를 가진 것으로 보아 직책이 높은 사제가 분명했다. 그는 여관 주인을 불러 우선 자신이 타고 온 노새를 배불리 먹이고 마구간에 재우라고 시킨 뒤 여관에서 가장 좋은 음식을 가져다 달라고 했다. 얼마 안 있어 내장과 양파를 넣어 푹 끓인 풍미 좋은 스튜와 작고 통통한 만두가 곁들여져 나왔고 향긋한 맘지 백포도주도 그의 앞에 놓였다. 사제는 곧바로 음식 앞으로 달려들어 어마어마한 기세로 먹어 대기 시작하더니 금세 몽땅 먹어 치워 버렸다. 굶어 죽어 가는 쥐의 목숨을 이어 가기에도 모자란 고깃국물이 접시 가운데에 조금 남아 있을 뿐이었다.

그러는 동안 폭풍우가 시작되었다. 또 한 차례 세찬 바람이 불어닥치고 굵은 빗방울이 후두둑 떨어지더니 곧 장대비가 되어 요란하게 쏟아졌고 마치 수백 개의 손처럼 여닫이창들을 마구 때렸다. 번개가 번뜩일 때마다 빗방울도 번쩍거렸고 하늘에서 성 스위딘이 커다란 물통을 거친 땅 위에 연신 굴리기라도 하듯 세상을 쪼갤 것 같은 천둥의 우르릉 쾅 하는 굉음이 들려왔다. 여인네들은 비명을 질렀고 앉아서 술을 마시던 남정네들은 여인네들의 허리에 팔을 두르며 그들을 진정시켰다.

이윽고 사제가 여관 주인에게 방을 보여 달라고 했다. 그러나 구두 수선공과 한 침대에서 자야 한다는 이야기를 들은 사제는 세상에서 그것보다 더 불쾌한 일은 없다는 듯 잔뜩 인상을 찌푸렸다. 그러나 달리 방도가 없었다. 한 침대에서 자든지 아니면 달리 갈 데가 없었다. 결국 그는 촛불을 밝혀 들고서 저 멀리서 들려오는 천둥소리처럼 투덜대며 방으로 향했다. 방으로 들어간 사제는 촛불을 들이밀고서 로빈을 머리부터 발끝까지 살피고는 아까보다는 심기가 편안해졌다. 지저분한 수염에 행색이 꾀죄죄한 자가 아니라 여느 일요일에 볼 수 있는 말쑥하고 멀끔한 사내였기 때문이다. 사제는 옷을 벗고 침대 안에 들어가 웅크렸고 로빈은 잠결에 끙 하는 소리를 내며 투덜대면서 그를 위해 자리를 내주었다. 로빈은 그 어느 때보다도 곤히 잠든 것이 분명했다. 안 그랬다면 성직자가 그렇게 자기 옆에 누워 있는데도 잠자코 잠을 잘 리가 없었기 때문이다. 사제 역시 자기 옆에 누워 있는 자가 누군지 알았더라면 살무사와 함께 자는 꼴이라 생각했을 것이다.

그렇게 밤이 평온하게 지나갔고 동이 트자마자 눈을 뜬 로빈은 베개에 머리를 누인 채로 고개를 돌렸다. 그러고는 눈앞의 상황에 얼마나 놀랐는지, 입이 떡 벌어지고 말았다. 자기 옆에 머리를 빡빡 깎은 자가 누워 있었기 때문이다. 로빈은 그가 성직자임을 알아챘다. 그는 자기 살을 세게 꼬집어 보았지만 꿈이 아닌 것을 알고서는 일어나 앉았다. 옆 사람은 마치 에밋 수도원의 안락한 방에서 자는 것처럼 평온히 잠들어 있었다. 로빈이 혼자 중얼거렸다. "이런, 간밤에 어떻게 이 자가 내 침대에 들어오게 된 건지 알 수가 없군." 그는 옆 사람이 깨지 않도록 조심스럽게 일어나 방안을 둘러보다가 벽 근처의 긴 의자에 사제의 옷이 놓여 있는 것을 보았다. 처음에는 옷을 보고서 고개를 갸우뚱하더니 사제를 바라보고서는 천천히 한쪽 눈을 찡긋했다. 그가 말했다. "형제여, 그대의 이름은 모르겠으나 간밤에 내 허락도 없이 침대를 빌렸으니 나도 그대의 옷을 빌리겠소." 그는 곧장 사제의 옷을 걸치고는 친절하게도 그 자리에 구두 수선공의 옷을 남겨 놓았다. 그는 상쾌한 아침 공기가 가득한 밖으로 나갔다. 이미 잠에서 깨어나 마구간 근처에 있던 마구간지기는 눈앞에서 초록색 쥐를 본 것처럼 눈을 번쩍 떴다. 에밋의 사제들은 결코 아침에 일찍 일어나는 법이 없었기 때문이다. 그러나 마구간지기는 그런 생각은 애써 접어 두고 로빈에게 마구간에서 노새를 데려올 것을 원하는지만 물었다.

"그렇게 해 주게나." 로빈은 노새에 대해서는 아무것도 모르면서 대답했다. "부탁하는데 되도록 빨리 데려오게. 지금 늦어서 빨리 길을 떠나야 하니까." 마구간지기는 곧장 노새를 데려왔고 로빈은 노새에 올라타 신나게 길을 나섰다.

한편 잠에서 깬 사제는 심장이 철렁 내려앉았다. 그의 보드랍고 값비싼 옷뿐만 아니라 금화 10파운드가 든 주머니도 사라졌기 때문이다. 누더기로 기운 옷과 가죽 앞치마 외에는 아무것도 남아 있지 않았다. 그는 불같이 화를 내면서 여느 속세의 사람처럼 욕을 퍼부었지만 그렇게 욕을 쏟아내 봤자 아무런 소용이 없었고 여관 주인도 그를 도와줄 수 없었다. 더욱이 볼일이 있어 바로 그날 아침 에밋 수도원으로 가야 했던 그는 구두 수선공의 옷을 입거나 아니면 벌거벗은 채로 길을 나서야 했다. 하는 수 없이 구두 수선공의 옷을 입은 그는 여전히 불같이 화를 내며 더비셔의 모든 구두 수선공에게 되갚음을 해 주겠다고 저주의 말을 퍼부으며 노새도 없이 직접 걸어서 길을 나섰다. 그러나 그의 불행은 거기서 끝이 아니었다. 그는 얼마 못 가서 왕의 병사들에게 붙잡혀 헤리퍼드의 주교가 있는 터트버리 타운으로 무작정 끌려가야만 했다. 그는 병사들에게 자신이 사제라고 말하며 빡빡 깎은 머리까지 보여 줬으나 그가 로빈 후드라는 것 외에는 명백한 사실이 없어 그저 끌려갈 수밖에 없었다.

한편 유쾌한 로빈은 기분 좋게 노새를 타고 달렸고 왕의 병사들 두 무리를 무사히 지나쳤다. 셔우드가 가까워지고 있다는 생각에 그의 마음이 춤을 추기 시작했다. 동쪽으로 더 달리던 그는 갑자기 그늘진 길에서 고귀한 기사를 마주쳤다. 그는 기사가 탄 말을 재빨리 알아보고는 노새에서 뛰어내렸다. "아니, 이게 어쩐 일입니까? 레아의 리처드 경!" 로빈이 소리쳤다. "다른 누구도 아닌 기사님의 반가운 얼굴을 오늘 이렇게 뵙게 되다니요." 그는 리처드 경에게 그동안 자신에게 일어난 모든 일을 이야기했고 이제 셔우드 가까이 왔으니 마음이 놓인다고 말했다. 그러나 로빈이 이야기를 마치자 리처드 경은 어두운 표정으로 고개를 저었다. "로빈, 당신은 지금 큰 위험에 처해 있소. 전보다 더 말이오. 당신 앞에는 주 장관의 부하들이 모든 길을 막은 채 철저히 검문하기 전에는 아무도 통과시키지 않고 있소. 나 역시도 방금 그 검문을 통과해 온 터라 알고 있는 거요. 당신 앞으로는 주 장관의 병사들이 있고 당신 뒤로는 왕의 병사들이 있어 어느 방향으로도 지나갈 수 없소. 지금쯤이면 병사들이 당신이 변장한 것을 알고서 당신을 잡으려고 기다리고 있을 것이오. 내가 살고 있는 성과 그 안의 모든 것이 당신 것이지만, 그곳으로 가 있는다 해도 별 소용이 없을 것이오. 내가 거느리고 있는 병사들로는 지금 노팅엄에 포진해 있는 왕과 주 장관의 병력에 맞서기에 턱없이 부족하기 때문이오." 말을 마친 리처드 경은 고개를 푹 숙인 채 생각에 잠겼다. 로빈도 꽁무니를 바짝 뒤쫓아오는 사냥개들의 소리가 들리는 가운데 여우굴이 흙으로 막혀 더 이상 숨을 곳이 없는 여우처럼 마음이 가라앉았다. 그러나 얼마 지나지 않아 리처드 경이 입을 열었다. "로빈, 당신이 할 수 있는 한 가지 일이 있소. 단 한 가지요. 런던으로 돌아가 자애로운 엘리노어 왕비께 무릎을 꿇고 자비를 간청하는 것이오. 나와 함께 지금 내 성으로 갑시다. 지금 입고 있는 옷을 벗고 내 부하들이 입는 옷으로 갈아입읍시다. 내가 부하들을 이끌고 런던 타운으로 갈 터이니 당신은 내 부하들 틈에 섞여서 가면 되오. 그렇게 왕비를 뵙고 간청할 수 있는 곳으로 당신을 데려다주겠소. 아무도 당신에게 손을 뻗칠 수 없는 셔우드 숲으로 돌아가는 것이 당신의 유일한 희망일 것이오. 그러나 이 방법이 아니면 당신은 셔우드로 영영 돌아갈 수 없소."

로빈은 레아의 리처드 경과 함께 가서 그가 시키는 대로 했다. 로빈이 생각하기에도 리처드 경이 건넨 조언이 현명했을 뿐만 아니라 그것이 목숨을 무사히 지킬 수 있는 유일한 기회였기 때문이다.

엘리노어 왕비는 장미꽃들이 아름답게 핀 왕궁의 정원을 거닐고 있었고 그 곁에는 시녀 여섯 명이 쾌활하게 담소를 나누며 걷고 있었다. 그런데 난데없이 반대편에서 사내 한 명이 성벽 꼭대기로 뛰어오르더니 잠시 멈췄다가 성벽 안의 풀밭으로 가볍게 뛰어내렸다. 갑작스러운 사내의 등장에 시녀들이 일제히 외마디 비명을 질렀으나 사내는 왕비 앞으로 달려가 그 발치에 무릎을 꿇었다. 왕비는 그가 로빈 후드인 것을 알아보았다.

"로빈, 이게 어떻게 된 일입니까?" 왕비가 소리쳤다. "으르렁거리는 사자의 입안으로 감히 뛰어들다니요. 이런 가련한 사람! 전하께 여기에 있는 걸 들키게 된다면 당신은 죽은 목숨이에요. 전하께서 당신을 찾으려고 온 나라를 뒤지고 있다는 걸 모르나요?"

그러자 로빈이 대답했다. "왕께서 저를 찾고 계신다는 걸 잘 알고 있습니다. 그래서 이렇게 왔습니다. 왕께서 제 안전을 지켜 주시겠다고 왕비님께 약속하신다면 저는 불행에 처하지 않을 겁니다. 게다가 저는 왕비님이 얼마나 마음 따뜻하고 관대한 분인지 잘 알고 있기에 이렇게 기꺼이 제 목숨을 왕비님의 너그러운 손길에 맡기는 것입니다."

"로빈, 무슨 뜻인지 잘 알겠어요." 왕비가 말했다. "내가 마땅히 당신에게 해 주어야 할 일을 하지 않았으니 당신이 나를 책망할 만도 해요. 당신이 막다른 골목으로 몰린 나머지 이렇게 위험을 피하려고 또 다른 위험으로 필사적으로 뛰어들었다는 것도 잘 알겠어요. 당신을 돕겠다고 다시 한번 약속하지요. 당신이 셔우드 숲으로 무사히 돌아갈 수 있도록 내가 할 수 있는 일을 다 하겠어요. 내가 돌아올 때까지 여기서 기다리세요." 왕비는 로빈을 장미 정원에 남겨 두고는 한참 동안 돌아오지 않았다.

왕비가 돌아왔을 때 그 옆에는 로버트 리 경도 있었다. 왕비는 열띤 논쟁을 벌이고 온 것처럼 뺨이 상기돼 있었고 눈동자가 반짝였다. 로버트 경이 곧바로 로빈 후드가 서 있는 곳으로 와서 냉랭하고도 근엄한 목소리로 말했다. "자비로우신 왕께서 당신에 대한 노여움을 누그러뜨리시고 당신이 아무 탈 없이 무사하게 돌아갈 수 있도록 다시금 약속하셨소. 그뿐만 아니라 사흘 내에 시종 한 명을 보내 당신과 동행하게 하여 도중에 당신이 체포당하는 일이 없도록 감시하게 하셨소. 당신은 고귀하신 왕비님과 그런 친분을 갖게 된 것에 대해 당신의 수호성인에게 감사해야 할 거요. 분명히 말하는데, 왕비님의 설득과 논쟁이 아니었다면 당신은 이미 죽은 목숨이었을 거요. 이번에 겪은 위기로 두 가지 교훈을 얻었으면 좋겠소. 첫 번째, 전보다 더 정직해지시오. 두 번째, 그렇게 무모하게 오고 가지 마시오. 당신처럼 어둠 속을 걷는 자는 한동안은 위험을 모면할 수 있을지 모르나 언젠가는 반드시 구덩이에 빠지기 마련이니 말이오. 당신은 성난 사자의 입속으로 머리를 들이밀었으나 그로부터 기적적으로 벗어난 것이오. 다시는 이런 일을 시도하지 마시오." 그는 말을 마치고서 로빈을 남겨 두고 가 버렸다.

그로부터 사흘 동안 로빈은 런던의 왕비의 거처에서 머물렀고 왕의 수석 시종인 에드워드 커닝엄이 오자 그와 함께 셔우드를 향해 북쪽으로 길을 나섰다. 그들은 이따금 런던으로 돌아오는 왕의 병사들을 마주쳤으나 그 어떤 병사 무리도 그들을 멈춰 세우지 않았다. 마침내 그들은 나무들이 무성한 달콤한 셔우드 숲에 도착했다.

19

로빈 후드와 기스본의 가이

험난했던 활쏘기 대회가 끝난 후 시간이 한참 흘렀다. 그동안 로빈은 로버트 리 경이 건넨 조언 중 하나를 지켰다. 그것은 바로 오고 가는 데 전보다 더 조심하라는 것이었다. 로빈은 (대부분의 사람들이 그렇듯이) 전보다 더 정직해지라는 말에는 크게 개의치 않았지만, 금세 쉽게 갈 수 없는, 셔우드에서 멀리 떨어진 곳으로는 가지 않으려고 많이 자제했다.

그 무렵 큰 변화들이 있었다. 헨리 왕이 세상을 떠나고 리처드 왕이 왕위에 올랐다. 숱한 고초를 겪고 로빈 후드 못지않은 험난한 모험을 겪어 온 그는 왕이 될 자격이 있는 자였다. 그렇게 큰 변화들이 찾아왔으나 셔우드 숲의 그늘까지는 그 영향이 미치지 못했다. 로빈 후드와 그의 무리는 사냥하고 잔치를 벌이고 노래를 부르고 흥미진진한 숲속의 놀거리를 즐기면서 여느 때와 다름없이 행복하게 지냈다. 바깥 세상에서 벌어지는 분투가 그들에게는 큰 걱정거리가 되지 못했기 때문이다.

여름날의 동틀녘은 맑고 상쾌했으며 새들이 너도나도 앞다투어 어여쁘게 노래했다. 새들이 어찌나 재잘거리던지 잠을 자고 있던 로빈 후드가 뒤척이며 돌아눕다가 잠에서 깨 일어나 버렸다. 리틀 존과 나머지 무리도 잠에서 깼다. 그들은 아침을 먹은 뒤, 각자 그날의 할 일을 하러 이곳저곳으로 길을 나섰다.

로빈 후드와 리틀 존은 숲길을 걸어 내려갔다. 불어오는 산들바람과 내리비추는 햇살에 온 사방의 나뭇잎들이 춤을 추며 반짝였고, 살랑이는 나뭇잎들 사이로 햇빛이 깜박거렸다. 로빈 후드가 말했다. "리틀 존, 이 활기찬 아침에 내 피가 끓어오르는 느낌이야. 각자 모험을 찾아 길을 떠나 보는 게 어떤가?"

리틀 존이 대답했다. "전에도 그렇게 해서 즐거운 모험을 여러 번 했었지. 여기 갈림길이 있으니 자네는 오른쪽 길로 가게. 난 왼쪽 길로 갈 테니. 각자 재미난 일이 생겨날 때까지 쭉 가 보자고."

로빈이 말했다. "자네 계획 맘에 드는구먼. 그럼 여기서 헤어지자고. 다만 나쁜 일을 당하지 않도록 조심하게나. 무슨 일이 있어도 자네에게 불행이 닥치는 건 참을 수 없으니까."

"그게 대체 무슨 소린가!" 리틀 존이 말했다. "자초해서 곤경에 자주 휘말리는 건 나보다 자네인 것 같은데 말이야."

그 말에 로빈 후드가 웃었다. "왜 그러나, 리틀 존. 자네야말로 곧이곧대로 밀고 나가다 실수를 해 골칫거리가 생기잖나. 어쨌든 오늘 누가 더 잘 해낼지 두고 보세." 이렇게 말하며 로빈은 리틀 존과 손바닥을 마주쳤고 두 사람은 이내 각자의 길을 나섰다. 무성한 나무들 때문에 서로가 서로의 시야에서 금세 사라졌다.

어슬렁어슬렁 걷던 로빈 후드는 어느덧 넓은 숲길이 눈앞에 펼쳐진 곳까지 갔다. 머리 위로는 한데 얽힌 나뭇가지에 매달린 나뭇잎들이 산들거렸고 나뭇잎들이 비어 있는 틈새로는 햇살이 내리쬐어 온통 황금빛이었다. 발밑의 흙은 시원한 그늘 덕분에 보드랍고 촉촉했다. 이렇게 기분 좋은 곳에서 로빈 후드는 일생일대의 아찔하고 위태로운 모험을 하게 될 터였다. 새들의 노랫소리에만 몰두하며 숲길을 걷던 로빈은 사방으로 잎이 우거진 참나무 그늘 아래 이끼 낀 뿌리에 앉아 있는 한 사내를 마주쳤다. 로빈 후드는 낯선 자가 자신을 미처 보지 못한 것을 알아채고서, 그에게 다가가기 전에 멈춰 서서 한동안 그를 조용히 바라보았다. 낯선 이는 로빈이 그토록 빤히 바라볼 만도 했다. 나무 아래 앉아 있는 그 사내는 난생처음 보는 행색을 하고 있었기 때문이다. 낯선 이는 머리부터 발끝까지 말의 가죽을 걸치고 있었는데 가죽에는 말의 털까지 달려 있었다. 그는 얼굴이 보이지 않도록 고깔을 쓰고 있었는데 그 고깔도 말의 가죽으로 만들어진 것이었고 고깔 귀 부분이 토끼의 귀처럼 비죽 튀어나와 있었다. 그는 말가죽으로 된 윗옷을 걸치고 있었고 마찬가지로 다리도 털이 북실한 가죽으로 덮여 있었다. 옆구리에는 묵직하고 날이 넓은 칼과 양날로 된 날카로운 단검이 매달려 있었다. 어깨에는 잘 다듬어진 매끈한 화살들이 담긴 화살통이 걸려 있었고 주목으로 만든 튼튼한 활이 그의 옆에 있는 나무에 기대져 있었다.

"어이, 안녕하신가?" 결국 로빈이 다가가 인사를 건넸다. "거기 그렇게 앉아 있는 자네는 누군가? 몸에 걸치고 있는 것은 다 무엇인가? 내 평생 자네 같은 행색은 본 적이 없네. 내가 나쁜 짓을 했거나 양심에 찔리는 게 있다면 자네가 두려웠을 거네. 내게 곧장 오라는 니콜라스 왕의 부름을 전하러 저 지옥에서 온 자 같으니 말일세."

그 말에 낯선 이는 아무런 대꾸도 하지 않았으나 머리에 쓴 고깔을 젖혀 보였다. 잔뜩 찌푸린 미간, 매부리코, 이글거리며 잠시도 가만 있지 못하는 새까만 눈동자가 로빈의 눈에 들어왔다. 그 얼굴을 보니 매 한 마리가 떠올랐다. 그러나 그 외에도 얼굴에 진 주름살, 무자비해 보이는 얄팍한 입매, 매섭게 노려보는 눈빛을 보고 있노라면 절로 소름이 돋았다.

"그렇게 무례한 자네는 누구인가?" 마침내 낯선 이가 걸걸하고 쉰 목소리로 물었다.

"이런, 이런. 너무 까칠하게 굴지 말게. 오늘 아침 식초와 쐐기풀이라도 먹었나? 왜 이리 말에 가시가 돋쳤나?"

"내 말이 맘에 들지 않으면 당장 썩 꺼지게. 분명히 말하는데 나는 말만큼 행동도 험하니까." 낯선 이가 거칠게 말했다.

"아니, 자네 말투가 맘에 든다네. 자네도 근사하고 말이야." 로빈이 낯선 이의 앞 풀밭에 쪼그려 앉으며 말했다. "게다가 자네 말투는 내가 들어 본 중에 가장 재치 넘치고 익살스럽다네."

낯선 이는 아무런 대꾸 없이, 곧 달려들어 사람 목을 물어뜯을 사나운 개처럼 악의에 가득 찬 험악한 표정으로 로빈을 노려보았다. 로빈은 눈가에 장난기가 서리거나 입가가 씰룩거리는 기색도 없이, 아무것도 모른다는 듯한 순진한 표정으로 눈을 동그랗게 뜨고서 낯선 이를 바라보았다. 그렇게 두 사람은 한동안 서로를 바라보았다. 그러다 갑자기 낯선 이가 침묵을 깼다. "자네 이름이 뭔가?" 그가 물었다.

그러자 로빈이 말했다. "오, 자네 목소리를 들으니 반갑구먼. 자네가 나를 보고 벙어리가 된 게 아닌가 하고 슬슬 겁이 나기 시작했거든. 내 이름으로 말할 것 같으면 아무개가 될 수도 있고 저무개가 될 수도 있지. 하지만 자네가 이름을 밝히는 것이 경우에 맞는 것 같은데. 자네는 이 동네에서 생전 처음 보는 자니까 말이야. 자, 말해 보게. 그 건장한 몸에 왜 그런 앙증맞은 옷을 걸치고 있나?" 그 말에 낯선 이가 거친 목소리로 짧게 웃음을 터트렸다. "데몬 오딘을 걸고 말하는데, 자네처럼 겁대가리 없이 말하는 자는 처음 보는군. 내가 거기 그렇게 앉아 있는 자네를 당장에라도 때려눕히지 않는 것이 이상하군. 이틀 전만 해도 노팅엄 타운에서 자네보다 한참 덜 까불거리는 놈인데도 등을 꼬챙이에 꿰어 버렸는데 말이야. 내가 이 옷을 입은 이유는 몸을 따뜻하게 하기 위해서라네, 이 멍청한 작자야. 칼에 찔리지 않으려고 강철 갑옷을 입는 것과 비슷한 이치지. 내 이름은 누가 알든 말든 신경 쓰지 않지만, 기스본의 가이라고 하네. 자네도 들어봤을지도 모르지. 나는 헤리퍼드셔에 있는 헤리퍼드의 주교가 소유한 영지에 있는 숲에서 왔네. 내가 어떻게 사는지는 지금 입에 올려 봤자 좋을 게 없지만 어쨌든 난 수단과 방법을 가리지 않고 먹고사는 범법자라네. 얼마 전 주교가 나를 불러 노팅엄의 주 장관이 시키는 어떤 일을 하면 나를 완전히 사면해 주고 거기다 200파운드를 덤으로 준다고 했네. 그래서 곧장 노팅엄 타운으로 가서 주 장관을 만났지. 그가 내게 뭘 부탁했을 것 같나? 여기 셔우드로 와서 역시나 범법자인 로빈 후드를 잡아 오라는 것이었지. 산 채로든 죽은 채로든 말이야. 내가 보기엔 이 근방에는 그 대담한 놈에게 맞설 자가 없는 것 같네. 그러니 헤리퍼드셔에 있는 나한테까지 손을 뻗쳤겠지. '도둑은 도둑으로 잡는다'라는 옛말도 있지 않나? 그놈을 죽이는 일로 말할 것 같으면 난 조금도 거리낌이 없다네. 난 100파운드만 준다 해도 내 친형제의 피를 흘리게 할 사람이니까."

모든 이야기를 잠자코 듣고 있던 로빈은 속이 메스꺼워졌다. 로빈은 기스본의 가이는 물론이고 그가 헤리퍼드셔에서 저지른 온갖 살인과 유혈이 낭자한 짓을 잘 알고 있었다. 그의 행적이 온 나라에서 유명했기 때문이다. 로빈은 그런 자를 대면하고 있다는 사실만으로도 역겨웠지만 끝장을 봐야 했기 때문에 평정심을 유지했다. 로빈이 말했다. "자네의 대단한 행적에 대해 익히 들어서 알고 있지. 세상 그 누구보다도 로빈 후드가 자넬 제일 만나고 싶어 할 걸세."

그 말에 기스본의 가이가 또다시 걸걸하게 웃었다. "로빈 후드 같은 최강의 무법자가 역시나 만만찮은 무법자인 기스본의 가이를 만난다고 생각하니 즐겁구먼. 다만 로빈 후드에게는 불행한 일이 될 테지. 기스본의 가이를 만나는 날이 곧 제삿날이 될 테니까."

"하지만 로빈 후드가 자네보다 더 뛰어날지도 모른다는 생각은 안 해 봤나? 난 그를 잘 안다네. 많은 사람이 그가 이 근방에서 가장 강한 자라고 생각하지."

"이 근방에서는 가장 강한 자일지도 모르지." 기스본의 가이가 말했다. "하지만 분명히 말하는데 자네가 사는 이 좁은 돼지우리 같은 곳은 저 드넓은 세상과는 다르다네. 둘 중에 내가 더 강하다는 데 내 목숨을 걸지. 그런 놈이 범법자라니! 듣기론 처음 숲에 왔을 때를 빼고는 손에 피 한 방울 묻히지 않았다고 하던데. 게다가 그놈이 위대한 궁사라고들 하던데 내가 활만 가지고 있다면 어느 때이든 그놈과 겨룰 자신이 있다네."

그러자 로빈이 말했다. "물론 그를 위대한 궁사라 부르는 사람들이 있지. 하지만 우리 노팅엄셔 사람들은 활을 잘 쏘기로 유명하다네. 나만 해도 활쏘기 실력은 그에 비하면 그저 그렇지만 자네와 겨루는 건 두렵지 않다네."

그 말에 기스본의 가이는 의아하다는 눈초리로 로빈을 바라보더니 또다시 걸걸한 목소리로 웃음을 터트렸다. 온 숲이 쩌렁쩌렁 울리도록 말이다. 그가 말했다. "나한테 그런 식으로 대꾸하다니 정말 배짱이 대단하군. 자네 담력을 높이 사겠네. 이제껏 나한테 그렇게 맞선 자는 없었거든. 그렇다면 화환을 걸어 보게. 내가 자네와 겨뤄 볼 테니."

그러자 로빈이 말했다. "흠, 이 동네에서는 어린 애들이나 화환에 대고 활을 쏘지. 내가 자네를 위해 근사한 노팅엄셔의 과녁을 만들어 주겠네." 그는 일어나 근처의 개암나무 덤불로 가더니 엄지손가락 두께의 두 배쯤 되는 나뭇가지를 꺾어 왔다. 그러고는 나무껍질을 벗겨 내고 끝을 뾰족하게 만든 다음, 커다란 참나무 앞의 땅에다 꽂았다. 그리고 거기서 여든 걸음을 걸어 기스본의 가이가 앉아 있는 나무 옆으로 왔다. 로빈이 말했다. "이게 바로 노팅엄의 사내들이 활을 쏘는 과녁이지. 자네가 진짜 궁사라면 활을 쏴서 저 나뭇가지를 쪼개 보게나."

그러자 기스본의 가이가 일어섰다. "대체 저게 뭔가! 악마라 해도 저런 과녁은 못 맞추지!"

"맞출 수도 있고 못 맞출 수도 있지. 하지만 자네가 활을 쏴 보기 전까지는 절대로 모르는 것 아닌가."

그 말에 기스본의 가이는 이맛살을 찌푸리며 로빈을 바라보았으나 로빈이 여전히 악의가 전혀 없는 순수한 표정이었기 때문에 그는 할 말을 꾹 삼키고 조용히 활에 시위를 걸었다. 그는 활을 두 번 쏘았으나 두 번 다 나뭇가지를 맞추지 못했다. 첫 번째 화살은 한 뼘만큼 빗나갔고 두 번째 화살은 한 뼘도 더 넘게 빗나갔다. 로빈이 웃고 또 웃었다. "정말 악마라도 이 과녁은 맞추지 못하는군. 이보게, 칼 다루는 솜씨가 활 쏘는 실력보다 못하다면 자네는 결코 로빈 후드를 이길 수 없네."

그 말에 기스본의 가이가 흉악한 표정으로 로빈을 노려보았다. "주둥이 한번 잘 놀리는군. 하지만 입조심 하라고. 안 그럼 네놈 주둥이를 베어 버릴 테니까."

로빈은 솟아오르는 분노와 혐오로 치가 떨렸으나 한마디 대꾸도 없이 활에 시위를 건 다음, 자리에 섰다. 로빈은 활을 두 번 쏘았다. 첫 번째 화살은 나뭇가지의 2.5센티미터 안쪽을 맞췄고 두 번째 화살은 나뭇가지의 한가운데를 맞춰 완전히 쪼개 버렸다. 그러고는 상대방에게 말할 기회조차 주지 않고 활을 땅에 내팽개쳐 버렸다. "이 피비린내 나는 악한아!" 로빈이 맹렬한 기세로 퍼부었다. "네놈이 활쏘기에 대해서 뭘 아느냐? 오늘이 네놈이 햇빛을 보는 마지막 날이 될 거다. 이 아름다운 세상이 네놈 때문에 너무 오랫동안 더럽혀져 왔다, 이 악랄한 짐승아! 성모 마리아께 맹세하는데 네놈은 오늘 죽게 될 거다. 내가 바로 로빈 후드니까." 로빈은 칼을 뽑아 들어 햇빛에 번쩍거리는 칼날을 들이댔다.

기스본의 가이는 한동안 혼이 빠진 듯이 로빈을 바라보았으나 그의 놀라움은 금세 들끓는 분노로 바뀌었다. "네놈이 정말로 로빈 후드냐?" 그가 소리쳤다. "오늘 잘 만났다, 이 불쌍한 녀석! 고해성사나 해 두시지. 나랑 맞붙으면 고해성사할 시간도 없을 테니." 그 역시 칼을 뽑아 들었다.

이내 셔우드에서 한 번도 본 적 없는 비장한 결투가 시작되었다. 두 사람 모두 어느 한쪽이 분명 죽을 것이며 그 싸움에서 자비란 한 치도 없을 것임을 알았기 때문이다. 두 사람은 이리저리 옮겨 가며 치열한 결투를 벌였고 그들의 발길이 닿는 곳마다 보드랍고 푸른 풀밭이 이내 짓밟히고 뭉개졌다. 로빈 후드의 칼끝으로 살점의 부드러운 감촉이 여러 번 느껴졌고 얼마 안 있어

땅 위로 선명하고 붉은 핏방울이 흩뿌려지기 시작했다. 물론 단한 방울의 피도 로빈의 것이 아니었다. 마침내 기스본의 가이가 무시무시하고도 맹렬한 기세로 로빈을 향해 칼을 들이밀었으나 로빈은 가볍게 뒤로 뛰어 칼날을 피했다. 그러나 물러나 뛰면서 나무뿌리가 발뒤꿈치에 걸리는 바람에 로빈은 뒤로 심하게 넘어지고 말았다. "하늘이시여, 저를 도와주소서." 로빈이 중얼거리는 사이 기스본의 가이가 잔혹한 표정으로 이를 드러내며 로빈에게 난폭하게 달려들었다. 그는 로빈을 향해 격렬하게 칼을 들이쑤셨으나 로빈은 칼날을 맨손으로 잡아 냈다. 비록 칼날에 손바닥이 베이긴 했지만, 칼날을 다른 쪽으로 돌려 칼끝을 그의 바로 옆 땅바닥으로 깊이 박아 버릴 수 있었다. 다시 공격이 시작될 새라 로빈은 칼을 손에 쥐고 벌떡 일어났다. 드디어 기스본의 가이의 마음에 절망이 시커먼 먹구름처럼 몰려왔다. 그는 상처 입은 매처럼 이글거리는 눈빛으로 주위를 둘러보았다. 상대방의 기력이 떨어지고 있는 것을 알아챈 로빈은 그대로 달려들어 칼을 든 손 아래로 번갯불이 번쩍이듯 잽싸게 강타를 날렸다. 기스본의 가이의 손에 쥐어져 있던 칼이 땅에 떨어졌고 치명타를 맞은 그는 뒤로 비틀거렸다. 그가 다시 기운을 차리기도 전에 로빈의 칼이 그의 몸을 몇 번이고 깊숙이 관통했다. 그는 발꿈치를 땅에 댄 채 빙 돌더니 날카롭고도 새된 비명과 함께 두 손을 쳐들고는 그대로 풀밭 위로 고꾸라져 얼굴을 땅에 처박았다.

로빈 후드는 칼을 닦아 칼집에 찔러 넣고는 기스본의 가이가 쓰러져 있는 곳으로 가 팔짱을 낀 채 몸을 숙여 그를 들여다보았다. 그가 혼잣말로 중얼거렸다. "내가 치기 어렸던 그 더운 여름날 왕의 삼림 감독관을 활로 쏘아 죽인 후로 처음 죽인 자다. 내가 처음으로 생명을 앗은 그자에 대해서는 지금까지도 이따금 비통하게 생각하지만, 이번만큼은 온 곳을 폐허로 만들며 돌아다닌 야생 멧돼지를 죽인 것처럼 속이 후련하군. 노팅엄의 주장관이 나를 죽이겠다고 이런 자를 보냈으니 내가 이 자의 옷을 입고 그 잘난 장관 나리를 만나 볼 수 있는지 알아보러 가야겠다. 이번 일을 조금이나마 되갚아 줄 수 있을지도 모르니까."

로빈 후드는 죽은 자에게서 털이 수북한 옷을 벗겨 내 온통 피투성이가 된 그 옷을 자신이 입었다. 그리고 죽은 자의 칼과 단검을 몸에 찬 뒤, 자신의 칼과 두 개의 활은 손에 쥐었다. 이어서 아무도 자신이 누군지 알아보지 못하도록 말가죽으로 된 고깔을 얼굴에 뒤집어쓴 다음, 숲을 벗어나 노팅엄 타운이 있는 동쪽으로 발걸음을 옮겼다. 그가 시골길을 걷는 동안 남자, 여자, 아이 할 것 없이 모두가 소스라치며 그로부터 몸을 피했다. 기스본의 가이라는 공포스러운 이름과 그의 끔찍한 행적이 근방은 물론 멀리까지 알려져 있었기 때문이다.

그렇다면 그사이 리틀 존에게는 어떤 일이 벌어졌을까?

리틀 존은 숲길을 걷다가 마침내 숲 지대가 끝나는 지점에 다다랐다. 여기저기서 보리밭, 옥수수밭, 푸른 초원이 햇살 아래서 미소 짓고 있었다. 그가 다다른 큰길에는 이리저리 뒤틀린 꽃사과나무들 뒤로 초가지붕이 얹힌 작은 오두막집이 서 있었고 집 앞으로는 꽃들이 피어 있었다. 그는 갑자기 멈춰 섰다. 누군가가 우는 소리가 들린 것 같았기 때문이다. 귀를 기울여 보니 오두막 집 안에서 들리는 소리였다. 그는 그쪽으로 발길을 돌려 쪽문을 열고 집 안으로 들어갔다. 그는 백발이 듬성듬성한 아낙네가 차가운 벽난로 바닥돌 옆에 앉아 몸을 들썩이며 서럽게 통곡하고 있는 것을 보았다.

　다른 사람의 슬픔에 마음이 약했던 리틀 존은 늙은 아낙네에게 다가가 다정하게 어깨를 두드려 주며 위로의 말을 건네고 기운을 내라고 북돋으면서 어떤 사연이 있는지 털어놔 보라고 말했다. 아낙네의 어려움을 조금이라도 덜어 줄 뭔가를 할 수 있을지도 모른다고 생각했기 때문이다. 그러나 리틀 존의 다독임에도 가엾은 아낙네는 고개를 가로저었다. 그러나 그가 건네는 따뜻한 위로의 말에 마음이 조금 진정되었는지 얼마 안 있어 아낙네는 속에 품고 있던 사연을 모두 털어놓았다. 사연은 이랬다. 그날 아침까지만 해도 아낙네의 곁에는 노팅엄셔 어디에 내놔도 부끄럽지 않을 키 크고 듬직한 아들 셋이 있었다. 그러나 지금은 아들 셋이 모두 끌려가 곧 교수형을 당할 처지에 놓였다. 이유인즉슨 식구들에게 닥친 굶주림을 버티다 못한 큰아들이 전날 밤 숲속으로 들어가 달빛 아래에서 암사슴을 잡았고, 왕의 삼림 감독관들이 풀밭의 핏자국을 따라 아낙네의 오두막집까지 오게 되어 집 안의 찬장에서 사슴고기를 발견한 것이었다. 큰아들이 자기 혼자서 사슴을 죽였다고 했으나 두 동생 모두 형을 외면하려 하지 않았기 때문에 삼림 감독관들이 결국 아들 셋을 다 데려가 버렸다고 했다. 아낙네는 삼림 감독관들이 아들들을 데려가면서 저들끼리 하는 이야기를 들었다고 했다. 주 장관이 최근 자주 이뤄지고 있는 사슴 밀렵을 뿌리 뽑기 위해 근방에서 제일 먼저 잡히는 밀렵자를 가장 가까운 나무로 데려가 교수형에 처할 것이라 했다는 것이다. 그래서 세 아들을 노팅엄 타운 근처에 있는 킹스헤드 여관으로 데려간다고 했다. 주 장관이 로빈 후드를 잡기 위해 어떤 자를 셔우드로 보냈는데 그날 그 여관에 머무르면서 그자가 돌아오기를 기다리는 중이라고 했다.

리틀 존은 이따금 안타깝다는 듯이 고개를 가로저으며 모든 이야기를 들었다. 아낙네가 이야기를 마치자 리틀 존이 말했다. "맙소사, 이런 부당한 일이 또 어디 있습니까. 그런데 로빈 후드를 잡으러 셔우드로 간 자는 누구이며 그를 왜 잡으러 갔답니까? 아, 이건 지금 생각할 문제가 아니지. 다만 로빈 후드가 이 자리에 있었다면 어떻게 할지 조언을 해 줬을 텐데. 그래도 지금 로빈을 찾겠다고 시간을 지체해서는 안 되지. 세 아들의 목숨을 구하려면 말이야…. 부인, 제가 이 링컨 그린 옷 대신에 입을 만한 옷이 집 안에 있을지요? 제가 변장하지 않은 채로 주 장관에게 간다면 부인의 아들들보다 더 빨리 목숨을 잃게 될 판이거든요. 그러니 입을 만한 옷이 있는지 말씀해 주십시오."

그러자 늙은 아낙네는 2년 전에 세상을 떠난 남편이 입었던 옷가지가 몇 점 있다고 말해 주었다. 아낙네는 그 옷을 리틀 존에게 갖다주었고 리틀 존은 링컨 그린 옷을 벗고 그 옷으로 갈아입었다. 그리고 빗질하지 않은 양털로 가발과 가짜 수염을 만들어 써 갈색 머리칼과 수염을 숨긴 다음, 늙은 농부가 썼던 크고 높은 모자를 썼다. 그는 한 손에는 지팡이를 들고 또 한 손에는 활을 쥔 채 주 장관이 머물고 있다는 여관을 향해 전속력으로 달려갔다.

한편 노팅엄 타운에서 1.5킬로미터 이상 떨어져 있으며 셔우드 숲의 남쪽 경계에서 그리 멀지 않은 곳에 왕의 얼굴이 그려진 간판을 내건 아늑한 여관이 있었다. 그 눈부신 날 아침, 여관은 여기저기 분주하고 소란스러웠다. 주 장관과 그의 부하 스무명 남짓이 기스본의 가이가 숲속에서 돌아오길 기다리며 머물기 위해 와 있었기 때문이다. 부엌은 지글지글 요리하는 소리로 시끌벅적했고 지하 저장고에서는 사람들이 포도주 통과 맥주통을 따서 술을 따르느라 여념이 없었다. 주 장관은 안에 앉아서 여관에서 내어 준 최고의 음식으로 즐겁게 식사하는 중이었다. 주 장관의 부하들은 여관 문 앞 의자에 앉아 맥주를 들이켜거나 잎이 무성하게 우거진 참나무 그늘 아래에 누워 잡담과 농담을 주고받으며 웃고 있었다. 사방에는 그들이 타고 온 말들이 서 있었는데 말들이 발을 구르고 꼬리를 세차게 흔들어 대는 소리로 어수선했다. 그때 왕의 삼림 감독관들이 미망인의 아들 셋을 끌고 여관으로 왔다. 세 청년은 양손이 뒤로 꽁꽁 묶여 있었고 각자의 목에는 밧줄이 묶여 하나로 이어져 있었다. 그들은 주 장관이 앉아서 식사하고 있는 방으로 끌려갔고 그의 앞에서 벌벌 떨며 서 있었다. 주 장관은 험악한 표정으로 그들을 매섭게 노려보았다.

그가 성난 목소리로 방 안이 쩌렁쩌렁 울리도록 소리쳤다.

"네놈들이 왕의 사슴을 밀렵했단 말이냐? 오늘 네놈들을 단번에 해치워 주겠다. 농부가 밭에 날아드는 까마귀 떼를 겁주려고 까마귀 세 마리를 목매달아 놓듯이 네놈들 모두의 목을 매달아 버리겠다. 우리 아름다운 노팅엄 주는 네놈들 같은 악질적인 파렴치한들의 번식지가 된 지 오래다. 나는 오랫동안 그걸 보고도 참아왔으나 이제는 그런 악한들을 단번에 짓밟아 없애 버리려고 한다. 네놈들이 그 시작이 될 것이다."

그러자 딱한 청년들 중 하나가 말을 하려고 입을 열었으나 주 장관이 입을 다물라고 포악하게 다그쳤고, 자신이 식사를 마치고 그들을 어떻게 처리할지 결정할 때까지 그들을 끌고 나가 있으라고 삼림 감독관들에게 지시했다. 그렇게 하여 가련한 청년들은 밖으로 끌려 나와 자포자기한 심정으로 고개를 푹 숙인 채서 있었고 얼마 안 있어 주 장관이 밖으로 나왔다. 그가 부하들을 불러 모은 뒤 말했다. "이 악당들의 목을 당장 매달아 버리게. 다만 아무 죄 없는 이 여관에 불운이 미칠 수 있으니 여기서는 안 된다네. 그러니 이놈들을 저쪽 숲 지대로 끌고 가게. 셔우드에 있는 나무에 이놈들의 목을 매달아 내 손에 잡히면 어떤 꼴을 당하게 되는지 셔우드에 사는 악랄한 무법자들에게 직접 보여 줘야 하니까." 주 장관이 말에 올라탔고 무장한 그의 부하들역시 모두 말에 올라타 주 장관이 말한 숲 지대로 향했다. 딱한 청년들은 삼림 감독관들의 삼엄한 감시를 받으며 주 장관 무리의 한가운데서 걸었다. 결국 세 청년은 숲 지대에 다다랐고 그들의 목에 교수형 밧줄이 조여졌다. 그 밧줄의 끝이 그곳에 서 있는 커다란 참나무 가지에 걸렸다. 그러자 세 청년이 무릎을 꿇고 주 장관을 향해 자비를 베풀어 달라고 필사적으로 부르짖었다. 그러나 노팅엄의 주 장관은 가소롭다는 듯이 웃었다. "네놈들의 고해성사를 들어줄 사제가 있었으면 좋겠지만, 이 근방에는 없으니 네놈들의 죄를 등에 가득 짊어지고 저승길로 가도록 해라. 도시로 들어가는 세 도붓장수처럼 천국의 문으로 들어가게 해 달라고 성 베드로에게 기도하면서 말이다."

한편 이 모든 상황이 벌어지고 있는 동안 늙은이 한 명이 그곳 가까이에서 지팡이에 몸을 기댄 채 모든 걸 지켜보고 있었다. 그의 머리칼과 수염은 온통 곱슬곱슬하고 하얬고 그의 등에는 그가 쏘기에는 너무 버거워 보이는 주목으로 만든 묵직한 활이 걸려 있었다. 주 장관은 세 청년의 목을 참나무에 매달라고 명령을 내리기 전에 주위를 둘러보다가 그 낯선 노인에게로 시선이 향했다. 주 장관이 노인을 향해 손짓하면서 말했다. "노인장, 할 말이 있으니 이쪽으로 와 보시오." 리틀 존은 주 장관이 가리키는 자가 다름 아닌 자신임을 깨닫고 그에게 갔다. 주 장관은 자신 앞에 선 사람이 왠지 모르게 낯익다고 생각하면서 그를 유심히 바라보았다. 주 장관이 말했다. "어쩐 일인지는 모르겠소만 전에 당신을 본 적이 있는 것 같소. 당신 이름이 무엇이오?"

"주 장관 나리, 제 이름은 자일스 호블이라고 합니다." 리틀 존이 노인처럼 갈라진 목소리로 대답했다.

"자일스 호블, 자일스 호블." 주 장관은 혼자 중얼거리며 거기에 들어맞는 이름을 찾으려고 머릿속에 맴도는 이름들을 떠올렸다. "당신 이름은 기억나지 않소." 주 장관이 마침내 말했다. "하지만 상관없소. 혹시 이 좋은 아침에 6펜스를 벌어 볼 생각이 있소?"

"그야 물론이지요. 저는 돈이 부족한 사람입니다. 정직한 대가로 얻는 6펜스라면 마다할 리가 있겠습니까? 제가 무엇을 하면 되는지요?" 리틀 존이 말했다.

그러자 주 장관이 대답했다. "무슨 일인가 하면, 여기 당장 목을 매달아야 하는 세 놈이 있소. 이놈들의 목을 매달아 주면 한 놈당 2펜스씩 주겠소. 내 부하들이 교수형 집행자가 되는 건 꺼림칙해서 그렇소. 나를 도와주겠소?"

리틀 존이 여전히 노인의 목소리로 대답했다. "그런 일은 한 번도 해 본 적이 없지만 6펜스를 그리 쉽게 얻을 수 있다면 누가 그 일을 마다하겠습니까? 그런데 주 장관 나리, 이 고약한 자들이 고해성사를 했습니까?"

"하지 않았소." 주 장관이 웃으며 대답했다. "어림도 없지. 하지만 그렇게 신경 쓰인다면 당신이 놈들의 고해성사까지 들어주어도 좋소. 하지만 서두르시오. 난 이제 여관으로 빨리 돌아가야 하니까."

리틀 존은 벌벌 떨며 서 있는 세 청년에게 다가가, 마치 귀 기울여 이야기를 듣는 것처럼 첫 번째 청년의 뺨에다 얼굴을 갖다 대고서 그의 귀에 나지막이 속삭였다. "형제, 자네 손에 묶인 밧줄이 풀어지는 게 느껴져도 가만히 서 있게. 그리고 내가 양털로 만든 가발과 수염을 벗어던지는 걸 보면 곧장 목에 걸린 올가미를 풀고 숲속으로 도망치게." 그는 청년의 손에 묶여 있던 밧줄을 교묘하게 잘랐고 청년은 여전히 묶여 있는 것처럼 가만히 서 있었다. 그는 두 번째 청년에게 가서도 똑같이 이야기한 다음, 역시나 그에게 묶여 있던 밧줄을 잘랐다. 세 번째 청년에게도 똑같이 했다. 그러나 워낙 은밀하게 벌어진 일이라 말에 앉아서 웃고 있던 주 장관은 무슨 일이 벌어졌는지 알아채지 못했고 그의 부하들도 마찬가지였다.

리틀 존은 주 장관을 향해 말했다. "존경하는 주 장관 나리, 제가 활을 좀 써도 되겠습니까? 저자들의 가는 길을 도와주고 싶어서 그럽니다. 저자들의 목이 매달릴 때 갈비뼈 아래를 화살로 맞혀 숨통이 빨리 끊어지게 해 주고 싶습니다."

"맘대로 하시오. 단, 아까도 말했지만 서둘러 끝내시오." 주 장관이 말했다.

리틀 존은 활의 끝부분을 자신의 발등에 놓고 능수능란하게 시위를 활에 걸었다. 노인이 그렇게 힘이 장사인 것을 본 모두가 놀라워했다. 그는 화살통에서 매끈하고 상태가 좋은 화살 하나를 꺼내 시위에 메긴 다음, 사방을 둘러보며 자신의 뒤로 아무것도 없는 것을 확인하고서 갑자기 머리와 얼굴에서 양털을 벗겨 내며 우렁차게 소리쳤다. "도망쳐!" 세 청년은 번갯불이 번쩍이듯 잽싸게 목에서 올가미를 벗어던지고 쌩 하고 날아가는 화살처럼 공터를 가로질러 숲속으로 전력 질주했다. 리틀 존 역시 사냥개처럼 쏜살같이 숲속으로 달렸고 주 장관과 그의 부하들은 난데없이 벌어진 상황에 어리둥절해져 그 뒷모습을 바라보고만 있었다. 그러나 리틀 존이 멀리 가기 전에 주 장관이 정신을 차렸다. "저놈 잡아라!" 그가 목청이 나가도록 부르짖었다. 방금까지 이야기를 나눈 자가 누구인지 이제야 알아차렸고 왜 진작 그를 알아보지 못했는지 어이가 없었기 때문이다.

주 장관의 고함을 들은 리틀 존은 그들에게 붙잡히기 전에 숲속으로 들어가지 못할 것임을 깨닫고 갑자기 멈춰 뒤돌아섰다. 그는 당장에라도 쏠 기세로 활을 들고 사납게 소리쳤다. "뒤로 물러서! 한 발짝이라도 앞으로 나오거나 활에 손을 대는 자는 곧바로 죽여 버리겠다!"

그 말에 주 장관의 부하들은 얼어붙은 듯 멈춰서서 꼼짝도 하지 않았다. 그가 말 그대로 행동한다는 것과 그의 말을 어기면 죽은 목숨이나 다름없다는 사실을 잘 알았기 때문이다. 별 소용이 없다는 걸 알면서도 주 장관은 으르렁대며 부하들을 향해 비겁하다고 다그치면서 한데 뭉쳐 밀고 나가라고 명령했다. 그러나 부하들은 조금도 움직이지 않고 가만히 서서, 리틀 존이 자신들을 향한 시선을 고정한 채 서서히 숲 쪽으로 움직이는 모습을 보고만 있을 뿐이었다. 주 장관은 적이 손아귀에서 그렇게 유유히 빠져나가는 것을 보고 분노가 치밀어 미칠 지경이었다. 머리가 핑핑 돌고 어찌해야 할지를 몰랐다. 별안간 그는 말 머리를 돌리더니 말의 양 옆구리에 거세게 박차를 가하면서 요란한 고함과 함께 바람처럼 리틀 존을 향해 달려들었다. 그러자 리틀 존은 무시무시한 활을 들어 올려 거위 깃털 달린 화살이 뺨까지 닿도록 활시위를 당겼다. 그런데 맙소사 이게 무슨 일인가! 그가 화살을 날리기도 전에 그토록 오랫동안 그를 섬겼던 튼튼한 활이 그의 손안에서 쪼개지고 화살이 발치로 힘없이 떨어지는 것이 아닌가. 그 광경에 주 장관의 부하들이 고성을 지르며 주 장관을 따라 리틀 존을 향해 달려들었다. 그러나 주 장관은 부하들보다 앞서 있었던 터라 리틀 존이 안전한 숲속으로 들어가기도 전에 그를 따라잡았고 몸을 앞으로 내밀어 그에게 강한 한 방을 날렸다. 리틀 존이 몸을 수그려 피하는 바람에 주 장관의 칼이 손에서 헛돌았으나 리틀 존은 칼날의 평평한 면에 머리를 세게 맞고 말았다. 그는 아찔해져 정신을 잃고 쓰러졌다.

"지금이 딱 좋군." 부하들이 와서 리틀 존이 죽지 않은 것을 확인하자 주 장관이 말했다. "성급하게 이놈을 죽이지 않았으니 말이야! 이 악랄한 도둑놈을 마땅히 교수형에 처하지 않고 곧바로 죽이느니 500파운드를 잃고 말지. 윌리엄, 저기 샘에서 물을 떠 와서 이놈의 머리에 뿌리게."

부하가 주 장관의 명령대로 하자 얼마 안 있어 리틀 존이 눈을 뜨고 주위를 둘러보았다. 세게 맞은 충격 때문에 멍하고 얼떨떨한 표정이었다. 주장관의 부하들은 리틀 존의 손을 뒤로 결박한 다음, 그를 들어 올려 그의 얼굴이 말의 꼬리를 향하게 하여 그를 말 등에 태운 후, 그의 두 발을 말의 배 밑으로 묶었다. 부하들은 기세등등하게 웃으며 리틀 존을 킹스헤드 여관으로 끌고 갔다. 그 사이 미망인의 세 아들은 무사히 도망쳐 숲속에 숨어 있었다.

노팅엄의 주 장관이 킹스헤드 여관에 다시 자리를 잡고 앉았다. 주장관은 리틀 존을 감옥에 처넣겠다는 수년 동안의 다짐을 이루게 되어 무척이나 흐뭇했다. 그가 혼자 중얼거렸다. "내일 이맘때쯤에 노팅엄 타운의 거대한 성문 앞에 있는 교수형 나무에 저놈을 목매달아 내 오랜 소원이었던 복수를 처절하게 해 줄 테다."

주 장관은 카나리아산 포도주를 깊이 들이켰다. 그러나 술과 함께 생각도 목 안으로 넘겨 버렸는지 고개를 가로저으며 급히 잔을 내려놓았다. 그가 중얼거렸다. "천 파운드를 준다 해도 이놈이 내 손아귀에서 빠져나가게 할 순 없지. 이놈의 대장이 악랄한 기스본의 가이를 피해 갔다면 또 무슨 일을 벌일지 몰라. 로빈 후드는 세상에서 가장 교활하고 악질적인 놈이니까. 그러니 이놈의 목을 매달겠다고 내일 아침까지 기다릴 순 없어." 그는 급히 의자를 박차고 일어나 여관 밖으로 나가 부하들을 불러 모았다. "시간을 지체하지 않겠다. 지금 당장 이놈의 목을 매달아 버리겠다. 이놈이 그 악질적인 애송이 녀석들과 법 사이에 끼어 들어 그놈들의 목숨을 구했던 바로 그 나무에서 말이다. 당장 그곳으로 갈 채비를 하라."

부하들은 리틀 존의 얼굴이 말의 꼬리를 향하게 하여 그를 다시 말 등에 태운 뒤, 한 사람이 그 말을 끌고 나머지는 말을 탄 채 그 주위를 둘러싸고 밀렵꾼 청년들의 목을 매달려고 했던 그 나무가 있는 곳으로 향했다. 그들은 달그닥거리고 딸랑거리는 소리를 내며 길을 달려 마침내 나무에 다다랐다. 그때 부하 중 한 명이 갑자기 주 장관을 향해 소리쳤다. "주 장관님! 저기 우리를 향해 오는 자가 주 장관님이 로빈 후드를 잡으려고 숲으로 보낸 기스본의 가이가 아닙니까?" 그 말에 주 장관은 눈 주위로 손을 가져다 대 햇빛을 가리며 기대에 찬 눈빛으로 바라보았다. "확실하군. 기스본의 가이가 맞아. 하늘이 도와 저자가 대장 놈을 죽였군. 이제 우리가 부하 놈도 죽이려는 참인데 말이야!"

그 말에 위를 올려다본 리틀 존은 곧바로 가슴이 산산이 무너져 내렸다. 그자의 옷이 온통 피범벅이었을 뿐만 아니라 그가 로빈 후드의 뿔나팔과 활은 물론 칼까지 갖고 있었기 때문이다.

기스본의 가이의 옷을 입은 로빈 후드가 그들 가까이 다가오자 주 장관이 소리쳤다. "어떻게 된 일인가? 숲에서 어떤 행운이 있었는가? 자네 옷이 온통 피범벅이네."

"내 옷이 보기에 흉한 것 같소." 로빈이 기스본의 가이처럼 걸걸한 목소리로 말했다. "이쪽을 보지 않아도 좋소. 내 옷에 묻은 피는 숲속에 발을 들인 무법자 중 가장 악랄한 자이자 내가 오늘 죽인 자의 피요. 물론 나는 상처 하나 입지 않았소."

그러자 주 장관에게 잡힌 뒤 처음으로 리틀 존이 입을 열었다. "이 피비린내 나는 몹쓸 악마 같은 인간아! 기스본의 가이, 네 놈을 잘 안다. 네놈 이야기를 들어 보지 않은 자가 없고 네놈이 저지른 유혈 낭자한 악행과 약탈을 욕하지 않은 자가 없다! 세상에서 그 누구보다 따뜻했던 심장을 멎게 한 것이 바로 네놈의 손이냐? 네놈은 비겁한 노팅엄의 주 장관에게 딱 어울리는 꼭두각시일 뿐이다. 이제 나는 기꺼이 죽겠다. 어떻게 죽는지도 상관하지 않겠다. 이제 내게 사는 건 무의미하니." 이렇게 외치는 리틀 존의 구릿빛 뺨에 짜디짠 눈물이 흘러내렸다.

그러나 노팅엄의 주 장관은 기뻐서 손뼉을 쳤다. "기스본의 가이, 자네가 말한 게 사실이라면 자네가 오늘 한 일은 평생 제일 잘한 일이 될 거라네."

"내가 한 말은 사실이오. 난 거짓말을 하지 않소." 로빈이 여전히 기스본의 가이의 목소리로 말했다. "여기 보시오. 이것은 로빈 후드의 칼이지 않소? 이것은 주목으로 만든 그의 활이지 않소? 또 이것은 그의 뿔나팔이지 않소? 그가 이것들을 기스본의 가이에게 흔쾌히 내주었겠소?"

그러자 주 장관이 기뻐서 크게 웃음을 터트렸다. "오늘이 바로 경사 난 날이로구먼! 희대의 악랄한 무법자가 죽고 그의 오른팔이 내 손아귀에 들어와 있다니! 기스본의 가이, 내가 무얼 해줬으면 좋겠는가? 어떤 부탁이든 들어주겠네."

그러자 로빈이 대답했다. "원하는 것이 있소. 대장을 죽였으니 그 부하도 내 손으로 죽이고 싶소. 이 자의 목숨을 내게 넘겨주십시오, 주 장관."

"자네 참 어리석구먼!" 주 장관이 소리쳤다. "자네의 말이라면 기사의 몸값 정도 되는 돈도 자네에게 내어 줄 수 있는데 말이야. 이놈을 내어 주긴 싫지만 내가 약속했으니 자네에게 넘겨주겠네."

"귀한 선물 정말 감사하오." 로빈이 말했다. "저놈을 말에서 끌어내려 저기 나무에 기대서게 하시오. 내가 돼지를 어떻게 잡는지 직접 보여 주겠소!"

그 말에 주 장관의 부하 중 몇 명이 고개를 내저었다. 그들은 리틀 존이 교수형을 당하든 말든 전혀 상관없었지만, 사람을 잔혹하게 도륙하는 모습은 보고 싶지 않았기 때문이다. 그러나 주 장관은 부하들을 큰 소리로 불러 기스본의 가이가 말한 대로 리틀 존을 말에서 끌어내려 나무에 기대서게 하도록 명령했다.

그러는 동안 로빈 후드는 자신의 활과 기스본의 가이의 활에 모두 시위를 걸었으나 아무도 그것을 눈치채지 못했다. 리틀 존이 나무에 기대서자 로빈은 기스본의 가이가 갖고 있던 양날로 된 날카로운 단검을 꺼내 들었다. 로빈이 소리쳤다. "물러서! 물러서라고! 감히 무례하게 내 즐거운 놀잇감에 몰려드는 것이냐? 물러서! 분명히 말했다! 더 물러서!" 주 장관의 부하들은 로빈이 시키는 대로 전부 뒤로 물러섰고 그중 많은 이가 앞으로 벌어질 상황을 보지 않으려고 고개를 돌렸다.

그러자 리틀 존이 소리쳤다. "어서 와라! 여기 내 가슴이 있다. 내 소중한 대장을 죽인 그 손으로 나 역시 도살해 버리는 게 마땅하겠지. 기스본의 가이, 나는 네놈을 잘 안다!"

"진정하게, 리틀 존." 로빈이 나지막이 속삭였다. "날 두 번이나 안다고 했으면서 날 전혀 몰라보는 건가? 내가 이 짐승 가죽을 뒤집어쓰고 있어서 몰라보는 건가? 저기 자네 앞으로 내 활과 화살, 칼을 내려놓았으니 내가 밧줄을 끊으면 그것들을 집어 들게. 지금이야! 빨리 집어 들어!" 로빈이 이렇게 말하며 리틀 존에게 묶여 있던 밧줄을 끊었고 리틀 존은 눈 깜짝할 새에 앞으로 뛰어나가 활과 화살 그리고 칼을 집어 들었다. 그와 동시에 로빈 후드는 얼굴에 덮여 있던 말가죽으로 된 고깔을 벗어 던지고 기스본의 가이의 활을 구부려 미늘이 있는 날카로운 화살을 시위에 메겼다. "뒤로 물러서!" 로빈이 가차 없이 소리쳤다. "활시위에 손대는 자는 가장 먼저 죽을 것이다! 주 장관, 내가 당신의 심부름꾼을 죽였소. 다음이 당신 차례가 되지 않도록 조심하시오." 그는 리틀 존이 무장한 것을 확인하고서 뿔나팔을 입술에 갖다 대고 새된 소리가 나도록 힘차게 세 번 불었다.

기스본의 고깔 아래 숨겨진 얼굴이 누구의 얼굴인지 알아보고 뿔나팔 소리가 귓가에 울리는 것을 들은 노팅엄의 주 장관은 이제 다 끝장났음을 느꼈다. "로빈 후드!" 그는 노호하더니 더는 아무 말도 없이 길가로 급히 말을 몰아 먼지를 구름같이 일으키며 냅다 도망가 버렸다. 자신들의 우두머리가 그렇게 목숨을 부지하려고 꽁무니를 뺀 것을 본 주 장관의 부하들은 더 이상 머무는 것이 능사가 아님을 알고서 역시나 말에 박차를 가해 그의 뒤를 따라 전속력으로 질주했다. 그러나 잽싸게 몸을 피했음에도 노팅엄의 주 장관은 1미터짜리 화살보다 더 빨리 달릴 수는 없었다. 리틀 존이 고함을 지르며 활시위를 퉁겼고, 주 장관이 전속력으로 노팅엄 타운의 성문을 통과하는 순간 회색 거위 깃털이 달린 화살이 그의 엉덩이에 꽂혔다. 그 모습은 마치 털갈이를 한 참새의 꼬리에 깃털 하나가 남은 꼴과도 같았다. 그 뒤로 한 달 동안 딱한 주 장관은 자신을 위해 마련된 푹신한 방석에만 앉아 지내야 했다.

그렇게 주 장관과 그의 부하 스무 명이 로빈 후드와 리틀 존에게서 달아났다. 그래서 윌 스튜틀리와 열두어 명의 건장한 동료들이 숲속에서 튀어나왔을 때는 대장을 노리는 적들이 한 명도 남아 있지 않았다. 주 장관과 그의 부하들은 저 멀리 허둥지둥 달아나 작은 폭풍우 같은 먼지구름 속으로 사라져 버렸기 때문이다.

로빈 후드 무리는 다시 숲으로 돌아갔고 거기서 미망인의 세 아들을 만났다. 세 아들은 리틀 존에게 달려와 그의 손에 입을 맞추었다. 그러나 그들은 이제 더 이상 숲을 마음 놓고 돌아다녀서는 안 되는 처지였다. 그들은 집으로 돌아가서 어머니께 위험에서 벗어났음을 알린 뒤, 그날 밤 다시 숲속 나무 아래로 돌아와 로빈 후드 무리의 일원이 되겠다고 약속했다.

20

리처드 왕, 셔우드 숲에 오다

로빈 후드와 리틀 존이 절박했던 위기를 겪은 뒤로 두 달 정도
가 지났다. 그 무렵 노팅엄셔 전역이 무척이나 술렁이고 들썩였
다. 사자의 심장으로 불리는 리처드 왕이 잉글랜드 전역을 돌며
행차하는 중이었고, 그 여정 중에 노팅엄 타운을 들를 것이라고
모두가 기대했기 때문이다. 말을 탄 전령들이 주 장관과 왕 사이
를 바삐 오갔고 마침내 왕이 주 장관의 귀빈 자격으로 노팅엄을
방문할 날짜가 잡혔다.

그러자 노팅엄셔 전역이 전보다 더 분주해졌다. 사람들이 이
리저리 뛰어다녔고, 온 사방에서는 뚝딱뚝딱 망치질 소리와 왁
작거리는 목소리들이 들려왔다. 주민들은 왕이 아래로 지나다
닐 수 있도록 거대한 아치형 구조물을 길 여기저기에 세우고 거
기에 알록달록한 색깔의 비단 깃발과 띠들로 장식을 하는 중이

었기 때문이다. 시내의 조합 회관도 부산스럽고 야단스럽기는
마찬가지였다. 그곳에서 왕 그리고 왕과 동행한 귀족들을 모시
고 대연회를 열 예정이었기 때문이다. 노팅엄셔에서 최고의 실
력을 지닌 목수들이 왕과 주 장관이 앉을 연회장 상석을 만드느
라 여념이 없었다.

노팅엄셔의 많은 주민에게는 왕이 자신들의 도시에 행차할
날이 영영 오지 않을 것처럼 느껴졌다. 하지만, 시간은 여느 때
와 다름없이 흘러 드디어 그날이 다가왔다. 자갈 깔린 길 위로
눈부신 햇살이 내리비추었고 거리는 쉴 새 없이 밀려드는 인파
로 생기가 가득했다. 길 양쪽으로는 도시 주민들과 멀리 시골에
서 온 자들이 상자 안에 든 말린 청어들처럼 빽빽이 들어차 거
대한 군중을 이루었다. 그 바람에 미늘창을 든 주 장관의 병사들
은 왕이 말을 타고 행차할 수 있는 공간을 만들어야 했으나 여
간해서는 몰려든 사람들이 뒤로 물러나도록 할 수가 없었다.

"엊다 대고 그렇게 들이미는 게냐?" 체격이 우람하고 듬직한
수사가 병사 중 한 명에게 고함을 질렀다. "지금 내게 팔꿈치를
들이민다 이거지? 날 더 정중하게 대하지 않는다면 네놈이 아무
리 주 장관의 부하라 할지라도 머리통을 내리쳐 버리겠다."

그 말에 군중 속에 흩어져 있던 링컨 그린 옷을 입은 키 큰 사
내들 여럿에게서 커다란 웃음이 터져 나왔다. 그러나 그중에서
좀 더 위치가 높아 보이는 자가 수사를 팔꿈치로 쿡 찌르며 말
했다. "진정하게, 터크. 입조심 하겠다고 여기 오기 전에 나랑 약
속했잖나."

그러자 터크가 투덜거렸다. "에잇, 하지만 저 발바닥 두꺼운 녀석이 내 불쌍한 발가락들을 모두 짓밟는단 말이야. 내 발가락이 숲속의 도토리라도 되는 듯이 말일세."

그러나 이런 실랑이가 갑작스레 멈추었다. 거리를 따라 수많은 뿔나팔의 청아한 소리가 들려왔기 때문이다. 모든 사람이 소리가 나는 곳을 향해 일제히 목을 길게 내빼고 쳐다보았고 이리저리 몰리고 밀치고 떠밀리는 소동이 한층 더 심해졌다. 자태가 눈부시고 근사한 사람들의 행렬이 시야 안으로 들어왔고 군중 사이에서는 마른 풀밭에 불길이 번지듯 환호성이 퍼져 나갔다.

우단과 금실로 짠 옷을 차려입은 전령관 스물여덟 명이 말을 타고 달려왔다. 전령관들의 머리 위로는 구름처럼 풍성하고 눈처럼 하얀 깃털이 나부꼈고 그들은 각자 손에 긴 은나팔을 들고서 경쾌하게 연주를 했다. 은나팔에는 우단과 금실로 만든 두꺼운 깃발이 매달려 있었고 깃발에는 잉글랜드의 왕실 문장이 선명히 새겨져 있었다. 그들 뒤로는 백 명의 고귀한 기사들이 투구는 쓰지 않았지만 나머지 몸은 완전 무장한 채로 두 명씩 짝을 이루어 말을 타고 달려왔다. 그들이 들고 있는 기다란 창의 꼭대기에는 온갖 장식이 된 갖가지 색깔의 창기가 매달려 펄럭이고 있었다. 각 기사 옆으로는 비단과 우단으로 지은 귀한 옷을 입은 수습 기사가 걷고 있었고 그들은 긴 깃털들이 매달려 나부끼는 상관의 투구를 손에 들고 있었다. 노팅엄셔의 주민들은 그 백 명의 기사들처럼 장엄하고 위풍당당한 자태를 드러낸 이들을 한 번도 본 적이 없었다. 무기들이 부딪치는 소리와 사슬 갑옷에서 나는 쨍그랑거리는 소리와 함께 몸집 좋은 군마를 타고 달려오는 그들의 갑옷 위로 햇살이 반사되어 눈부시도록 환한 빛을 냈다. 기사들 뒤로는 중부 지방의 남작과 귀족들이 비단과 금실로 짠 옷을 차려입고 황금 목걸이를 걸고 보석으로 치장된 허리띠를 하고서 모습을 드러냈다. 그들 뒤로는 창과 미늘창을 손에 든 무장한 병사들의 긴 행렬이 한 번 더 따랐는데 그들 가운데에는 나란히 말을 타고 오는 두 사람이 있었다. 그중 한 사람은 관복을 갖춰 입은 노팅엄의 주 장관이었다. 또 한 사람은 키가 주 장관보다 사람 머리 하나 정도 더 컸고 값비싸지만 수수한 옷을 입었으며 목에는 넓고 묵직한 목걸이를 걸고 있었다. 그의 머리칼과 수염은 금실처럼 황금빛이었고 눈동자는 여름날의 하늘처럼 푸르렀다. 그는 말을 타고 오면서 오른쪽으로 왼쪽으로 인사를 했고 그가 지나가면 우렁찬 함성이 울려 퍼졌다. 그가 바로 리처드 왕이었다.

그러던 중 온갖 소란과 우렁찬 함성 속에서 누군가가 목청이 터져 나가라 소리쳤다. "하늘이시여, 모든 성인이시여, 자애로우신 리처드 왕을 축복하소서! 파운틴의 성녀시여, 고결하신 리처드 왕을 축복하소서!" 소리가 난 쪽을 쳐다본 리처드 왕은 키가 크고 우락부락한 사제가 맨 앞줄에 서서 뒤에 있는 사람들에게 밀리지 않으려고 두 다리를 넓게 벌린 채 버티고 있는 것을 발견했다.

왕이 웃으며 말했다. "저기 좀 보시오, 주 장관. 내가 평생 본 중에 가장 키가 큰 사제가 노팅엄셔에 있었소. 만약 하늘이 귀가 먹어서 그의 기도에 결코 답하지 않는다 해도 나는 내게 주어진 축복을 받을 수 있을 것 같소. 저자의 목소리라면 성 베드로 석상이라도 귀를 문질러 그 목소리에 귀를 기울일 것 같으니 말이오. 저런 자가 내 병사였으면 좋겠구려."

그 말에 주 장관은 아무런 대답도 하지 않았고 그의 얼굴이 핏기 하나 없이 하얗게 질렸다. 그는 말에서 떨어지지 않으려고 말 안장 머리를 붙잡았다. 그 역시 방금 소리친 자를 보았고 그가 터크 수사임을 알아보았기 때문이다. 게다가 터크 수사의 뒤로는 로빈 후드, 리틀 존, 윌 스칼렛, 윌 스튜틀리, 앨런 어 데일 그리고 그 외 나머지 무리의 얼굴이 보였다.

왕이 급히 물었다. "주 장관, 어디가 불편하시오? 얼굴이 몹시 창백해졌소."

"아닙니다. 곧 지나가는 갑작스러운 통증일 뿐 아무것도 아닙니다." 주 장관이 대답했다. 로빈 후드가 노팅엄 타운 성문 안까지 들어올 정도로 자신을 만만하게 본다는 사실을 왕이 알게 되면 수치스러울 것이기 때문이다.

그렇게 이른 가을날 화창한 오후, 왕이 노팅엄 타운에 행차했고 로빈 후드와 그의 무리는 자신들이 사는 곳까지 흔쾌히 귀한 발걸음을 한 왕을 보고서 누구보다도 기뻐했다.

날이 저물어 노팅엄 타운의 조합 회관에서 성대한 대연회가 열렸고 술이 풍성하게 오고 갔다. 식탁을 따라 천 개의 양초가 빛나고 있었고 거기에는 영주, 귀족, 기사, 수습 기사들이 길게 앉아 있었다. 상석에 위치한 금실로 짠 천을 온통 두른 왕좌에는 리처드 왕이 앉아 있었고 그 옆으로는 노팅엄의 주 장관이 앉아 있었다.

왕이 웃으며 주 장관에게 말했다. "이 근방에 사는 로빈 후드와 그의 무리의 행적에 대한 이야기를 많이 들었소. 범법자들이라서 셔우드 숲에 산다지요. 주 장관, 그들에 대해서 조금이라도 이야기해 주지 않겠소? 듣자 하니 주 장관이 그들과 여러 번 얽힌 적이 있다고 하던데 말이오."

그 말에 노팅엄의 주 장관은 어두운 표정으로 시선을 떨구었고, 역시나 그 자리에 있었던 헤리퍼드의 주교는 아랫입술을 깨물었다. 주 장관이 말했다. "온 나라를 통틀어 가장 대범한 범법자라는 사실을 빼고는 그 험한 자들의 행적에 대해서 별로 말씀드릴 게 없습니다, 전하."

그러자 왕을 보좌하고 팔레스타인에서 전투를 벌여 왕의 큰 총애를 받는 레아의 젊은 헨리 경이 입을 열었다. "전하, 제가 팔레스타인에 나가 있는 동안 아버지로부터 소식을 자주 전해 들었는데 대부분이 로빈 후드에 관한 이야기였습니다. 전하께서 원하신다면 이 범법자의 어떤 모험에 대해서 이야기를 들려드리겠습니다."

그러자 왕이 웃으며 그에게 말해 보라고 했고 그는 어떻게 해서 레아의 리처드 경이 헤리퍼드의 주교에게서 돈을 빌려 궁지에 몰렸을 때 로빈 후드의 도움을 받았는지 사연을 털어놓았다. 이야기를 듣는 동안 왕과 그 곁에 앉아 있던 일행은 연거푸 웃음을 터트렸고 딱한 주교만이 그 분통 터지는 일이 떠올라 부아가 끓어 얼굴이 벌게졌다. 레아의 헨리 경이 이야기를 마치자, 곁에 앉아 있던 다른 사람들은 왕이 유쾌한 이야기를 듣고 즐거워하는 것을 보고서는 로빈 후드와 그의 무리에 관한 다른 이야기들도 들려주었다.

리처드 왕이 말했다. "내 칼자루를 걸고 맹세하는데 내가 이야기를 들어 본 중에 가장 배짱 두둑하고 유쾌한 악당이오. 내가 발 벗고 나서서 주 장관이 하지 못한 일을 해내야겠소. 말하자면, 로빈 후드와 그의 무리를 숲에서 깔끔하게 몰아내겠다는 것이오."

그날 밤, 왕은 노팅엄 타운에 있는 동안 지낼 거처에 앉아 있었다. 그의 곁에는 레아의 젊은 헨리 경과 다른 기사 두 명, 노팅엄셔의 남작 세 명이 있었다. 그러나 왕의 생각은 온통 로빈 후드에게 머물러 있었다. 왕이 입을 열었다. "내가 악동 같은 로빈 후드를 만나고 그가 셔우드 숲에서 어떤 일을 벌이는지 조금이라도 볼 수 있다면 100파운드라도 기꺼이 내놓겠소."

그러자 빙엄의 휴버트 경이 웃으며 말했다. "그렇게 원하신다면 그리 어렵지 않게 들어드릴 수 있습니다. 전하께서 기꺼이 100파운드를 내어 주신다면 제가 그자를 만나게 해 드릴 뿐만 아니라 셔우드 숲에서 그와 잔치까지 벌일 수 있도록 해 드리겠습니다."

그러자 왕이 말했다. "휴버트 경, 그러면 정말로 기쁠 것 같소. 그런데 어떻게 로빈 후드를 만나게 해 준단 말이오?"

휴버트 경이 대답했다. "전하와 여기 있는 저희를 합쳐 일곱 명이 모두 검은 사제복을 입고 전하께서는 100파운드가 든 주머니를 옷 안에 차신 뒤, 내일 여기서 말을 타고 출발하여 맨스필드 타운에 도착하면 됩니다. 제가 크게 틀리지 않는다면, 우리는 로빈 후드를 만날 뿐 아니라 그날이 지나기 전에 그와 함께 만찬을 하게 될 것입니다."

"거참 맘에 드는 계획이오. 어디 소용이 있는지 내일 그렇게 해 보도록 합시다." 왕이 유쾌하게 말했다.

다음날 이른 아침 주 장관이 문안 인사를 하기 위해 왕이 머무르고 있는 곳으로 가자, 왕은 간밤에 나눈 이야기와 그날 아침 어떤 유쾌한 모험을 할 계획인지 주 장관에게 말해 주었다. 그러나 이야기를 들은 주 장관은 주먹으로 이마를 탁 쳤다. "맙소사! 전하께 그런 몹쓸 짓을 제안하다니! 자애로우신 전하, 전하께서는 지금 어떤 일을 하려는 건지 모르시는 겁니다! 전하께서 찾으시려 하는 그 악랄한 자는 왕이나 왕의 법 따위는 깡그리 무시하는 자입니다."

"하지만 로빈 후드는 범법자가 된 이후로는 손에 피를 묻히지 않았다고 들었소. 기스본의 가이를 죽인 일 외에는 말이오. 그 일이라면 모든 선량한 시민이 그에게 고마워해야 하는 것 아니오?"

"네, 전하께서 들으신 이야기는 맞습니다. 하지만⋯."

왕이 주 장관의 이야기를 중간에 자르며 말했다. "그렇다면 그가 아무런 해도 끼치지 않는데 내가 왜 그를 만나는 걸 두려워해야 하오? 위험할 것이 전혀 없소. 주 장관, 혹시 우리와 동행하지 않겠소?"

"아닙니다." 주 장관이 급히 대답했다. "저는 절대로 가지 않겠습니다!"

그때 일곱 벌의 검은 사제복이 도착하여 왕과 그의 측근들이 모두 그 옷으로 갈아입고 왕은 100파운드가 든 주머니를 옷 안에 찼다. 그리고서 모두 밖으로 나가 문 앞에 데려다 놓은 노새에 올라탔다. 왕은 주 장관에게 자신이 하는 일에 대해 입을 다물라고 지시했고 그들은 그렇게 길을 나섰다. 주고받는 농담에 웃으며 길을 달리던 왕과 그 일행은 사방이 트인 들판을 지났다. 그들은 농부들이 수확물을 모두 집으로 거둬들여 텅 빈 밭들 사이를 지나고, 곳곳에 흩어져 있는 갈수록 점점 더 울창해지는 오솔길들을 지나, 마침내 수풀이 빽빽이 들어차 그늘진 숲속 안으로 들어갔다. 그들은 숲속을 몇 킬로미터 더 달렸으나 그들이 찾는 자와 같은 사람은 아무도 만나지 못했다. 이윽고 그들은 뉴스테드 수도원 가까이 있는 길까지 들어섰다.

왕이 입을 열었다. "거룩한 성 마틴을 걸고 맹세하는데 요긴한 것들을 잘 챙길 기억력이 더 좋았다면 얼마나 좋았을까. 이렇게 길을 나서면서 마실 것은 한 방울도 가져오지 않았군. 갈증을 해소할 무언가를 얻을 수만 있다면 50파운드라도 내놓을 텐데."

그 말이 끝나기가 무섭게 길가의 덤불에서 키 큰 사내가 불쑥 걸어 나왔다. 수염과 머리칼은 황금빛이었고 눈동자는 쾌청한 푸른색이었다. 그가 왕이 탄 노새의 고삐에 손을 얹으며 말을 건넸다. "거룩한 형제여, 그토록 공정한 거래에 딱 맞는 답을 내

놓지 않는다는 건 기독교에 어긋나는 처사일 것이오. 우리는 근방에서 여관을 운영하고 있소. 50파운드라면 맛 좋은 포도주뿐만 아니라 뱃속을 즐겁게 해 줄 최고의 만찬도 차려 드릴 수 있소만." 그는 손가락을 입술에 갖다 대고는 새된 소리로 휘파람을 불었다. 그러자 길 양옆의 수풀과 나뭇가지들이 흔들리고 탁탁거리는 소리가 나더니 난데없이 링컨 그린 옷을 입은 어깨가 떡 벌어진 사내 육십여 명이 보이지 않는 곳에서 튀어나왔다.

왕이 물었다. "아니 이런 무례한 것들을 봤나. 네놈들은 누구냐? 우리 같은 성직자들에게 조금도 존중이 없느냐?"

그러자 유쾌한 로빈 후드가 대답했다. "존중이 있을 리가. 당신들과 같은 부유한 사제들의 독실함이란 골무 안에 떨어뜨리면 아낙네가 그 골무에 손가락을 끼워도 전혀 느끼지 못할 정도로 희박한 것이 아니겠소. 내 이름은 바로 로빈 후드요. 아마 들어봤을 거요."

"네 이놈! 듣던 대로 제멋대로이고 불량한 데다가 법 따위는 안중에도 없는 녀석이구나. 부탁하는데 나와 내 형제들이 무사히 가던 길을 가도록 어서 비켜 주어라."

그러자 로빈이 말했다. "그럴 순 없소. 이토록 거룩한 형제들을 빈속으로 그냥 가게 내버려두기엔 우리 체면이 서지 않으니까. 보잘것없는 포도주 한 잔에도 그렇게 큰돈을 선뜻 내놓겠다 하는 걸 보면 당신은 우리 여관에서 값을 치를 두둑한 지갑을 가지고 있는 것이 분명한데 말이오. 존경하는 사제여, 어서 지갑을 보여 주시오. 안 그럼 내가 당신 옷을 벗겨서 직접 지갑을 찾을 테니까."

그러자 왕이 단호하게 말했다. "무력을 쓰진 말게. 여기 지갑이 있네. 그러나 우리에게는 범법자의 손을 들이밀어 해치진 말게."

"헛허, 어찌 그리 말투에 위엄이 넘쳐흐르는 것이오? 당신이 무슨 잉글랜드의 왕이라도 된단 말이오? 윌, 지갑에 뭐가 들었는지 확인해 봐."

윌 스칼렛은 지갑을 건네받아 돈을 세었다. 로빈은 50파운드는 챙기고 나머지 50파운드는 도로 지갑에 넣으라고 지시했다. 로빈이 지갑을 왕에게 건넸다. "나머지 절반의 돈은 돌려줄 테니 당신이 아까 부르짖은 성 마틴에게 감사해 하시오. 이렇게 인정 많은 악한에게 걸렸으니 말이오. 보통 악한 같으면 당신을 홀랑 벗겨 먹지 않았겠소? 그런데 그 고깔 좀 젖혀 보일 순 없소? 당신 얼굴이 보고 싶어서 그러오."

"그건 안 되네." 왕이 뒤로 물러서며 말했다. "고깔을 벗을 수 없다네. 우리 일곱 사제는 스물네 시간 동안 얼굴을 드러내지 않기로 맹세했네."

그러자 로빈이 말했다. "그럼 그대로 쓰고 계시든가. 나도 당신들 맹세를 깰 생각은 추호도 없소."

로빈은 동료 일곱 명을 불러 각자 노새 한 마리씩 고삐를 잡아 끌고 가게 했다. 그들은 발길을 돌려 숲속 깊숙이 들어가 마침내 사방이 트인 빈터와 숲속 나무가 서 있는 곳에 다다랐다.

리틀 존은 그날 아침 육십 명의 동료들을 데리고 이미 밖으로 나간 터였다. 운만 따라준다면 길가에서 기다리고 있다가 지갑 두둑한 손님을 만나 셔우드 숲으로 데려오려고 말이다. 노팅엄 셔에서 왕이 행차하는 큰 행사가 벌어지고 있는 때였으므로 돈 많은 자들이 길에 많이 다닐 것이 분명했기 때문이다. 그렇게 리틀 존과 많은 동료가 밖으로 나가 있었던 반면 터크 수사와 사십 명 남짓한 동료들은 숲속 커다란 나무 아래에 앉거나 누워 있었다. 로빈과 나머지 무리가 나타나자 그들은 벌떡 일어나 로빈을 반기려고 뛰어나갔다.

리처드 왕은 노새에서 내려 주위를 둘러보며 말했다. "로빈, 자네는 실로 듬직한 젊은이들을 주변에 많이 두고 있구려. 리처드 왕이라면 이런 사내들을 호위대로 두고서 기뻐할 것이네."

그러자 로빈이 자랑스럽게 말했다. "내 동료들은 이들 뿐만이 아니오. 육십 명이 더 있는데 내 듬직한 오른팔인 리틀 존과 함께 지금 볼일 때문에 나가 있소. 하지만 리처드 왕으로 말할 것 같으면, 내 분명히 말하는데, 우리는 모두 그분을 위해서라면 피를 물처럼 아낌없이 쏟을 수 있소. 당신 같은 성직자들은 우리 왕을 제대로 이해할 수 없을 것이오. 하지만 우리는 온 충심을 다해 왕을 사랑한다오. 그분의 용맹한 행적이 우리와 비슷하기 때문이오."

그때 터크 수사가 부산을 떨며 다가왔다. "오, 형제들 어서 오시오. 누추한 곳이긴 하지만 여기서 나와 같은 형제들을 맞이하게 되어 무척 반갑소. 이 험한 무법자들은 그들의 안녕을 위해 부단히도 애쓰는 이 신성한 터크 수사의 기도가 아니었다면 불운을 면치 못했을 것이오." 그는 음흉하게 한쪽 눈을 찡긋거리고는 혀로 볼 안쪽을 찔렀다.

"정신 나간 사제 같은데 당신은 대체 누구요?" 왕이 고깔 안으로는 웃고 있었지만 근엄한 어조로 물었다.

그러자 터크 수사는 주위를 두루 둘러보고는 말했다. "이봐, 다신 그런 말 지껄이지 말게. 난 참을성 없는 사람이니까. 감히 경우 없이 나를 정신 나간 사제라고 부르다니. 그렇지만 이번만은 손대지 않고 봐주겠네. 난 터크 수사요. 거룩한 터크 수사."

"그만하게, 터크." 로빈이 말했다. "이제 그만하면 충분해. 부탁인데 그만 떠들고 가서 포도주나 내어 오게. 여기 존귀하신 사제들께서 목이 마르신데다가 값도 통 크게 치르셨으니 우리가 가진 것 중 최고로 내어 오게."

터크 수사는 입 좀 다물라는 로빈의 나무람에 샐쭉해졌으나 심부름을 하기 위해 곧장 자리를 떴다. 얼마 안 있어 큼지막한 항아리가 내어져 왔고 모든 손님과 로빈을 위해 포도주가 따라졌다. 그러자 로빈이 잔을 높이 들고 소리쳤다. "잠깐! 할 말이 있으니 목을 축이기 전에 잠시 기다려 주시오. 자, 선하고 고매하신 리처드 왕을 위하여 건배, 그리고 왕께서 모든 적을 물리치시길 기원하며 건배!"

그렇게 하여 모두가 왕의 만수무강을 기원하며 축배를 들었다. 심지어 왕마저도 말이다. 왕이 말했다. "내 생각에 자네는 본인의 파멸을 위해 축배를 든 것 같네."

그러자 유쾌한 로빈이 말했다. "절대 그렇지 않소. 분명히 말하는데 우리 셔우드 사람들은 당신 같은 성직자들보다 왕께 더 큰 충성심을 품고 있소. 우리는 왕께 이로운 일이라면 목숨도 거저 내놓을 수 있소. 물론 당신들은 수도원에 몸 편히 누워 있는 것에 만족하면서 누가 왕이 되든 신경 쓰지 않겠지만 말이오."

그 말에 왕이 웃으며 말했다. "어쩌면 리처드 왕의 안위가 자네 생각보다 내게 더 중요할 수도 있다네. 하지만 그 이야기는 이만 끝내세. 자, 우리가 값을 두둑이 치렀으니 이제 즐거운 놀잇거리를 좀 보여 줄 수 있는가? 자네들이 실력이 빼어난 궁사라는 이야기를 자주 들었는데 그 실력을 좀 보여 주지 않겠나?"

그러자 로빈이 대답했다. "물론이오. 우리는 늘 기쁜 마음으로 손님들에게 갖가지 시합을 선보인다오. 가퍼 스완톨드 성인의 이런 말씀도 있지 않소. '새장에 갇힌 찌르레기를 정성껏 돌보지 않는 자는 마음이 냉정한 자이다.' 새장에 갇힌 찌르레기는 당연히 우리와 함께 있는 당신들이오. 어이, 친구들. 빈터 끝에 화환을 세우게."

그 말에 동료 몇 명이 대장이 시키는 대로 하기 위해 달려갔다. 그때 터크 수사는 가짜 사제들 중 한 명을 향해 은밀하게 눈을 찡긋거리며 말했다. "우리 대장이 말하는 것 들었소? 대장은 늘 변변찮은 깨달음 같은 게 떠오를 때면 곧장 그 가퍼 스완톨드 성인을 들먹거린다오. 그가 대체 누군지 원. 어쨌든 그 바람에 그 가련한 성인은 대장 머릿속에 든 온갖 자질구레하고 너부렁이 같은 생각들을 등에 잔뜩 짊어진 채 다닌다오." 터크 수사는 로빈이 듣지 못하도록 나지막한 목소리로 말했다. 그는 로빈이 아까 자기 말을 자른 일을 두고 심사가 다소 꼬여 있었기 때문이다.

그러는 동안 그들이 활을 쏠 과녁이 120보 되는 거리에 세워졌다. 과녁은 잎사귀와 꽃들로 만들어져 너비가 두 뼘 정도 되는 화환으로 두꺼운 나무줄기 앞에 세워져 있는 막대에 걸렸다. 로빈이 말했다. "자, 저기 근사한 과녁이 있네. 각자 과녁을 향해 화살을 세 발씩 쏘도록. 화살이 하나라도 빗나가는 자는 윌 스칼렛의 매운 주먹맛을 보게 되는 걸세."

그러자 터크 수사가 말했다. "대장 말하는 것 좀 봐! 왜 우리가 힘이 무시무시한 대장의 조카에게 맞아야 하지? 당신은 조카의 주먹이 장난스러운 아가씨가 사랑스럽게 콩콩 때리는 것쯤이라 생각하나 봐. 대장은 어떻게든 화환을 명중시키겠지. 안 그랬다간 조카의 주먹으로부터 자유롭지 못할 테니까."

첫 번째로 돈커스터의 데이비드가 활을 쏘아 세 발 모두 화환 안쪽을 맞췄다. 로빈이 소리쳤다. "잘했어, 데이비드! 오늘 귀가 얼얼해질 일은 없겠어." 다음은 방앗간 주인의 아들 미지의 차례였고 역시나 세 번 다 화환 안쪽을 맞췄다. 다음은 땜장이 와트의 차례였다. 그런데 이런! 그가 쏜 화살 중 하나가 손가락 두 개 너비 차이로 과녁을 빗나갔다.

그러자 윌 스칼렛이 나긋하고도 부드러운 목소리로 말했다. "이리 오시지요. 내가 갚아 줘야 할 빚이 있으니까요." 그 말에 땜장이 와트가 윌 스칼렛 앞에 와서 섰다. 그는 벌써 얻어맞아 귓전이 윙윙 울려 대는 듯 온 인상을 찌푸리고 눈을 꼭 감았다.

윌 스칼렛은 소매를 걷어붙이고서 팔에 온 힘을 실어 휘두르기 위해 발끝으로 선 다음, 있는 힘껏 와트를 때렸다. "철썩!" 윌의 손바닥이 땜장이의 머리를 세게 치자 몸집 좋은 와트가 고꾸라져 풀밭으로 나가떨어졌다. 그 모습은 마치 축제에서 노련한 선수가 던진 곤봉에 나무 조각상이 쓰러지는 것 같았다. 땜장이가 풀밭에서 일어나 앉아 얼얼한 귀를 문지르며 눈앞에 어른거리는 눈부신 별들 때문에 눈을 연신 껌벅여 대자 모두가 숲이 떠내려가도록 웃음을 터트렸다. 리처드 왕 역시 뺨에 눈물이 흐르도록 웃어 댔다. 로빈 후드의 무리는 각자 차례로 활을 쏘았다. 누군가는 무사히 윌 스칼렛의 주먹을 피해 갔고 또 누군가는 그의 돌주먹에 맞아 어김없이 나가떨어졌다. 마지막으로 로빈이 자리에 섰고 그가 활을 쏠 땐 모두가 쉿 하고 숨을 죽였다. 그가 쏜 첫 번째 화살은 화환이 걸려 있는 나무 막대의 일부를 쪼갰다. 두 번째로 쏜 화살은 첫 번째 화살의 2.5센티미터 안쪽으로 꽂혔다. 리처드 왕이 혼자 중얼거렸다. "맙소사, 천 파운드를 주고서라도 내 호위무사로 삼고 싶군." 로빈은 세 번째로 화살을 쏘았다. 그런데 이게 어찌된 일인가! 화살에 깃털이 잘못 달려 있었던 바람에 화살이 한쪽으로 기울더니 화환을 2.5센티미터 정도 벗어나 버렸다.

그 광경에 우렁찬 함성이 터져 나왔다. 풀밭에 앉아 있던 로빈 후드의 무리는 배를 잡고 데굴데굴 구르며 웃느라 정신이 없었다. 대장이 쏜 화살이 과녁을 빗나가는 것을 단 한 번도 본 적이 없었기 때문이다. 로빈은 성질이 나서 활을 땅에 내던져 버렸다.

"그만 좀 하게! 화살에 달린 깃털이 잘못된 것뿐이야. 내 손에서 떠나는 순간 느꼈다고. 내게 새 화살을 갖다주게. 저 막대를 쪼개 버리겠어."

그 말에 로빈의 무리가 더 크게 웃어 젖혔다. 윌 스칼렛이 나긋하고 상냥한 목소리로 말했다. "삼촌, 그건 안 돼요. 삼촌에게는 정당하게 기회가 주어졌고 삼촌이 과녁을 맞히지 못한 거예요. 맹세하는데 아까 쏜 화살은 오늘 쏜 모든 화살과 마찬가지로 멀쩡했어요. 어서 이리 오세요. 제가 빚진 게 있으니 삼촌께 갚아야죠."

그러자 터크 수사가 끼어들었다. "어서 가게, 대장. 자네를 위해 축복을 빌겠네. 윌 스칼렛이 맘 놓고 앙증맞게 콩콩 때리도록 자유를 준 건 자네 아닌가? 자네도 마땅히 받아야 할 몫을 받는 게 도리지."

그러자 유쾌한 로빈이 말했다. "그건 아니지. 난 여기서 왕일세. 어떤 백성도 왕에게 이의를 제기할 수 없어. 하지만 우리의 위대하신 리처드 왕조차도 거룩한 교황에게는 수치스러워하는 일 없이 무릎을 꿇으시겠지. 속죄해야 한다면 교황에게서 딱밤이라도 맞으실 걸세. 그러니 난 여기 직책이 좀 높아 보이는 거룩한 사제에게 가서 무릎을 꿇고 내 벌을 달게 받겠네." 그는 왕을 향해 돌아섰다. "형제여, 간곡히 청하는데 그 성스러운 손길로 제게 벌을 내려 주겠소?"

"기꺼이 그러겠네." 유쾌한 리처드 왕이 자리에서 일어났다. "자네가 내 지갑에서 50파운드나 되는 큰돈을 가져갔으니 나도 되갚음을 해 줘야겠네. 여보게들, 로빈이 쓰러질지 모르니 풀밭에서 좀 비켜 주게."

그러자 로빈이 말했다. "내가 비틀거려 넘어진다면 기꺼이 50파운드를 다시 돌려주겠소. 하지만 형제여, 내가 풀밭에 나동그라지지 않는다면 당신이 허풍 떤 대가로 한 푼도 남기지 않고 당신 돈을 몽땅 가져가겠소."

왕이 말했다. "그렇게 하게나. 기꺼이 도전하겠네." 왕은 소매를 걷어붙여 팔뚝을 드러냈고 모두가 놀라 그 팔을 빤히 바라보았다. 그러나 로빈은 두 발을 넓게 벌린 채 땅에 단단히 발을 디디고서 여유롭게 미소 지으며 상대방이 때리기를 기다렸다. 왕은 팔을 뒤로 휘두르더니 잠시 균형을 잡은 다음, 로빈을 향해 벼락이 떨어지는 것 같은 한 방을 날렸다. 로빈은 완전히 고꾸라져 풀밭에 머리를 처박고 말았다. 왕이 내리친 한 방은 돌벽도 무너뜨릴 정도였다. 그 광경에 로빈의 무리가 얼마나 허리가 끊어지도록 소리를 지르며 웃어 댔는지. 평생 그렇게 강력한 한 방은 한 번도 보지 못했기 때문이다. 한편 로빈은 얼마 안 있어 일어나 앉더니 마치 구름에서 떨어져 난생처음 보는 곳에 나앉은 사람처럼 주위를 두리번거렸다. 조금 지나 그는 자신을 향해 웃어 대는 동료들을 여전히 바라본 채로 손가락 끝을 귀에 대고 살살 만져 보았다. 그가 말했다. "윌 스칼렛, 50파운드를 세어 줘버리게. 저 자의 돈은 갖고 싶지도 않고 저 자의 얼굴도 보기 싫으니까. 젠장, 내게 이런 주먹질을 하다니! 윌, 차라리 너한테 맞을 걸 그랬어. 저 자 때문에 귀가 먹어서 아무 소리도 들리지 않는 것 같네."

로빈의 무리에게서 좀처럼 웃음이 끊이지 않는 가운데, 윌 스칼렛이 50파운드를 세어 왕에게 건넸고 왕은 그 돈을 다시 지갑에 넣었다. 왕이 말했다. "고맙네. 방금처럼 나머지 반대쪽 귀도 얻어맞고 싶다면 언제든 찾아오게. 거저 때려 줄 테니."

그런데 유쾌한 왕이 말을 마치기가 무섭게 여러 사람의 목소리가 들려오더니 숲속 덤불 속에서 리틀 존과 육십 명의 동료들이 튀어나왔고 그 가운데에는 레아의 리처드 경이 있었다. 그들이 숲속 빈터를 가로질러 달려오는 동안 리처드 경이 로빈을 향해 소리쳤다. "벗이여, 서둘러 동료들을 다 모아 나와 함께 갑시다! 리처드 왕께서 오늘 아침 노팅엄 타운을 떠나 숲속에 있는 당신을 찾으러 오신다고 하오. 그저 들은 소문이라 왕께서 어떻게 오실지는 모르오. 그래도 소문이 사실인 것만은 알고 있소. 그러니 동료들을 전부 모아 한시라도 빨리 레아 성으로 갑시다. 당장의 위험이 지나갈 때까지 그곳에 몸을 숨기면 되니 말이오. 그런데 여기 함께 있는 이 낯선 자들은 누구요?"

로빈이 풀밭에서 일어나며 말했다. "뉴스테드 수도원 근처의 큰길에서 모셔 온 맘씨 좋은 손님들이지요. 이분들의 이름을 모르긴 하지만 이 아침에 이 기운 세고 고약한 사제의 손바닥 맛은 충분히 봤지요. 덕분에 고맙게도 제 귀가 멀고 거기다 50파운드도 잃었다죠."

리처드 경은 키가 큰 사제를 유심히 바라보았고 사제도 가슴을 똑바로 펴고 서서 기사에게 시선을 고정했다. 별안간 리처드 경의 안색이 창백해졌다. 자신이 바라보고 있는 자가 누구인지 알아챘기 때문이다. 그는 곧바로 말에서 뛰어내려 몸을 던지듯 사제의 앞에 무릎을 꿇었다. 리처드 경이 자신을 알아보았다는 것을 알아챈 왕은 고깔을 뒤로 젖혔다. 그리하여 모두가 그의 얼굴을 보고 그가 누군지 알게 되었다. 그들 모두 노팅엄 타운의 군중 속에 섞여 그가 주 장관과 나란히 말을 타고 온 것을 보았기 때문이다. 모두가 무릎을 꿇었고 그 누구도 단 한마디의 말도 할 수 없었다. 왕은 엄숙한 표정으로 주위를 둘러보았고 마지막으로 왕의 시선이 다시금 레아의 리처드 경에게로 고정되었다.

"리처드 경, 이게 어떻게 된 일인가?" 왕이 엄중한 목소리로 물었다. "어떻게 감히 나와 이 자들 사이에 끼어들 수가 있는가? 게다가 어떻게 감히 기사가 사는 레아의 성을 이들에게 피난처로 내어 준단 말인가? 잉글랜드에서 가장 유명한 범법자들을 위해 자네의 성을 은신처로 제공하겠다는 것인가?"

그러자 레아의 리처드 경이 고개를 들어 왕의 얼굴을 바라보며 말했다. "전하께서 노여워하실 만한 일을 할 생각은 추호도 없습니다. 그러나 로빈 후드와 그의 무리에게 닥칠 불행을 막을 수만 있다면 저는 전하의 노여움을 사는 일도 마다하지 않을 것입니다. 제 목숨과 명예는 물론 모든 것을 그들에게 빚졌기 때문입니다. 그러니 제가 어찌 로빈 후드가 궁지에 내몰리도록 놔둘 수 있겠습니까?"

리처드 경이 말을 마치기도 전에 왕 옆에 서 있던 가짜 사제들 중 한 명이 앞으로 나와 리처드 경 옆에 고깔을 벗었다. 그는 레아의 헨리 경이었다. 그는 아버지의 손을 잡고서 말했다. "온 충심을 다해 전하를 섬겨 온 자가 이렇게 무릎을 꿇었습니다. 전하께서도 아시다시피 저는 팔레스타인에서 전하를 죽음으로부터 구하기 위해 뛰어든 바 있습니다. 하지만 이 자리에서 밝히는데 저도 아버지의 뜻을 따라 이 로빈 후드라는 고결한 범법자에게 기꺼이 피난처를 내어 줄 것입니다. 전하의 분노를 사는 한이 있더라도 말입니다. 아버지의 명예와 안위는 제 명예와 안위만큼이나 제게 중요하기 때문입니다."

리처드 왕은 무릎을 꿇고 있는 두 기사를 차례로 바라보았다. 마침내 미간을 찌푸렸던 그의 표정이 풀리더니 입가에 미소가 감돌았다. 왕이 리처드 경에게 말했다. "당신은 정말로 용기 있게 말을 하는 기사요. 내 앞에서도 굽히지 않고 당당하게 뜻을 밝히다니 그 점을 높이 사겠소. 당신의 젊은 아들도 아비를 그대로 닮아 언변과 행동이 대담하구려. 그가 말했듯이 헨리 경이 나를 죽음에서 구해 준 적이 있으니 말이오. 그러니 당신 아들을 생각해서 당신을 용서해 주겠소. 설사 당신이 지금보다 더한 잘못을 저질렀다 하더라도 말이오. 모두 일어나시오. 오늘 나로 인해 벌을 받거나 하는 일은 없을 것이오. 흥을 깨서 즐거운 시간이 끝난다면 애석할 테니 말이오."

그 말에 모두가 자리에서 일어났고 왕은 손짓으로 로빈에게 가까이 오라고 했다. 왕이 물었다. "아직도 귀가 멀어 내 말이 들리지 않는가?"

그러자 로빈이 대답했다. "제가 목숨이 끊어져 귀가 들리지 않기 전에는 전하의 목소리를 듣지 못하는 일은 결코 없을 것입니다. 전하께서 저를 치신 것에 대해서는, 비록 제가 지은 죄가 많을지는 모르나 그걸로 충분히 대가를 치렀다고 생각합니다."

"그렇게 생각하는가?" 왕이 다소 준엄한 목소리로 물었다. "내가 분명히 말하는데, 세 가지가 아니었다면, 즉 나의 자비와 숲속 청년들에 대한 내 사랑과 자네들이 내게 보여 준 충성심이 아니었다면, 자네 귀는 아까 맞아서 막힌 것보다 더 단단히 막혔을 걸세. 그러니 자네 죄에 대해서 가볍게 말하지 말게. 그러나 이리 와서 고개를 들게. 이로써 자네와 자네 무리를 완전히 사면하겠으니 자네의 위험은 다 지나갔네. 하지만 자네가 예전처럼 숲을 활보하게 놔둘 순 없네. 자네가 나를 섬겨 목숨까지 바치겠다고 했으니 그 말을 지켜야 하지 않겠나. 그러니 나와 함께 런던으로 가세. 저 대담한 악동인 리틀 존과 자네 조카 윌 스칼렛, 자네의 음유시인 앨런 어 데일도 함께 데려가겠네. 그리고 나머지 무리는 그들의 이름을 모두 받아 정식으로 왕실의 삼림 감독관으로 명부에 올리겠네. 그들을 셔우드 숲의 사슴을 죽이고 도망 다니는 범법자로 두느니 숲의 사슴들을 돌보며 법을 지키는 자들로 변모하게 하는 편이 훨씬 더 현명하니 말일세. 어쨌든 이제 잔치를 준비하게. 자네들이 숲에서 어떻게 살고 있는지 보고 싶으니까."

로빈은 그의 무리에게 성대한 잔치를 준비하도록 지시했다. 곧바로 큰 모닥불이 지펴져 활활 타올랐고 구미를 돋우는 갖가지 음식들이 불가에서 먹음직스럽게 구워졌다. 그러는 동안 왕은 앨런 어 데일의 노래를 듣기 원하여 로빈에게 그를 데려오라고 했다. 부름을 전해 받은 앨런 어 데일이 곧장 하프를 갖고 달려왔다.

리처드 왕이 말했다. "만약 자네 노래가 자네 외모와 맞먹는다면 그걸로도 충분할 것 같네. 부탁하는데 어서 노래 한 곡 불러 주게나. 자네 실력을 들어 보고 싶네."

앨런이 가볍게 하프의 현을 쓸어내리자 말소리가 잠잠해졌다. 정적 속에서 그가 노래를 부르기 시작했다.

'오, 내 딸아. 어디에 다녀왔느냐?
오, 오늘 어디에 다녀왔느냐?
내 딸아, 내 딸아.'
'오, 저는 강가에 다녀왔어요.
너른 강물이 온통 잿빛으로 누워 있고
잿빛 하늘이 납빛 물살 위로 드리워지고
날카로운 바람이 한탄하여 한숨을 내쉬었다지요.'

'내 딸아, 거기서 무엇을 보았느냐?
오늘 거기서 무엇을 보았느냐?
내 딸아, 내 딸아.'
'오, 떠밀려 오는 배를 보았어요.
떨림이 쉬이 한숨을 내쉬며 스쳐 지나고
강물이 솨솨 소리를 내며 흐르고

날카로운 바람이 한탄하여 한숨을 내쉬었다지요.'

'내 딸아, 배 안에 무엇이 있었느냐?

오늘 배 안에 무엇이 있었느냐?

내 딸아, 내 딸아.'

'오, 배 안에는 흰옷을 입은 자가 있었어요.

그의 얼굴에 창백한 빛이 서려 있었고

그의 눈동자는 밤하늘의 별처럼 날카롭게 반짝였어요.

날카로운 바람이 한탄하여 한숨을 내쉬었다지요.'

'내 딸아, 그가 뭐라고 말했느냐?

오늘 그가 뭐라고 말했느냐?

내 딸아, 내 딸아.'

'오, 그는 아무 말도 하지 않았어요.

다만 제 입술에 세 번 입을 맞추었지요.

제 마음은 감당 못할 행복으로 오그라들 것만 같았어요.

날카로운 바람이 한탄하여 한숨을 내쉬었다지요.'

'내 딸아, 왜 그리 차가워지느냐?

왜 그리 차갑게 식어 창백해지느냐?

내 딸아, 내 딸아.'

오, 딸은 아무 말도 하지 않았다네.

고개를 푹 떨군 채 꼿꼿이 앉아 있었다네.

심장이 멎고 얼굴에 죽음이 드리워졌으므로.

날카로운 바람이 한탄하여 한숨을 내쉬었다네.

모두가 숨죽인 채 노래에 귀 기울였고 앨런 어 데일이 노래를 마치자 리처드 왕이 한숨을 길게 내쉬었다. "앨런, 맹세코 말하는데 자네 목소리는 정말 경이로울 정도로 감미롭네. 이상스레 내 마음을 울리는 구석이 있어. 그런데 용맹한 사내의 입에서 어찌 그리 애절한 노래가 나온단 말인가? 그런 구슬픈 노래보다는 사랑과 전쟁에 관한 노래를 들었다면 더 좋았을 텐데. 게다가 노래를 이해할 수가 없네. 그 노랫말이 무슨 의미인가?"

그러자 앨런이 고개를 저으며 대답했다. "저도 모릅니다, 전하. 가끔은 저조차도 잘 이해하지 못하는 노래를 부를 때가 있습니다."

"알겠네, 잘 알겠네." 왕이 말했다. "그건 그냥 넘어가도록 하지. 앨런, 이것만은 말해 두겠네. 앞으로는 내가 아까 말한 사랑이나 전쟁에 관한 노래를 많이 불러 보게. 실로 자네는 내가 들어 본 중에 최고의 음유시인인 블론델보다도 목소리가 더 감미로우니까."

그때 한 사람이 오더니 잔치가 다 준비되었음을 알렸다. 로빈 후드는 보드랍고 푸른 풀밭 위에 새하얀 천을 깔고 그 위에 온갖 음식을 차려 놓은 곳으로 리처드 왕과 그 일행을 안내했다. 리처드 왕은 앉아서 마음껏 먹고 마셨고 식사를 다 마친 후에는 그렇게 만족스럽게 배불리 식사한 적은 처음이었다고 솔직히 말해 주었다. 그날 밤 왕은 셔우드 숲의 달콤하고 푸른 나뭇잎들로 만든 잠자리에서 잠을 청했고 다음 날 이른 아침 노팅엄 타운을 향해 길을 나섰다. 로빈 후드와 그의 모든 무리도 함께였다. 그 유명한 모든 범법자가 노팅엄의 거리로 들어서는 것을 본 주민들 사이에 얼마나 소란이 있었는지 여러분도 쉽사리 짐작할 것이다. 주 장관은 로빈 후드가 그토록 왕의 총애를 받는 모습을 보고 무슨 말을 해야 할지 어디를 쳐다봐야 할지도 몰랐다. 그는 원통함에 마음이 온통 분노로 들끓었다.

그다음 날 왕은 노팅엄 타운을 떠났다. 로빈 후드, 리틀 존, 윌 스칼렛, 앨런 어 데일은 무리의 나머지 일원들과 일일이 악수하고 서로의 뺨에 입을 맞춘 다음, 그들을 보러 셔우드에 자주 오겠다고 약속했다. 그러고는 각자 말 위에 올라타 왕의 행렬에 섞여 길을 떠났다.

에필로그

다시 찾은 셔우드 숲

이것으로 로빈 후드의 즐거운 모험은 막을 내린다. 그의 약속에도 불구하고 그가 셔우드를 다시 찾은 건 수년이 지나서였다.

리틀 존은 궁정에서 한두 해쯤 지내다가 노팅엄셔로 돌아왔다. 셔우드가 눈앞에 있었음에도 그는 정돈된 삶을 살았고 잉글랜드 전역을 통틀어 최고의 육척봉 실력을 지닌 자로 크게 이름을 떨쳤다. 얼마간 시간이 지난 후에 윌 스칼렛은 아버지의 집사를 실수로 죽여 쫓겨났던 고향으로 돌아왔다. 나머지 무리도 왕실의 삼림 감독관으로서 각자의 의무를 충실히 해냈다. 하지만 로빈 후드와 앨런 어 데일은 셔우드로 금방 돌아오지 않았다. 사정은 이랬다.

로빈은 궁사로서 큰 명성을 얻어 왕의 총애를 받아 지위가 빠르게 상승하여 궁사들 중 최고의 직위에 오르게 되었다. 마침내 왕은 그의 곧은 신념과 깊은 충성심을 높이 사 그에게 헌팅던 백작이라는 작위를 수여했다. 로빈은 왕을 따라 전쟁터에 나가고 여러 역할을 수행하느라 단 하루라도 셔우드 숲을 찾아가 볼 여유가 없었다. 앨런 어 데일과 그의 아내 아름다운 엘렌은 로빈 후드를 따랐고 그와 인생의 고락을 함께했다.

자, 지금까지 여러분은 나와 함께 즐거운 여정을 지나왔지만 이제 더는 나를 따라오지 않아도 된다. 원한다면 여기서 여러분과 작별을 고하고 행운을 빌어 주겠다. 앞으로 할 이야기는 삶이 쇠락해 가는 모습을 보여 주고 사라져 버린 기쁨과 즐거움은 결코 되살아날 수 없다는 진실을 일깨워 주기 때문이다. 이 이야기를 길게 하지는 않겠다. 다만 로빈 후드가 어떻게 죽었는지 짧게 이야기해 보겠다. 올곧고 용맹한 사내 로빈 후드는 헌팅던 백작으로서 왕실에서 죽지 않고, 손에는 활을 쥐고 마음은 숲속에 둔 채 본연의 모습 그대로 세상을 떠났다.

리처드 왕은 전쟁터에서 장렬하게 전사했다. 여러분도 알다시피 그가 후에 얻게 된 사자의 심장이라는 수식어에 걸맞은 죽음이었다. 그래서 얼마 안 있어 헌팅던 백작, 그러니까 예전처럼 부르자면 로빈 후드는 더는 나라 밖에서 수행할 임무가 없어 잉글랜드로 돌아왔다. 로빈 후드가 셔우드 숲을 떠난 이후 그의 귀한 식구가 되어 준 앨런 어 데일과 그의 아내 아름다운 엘렌도 그와 함께 돌아왔다.

그들이 잉글랜드 해안에 다시 도착한 것은 어느 봄날이었다. 로빈 후드가 자유로운 마음과 가벼운 발걸음으로 그늘진 숲속을 활보하던 그 시절 아름다운 셔우드에서 그랬던 것처럼 나뭇잎들은 푸르렀고 작은 새들은 유쾌하게 노래를 불렀다. 봄날의 싱그러움과 만물의 기쁨에 로빈은 예전의 숲속 생활로 돌아간 것 같았고 다시금 그 숲을 보고 싶다는 강렬한 열망에 휩싸였다. 그는 곧장 존 왕에게 가 노팅엄에 방문하기 위해 잠시 자리를 비울 것을 허락해 달라고 청했다. 왕은 다녀오라고 허락을 내리긴 했으나 셔우드에 사흘 넘게 머물지 말 것을 당부했다. 그렇게 하여 로빈 후드와 앨런 어 데일은 지체 없이 노팅엄셔와 셔우드 숲을 향해 길을 나섰다.

첫 번째 날 밤, 그들은 노팅엄 타운의 여관에서 하룻밤을 묵었으나 주 장관을 만나러 가지는 않았다. 주 장관은 로빈 후드에게 깊은 원한을 품고 있었고 그러한 마음은 로빈이 세상에서 출세했음에도 누그러들지 않았기 때문이다. 다음날 이른 아침 그들은 말에 올라타 숲으로 향했다. 길을 가는 동안 로빈은 눈에 보이는 모든 나뭇가지와 돌멩이 하나하나가 자신이 원래 알고 있던 것처럼 익숙하게 느껴졌다. 저쪽으로는 황혼이 깃든 그윽한 저녁에 그가 리틀 존과 함께 자주 걷곤 하던 길이 있었다. 또 이쪽으로는 로빈과 몇몇 동료가 탁발 수사를 찾으러 길을 나설 때 걸었던, 이제는 가시덤불이 빽빽이 들어찬 길도 있었다.

그렇게 그들은 익숙한 옛것에 관해 이야기하면서 여유롭게 말을 타고 지나갔다. 모든 것이 낯익으면서도 새로웠다. 그것들로부터 전에 생각했던 것보다 더 많은 것을 발견했기 때문이다. 마침내 그들은 사방이 트인 빈터에 다다랐고 그토록 오랜 세월

동안 그들의 고향이었던 사방으로 잎이 무성하게 우거진 숲속 나무 앞에 섰다. 그 나무 아래에서 두 사람 모두 아무 말이 없었다. 로빈은 그토록 잘 알고 있던 주위의 모든 것을 바라보았다. 예전과 똑 닮았으면서 또 사뭇 달랐다. 한때는 분주히 움직이는 동료들로 떠들썩했던 곳이 이제는 고독과 정적만이 감돌았기 때문이다. 그가 바라보는 숲, 풀밭, 하늘이 짜디짠 눈물 때문에 온통 흐려졌다. 그는 손바닥 보듯 속속들이 알았던 그 모든 풍경을 바라보자 사무치는 그리움이 일어 눈물을 거둘 수 없었다.

그날 아침 오래전에 쓰던 뿔나팔을 어깨에 걸치고 길을 나섰던 그는 물밀 듯이 밀려오는 그리움에 그 뿔나팔을 다시 불어보고 싶다는 강렬한 욕구가 일었다. 그는 뿔나팔을 입술에 갖다 대고 불었다. "뿌우우, 뿌우우." 감미롭고도 청아한 나팔 소리가 숲길을 휘감으며 울려 퍼지더니 저 멀리 숲 그늘로부터 희미한 메아리로 되돌아왔다. "뿌우우, 뿌우우, 뿌우우, 뿌우우…." 메아리 소리는 점점 옅어지더니 이내 사라져 버렸다.

마침 그날 아침 리틀 존은 볼일이 있어 숲을 지나는 중이었다. 생각에 잠긴 채 걷던 그는 저 멀리서 희미하면서도 청아한 뿔나팔 소리를 들었다. 심장에 화살을 맞은 수사슴이 펄쩍 뛰듯이 리틀 존도 멀리서 뿔나팔 소리가 들리자 펄쩍 뛰었다. 고개를 숙이고 뿔나팔 소리를 듣노라니 그의 몸속의 모든 피가 불길처럼 치솟아 뺨으로 몰리는 것 같았다. 가늘고도 청아한 뿔나팔 소리가 다시 들려왔고 또다시 들려왔다. 리틀 존은 그리움, 기쁨 그리고 왠지 모르게 슬픔이 치밀어 크게 울음을 터트리고는 고개를 푹 숙이고 덤불숲으로 뛰어들어 갔다. 야생 멧돼지가 덤불을 헤치고 돌진하듯 그는 부러지는 나뭇가지와 찢기는 풀들을 헤치고 무작정 앞으로 달려 나갔다. 가시와 찔레가 살갗을 할퀴고 옷을 찢어도 전혀 개의치 않았다. 뿔나팔 소리가 들려온 숲속 빈터로 한시라도 빨리 가려는 생각뿐이었기 때문이다. 마침내 그가 숲속 덤불 속에서 튀어나왔고 부러진 잔가지들이 그에게서 우수수 쏟아져 내렸다. 그가 한시도 멈추지 않고 냅다 달려가 몸을 던진 곳은 바로 로빈의 발밑이었다. 두 팔로 대장의 무릎을 감싸 안은 그는 북받쳐 올라오는 울음에 온몸을 들썩였다. 로빈도 앨런 어 데일도 아무 말도 하지 못하고 그대로 선 채 리틀 존을 내려다볼 뿐이었고 그들의 뺨에서도 눈물이 흘러내렸다.

그들이 그렇게 서 있는 동안 일곱 명의 왕실 삼림 감독관이 빈터로 쏜살같이 달려와 로빈을 보고서 기쁨의 함성을 크게 내질렀다. 그들의 맨 앞에는 윌 스튜틀리가 있었다. 얼마 안 있어 숨을 헐떡이며 네 명이 더 달려왔다. 그중 두 명은 윌 스카들록과 방앗간 주인의 아들 미지였다. 모두 로빈의 뿔나팔 소리를 듣고 달려온 참이었다. 모두 크게 흐느끼며 로빈에게 달려들어 그의 손과 옷에 입을 맞추었다.

얼마 후 로빈은 눈물 고인 눈으로 주위를 둘러보며 잠긴 목소리로 말했다. "맹세코 다시는 이 소중한 숲을 떠나지 않을 걸세. 숲과 자네들로부터 너무 오래 떨어져 있었어. 이제는 헌팅던 백작 로버트라는 이름을 내려놓고 숲의 용사, 로빈 후드라는 더 자랑스러운 이름으로 다시 돌아갈 거라네." 그 말에 모두가 환호성을 지르며 기쁜 마음으로 서로 악수했다.

로빈 후드가 예전처럼 셔우드에서 살기 위해 돌아왔다는 소식이 온 사방에 들불 번지듯 퍼져 나갔고 일주일이 채 지나기도 전에 그의 옛 동료들 거의 전부가 그의 주변으로 다시 모였다. 그러나 그 모든 소식이 존 왕의 귀에까지 들어가게 되었고 왕은 노여움이 가득한 목소리로 악담을 퍼부으며 로빈 후드를 산 채로든 죽은 채로든 잡아들이기 전까지는 기필코 가만 있지 않겠다고 굳게 다짐했다. 당시 궁정에는 윌리엄 데일 경이라는 기사가 있었는데 그는 매우 용맹한 용사였다. 윌리엄 데일 경은 맨스필드 타운에 인접한 셔우드 숲의 일부를 감독하는 수비대 대장이었던 터라 셔우드 숲을 잘 알고 있었다. 그래서 왕은 그에게 무장한 병사들을 이끌고 당장 셔우드로 가서 로빈 후드를 찾아오라고 지시했다. 또한 왕은 주 장관에게 보여 주라면서 윌리엄 경에게 도장이 새겨진 반지를 건넸다. 그 반지를 보여 주면 로빈 후드를 찾는 과정에서 주 장관이 병력을 총동원하여 지원할 것이라고 했다. 그렇게 하여 윌리엄 경과 주 장관은 왕의 명령을 따라 로빈 후드를 찾기 위해 길을 나섰으나 일주일 동안 온 숲을 다 뒤져도 그를 찾지 못했다.

만약 로빈 후드가 예전처럼 마음이 태평스러웠다면 과거의 다른 모험이 늘 그랬듯 결말이 흐지부지되고 말았을 것이다. 하지만 리처드 왕 밑에서 오랫동안 싸워 온 그는 이제 과거와는 다른 사람이 되어 있었다. 사냥개들에게 쫓김을 당한 여우가 도망치듯, 자신을 잡으러 온 자들 앞에서 도망친다는 것은 그에게는 자존심에 금이 가는 일이었다. 결국 로빈 후드와 그의 무리는 숲에서 윌리엄 경과 주 장관 그리고 그들의 병사들에게 정면으로 맞섰고 그렇게 피비린내 나는 결투가 시작되었다. 결투에서 가장 먼저 목숨을 잃은 자는 노팅엄의 주 장관이었다. 그는 열 발의 화살이 빗발치기도 전에 머리에 화살을 맞고 말에서 떨어져 죽었다. 주 장관보다 더 용맹했던 많은 이들도 그날 결투에서 목숨을 잃었다. 결국 윌리엄 데일 경 역시 부상을 당하고 부하들 대부분을 잃은 채 결투에서 패하여 숲에서 철수하고 말았다. 그렇게 물러난 그의 뒤로는 병사 수십 명이 달콤하고 푸른 나무 아래에 온몸이 뻣뻣하게 굳어 널브러진 채로 남겨져 있었다.

　로빈 후드는 정정당당히 싸워 적들을 보란 듯이 물리쳤으나 그 일이 마음을 짓누르듯 무겁게 남아 계속 곱씹다가 결국 열병이 나고 말았다. 그로부터 사흘 밤낮 동안 그는 열에 시달렸고 열을 떨쳐 보려고 부단히도 애썼으나 결국 무릎을 꿇고 말았다. 그래서 나흘째 되는 날 아침, 그는 리틀 존을 불러 열병이 도저히 낫지를 않으니 요크셔의 커클리스 근처에 있는 수녀원의 원장인 자신의 사촌을 찾아가겠다고 말했다. 의술에 능한 사촌에게 부탁하여 팔의 정맥에서 피를 얼마간 뽑아 내 열병을 낫게 하려는 생각에서였다. 그는 가는 도중에 도움이 필요할지 모르니 리틀 존에게도 함께 떠날 채비를 하라고 말했다. 그렇게 하여 리틀 존과 로빈은 나머지 일원들에게 작별 인사를 했고 로빈은 윌 스튜틀리에게 자신이 다시 돌아올 때까지 대장 역할을 해 달라고 부탁했다. 두 사람은 완만한 길로만 하여 무리하지 않고 천천히 여정을 이어간 끝에 커클리스에 있는 수녀원에 도착했다.

로빈은 사촌을 도와주려고 많은 일을 한 바 있었다. 사촌이 수녀원장이 된 것도 리처드 왕이 로빈을 총애한 덕분이었다. 그러나 세상에 감사함처럼 쉽게 잊히는 것도 없다. 커클리스의 수녀원장은 헌팅던 백작이 백작이라는 지위를 벗어던지고 셔우드 숲으로 돌아갔다는 소식을 들었을 때 무척이나 난처해 했고 그와 사촌지간이라는 사실 때문에 왕의 분노라는 불똥이 자신에게까지 튈까 봐 두려워했다. 그래서 로빈이 찾아와 열병을 치료해 달라는 부탁을 하자 수녀원장은 불길한 음모를 꾸미기 시작했다. 로빈을 해치면 그의 적들에게서 호의를 살 수 있을지도 모른다는 생각에서였다. 수녀원장은 그런 사악한 음모를 속에 감추고서 겉으로는 반갑게 로빈을 맞이했다. 수녀원장은 나선형 모양의 돌계단을 올라가면 있는, 높고 둥근 탑의 처마 바로 아래에 있는 방으로 로빈을 안내했으나 리틀 존은 따라오지 못하게 했다.

처지가 가련해진 리틀 존은 어쩔 수 없이 대장을 수녀들의 손에 맡겨 둔 채 수녀원 문가에서 발길을 돌릴 수밖에 없었다. 하지만 수녀원 안으로 들어가지는 못했어도 그로부터 멀리 가지도 않았다. 그는 주인이 들어가 버린 대문 앞에서 돌아서는 충성스러운 큰 개처럼, 로빈이 머무르고 있는 방을 지켜볼 수 있는 근처의 숲속 빈터에 자리를 잡았다.

수녀들이 로빈 후드를 처마 아래의 방으로 데려다 놓자 수녀원장은 다른 사람들을 전부 방에서 내보냈다. 그러고는 곧 피를 뽑을 것처럼 로빈의 팔을 짧은 끈으로 단단히 묶었다. 물론 피를 뽑기는 했으나 수녀원장이 찌른 혈관은 피부 바로 가까이 있는 정맥이 아니라 그보다 더 깊은 곳에 있는 동맥이었다. 그것은 심장에서 뿜어져 나온 선명하고 붉은 피가 흐르는 혈관이었다. 하지만 로빈은 그 사실을 알지 못했다. 피가 흐르는 것을 보았지만 피가 마구 솟구치는 것은 아니었기에 뭔가 잘못되었다는 생각은 하지 못했다.

이 악마 같은 짓을 한 후, 수녀원장은 사촌을 방에 내버려 두고 방문을 잠근 뒤 자리를 떴다. 로빈의 팔에서는 온종일 피가 흘렀고 그는 온갖 방법을 다 써 봤지만 피를 멈추게 할 수 없었다. 그는 계속해서 도움을 요청했으나 돌아오는 답은 없었다. 사촌은 그를 배신했고 리틀 존은 그의 목소리를 듣기에는 너무 멀리 떨어져 있었기 때문이다. 계속해서 피를 흘리던 그는 기력이 점점 몸에서 빠져나가고 있음을 느꼈다. 그는 비틀거리며 일어나 손바닥을 벽에 짚고 선 끝에 겨우 뿔나팔에 손을 뻗칠 수 있었다. 그는 뿔나팔을 세 번 불었으나 몸이 아프고 기운이 없어 숨이 가빴기 때문에 그 소리는 가냘프고도 희미했다. 그러나 숲 속 빈터에 누워 있던 리틀 존이 그 소리를 들었고 순간 두려움에 사로잡혀 마음을 졸이며 수녀원을 향해 미친 듯이 달려갔다. 그는 요란하게 문을 두들기고 목청을 다해 안으로 들어가게 해 달라고 외쳤으나 묵직한 참나무로 만들어진 문은 빗장이 단단히 걸려 있었고 대못까지 박혀 있었다. 덕분에 안전하다고 느낀 수녀들은 리틀 존에게 돌아가라고 했다.

리틀 존은 대장의 목숨이 위태로울까 봐 초조하고 두려운 나머지 미치고 팔짝 뛸 지경이었다. 미친 사람처럼 주위를 둘러보던 그는 육중한 돌 절구통을 발견했다. 장정 세 사람이 힘을 합쳐도 들 수 없을 정도로 크고 무거운 것이었다. 리틀 존은 세 발짝 앞으로 가서 허리를 구부린 뒤 땅속 깊숙이 박혀 있던 돌 절구통을 들어 올렸다. 그러고는 그 무게 때문에 비틀거리면서 앞으로 나아가 문에 대고 절구통을 거세게 내던져 버렸다. 박살 난 문 안으로 그가 들어서자 수녀들이 겁에 질려 비명을 지르며 도망쳤다. 안으로 성큼성큼 걸어 들어간 그는 한마디도 하지 않고 나선형의 돌계단을 달려 올라가 대장이 있는 방으로 갔다. 방문역시 잠긴 것을 발견한 그는 어깨를 문에 대고 있는 힘껏 밀어붙였고 그 바람에 자물쇠가 얼음이 깨지듯 부서져 버렸다.

리틀 존은 소중한 대장이 잿빛 돌벽에 기대 있는 것을 보았다. 대장의 얼굴은 백지장처럼 창백한 데다 핼쑥했고 기운이 없어 고개가 이리저리 흔들렸다. 그 모습에 사랑과 슬픔과 연민으로 가슴이 북받친 리틀 존은 미친 듯이 울음을 터트리며 로빈 후드에게 달려가 그를 두 팔로 안았다. 어머니가 아이를 안아 올리듯 리틀 존은 로빈을 안아 올려 침대로 옮겨 조심스럽게 뉘었다.

그때 수녀원장이 급히 방으로 들어왔다. 자신이 저지른 짓으로 겁에 질린 데다가 리틀 존과 나머지 무리가 복수할까 봐 몹시도 두려워서였다. 수녀원장이 능숙하게 붕대를 감아 지혈시키자 피가 더는 흐르지 않았다. 내내 어두운 표정으로 옆에 서 있던 리틀 존은 수녀원장이 치료를 마치자 단호한 어조로 자리를 뜨라고 말했고 수녀원장은 하얗게 질린 얼굴로 벌벌 떨면서 그 말을 따랐다. 수녀원장이 방에서 나가고 나자 리틀 존은 크게 웃으며 기운 북돋는 말을 했다. 이런 소동은 어린애나 놀랄 일 이지 건장한 사내라면 피 몇 방울 흘렸다고 해서 죽지 않는다고 말해 주었다. "일주일만 쉬고 나면 전처럼 기운차게 숲을 누비고 다닐 수 있을 걸세."

그러나 로빈은 누운 채로 고개를 저으며 희미하게 미소 지었 다. "내 소중한 친구, 리틀 존." 그가 속삭였다. "인정 많고 의협심 강한 자네에게 하늘이 축복을 내리실 걸세. 하지만 우리는 다시 는 전처럼 숲을 함께 다니지 못할 거야."

"아닐세. 꼭 함께 다닐 거야!" 리틀 존이 소리쳤다. "다시 말하 는데 누가 감히 자네에게 또 해를 끼치겠나? 내가 옆에 있잖나. 누가 감히 손을 대는지 두고…." 그는 갑자기 목이 메어 말을 멈 추었다. 이윽고 그는 낮고도 잠긴 목소리로 말을 이어 갔다. "오 늘 일로 자네에게 조금이라도 나쁜 일이 생긴다면 성 게오르기 우스를 걸고 맹세하는데 이 수녀원 지붕에서 붉은 수탉이 울게 할 걸세. 뜨거운 불길이 갈라진 틈새며 구멍이며 할 것 없이 수 녀원 곳곳을 핥게 될 거야. 이 여인네들은…." 그가 이를 갈았다. "그날이 제삿날이 되게 해 주겠어!"

그러나 로빈은 창백한 손으로 리틀 존의 거친 구릿빛 주먹을 잡아 쥐고는, 아무리 복수하는 것일지라도 언제부터 여인에게 해를 끼칠 생각을 했느냐고 하면서 가냘프고도 낮은 목소리로 리틀 존을 나지막이 나무랐다. 그 말에 리틀 존은 결국 목이 메는 목소리로 무슨 일이 일어나든 수녀원에 절대로 해를 가하지 않겠다고 약속했다. 그 후로 침묵이 찾아왔고, 리틀 존은 로빈의 손을 잡고 앉아 열린 창밖을 응시하며 이따금 목에서 울컥 올라오는 커다란 응어리를 삼켰다. 그러는 동안 해가 서쪽으로 서서히 지더니 어느새 하늘이 온통 불길에 휩싸인 듯 붉게 물들었다. 그러자 로빈 후드는 힘없이 더듬거리는 목소리로 숲을 한 번 더 내다볼 수 있도록 일으켜 달라고 리틀 존에게 부탁했다. 리틀 존은 그의 부탁대로 로빈을 팔로 안아 일으켜 로빈의 머리를 자신의 어깨에 기대게 했다. 로빈은 좀처럼 시선을 거두지 못하고 오래도록 숲 쪽을 두루 바라보았고 리틀 존은 고개를 푹 떨군 채 앉아서 가슴을 다 적시도록 뜨거운 눈물을 하염없이 흘렸다. 그와 헤어질 순간이 곧 다가올 것임을 느꼈기 때문이다. 얼마 지난 뒤 로빈은 자신을 위해 활에 시위를 걸고 화살통에서 매끈하고 좋은 활을 하나 꺼내 달라고 리틀 존에게 부탁했다. 리틀 존은 로빈에게 방해가 되지 않게끔 자리에서 일어나지 않고 로빈이 부탁하는 대로 해 주었다. 로빈 후드는 손가락으로 자신의 활을 사랑스럽게 어루만지더니 손에 잡은 활의 감촉을 느끼며 희미하게 미소 지었다. 그러고는 자신의 손가락 끝이 무척이나 익숙하게 알고 있는 활시위의 위치에 화살을 메겼다. 그가 말했다. "리틀 존, 내 소중한 친구. 세상에서 그 누구보다도 가장 사랑하는 내 친구. 부탁인데 이 화살이 떨어지는 곳에 내 무덤을 만들어 주게나. 내 얼굴을 동쪽으로 두고 묻어 주게. 그리고 내 안식처가 늘 푸르고 내 지친 육신이 방해받지 않게끔 지켜 주게."

　로빈은 말을 마치고서 갑자기 일어나 똑바로 앉았다. 예전과 같은 기력이 다시 돌아온 것만 같았다. 그는 귀까지 활시위를 당긴 다음, 열린 여닫이창 밖으로 화살을 날렸다. 화살이 날아가는 동안 그의 손이 활과 함께 서서히 내려앉더니 무릎에 툭 떨구어 졌다. 그의 몸도 리틀 존의 따뜻한 품 안으로 다시 꺼져 들었다. 그러나 날개 달린 화살이 활에서 날아가듯 그의 몸에서도 뭔가가 쑥 빠져나갔다.

　그로부터 몇 분 동안 리틀 존은 미동도 없이 앉아 있었다. 하지만 얼마 안 있어 안고 있던 로빈을 조심스럽게 내려놓은 다음,

로빈의 두 팔을 가슴 위에 고이 접어 놓아 주고서 얼굴을 덮어 주었다. 그러고는 아무 말도 소리도 없이 발길을 돌려 방에서 나갔다.

가파른 계단 위에서 그는 수녀원장과 지위 높은 수녀 몇 명을 마주쳤다. 그는 낮고도 떨리는 목소리로 그들에게 말했다. "저 방 가까이 스무 발짝도 들어놓지 마시오. 안 그러면 당신들 수녀원을 모조리 허물어 돌맹이 하나 남지 않게 하겠소. 내 말 명심하시오. 난 한다면 하는 사람이니까." 그는 발길을 돌려 자리를 떴다. 잠시 후 수녀들의 눈에는 그가 내려앉는 땅거미를 뚫고 사방이 트인 빈터를 급히 가로질러 이내 숲속으로 사라지는 모습이 보였다.

다가오는 이른 아침의 잿빛이 동쪽의 어두운 하늘을 막 밝히기 시작할 때 리틀 존과 다른 동료 여섯 명이 빈터를 급히 가로질러 수녀원으로 왔다. 리틀 존의 말에 겁먹은 수녀들이 전부 자취를 감추었던 터라 그들은 아무도 보지 못했다.

그들은 돌계단을 급히 달려 올라갔고 얼마 안 있어 크게 오열하는 소리가 들려왔다. 잠시 후 울음소리가 그치더니 그들이 부산스러운 발걸음 소리를 내며 무거운 시신을 들고 가파르고 굽이진 계단을 내려갔다. 그렇게 그들이 수녀원을 나와 문을 지나는데 새벽녘의 어둠에 아직 휩싸여 있던 빈터에서 길고도 한탄스러운 통곡 소리가 크게 들려왔다. 마치 많은 사람이 그림자 속에 숨어 슬픔에 목 놓아 우는 것 같았다.

그렇게 하여 로빈 후드는 요크셔에 있는 커클리스 수녀원에서 일생을 마감했다. 마지막 순간까지도 자신에게 적의를 품은 사람들을 향해 자비의 마음을 품었다. 그는 살아생전에도 잘못을 저지른 자에게 자비를 보이고 약한 자에게는 연민을 보였으니 말이다.

그 후 로빈 후드의 무리는 여기저기로 흩어졌으나 그들에게는 어떠한 큰 불행도 닥치지 않았다. 관용을 더 잘 베풀 줄 알고 로빈 후드 무리에 대해 그다지 잘 알지 못하는 자가 세상을 떠난 주 장관의 뒤를 이은 데다가, 그들이 나라 전역으로 뿔뿔이 흩어져 조용히 평온하게 살았기 때문이다. 그리고 그들 중 많은 수는 살아남아 자식과 손주들에게 대대손손 이 이야기를 들려주었다.

누군가는 커클리스의 어떤 묘비에 오래된 글귀가 새겨져 있다고도 했다. 고대 영어로 적힌 그 글귀를 옮기면 다음과 같다.

여기 이 작은 묘비 아래
헌팅던의 백작 로버트가 잠들다.
세상에 그토록 뛰어난 궁사 없었으니
그 이름 바로 로빈 후드라 하노라.
그와 그의 동료 같은 인물들은
온 잉글랜드에 다시 없을지어다.
— 1247년 12월 24일

자, 이제 우리의 즐거운 여정이 끝났으니 우리도 헤어질 때가

왔다. 여기 로빈 후드의 무덤 앞에서 발길을 돌려 각자의 길을
가도록 하자.

그림이 좋아―크기가
를기사 동교 음병하 은하게기

『그림 한가지를 상세 한다기 호드의 동기상 상화』

차례

도슨트 한디디와 함께 읽는
『로빈 후드의 즐거운 모험』

사람들을 커먼즈로부터 쫓아내고, 공장에서 일하는 몸으로 만들기 위한 개조의 과정은 사실, 자본주의가 발달한 사회라면 어디에서나 벌어졌습니다. 다양한 시간대에서 다양한 버전으로요. 예를 들어 조선의 경우 건국 초부터 "산림천택은 백성들과 공유한다"는 정책을 명시하고 있습니다. 삼림천택은 조선 사람들의 커먼즈입니다. 누구나 거기에 가서 놀기도 하고 땔감이나 식량, 물고기 등 여러 가지 생계 수단을 얻었죠. 숲과 갯벌, 연안과 저수지, 염전과 동네 뒷동산이 그곳입니다.

즐거운 모험을 가능하게 하는
모두의 숲-커먼즈

로빈 후드는 12세기에서 13세기경에 널리 퍼진 영국 민담의 주인공입니다. 입에서 입으로 전해지던 이야기가 15세기 무렵 소설이나 시 등으로 기록되었다고 해요. 여러분들이 지금 읽은 이 이야기는 다양한 버전으로 전해진 여러 가지 로빈 후드 이야기 중의 하나인 셈이죠. 어느 이야기 속에서나 로빈 후드는 활을 잘 쏘는 젊은이고, 여러 유쾌한 동료들과 함께 숲에 삽니다. 귀족, 수도원장, 장관이나 주교 등으로 대표되는 지배층의 법과 규율을 무시하고, 그들을 골탕 먹이면서요.

 저는 어렸을 때 『로빈 후드의 모험』이라는 제목으로 번역된 책을 읽었는데요, 굉장히 좋아해서 여러 번 읽었답니다. 지금 우리가 읽은 이 책과는 결말 부분이 좀 달랐던 것 같기도 하네요.

하지만, 고백하건대 어떤 버전이든 큰 상관이 없습니다. 절 매혹했던 것은 로빈 후드와 친구들의 숲 속에서의 삶이었으니까요. 매일매일이 캠핑 같고, 축제 같고, 놀이 같은 삶이요. 신나게 싸우고 나서는 '오, 이 녀석 멋진데'라며 서로를 인정해 친구가 되고, 자연의 변화와 함께 자신에게 다가오는 매일의 시간을 흠뻑 만끽하다가 '음, 뭔가 좀 더 재밌는 거 없을까' 싶으면 훌쩍 모험을 떠나는 숲속에서의 삶이죠. 우리들이 살아가는 현대 사회에서 그런 삶을 꿈꿨다가는 정신 차리라고 등짝을 맞을지도 모르겠지만 말입니다.

로빈 후드는 억울하게 범법자가 되는 바람에 숲으로 들어갔지만, 숲에서의 삶은 그에게 형벌이라기보다 축제처럼 보입니다. 이야기가 진행되는 동안 점점 더 많은 사람들이 로빈 후드의 동료가 되어 숲에 살기 시작하거나 숲의 친구가 되죠. 리틀 존과 땜장이, 방앗간 주인의 꼬맹이 아들 미지와 유쾌한 터크 수사, 레아의 리처드 경 등등. 로빈 후드의 모험담은 점점 더 많은 사람들이 참여하면서 계속해 순환하는 여러 계절에 걸쳐 진행됩니다. 그러나, 이 모든 모험의 변치 않는 배경이 되어 주는 것이 있다면, 바로 숲입니다. 사실 저는요, 이 이야기의 진짜 주인공은 숲이 아닐까 생각합니다. 아, 무슨 말이냐고요?

범법자 로빈 후드? 숲을 훔친 진짜 도둑은 누구인가?

자, 조금 더 설명을 해 볼까요. 로빈 후드의 사회적 배경을 이해

하기 위해서는, 그가 활약한 시대보다 조금 더 오래전으로 거슬러 올라가야 합니다. 아시다시피 영국은 유럽 대륙과 바다를 사이에 둔 섬나라죠. 근대 이전 영국의 드넓은 평야에는 이베리아인, 로마인, 색슨족과 앵글족, 바이킹, 대륙의 노르만인들까지 여러 사람들이 들어와 서로 그 땅을 차지하네 마네 하며 복작복작 아웅다웅했던 모양입니다. 그 다툼에 중요한 분기점을 만든 인물은 1066년 유럽 대륙에서 건너와 잉글랜드를 정복한 노르만의 공작, '정복자 윌리엄'입니다. 윌리엄은 잉글랜드를 정복하자마자 잉글랜드 곳곳의 무수한, 드넓은 숲들을 '왕의 삼림', 즉 자기 소유의 땅으로 만들기 시작하거든요.

학자들에 의하면 당시의 숲(forest) 개념은 우리가 생각하는 숲(woods)보다 훨씬 광범위해서 습지와 목초지, 나무가 거의 없는 마을이나 지역 등, 식량이나 자원을 창출하는 넓은 땅들까지 포함하는 개념이었다고 합니다. 아무튼 정복자 윌리엄 이후 몇 명의 왕을 지나는 동안 왕의 삼림은 점점 늘어나서 1086년엔 25개, 1217년엔 무려 143개의 삼림이 왕의 소유가 되었다고 해요. 그렇게 왕의 삼림이 점점 늘어나던 와중에, 우리들이 읽은 이야기 속에도 등장하는 헨리 2세가 즉위합니다. 활쏘기 대회를 열어 자신이 총애하는 기사들에게 상금을 주려고 했으나, 왕비인 엘리노어가 데려온 로빈 후드 일행이 상금을 싹쓸이하는 바람에 마음이 상했던 바로 그 왕, 기억하시죠? 소설 속에서 조금 쫀잔한 왕으로 묘사된 역사 속 헨리 2세는, 사실 누구보다 맹렬하게 왕의 숲을 확대시킨 왕이기도 합니다.

　우리의 주인공 로빈 후드가 등장한 것은 바로 이 시기입니다. 로빈 후드와 그의 동료들은 왕실 소유의 숲에 멋대로 침입해, 그 숲을 마치 자기 집인 양 휘젓고 다니죠. 숲의 사슴을 사냥하거나 나무 열매를 마음껏 먹으면서요. 당시, 왕의 숲을 무단으로 침범하는 사람들은 벌금을 내거나 감옥에 갇히는 것은 물론 사형까지 당하기도 했다는 점을 생각해 보면, 로빈 후드와 동료들은 천하의 무법자였던 셈입니다. 하지만 잘 생각해 보면 좀 이상하지 않나요? 왕의 숲은 대체 왜 '왕'의 숲이 된 거죠? 애당초 그 숲을 왕에게 준 것은 누구입니까?

　영국 학자 리처드 메이비(Richard Mabey)는 잉글랜드의 삼림이 여러 세대에 걸쳐 공유된 "공동체적 장소"*였다고 말합니다. 사람들은 지금 우리가 상상할 수 있는 것보다 훨씬 많은 것들을 숲과 땅에서 얻었다고 해요. 자기 땅이 없는 가난한 사람들은 불을 때고 집을 지을 나무를 숲에서 얻었고, 그 숲에서 돼지나 닭, 양 등의 가축들을 기르고, 사냥을 했습니다. 또, 버섯과 여러 가지 열매들, 수많은 약초들을 구했고요. 그뿐인가요? 사람들에게 숲은 생활에 필요한 여러 가지 유용한 산물들의 원천일 뿐 아니라, 다른 사람들과 만나고 교류할 수 있는 공간이기도 했습니다.

---

* Gareth Lovell Jones and Richard Mabey, *The Wildwood: In Search of Britain's Ancient Forests*, London: Aurum Press, 1993. 피터 라인보우, 『마그나카르타 선언』, 정남영 옮김, 갈무리, 2012, 72~73쪽에서 재인용.

물론 어떤 땅에는 주인이 있었죠. 영주나 귀족, 혹은 교회의 땅이기도 했어요. 하지만 중요한 것은 설령 그것이 형식적으로 누군가의 소유이더라도 평민들 모두가 자유롭게 사용할 수 있었다는 점입니다.

사람들이 땅과 숲, 바다와 강에서 삶에 필요한 것을 얻는 건 영국뿐만이 아니라 어디에서나 마찬가지였죠. 긴긴 역사 속에서 사람들은 살기 위해 필요한 여러 자원을 자연에서 구했잖아요. 그 자연은, 누구의 것도 아닌 모두의 것이었죠. 영국에서는 그러한 모두의 것을 커먼즈(commons)라고 부르는 한편, 커먼즈에 의존하고, 커먼즈를 함께 유지하며 살아가는 보통의 사람들을 커머너(commoner)라고 불렀습니다. 한국어로는 민중이라고 말할 수 있을 것 같아요. 역사학자 피터 라인보우(Peter Line-baugh)는 이렇게 말합니다.

숲이 있는 목초지는 나무들이 있고 동물들을 방목하는 땅이다. 숲이 있는 공유지는 한 사람이 소유하고 있으나 다른 이들 즉 커머너들에 의해 사용되는 곳이다. 보통 토지 자체는 영주에게 속하지만 방목은 커머너들에게 속하며, 나무들은 둘 중 어느 한쪽에게 — 즉 목재는 영주에게 속하고, 땔나무는 커머너들에게 — 속했다. 읍 전체가 목재를 사용했다.†

---

† 앞의 책, 63쪽.

왕의 숲이 되기 전, 숲은 사람들이 함께 향유하던 삶의 터전이자 공동의 자원이고, 잘 관리해서 후손에게 물려주어야 할 인류의 유산이었습니다. 누구의 것도 아닌 모두의 숲에 어느 날 갑자기 울타리를 치고, 이 숲은 왕의 것이니 들어오지 말라고 한 것은 바로 왕들입니다. 붕붕 날아다니며 꿀을 따고 또 그 과정에서 꽃들의 생식을 돕는 벌에게, 이 꽃은 임자가 있으니 건드리지 말라고 금지하듯이 말이죠. 즉, 1200년대 초의 영국 민중들의 입장에서 볼 때 도둑은 로빈 후드가 아니라 왕이었던 것입니다.

정복자 윌리엄이 숲을 자신의 것이라고 선포한 이래로, 점점 더 많은 삼림, 커먼즈가 왕의 것이 되었습니다. 이는 그 땅에서 나무를 줍고, 농사를 짓고, 가축을 치고, 열매를 따며 생활을 유지해 온 많은 사람들, 즉 커머너들의 삶이 점점 황폐화되었다는 것을 뜻합니다.

커머너의 관습을 권리로서 승인받기

왕의 숲을 엄청나게 늘린 헨리 2세에겐 리처드와 존이라는 두 아들이 있었는데, 리처드와 존은 어지간히 사이가 좋지 않았던 것으로 유명합니다. '사자의 심장'으로 불렸던 리처드 왕은 우리의 이야기에도 등장하죠. 사실 그는 십자군 전쟁에 정신이 팔려 오랫동안 왕국을 떠나 있었는데, 그 사이에 존이 왕위를 차지해 버린 것은 유명한 이야기입니다. 화가 잔뜩 난 리처드는 잉글랜드로 돌아와 존과 네가 잘났네 내가 잘났네 투닥투닥하지만, 결

국 리처드는 전쟁 중 사망하고 존이 정식으로 왕이 됩니다.

존은 자신이 강력한 왕이라는 것을 과시하고 싶었고, 계속해서 전쟁을 일으키며 귀족들에게 많은 세금을 걷었던 모양입니다. 왕에게 낼 세금이 많아진 귀족들은 귀족대로 자신의 영지의 백성들을 달달 볶기 시작했겠죠. 민생은 황폐해지고 사람들의 불만은 극에 달합니다.

1215년 5월, 불만이 쌓일 대로 쌓인 귀족들은 백성들의 원성을 등에 업고 내란을 일으킵니다. 런던을 점령한 귀족들은 존왕에게 '잉글랜드 자유민'의 권리에 대한 63개 조항으로 이루어진 헌장에 서명할 것을 요구하는데요. 이게 그 유명한 "자유 헌장"(마그나 카르타)과 "삼림 헌장"입니다. 왕의 전제에 대항한 국민의 권리를 보장받은 이 최초의 서류들은 대헌장과 소헌장으로 알려져 있어요. 대헌장은 우선 이전부터 관습적으로 당연시되어 온 교회와 봉건 귀족, 상인들과 유태인의 여러 이익들을 법적 권리의 형식으로 확인한 문서입니다. 자유민에 대한 권리를 보장하고, 세금을 걷건 전쟁을 치르건 귀족의 동의가 필요하다고 정하는 등 왕의 권한을 제한하고, 왕 위에 법이 있다고 선포하죠. 여기에 덧붙여 평민들의 권리가 주장되는데요. 특히 커먼즈의 존재를 법으로 인정하고 커먼즈에 대한 커머너들의 권리를 서류상으로 기록한 것이 삼림 헌장입니다. 로빈 후드가 왕에게 도둑맞은 숲을 커먼즈로서 되찾는 직접 행동을 했다면, 삼림 헌장은 왕의 정치권력을 제한하고 노르만 왕족이 훔쳤던 공유지(=삼림)를 평민들의 법적인 권리로 명문화하고자 한 시도라고

볼 수 있겠네요.

삼림 헌장은 이렇게 선포합니다. 숲은 자유민들에게 개방되어 있다고, 사람들은 숲에서 돼지를 칠 수 있다고, 숲에서 물방앗간, 샘, 연못, 이회토 채취장, 도랑을 만들거나 둘러막지 않은 경지를 만들 수 있고, 숲에 있는 매, 새매, 송골매, 독수리, 왜가리의 둥지들이나 꿀을 가질 수 있다고, 목재나 재목, 나무껍질이나 숯을 가져가도 괜찮다고요. 삼림 안에서만이 아니라 삼림 바깥에서도 그들이 지금까지 그렇게 해 왔던 자유로운 관습, 즉 "삼림의 자유권을 모든 이에게 부여"한다고 말입니다. 이는 잉글랜드에서 최초로 문자화된 커먼즈의 권리이죠. 긴긴 세월 동안 사람들에게 있어 커먼즈는 문자화될 필요도, 누군가에게 권리로서 승인받을 필요도 없을 만큼 당연한 것이었지만 말입니다.

커먼즈를 박탈당한 세계의 노동하는 인간들

1485년 튜터 왕조가 시작됩니다. 영국사에서는 이 시기를 근대의 시작이라고 여기는데요, 종교개혁과 함께 중앙 집중화된 국가의 기틀이 마련된 시기죠. 이 당시 수많은 커먼즈들이 울타리 쳐지고 사유화되기 시작합니다. 왕권을 강화하고 싶었던 헨리 8세는 특히 수도원과 수도원에 딸려 있던 공유지들을 해체하고 이 공유지들을 당시 새로운 사회 세력으로 부상하던 상인 계층, 즉 자본가에게 팔아 버립니다. 이로써 영국 토지는 상품이 되죠.

영국의 역사학자들은 공유지가 상품이 되는 것은 사람들에게 있어서 그 이전엔 상상도 하지 못했던 빈궁이 시작되는 것을 의미했다고 말합니다. 구운 고기 대신 마른 빵을 먹어야 되고, 달콤한 과자와 맥주가 사라지며, 춤과 스포츠와 축제가 사라지는 과정이었다고요. 공유지를 잃은 사람들은 아무리 열심히 일해도 먹고 살기가 어려워졌고, 이런 상황에서 이웃 사이의 우애와 상호부조는 점점 더 어려운 것이 되고 말았죠.

　19세기 전반에 이르면 영국의 거의 모든 지역이 울타리 쳐지고 사유화되어 공유지는 거의 사라지고 맙니다. 커먼즈에서 추방된 커머너들은 이제 먹고 살기 위해 '취직'을 해야만 합니다. 그곳이 밭이건 공장이건, 정해진 시간 동안 자신의 노동력을 팔아 일을 하고 그 대가로 임금을 받는 형식의 노동은 이전의 삶이나 노동 방식과는 굉장히 다른 것이었습니다. 하지만 공유지를 잃고 생계 수단이 없어진 커머너들이 먹고 살기 위해 곧장 취직을 한 것은 아니었답니다. 많은 이들은 차라리 거지나 부랑자, 유랑민이 되었어요. 왜냐고요? 아침에 출근해서 하루 종일 일하고 저녁에 퇴근하는, 지금 우리들에게는 당연한 '규칙적인' 삶이, 당시 사람들에게는 도무지 견딜 수 없는 것이었거든요.

　대부분의 원시 사회에서 사람들은 하루에 서너 시간 정도만을 그것도 쉬엄쉬엄, 돌아가면서 일했을 뿐이라는 사실 혹시 알고 있나요? 근대 초까지 남아 있던 수렵 채취인들의 삶을 관찰한 선교사나 인류학자들은, 수렵 채취인들이 적은 자원으로 살아가고 있었던 것은 분명하지만 그럼에도 불구하고 일종의 풍

요를 누렸다고 보고합니다. 그들에게 자원은 부족하지 않았다
고요. 원시 사회만의 이야기가 아닙니다. 전통적인 농경 사회에
서도 사람들의 삶의 많은 부분은 축제와 놀이가 차지하고 있었
다고 사학자들은 전합니다. 보방(Vauban)이라는 1700년대 프랑
스 학자가 남긴 기록에 의하면, 당시 도시의 노동자나 농민의 노
동일은 넉넉 잡아도 1년 중 180일에 불과했습니다.* 영국의 역
사학자 E. P. 톰슨(E. P. Thomson)도 18세기까지 노동은 한바탕 일
하고 한바탕 노는 것의 연속이었다고 기록하고 있어요.† 그러나
커먼즈가 사라진 세계에서 사람들은 공장에 취직해야 했고, 거
기서는 더 이상 자신의 작업 방식과 노동 시간을 스스로 결정할
수 없었습니다. 좋건 싫건 정해진 시간 동안 주어진 작업을 해야
했죠. 사람들이 이러한 노동의 리듬을 거부하고, 취직하느니 부
랑자가 되는 쪽을 택하자 왕과 자본가들은 사람들이 일을 하도
록 하기 위해 특단의 조치를 취했습니다.

15세기 말부터 16세기 동안 영국에는 믿을 수 없을 만큼 잔
혹한 법들이 만들어집니다. 빈민들로 하여금 반드시 노동을 하

---

* Sébastien Le Prestre e de Vauban, ed. Émile Coornaert, *Projet d'une dixme royale,
  suivi de deux écrits financiers*, Paris: Félix Alcan, 1933(1708). Mario García-Zúñiga,
  "Builders' Working Time in Eighteenth Century Madrid", EHES Working paper, No.
  195, European Historical Economics Society, 2020, s. l.에서 재인용.

† E. P. Thomson, "Time, work-discipline, and industrial capitalism", *Class: The Anthol-
  ogy*, 2017.

도록 하기 위해 만든 이 법들을 통칭해서 '빈민법'이라고 하는
데요. 그 내용을 보면 신체 건강한 자가 일을 하지 않는 경우 범
죄자로 체포됩니다. 첫 번째로 체포되면 피가 흐를 정도로 매를
맞고, 두 번째로 체포되면 태형과 함께 귀가 잘렸으며, 세 번 체
포되면 사형에 처해졌다고 합니다. 3일간 일을 하지 않은 부랑
자는 불에 달군 쇠로 가슴에 낙인이 찍히고 쇠사슬에 매여 힘든
작업에 동원되었고요. 이 피비린내 나는 법은 16세기 영국의 헨
리 8세 시기에만 무려 7만 명이 넘는 사람들을 죽음으로 몰아넣
었다고 합니다. 17세기에는 유럽 전역에 엄청난 수의 수용소들
이 세워져 부랑자들을 감금했다고 하는데요. 대규모의 커먼즈
약탈이 진행되면서 맨몸뚱이가 된 무일푼의 커머너들은 엄청난
숫자로 늘어났지만 이들을 수용할 일터는 그만큼 빠르게 늘어
나지 않았기 때문이었습니다. 사람들을 공장이나 수용소로 몰
아넣기 위한 피의 입법과 함께 대대적인 정신 교육도 벌어집니
다. 각종 축제와 스포츠가 금지되는 한편, 게으름과 태만을 용서
못할 죄악으로 규정하며 금욕과 절제를 강조하는 청교도 윤리
가 사회를 지배하게 되었죠.

　사람들을 커먼즈로부터 쫓아내고, 공장에서 일하는 몸으로
만들기 위한 개조의 과정은 사실, 자본주의가 발달한 사회라면
어디에서나 벌어졌습니다. 다양한 시간대에서 다양한 버전으로
요. 예를 들어 조선의 경우 건국 초부터 "산림천택은 백성들과
공유한다"는 정책을 명시하고 있습니다. 삼림천택은 조선 사람
들의 커먼즈입니다. 누구나 거기에 가서 놀기도 하고 땔감이나

식량, 물고기 등 여러 가지 생계 수단을 얻었죠. 숲과 갯벌, 연안과 저수지, 염전과 동네 뒷동산이 그곳입니다. 선조들은 송계나 어촌계 등을 만들어 사람들이 지나치게 자원을 채취해서 숲이나 어장이 망가지지 않도록 관리했고요. 마을 공유지에서 나오는 수익으로 공동의 일을 처리하거나 어려운 가정을 돕기도 했다네요. 그러던 것이 왕가나 지방 호족에 의한 공유지의 탈취가 점점 심해졌고 이런 현상이 극에 달했던 조선 후기에는 민생이 어찌나 흉흉해졌던지 조선 버전의 로빈 후드인 홍길동 이야기가 인기를 얻기도 했죠.

결정적으로 한국에서 공유지가 사라지게 된 것은 바로 일제 강점기입니다만, 이때만 해도 조선 사람들의 몸과 마음은 아직 자본주의가 강요하는 근면함을 탑재하지 않았던 모양입니다. 외국 여행가들이나 일본인들이 조선인의 게으름에 대해 경탄하거나 한탄하는 기록이 굉장히 많이 있어요. 독일인 젠테(Siegfried Genthe)는 이렇게 기록하고 있습니다.

아무리 가난한 거리라도 여유롭게 시간을 즐길 줄 알았다. [⋯] 시간에 관한 한 모든 조선인은 풍요로울 뿐 아니라 대학생들 사이에 유행하는 표현을 빌리자면 째지게 부자라는 것이다.*

---

* 지그프리트 젠테, 『독일인 젠테가 본 신선한 나라 조선, 1901』, 권영경 옮김, 책과함께, 2007, 103쪽.

다른 한편 일본인 기자인 마쓰바라(松原岩五郎)는 자신의 여행기에 이렇게 쓰고 있죠.

천성이 게으른 것으로 유명한 조선인, 전 세계 중에서 놀고먹기를 좋아하기로 한인을 따라올 자 없다. 그들은 평소 혼자 있을 때는 잠만 잔다. 두 명이 모이면 농담으로 시간 가는 줄 모르고, 세 명이 모이면 필시 오락을 시작한다. [⋯] 대개 한인의 일반적인 습관은 오늘만 있고 내일은 없다는 식이다. 생활하면서도 저축할 생각이 없고, 분발하여 자신의 지위와 처지를 개선하려는 관념은 더더욱 없다. 그저 먹고, 자고, 죽는 운명을 갖고 있을 뿐이다.†

재밌지 않나요? 현재의 한국 사람들이 얼마나 바쁘게, 영혼까지 끌어 모아 미래를 위해 일하고 있는지 생각해 볼 때 놀라운 차이죠. 하지만 이것은 그 당시 한국인의 특성이라기보다 자본주의가 본격적으로 작동하기 전, 아직 커먼즈 속에서 살아가던 사람들의 삶의 감각이라고 말할 수 있지 않을까요? 아, 남아프리카 원주민 부시맨은 인류학자인 마샬 살린스에게 세상에 몽고몽고넛이 이렇게 많은데 왜 직접 씨를 뿌려야 하느냐고 물었다고 합니다. 그리하여 산업 혁명 초기의 백인 식민주의자들은

---

† 마쓰바라 이와고로, 『정진여록』(征塵與錄), 1896. 박양신, 「19세기 말 일본인의 조선 여행기에 나타난 조선상」, 『역사학보』 177, 105~130쪽에서 재인용. 125쪽.

식민지의 원주민을 노동자로 만들기 위해서는 그들을 굶주림에 빠뜨려야만 했습니다. 섬의 빵나무를 죄다 베어 없애는 한편 가혹한 세금을 걷음으로써 원주민들로 하여금 노동력을 팔 것인가, 굶어 죽을 것인가라는 선택을 하게 한 것이죠.

커먼즈 속에서 살아가는 유쾌한 삶

이 글 첫머리에서 저는 이 이야기의 진짜 주인공은 숲일지도 모르겠다고 말했습니다. 하지만 사실은 더 많은 주인공들이 있습니다. 우리에게 이 이야기를 전해 주는 화자, 즉 그 당시를 살며 로빈 후드와 친구들의 이야기를 만들어 내고 전달하고 각색하고 덧붙인 민중들입니다. 이 이야기는 그들의 경험과 사고방식, 또 그들이 당시 목격한 변화하는 세계를 반영합니다. 이야기의 마지막은 급작스럽죠. 로빈 후드는 갑자기 '사자의 심장' 리처드 왕의 행적을 칭송하며, 그의 부하가 되기로 작정합니다. 하지만 이 이야기를 전달하는 화자는 로빈 후드가 리처드 왕의 부하가 되는 순간 모험은 끝난다는 것을 잘 알고 있습니다. 수년 후 숲으로 돌아온 로빈 후드는 과거와는 다른 사람이 되어 있었다고도 말하죠. 태평스러운 마음으로 오늘의 모험을 즐기던 로빈 후드는 사라졌다고요. 화자는 "사라져 버린 기쁨과 즐거움은 결코 되살아날 수 없다"며, 우리들에게 그만 읽어도 좋다고 말합니다. 로빈 후드와 친구들의 모험을 이야기할 때의 익살스러운 어조와는 전혀 다른 쓸쓸한 어조로요. 이러한 어조는 잉글랜드의

민중들이 사랑한 로빈 후드가 결코 왕과 함께 국가를 만드는 영웅이 아니었음을 알려 줍니다. 결국, 이 이야기 속에서 민중들이 기억하고 전달하고 싶었던 것은 '그 누구의 땅도 아닌 세상'이며, 그 안에서 가능한 삶의 방식입니다. 숲과 강, 바다와 저수지가 그 누구의 것도 아닌 모두를 위한 커먼즈로 존재할 때 삶은 훨씬 자유롭고 풍요로웠다는 것을요.

우선, 로빈 후드와 친구들은 다들 누구에게도 무릎을 꿇지 않고 '자신의 주인은 저 자신'뿐이라고 단언하는 존재들이었죠. 돈 한 푼 없는 떠돌이일지 모르지만 누군가 자신보다 돈이 많다거나 신분이 높다거나 위세를 부린다고 해서 그에 굴복하지 않았습니다. 삶의 공통적 기반을 제공해 주는 숲-커먼즈가 있는 한 목숨을 부지하기 위해 누군가에게 굽실거릴 이유는 없으니까요. 누군가 멋대로 만든 규칙에 복종하는 대신 그들은 자신들의 규칙을 만듭니다. 셔우드 숲에서 그 규칙은 욕심쟁이 권력자들을 응징하는 것, 절대로 약한 자들을 괴롭히지 않는 것, 그리고 자기들끼리는 설령 어떤 싸움이 있었더라도 승부를 낸 후엔 서로를 인정하고 친구가 되는 거였죠.

물론 로빈 후드의 이야기는 사람들의 소망을 반영한 것이지만, 커먼즈가 사람들을 국왕이나 주교로 상징되던 권력으로부터 상대적으로 자유롭게 만들어 주었던 것은 분명합니다. 공유지에 울타리를 치고 약탈하던 시대에 높으신 분들은 '공통의 목초지가 도둑들, 부랑자들, 돼먹지 못한 건달들이 활개를 칠 수 있게 한다'는 불평을 늘어놓았다고 해요. 1620년대에 살았던 상

류층 출신의 환경주의자인 존 이블린(John Evelyn)은 자신의 책에 "불만에 가득 차고 무례한 커머너"*들에 대해 기록하고 있기도 합니다. 그렇기에 숲과 같은 커먼즈를 해체하는 것에는, 커머너에 기반해 살아가던 "무례한" 커머너들의 버릇을 고치기 위한 다양한 형벌과 폭력이 함께 이루어져야 했습니다. 숲을 울타리 치는 것은 자율적인 삶의 가능성을 없애는 과정이기도 했던 거죠. 사람들은 이에 거세게 저항했고 많은 기록들은 당시 영국의 민중들이 공유지를 지키기 위해 봉기를 일으킨 역사를 기록하고 있습니다. 우리가 읽은 이야기는 로빈 후드와 그의 동료들에 초점을 맞추고 있지만, 커먼즈를 지키기 위한 싸움에 여성들이 맹렬히 참가했다는 점을 말해 두어야 할 것 같습니다. 숲은 여성들이 남편이나 가족이 없어도 살아갈 수 있는 최소한의 자원을 보장해 주는 공간이었습니다. 약초를 구하고 다양한 지식을 공유하며 자신의 몸(임신과 출산)을 통제할 수 있게 해 주는 수단이었고요. 대대로 이어지는 지식을 나누고 수다를 떠는 공동체의 장소이기도 했지요. "자유 헌장"에 남편을 잃은 여성을 위한 조항들이 따로 명시되어 있었던 것은 커먼즈가 여성과 특히 중요한 관계를 맺고 있었다는 사실을 암시합니다. 커먼즈를 빼앗

---

* John Evelyn, *Sylva, or A Discourse on Forest-Trees and the Propagation of Timber in His Majesty's Dominions*, London: Royal Society, 1664, p.206. 라인보우, 『마그나카르타 선언』, 124쪽에서 재인용.

기면서 가장 큰 타격을 받은 것도 여성들이었습니다. 커먼즈에서 쫓겨난 사람들에게 주어진 '임노동'이라는 강요된 선택지는 남성만을 생산적 노동자로 여기는 경향이 강했기 때문입니다. 예를 들어 중세 유럽에서 맥주를 빚는 것은 전통적으로 여성의 일이었습니다. 마을 어귀에서 여행객들에게 숙소를 제공하는 맥주집의 주인들도 여성이 많았고요. 하지만 이런 일들에서 여성은 배제되기 시작합니다. 산파처럼 전통적으로 여성이 해 오던 일들조차 나라에서 인증한 전문성을 갖춘 남성 의사들의 영역이 되어 버리죠. 커먼즈를 빼앗기고 임노동에서조차 배제된 여성들은 자립성을 완전히 잃을 위험에 처합니다. 당연히 여성들은 커먼즈를 울타리 치는 과정에 격렬하게 항의했습니다. 여성들로만 이루어진 반란들도 빈번했다고 해요.

한편, 커먼즈가 해체된 사회에서는 회사의 규칙이 이상해도, 상사의 행동이 불합리해도 그에 반항하거나 뛰쳐나오긴 쉽지 않죠. 월급을 받지 못하는 것은 곧 생존의 위협을 의미하니까요. 모두의 기댈 언덕인 커먼즈가 없는 현실에서 사람들은 좋건 싫건 열심히 공부하고, 좋은 학교에 들어가고, 좋은 직장에 취직하고, 아등바등 돈을 모아 재테크에 열중합니다. 불확실한 미래에 대비하기 위해 돈을 모으는 데 온 힘을 기울이게 되는 거죠. 이는 우리가 읽은 로빈 후드와 친구들의 삶의 태도와는 정말 다르죠. 로빈 후드와 친구들은, 그들의 표현을 빌리자면 "아무 근심 걱정 없이" 살았습니다. 맛있는 사슴고기를 먹고, 흥겨운 잔치를 열고 향기롭고 시원한 맥주를 실컷 마시면서요. 그들이 매일의

나날을 충실히 만끽하고 아무 때고 훌쩍 모험을 떠날 수 있었던 것은 언제든 돌아올 수 있는 숲이 그곳에 있었기 때문입니다. 햇빛과 달빛, 은빛 소나기와 푸르른 초원, 형형색색으로 불타오르는 꽃들로 아름답게 반짝이고, 개구리와 산새와 들짐승들, 풀벌레들의 소리로 가득하고, 다양한 열매와 곡물, 벌꿀과 과일을 길러 내고, 또 추운 겨울 타닥타닥 불을 피울 수 있는 아늑한 둥지의 재료를 내어주는 숲-커먼즈가요.

숲-커먼즈 같은 건 이제는 없어졌으니 어쩔 수 없지 않냐고요? 로빈 후드가 활약한 시기에 숲은 이미 왕의 숲으로 선언되어 있었다는 사실, 그러니까 왕의 숲을 숲-커먼즈로 만든 것은 로빈 후드와 그의 동료들이라는 것을 깜빡하신 모양이군요! 간단히 말하자면, 숲은 언제나 숲일 뿐입니다. 인간이 존재하기 훨씬 전부터 숲은 거기 존재하고 있었죠. 그 숲을 왕의 것으로 만들거나 커먼즈로 만드는 것은 바로 우리들입니다. 그러니 왕이 만든 규칙을 따를 것인가, 우리 삶의 주도권을 되찾고 친구들과 함께 우리들이 살아가고 싶은 세계를 만들 것인가는 우리의 손에 달려 있다는 것이야말로 이 이야기가 전해 주는 가장 중요한 비밀이 아닐까요.

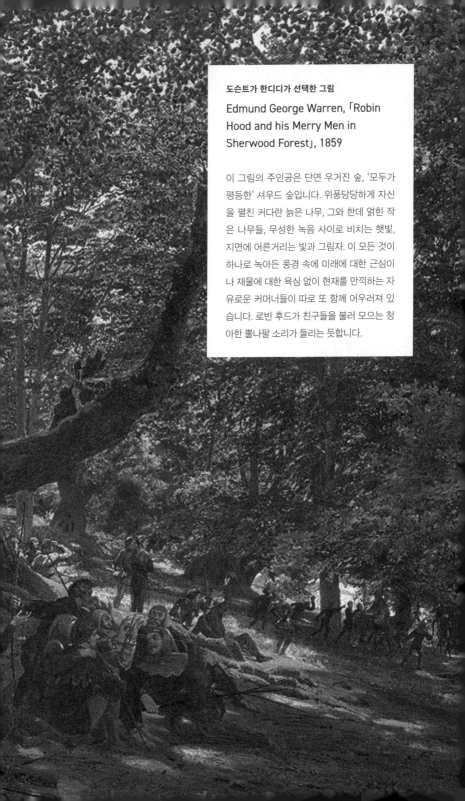

도슨트가 한디디가 선택한 그림

Edmund George Warren, 「Robin Hood and his Merry Men in Sherwood Forest」, 1859

이 그림의 주인공은 단연 우거진 숲, '모두가 평등한' 셔우드 숲입니다. 위풍당당하게 자신을 펼친 커다란 늙은 나무, 그와 한데 얽힌 작은 나무들, 무성한 녹음 사이로 비치는 햇빛, 지면에 어른거리는 빛과 그림자. 이 모든 것이 하나로 녹아든 풍경 속에 미래에 대한 근심이나 재물에 대한 욕심 없이 현재를 만끽하는 자유로운 커머너들이 따로 또 함께 어우러져 있습니다. 로빈 후드가 친구들을 불러 모으는 청아한 뿔나팔 소리가 들리는 듯합니다.

그린비 도슨트 세계문학 04

로빈 후드의 즐거운 모험

초판1쇄 펴냄 2024년 4월 26일

지은이 하워드 파일
옮긴이 이은경
해설 한디디
펴낸이 유재건
펴낸곳 (주)그린비출판사
주소 서울시 마포구 와우산로 180, 4층
대표전화 02-702-2717 | **팩스** 02-703-0272
홈페이지 www.greenbee.co.kr
원고투고 및 문의 editor@greenbee.co.kr

편집 이진희, 구세주, 송예진 | **디자인** 이은솔, 박예은
마케팅 육소연 | **물류유통** 류경희 | **경영관리** 이선희

ISBN 978-89-7682-857-6 03840

독자의 학문사변행學問思辨行을 돕는 든든한 가이드 _(주)그린비출판사

도슨트 한디디와 함께 읽는
『로빈 후드의 즐거운 모험』